Markus

HEYNE HARDCORE

ZUM BUCH

Am Morgen nach Heiligabend fand man das erste Opfer. Eine junge Frau, in einer dunklen Ecke des Praters an ein Kreuz genagelt. Nach dem dritten bestialischen Mord ist sich die Polizei sicher, dass der Täter aus dem Sado-Maso-Milieu stammt. Aus diesem Grund wird Marcus Wolf zu den Ermittlungen hinzugezogen. Marcus Wolf war lange Jahre Polizist in Wien, zuerst bei der Sitte, später bei der Mordkommission. Als er einen SM-Club und ein Edelbordell erbte, war er gezwungen, seinen Polizeidienst zu quittieren. Die Polizei bittet ihn jetzt, sie bei der brisanten Mordserie zu unterstützen, denn Wolf kennt die Szene wie kaum ein Zweiter. Doch sehr bald weisen alle Spuren darauf hin, dass der Mörder seine Opfer ausgerechnet in dem Club findet, der Marcus Wolf gehört. Nicht nur das, es scheint auch eine persönliche Verbindung zu ihm zu bestehen.

ZUM AUTOR

Andras ist das Pseudonym eines Frankfurter Schriftstellers, der sich seit Jahren in der BSDM-Szene bewegt. Obwohl Umgebung, Szene und die Geschichte des Romans fiktional sind, beruhen die Lebensgeschichten mancher Charaktere auf tatsächlichen Begebenheiten.

ANDRAS

SCHATTEN

Roman

WILHELM HEYNE VERLAG
MÜNCHEN

Umwelthinweis:
Dieses Buch wurde auf
chlor- und säurefreiem Papier gedruckt.

Vollständige Originalausgabe 02/2008

Printed in Germany 2008
Umschlagillustration und Umschlaggestaltung:
© Hauptmann & Kompanie Werbeagentur, München-Zürich
Satz: C. Schaber Datentechnik, Wels
Druck und Bindung: GGP Media GmbH, Pößneck
ISBN: 978-3-453-43242-0

www.heyne-hardcore.de

Hinweis an die Leser

Die Handlung dieses Romans, alle Lokalitäten und Begebenheiten sind frei erfunden. Es gibt Parallelen zu den Lebensgeschichten mancher Menschen, die mir lieb waren und sind. Doch es sind nur verfremdete Parallelen. Im Hinblick auf die Darstellung der Gewaltszenen im Roman möchte ich darauf hinweisen, dass Gewalt in sadomasochistischen Beziehungen eine bestimmte Funktion hat. Es ist eine Handlung, die im beiderseitigen Einverständnis dem Zweck der Lustgewinnung der Beteiligten dient, also eben nicht von gewaltbereiten Tätern an hilflosen Opfern ausgeübt wird.

Andras, November 2007

Kapitel 1

MONTAG

Es ist ein früher Januarmorgen. Die Nacht ist noch nicht dem Tag gewichen; zwar kündigt sich in der Ferne die Dämmerung an, aber davon ist in dieser stillen Straße noch nichts zu sehen. Die Häuser sind zu hoch, und über uns, könnten wir sie sehen, ist die Nacht noch dunkel und unbezwungen. Es ist der zweite Januar, der Tag nach dem Tag des Katers.

Dunst, oder vielmehr Frühnebel, schwebt über der Straße, die Lampen der Straßenlaternen schneiden helle Kegel in das Grau. Die Autos am Straßenrand glänzen von gefrorenen Kristallen. Ein Anlieger schabt an den Scheiben seines Wagens, während der Motor läuft und der Auspuff grauen Qualm dem Nebel hinzufügt. Hier in der Stadt ist der Schnee fast vollständig verschwunden, sind nur grauschwarze Reste an den Straßenkanten zu sehen. Ich bedauere dies, denn irgendwie beruhigt mich das Geräusch von unter den Reifen knirschendem Schnee, gibt eine weiße Landschaft jedem Hintergrund eine gewisse Majestät.

Als wir vor knapp zwei Stunden von meinem Landhaus außerhalb Wiens aufbrachen, erstreckte sich eine solche weiße Landschaft weit um uns herum; ich lasse die Auffahrt zum Chateau nicht räumen, und heute Morgen war ich dankbar dafür, gab mir die langsame Fahrt bis zur Hauptstraße doch Gelegenheit, meine Gedanken zu sammeln.

Ich beuge mich vor, nehme die Thermoskanne aus dem Halter, schenke mir Kaffee ein. Für einen Moment sehe ich Caros fein gezeichnetes Profil, als wir unter einer der Straßenlaternen hindurchfahren. Wir fahren nicht schnell, zu rasen wäre nicht standesgemäß für den alten Rolls.

»Dort vorne ist es«, sage ich.

Caro nickt nur.

Auch sie weiß, wohin wir fahren, und hat es genauso wenig eilig wie ich.

In der Ferne, vor uns, am Ende der Straße, wird das regelmäßige Wechselspiel zwischen Licht und Schatten von einem Scheinwerfermast gebrochen, sein Licht, anders als das diffuse der Laternen, ist grell und klar, schneidet einen scharfkantigen Quader in den Dunst, doch das, was beleuchtet wird, ist hinter einer hohen Ziegelsteinmauer verborgen.

Das gleißende Licht von dem Lichtbaum, die Stille, der Nebel, all das wirkt surreal auf mich. Die zwei Polizeiwagen, die Ambulanz mit erleuchtetem Innenraum, aber mit abgeschaltetem Blaulicht, der junge Polizist, der mit gesenktem Kopf gerade den Zugang zu dem Hof weiträumig mit Absperrband verklebt ... Meine Vergangenheit hat mich eingeholt.

Ein stämmiger Mann, breite Schultern, dunkler, knöchellanger Mantel, die Hände in die Taschen gesteckt, steht dort, seine Atemfahne der einzige Hinweis, dass er lebt, so still ist er.

Malowsky. Es ist acht Jahre her.

Ich sehe den Fahrer der Ambulanz, er lehnt an der offenen Tür des Rettungswagens und raucht eine Zigarette. Das Innenlicht des Fahrzeugs wirkt übertrieben grell in der Düsternis dieser Straße, an der Grenze zwischen Nacht und Tag.

Alles ist bereit für den schnellen Eingriff, für den Notfall. Aber der Mann schaut nur gedankenverloren ins Leere und raucht, ist fast so still wie Malowsky.

Der junge Polizist, der mit dem Absperrband, wahrscheinlich ist er kaum älter als vierundzwanzig oder fünfundzwanzig, sieht zu Boden, als er das Band befestigt; seine Bewegungen sind mechanisch, er stockt hin und wieder, prüft, ob er diese einfache Arbeit richtig ausführt, als könne er sich nicht auf seine Hände und Sinne verlassen.

Ich weiß jetzt schon, dass es schlimm werden wird, denn es ist nicht eine ruhige Stille, die von den Menschen ausgeht, sondern eine, die schneidet.

Jeder hier hat zu viel gesehen, auch Malowsky, der das aber nie zugeben wird.

Ich will nicht hier sein.

Es gibt eine breite Tür in dieser Mauer aus Backstein, aus Metall ist sie. An vielen Stellen ist die Farbe bereits abgeplatzt, am unteren Rand mischt sich das Rot der Grundierung mit dem Rost. Die Tür ist zu drei Vierteln geschlossen, in der Öffnung steht eine stämmige Frau; das grelle Licht beleuchtet sie so von hinten, dass es aussieht, als strahle sie selbst. Kurze blonde Haare, sie raucht, trägt einen hellen Mantel und grellgelbe Gummistiefel. Irgendwie wirken die Farben in dem Schwarz-Weiß aus Dämmerung und Schatten mehr als absonderlich, fremd.

Auch sie blickt, wie Malowsky, in unsere Richtung, als Caroline den Rolls so gleichmäßig zum Stehen bringt, dass nicht einmal der Kaffee in meiner Tasse schwappt.

Caro steigt aus, groß, trimm, schlank und sexy in ihrer Chauffeursuniform, öffnet mir mit einer knappen, aber perfekten Verbeugung den Wagenschlag. Der junge Polizist erwacht aus seinen düsteren Gedanken, als er Caros wohlgerundetes Hinterteil wahrnimmt, das sich ihm unter dem dünnen schwarzen Stoff so verführerisch präsentiert.

Frauen sollten nie erfahren, was sie allein mit ihrem Anblick bei Männern auslösen können; bei Caro ist es zu spät, sie weiß es schon. Genauso wie sie weiß, dass die Blicke des Polizisten auf ihrem Hintern ruhen.

Malowsky ist älter geworden in den letzten acht Jahren, aber nicht minder missbilligend. Das Doppelkinn, von korrektem Kragen und Krawatte eingeschnitten, quillt mehr denn je hervor und zittert, ein Zeichen, das bei ihm für alles stehen kann, von gerechter Empörung bis hin zu mörderischer Wut.

Ich trinke den letzten Schluck Kaffee und stelle die Tasse auf dem Tablett vor mir ab, mustere ihn durch die offene Tür.

Er ist einen Monat jünger als ich, beide sind wir sechsundvierzig, aber auf ihm lasten die Jahre schwerer, die Furchen in seinem Gesicht sind tiefer, die Nase grobporig und ständig gerötet. Seine buschigen Augenbrauen sind grau wie sein Haupthaar, sie gleichen den Borsten einer Drahtbürste. Die Augen liegen tief in den Höhlen, sie sind von fahlem, wässrigem Blau. Ich kann sie jetzt nicht sehen, es ist zu dunkel, aber ich habe sie nicht vergessen.

»Marcus«, sagt er, als ich mich anschicke, den Wagen zu verlassen, aber das ist alles; weder geht er einen Schritt vor, noch hält er die Hand hin, noch nickt er mir zu.

So soll es also sein. Ich verharre kurz, ein Bein ausgestreckt, die eine Hand am Griff der Tür, die andere an der Säule der Türöffnung, dann entfalte ich mich aus dem Wagen und stehe vor ihm. Er weicht etwas zurück und blickt zu mir auf, und nun weiß ich, wie sehr er mich noch immer verachtet, dass er dieses Ressentiment auch nach all den Jahren nicht aufgeben will.

»Dieter«, antworte ich ihm im gleichen Tonfall, so neutral, dass man es mit einer Feinwaage hätte messen können.

Ich bereue es bereits, überhaupt auf seinen Anruf reagiert zu haben. Seine Feindseligkeit ist so deutlich, dass ich versucht bin, wieder in den Wagen zu steigen und davonzufahren.

Als ich in der Nacht den Anruf erhielt, war ich mehr als unwillig zu kommen, wollte nicht einmal das Telefonat entgegennehmen. Wollte nichts von dem hier.

Caro wand sich gerade am Kreuz im blauen Salon. In letzter Zeit treibt es uns beide öfter in diesen Raum, er ist am besten ausgestattet, am besten geeignet für unsere Spiele. Zwei feine rote Linien zogen sich ihren anmutigen Rücken entlang, parallel, mit einer leichten Kurve am oberen Ende und gekrönt von einem kleinen Tropfen rubinroten Blutes. Schweiß stand auf ihrer fast durchscheinend weißen Haut, ihre Füße bewegten sich unruhig, die Hände ballten und entspannten sich in den Fesseln. Ihr Atem hatte bereits diesen gewissen Rhythmus, der mir sagt, wo auf ihrem Weg sie sich befindet. Unter der Haut an ihren Flanken spielten Muskelstränge, als sie an der Grenze schwebte.

Nur zwei Schläge ...

Die kleine Bullenpeitsche, oder auch Snake, ist ein neues Ding für uns, ein Spiel, das mir schon immer äußersten Respekt abnötigte. Es waren unsere ersten gemeinsamen Schritte in diese Richtung, die anmutig geschwungene Peitsche in meiner Hand eher noch ein Spielzeug im Vergleich zu einer echten Bullenpeitsche.

Unsere ist knapp über zwei Meter lang, aber nicht ohne

einen gewissen beißenden Charme. Eine echte Bullenpeitsche kann bis zu neun Meter lang sein, das Ende mit dem Schnalzer erreicht Schallgeschwindigkeit. Dieses Leder kann filettieren oder Knochen brechen. Oder auch dem ungeübten Anfänger ein Ohr oder andere wichtige Körperteile abschlagen. Die Snake hingegen ist kurz und leicht genug, dass man damit streicheln kann oder auch beißen, aber nicht einmal ansatzweise so gefährlich.

Caro und ich haben uns lange darauf vorbereitet, mit der Snake zu spielen, sie wie ich ... Ich sehe noch, wie sie still dasaß und zusah, während ich übte, zuckte, als ein Schlag die Wärmflasche traf, die ich als erstes Übungsziel aufgehängt hatte.

Sie war es, die ungeduldig auf die Peitsche wartete, sie fühlen und erleben wollte. Doch ohne dieses Instrument zu beherrschen, traute ich mich nicht, ihrem Willen nachzugeben, ich wollte auf keinen Fall Schaden anrichten.

Nichts, dachte ich vergangene Nacht, hätte mich in dem Moment dazu bringen können, unser Spiel zu unterbrechen, aber wer auch immer es war, er läutete nun schon zum zweiten Male durch, wieder so lange, bis die Verbindung automatisch getrennt wurde.

Meine Konzentration schwand, und auch Caro erwachte zusehends aus ihrer Trance.

Also hob ich beim nächsten Läuten ab, bereit, den Anrufer, wer auch immer es sein mochte, in die tiefsten Höllen zu verdammen.

»Malowsky hier«, hörte ich eine Stimme, die ich vergessen glaubte, aber dennoch sofort erkannte, noch bevor ich meinen Namen sagen oder meinen Unmut kundtun konnte. »Das hier ist nicht meine Idee«, fuhr er fort. »Krüger sagte mir, ich soll dich anrufen. Ich habe hier eine Tote, eine junge Frau. Sie wurde von einem Perversen zu Tode gefoltert und an ein Kreuz genagelt. Es ist das dritte Opfer in der Serie. Krüger meint, du könntest helfen. Wahrscheinlich, weil du selbst einer von diesen Perversen bist.«

Malowsky. Immer noch so höflich wie eh und je. Ich hatte von dem letzten Mord gehört. Wer nicht?! Man hatte das Mädchen am Morgen des Sechsundzwanzigsten gefunden, zwei Tage nach Heiligabend, an ein Kreuz genagelt in einer dunklen Ecke des Praters. Sechzehn Jahre alt war sie gewesen. Ein gefundenes Fressen für die Presse, irgendjemand hatte sich schmieren lassen und Einzelheiten verraten, Einzelheiten, die für die Journalisten wie Blut auf Haie wirkten. Ein besonders bekanntes und unqualifiziertes Blatt ließ sich zu »Masomord am Prater« herab, eine billige, effekthascherische Schlagzeile, aber der Name blieb hängen und erhitzte die Gemüter.

Ich sah auf meine Hand herab; noch immer hielt ich die handgearbeitete Peitsche in der Hand. Caro war mittlerweile wieder in dieser Welt, blickte über ihre Schulter zu mir, die Augen teilweise von dem rabenschwarzen Vorhang ihres Haares bedeckt. Dennoch war die Frage in ihnen unmissverständlich ... Was konnte es sein, dass ich ihm gestattete, diesen speziellen Moment zwischen uns zu zerstören?

Als sie den Kopf wandte, wurden die beiden kleinen Blutstropfen von ihrem Haar verwischt. Ein roter Schatten auf der weißen Haut.

Sie wartete auf mich, und ich stand da, mit dem Hörer in der Hand, und ließ mich von Malowsky angiften. Aber ich konnte nicht einfach auflegen.

»Wie starb sie?«, fragte ich und war überrascht über den Klang meiner Stimme; sie war nüchtern, distanziert, fast desinteressiert.

»Wie die anderen beiden auch. Letztlich wurde sie zu Tode gepeitscht.«

»Ich komme.« Konnte ich denn etwas anderes sagen? »Wo ist der Tatort?«

»Seilerstraße 14. Ich wusste, dass du dir das nicht entgehen lassen kannst. Ist genau dein Ding, nicht wahr? Vielleicht sollte ich dich fragen, ob du ein Alibi hast?«

Langsam legte ich den Hörer auf die Gabel, dann, genauso langsam, die Snake auf das Kissen, auf dem Caro sie mir gereicht hatte.

Ich ging hinüber zu ihr, strich ihr über das Haar und löste ihre Ketten, hielt sie, als sie mir entgegenfloss, und legte sie sachte auf das Bett. Während ich die Striemen reinigte und einrieb, erklärte ich ihr den Grund des Anrufs.

Sie zitterte, ich spürte die Muskeln ihres Rückens unter meinen Fingerspitzen beben, dann lag sie still und sah zu mir hoch. Sie suchte etwas in meinen Augen, fand es und sah dann zu unserer Snake hinüber. In ihren Augen stand eine Frage, ich schüttelte als Antwort leicht den Kopf.

Sie seufzte fast unhörbar; eher bemerkte ich es daran, wie sich ihre Brust hob und senkte, dann schmiegte sie sich an mich.

»Finde das Schwein. Danach sehen wir weiter, ja?« Sie küsste mich.

Als Dank für ihr Verständnis war sie es, die den Rolls aus der Garage holen und in ihrer dünnen Chauffeursuniform den Schnee davor wegschippen durfte. Ich stand daneben, rauchte eine Zigarette, genoss den Anblick ihrer Brustwarzen, die in der Kälte steif wurden und sich durch den dünnen Stoff deutlich abzeichneten, und versuchte mir vorzustellen, was dieser Anruf für mich bedeutete.

Jetzt steht sie neben mir, aufrecht, korrekt, die linke Hand noch immer am Griff der Tür. Ich bin ihr im Weg, so kann sie die Tür nicht schließen, also steht sie nur da und wartet. Hier in der Stadt ist es nicht so kalt wie auf dem Hof des Chateaus, aber sie kommt aus dem warmen Wagen, fröstelt ein wenig. Der elastische Stoff der Uniform ist ihr zentimetergenau auf den Leib geschneidert; so, wie sie dasteht, mit durchgedrücktem Kreuz, stolz und kerzengerade, verbirgt die Uniform nichts vor den Blicken meines ehemaligen Kollegen, der sie mit einem zugleich verachtenden, aber auch lasziven Blick betrachtet und – wie ich auch – sieht, wie sich ihre Brustwarzen erneut unter dem dünnen Stoff hervorheben. Sein Blick hält dort einige Sekunden inne, wandert entlang der Linie ihrer Hüfte und der kraftvollen Anmut ihrer Beine hinunter zu den Schnürstiefeln mit den Acht-Zentimeter-Absätzen. Dann ruht sein Blick auf dem Rolls, einem Oldtimer, nun über siebzig Jahre alt, und verharrt anschließend auf mir. Ich habe mich passend in der Epoche des Wagens gekleidet, der Schwalbenschwanz mit Mantel, Schal, Zylinder und Gehstock gehört zu Caros Uniform, ergänzt und verbindet uns.

»Was hat eine von deinen Huren hier zu suchen?«, knurrt Malowsky und schiebt das Kinn aggressiv vor. »Willst du ihr zeigen, wo es endet? Schick sie in den Hof, dann sieht sie, was ihr passieren kann!«

Ich bin stolz auf Caro, sie zuckt nicht einmal mit den Wimpern. Ihr Gesicht zeigt höfliche Geduld, als sie wartet, dass ich zur Seite trete und sie den Wagenschlag schließen kann. Nur die Nüstern ihrer schmalen Nase beben.

Ich lege den Zylinder in den Wagen, auch den Gehstock, bevor hier etwas absichtlich falsch verstanden wird, und gehe auf Malowsky zu. Ich bin fast zwei Kopf größer als er, und er macht einen kleinen Schritt zurück. Dann fängt er sich, reckt verärgert den Hals und rollt die Schultern, wie ein Boxer vor einem Kampf. Er war einmal Boxer, fällt mir ein, aber jetzt ist er einen halben Schritt zurückgewichen und verliert so den Kampf, bevor er beginnt.

»Malowsky«, sage ich gefährlich leise, sodass er sich anstrengen muss, mich zu hören, obwohl meine Nase fast die seine berührt. »Du weißt nicht, was du sagst. Tust du es aber noch einmal, sorge ich dafür, dass du morgen schon stempeln gehst.«

»Und wie willst du das anfangen? Verrat's mir!«, grinst er, sicher in der Autorität seines Berufs.

»Die kleine Tänzerin. Erinnerst du dich?«, sage ich so nahe an ihm, dass er meinen Atem spüren muss.

Er erinnert sich, ich sehe es in seinen Augen. Es ist gute zehn Jahre her. Vielleicht hatte er wirklich etwas falsch verstanden, sie behauptete, er sei angetrunken gewesen, aber es war und blieb eine Vergewaltigung. Sie traute sich nicht, etwas zu sagen, er war bei der Sitte, sie arbeitete als Tänzerin in einer Bar.

Ich erfuhr es durch Zufall, aber das war Jahre später. Bis eben habe ich keinen Beweis gehabt, dass die Geschichte stimmt, außer dass ich der Frau geglaubt habe, aber jetzt sehe ich in seinen Augen die Wahrheit.

Er schluckt. Er weiß sehr wohl, dass wir keine Freunde sind, und meine Augen sagen ihm, dass ich nicht eine Sekunde zögern würde, meine Drohung wahr zu machen.

Caro steht noch immer dort, der Unterschied in ihrer Haltung nur erkennbar, wenn man jeden Muskel, jeden Millimeter an ihr kennt ... Sie mit ihrem feinen Gehör hat durchaus verstanden, was ich zu ihm gesagt habe, und sie wartet auf den Gnadenstoß.

Manchmal ist auch meine Caro ein blutrünstiges kleines Biest.

Plötzlich weiß ich, was hier los ist. Dieser Mord hat ihn berührt. Getroffen. Er ist voll gerechtem Zorn auf den Täter, und in seinen Augen gibt es nur geringe Unterschiede zwischen dem Täter und mir.

Mit zu dem Problem gehört, dass Malowsky auch noch ein guter Polizist ist. Er ist unbestreitbar ein Arschloch und ein Tyrann. Es gibt nur wenige Polizisten bei der Sitte, die sich nicht ab und an eine Muschi genehmigen; die Versuchung ist sehr groß, schließlich ist das in manchen Bereichen Zahlungsmittel. Vor gut fünfundzwanzig Jahren, als wir beide bei der Polizei anfingen, hätte kein Hahn danach gekräht, es war nicht nur üblich, sondern wurde fast schon erwartet. Heute ist das anders.

Aber Malowsky ist verdammt gut. Er hat schon seit langer Zeit kein Privatleben mehr, sein Leben findet auf dem Revier und auf der Straße statt, er ist eine verdammte geifernde Bulldogge, die sich in einen Fall festbeißt und nicht eher locker lässt, bis er gelöst ist. Seit drei Jahren ist er bei der Mordkommission, sein Ziel seit jeher, und mit seiner Erfahrung ist er beinahe der perfekte Mann für den Job. Es ist keine Seltenheit, wenn er drei Schichten arbeitet, und sein Gedächtnis ist nachgerade perfekt.

Wenn er einen Verdächtigen verhört, reicht oft schon seine Ausstrahlung von gerade eben noch kontrollierter Gewalt, die Androhung des Unaussprechlichen in seinem Blick, um manchen auf der Stelle umkippen zu lassen.

Die Spannung in seinen Schultern, der geduckte Kopf, die geballten Hände ... genau diese Androhung von Gewalt zeigt er auch jetzt, nur bin ich keiner von seinen Verdächtigen.

»Malowsky«, sage ich so ruhig ich kann. »Es gibt einen Grund, weshalb wir beide hier sind. Das ist wichtig. Unsere Differenzen nicht.«

Einen Moment lang funkelt er mich noch an, dann atmet er durch und nickt.

»Es ist schlimm, nicht wahr?«, frage ich ihn leise.

Er wirft mir einen harten Blick zu, dann verlässt ihn die ganze Anspannung, er nickt nur, ich meine sogar einen leisen Seufzer von ihm zu hören. Er macht einen Schritt zur Seite. Lässt mich passieren.

Caro schließt hinter mir den Wagenschlag. Ich sehe sie an.

»Warte im Wagen auf mich. Lass den Motor laufen.« Sie nickt und geht um den Wagen herum, ein Schauspiel, das sowohl Malowsky als auch der junge Polizist aufmerksam verfolgen; dem jungen Mann gönne ich den Anblick, Malowsky nicht. Er weiß es.

Dann halte ich auf das Tor zu, in dem noch immer die Frau mit den grellgelben Gummistiefeln steht. Sie stößt sich mit der Schulter von dem Pfosten des Tores ab und nickt mir zu. In der linken Hand hält sie einen schwarzen Zigarillo, in der rechten einen kleinen silbernen Aschenbecher. Sie mustert mich.

»Hi, Stella«, sage ich.

»Es geschehen noch Zeichen und Wunder«, antwortet sie in ihrer rauchigen Stimme, die ein Saxofon und eine dunkle Jazzkneipe brauchte und nicht einen kalten Wintermorgen, an dem der Tod riechbar in der Luft liegt. Stella – Dr. Feinschild – ist nur noch selten an den Tatorten anzutreffen, sie ist die Chefpathologin für Wien und Umgebung. Wie jede andere Millionenstadt liefert ihr die große alte Dame Österreichs täglich neue Kunden und täglich mehr von dieser Arbeit, als ein Mensch haben sollte.

Als ich bei der Polizei anfing und zum ersten Mal durch die Pathologie gezerrt wurde, stand sie schon so da, in derselben Haltung, mit demselben silbernen Handaschenbecher. Mit demselben abschätzenden Blick. Demzufolge ist sie nun wahrscheinlich über das Pensionsalter hinaus, doch wenn sie immer noch arbeitet, dann ist es nur gut für Wien. Sie zu ersetzen dürfte fast unmöglich sein.

»Der verlorene Sohn kehrt zurück«, fügt sie hinzu und lächelt, ein überraschendes Lächeln in ihrem Gesicht, das warme Augen und eine verhängnisvolle Ähnlichkeit mit dem eines Pferdes aufweist. Dieses Lächeln jedoch, warm, offen, mit großen nikotingelben Zähnen, bringt eine Wärme herüber, die ich, wie ich nun merke, vermisst habe.

Ich will ihr ein Antwortlächeln schenken, es ist schon halb auf meinen Lippen, als ich über ihren Kopf hinweg den Innenhof sehe, das Kreuz, das darin steht. Hier, in diesem verlassenen Hof, liegt noch Schnee, fast weiß oder zumindest hellgrau, und scheinbar eingeätzt darin, zu Füßen des Kreuzes, eine Fläche, die im unbarmherzigen Licht des Scheinwerfers glitzert. Der Raureif reflektiert ein kräftiges frisches Rot in meine Augen, auch der Körper auf dem Kreuz, erstarrt in einer letzten Agonie, ist in diesen Hauch von Kristallen gehüllt und glitzert im harten Licht des Scheinwerfermasts.

Das Kreuz steht etwas versetzt im hinteren Drittel des Innenhofes. Unter der dünnen Schneedecke erkenne ich die Konturen alter Autoreifen, die verrostete Tür eines Personenwagens, sie gehört zu einem alten BMW, wie ich abwesend feststelle, dann eine Teppichstange, knapp über den Zementfundamenten, so verrostet, dass sie schief steht und auf einen Windstoß wartet, und ein verdorrter Strauch, dem das an ihm haftende Eis scheinbar neue eisige Blüten gibt.

Ich sehe all dies, weil ich woanders nicht hinschauen will, weil sich meine Augen scheuen vor dem, was ich zuvor über Doktor Feinschilds Schulter im Bruchteil einer Sekunde gewahrt habe.

Seitlich in einer Ecke, einige Meter entfernt von dem Kreuz, erkenne ich drei weitere Gesichter, nur eines davon aus anderen Tagen vertraut. Tomas Marks nickt mir zu, er war zuletzt Leiter der Spurensicherung; seine Anwesenheit wie auch die von Stella Feinschild sagen mir, dass man diese Sache sehr, sehr ernst nimmt.

Die beiden anderen Gesichter gehören zu einer jungen Frau und einem jungen Mann. Die beiden Beamten sehen mich misstrauisch und vielleicht auch vorwurfsvoll an, ein Frack passt nicht zu dieser Szene, und sie stehen hier, mit all den Instrumenten und Gerätschaften ihres Handwerks, und müssen warten. Auf jemanden, der nicht einmal den Anstand besitzt, sich passend zu kleiden.

Ich wische den Gedanken weg, passend gekleidet ist ein Moment in der Modegeschichte, Tod währt ewig.

Ein sorgsam abgesteckter Bereich sagt mir, wohin ich meine Füße setzen darf. Ich nähere mich dem Kreuz, ich kann nicht anders, selbst als ich langsamer werde, weiß ich, dass ich bald zu nahe bin.

Hinten aus dem Kellereingang des verlassenen Hauses tritt jetzt eine weitere Gestalt, Malowskys neuer Partner, glaube ich ... Ein schlanker junger Mann, der sich fröstelnd in eine dicke blaue Skijacke hüllt. Er mustert mich mit Feindseligkeit in den Augen, will mich nicht hier haben. Da sind wir schon zwei, ich würde mich am liebsten auch umdrehen und gehen, mit all dem hier nichts zu tun haben.

»Sie müssen Wolf sein«, sagt er, nimmt sich ein Beispiel an Malowsky und behält die Hände in den Taschen seiner

Jacke. »Er meint, Sie stehen auf so etwas. Macht Sie geil.« Seine Stimme ist leise, zischelnd. Er ist ein würdiger Partner für Malowsky, er versprüht Gift, achtet aber darauf, dass niemand es hört. Eine Schlange, bösartig und feige. Er wiederholt die Worte eines anderen. Aber Malowsky war nicht immer so, wie er heute ist, er hat Grund, die Welt zu hassen. Er glaubt auch, einen Grund für seinen Hass auf mich zu haben. Ich kann Malowsky nicht mehr mögen, aber wir waren einmal Freunde, und vieles an ihm verdient auch heute noch meinen Respekt. Dieser junge Mann hier, er ist kaum dreißig, hat davon nichts. Er ist klein, eher schmächtig, aber wahrscheinlich trainiert er regelmäßig, irgendetwas Männliches wie Kickboxen. Seine Augen ... mir gefallen seine Augen nicht. Sie sind geweitet, und er blickt in das Licht des Lampenmastes. Ist Malowsky mittlerweile blind geworden? Oder kümmert es ihn einfach nicht mehr, dass sein Kollege Drogen nimmt? Letzteres, nehme ich an, es ist die einzige Erklärung.

»Sie sind Gref, nicht wahr?«, frage ich ihn, aber ich vergesse ihn im nächsten Moment, denn mein Blick traut sich nun doch heran an das Kreuz, fokussiert auf ein einziges Detail, eine schlanke, schmale Hand, zierlich, mit blutigen Fingerspitzen, geballt, obwohl ein silberner Nagel durch die Handfläche sie am hellen Holz des Kreuzes fixiert.

Falls Gref etwas erwidert, dann höre ich es nicht mehr, ich bin weg, sehe nur noch dieses eine Detail: ihre Hand. Das Holz ist hell, fast so hell wie ihre Haut. Eine dünne rote Spur führt von ihrer Hand hinunter zur unteren Kante des Balkens, trotzt dort der Schwerkraft, läuft an der Unterseite entlang, um in einem gefrorenen Tropfen zu enden. Ich folge dem alten, nur geahnten Tropfenfall, sehe im Schnee vor meinen Füßen das gesprenkelte Rot. Ich schließe die Augen einen Moment, ein Fehler, denn ich rieche etwas. Die Kälte dämpft die anderen Gerüche des Todes, das, was folgt, wenn Blase und After sich entspannen, den Geruch des Blutes; die Kälte bindet dieses Miasma, was bleibt, ist ein anderer Geruch, ein Duft, geschaffen, auch in der Kälte zu wirken, ein Parfüm, eher ein Hauch davon, eine Erinnerung, eine leichte Note, nicht schwer, ein Parfüm, wie es eine junge Frau oder ein Mädchen tragen würde. Bevor ich es verhindern kann, will ich mehr sehen, mehr als nur ein Detail, und ich richte den Blick auf das Kreuzstück, den Kopf.

Sie war, sie ist blond. Ihr Haar ist fein, das Einzige an ihr, was nicht erstarren will. Der Kopf ist zur Seite und nach hinten gelegt. Stacheldraht bohrt Wunden in ihre Kopfhaut, ihr Mund ist aufgerissen, gestorben, als dieser letzte Schmerz sie mitnahm, gefroren durch die Kälte. Ihre grauen Augen sehen mich an.

Sie scheinen fokussiert auf mich, als ob es meine Augen wären, in die sie zuletzt geblickt hätte. Eine glitzernde Spur, kristallklar, nicht rot, läuft von ihrem Auge am Mund vorbei zu der Spitze ihres Kinns; auf dem Weg ändert sie die Farbe, bis auch dieser gefrorene Tropfen Tränen rötlich glänzt.

Mir wird schlecht.

Sie ist ein Kind gewesen, kaum älter als vierzehn oder fünfzehn. Nein, denke ich, als mein Blick unwillkürlich ihrem ausweicht und über ihren Körper wandert. Eine Frau ... vielleicht, es ist mir unmöglich, ihr Alter einzuschätzen. Meine Augen wandern wieder zu ihrem jungen Gesicht zurück, zurück zu diesem letzten Blick.

Ihre Augen halten mich, als wolle sie mich nicht gehen lassen, als fordere sie, dass ich sie ansehe. Sie hat junge Augen, ihre Augäpfel besitzen noch dieses strahlende Weiß, das im späteren Leben so selten wird.

Während sie mich mit ihrem toten Blick bannt, zwingt sie mich dazu, sie wahrzunehmen. Ich sehe die Spuren einer scharfen Klinge, sehe die unterschiedlichen Striemen, sehe, spüre und fühle, was ihr angetan wurde, kann mich dem nicht entziehen und will es auch nicht, als sei ich es ihr schuldig. Als ich langsam zurückweiche, verbleibt ihr Blick an der Stelle, an der ich eben gestanden habe. Ich schaue nach unten, auf meine Füße, ich befinde mich innerhalb des Bandes, innerhalb des Bereichs, den die Spurensicherung bereits klärte, den sie als den sichersten Weg zum Opfer auswies.

Ich gebe Tomas Marks ein Zeichen. Ich habe vollständig vergessen, dass ich nicht mehr sein Vorgesetzter bin, aber er kommt zu mir und folgt meinem Blick. Der Schnee zu meinen Füßen ist durch unzählige Spuren vermatscht. Ich trete diesen einen kleinen Schritt vor, befinde mich wieder im Bann ihres Blicks.

»Er stand genau hier«, sage ich leise zu Tomas. »Und er hat meine Größe.« Erneut kostet es mich Mühe, mich von diesen toten Augen zu lösen, und ich bin erleichtert, in das Gesicht eines Mannes zu blicken, der sich damals nicht der allgemeinen Hysterie und Empörung anschloss. »Ihr habt diesen Bereich schon erkennungsdienstlich erfasst?«

Er blickt von mir zu den Augen des toten Mädchens, dann auf den Boden, nickt. »Ja, Marcus. Aber«, er räuspert sich, »es waren schon zu viele hier. Deine Größe? Wieso?«

Ich schaue zu ihr zurück, dann wieder zu ihm.

»Wenn ich hier stehe, sieht sie mir genau in die Augen, Tomas. Ganz exakt.« Ich schlucke, die Stimme will im Moment nicht. Der Blick ist nicht für mich bestimmt, doch ertappe ich mich dabei, ihm ausweichen zu wollen. Es ist keine Ekstase in ihrem Blick zu finden, nur Schmerz, aber auch keine Angst. Er hat sie nicht gebrochen. Es ist ein Blick der Verachtung, ein Blick, lebendig gehalten durch die Kälte. »Sie sah ihren Mörder an, als sie starb.«

Ich mustere sie nun, Zentimeter für Zentimeter, sie verlangt es von mir, zwingt mich dazu. Auch wenn ich wegsehen will, findet mein Blick jedes Detail, sehe ich, was ihr wie angetan wurde. Krüger hatte recht, verdammt soll er sein. Ich hatte gehofft, es wäre nicht so.

Mein Magen zieht sich weiter zusammen, ich kämpfe verzweifelt gegen die aufkommende Übelkeit.

Ein letztes Mal sehe ich in ihre Augen, begegne diesem Blick und weiß, dass ich den Mörder für sie finden werde.

Kapitel 2

Irgendetwas haben wohl auch die anderen gespürt. Gref oder Graf oder wie auch immer dieser kleine Mistkerl heißt, macht mir Platz, die anderen scheinen zu warten. Ich nicke Stella zu, sie weiß, dass ich bald mit ihr reden werde, aber nicht hier, nicht heute, nicht jetzt. Stella hat schon umso vieles mehr als ich gesehen, aber ich spüre in ihrem Blick, dass auch sie sich vor diesem Bild nicht schützen kann. Oder will.

»Malowsky«, sage ich. Er blickt mich an, öffnet den Mund, schließt ihn wieder. »Ich bin dabei«, teile ich ihm mit. »Ich melde mich.« Er nickt, sieht mir hinterher, als ich an ihm vorbeigehe.

Caro steht neben dem Rolls, als ich den Hinterhof verlasse, öffnet mir mit einem verschmitzten, vielsagenden Lächeln die Tür, ihre Zunge gleitet über die halb offenen Lippen. Doch ihr Lächeln schwindet, während sie in meinem Gesicht liest. Sie vergisst ihre Rolle.

»So schlimm?«, fragt sie leise. Ich nicke. Sie langt vor mir in den Wagen, will nach etwas greifen. Meine Hand schnellt vor, packt ihr Handgelenk, ich lasse sie los und halte ihr die offene Handfläche hin. Langsam legt sie mir einen Gummi in die Hand, benutzt, gefüllt, verknotet, noch warm. Sie sucht meinen Blick, ist unsicher. Ich werfe einen Blick hinüber zu dem jungen Polizisten, der das Absperrband befestigt hat und jetzt verzweifelt in jede Richtung schaut, nur nicht in unsere.

Ich lege den Gummi wieder neben die Bar, dort, wo sie ihn ursprünglich abgelegt hat, und steige ein.

»Nach Hause, Caro.«

Sie schließt wortlos die Tür, geht um den Wagen herum, setzt sich hinter das Lenkrad. Langsam fährt sie rückwärts, sie wendet den Kopf, doch sie blickt nicht nur nach hinten, sie sucht immer noch mich.

Ich beuge mich vor, schiebe die Trennscheibe zur Seite. »Halte kurz an«, sage ich ihr, als wir dem Blickfeld der Polizei entronnen sind.

Sie hält an, sitzt ganz ruhig, ganz still, wartet.

Ich greife durch die Öffnung, nehme ihr die Chauffeursmütze ab, löse ihr Haar so, dass es sich wie schwarzes Metall über ihre Schultern ergießt. Es ist ein Signal, das Spiel ist vorbei, sie ist wieder meine Freundin, Vertraute, meine Liebe, meine Partnerin und meine Frau.

Ich halte inne, bin still, sie auch.

»Ich habe gemerkt, dass er dich bewundert hat, mehr als Malowsky dich verachtete, deshalb gab ich dich ihm.« Ich schlucke. »Wenn er sah, was ich sah«, fahre ich leise fort, »so hast du ihm nun einen anderen Eindruck gewährt, ein anderes Bild, ein Bild des Lebens und der Freude. Dafür wird er dir ewig dankbar sein.«

Ich streiche ihr über die Wange, greife ihr unters Kinn, drehe ihren Kopf mit leichtem Druck zu mir, die Haltung ist unbequem, aber sie sieht mich offen an.

»Wurde er dir gerecht? Schenkte er dir Freude?«

Sie lächelt leicht, bewegt ihr Gesicht so, dass sie einen leichten Kuss auf meine Handfläche setzt.

»Er verstand es nicht. Ich habe ihn vollständig überrumpelt. Aber ja, ich glaube, in diesem kurzen Moment hat er mich geliebt. Er schenkte mir Freude.« Ihre Stimme ist voll, klar, weich wie Honig. Ihre Stimme kann mich träumen lassen, manchmal verbiete ich ihr das Sprechen nur, damit ich mich darauf freuen kann, sie wieder zu hören, wenn ich es dann erlaube.

»Wenn du sagst, dass ich helfen konnte, ihn das vergessen zu lassen, was ich in deinem Blick sehe, dann bin ich froh für ihn«, sagt sie leise.

Ich antworte nichts, sehe sie nur an.

Das Spiel ist vorbei, sie kann sein, wie sie ist, also hebt sie fragend eine Augenbraue.

Ich versuche zu lächeln, ob es mir gelingt, weiß ich nicht, aber ich versuche es. Ich rieche ihr Haar, zusammen mit der Winterluft, sehe, dass sie in der Eile ihren Lippenstift nicht korrigieren konnte, er ist leicht verschmiert. Sehe in ihren Augen die Tiefe ihrer Seele.

»Ich versuche das Gleiche«, antworte ich ihr leise. »Ich will in dich eintauchen und vergessen. Aber das geht nicht. Das darf ich nicht.« Ich nehme ihre Hand, um sie zu küssen. »Fahr uns nach Hause.«

Es wäre vielleicht besser gewesen, in der Stadt zu bleiben, Krüger auf dem Präsidium aufzusuchen, Dinge abzustimmen, aber im Moment bin ich dazu nicht imstande. Caro fährt, schwimmt elegant und souverän im Verkehr mit, der am Anfang – es ist schließlich Morgen, und der Berufsverkehr quillt in die Stadt – einfach nur fürchterlich ist. Der alte Rolls ist seit drei Wochen fertig, seit zwei Wochen spielen wir dieses Spiel. Der Rolls ist nicht mehr wirklich so alt, vieles an ihm wurde an die heutigen Bedürfnisse des Straßenverkehrs angepasst. Dennoch ist er, nach heutigen Maßstäben, nicht sicher. Mit ein Grund, warum Caro so fährt. Ein überraschender Effekt ist, dass diese alte majestätische Dame ihren Weg fordert. Die Leute machen Platz, als ob sie einer Königin den Weg räumen, es ist etwas anderes, als sich hektisch durch den Verkehr zu drängeln.

Heute kann ich die Muße gebrauchen. Ich atme tief durch, rieche Leder, Wachs, eine Rose und Carolines unverwechselbaren Duft, werde erinnert an das Parfüm, das ich roch.

Man sagt, dass der Geruchssinn derjenige Sinn ist, der am direktesten mit Erinnerungen verknüpft ist. Vor meinem geistigen Auge sehe ich eine junge Frau, ganz in Lack gehüllt, an einer der Stangen, die rund um die Tanzfläche des *Dominions* stehen, leuchtende graue Augen folgen fasziniert der Showeinlage auf der Bühne, weiße scharfe Zähne beißen in ihre Unterlippe, sie zieht die Luft hart ein, als sich auf der Bühne die maskierte Frau, festgezurrt auf den offenen Sprungfedern eines alten Bettes, rückwärts aufbäumt, während die Gerte in der Hand des Meisters die Stelle zwischen ihren offenen Schenkeln küsst.

Ich stehe neben ihr, unterhalte mich mit Friedrich, einem meiner treuesten Gäste, als ein zufälliges Spiel von Luftströmen mir dieses Parfüm in die Nase weht. Ich werfe ihr einen Blick zu, mir erscheint sie zu jung für den Club, aber heutzutage ist dies schwer zu erkennen. Ihr Busen bebt, als sie atmet, schnell, fast hyperventilierend; freizügig in dem Mieder aus Lack, bietet er einen reizenden Hintergrund für den altmodisch wirkenden schwarzen Modeschmuck, der sich verführerisch in das Tal zwischen ihrem Busen ergießt.

Ich fühle ihre Erregung, eine kleine Venus mit schlanken Fesseln, schmaler Taille und großen Augen. Eine Alice im Wunderland.

Eine Stimme in meinen Gedanken sagt, du kannst sie

nehmen, aber ich winke innerlich ab. Ich habe, was ich brauche und so lange gesucht habe, sie reizt mich nur durch ihre Jugend, die scheinbare Unschuld und das Fieber in ihren Augen.

Ich wende mich wieder der maskierten Frau auf dem Metallbett zu, ihre Augen suchen und halten mich, als sie sich mit einem unterdrückten Stöhnen aufbäumt. Sie trägt eine Opernmaske, eigentlich überflüssig, aber ein Element der Show, es gibt ihr etwas Mysteriöses, Unbekanntes, und diese dunklen Augen gehören Caro ...

»Caroline«, sage ich, ihr voller Name, da ich das Spiel vorhin beendet habe. »Wann war das, als George dich im *Dominion* vorführte?«

Seitdem wir uns gefunden haben, bin ich in solchen Dingen faul geworden. Zwar bin auch ich imstande, mein Gedächtnis nach jenem Tag zu durchforsten, Caro jedoch hat, wie viele Frauen, für diese Belange einen besonderen Kopf.

»Zwölfter November.« Sie sucht meine Augen im Rückspiegel. »Meine Füße tun immer noch weh, wenn ich daran denke.« Ja, richtig, die Bastonade.

Ein anderes Bild drängt sich vor meine Augen, sie auf dem Boden, die Füße gespreizt an die Pfosten des Bettes gekettet, ihr Kopf nach hinten gerissen, das Gesicht verklärt von dem Schmerz, den sie spürt, als dieser eine Schlag die Haut anreißt.

Ich schiebe das Bild zur Seite, ihr Gesicht ähnelt zu sehr einem anderen, die gleichen geweiteten Augen.

Ich vertraue Caro mit allem, das ich bin, habe und liebe, aber ich habe dieses eine Geheimnis vor ihr: Ich bin kein echter Sadist. Mich erregt es, ihre Erregung spüren zu können, aber ich muss jedes Mal darüber hinwegkommen, dass es Schmerz und Erniedrigung sind, die sie dorthin bringen.

Wenn ich sie leiden sehe und nicht ich es bin, der ihren Schmerz kontrolliert, dann leide ich. Sie wird es aber nie erfahren.

Der Mörder fühlte sein Opfer nicht. Das ist es, was ich von dem Tatort mitnehme ... ein Mangel an Gefühl für Alice. Mein Name für sie, in der Nacht, in der ich sie das erste Mal sah, am 12. November.

»Warum fragst du?« Carolines Blick teilt sich zwischen dem Rückspiegel und der Straße vor uns. Der Rolls schwankt, als ein Idiot mit deutlich über zweihundert Sachen an uns vorbeischießt. In alten Zeiten war die Höchstgeschwindigkeit des Rolls gerade mal neunzig, mit dem neuen Motor wäre es möglich, hundertsechzig zu fahren, aber die Nadel steht auf hundert. Exakt hundert.

Hinter uns schwenkt ein Lastwagen aus, den Blinker hatte er bereits gesetzt, bevor der Idiot ihn überholte. Nun kriecht der Laster an uns heran, ist neben uns. Das Dröhnen seines Motors ist fern, der Rolls abgekapselt von der Umwelt, eine Kunst, welche die Erbauer dieses Wagens schon damals beherrschten.

»Ich erinnere mich, sie an jenem Abend im *Dominion* gesehen zu haben. Sie stand am Rand der Tanzfläche, und sie hätte gern mit dir getauscht.«

»Sie?« Caroline sucht meinen Blick. »Das Opfer?«

Ich nicke. »Das war vor der Bastonade, richtig?«

Sie lächelt leicht. »Ich glaube, danach wollte niemand mehr mit mir tauschen. George ist ja sonst ganz okay, ich mag ihn auch, aber wenn es um seine Spezialität geht, ist er ein Bastard.« Sie wirft mir einen Blick zu. »Und du auch. Ich musste den Rest des Abends stehen.«

Es ist Small Talk. Sie weiß, dass mich das, was ich sah, erschütterte, sie weiß auch, dass Alice, oder wie immer sie auch hieß, wahrscheinlich gern getauscht hätte, um diesem Schicksal zu entrinnen.

Wir biegen von der Hauptstraße ab, hier ist nicht mehr geräumt, der Rolls-Royce schaukelt, als wir den Asphalt verlassen. Eine weite Spur zieht sich vor uns die Allee entlang, eine Spur im Schnee, die wir vor wenigen Stunden, vor einer Ewigkeit, selbst gezogen haben. Es war Nacht vorhin, nun bricht ein grauer klarer Tag an.

In der Ferne sehe ich eine Krähe kreisen, sie erscheint mir sehr groß, vielleicht ist es ein Rabe, es soll hier welche geben.

Ich rolle das Fenster herunter, nehme den Gummi von der Bar und werfe ihn hinaus. Caro folgt seinem Flug mit den Augen.

»Marcus?«

»Ja?«

Schweigen. Ich warte. Sie wird sagen, was sie sagen will.

»Ich hasse den Geschmack von Gummi«, sagt sie leise. Ich nicke, ich weiß es. Sie sagt nichts weiter, es ist genug. Caro ist meine Sklavin, es ist mein Recht, sie jedem zu geben, und für mich hat es einen besonderen Reiz, wenn ich weiß, dass sie sich einem Wildfremden hingibt, nur weil ich es will. Dabei gibt sie sich aber nicht dem anderen, sondern indirekt mir. Es ist Hingabe an mich.

Heutzutage kann man aber auf Gummis nicht verzichten. Nun, das ist auch nicht ihre Bitte.

Für einen Moment bin ich abgelenkt, dann sehe ich wieder das Gesicht von Alice, ihr Gesicht vom Rand der Tanzfläche, das andere Gesicht dränge ich zur Seite. Ich habe Caro gehört, aber es ist nicht der richtige Zeitpunkt, darauf einzugehen.

Sie blickt wieder nach vorn, fährt konzentriert. Es ist

nicht so, dass Caro nicht mitfühlt, eher das Gegenteil, es ist sogar denkbar, dass sie darum gebeten hat, um mich abzulenken, ich traue es ihr zu.

Ich schaue auf die altmodische Uhr, über der Bar, unter der Blumenvase. Sie muss aufgezogen werden, ist mechanisch, und dennoch weiß ich, dass sie auf die Sekunde stimmt, denn es ist Caros Aufgabe, dafür zu sorgen. Wie auch für die einzelne rote Rose in der Vase am unteren Rand der Trennscheibe. Wir haben kein Gewächshaus, es ist ihr Geheimnis, woher diese Rose stammt, aber seit zwei Wochen, seitdem wir den Rolls nutzen, befindet sich dort jeden Morgen eine frische Rose.

Ich bemerke selbst, dass ich mich gedanklich noch mit Kleinigkeiten befasse, mich ablenke, nur weil ich nicht an das denken will, was ich an diesem Kreuz sah. Ich schrecke noch immer vor dem Bild zurück. Es wird Zeit, dass sich das ändert.

Inzwischen ist es kurz vor neun, mitten in der Nacht für die meisten Leute, die abends das *Dominion* bevölkern. Ich strecke die Hand aus, öffne ein Fach aus poliertem Holz, nehme das Funktelefon heraus.

Es ist neu, ein anderes als das, was ich gestern noch benutzt habe. Im Rückspiegel sehe ich Caros Augen, sie lächelt amüsiert.

Sie ist fasziniert von diesen Dingern, mag all die kleinen Spielereien und ist eine Virtuosin im Schreiben von SMS. Sie ist achtzehn Jahre jünger als ich, und dies ist einer der wenigen Punkte, an denen ich merke, dass uns eine Generation trennt.

Ich suche das Rufnummernverzeichnis, rolle schließlich den Balken auf »Klaus B. priv. Home« und drücke die Taste mit dem grünen Hörer. Es läutet endlos, ich werde daran erinnert, wie gestern Nacht unser Telefon uns penetrant in die Welt zurückriss, die wir zu vergessen suchten. Die Verbindung wird unterbrochen, offensichtlich hat Klaus einen guten Schlaf.

Zwischen den alten Linden taucht das Chateau auf, malerisch mit Schnee verziert, selbst jetzt, acht Jahre später, kann ich kaum glauben, dass dies alles mir gehört, dass dies mein Heim ist.

Es verdient den Namen »Chateau« nicht wirklich, es ist ein imposantes Gebäude, das im späten 19. Jahrhundert im Stil des Spätbarocks errichtet wurde, eine Kopie, aber ungleich tauglicher als ein Original. Drei Stockwerke, achtzehn Zimmer, davon vier Salons im Erdgeschoss, im linken Seitenflügel ein Ballsaal, rechts die Stallungen, nun eine Garage für unsere Fahrzeuge. Der Hof ist unter dem Schnee mit Kopfstein gepflastert. Der Haupteingang befindet sich die Treppe hoch, im ersten Stock. Vor ihm, in der Mitte der runden Auffahrt, ein verschneites Blumenbeet sowie ein leicht kitschiger Amor, mit Schnee und Eiskristallen drapiert; er gehört zu dem Brunnen in der Mitte.

Ich finde ihn kitschig, aber Caro mag ihn. Ich sage mir immer wieder, wie wichtig Konsequenz ist und dass ich ihr schon gesagt habe, dass ich ihn entfernen lassen wolle, das war vor drei Jahren, aber ich befürchte, diese Entscheidung ist nicht die meine.

Die Geschichte des Chateaus ist genauso obskur wie verrucht. Erbaut wurde es als eine diskrete Spielwiese des Adels, nicht unähnlich den Lustschlösschen früherer Epochen, aber dies war 1899. Zwar diente das Haus hauptsächlich dem einen lusterfüllenden Zweck, aber schließlich gehörte es sich, *es* mit Stil, Würde und Anstand zu tun. Also fügte man auch noch die Basis für andere Genüsse hinzu, eine große Bibliothek, in der die Herren mit der Bildung des Geistes prahlen konnten, eine für damalige Verhältnisse moderne und großzügige Küche, damit das Kulinarische nicht zu kurz kam, und natürlich waren seit jeher Pferde für den gepflegten Morgenausritt ein Muss. Zur körperlichen Ertüchtigung ein Gymnasium und, hinter dem Haus, ein Schwimmbassin in der Art eines türkischen Bades, das mit einem Jugendstil-Gewächshaus überdacht wurde, sodass man es auch im Winter nutzen konnte.

Der Erste Weltkrieg und der Fall Habsburgs bescherten diesem Lustgewinn ein jähes Ende. In den letzten Kriegsjahren und für Jahre danach wurde das Anwesen als Hospital genutzt. Einer der Salons im Erdgeschoss wurde weiß gekachelt, die französischen Türen herausgerissen und durch eckige, geradezu abstoßend hässliche Stahlrahmenfenster ersetzt – mehr Licht für den Arzt bei seinem blutigen Handwerk.

Zwei Jahre, bis 1926, stand es leer und fand sodann weitere Verwendung als Klinik, diesmal nicht für Kriegsopfer, sondern für die geschundenen Geister. Sieben Jahre lang war es das Landruhheim, eine psychiatrische Klinik für Frauen, bis ein Skandal ungeheuerlichen Ausmaßes den Direktor in den Selbstmord trieb und es übereilt geschlossen wurde. Im Spätsommer 1938 wurde das Anwesen von den Nazis entdeckt, von der Partei erworben und wieder seinem ursprünglichen Zweck zugeführt. In den Zimmern im dritten Stock warteten arische Mädchen auf die Offiziere, um sie mit ihren Schößen zu belohnen. Keine Gummis für die Damen, schließlich war arischer Nachwuchs aus gezielter Paarung erwünscht.

1945 wurden die Besitzer ausgetauscht; es waren nun die Amerikaner, die hier militärisch organisierte Entspannung fanden, vielleicht waren es dieselben Frauen. 1947 verplapperte sich ein amerikanischer Posten gegenüber einem Journalisten, hastig wurde eine Decke über die Sache gebreitet, und eines Tages waren die Amerikaner einfach nicht mehr da.

Das Haus stand leer bis Mitte der Fünfziger, ein Ausflugsrestaurant versuchte sich hier, später wieder einmal eine Klinik, diesmal gezielt auf die Falten und das unerwünschte Gewebe von Frauen spezialisiert, die ein Vermögen zahlen sollten, um den Ort verjüngt und schlank zu verlassen.

Mit seiner Vorgeschichte war es jedoch wohl kaum verwunderlich, dass das Anwesen nur in einer Funktion wirklichen Erfolg haben würde. Ende der Sechzigerjahre kaufte eine sorgsam durch Mittelsmänner abgeschirmte Person das Anwesen und verwandelte es in ein Edelbordell, ein Unterfangen, das weitaus erfolgreicher war als alle früheren Unternehmen. Bis 1998 blieb es dabei. Dann verstarb der geheimnisvolle Besitzer.

Es stellte sich heraus, dass er mein Großonkel war, ein Mann, den ich in meiner Kindheit nur einmal gesehen habe, ein streng wirkender Herr in korrektem dunklen Anzug, mit Augen, die einen zu durchbohren schienen.

Diese Augen sind das, woran ich mich erinnern kann, und seine Worte zu mir und meiner Mutter. »Ein gescheiter Kerl. Gut gemacht.«

Welch Lob für eine Nichte, die Witwe eines Polizisten, der im Dienst umkam und die nun bei acht Familien putzte, damit wir etwas zu essen hatten ... Meine Mutter hasste ihn, aber warum, erfuhr ich nie. Heute kann ich es mir denken.

Sie starb vor ihm, und natürlich dachte er selbst nicht im Traum daran, mir etwas zu vererben. Ein Hundeheim sollte stolzer Besitzer des Chateaus werden, wie es im Volksmund hieß. Einhundertsiebenundsiebzig Millionen Schilling, sechs Morgen Land, das Chateau, weitere Häuser in der Stadt, unzählige andere Dinge ... sollte noch mal jemand sagen, lasterhaftes Leben lohne sich nicht! Onkel Wilhelm wurde achtundneunzig Jahre alt und starb im Schoße einer Minderjährigen. Nein, seien wir ehrlich, er starb in ihrem Hintern.

Nichts von alledem wusste ich damals, ich versuchte, bei der Polizei etwas Sinnvolles zu tun, war darauf fixiert, das Böse zu bekämpfen und nebenbei Karriere zu machen.

Nur war das Testament rechtlich nicht gültig, irgendetwas war vergessen oder übersehen worden, ich weiß es nicht mehr, vielleicht fehlte das Datum, vielleicht sogar die Unterschrift.

Ich persönlich denke, dass der Anwalt meines Onkels, einst ein Jugendfreund meiner Mutter, dem alten Lüstling und Geizkragen einen letzten Streich spielte, denn er bot sich schnurstracks an, mich zu vertreten. Zwei Monate später war ich Besitzer dieses Anwesens und anderer schöner Dinge, darunter eines Dutzends Grazien, überraschenderweise als Inventar aufgeführt.

Mit achtundneunzig war es für Onkel Wilhelm nicht immer einfach gewesen, seinen Spaß zu haben, der alte Lustmolch musste motiviert werden, das Außergewöhnliche reizte ihn – und die Jugend. Dass er als alter Päderast starb, kümmerte ihn wahrscheinlich wenig, angeblich starb er mit einem Lächeln ... Aber die Tatsache, dass der Schoß, nein, der Hintern zu einem dreizehnjährigen Mädchen gehörte, war schon Skandal genug; dass es sich um die zwei

Monate zuvor weggelaufene Tochter eines lokalen Politikers handelte, gab das Öl ins Feuer, aber dass das Anwesen, immer noch an zwei Tagen die Woche für handverlesene Gäste geöffnet, nun jemandem gehörte, der als Polizist ehemals sogar bei der Sitte gewesen war und so gleichsam auch Tugendwächter hätte sein sollen, gab den letzten Zündstoff.

Ich schloss das Anwesen in dem Moment, als alles unterzeichnet war, aber dies war eine ganze Weile nach dem Skandal. Erbschaften ziehen sich länger hin als Skandale, und bis zu der letzten Unterschrift führte der Verwalter des Anwesens dieses nach den Wünschen meines Onkels fort.

Malowsky war es, der den Stein ins Rollen brachte. Wir waren nicht länger Freunde, nur wusste ich es noch nicht. Es war nicht direkt Neid, es war die Bitterkeit in ihm, dass mir all dies in den Schoß fiel und er, Jahre vorher, zusehen musste, wie seine Frau starb, weil er das Geld für die notwendige Operation in den Vereinigten Staaten nicht auftreiben konnte. Er verpfändete und verkaufte alles, was er hatte, und mehr, doch es reichte nicht für diese eine spezielle Klinik, es musste also eine andere sein, und sie starb dort während der OP.

In seiner Bitterkeit konnte ihm keiner helfen, unsere Freundschaft gefror, war vorbei, bevor ich es merkte. Ich vertraute ihm, er nutzte es aus, um mich von der Karriereleiter zu stoßen, aber hauptsächlich, um seiner Bitterkeit gerecht zu werden.

Niemand konnte mir etwas vorwerfen. Rechtlich gesehen war ich noch nicht in der Lage, auf das Management des Chateaus einzuwirken, und dieses wollte so lange wie möglich das exklusive Gehalt beziehen, das ihm vertraglich zustand. Teilweise wurden exorbitante Summen für die »dienstleistenden Personen« bezahlt, all das vertraglich geregelt. Ich hätte für eine vorzeitige Schließung und den entsprechenden Verdienstausfall ein Vermögen zahlen müssen. Es gab keine rechtliche Handhabe gegen mich, aber das war auch nicht notwendig. Schließlich wurde mir ja nur »nahegelegt«, meinen Hut zu nehmen.

Eine Weile blieb das Chateau geschlossen. Dann sah ich die Bücher ein, realisierte die Zahlen und öffnete es wieder.

Das Management musste gehen, einige mir durch ihre polizeilichen Akten sehr wohl bekannten Personen wurden aus der Gästeliste gestrichen, die Damen ausbezahlt.

Die Sitte ging der ganzen Angelegenheit nach. Ich war an der Untersuchung nicht beteiligt, man vermutete einen Interessenkonflikt. Dennoch, für mich vollständig unverständlich, entging den Kollegen die Tatsache, dass auf dem Chateau nach wie vor zwei minderjährige Mädchen lebten.

Ich korrigierte dies auf meine Weise. Jetzt sind sie nicht mehr minderjährig und arbeiten immer noch für mich ... Jacqueline, eine kleine, süße, ruhige Frau mit leuchtenden Augen und schnellen graziösen Bewegungen, zaubert in der Küche kulinarische Sensationen, Amber, eine verspielte Katze in Menschengestalt, verwaltet meine EDV und hält die Technik auf neuestem Stand. Ich finanzierte ihnen das Studium und eine Zukunft, ein Versuch, das auszugleichen, was mein Onkel ihnen an Kindheit nahm.

Zu meiner Überraschung bestanden beide darauf, ins Chateau zurückzukehren. Sie brachten mich mit ihren Verführungskünsten an den Rand des Wahnsinns, während mich dieser unbestimmte Gedanke verfolgte, dass es nicht erlaubt sei. Ich vergaß dabei, dass auch sie irgendwann volljährig geworden waren. Eines Tages steckten sie ihre hübschen Köpfe mit Caro zusammen und arbeiteten einen Schlachtplan aus ... und ich unterlag mit Genuss.

Ab und zu, eigentlich selten und nur bei besonderen Gelegenheiten, sind Jacqueline und Amber auch mal in den öffentlichen Räumen zu finden. Dann packt es sie, und sie mischen sich aus einer Laune heraus unter die anderen Mädchen, wobei Caro diskret über Amber wacht. Amber ist blond, zierlich, klein ... mein Onkel fand sie mit elf. Als ich von ihr erfuhr, war sie beinahe sechzehn. Jetzt ist sie vierundzwanzig und hat ihr Leben ansonsten fest im Griff. Aber sie ist die einzige mir bekannte Person, die wirklich keine Grenzen zu haben scheint. Sie weiß es selbst, deshalb gibt sie sich so selten, aber wenn sie es tut, passt Caro auf sie auf.

Doch all das lag damals noch in der Zukunft. Der alte Verwalter, der um diese Dinge wusste und sie übersah, wurde entlassen, und mir fehlte ein neues Management.

Es gab viele Bewerber um den Posten, ich wollte die Arbeit nicht selbst tun, sah mich aber fast dazu genötigt, da ich keinen der Kandidaten mochte. Dann klopfte es eines Tages an der Tür zu meinem Büro, *sie* kam herein und teilte mir mit, dass sie meine neue Managerin sei.

Zweiundzwanzig Jahre alt, ein Summa-cum-laude-Juraabschluss mit Schwerpunkt Wirtschaftsrecht, aus bester, alteingesessener Wiener Familie.

Ich fragte sie, warum ausgerechnet sie dies tun wolle. Mit ihren Qualifikationen, mit ihrem Charisma, das den Raum flutete, hatte sie überall Chancen, wieso also hier?

Die Antwort war genauso einfach wie überraschend. In diesem Haus hatte ihre Urgroßmutter ihren Urgroßvater kennen- und lieben gelernt; von daher war sie schon immer an dem Anwesen interessiert und fühlte sich ihm verbunden. Zum anderen, so erklärte sie mir, sei ihr die Szene nicht fremd, sie sei zwar in der eigenen Neigung eher devot und submissiv, aber sehr wohl imstande, auch zu dominieren.

Das Chateau bediente diese besondere Klientel, wie ich bald herausgefunden hatte. In den vorangegangenen Monaten hatte ich fast alles gesehen, was ich vorher für undenkbar gehalten hatte. Meine Arbeit bei der Sitte tat ein Zusätzliches, um meine Bildung in diesem Bereich abzurunden, und ich wusste also, was sie meinte, aber ich konnte den Bezug zu mir bis dahin nie erkennen.

Doch als sie mich dann ansah und mir sagte, ich könne sie in jeder Beziehung testen, sie sei in jeder Kapazität extrem belastbar, und als sie mit dieser flinken Zunge ihre Lippen befeuchtete, wurden mir die Knie weich und die Hose eng. Zum ersten Mal explodierten in meiner Fantasie die Bilder, die ich zuvor nur bei anderen gesehen hatte, und diesmal waren sie und ich die Akteure.

Also führte ich sie wortlos in eines der speziellen Zimmer, und sie folgte mir mit einem Glanz in den Augen, der sich verstärkte, als sie das spezielle Bett sah, ein Monstrum, das allerdings den Vorteil besaß, fast jede Form annehmen zu können und in jeder Konfiguration das Opfer hilflos und offen fixierte.

Ich befahl ihr, sich auszuziehen, sah so zum ersten Mal diesen exquisiten Körper, Alabaster, gekrönt von dem Haar, so schwarz wie das Gefieder eines Raben.

Ich verfiel in einen Rausch an Farben und Eindrücken, befahl ihr, dieses und jenes Gerät auszuprobieren, und als sie auf dem Bettgestell lag, unbequem verspannt, weit offen, ergriff ich zum ersten Male in meinem Leben den Rohrstock.

Sie fieberte mir entgegen, es war, als ob sich alles an ihr mir entgegenreckte, darum bat, ja, sich geradezu sehnte, den heißen Kuss zu spüren. Jedes Mal, wenn der Stock sie brennend liebkoste, hob sich ihr Schoß, spannten ihre Fesseln sich mit einem harten Schlag, die Sehnen und Muskeln unter ihrer Haut spielten und fühlten sich an wie Bänder aus Stahl, als ich die Hände über sie gleiten ließ.

Wieder und wieder geschah es, hob sich ihr Schoß in die Luft, dann traf der Stock ihre Beine, überzog die weiße durchscheinende Haut mit einem geröteten Muster. Ich war in einem Wahn, verloren, aber ich verlor sie nicht. Ich konnte mit ihr fühlen, in ihr, jeden einzelnen Schlag, ging mit ihr auf diese wahnwitzige Reise, aber ich verlor nicht das Ruder aus der Hand, zu deutlich konnte ich sie sehen, riechen und lesen.

Ihre Schönheit ist die eines Kunstwerks, eine Schöpfung, wie es nur ein einziger Meister erschaffen kann. Ihre blasse durchscheinende Haut, das schwarze Haar, diese ausdrucksvollen Augen ließen sie zerbrechlich wirken, was sie nicht ist. Ihr Aussehen, das selbstsichere Auftreten und ihr geschulter Verstand, all dies schreckte Männer ab, nahm ihnen den Mut, sich ihr zu nähern. Selbst als sie ihre Neigung entdeckte und sich freiwillig dem Schmerz ergab, waren ihre Schönheit und scheinbare Zerbrechlichkeit oft ein Hindernis für sie und ihre Partner.

Aber ich selbst konnte in jenem Augenblick nicht denken, nur fühlen, und ich fühlte, wie sie um etwas bat, was ich zuerst nicht bemerkte, ein wortloses Flehen. Ich spürte die Wellen ihrer Erregung, dass sie ihrem Orgasmus entgegenfieberte, dann landete der Stock zentral zwischen ihren Beinen, von oben hineingeschlagen, genau und exakt zwischen ihren Lippen, exakt auf diesen einen empfindlichen Punkt, den sie mir entgegenreckte … Sie schrie, die Ketten strafften sich mit einem harten Schlag, ihr ganzer Körper bäumte sich auf, unnatürlich, die Gesetze der Schwerkraft Lügen strafend, für zwei, drei, vier, fünf Sekunden ... bis sie in Zuckungen und Nachbeben niedersank.

Es gibt einen Punkt, ab dem ich ihr nicht mehr folgen kann, sie frei davonfliegt, nur ein dünner Faden uns verbindet. So war es auch damals, sie war nicht mehr von dieser Welt. Aber ich sah ihr Gesicht ... und der Rohrstock hob sich erneut ... Diesmal traf er dort mit Absicht, wohin meine ungeübte Hand zuvor aus Versehen gezielt hatte.

Als ich sie später in den Armen hielt und ihr über das Haar strich, während sie zitterte und in mich zu kriechen versuchte, wusste ich bereits, dass sie die einzige Frau für mich war.

Zwei Wochen später heirateten wir.

Hatte ich zuvor ein paar ungenaue Vorstellungen über meine zukünftige Frau gehabt, so hätte ich mir jedoch nie träumen lassen können, wie die Erfüllung meines Lebens tatsächlich sein würde. Es gab einen Preis, den sie zahlen musste. Ihr Vater, ein stocksteifer Bankier, wandte sich von ihr ab, enterbte sie und verbot ihr das Haus. Ich kam damit nicht zurande, aber Caro sagte in einem bitteren Ton, dass es nicht anders zu erwarten gewesen wäre. Mit ihrem Vater hätte sie nie reden können.

So heil, wie ich dachte, war ihre Welt auch nicht gewesen. Ihre Mutter starb, als sie klein war, ein Autounfall, ich erfuhr erst später, dass sie wohl volltrunken am Steuer gesessen haben muss, mit ihrem Liebhaber an ihrer Seite. Ganz klassisch, der Gärtner – ein Skandal, der erfolgreich vertuscht wurde. Nur durfte in dem Haus nicht mehr über ihre Mutter gesprochen werden.

»Es gab nie jemanden, mit dem ich reden konnte«, vertraute sie mir einmal an. »Keinen außer Uomi.«

Ihre Urgroßmutter, Frau Winter, musste eine formidable Frau sein. Ich hoffte, sie auch einmal kennenzulernen. Sie telefonieren fast jeden Tag. Nur zu Hause ist Caro schon lange nicht mehr gewesen.

An all dies denke ich, als das Chateau zwischen den Linden auftaucht. Vielleicht weiß Caro meine Gedanken zu lesen, denn im Rückspiegel sehe ich einen ganz bestimmten Blick, und sie befeuchtet ihre Lippen mit flinker Zunge.

Ich bemerke nicht, dass sie einen Knopf drückt. Das Tor der Garage hebt sich scheinbar von allein, gemächlich gleitet der Rolls an seinen Platz, das fast unmerkliche Surren des Motors erstirbt.

Für einen Moment begegnen sich unsere Blicke im Rückspiegel, dann steigt sie aus, öffnet mir die Tür. Ich stehe vor ihr, rechts neben dem Rolls parkt ihr knallroter Mini, mit dem sie wie eine gesengte Sau zu fahren pflegt. Ich greife sie an den Armen, drehe sie herum, reiße ihr die engen Hosen hinunter bis zu den Knien, werfe sie auf die Motorhaube des Mini, eigentlich etwas zu tief für meine Knie, aber egal.

Sie stöhnt auf, als ich ihr mit einer Hand brutal die Arme nach hinten reiße, meine andere Hand ihr nicht minder rücksichtslos einen harten Klaps auf die Möse gibt. Ich drücke sie nieder, ihr Gesicht gegen die Scheibe ihres geliebten roten Flitzers, und dringe mit einem langen tiefen Stoß bis zum Anschlag in sie ein.

Ein tiefer Seufzer entrinnt ihr, als wir so verharren, ich fühle sie um mich, sie war schon recht feucht, aber jetzt spüre ich, wie ihre Wärme um mich pulsiert ... Ich bewege mich nicht, ich drücke sie nur an ihren Wagen, halte sie in diesem schmerzenden Griff, die Arme brutaler hinter ihrem Rücken hochgedrückt, als ich es je bei einem Verhafteten getan habe ... und genieße sie um mich herum, ihre Wärme, sie, ihre Augen, die ich in der Reflexion der Windschutzscheibe sehen kann, ihr Zittern und Beben, als auch sie versucht, still zu sein. Sie weiß, was ich will, aber sie will sich bewegen.

Diese bezaubernde Kreatur in meinen Armen zu halten, nicht willenlos, aber ergeben in allem, was ich von ihr verlange, das Bewusstsein, dass sie mein ist, mein und nur mein ... dies treibt mich, still wie wir sind, meinem Höhepunkt entgegen. Aber noch habe ich Zeit. Ich wechsle den Griff, streiche über ihre Flanken, sie zittert um mich herum, die Sehnen treten unter der Haut hervor, als leiste sie Schwerstarbeit.

»Wow«, höre ich eine Stimme. Ich sehe nicht hin, ich kenne diese Stimme, sie gehört Amber. »War das ein Rekordversuch? Von null auf Anschlag in einer Sekunde?«

»Amber ...«, presst Caro zwischen Lippen und Glas hervor. »Du störst.«

»Wirklich?« Die Stimme kommt näher, bis Ambers Spiegelbild in der Scheibe auftaucht. Sie hat diesen Gesichtsausdruck, den sie immer hat, wenn sie etwas ausheckt.

»Mögt ihr mich nicht? Es ist Ewigkeiten her, dass ich mal so richtig gevögelt wurde.«

»Geh morgen Abend ins *Dominion*«, presse ich hervor. »Oder warte bis Freitag. Dann stecke ich dich eigenhändig in den Pranger und hänge ein Schild auf: ›Benutzung freigegeben‹.«

Caro und ich kämpfen immer noch, auch ich will mich bewegen, sie stoßen, mit Wucht tiefer in sie eindringen, sie durchbohren. Mein linkes Knie zittert ... Caro merkt es, und im Spiegel der Windschutzscheibe sehe ich das feine Lächeln; sie denkt, sie gewinnt.

»Das machst du eh nicht«, sagt Amber und leckt sich über die Lippen, beugt sich nieder und haucht auf die Stelle, die Caro und mich verbindet.

»Hast du noch nie gemacht. Mit niemandem. Auch mit ihr nicht.« Sie schiebt die Unterlippe schmollend vor, dann lächelt sie und klemmt ihren blonden Kopf zwischen meinen Bauch und Caros Rücken, küsst Caro entlang der Wirbelsäule. Ihr Haar kitzelt.

»Wenn ...« Caros Stimme ist leise, gepresst, sie braucht nun auch ihre ganze Konzentration, »wenn du mir das ... aaaah ... zerstörst ... dann mache ich es noch heute Abend im *Dominion*. Und du kannst einen drauf lassen, dass ich es tun werde ... und du wirst es bereuen.«

Diese Drohung ist ernst gemeint. Selbst Amber ist normalerweise vorsichtig mit Caro, wenn sie mit dieser Stimme spricht.

Amber zieht den Kopf zurück und schaut uns an, wirkt nachdenklich. Der Arm, mit dem ich mich am oberen Rahmen des Mini abstütze, beginnt zu zittern, beinahe hätte dieses Zittern eine kreisende Bewegung eingeleitet. Aber auch Caro hat sich bewegt, ein wenig, es zählt noch nicht, es wäre unfair. Doch ihre eigenen Gedanken törnen sie an.

Ich schließe die Augen, versuche Amber zu ignorieren, ein Fehler.

Plötzlich werde ich zur Seite gestoßen. Ich stütze mich mit dem rechten Arm ab, sie stößt von der Seite, ich kann mich nicht halten und rutsche seitwärts weg. Mein Glied wird abrupt aus der feuchten warmen Heimat gerissen, die kühle Winterluft, die durch die offene Garagentür hereindrängt, ein Schock. Ich reiße die Augen auf, versuche mein Gleichgewicht zu behalten, schaffe es nicht, weil eine blonde Amazone sich auf mich stürzt, mich erneut angreift wie ein Footballspieler. Ich rutsche an dem Mini ab, lande rücklings auf dem Boden. Ich sehe Ambers glänzende Augen, diesen verrucht-schelmischen Gesichtsausdruck, dann umfangen ihre Lippen mein Glied, ruckartig stößt sie vor, wie ein Albatros, der einen Fisch schluckt, ich merke, wie ich anstoße und die Schwelle ihres Rachens überschreite. Hinter ihr taucht Caro auf, ihr Gesichtsausdruck furchterregend, aber Amber hat mit ihren vollen roten Lippen meine Wurzel erreicht und beißt zu. Hart.

Ich komme.

Caro zieht an Ambers Haaren, ich sehe, wie lange blonde Strähnen in Caros Hand verbleiben, aber Caro sieht auch meine Reaktion, als sie weiter am Haar zerrt und sich Ambers scharfe Zähne in mich verbeißen.

Ich bin verloren, die kleine Hexe hat mich überrumpelt, sie saugt, ich habe das Gefühl, dass sie mir alles aus den Lenden holen will, einschließlich des Rückenmarks. Ihr Rachen schluckt, massiert mich weiter ... selbst Caro kann das nicht auf diese Art ... Ich sehe Ambers Augen, dahinter die von Caro, weiß, dass ich Caro freie Hand lassen werde ... und komme direkt noch mal.

Caro zieht sich die Hose hoch und richtet ihre Uniform, verschränkt die Arme vor der Brust, bis ich fertig bin, trotz Ambers Zähnen in ihr erschlaffe und sie widerwillig das freigibt, was von meiner Männlichkeit übrig ist.

Dann greift Caro zu, schnell und zielsicher wie eine Klapperschlange schießt ihre linke Hand vor, in die dichte Mähne Ambers, reißt sie hoch und zurück, eine schallende Ohrfeige folgt, brandmarkt Ambers linke Wange; ein Tritt in die Kniekehle zwingt unsere EDV-Spezialistin in die Knie. Ich greife wortlos in meine Brusttasche und reiche Caro acht lange Kabelbinder. Sekunden später liegt Amber da, auf dem Bauch und Busen, Arme und Beine über dem Rücken zu einem Bogen gespannt.

Von Reue nichts zu sehen, sie grinst keck, und ihre Zungenspitze zeigt uns weißen Schaum, bevor sie schluckt.

Caro sieht mich an, ich nicke.

Selbst wenn ich es anders gewollt hätte, es ginge nicht. In dieser kuriosen Welt, in der wir leben, ist eine Drohung ein Versprechen; wird es nicht wahr gemacht, verlieren alle.

»Du hast es so gewollt, Amber«, sagt Caro; sie atmet immer noch schwer, aber nicht, weil sie sich zu sehr angestrengt hätte. »Ich werde mein Möglichstes tun, damit du es nicht genießt.«

»Versuche es«, kommt es von Amber zurück, ihre Augen glänzen. Caro öffnet den Kofferraum des Rolls, nimmt einen öligen Lappen heraus und stopft ihn Amber in den Mund.

Ich richte mich auf, will mich ordnen, dann kniet Caro vor mir, prüft mit ihren Lippen, ob alles sauber ist, schüttelt ob der roten Spuren an meinem Glied leicht den Kopf und packt alles wieder ordentlich ein.

Wir gehen, Amber bleibt dort liegen. Allerdings schließen wir das Garagentor, und als wir rausgehen, drehe ich das Thermostat in der Garage um ein paar Grad hoch. Caro sieht es, sagt aber nichts.

Heute ist Montag. Das Chateau hat nur am Freitag und Samstag auf, den Rest der Zeit ist es lediglich für uns und Freunde zugänglich. »Uns« beinhaltet auch Jacqueline, die wie Amber hier aufgewachsen ist und immer noch hier wohnt. Sie finden wir in der Küche, als wir von der Garage aus das Chateau betreten. Sie trägt ein langes schwarzes

Kleid mit einem weiß abgesetzten rechteckigen Ausschnitt, der mir ihren Busen schön gerahmt präsentiert. Sie ist eine knappe Handbreit kleiner als Caro, ebenfalls schlank, wenn auch nicht so schlank wie Caroline oder Amber, die man nur als zierlich beschreiben kann. Jacqueline trägt ihr Haar kürzer als Caroline oder Amber, schulterlang, das ist die Mindestlänge, die ich von ihr verlange. Ihr Haar ist frisch gewaschen, eine kastanienbraune Mähne, die mich einlädt, hineinzugreifen und sie zu einem Kuss zu mir heranzuziehen. Ihre braunen Augen funkeln amüsiert, es ist ganz selten, dass Jacqueline schlechte Laune hat. Meist ist sie ruhig, sie findet nicht oft Anlass, etwas zu sagen, aber sie ist aufmerksam und beobachtet gern.

»Das sieht gut aus«, meint Caroline und beugt sich über den Topf. »Mhmmm.«

Jacqueline rümpft die Nase. »Es ist nur ein Schmorbraten«, sagt sie. Sie mustert uns, meine staubige Hose, die geröteten Gesichter. Caros Haar ist offen, also weiß auch Jacqueline, dass Caro im Moment keine Sklavin ist.

»Was ist denn mit euch passiert?«

Ich ziehe mir einen Stuhl heran und setze mich. Wortlos drückt mir Jacqueline eine Tasse Kaffee in die Hand.

»Wir wurden von Amber überfallen, und sie hat Marcus oral vergewaltigt«, antwortet Caro mit einem leicht boshaften Lächeln.

Jacqueline blinzelt ... scheinbar versagt ihre Vorstellungskraft.

Amber ist knapp eins fünfzig groß und wiegt 42 perfekt verteilte Kilo. Ich selbst bin 2,02 Meter groß und wiege 130 Kilo, zehn davon an Stellen, wo sie nicht sein sollten.

»Sie hat ihm fast den Schwanz abgekaut«, sagt Caroline, der Unterton in ihrer Stimme gefällt mir nicht.

Ich überlege, ob ich ihr die Anweisung gebe, sich einen Zopf zu flechten, sie wieder zu Caro zu machen. Aber im Moment bin ich froh, einfach hier zu sitzen. Meine Knie zittern immer noch.

Es ist Monate her, dass ich und Amber das letzte Mal das Vergnügen hatten, ich hatte vergessen, wie sie sein kann. Manchmal, über Monate hinweg, passiert nichts, dann explodiert sie.

Jedes Mal weiß ich nicht, was ich tun soll. Amber selbst sagt, es wäre in Ordnung, dass sie zwar eine spezielle Kindheit gehabt hätte, aber immer noch eine bessere, als wenn mein Onkel sie nicht gefunden hätte. Ich habe da meine Zweifel. Im Safe meines Onkels fand ich Bilder von ihr mit ihm, ich verbrannte sie, aber ...

»... hat Marcus mir die Erlaubnis gegeben, sie zu strafen.«

Bei den drei Hennen in meinem Haus gibt es eine gewisse Hackordnung. Diese wurde nicht von mir etabliert, die haben sie selbst untereinander ausgemacht. Alle drei sehen in mir aus unterschiedlichen Gründen ihren Herrn. Was ich für Jacqueline und Amber tat, war nur ein Versuch der Wiedergutmachung, nichts, was sie mir lebenslang auf diese Art zurückzahlen müssten oder sollten, aber ich stoße da auf taube Ohren. Es gefällt ihnen so, wie es ist, und beide haben Liebschaften auch außerhalb des Chateaus. Caro ist den beiden gegenüber dominant, Jacqueline ist Amber gegenüber devot und sub zu Amber.

Amber ist ... Amber.

Manchmal braucht sie den Kick, lässt sich selbst versteigern. Es geht ihr gar nicht ums Geld, oft genug spendet sie es anonym an ein Hilfswerk. Sie kickt der Gedanke, dass jemand für sein Geld eine Gegenleistung haben will, jemand bereit ist, so viel zu bezahlen für etwas, das sie auch freiwillig und umsonst geben würde. Dann geht eine Stunde mit ihr für mehr, als sich Malowsky vorstellen kann. Selbst wenn Caro sich versteigern lässt, erreicht sie nicht Ambers Handelswert. Jacqueline ist sehr selten in den offenen Räumen zu finden, sie ist eher ruhig und zurückgezogen. Meistens ist es Amber, die sie, sauber verpackt und verschnürt, in den offenen Räumen vorführt. Als ich Amber, nachdem sie ihr Studium beendet hatte und bei mir als EDV-Spezialistin anfing, das erste Mal in den offenen Räumen vorfand, traf mich fast der Schlag.

Amber kennt, wie gesagt, scheinbar keine Grenzen bei sich; von Jacqueline weiß ich sehr wohl, wo die ihren sind. Aber wenn Amber bei Jacqueline die aktive Rolle übernimmt, geht sie so weit über diese Grenzen, dass ich schon ein- oder zweimal mit den beiden geredet habe. Jacqueline aber sagt immer, es wäre schon in Ordnung so.

Wie gesagt, es ist Teil von Carolines Aufgabe, Amber an der Kette zu halten. In ganz seltenen Fällen gebe ich Caro den Befehl, Jacqueline oder Amber zu dienen. Bei Jacqueline kann es passieren, dass Caro dann den Mülleimer für die Küchenabfälle hochhalten muss; einmal fand sich Caro auch als Hauptgang in einem Menu vor. Gebe ich Caro allerdings Amber, bin ich mittlerweile sehr vorsichtig geworden. Amber ist schräg. Bis jetzt hat Caro alles mitgemacht, was Amber einfiel, aber die Drohung, sie Amber zu geben, ist überraschend wirksam; selbst Caro kann nicht abschätzen, was Amber einfällt.

Ich folge der Unterhaltung am Küchentisch nur mit einem Ohr und versuche weiterhin, Klaus zu erreichen, aber der Sack pennt noch immer den Schlaf der Ungerechten.

Dann bekomme ich das Thema mit. Jacqueline putzt Gemüse, und Caro sitzt da, die Chauffeursmütze auf ihrem Oberschenkel, trinkt Kaffee. Es herrscht ein gemütlicher Plauderton.

»... und diesmal bekommt sie ihr Fett ab«, sagt Caro gerade und nimmt einen Schluck. »Ich werde eine Rundmail an unsere Kunden rausschicken. Eine Versteigerung. Eine Versteigerung einer Idee. Jeder darf eine Idee einreichen, was mit ihr geschehen soll. Und bieten, um seine Idee durchgesetzt zu sehen. Die höchsten drei Gebote werden durchgeführt, der Gewinner hat die Erlaubnis, es zu tun. Heute Abend.«

»Wird sie wissen, was geschehen soll?«, fragt Jacqueline, doch Caro zuckt die Schultern.

»Montag ist das *Dominion* geschlossen«, sage ich blödsinnigerweise.

»Ja«, sagt Caro. »Das, was ich vorhabe, könnten wir auch nicht tun, wenn wir offen haben. Einlass nur auf Einladung, Clubmitglieder, strenge Kontrollen.«

»Hm«, sage ich. »Die drei höchstgebotenen Ideen sollen an Amber durchgeführt werden? Alle an dem Abend?«

»Die Durchführung darf pro Segment nicht mehr als eine Stunde betragen«, schlägt Jacqueline vor, und ihre Augen glänzen. Offensichtlich ist auch sie imstande, gemein zu sein.

»In welchen Grenzen?«, frage ich.

Wir alle kennen Amber, wenn es um sie geht, ist das eine heiße Frage. Der Begriff SSC – safe, sane, consensual – ist auf Amber nicht anwendbar. Und unsere Gäste wissen das. Dadurch, und weil Amber sich so selten zur Verfügung stellt, ist sie heiß begehrt.

»Keine Spuren, die länger halten als zwei Wochen«, sagt

Jacqueline vorsichtig. Caro schüttelt den Kopf. Ich sehe sie überrascht an.

Sie lächelt, zeigt ihre weißen, ebenmäßigen Zähne, ein bösartiges Lächeln. »Diesmal habe ich nichts gegen Blut«, sagt sie. »Keine Verletzungen, die länger dauern als zwei Wochen.«

Jacqueline zieht den Atem scharf ein, schaut Caro mit großen Augen an.

Blut ist im *Dominion* und auf dem Chateau tabu. Aber wenn Gäste mit Amber ein Zimmer nehmen, passiert es schon ab und zu. Es gab da noch andere, manchmal spielen auch Gäste so hart, dass es bluten kann, aber Blut ist von mir nicht erwünscht, das weiß auch Caro, zu leicht kann das jemanden schocken.

Mich zum Beispiel.

Ich bin imstande, Blutstropfen auf Caros Haut zu erzeugen, aber sie weiß nicht, wie schwer mir das fällt, welche anfängliche Überwindung und Konzentration das erfordert.

»Nein«, sage ich.

»Du hast mir die Erlaubnis gegeben, sie zu strafen«, sagt Caro. Ihr Blick ist zum ersten Mal seit sehr langer Zeit stur. Ich erkenne plötzlich, wie verärgert sie tatsächlich ist. Ich fange ihren Blick ein, sehe sie für Sekunden nur an.

»Caro ...«, sage ich dann in einem bestimmten Tonfall. Sie sieht weg, holt tief Luft.

»In Ordnung, eine Woche«, stimmt sie widerwillig zu. »Aber ich greife ihre eigene Idee auf. Bis zur Ideenversteigerung ist sie nutzbar. Für jeden.«

»Amber wollte das schon lange«, sagt Jacqueline. »Aber dazu fehlte ihr tatsächlich bisher der Mut.« Wir sehen sie überrascht an. Amber und mangelnder Mut? Aber dann lächelt Jacqueline.

»Es wird Zeit, dass die kleine Hexe das kriegt, was sie verdient. Sie will es ja nicht anders.«

Caro nickt nur.

Ich lehne mich zurück, trinke weiter meinen Kaffee, als die beiden immer mehr ins Detail gehen, und höre zu, versuche, nicht daran zu denken, wie Alice darauf wartet, dass ich mich endlich um sie kümmere.

Später sitze ich in meinem Büro und schaue aus dem Fenster über die Winterlandschaft, es ist ein beruhigender Anblick, wenn die Kälte draußen ist und man es selbst behaglich hat.

Ich drehe mich in meinem Lederstuhl. Dieses Büro ist nett eingerichtet, eine Bücherwand zur Linken, eine kleine Sitzgruppe, Media-Zentrum, Telekommunikationsanlage. Drücke ich einen versteckten Knopf am Tisch, fährt die polierte Holzoberfläche zurück, und ein Flachbildmonitor erscheint vor mir, die Tastatur fährt aus. Die Verbindung mit der großen weiten Welt ist hergestellt. All das zeigt wenig von mir, es ist die Arbeit eines Innenarchitekten.

Meine Kaffeetasse ist leer. Klaus habe ich immer noch nicht erreicht. Caroline ist mit ihrer Racheaktion beschäftigt. Amber! Ich stehe auf und gehe die Treppe hinunter, an der Küche vorbei, wo die beiden immer noch überlegen, wie man mit Amber umgehen sollte, und öffne die Garagentür.

Auf dem Computerbildschirm hätte ich mir auch die Bilder und Perspektiven der verschiedenen Überwachungskameras ansehen können, aber ich will Amber sehen, spüren, dass es ihr gut geht. In der Garage hängt eine Uhr, es ist kurz nach zehn, sie liegt nun schon eine Stunde so da.

Ich knie mich neben sie, sie sieht hoch zu mir und lächelt, dieses Lächeln, das sagt: »Niemand wird mich besiegen!«

Ich fühle ihre Hände und Füße, sie sind kühl, nicht anders zu erwarten, denn es ist frisch hier, doch nicht kalt. Die Kabelbinder schneiden zwar in ihr Fleisch, aber sie sind nicht zugezogen. Caro weiß, wie man so etwas macht, dennoch gefallen mir die Druckspuren nicht.

Aber ich sage nichts.

»Und?«, will sie wissen, »hat sie schon entschieden, wie meine Strafe ausfallen soll?« Ich suche in ihren Augen nach irgendetwas, aber Amber gibt nicht alles preis. Irgendwo da tief unten drin ist ein Kern, umschlossen von hartem Kristall, ihr ureigenstes Geheimnis, das sie nie freiwillig offenbaren wird.

»Ich denke, es liegt bei Caro, es dir zu sagen«, antworte ich ihr. Meine Hand gleitet an ihren Beinen entlang; dies ist eine der Annehmlichkeiten des Hauses, ich darf bestimmen, dass nur Röcke getragen werden. Zu meiner Überraschung hat Amber einen Slip an.

Ich weiß nicht, warum mich das überrascht. Es ist Winter, und seit fünf Monaten war ich nicht mehr mit ihr zusammen, daran hat sie mich ja heute deutlich erinnert. Das letzte Mal, dass ich ihr eine spezifische Anweisung gab, ist noch länger her, vielleicht zwei Jahre?

Caro ist groß, gute eins siebenundsiebzig und athletisch. Amber ist eine Miniaturpackung reines Dynamit, eine Katze auf Raubzug. Ihr Hintern ist nicht weniger fest und elastisch als Caros, nicht, dass ich vergleichen will, sie sind beide anders und auf unterschiedliche Art attraktiv.

Was tue ich hier eigentlich?, denke ich und gleite mit den Fingern unter ihren Slip, fühle zuerst die kalte Feuchtigkeit ihrer früheren Erregung, dann die Hitze, die sie entwickelt, als sie leise aufstöhnt und sich auf dem Boden windet, die Beine spreizt. Im Rahmen unseres Arrangements haben alle drei mehr oder weniger darauf bestanden, dass sie meine Sklavinnen sind. Aber dies ist nur Teil einer komplexen Struktur. Caro ist diejenige, die mir am meisten dient, die anderen stehen zwar theoretisch auch ständig zur Verfügung, führen aber im Rahmen des Erlaubten ein eigenes Leben.

Ich vögele sie nun mit zwei Fingern, langsam und gleichmäßig, meine Hand wird feuchter, ein Geruch von Amber steigt auf, dringt in meine Nüstern. Ich verteile ihre Feuchtigkeit an dem anderen versteckten Eingang, ihr Atem ändert sich, als ich gegen den Muskel drücke und sie nachgibt. Ich vögele sie weiterhin mit gleichmäßigen Bewegungen, zwei Finger an jedem Ort.

Irgendwann verkrampft sie sich um meine Finger, zuckt und bebt für einen langen Moment, dann atmet sie aus, wird weich.

Ich benutze ihren Rock, um meine Finger zu reinigen.

»Danke, Herr Marcus«, sagt sie leise. Es ist ewig her, dass ich das gehört habe. Zumindest von einer meiner drei Hübschen. Ich nicke, hebe den öligen Lappen auf, der vor ihrem Gesicht auf dem Boden liegt, und schiebe ihn wieder in ihren Mund, gebe ihr einen kleinen Klaps auf den Hinterkopf. Sie nickt leicht, denn sie weiß, dass Caro nicht erfreut gewesen wäre, hätte sie den Lappen nicht im Mund, wenn sie wiederkommt.

Ich bin in einer seltsamen Stimmung, als ich mich wieder nach oben bewege. Sie lag eine Stunde dort, unbeaufsichtigt. Nun, es gab nicht wirklich viele Gefahren, außer einem Krampf, aber theoretisch ist alles möglich. Auch, dass sie an dem Lappen erstickt, vielleicht einen Hustenanfall bekommt und ihn einatmet ...

Ich schiebe den Gedanken zur Seite, aber als ich in meinem Büro angekommen bin, drücke ich den bewussten Knopf, und der Bildschirm schwebt nach oben, lautlos. Amber hat gute Arbeit geleistet. Sie leisten alle verdammt gute Arbeit.

Ich stelle eine der Sicherheitskameras in der Garage auf Amber ein, ich glaube es nicht, sie scheint zu schlafen, ihr Brustkorb hebt sich regelmäßig, ihr Gesicht macht einen fast verträumten Eindruck, ein Lächeln spielt um ihre Lippen. Eine Katze, die ihre Milch bekommen hat.

Ich muss lachen.

Es ist wahrscheinlich wirklich müßig, sich um Amber Gedanken zu machen.

Das Telefon spielt eine Fanfare, ich lege einen Finger auf die Leitungstaste. »Wolf.«

»Marcus, ich bin es. Du wolltest mich sprechen?« Klaus.

»Ja, richtig.« Ich schwenke in meinem Sessel herum, sehe aus dem Fenster. Die Sonne steht hinter dem Haus, es wirft einen Schatten auf den Schnee, ein Kontrast zwischen hell und dunkel.

»Klaus, ich möchte, dass du dir die Eingangsbücher vom *Dominion* vornimmst. Ich suche einen bestimmten Tag. Streiche die Männer komplett, streiche alle Frauen, die du kennst. Dann versuche herauszufinden, ob eine der Übrigen eine junge Frau war, fast zu jung für den Club, etwa eins sechzig groß, schulterlange, feine blonde Haare, graue Augen. Sie trug einen Lackrock und ein Lackmieder, Sechs-Zentimeter-Pumps. Eine Kette um die Hüften.«

»Wow«, ist die Antwort. »Jetzt gleich? Ich bin noch nicht einmal richtig wach!«

»Es ist halb elf, Klaus. Ich will die Liste mit den ungeklärten Namen auf meinem Tisch haben, per E-Mail. Du wirst die anderen raustrommeln, Tanja, Robert und Jürgen, und sie ebenfalls zu der Frau befragen. Ich will den Namen wissen, ob sie jemand kennt, ob sie mit jemandem, den wir kennen, gespielt hat. Alles klar?«

»Gut, ja, natürlich. Wie sah sie noch einmal aus?«

Ich seufze.

»Ich schicke euch allen eine E-Mail mit der Beschreibung. Klaus, das hier ist wichtig.«

Er gähnt.

»Was ist so wichtig an der Kleinen? Wenn du Frischfleisch haben willst, dann kann ich dir ein paar Namen nennen.«

Ich sehe auf das Telefon. Ich glaube, ich werde für meine Mitarbeiter Bildtelefone installieren lassen. Ein Blick in mein Gesicht, und Klaus hätte sofort gewusst, wie ernst die Angelegenheit ist! Ich kann Alice vor mir sehen, und dass er sie als Frischfleisch bezeichnet, macht mich wütend.

»Klaus, wir sprachen schon ausführlich darüber. Ich will nicht, dass jemand in den Club gelangt, der noch minderjährig ist. Das habe ich dir mehrfach gesagt, dafür haben wir ja die Eingangskontrolle! Sollte es sich herausstellen, dass sie noch keine achtzehn war, dann hast du ein Problem.«

»Warum, was ist mit ihr? Ist sie wichtig?«

Ich versuche mir klarzumachen, dass es von seiner Seite eine vollständig normale Reaktion ist. Es gelingt mir nicht.

»Setz dich aufrecht hin, Klaus, und hör mir ganz genau zu. Sonst kann es sein, dass du deinen Porsche verlierst und zu Fuß die Mädels abschleppen musst, die dir jetzt noch in den Schoß fallen. Punkt eins: keine Minderjährigen in unserem Club. Zwei: Das Mädchen ist tot. Ermordet. Drei: Sie war in unserem Club. Vier: Sie war wahrscheinlich nicht volljährig. Fünf: siehe eins. Sechs: Wenn du denkst, ich weiß nicht, dass du manchmal deine Position für eine Muschi verwendest, dann irrst du dich.«

Ich glaube, ich bin sauer. Na denn, dann kann ich ihm ja auch die volle Breitseite geben.

»Sieben: Ich überprüfe alle Warenabrechnungen, und ich sehe es, wenn eine Flasche Cola verschwindet, geschweige denn kistenweise Alkohol. Acht: Zum heutigen Stand hast du dir zweitausenddreihundert Euro aus der Kasse *geliehen*. Neun: Wenn du so weitermachst, denke ich, dass es sich für mich lohnen würde, mich doch wieder etwas mehr um den Club zu kümmern. Dass ich vielleicht sogar einen neuen Manager einsetzen könnte. Und wenn wir schon dabei sind, Herr Beckmann, dann halten wir mal fest, dass ich Ihnen das ›Du‹ nicht angeboten habe. Wenn ich Sie jetzt frage, ob Sie das verstanden haben, ob Sie ganz genau wissen, was ich von Ihnen erwarte, dann sagen Sie: ›Jawohl, Herr Wolf.‹ Haben Sie mich verstanden? Wissen Sie, was ich von Ihnen erwarte?«

»Jawohl, Herr Wolf«, kommt die gepresste Antwort.

»Sind Sie ganz sicher?«

»Jawohl, Herr Wolf.«

Ich lasse ein paar Sekunden verstreichen, höre seinen Atem auf der anderen Seite.

»Gut. Frau Wolf wird das *Dominion* heute Abend für eine große Privatparty nutzen. Es wäre zu empfehlen, wenn der Laden tipptopp wäre.«

»Frau Wolf? Entschuldigen Sie, aber wer … Ich wusste nicht …«

Mein Gott. Ich schüttle fassungslos den Kopf.

»Caro. Caroline. Ab sofort für Sie Frau Wolf.«

»Ich dachte, das wäre deine ... Ihre ...«

»Hören Sie auf zu denken, oder üben Sie es, bis es klappt! Sie ist schon länger meine Frau, als Sie für mich arbeiten! Wenn ich Ihnen jetzt einen ›guten Tag‹ wünsche, sollten Sie in die Gänge kommen, damit es auch einer für Sie wird. Haben wir uns verstanden?«

»Jawohl, Herr Wolf.«

»Guten Tag, Herr Beckmann.«

Ich lege auf. Ich glaube das einfach nicht! Hat er denn nie mitbekommen, dass alle Gelder, die er für den Betrieb des Ladens erhält, von einer gewissen C. Wolf gegengezeichnet werden?

Ich wähle aus dem Kopf eine Nummer, die ich schon lange nicht mehr gebraucht habe.

»Krüger.« Prompt, nach dem ersten Klingelton.

»Guten Tag, Herr Kommissar«, sage ich.

»Marcus Wolf.« Er hat meine Stimme also auch nicht vergessen. »Ich hörte schon, dass Sie Ihre Freundschaft mit Malowsky erneuert haben, und Gref war auch schon da und hat sich beschwert. Sie müssen unhöflich zu ihm gewesen sein.«

»Gref? Na denn. Der kleine Mistkerl hat ein Drogenproblem. Aber sein Hauptproblem ist, dass er ein Arschloch ist.«

»Deutlich, Marcus. So kenne ich Sie gar nicht.« Er scheint amüsiert. Ich versuche, wieder herunterzukommen.

»Früher habe ich für Sie gearbeitet.«

»Ich dachte, Sie wollen dies wieder tun?«

»Ja. Ich habe das Opfer gesehen. Wie kann ich da Nein sagen? Sie haben auch verdammt noch mal recht. Es sieht wirklich so aus, als wäre es jemand aus der Szene gewesen.

Für manche der Dinge, die er tat, braucht es ein wenig Übung.«

»Fällt Ihnen jemand ein?«

Ich schüttele den Kopf. Das kann er natürlich nicht sehen.

»Nein.« Ich lache bitter. »So einfach wird es nicht sein.«

»Das weiß ich auch.« Krüger ist ein Mann, den man respektieren muss, jemand, gegen den ich nie Schach spielen wollte, er ist ein Stratege, schiebt seine Figuren mit Bedacht an die richtigen Plätze, lehnt sich zurück, schaut zu, was passiert, schiebt wieder. Und er ist vollkommen fair. Immer. Er war auch mal mein Mentor, ich bin überrascht festzustellen, dass ich aus dieser Zeit mehr vermisse, als ich annahm.

»Wissen Sie, Marcus, was halten Sie davon, wieder aktiv im Polizeidienst zu sein? Sie sind damals etwas überstürzt gegangen.«

»Ich wurde gegangen. Suspendiert nennt man das.«

»Mhm«, kommt es von ihm. »Das sind alte Kamellen. Außerdem sind Sie bei der Untersuchung mit weißer Weste herausgekommen.«

Ich bin überrascht, das von ihm zu hören. »Was wollen Sie von mir?«

»Dass Sie wieder für mich arbeiten. Als Polizist. Aber Undercover. Sie sind ideal positioniert.« Er macht eine kurze Pause. »Das erleichtert einiges, und es gibt keinen Ärger, wenn ich Ihnen Informationen zukommen lasse.«

»Ich bin mir nicht sicher«, antworte ich. Es sind nur acht Jahre, aber es kommt mir ewig vor.

»Denken Sie darüber nach.«

»Sind Sie sicher, dass Sie mich wollen? Schließlich erinnere ich mich nur zu gut daran, wie eilig man es hatte, mich loszuwerden!«

Ich höre ihn lachen.

»Marcus, ich habe Ihnen immer gesagt, dass ich Sie für einen ausgezeichneten Polizisten halte. Wenn ich Sie verarschen würde, würden Sie es doch sofort herausfinden.«

Seine Stimme wird ernst.

»Überlegen Sie es sich.«

»Aber Krüger, ich betreibe das Chateau und das *Dominion* noch immer.«

»Sie tun gar nichts. Ihre Frau betreibt es. Und drei unterschiedliche Untersuchungen fanden nichts bei Ihnen, nix, nada, nothing.«

»Ihr habt mich *noch mal* überprüfen lassen?«

»Natürlich, Marcus, wir sind die Polizei, wir dürfen das.« Er lacht leise. »Sie werden sich Mittwochmorgen um sieben in meinem Büro einfinden. Bringen Sie Ihren Kugelschreiber mit, oder von mir aus auch Ihren MontBlanc. Sie können ja nachher wieder kündigen, wenn Sie wollen. Aber hören Sie sich erst einmal meinen Vorschlag an.«

Ich sitze da und denke nach. Will ich das überhaupt?

»Noch wach, Marcus?«

»Ja.«

»Sie haben meine E-Mail-Adresse?« Klar. KK at Kripo Wien.

»Wenn Sie etwas brauchen bis Mittwoch, fragen Sie mich per E-Mail. Rufen Sie Ihre mal bei Gelegenheit ab. Der Kryptoschlüssel ist ›Haustier‹.«

»Mache ich.«

»Bis Mittwoch, Marcus.«

Ich lege auf und drehe mich in meinem Sessel, eine Angewohnheit, die ich habe, wenn ich mir über etwas klar werden will, und merke, dass Amber nicht mehr im Bild ist.

Einen Sekundenbruchteil lang bin ich erschrocken, dann

schalte ich die Kameras durch und sehe Amber, offensichtlich ungetrübt in ihrer Laune, mit Jacqueline und Caro am Küchentisch sitzen. Die drei haben die Köpfe zusammengesteckt und tuscheln.

Verstehe einer die Frauen.

So wie es aussieht, essen wir heute nicht in der Küche, sondern im Speisezimmer, ein Aufwand, den wir uns sonst nicht leisten. Als ich hereinkomme, steht Amber in einem kurzen Dienstmädchenkostüm aus unserem Fundus da, Caro hat sich umgezogen und ist ganz die Dame des Hauses. Jacqueline ist wie immer, nur, dass sie jetzt eine weiße Schürze trägt; das Band der Schürze betont ihre schmale Taille. Der Schmorbraten ist gut. Amber achtet peinlich genau darauf, dass weder Caro noch ich uns groß bewegen müssen; es hätte nicht viel gefehlt, und sie hätte mich gefüttert. Der Gedanke amüsiert mich, und ich merke, wie Caro und Amber Blicke austauschen, als wären sie beunruhigt. Bei Amber kann ich es verstehen, aber Caroline?

Ich ziehe mir einen Kaffee an der Kaffeemaschine in der Küche, ein Ding, das aussieht, als wäre es direkt von Raumschiff Enterprise hierher verschifft worden, zwanzig Knöpfe, ich brauche nur einen. Jacqueline schaut mich empört an, drängt mich fast zur Seite, als sie mir Milch und Zucker hinzugibt und die Tasse dann auf den Küchentisch stellt, blitzblank und aufgeräumt, dorthin, wo ich immer sitze.

Ich bin dickköpfig. Ich nehme den Kaffee mit hoch in mein Büro. Es ist halb zwei, jetzt sollten ein paar Leute wach sein. Ich habe zudem E-Mails erhalten. Zum einen eine Menge Megabytes an verschlüsselten Daten – verschlüsselt oder nicht, elektronische Akten sollten nicht per E-Mail laufen, Krüger weiß das so gut wie ich, es muss wirklich brennen, wenn er bereit ist, so weit zu gehen.

Ich zögere einen Moment, dann belasse ich es dabei, noch will ich die Akten nicht sehen. Ich kenne die Form, den Inhalt. Ich weiß, was ich nicht sehen werde, den entscheidenden Hinweis.

Er ist immer da. Immer. Man sieht ihn nur selten. Später. Im Moment wäre es mir zu viel.

Drei Spams wandern direkt in den Papierkorb, die nächste E-Mail ist von Klaus.

»Christina Schäfer. Tanja kennt sie. Vogelsbergstraße 112. Beckmann.«

Na also, geht doch. Ich bin ein wenig überrascht, dass es funktioniert hat, das Eingangsbuch ist zum Teil eine Farce, die Leute schreiben alles Mögliche hinein, aber unsere Stammgäste bleiben meist bei ihrem Nick, dem Spitznamen, oder aber es sind Neulinge, dann kann es passieren, dass sie eingeschüchtert sind und ihren echten Namen hineinschreiben. Ich überlege mir, ob es denkbar wäre, die Personalausweisnummern zu erfassen, schüttele den Kopf. Der Laden wäre sofort tot.

Ich rufe Klaus an, er ist beim ersten Klingeln dran.

»Dominion Club, Klaus Beckmann am Apparat.« Hui, was ein paar nette Worte doch an Wunder wirken können. Wahrscheinlich ist er stinksauer auf mich, darf und soll er auch ruhig sein.

»Wolf hier. Können auch Sie sich nun an sie erinnern?«

»Ja, jetzt schon.« Er schweigt, die Worte reichen mir aber.

»Sind Sie sich wirklich sicher, Beckmann?«

»Ja«, antwortet er nach einem kurzem Zögern. »Ich habe sie ja auch gesehen, sie stand neben Ihnen und beobachtete, was mit Caro geschah. Man konnte sehen, wie geil sie war.«

Beckmann, du Idiot!

»Also waren Sie mit ihr hinten?«

Das *Dominion* bietet dem interessierten Publikum ein Bistro, Bar und Restaurant und einige gut eingerichtete Spielzimmer.

Pause.

»Wenn Sie ehrlich sind, haben Sie eine Chance«, sage ich leise. »Noch ist nichts so verbockt, dass es nicht zu richten wäre. Hier geht es um Mord, Herr Beckmann.«

»Ja«, antwortet er leise.

»Wie alt ist sie?«

»Siebzehn.« Ich atme auf, wenn es stimmt, geht es vielleicht gerade so noch durch. Siebzehn Jahre bedeutet heutzutage, dass man ihr Alter nicht mehr sicher erkennen kann und sie kaum aufzuhalten sind, wenn sie sich irgendwo einschleichen wollen. Das gilt für Frauen. Die jungen Männer haben immer noch kaum eine Chance, als älter durchzukommen.

Also hat er mit ihr gespielt.

»Was haben Sie mit ihr gemacht, Herr Beckmann?«

Eine kleine Pause, dann: »Nichts Besonderes. Ein wenig Spanking, Paddle, Dildospiele, fixiert, Verkehr.« Er seufzt. »Die Kleine war echt heiß, war wild auf alles.«

Mhm. Vielleicht.

»Haben Sie sie dann noch einmal gesehen?«

»Nein. Aber Tanja. Sie zog letzten Mittwoch mit der Kleinen eine Nummer auf der Bühne ab. Tanja war Top.«

Was sonst. Sie spielt immer die aktive Rolle, den Top. Sie

ist der Originalartikel; wo ich die Fälschung bin, ist sie ein eingefleischter Sadist.

»Gut. Wenn meine Frau den Laden heute Abend inspiziert, was wird sie vorfinden?«

»Alles tipptopp, Marcus, Chef … Herr Wolf.«

»Herr Beckmann, haben Sie heute etwas gelernt?«, frage ich ihn. Ich habe keine Lust, mir einen neuen Manager zu holen, sie stehlen alle, meint Caro, und die letzte Gehaltserhöhung reflektierte das, sie war kleiner, als sie ohne seine langen Finger ausgefallen wäre.

»Ja, Herr Wolf.«

»Nenn mich Marcus. Wenn du noch einmal Scheiße baust, dann kannst du mich ›Ex-Arbeitgeber‹ nennen. Alles klar?«

»Ja, Marcus«, sagt er, in der Stimme klingt deutliche Erleichterung mit.

»Ist Tanja da?«

»Ja, ich verbinde.«

»Hi, Marcus.« Ich sehe sie vor meinen Augen, sie ist unsere Vorzeigedomse. Groß, blond, stattlich, sie schlug sogar einmal unseren Türsteher beim Armdrücken. Das lag allerdings an ihrem Stilettabsatz auf – oder besser *in* – seinem Fuß.

»Christina Schäfer«, sage ich als Begrüßung.

»Ja. Klaus hat es mir erzählt. Stecken wir in der Scheiße?«

»Vielleicht. Was weißt du über sie?«

»Nicht viel. Ich kenne ihre Adresse, weil ich mir ihren Personalausweis angesehen habe.«

»Mhm. Warum?«

»Ich wollte es wissen. Sie war ein echtes Naturtalent und ging voll mit. Sie gefiel mir. Ich dachte daran, sie als Act anzuheuern, wollte wissen, wie alt sie ist.«

»Und sie war minderjährig, und du hast den Act doch mit ihr gemacht.«

Sie seufzt.

»Ich war geil auf sie ... es gab ein Taschengeld unter der Hand. In neun Monaten ...«, sie lässt den Satz ausklingen.

Ja, dachte ich, verbittert. In neun Monaten ist sie keinen Tag älter als gestern Nacht.

Ich bedanke mich bei ihr und lege auf.

Schäfer, Vogelsbergstraße 112.

Ich bin ja am Computer auch nicht ganz hilflos, suche also mir selbst die Nummer der Familie Schäfer heraus. Rufe an, eine Frau meldet sich.

»Schäfer?« Die Stimme klingt ganz natürlich.

»Kann ich bitte Ihre Tochter sprechen?«, frage ich höflich, ohne meinen Namen zu nennen.

»Sie ist über den Jahreswechsel bei einer Freundin. Kann ich ihr etwas ausrichten?«

Sie weiß nichts. Ich zögere, dann sage ich: »Danke, nein«, und rufe Krüger an.

»Wolf.«

»Marcus! Haben Sie doch Sehnsucht nach uns? Schon zwei Anrufe in acht Jahren!« Er scheint guter Laune zu sein, das kann echt sein oder auch nicht, Krüger kann selbst gute Laune zeigen, wenn es um ihn herum warme dampfende Brocken regnet. Von der Sorte, die stinkt.

»Das letzte Opfer heißt Christina Schäfer. Vogelsbergstraße 112. Ihre Eltern denken, sie sei zum Jahreswechsel bei ihrer Freundin. Das ist jetzt Ihre Angelegenheit, Krüger. Seien Sie schneller als die verdammte Presse. Sie war siebzehn.«

Es ist still am anderen Ende der Leitung.

»Das ist verdammt gute und schnelle Arbeit, Marcus.

Ich kümmere mich direkt darum. Sagen Sie, wie haben Sie das herausgefunden?«

Ich zögere, dann denke ich, dass es nichts ausmacht.

»Ich roch ihr Parfüm am Tatort. Erinnerte mich an das letzte Mal, als ich es roch. Sie war vor sechs Wochen bei mir im Club. Reiner Zufall. Wir führen ein Eingangsbuch. Jeder, der in den Club will, muss sich dort einschreiben. Sie verwendete ihren richtigen Namen. Wie ich sagte, Zufall.«

»Wir brauchen solche Zufälle, Marcus. Aber nicht zu viele davon. Sagen Sie mir die Wahrheit. Haben Sie das Mädchen jemals berührt?«

Einen Moment lang bin ich verärgert, ich habe gedacht, Krüger wäre fair, aber dann rege ich mich ab. Er muss das fragen.

»Nein.«

Aber zwei meiner Mitarbeiter haben sie gebumst.

Das sage ich ihm nicht.

»Mittwoch. Pünktlich«, sagt Krüger und legt auf.

Den Namen herauszufinden ist kein wesentlicher Ermittlungserfolg, früher oder später hätte man ihn gewusst. Drei Tage vor der Mordnacht war sie Tanjas Bottom. Drei Tage gilt es zu füllen. Offensichtlich war Christina ein rühriges Mädchen, fand Geschmack an der Szene. Ich weiß, wie schnell das gehen kann.

Ich nehme einen Schluck Kaffee, er ist kalt geworden in der Zwischenzeit. Ich habe Krüger nicht die Wahrheit gesagt, wenigstens nicht die ganze. Ich habe einen Interessenkonflikt. Genau das, was man mir vorwarf, als man mich suspendierte. Ich frage mich, was Krüger vorhat, das daran vorbeiführt.

Eine Idee kommt mir. Ich nehme meine Kaffeetasse und gehe hinunter in die Küche. Niemand zu sehen. Entweder gehe ich nun wieder hoch ins Büro und suche meine Damen per Kamera, oder ich bewege meine Beine. Ich mache mir einen frischen Kaffee und sehe mal nach, wo sie sind.

Treffer beim ersten Versuch. Sie sind im kleinen Salon, das ist der restaurierte Bereich des Chateaus; es ist nichts davon zu sehen, dass hier einmal Mauern herausgerissen wurden, um einen OP zu schaffen. Keine Kacheln mehr, die französischen Türen sind auch wieder da.

Amber hängt unter dem Kronleuchter, Füße nach oben, splitterfasernackt, Hände hinter ihrem Rücken, ein roter Ball-Gag in ihrem Mund, eine Augenbinde über dem Kopf.

Caro steht vor ihr, sie trägt immer noch das elegante Kleid vom Mittagessen. Sie hält eine Gerte in der Hand und scheint zu überlegen, wohin es gehen soll.

»Moment«, sage ich. Caro zuckt zusammen, ich habe sie erschreckt, so vertieft war sie, dass sie mich nicht kommen hörte. Es gehört sich ja auch nicht, jemanden beim Spiel zu stören. Aber das hier ist jetzt wichtig. Caro nickt nur, ihr Blick sagt mir, dass sie keine Idee hat, was ich wollen könnte, und sie tritt einen Schritt zurück.

Ich gehe zu Amber, nehme ihr den Gag und die Augenbinde ab, nutze die Gelegenheit, ihren Busen zu greifen und fest zu drücken, genieße das Gefühl, als sie sich aufbäumt.

Ich lasse es sein, es ist Caros Spiel, auch wenn ich mir mittlerweile vernachlässigt vorkomme. Warum? Ich könnte Caro den Befehl geben, die Haare zu flechten; und wenn ich dann will, dass sie hier hängt, hängt sie hier oder kümmert sich um meinen Kaffee. Ich bin ein wenig sauer auf Amber; dadurch, dass sie mich gemolken hat, bin ich jetzt nicht so richtig in Stimmung, ich bin ja auch nicht mehr 20.

»Die Sicherheitsbänder von den Überwachungskameras im *Dominion*. Wie lange werden sie aufbewahrt?«

Amber blinzelt, als ich sie so brutal aus dem Spiel hole, mustert mich überrascht.

»Es gibt schon lange keine Bänder mehr. Wir brennen alles komprimiert auf DVD«, sagt sie, kein bisschen desorientiert. »Die halten ewig und nehmen kaum Platz ein. Ein halbes Jahr. Warum, Herr Marcus?«

Kopfüber nackt vor mir hängend, mit den roten Spuren meiner Finger an ihrem Busen, schafft sie es, mir zu vermitteln, dass ich nicht aufgepasst habe.

Andererseits hebt nun Caro eine Augenbraue, als sie hört, wie Amber mich anredet. Es war mal die hier etablierte korrekte Anrede, aber das verlief sich mit der Zeit. Caro sagt »Ja, Herr« oder gebraucht meinen Namen. In der letzten Zeit hörte ich von Jacqueline oder Amber oft einfach nur meinen Vornamen; mich stört es nicht, aber ich habe wohl die Zügel etwas schleifen lassen. Aufpassen, Marcus, denke ich.

Ich beantworte Ambers Frage nicht.

»Gut«, sage ich und lege ihr den Knebel wieder an. Ich weiß, wo die Scheiben aufbewahrt werden, oder glaube es zu wissen. Ich wende mich an Caro.

»Wann willst du mit ihr in den Club?«

»Heute Abend, so um neun.«

Mhm. »Ich brauche den Rolls in zwanzig Minuten, Caro«, sage ich und betone die Kurzform ihres Namens. Sie trägt ein Kleid, also macht sie einen Knicks. »Ja, Herr.« Ich sehe ihren Blick zu Amber schweifen, sie hat wohl noch ein paar Dinge vor mit ihr. Amber lächelt, als ob sie ein Geheimnis hätte, wahrscheinlich nur um Caro zu reizen.

»Und lass sie nicht so lange hier hängen.«

Nicht, dass das ginge. Amber ist sportlich, aber lange kopfüber zu hängen bekommt niemandem. Ich stampfe davon, aus irgendwelchen Gründen gereizt.

Als ich die Tür hinter mir schließe, höre ich ein Klatschen und ein gedämpftes »Hmhmpf!« Zwanzig Minuten reichen Caro wohl noch aus, um Amber daran zu erinnern, wer hier wen toppt.

Meine miese Laune hält an, ich glaube, Caro merkt es. Der Kaffee in der Thermoskanne ist heiß, ich schenke mir ein, trinke einen Schluck, blicke aus den Wagenfenstern, betrachte die vorbeiziehende Landschaft, ohne sie wahrzunehmen.

Ich bin hundemüde, der Anruf kam in der Nacht, zum Schlafen sind wir beide nicht gekommen.

Ich sehe mir Caro im Rückspiegel an, ihr ist es nicht anzumerken. Natürlich trägt sie die Chauffeursuniform, aber ich habe einen gedeckten Geschäftsanzug gewählt. Sie hat es wahrgenommen, sagt jedoch nichts.

Warum bin ich so unzufrieden? Ich führe ein Leben, um das mich die meisten Menschen beneiden würden.

Ich lehne mich zurück in die Lederpolster und schließe die Augen.

Kapitel 3

Als das leise Säuseln des Rolls verebbt, schrecke ich auf, ich muss wohl eingenickt sein. Caro öffnet mir den Wagenschlag, ihre Augen bitten mich, ihr endlich zu verraten, was los ist, aber ich sage nichts, als ich an ihr vorbeigehe. Der Rolls steht im Hinterhof des *Dominions*. Hier ist Platz für drei Fahrzeuge und eine große Mülltonne; entlang der niedrigen Mauer um das Grundstück haben sich Abfall und Gerümpel angesammelt, es sieht verwahrlost aus, die Rückseite des Dominions auch.

Die Hintertür ist aus grauem Metall, ein Holzschild mit dem Namen des Clubs prangt darüber, zwei Halogenlampen, gekoppelt an einen Bewegungsmelder, beleuchten Schild und Tür, andere Lampen den Rest des Hinterhofes. Oben an beiden Hausecken befinden sich Kameras, so klein, dass man sie suchen muss.

Allein aus Sicherheitsinteresse ist der gesamte Club verdrahtet. Wüssten meine Gäste, wie viel diese Kameras sehen, sie würden vermuten, dass ich Material für Erpressungen sammle.

Die Technik wurde gemeinsam von Melanie und Amber entworfen und müsste auf einem recht neuen Stand sein; es ist erst zwei Jahre her, dass alles überarbeitet wurde. Melanie ist meine Sicherheitsexpertin und sowohl mit Amber als auch Jacqueline gut befreundet.

Caro schließt mir auf, und wir betreten den Wirtschaftsteil des Clubs.

Es scheint ein Naturgesetz zu sein, dass selbst die besten Clubs tagsüber schäbig aussehen. Dies gilt besonders für die Bereiche, die dem Publikum sonst nicht zugänglich sind. Mir kommt es vor, als sähe ich den Club heute zum ersten Mal, bemerke den verschlissenen Linoleumfußboden des Ganges, auf dem die Räder der Getränkekarren ihre Spuren hinterlassen haben, die zwei prall gefüllten Müllsäcke, die ruhig jemand in die Tonne hätte werfen können, die toten Fliegen im Glas der Lampe an der Decke.

Die Wände sind in dunklem Rot gestrichen, Risse laufen durch den Verputz, teilweise ist die Farbe abgeblättert, und dreckig weißer Putz zeigt sich dahinter.

Die erste Tür auf der rechten Seite, die wir passieren, aus Feuerschutzgründen wie üblich aus Stahl, ist die Tür zur Küche. Der Geruch, der mir hier entgegenschlägt, ist einer von Verwesung. Durch die offene Tür sehe ich zwei Frauen, die ich nie zuvor sah, Ausländerinnen, Marokko, Tunesien, die Gegend, tiefbraun, sie schnattern fröhlich vor sich hin, während sie eher halbherzig die Küche putzen.

Links kommt als Nächstes der Kühlraum, viel zu groß für unsere Bedürfnisse, dann das Getränkelager, dieses zu klein, danach stößt der Gang auf einen anderen, quer verlaufenden. Links führt eine Treppe hoch zu den Büros, neben der Treppe geht eine Tür zur Bar des Bistrobereichs ab. Rechts hat der Gang zwei Türen, eine, die hinter die Theke führt, die andere ist die Bedienungstür für den Clubraum; eine runde Scheibe ist in sie eingelassen, damit man sehen kann, ob einem gerade jemand entgegenkommt.

Ich wende mich nach links, gehe die Treppe hinauf, Caro ein lautloser Schatten hinter mir.

Im ersten Stock führt die Treppe noch weiter hinauf, aber der Aufgang ist zuzementiert. Über uns haben wir eine Wohnung, die mit dem Club nichts zu tun hat, aber ab und zu von Gästen genutzt wird. Ich glaube, zurzeit wohnt Tanja dort.

Hier im ersten Stock gibt es insgesamt zehn Zimmer, einen Aufenthaltsraum, Büros, Besprechungszimmer, Security. Die meisten Räume werden nur sporadisch benutzt. Ich bin recht häufig unten im *Dominion*, einmal im Monat gehe ich mit Caro die Bücher durch, immer, wenn niemand hier ist, aber ansonsten habe ich mich viel zu wenig um den Laden gekümmert.

Die unmarkierte Tür zum Sicherheitsraum ist aus Stahl, mit Holz furniert, man braucht einen speziellen Schlüssel, um hineinzukommen, fünf Schlüssel existieren, Caro hat einen, ich, Amber, dann noch Melanie und Klaus.

Die Tür ist schwer, stabil und feuergeschützt, die Türangeln neu, der Club leise.

Der Sicherheitsraum ist im Prinzip eingerichtet wie ein normales Büro, mit Archivschränken an der linken Seite, indirekte Beleuchtung, ein bequemer Sessel hinter einem großen halbrunden Schreibtisch, der Platz für sechs Flachbildschirme bietet, die auf dem Tisch ein Kreissegment beschreiben.

Wir haben über hundertdreißig Kameras im ganzen Gebäude untergebracht, natürlich ein Verstoß gegen die Privat- und Intimsphäre. Auf jedem Monitor sind zwölf Kameraperspektiven einsehbar. Um die Privatsphäre unserer Kunden wenigstens ein bisschen zu schützen, sind viele Kameras zwar aktiv, liefern aber nur ein Bild, wenn man einen bestimmten Code eingibt. Speziell, wenn Amber im *Dominion* ein Gastspiel gibt, sind Caro oder manchmal auch ich stille Zuschauer. Nur Caro und ich, natürlich auch Amber, die das System installiert hat, und Melanie kennen diesen Code, der wöchentlich gewechselt wird.

Gibt es keine besonderen Vorkommnisse, werden die Kameradaten aus den privaten Bereichen automatisch nach 24 Stunden gelöscht. Die Aufnahmen aus dem öffentlichen oder dem Wirtschaftsbereich werden, wie Amber mich erinnerte, auf DVD gebrannt und abgelegt. Dafür gibt es einen großen Stahlschrank, ebenfalls feuergeschützt, der nur mit einer Magnetkarte zu öffnen ist.

Als wir uns vor drei Jahren nach einem unangenehmen Vorfall in den privaten Räumen eine neue Sicherheitsstrategie einfallen lassen mussten, war uns bewusst, dass die Überwachung der Privatbereiche ein gewisses Risiko darstellt. Zum einen wären einige Kunden nicht erfreut zu wissen, dass sie aufgenommen werden, zum anderen mussten wir sicherstellen, dass dieses illegal aufgenommene Bildmaterial nicht zu Erpressungszwecken verwendet werden kann, denn zum Teil sind unsere Kunden wohlhabend und/oder prominent.

Deswegen wird vor allem der Sicherheitsraum selbst überwacht. Die Daten der vier Kameras hier werden auf einem Rechner gespeichert, der sich in diesem DVD-Schrank befindet, in einem eigenen Safe. Nur Amber, Caro und ich haben Zugang zu diesem Safe.

Demzufolge ist es eine kleine Überraschung, Herrn Beckmann vor genau diesem Safe knien zu sehen. Er hat einen Zettel in der Hand und versucht nun, das Kombinationsschloss einzustellen. So vertieft ist er darin, dass er uns nicht einmal wahrnimmt, als die schwere Tür hinter uns mit einem leisen Klicken ins Schloss fällt.

Frustriert murmelt er etwas, dreht ungeduldig an dem Zahlenschloss, versucht sich sichtlich wieder zu beruhigen und fängt von vorne an.

Ich kann seine Frustration verstehen. Dieses kleine Stahlkabinett wurde speziell angefertigt, aber das war zu einer Zeit, als die aktuellen Rechnergenerationen nicht so viel Hitze entwickelten. Vor einem halben Jahr tauschte Amber den Rechner aus, für diesen ist die Wärmezufuhr unzureichend. Ich weiß, dass Amber am Anfang Probleme hatte, der Rechner fiel ständig aus. Jetzt läuft er stabil, aber er wird immer noch sehr warm.

Beckmanns Problem ist, dass das Schloss etwas zu präzise gearbeitet ist, durch die Wärme hat es sich kaum merklich verzogen, es braucht eine entschlossene Hand am Öffnungshebel, um die Tür aufzukriegen.

Beckmanns weißes Hemd ist am Rücken verschwitzt; die Klimaanlage hält diesen Raum auf konstanter Temperatur, also liegt der Grund dafür eher in seiner steigenden Nervosität und Panik.

Caro und ich tauschen einen Blick aus, sie hebt fragend eine Augenbraue. Caro kann, wie ich schon sagte, manchmal richtig bösartig werden. Sie weiß auch durchaus, sich zu verteidigen. Für eine Frau, die sich in diesem Bereich bewegt, ist es mehr als angeraten, sich gegen Männer durchsetzen zu können.

Ich nicke. Sie lächelt leicht, in ihren Augen ist ein gewisses Funkeln, als sie sich langsam und leise in Bewegung setzt. Irgendetwas muss Beckmann mitbekommen haben, im letzten Moment nimmt er sie wahr und schaut hoch, aber da ist es auch schon zu spät.

Er kniet vor der Tür, und als Caro ihn am Hals nach hinten drückt, verliert er das Gleichgewicht. Einen Sekundenbruchteil später liegt er mit wild rudernden Armen auf dem Rücken, der Pfennigabsatz von Caros Schuh drückt ihm auf den Kehlkopf ... Ein bewundernswerter Balanceakt meiner Süßen. Verliert sie das Gleichgewicht oder verlagert zu viel

Gewicht auf das Bein, kann dieser Absatz eine Menge Schaden anrichten.

»Ich«, gurgelt er, und Caro gibt etwas Druck nach.

»Ich würde an Ihrer Stelle ruhig liegen bleiben, Herr Beckmann«, sage ich leise und gehe um den Schreibtisch herum, um mich den beiden von der anderen Seite her zu nähern. Ich lasse mich in den schweren Ledersessel hinter dem Schreibtisch fallen und sehe zu ihm hinunter, bewundere die Linie von Caros Bein.

»Wenn Sie zu sehr strampeln, verliert sie vielleicht das Gleichgewicht. Das will, glaube ich, niemand hier.« Ich lächle mein bösestes Lächeln. »Hände an die Seite und still liegen!«, fahre ich ihn dann barsch an. Er zappelt etwas, aber er tut, wie ihm geheißen.

»Langsam auf den Bauch drehen. Hände auf den Rücken. Füße hoch.«

Ich sehe, wie er überlegt, vielleicht rechnet er sich aus, er könnte stiften gehen. Zeit für Zuckerbrot und Peitsche.

»Wenn ich Sie jetzt einfach an die Polizei übergebe, sitzen Sie ganz tief in der Scheiße«, fahre ich im Plauderton fort. »Aber noch ist nicht gesagt, dass Sie dort landen. Also, machen Sie keinen Ärger und tun Sie, was wir Ihnen sagen!«

Er zögert noch eine Sekunde, dann dreht er sich brav und vorsichtig auf den Bauch und legt die Hände auf den Rücken. Zum zweiten Mal an diesem Tage reiche ich Caro acht Kabelbinder, sie braucht nicht wesentlich länger als bei Amber, sie hat eine gewisse Übung darin, andere auf diese Art zu fesseln. Außerdem kennt sie diese Position selbst sehr gut. Ich trage die Kabelbinder hauptsächlich für sie mit mir herum.

Jetzt habe ich keine mehr dabei, muss mir merken, sie wieder aufzufüllen.

Caro tritt zurück, sieht auf Klaus herunter und dreht ihn mit ihrer Schuhspitze auf die Seite.

»Unterschlagung, Diebstahl, Aktenmanipulation, Betrug«, sage ich und stehe auf, gehe langsam zur Kaffeemaschine, die in diesem Raum ein Muss darstellt. Manchmal hat das *Dominion* bis weit in den Morgen hinein auf, und wer auch immer hier Schicht hat und die zwei bis vier Sicherheitsleute koordiniert, sollte wach bleiben.

»Das reicht, um Sie hinter Gitter zu bringen.« Der Aschenbecher neben der Kaffeemaschine quillt über, ein paar der Zigaretten tragen Lippenstift. Abgesehen davon ist rauchen hier nicht erlaubt. Ich drücke eine Taste, und ein Pappbecher fällt in den Halter, das Gerät beginnt zu gurgeln und drückt dann die braune Brühe in den Becher.

»Ich ...«, beginnt er wieder, aber ich hebe die Hand. »Später.« Ich nehme den Becher, trinke einen Schluck, besser, als ich in Erinnerung hatte, vielleicht andere Bohnen seit dem letzten Mal, und begebe mich zurück zum Schreibtisch, wo ich mich an eine Tischkante lehne.

Caro öffnet gelassen die Tür des Stahlkabinetts, dahinter wird der Computer sichtbar. An seiner Vorderseite sind etliche Schnittstellen eingebaut, ein aufgerolltes Kabel steckt mit einem Ende in einer dieser Schnittstellen. Caro nimmt es auf, rollt es aus und steckt es in einen Schnittstellenport auf der Rückseite des leistungsstarken PCs, der die Überwachungskameras verwaltet.

Dann begibt sie sich hinter den Schreibtisch, zieht die Tastatur heraus, legt die Maus auf den Tisch, gibt den Mastercode ein und hat Sekunden später die Aufnahmen des Sicherheitsraumes auf dem Bildschirm. Man kann diese Bilder auf unterschiedliche Art und Weise betrachten, entweder man lässt die Aufnahmen durchlaufen, oder aber man reduziert sie auf ein Bild alle fünf Minuten ... Das Bild kommt, bleibt eine Sekunde, dann wird fünf Minuten vorgesprungen und wieder ein Bild gezeigt. Da der Raum meist leer ist, kann man so Aktivitäten schnell finden. Wir lassen die Aufzeichnungen rückwärts durchlaufen.

Wir sehen uns, unseren Herrn Beckmann, dann ihn allein, er versucht tatsächlich, das Schloss gute zehn Minuten lang zu öffnen, als Nächstes ist der Raum leer. Dann sehen wir einen jungen Mann, kräftig, in einem schwarzen Anzug; ich glaube, er heißt Giorgio und arbeitet für Melanie, die unser Sicherheitspersonal führt. Das *Dominion* war bis heute Morgen um drei geöffnet. Wir sehen rückwärts, wie er die Nachtschicht verbringt. Offensichtlich hat er kein besonderes Interesse an den Szenen, die sich auf den Monitoren abspielen, er wirft ab und zu einen Blick darauf, liest aber die meiste Zeit in einem Buch. Hin und wieder ist der Raum leer, er ist austreten oder geht durch den Club. Dann wieder der leere Raum und Beckmann, der seine Schicht beendet. Jetzt sehen wir schon die vorletzte Nacht.

Dann er, hinter dem Schreibtisch, seine Augen auf die Monitore fixiert, ein blonder Kopf zwischen seinen Beinen. Ich brauche nichts zu sagen, Caro weiß, dass wir gefunden haben, was wir suchen. Eine Minute später sehen wir die Szene vom Anfang, der Raum ist leer, dann Beckmann und eine junge blonde Frau, ich merke, wie mir im Magen mulmig wird, schon bevor ich ihr Gesicht sehe, ja, sie ist es, Alice oder Christina Schäfer, wie sie wirklich heißt.

Es passiert eigentlich nicht viel. Beckmann zeigt ihr stolz das System, der Voyeurismus packt sie, sie spielt mit der Konsole herum, die Ellenbogen auf den Tisch gestützt, während Beckmann sie von hinten vögelt. Ihr Interesse gilt mehr den Monitoren als ihm. Dann, als Abschluss, bläst sie ihm einen, ein Blowjob, dann reicht er ihr ein Papiertaschentuch und bringt sie zur Tür, sie lächelt ihn an, winkt ihm zu und geht.

Nichts Besonderes. Bis auf die Tatsache, dass dies am ersten Januar geschah, eine Nacht bevor sie ermordet wurde.

»Scheiße, Scheiße, Scheiße!«, flüstere ich. Wäre ich noch bei der Sitte, wäre ich jetzt überzeugt, dass das *Dominion* mit der ganzen Sache etwas zu tun hat.

»Was haben Sie sich eigentlich dabei gedacht, Beckmann!?«, schnauze ich ihn an, aber ich weiß die Antwort, noch während er mich mit großen unsicheren Augen ansieht. Nichts, nichts hat er sich dabei gedacht. Als Manager eines Clubs wie dem *Dominion* sieht er wahrscheinlich das Ganze als Bestandteil seines Jobs.

»Ich weiß es nicht«, beantwortet er meine Frage mit einem jämmerlichen Unterton in der Stimme. Es ist kein Widerstand mehr in ihm, er liegt da auf der Seite, schlaff wie ein toter Fisch. »Sie stand aufs Zusehen, und ich hab ihr den Raum gezeigt, sie fand es ultrageil. Es ist nicht das erste Mal ... und bislang hat niemand was gesagt. Die anderen haben es auch schon getan, manchmal wird hier nur rumgevögelt!«

»Natürlich müssen Sie als Manager mit schlechtem Beispiel vorangehen! Wenn publik wird, dass wir die Räume überwachen, ist der Club erledigt.« Er schließt die Augen, sagt nichts, seine Unterlippe zittert, und eine Träne läuft ihm aus den Augen.

Mann, Klaus!

Aber er hat recht. Es ist nicht ganz so, wie er sagt, aber es passiert schon ab und zu. Ich selbst hab es hier schon mit meinen Süßen getrieben. Auch wenn man sich daran gewöhnt, ist dieser Raum ein feuchter Traum für einen Voyeur. Und wer von uns hat keine voyeuristische Ader?

Wer weiß ... Wäre ihr nichts passiert und wäre sie weiter in den Club gekommen, hätte es auch passieren können, dass ich die Kleine mal bespielt hätte. Ich tue das eher selten, aber es kommt vor.

So einen richtigen Vorwurf kann ich ihm nicht machen, aber es bringt mich in eine verteufelte Lage.

Klaus weint.

Caro und ich ignorieren ihn. Sie weiß jetzt auch, wie Alice aussah; gemeinsam suchen wir die Aufnahmen der letzten sieben Tage durch. Es ist nicht leicht, trotz der teuren und guten Kameras ist nicht immer alles gut zu erkennen, ein BDSM-Club ist naturgemäß sehr dunkel. Aber im Lauf der nächsten Stunde finden wir Alice praktisch jeden Tag im *Dominion*.

Auf der Silvesterparty ist sie auch dabei und mitten im Geschehen, sie wird mindestens dreimal bespielt. Caro markiert die Szenen; wir wissen beide, dass wir das alles noch einmal gründlich durchsehen müssen. Und dass die Polizei es auch tun wird.

»Mist«, sagt Caro leise; sie hat vergessen, dass mein Chauffeur nicht redet, aber diesmal ist es mir egal. Ganz ohne ein Signal ist Caro plötzlich wieder Caroline.

Der kritische Tag ist gestern, der zweite Januar. So wie es aussieht, war sie gestern nicht im Club. Caro und ich sehen uns die Aufnahmen ein zweites und drittes Mal an. Es ist, als ob wir durch ein Fenster in die Vergangenheit blicken. Ich kenne die meisten der Gäste, dies ist mein Club, und ich kann mir die vergangene Nacht sehr gut vorstellen, auch wenn ich nicht hier war.

Ich weiß auch, warum wir sie hier nicht finden ... Die eingeblendete Uhrzeit auf der Aufzeichnung sagt 3.45. Das war heute Morgen.

»Beckmann«, sage ich leise, als mir klar wird, dass sie schon tot war, als diese Aufnahmen gemacht wurden. Wir brauchen nicht weiter nach ihr zu suchen. Ich weiß nicht, warum ich so lange gebraucht habe, um es zu verstehen, vielleicht bin ich einfach nur zu müde.

»Ja?«, kommt die zögerliche Stimme von unten.

»Beckmann, Sie haben gar keine Ahnung, wie tief Sie in der Scheiße stecken. Wenn ich Sie da raushole ... gehört Ihr Arsch mir, ist das klar?«

»Ja, Herr Wolf.«

Ich habe nicht die geringste Ahnung, wie ich das anfangen soll, selbst wenn ich auf eine Anzeige verzichte. Wenn sich die Kollegen von der Sitte um ihn kümmern, wird es unangenehme Fragen geben – und ich werde sie beantworten müssen.

Ich bin nicht einfach nur sauer auf ihn, ich muss mich beherrschen, dass ich meine ganze Wut nicht an Klaus auslasse. Diesmal muss es für ihn Konsequenzen geben, ungestraft darf er nicht davonkommen. Wenn er unbedingt seinen Spaß haben will, dann doch, bitte sehr, in den Clubräumen! Wofür steht denn an der Tür zur Treppe *Nur für Personal*?

Ich schaue auf den Monitoren nach, wo sich Tanja aufhält, und rufe sie an. Ich sehe auf dem Kameraausschnitt, wie sie überrascht das Telefon an der Bar ansieht.

»Behrens?«

»Tanja, kannst du bitte in den Sicherheitsraum kommen?«

»Sofort, Marcus. Wusste gar nicht, dass ihr da seid.«

Wenige Minuten später klopft es an der Tür, und Caro

lässt Tanja herein, die überrascht Beckmann mustert, der sie vom Teppich aus mit aufgerissenen Augen ansieht.

»Tanja. Dieses Stück Scheiße hier will seinen Job nicht verlieren. Und ja, wir brauchen ihn noch. In drei Stunden. Lass ihn etwas Schriftliches unterzeichnen. Bis dahin mach ihm klar, was er für ein Stück Scheiße ist. Ich brauche es auf Film, also bleib im Rahmen.«

»Ich soll ihn ...?« Tanja ist fassungslos.

»Er hat das dringende Bedürfnis, für die nächsten drei Stunden dein Sklave zu sein, nicht wahr, Beckmann?«

»Ich ...« Man kann sehen, wie er aufgibt. Er nickt, zögerlich zwar, aber es ist eine Zustimmung.

»Ich kann Sie nicht hören, Beckmann. Wenn Sie ›Nein‹ sagen, lassen wir Sie frei, und Sie können einfach aus der Tür hinaus. Und aus dem Club.«

»Ja«, sagt er, seine Stimme zittert ein wenig. »Ich will Tanja dienen.«

Tanja sieht von mir zu Caro und wieder zu Beckmann.

»Ihr meint das ernst?«, fragt sie mit ihrer Reibeisenstimme.

»Sicher«, sage ich. »Er hat uns betrogen und bestohlen. Er will Buße tun, damit er seinen Job behält. Denk dran, nachher ist er wieder dein Vorgesetzter.« Tanja nickt. Sie mustert ihn kühl.

»Moment, ich bin gleich wieder da«, sagt sie und eilt aus dem Raum. Beckmann weint.

Ich ignoriere ihn und wende mich Caro zu, die mich mit neuem Respekt ansieht.

»Das mit Amber wird heute Nacht nichts«, sage ich. Ich sehe, wie sie den Mund aufmacht, dann aber langsam nickt. Es gefällt ihr nicht. Nicht wegen ihrer »Rache« an Amber, es sind die Einladungen, die schon hinausgegangen sind. Wenn wir die Party für heute Nacht absagen, verlieren wir gigantisch an Ruf.

In einem der Fenster auf den Monitoren sehe ich Alice, sie steht an der Bar und lacht, ihr Lachen vom Computer scheinbar für alle Zeiten eingefroren.

»Wir brauchen Amber. Sie kennt sich von uns allen am besten mit diesem System aus. Wir müssen exakt wissen, wer hier war, vorgestern.«

Sie nickt langsam.

»Du glaubst, der Dreckskerl hat sie hier bei uns abgegriffen?«

Ich hoffe nicht. Ich glaube es nicht. Aber ich habe so ein verdammt schlechtes Gefühl im Bauch. Also nicke ich langsam.

»Scheiße«, sagt sie leise. Ich deute auf eine Ecke des Raumes, in der sich eine der Kameras befindet, die diesen Raum überwachen. »Alles, was wir hier tun, wird als Beweismittel ausgewertet werden, einschließlich der DVDs. Die müssen wir so schnell wie möglich an die Kripo überbringen. Aber ich will vorher Kopien.«

Sie nickt erneut.

»Jacqueline soll den Mercedes nehmen und sich beeilen herzukommen. Mit Amber«, teile ich ihr mit. »Für die Abendunterhaltung muss jemand anderes sorgen.« Ich sehe sie direkt an, ihre Augen weiten sich. Vielleicht wird sie etwas bleich um die Nase, aber sie nickt. »Ja, Herr.«

Ich schüttele langsam den Kopf. »Nicht du. Du kennst den Club zu gut. Ich brauche dich hier. Nein. Jacqueline.«

»Aber Jacqueline hat doch gar nichts getan!«, entfährt es ihr.

Ich sehe sie hart an. »Ja. Du und Amber habt das zusammen ausgeheckt, nicht wahr?«

Sie blinzelt, ich sehe, wie ihre Pupillen sich weiten und zusammenziehen. Es war ein Schuss ins Blaue, aber wohl ein Treffer.

»Ich weiß nicht, ob Jacqueline das kann«, sagt sie dann leise.

Ich zucke die Schultern. »Entweder sie oder jemand anderes.« Ich bin überrascht, wie hart ich mich anhöre. Als wäre es egal. Aber das ist es nicht. Am liebsten würde ich es ganz abblasen, aber das geht einfach nicht. Und wenn ich ehrlich bin, kickt mich der Gedanke, dass es Jacqueline sein wird. Unsere ruhige, stille Jacqueline. Ich rede weiter. »Ich brauche dich und Amber hier. So schnell wie möglich. Du kennst unsere Gäste am besten. Und Amber kann mit dem Computer zaubern. Ich will wissen, wer vorgestern alles hier war. Und ich will alle hierhaben, die Alice auch nur einmal angesehen haben!«

Es klopft an der Tür.

Caro geht langsam hin und öffnet sie, Tanja steht dort, mit einem Sackkarren aus dem Getränkeraum. Trotz allem muss ich lächeln, als ich Beckmanns Gesicht sehe, dem auf einmal klar wird, wie Tanja ihn abtransportieren wird.

Das Lächeln vergeht mir schnell. Es brennt an allen Ecken und Enden, und ich habe jetzt keine Zeit für seine Spielchen. So ist er wenigstens aus dem Weg; um den Mist, den er sich geleistet hat, kümmere ich mich später.

Damit ist für mich das Problem Beckmann erst einmal vom Tisch, und ich kann mich auf Alice, nein Christina, konzentrieren. Ich gehe hinüber in mein Büro, um mir anzusehen, was Krüger mir geschickt hat.

Mein Büro hier im *Dominion* ist genauso eingerichtet wie das im Chateau, nur hat es keine Fenster. Es hatte mal eines, aber es ist zugemauert, aus Sicherheitsgründen. Dass dieses Büro dem anderen gleicht, ist kein Wunder, derselbe Innenarchitekt hat es gestaltet. Amber und Caro haben hier gewirkt, wie auch im Chateau, doch ich nicht.

Caro ist unten im Club, bereitet ein paar Dinge vor, ich sitze hier und brüte. Dann öffne ich meine E-Mails; ich habe auch von hier aus auf sie Zugriff und damit auf die digitalen Akten, die mir Krüger geschickt hat.

Zuerst lasse ich den Ordner mit den Bilddaten geschlossen, nehme mir nur die Ermittlungsakten vor. Wie lange ich das tue, weiß ich nicht, ich sehe mir einfach alles an. Ich denke noch nicht nach, das wird später kommen, ich lese alles, versuche, mich nicht zu sehr vom Autopsiebericht und der Pathologie mitreißen zu lassen.

Christina Schäfer, 17 Jahre alt, 1.1.2006.

Alice. Ich kann nicht umschalten, für mich bleibt sie Alice.

Angelina di Monti, 15 Jahre alt, 26.12.2005

Helga Berg, 16 Jahre alt, 19.12.2005

Zu jeder Ermittlungsakte gehört ein Bild des Opfers, oben links, ein Bild aus Lebzeiten, nicht das, was man später sieht, damit man an den lebenden, lachenden Menschen denkt und nicht an das, von dem man sich unwillkürlich distanzieren will. Zwei lachende junge Frauen. Alices Bild fehlt, ihre Akte ist fast leer, die Spurensicherung ist bestimmt noch immer am Tatort und wendet jeden Grashalm dreimal.

Unser Mörder tötet seit drei Wochen in der Nacht zum Montag.

Die Ermittlungsakten decken ein weites Feld ab. Die Kreuze zum Beispiel sind vorgefertigt und mit wenigen

Griffen aufzubauen. Aber die Verankerung im Boden ist schwierig, der Boden war an allen drei Tatorten gefroren, dennoch gab es dort jeweils ein sauber ausgeschachtetes Loch von ziemlich genau 30 Zentimeter Tiefe. Er bereitet seine Tatorte vor. Das Holz der Kreuze gehört zur selben Lieferung, die Balken sind aus einem Baum geschnitten, die Maserung des Holzes passt zusammen. Eiche. Schwere, stabile Eiche. Der senkrechte Balken ist knapp unter drei Meter lang: 2,97 Meter. Bei allen drei Kreuzen. Ein krummes Maß, war das Holz verschnitten? Die verwendeten Beschläge gibt es in jedem Do-it-your-self-Laden, theoretisch möglich, das nachzuverfolgen, praktisch aber nicht. Kein Ergebnis hier.

Die Wunden ... Von Mal zu Mal wurde er brutaler, aber zum Schluss war es immer eine schwere Bullenpeitsche, die den Tod brachte. Stellas pathologischer Bericht, letztlich zwischen den Zeilen: Tod durch Systemschock und Kreislaufversagen.

Technisch wäre es möglich, diese Tortur zu überleben. Praktisch gibt das Opfer auf und stirbt.

Ich glaube, ich werde länger brauchen, um die Snake wieder anzufassen.

Details, Beschreibungen, Schuhgröße der Opfer, Gemeinsamkeiten, Differenzen. Über Alice gab es noch nicht viel, im Prinzip nicht mehr als ihren Namen.

Alle Opfer waren blond, sportlich, hatten graue Augen. Alle Opfer trugen Spuren früherer SM-Spiele. Ich betrachte das Bild von Angelina di Monti. Fünfzehn Jahre alt und Spuren einer Session?

Gott, hat es denn heute jeder eilig, gleich alles und sofort bis zur Neige zu kosten? Sie hätte doch ein ganzes Leben dafür Zeit gehabt! Wenn man es ihr nicht genommen hätte!

Ist es Beckmann denn wirklich so egal? Versteht er nicht,

dass es nicht nur uns Schwierigkeiten bereitet, wenn eine Minderjährige hier hereinkommt?

Wie konnte es denn überhaupt geschehen, dass man sie in den Club ließ?

Das Bild zur Akte stammt aus dem Familienalbum, sie sieht aus wie das, was sie war, ein junges Mädchen an der Schwelle zur Frau. Wie sah sie aus, wenn sie sich aufreizend kleidete? Konnte sie dann als älter durchgehen? Ich drucke ihr Bild und das des anderen Mädchens aus. Waren sie auch in meinem Club?

Es klopft an der Tür, ich rufe »Herein«, und Amber erscheint im Türrahmen. Ich werfe einen Blick auf die Uhr, ja, es ist schon so spät, kurz vor halb fünf. Amber sieht mich unsicher an, ich winke ihr, hereinzukommen. Dass sie unsicher ist, sieht man nur, wenn man sie so gut kennt wie ich. Sie trägt ein dunkles Business-Kostüm, hochgeschlossen und tailliert, mit einem wadenlangen Rock mit einem Schlitz hinten und dazu Schnürstiefel mit hohen Absätzen, eine sehr vielseitige Kleiderauswahl. Die Haare sind frisch gewaschen, das Make-up perfekt, so dezent, dass man meinen könnte, sie trüge keines. Ich habe mir abgewöhnt, mir über die Wandlungsfähigkeit von Frauen Gedanken zu machen, es ist einfach so, aber manchmal fällt es mir noch auf, so wie jetzt. Diese Amber trägt die Rüstung einer erfolgreichen Geschäftsfrau und hat nur sehr wenig gemein mit der Frau, die vorhin, zusammengebunden wie ein Kalb, auf dem kalten Boden der Garage von meinen Fingern zum Orgasmus gebracht wurde.

»Ich habe gehört, es gibt eine Planänderung?«, fragt sie und streicht sich über den Rock. Dieser sitzt perfekt, aber die Geste modelliert ihr Bein und wirkt entzückend nervös, als habe sie ein schlechtes Gewissen. Beinahe lächle ich, ich möchte wetten, dass sie ein schlechtes Gewissen hat. Sollte sie ja auch haben!

»Ja«, sage ich. »Ich brauche deine Fähigkeiten. Komm rein und setz dich. Was ist mit Jacqueline und Caro?«

»Sind beide da, zurzeit sind sie oben bei Tanja. Jacqueline ist völlig fertig.« Amber sinkt elegant in einen der Besuchersessel vor meinem Schreibtisch, schlägt die Beine übereinander und legt die Hände in den Schoß, schaut mich aufmerksam und konzentriert an, als gäbe es außer mir nichts anderes in ihrem Universum, das wichtig wäre.

Ich überlege gerade, ob ich hier jemals Besucher hatte und ob es sein kann, dass sie die Erste ist, die in diesem Sessel sitzt, seit er gekauft wurde. Denkbar ist es, so wenig wurde dies alles bisher genutzt. Es sind Ausweichgedanken; wenn ich so von einer Frau angesehen werde, bringt mich das aus dem Konzept.

Sie wartet, ihr Blick immer noch so offen, so verletzlich, so vertrauensvoll und ... deutlich schuldbewusst. Ich sage nichts, sie schluckt, befeuchtet die Lippen. Es ist der gleiche Vorgang bei allen Frauen; warum ist er so unterschiedlich, je nachdem, welche Lippen es sind?

»Herr Marcus ... sie ist darauf nicht vorbereitet«, platzt sie dann heraus. Es ist klar, wen sie meint: Jacqueline. Als ob ich das nicht wüsste, als ob mir das nicht klar wäre. Jacqueline war ja bei der Planung dabei.

Der Gedanke, benutzt zu werden, von einer ungewissen Anzahl Menschen, auf ungewisse Weise über ungewisse Zeit ... Für Amber wäre es ein Kick, für Jacqueline ist es wahrscheinlich ein Albtraum, kein Kick für sie, nur Hingabe. Sie ist die scheueste der drei.

Als Amber und Jacqueline nach ihrer Ausbildung zum Chateau zurückkehrten, beschlossen sie, mich zu verführen, mich zu ihrem Herrn zu machen. Mit Caros Hilfe gelang es ihnen auch. In einer denkwürdigen Nacht gaben sie sich mir alle drei – wenn ich auch manchmal das Gefühl hatte, dass es umgekehrt war, dass sie mich nahmen. Jacqueline sieht sich auch als meine Sklavin an, aber bis auf diese eine Nacht habe ich sie nicht mehr berührt. Ihr Dienst ist es, das Chateau zu führen und ein Heim für uns alle daraus zu machen. Sowohl Caro als auch Amber benutzen Jacqueline schamlos als Dienstmädchen und Zofe. Wenn nicht ab und zu Amber sie nach unten in die offenen Räume des Chateaus führen würde, um dort mit ihr zu spielen, könnte man glatt meinen, Jacqueline hätte damit gar nichts am Hut.

Anders Amber. Ab und zu sah ich sie, hier oder im Chateau, wie sie am Rand stand und zusah, ständig belagert von den Reihen ihrer Bewunderer. Wenn sie sich gibt, gibt sie sich vollständig, wenn sie es in sich hält, ist sie unberührbarer als die kälteste Domse. Sie treibt die Herren Doms zur Verzweiflung, vor allem diejenigen, die schon das Vergnügen mit ihr hatten. Diesmal hat Amber sich seit fünf Monaten zurückgehalten, aber ab und zu, wenn ich sie beobachtete, wie sie anderen zusah, bemerkte ich diese kleinen Bewegungen an ihr, die mir sagten, wie heiß sie darauf war.

Natürlich ist Jacqueline nicht darauf vorbereitet, über zwei Jahre habe ich nichts von ihr gefordert, und jetzt eine totale Selbstaufgabe. Ich frage mich, ob ich ihr damit etwas beweisen will. Will ich sie zwingen, Position zu beziehen? Will ich, dass sie sagt, nein, das könne sie nicht für mich tun? Ich weiß es noch nicht, aber ich werde es bald erfahren.

Amber hingegen – sie ist seit Monaten auf diesen Punkt zugelaufen, auf diese Explosion ihrer Begierden. Scheinbar ist es Caros Wille gewesen, in Wirklichkeit haben die beiden konspiriert, damit Amber die Lusterfüllung findet, die sie sich wünscht, aber nicht selbst erreichen kann.

Ich sehe sie lange an, sie hält meinen Blick, aber ich spüre, wie die Gedanken hinter ihrer hübschen Stirn wirbeln.

»Du warst es, nicht wahr? Vorbereitet darauf, meine ich«, sage ich dann. Sie zögert, es ist schwer für sie, das zuzugeben, sie will es ja, aber sie will es auch wieder nicht. Sie will dazu gezwungen werden, wie Jacqueline nun letztlich von mir gezwungen wird. Für einen Moment befürchte ich, sie will es abstreiten, aber dann entschließt sie sich dazu, ehrlich zu sein. Sie senkt den Kopf und nickt langsam.

»Das ist schon seit Langem ein Stück Kopfkino bei mir. Wir wussten, dass du so etwas nicht magst, nicht bei uns. Also kamen Caro und ich auf die Idee, eine Situation zu erzeugen, in der du es erlaubst.« Sie sieht auf ihre gefalteten Hände hinunter, die brav in ihrem Schoß liegen. »Caro meint, du hättest es gewusst«, sagt sie dann leise. »Ich dachte nicht, dass es so wäre, du hast dich in letzter Zeit so selten um uns gekümmert.«

Ich sehe sie an, diese bildschöne Frau, in der das Leben nur so zu vibrieren scheint, wie sie nun dasitzt, unglücklich und wie ein gescholtenes Kind.

»Amber, warum bist du ins Chateau zurückgekommen?«, frage ich sie. Ich habe ihr diese Frage schon oft gestellt.

»Weil es mein Zuhause ist«, sagt sie, die gleiche Antwort wie sonst. Aber da ist noch mehr, viel mehr. Vielleicht finde ich es jetzt heraus. Ich atme tief durch.

»Amber, liebst du mich?«

Sie sieht überrascht auf, ihre schönen Augen weiten sich.

»Ja, natürlich«, sagt sie dann. »Sonst wäre ich ja nicht hier!« Sie lässt den Kopf sinken. »Sonst wäre das Chateau nicht mein Zuhause«, sagt sie so leise, dass ich sie kaum höre.

Sie liebt mich. Sie sagt es, als gäbe es keine Alternative, als müsste es so sein. Ich weiß, dass es nicht so ist. Es gibt jede Menge Menschen, die keinerlei Probleme damit haben, mich nicht zu lieben.

»Amber ... warum? Ich habe dir nie etwas gegeben, was du nicht verdient hättest, und als ich euch beide fand, versuchte ich nur etwas wiedergutzumachen, das nie hätte geschehen dürfen. Mein Onkel war ...«

»Ein Arschloch«, sagt Amber und lächelt leicht, als ich sie überrascht ansehe. Sie legt sonst sehr viel Wert darauf, mich nicht zu unterbrechen. »Das weiß ich heute auch. Aber als ich ein Kind war, gab er mir ein sauberes warmes Zimmer, hübsche Kleider und Spielsachen und einen Rahmen. Dass andere Mädchen mit elf Jahren nicht mit einem Dildo spielen, ist mir durchaus klar.« Sie sieht mich an, ihre Augen sagen mir, wie wichtig es ihr ist, dass ich endlich verstehe. »Aber er gab mir Liebe und Zärtlichkeit.«

»Nein. Er hat dich missbraucht.« Ich stehe auf und gehe zu ihr hinüber, knie mich vor sie, um ihre Hand zu ergreifen. »Wir haben schon hundertmal darüber gesprochen. Mein Onkel war ein Päderast, und er hat dir etwas genommen!« Ich denke an Alice und die anderen. »Er hat dir die Möglichkeit genommen, dich zu entscheiden! Eine Kindheit ist dazu da, *Kind* zu sein, nicht für alte Päderasten als Spielzeug zu dienen! Verdammt, Kinder gehören geschützt und nicht missbraucht! Ich ...«

Sie nimmt meine Hand und drückt sie.

»Marcus. Ich *weiß* das. Du hast mich und Jacqueline ja damals zu der Therapie geschickt. Wir haben den Psychiatern zugehört und die Zusammenhänge allmählich auch begriffen. Ich weiß, was für ein Arschloch dein Onkel war. Was ich dir sagen will, ist, wie es sich für mich anfühlte, nicht, wie es objektiv war!« Sie lacht leise. »Du kannst mich gern zu einem anderen Psychiater schicken. Er wird dir bestätigen, dass ich eine erwachsene Frau bin, über eine stabile Persönlichkeit verfüge und meine Kindheit ordnungsgemäß verarbeitet habe. Ich bin nicht selbstzerstörerisch!« Sie sieht mich durchdringend an. »Marcus, das ist wirklich so. Ich bin kein Kind mehr. Glaube mir, es ist alles in Ordnung.«

Wieso stürzt sie sich dann immer wieder in solche Situationen?, frage ich mich. Manchmal ist es sogar für mich zu viel.

»Und was war das mit der Herrenrunde das letzte Mal? Weißt du, dass Caro mich davon abgehalten hat, das Spiel abzubrechen? Manchmal habe ich das Gefühl, dass du kopfüber ins Verderben springen willst!«

»Marcus!«, sagt sie mit einem empörten Blick. »Du kannst das nicht wirklich denken, oder? Es ist gerade das Gegenteil der Fall, ich tue das, um mir zu beweisen, dass ich stärker bin, dass ich nicht daran zerbrechen werde, dass es mich nicht mehr fertigmacht!« Es beruhigt mich, das zu hören, aber ganz verstehen kann ich es immer noch nicht. Amber erkennt es wohl in meinem Blick.

Sie lächelt immer noch, nur, dass dieses Lächeln eine andere Qualität hat. Es ist ein Lächeln, das eine ungeheuerliche Ruhe und Sicherheit ausstrahlt, während sie versucht, es mir zu erklären.

»Marcus ... Ich lebe auch außerhalb des Chateaus. Ich habe viele Verehrer, und es gibt eine ganze Reihe Männer, die mir schon Anträge gemacht haben.« Sie lacht leise. »Zwei wollten mich von dir kaufen.«

Ich sehe sie fassungslos an. Kommen Leute ernsthaft auf

solche Gedanken!? Gibt es wirklich Menschen, die denken, andere Menschen wären Besitz?

Sie sieht mein Gesicht und lacht. »Ich glaube nicht, dass sie es wirklich ernst gemeint haben.« Ihr Lächeln wird breiter. »Manchmal bist du einfach nur süß, Marcus. Ich versuche es dir jetzt zu erklären, du scheinst es ja nicht verstehen zu können. Aber ich werde es nur dieses eine Mal tun, weil ich denke, es ist wichtig für dich.«

Ich spüre ihr Charisma, kann jetzt, in diesem Moment, fühlen, welch starken Willen sie hat und warum männliche Subs sich ihr in Scharen zu Füßen werfen wollen. Sie ist, wie sie ist, und sie ist genau so, wie sie sein will. Ich wusste es schon früher, aber irgendwie verstehe ich es erst jetzt.

Mein Onkel hat ihr eine Narbe geschlagen, einen Weg verbaut, doch sie ist ein Kämpfer, ging nicht unter. Das ist es, was sie mir sagen will. Dass sie einen anderen, eigenen Weg für sich gefunden hat, damit umzugehen, trotzdem ein erfülltes Leben zu führen. Ein ungewöhnlicher Weg, einer, den viele nicht verstehen werden, der aber eben *ihr* Weg ist!

Ich warte, während sie sich die Worte zurechtlegt. Es ist eine andere Amber, die jetzt hier sitzt, sie hat eine Ausstrahlung, die mich unglaublich berührt, sie strahlt so viel Sicherheit und Ruhe aus, wie ich es selten zuvor erlebt habe.

»Marcus«, sagt sie dann. »All die anderen Menschen, die mir begegnen, die sagen, sie lieben mich, die meine Liebe wollen, sie haben einen schlechten Stand, sie kennen mich nicht. Sie wissen nicht, wer ich bin, und sie könnten nicht akzeptieren, wie ich geworden bin, wer ich bin. Du hast nie geurteilt. Es gab nie einen Vorwurf von dir oder ein Zeichen der Verachtung.«

Sie sieht meinen überraschten Blick und grinst. »Ich kann sehr wohl Spiel von Leben unterscheiden!« Sie beugt sich vor. »Man kann lieben, wo die Gefühle hinfallen. Man kann auch etwas von Liebe verlangen, ihr ein Ziel geben. Oder man kann bewusst entscheiden, dass man liebt und wen man liebt. Du bist der erste Mensch, der je um mich weinte. Damals, als du herausfandest, was mit uns, Jacqueline und mir, geschehen war. Du weintest um uns, um mich und Jacqueline. Wir haben es beide nicht verstanden. Jetzt verstehen wir es. Beide haben wir uns entschlossen, dich zu lieben. Dass du uns nicht liebst«, ihre Augen funkeln halb amüsiert, halb frustriert, »macht es uns nicht gerade leicht. Aber wenn man devot ist, wie ich es bin und auch Jacqueline auf ihre Art, dann ist es genau diese Entsagung, die unsere Liebe zu dir so bewusst klar und rein hält. Unsere Liebe zu dir macht uns glücklich. Ich dachte, dass du es mittlerweile verstehst, du bist doch hier der große Dom, du solltest wissen, wie das läuft. Diese Liebe ist es auch, die es Jacqueline und mir erlaubte, uns aus dem Dreck herauszuziehen. Sie gab uns ein Ziel, das Ziel, dich nicht zu enttäuschen.«

Sie setzt sich wieder gerade hin, sieht mir direkt in die Augen. »Jetzt habe ich es dir gesagt. Ich werde es nicht wiederholen.«

Ja, jetzt hat sie es mir gesagt. Bevor ich wieder Worte habe, ich immer noch protestieren möchte, spricht sie weiter.

»Wenn ich es könnte, würde ich heute deinen Onkel grad noch mal umbringen. Langsam, so, dass er es *genießen* kann«, sagt sie mit vor Sarkasmus triefender Stimme. »Aber ich habe bei ihm gelernt, dass Geilheit ohne Gewissensbisse, dieses Aufgeben aller Verantwortung, dieses pure Geben und Genommenwerden, für mich der Weg zur Lust ist. Ob er dies in mir schuf oder nur fand, weiß ich nicht, es ist auch egal. Es ist so, und ich will es. Weil ich weiß, dass es dir eigentlich nicht gefällt, will ich es selbst manchmal nicht – bis ich kaum mehr an etwas anderes denken kann und es haben muss. Als wir in dieser Schule waren, bin ich manchmal abgehauen und habe mich verkauft, weil ich es nicht mehr aushielt. Jacqueline ist anders. Sie freut sich daran, dir Rosen zu schenken, das Chateau in einwandfreiem Zustand zu halten, dich zu bedienen, ihre Erfüllung liegt darin. Aber sie wird sich heute Nacht genauso rückhaltlos geben, wie ich es getan hätte.«

Sie lässt den Kopf sinken und schaut wieder auf ihre Hände, sitzt kerzengerade und still da, alles an ihr teilt mir mit, dass sie gesagt hat, was sie sagen wollte, und sich jetzt zu diesem Thema nicht mehr äußern wird, vielleicht nie wieder.

Ich räuspere mich. Bei allem, was passiert ist, mit den Morden, mit allem, was anders ist, als ich dachte, weiß ich nicht, was ich denken kann oder soll. Ich weiß nur, dass Amber mit ihren Worten irgendetwas tief in mir berührt, dass ich aber im Moment keinen Raum habe, das zu verarbeiten. »Amber, ich weiß nicht ...«

»Caro sagt, du brauchtest meine Fähigkeiten. Ich denke, du meinst damit etwas anderes als Sex. Irgendetwas ist heute los, ich weiß ein bisschen was, aber es wird Zeit, glaube ich, dass wir alle mehr erfahren.« Sie unterbricht mich schon wieder, aber sie hat recht.

»Ja«, sage ich, selbst ein wenig erleichtert, dass sie das Thema so entschlossen wechselt. »Genauso sehe ich das auch.« Ich denke, ich weiß auch schon, wie wir aus diesem Schlamassel wieder herauskommen.

»Amber, ich will das Ganze nicht mehrfach wiederholen, ich will Caro und Jacqueline auch hierhaben. Sag, haben wir irgendwo einen Projektor?«

»Für Computerpräsentationen?«, fragt sie, noch während ich zum Telefon greife, um oben in der Wohnung durchzuklingeln.

Ich nicke.

»In dem Schrank da drüben«, sagt sie. »Soll ich ihn anschließen und aufbauen?«

Ich nicke, gleichzeitig geht oben jemand ans Telefon.

»Ja?« Tanjas Stimme. Amber steht auf, drückt mit einem schlanken, sauber manikürten Finger die Lautsprechertaste am Telefon, wirft mir ein Katzengrinsen zu und begibt sich zum Schrank hinüber.

»Lebt Beckmann noch?«, frage ich, während ich Ambers Hintern bewundere, als sie graziös in die Hocke geht, um den Projektor aus dem unteren Fach des Schrankes herauszuholen. Sie zu sehen und zu wissen, dass sie so vollständig mein ist, gibt mir einen Ständer. Zur Abwechslung aber kein schlechtes Gewissen.

Tanja lacht, es klingt sowohl zufrieden als auch gehässig. Ich versuche, mich wieder auf sie zu konzentrieren.

»Ja«, spricht sie weiter. »Er ist sehr, sehr einsichtig geworden. Wir sind uns einig, dass er weiterhin Manager spielen darf, aber mir Rechenschaft schuldig ist. Ich glaube, es gefällt ihm, Sklave zu sein. Er hat sich nur nicht getraut! Feige Sau, die er ist.«

Ich schüttele lächelnd den Kopf und bin froh, dass ich dieses Amüsement verspüre. Bis vor Kurzem war mir nicht so sehr nach Lächeln zumute. Amber grinst mich an und leckt sich die Lippen. Katze. Da die drei immer unter einer Decke stecken und Caro die Spitze der Hackordnung einnimmt, die auch Tanja einbezieht, denke ich, dass Klaus Beckmann nie wieder derselbe sein wird. Ich glaube auch nicht, dass es ihm schadet.

Aber so, wie Amber grinst, wird er das Vergnügen haben, auch sie kennenzulernen. Armes Schwein. Oder der Glückliche.

Ich reiße mich zusammen, als mir bewusst wird, dass Tanja auf meine Reaktion wartet.

»Gut«, sage ich. »Dann sieh zu, dass er hier antrabt und seine Arbeit wieder aufnimmt. Gib mir bitte Caroline.«

»Ja, hier, für dich, Caro ...«

»Ja?« Caros Stimme.

»Ich brauche dich und Jacqueline hier in meinem Büro. Es wird Zeit, dass ihr wisst, worum es eigentlich geht.«

»Wir kommen«, sagt sie, ich lege auf.

Im Haus ertönt ein Gong – das Zeichen für die Belegschaft, dass das Bistro und Restaurant zu öffnen sind. Irgendwann heute Nacht, wenn der Morgen wieder nahe ist, wird es zwei weitere Gongschläge als Zeichen für unsere Gäste geben: der erste, um Mitternacht einzuläuten, der zweite, um bekannt zu geben, dass das *Dominion* in Kürze schließen wird. Heute Abend kommen ausschließlich geladene Gäste, aber einige von ihnen werden sich schon bald im Café einfinden, wo sie mit ihren neuesten Fetischmoden Aufsehen erregen können.

Die Tür öffnet sich, es sind Caroline und Jacqueline. Caroline ist die Einzige, die an meinen Türen nicht zu klopfen braucht.

Beide haben sich ebenfalls umgezogen, es ist, als wären sie in Uniform. Sie tragen das gleiche Kostüm und die gleichen Accessoires, bis hin zu den Stiefeln, wie sie auch Amber trägt.

Caro lächelt leicht, als sie hereinkommt. Ihre Augen werfen mir einen Kuss zu, doch es ist Jacqueline, der ich mein besonderes Augenmerk schenke. Amber sprach von sich und von Jacqueline, davon, dass auch sie aus ähnlichen Beweggründen bei mir sein will.

Es ist nicht so, dass Jacqueline sich normalerweise vernachlässigt, sie ist immer adrett und sauber gekleidet, trägt oft die Kostüme, die Teil des Spiels zwischen uns sind, mit Grazie und Eleganz. Aber diesmal sehe ich, dass sie sich besonders viel Mühe gegeben hat, perfekt zu sein. Ihre Wangen sind gerötet, in ihren Augen bemerke ich etwas Unsicherheit und dass sie permanent an nachher denkt, aber sie wirkt gefasst. Das Lächeln, das sie mir zuwirft, scheint echt. Ich weiß plötzlich, dass sie es tun wird, ohne mir auch nur ansatzweise einen Vorwurf zu machen. Ich begreife plötzlich, dass es keine Möglichkeit mehr gäbe, etwas zu ändern. Jacqueline würde es mir nicht verzeihen.

»Setzt euch«, sage ich. »Ihr müsst wissen, worum es hier geht.« Ich warte, bis sie Platz genommen haben und die Projektionswand ansehen, die Amber irgendwo hergezaubert hat; sie kommt, wie ich gerade sehe, aus einem Schlitz in der Decke. Ich wusste nicht, dass so etwas hier eingebaut ist, vielleicht sollte ich mich doch mal mit ein paar Dingen vertraut machen.

»Dies hier sind Helga Berg, sechzehn, und Angelina di Monti, fünfzehn Jahre alt. Das ist Christina Schäfer, siebzehn.«

Alice. Irgendwie berührt sie mich besonders, da ich sie selbst lebend und lebendig in Erinnerung habe.

»Alle drei wurden im Abstand von jeweils sieben Tagen Opfer des sogenannten Masomörders.« Caro wusste das schon, Jacqueline und Amber betrachten die Bilder nachdenklich.

»Caro sagt, die Polizei hätte dich um Mithilfe gebeten. Weil du pervers bist«, meint dann Jacqueline. Ich nicke.

»Die kennen dich wirklich nicht, oder?«, fügt sie dann hinzu, eine rhetorische Frage, die mich schon etwas überrascht.

»Was hat das mit uns zu tun?«, fragt Amber.

»Das sage ich euch gern. Christina, das letzte Opfer, war seit Wochen Stammgast bei uns im *Dominion*. Unser Held Beckmann hat sie bespielt und vor laufender Kamera gevögelt. Tanja hat sogar eine Bühnenshow mit ihr gemacht, und an Silvester war sie eine der Favoritinnen einiger unserer speziellsten Gäste.« Ich mache eine Pause, merke, wie sie die Konsequenzen verstehen. Manche meiner Gäste haben einen sehr speziellen Geschmack und suchen eine ganz besondere Art von Partner.

»Christina verbrachte die vorletzte Nacht im *Dominion*, sie kam um elf Uhr abends und ging um vier Uhr morgens. Zwanzig bis zweiundzwanzig Stunden später war sie tot. Ich hoffe es nicht, aber ich befürchte, dass sie ihren Mörder hier bei uns kennengelernt hat. Vielleicht ging sie sogar mit ihm zusammen.«

Ich hole tief Luft und drücke eine Taste ... die drei Bilder auf der Projektionswand verschwinden und zeigen die brutale Frontansicht von Alice, Alice am Kreuz, eine technisch perfekte Aufnahme, die in digitaler Klarheit jedes schonungslose Detail zeigt.

Die Reaktion meiner drei Grazien – Caro hat den Tatort selbst ja nicht gesehen – überrascht mich. Während ich, der ich so etwas gewohnt sein sollte, ein mulmiges Gefühl in der Magengegend verspüre, sehen meine drei sich dieses Bild mit geradezu klinischem Interesse an. Sie wirken nicht einmal geschockt.

Nur Amber blinzelt zweimal und wirft mir dann einen Blick zu, den ich nicht deuten kann. Eine feine senkrechte Falte steht auf ihrer Stirn, sie mustert das Bild so konzentriert, wie ich es von ihr kenne, wenn sie über eine schwierige Programmieraufgabe nachdenkt, nur ist das ihre einzige Reaktion, irgendwie hatte ich etwas anderes erwartet, vielleicht Schock, Entsetzen. Aber irgendetwas geht ihr durch den Kopf. Bevor ich sie fragen kann, murmelt Jacqueline etwas, das ich nicht verstehe.

Amber schüttelt den Kopf. »Nein, dazu waren sie zu jung.« Jacqueline scheint nicht überzeugt.

»Was hast du gesagt, Jacqueline? Ich habe es nicht gehört.«

Jacqueline schaut zu mir und dann zu Boden.

»Sie hat gefragt, ob es möglich wäre, dass es kein Mord ist«, antwortet Caro für sie. Ich sehe Jacqueline an, ich verstehe nicht, wie sie das meint. Also frage ich sie.

»Es gibt Leute, die flirten mit dem Gedanken, sich so weit zu geben, dass sie sterben«, erklärt sie mir dann leise.

»Ich halte es hier für ausgeschlossen«, sage ich mit Bestimmtheit. Es zu nahe an dem, was ich Amber vorwarf, ich will mich mit solchen Gedanken gar nicht auseinandersetzen.

Also schüttele ich den Kopf, erzähle ihnen dann von der Verachtung in Christinas gefrorenen Augen.

»Verachtung?«, wiederholt Amber und wirkt beeindruckt. Sie steht auf und geht näher an das Bild heran.

»Okay«, meint sie. »Er hat sich langsam zur Peitsche hingearbeitet. Davor, Gerte, Stock, Nadeln, Klammern. Paddle, Cuttings ... das volle Programm.« Sie beugt sich vor. »Das hier«, sagt sie und tippt auf eine Stelle an der Innenseite von Christinas Oberschenkel, knapp unterhalb der Scham. »Das könnte ein Branding sein.«

Ich versuche mich daran zu erinnern, ob ich etwas von einem Brandmal in den Akten gelesen habe, bin mir nicht sicher und rufe die Akten auf, während nun alle drei vor dem Bild stehen und es mustern. Da das Bild von hinten auf die Leinwand projiziert wird, können sie herangehen und es genau ansehen.

Stella ist sorgfältig, auch ihr fiel das Brandmal auf. Helga und Angelina haben beide an gleicher Stelle eine kleine Brandnarbe. Nicht frisch. Es gibt eine Detailaufnahme, für einen Zigarettenbrand ist die Stelle zu klein und zu definiert.

»Es ist eine Rose«, sagt Caro plötzlich.

Sie hat recht, es könnte eine sehr kleine Rose sein.

»Die beiden anderen Opfer haben diese Brandnarbe auch«, sage ich ihr. »Und du könntest mit der Rose recht haben.«

Amber tritt vom Bild zurück. »Es ist eine große Bullenpeitsche. Keine Snake, sondern mindestens fünf Meter lang, doch nicht länger. Er hat sie von der Seite getroffen ... hier seht ihr die Spur, wo sich das Leder um sie wickelte. Er kann es noch nicht, die Spuren sind unterschiedlich.«

»Vielleicht Absicht?«, fragt Caro.

»Sieh dir deinen eigenen Rücken an«, sagt Amber trocken. »Jeder, den ich kenne, der mit einer Bullenpeitsche spielt, ist bemüht, so präzise wie möglich zu arbeiten, um exakte Spuren zu hinterlassen. Diese Spuren hier sind unterschiedlich. Wahllos.«

Die Erwähnung von Caros Rücken, der immer noch von meinen eigenen Peitschenhieben gezeichnet ist, trifft mich in diesem Moment hart. Ich habe Caro auch mit der Peitsche geschlagen, der Gedanke, wo denn der Unterschied zwischen mir und dem Täter liegt, kommt ungebeten, die Antwort überzeugt selbst mich nicht wirklich, es ist nur ein Gefühl, dass es eben *nicht* das Gleiche ist ...

Ich habe irgendetwas verpasst, denn Amber sieht mich an. »Ja, es sind viele Schläge, schwer zu sagen, wie viele genau, aber nur bei gut der Hälfte gab es überhaupt Striemen.«

»Nicht so schlimm, wie ich befürchtet habe«, meint Caro und schockt mich damit. Ich sehe meine drei Grazien fassungslos an, weiß gar nicht mehr, was ich sagen soll. Sie kümmern sich nicht um mich, diskutieren untereinander weiter.

»Ja«, sagt Amber und beugt sich vor, um besser zu sehen. »Hier und hier ... das sind Flicks. Da, wo er richtig traf, riss er sie auf. Hier. Und hier.« Sie deutet auf eine Stelle nahe der Scham des toten Mädchens.

»Heilige Scheiße«, haucht Jacqueline, von der ich solche Ausdrücke nicht gewohnt bin, »was muss das wehgetan haben.«

»Ja, das hat gezogen«, sagt Amber trocken.

»Wie könnt ihr das nur so unbeteiligt betrachten?«, frage ich aufgewühlt. »Sie wurde zu Tode gefoltert. Berührt euch das denn gar nicht?«

»Genau darum geht es ja«, sagt Amber ernst. Ich sehe sie verständnislos an. »Ich will vermeiden, dass es mich triggert«, erklärt sie mir, aber ich begreife nicht, was sie damit meint. Ihr Blick macht mir klar, dass sie nicht mehr dazu sagen will. »Woran ist sie letztlich gestorben?«, fragt sie dann.

»An der Peitsche«, antworte ich. »Schock ... Kreislaufversagen.«

Amber schüttelt den Kopf.

»Ich denke, das ist *unter Umständen* möglich. Aber ich glaube es nicht.«

»Amber, das sind echte Nägel! Sie ist ans Kreuz geschlagen worden!«

»Ja. Kaum Blut und keine gebrochenen Knochen. Er wusste, wo man den Nagel ansetzen muss. Und sie steht auf diesem kleinen Fußpodest, die Arme sind gerade, mit Seilen extra gestützt, sie hängt nicht. Keine Last auf den Nägeln. Tut allerdings verflucht weh.«

»Hast du denn kein Mitgefühl für sie?«, frage ich sie ungläubig, ich kann überhaupt nicht verstehen, wie Amber hier reagiert. Sie ist eine von denen, die eine Spinne in den Garten tragen, damit ja niemand auf das Insekt drauftritt. Dass sie Alice so unbeteiligt betrachtet ...

»Das ist es gar nicht«, erwidert Amber, und ihr Ton ist fast schon vorwurfsvoll. »Ich sage dir nur, dass sie nicht daran gestorben ist.«

Ich blinzele. »Wie meinst du das?«, frage ich vorsichtig.

»Genau so, wie ich es sage. Nichts von dem, was ich hier sehe, hätte sie umgebracht. Sie ist jung, und wenn sie kein schwaches Herz hat, hätte sie es überleben müssen.«

»Woher willst du das wissen?«

»Ich weiß es«, sagt sie einfach.

Jacqueline mustert sie und nickt.

»Stimmt«, sagt sie dann. »Das könntest du sein.«

»Wie meinst du das?«, frage ich vorsichtig. Ich glaube, ich habe mich verhört.

»So etwa drei Wochen, bevor dein Onkel starb, kaufte mich ein Gast für eine, wie er sagte, Inszenierung.« Sie sieht Jacqueline fragend an. »Wie lange ist das her? Fast neun Jahre?«

»So um den Dreh«, antwortet Jacqueline und tippt mit ihrem Fingernagel auf ihre Zähne, während sie nachdenkt. »Ich komme nicht mehr auf den Namen, aber ihn selbst werde ich nicht vergessen. War ein Argentinier, das weiß ich noch. Wenn ich an diese Peitsche denke, wird mir immer noch komisch.«

»Mir auch«, sagt Amber. »Ich glaube kaum, dass ich es jemals vergessen werde.«

Mir fällt das Kinn herunter. Selbst Caro wirkt überrascht.

»Was geschah damals?«, frage ich schließlich.

»Wie Jacqueline schon sagt, es war ein Argentinier. Ich weiß den Namen auch nicht mehr. Stinkreich, ein Partner oder Geschäftsfreund deines Onkels. Er machte das zu Ostern auf seiner Hacienda. Eine Jungfrau, die er ans Kreuz nagelte und dann auspeitschte.« Sie zuckt die Schultern. »Er zahlte den Mädchen angeblich um die 10 000 Dollar dafür. Dein Onkel behauptete, sie stünden Schlange, das wäre mehr Geld für sie, als die meisten von ihnen in ihrem ganzen Leben verdienen würden.« Sie sieht mich an. »Das ist das, was dein Onkel mir erzählte, ob es stimmt, weiß ich nicht. Es gab andere am Tisch, die dem Argentinier nicht glaubten.« Amber zuckt die Schultern. »Es ist wohl etwas dran an der Behauptung, die Argentinier wären stolz, und er wollte es beweisen.«

»Also wurdest du ans Kreuz genagelt.« Ich bin überrascht, wie ruhig meine Stimme klingt. Wie neutral. Wenn mein Onkel noch lebte, ich würde ihm jetzt an die Gurgel gehen. Dem Argentinier auch. Irgendwie ist es schon seltsam. Spiele ich selbst mit ihr, ist es absolut in Ordnung, wenn ich ihr wehtue, letztlich habe ich ja die Kontrolle darüber und kann sehen, wo sie mit ihrer Lust schwebt. Wenn sie selbst sich gibt und andere mit ihr spielen, ist es schwieriger, aber ich weiß, dass sie es abbrechen kann, wenn sie will. Wieder vor Augen geführt zu bekommen, dass sie wirklich einmal so hilflos war, ein Kind, das all das als echte Gewalt erlebte, macht mich wütend, nein, rasend vor Wut, und zugleich tut es weh, dreht mir fast den Magen um.

Ihre Augen suchen die meinen. »Ich weiß, dass du es nicht hören willst. Ich war damals schon sechzehn und hatte seit sechs Jahren Sex.«

Sie hat recht, ich will es nicht hören. Sie *ist* ein Missbrauchsopfer. War es schon als Kind. Ihr Therapeut sagte ihr, sie solle offen damit umgehen, doch wenn sie es jetzt erwähnt, dann ohne Emotionen, als wäre es einer anderen geschehen, nicht ihr. Noch während mir diese Gedanken durch den Kopf wirbeln, spricht sie weiter.

»Genau deswegen, weil ich nichts dagegen tun konnte, genau deswegen, weil ich mich wehrte, als sie mich ans Kreuz schlugen, war es eine der geilsten Nächte meines Lebens.« Sie sieht mich eindringlich an. »Ich hatte ja keine Wahl, das war der einzige Weg, um zu entkommen, zu überleben.«

Ich krieg den Bogen nicht. Ich weiß das ja alles, weiß ja selbst, wie es sich anfühlt, wenn man Schmerzen zufügen kann und will, weil man es beherrscht, weil sie einem vertraut, weil es etwas ist, dem auch sie entgegenfiebert. Aber ich kriege den Bogen nicht. Die Vorstellung wirkt surreal.

Natürlich passieren hier im *Dominion* und auch auf dem Chateau Dinge, die einem Szenefremden unfassbar erscheinen, aber wenn es zwischen den Spielenden in Ordnung ist, dann ist es eben in Ordnung. In den privaten Räumen sind schon Dinge geschehen, die ähnlich hart waren, aber ab einer gewissen Stufe ist es nicht mehr mein Ding.

Es gibt Denkansätze, die besagen, ein guter Dom müsse auch mal sub gewesen sein, oder Bottom, um zu wissen, wie es sich am anderen Ende anfühlt, aber ich bin nun mal keiner und kann mir nur ein Spiel auf meiner Seite denken. Wie Beckmann auch, flüstert eine kleine Stimme in meinen Gedanken. Ich wische sie weg.

Caroline ist devot und masochistisch, aber unser Spiel findet mehr auf der Basis von DS, Dominanz und Submission, statt. Amber ist auch devot, aber ihr Kick ist die Lust durch den Schmerz. Wenn sie sagt, dass sie es geil fand, dann war es so. Was man mit ihr getan hatte, war illegal. Und, zumindest solange ich hier das Sagen habe, undenkbar. Aber ich habe ja ab und an das Vergnügen, Amber nackt zu sehen, und sie hat keine solchen Narben ...

Bevor ich etwas erwidern kann, sagt Jacqueline: »Sie sieht dir sogar ähnlich.«

Und sie hat recht. In dem Moment, wo sie es sagt, sehe ich es auch. Es stimmt, speziell Christina sieht der jungen Amber sehr ähnlich, von der Form des Gesichts über den sportlichen Körper bis hin zu den feinen blonden Haaren.

»Ja«, sagt Amber. »Wer auch immer es war, er hat die Szene nachgestellt. Bis hin zur Stacheldrahtkrone.«

Ich schüttele den Kopf, ich kann es immer noch nicht glauben.

»Warum hast du es nicht gleich gesagt?«, frage ich sie. »Als du das Bild sahst.«

»Weil ich dachte, du wüsstest es. Ich dachte, das wäre es, was uns in Schwierigkeiten bringt. Dass der Mörder eine Szene nachstellt, die er im Chateau gesehen hat. Ich hab es natürlich sofort erkannt, so was vergisst man nicht.« Sie sieht mich an. »Ich weiß, dass du schon vor Jahren Bilder von mir gefunden hast. Du hast sie verbrannt, also weiß ich nicht, was darauf zu sehen war. Ich dachte, es wären auch Bilder von der Kreuzigung dabei gewesen.«

»Ich habe mir die Bilder nicht angesehen«, teile ich ihr mit. »Trotzdem, wie kann ... Aber du hast keine Narben!«, platzt es aus mir heraus.

»O doch«, lacht sie. »Genügend, aber sie sind alle gut verheilt. Ich kann sie dir mal einzeln zeigen. Es gibt jedoch einen Unterschied. Es ging damals nicht darum, ob er jemanden ans Kreuz nageln kann. Ich hörte sogar, dass es manche Leute freiwillig an Ostern tun, um die Leiden Christi nachzuempfinden.« Sie sieht meinen skeptischen Blick und zuckt erneut die Schultern. »Wirklich. Ist so. Ich habe mal eine Reportage darüber gesehen.«

Ich schüttele sachte den Kopf, glaube ihr, sie hat noch nie gelogen, aber es hört sich schon ziemlich verrückt an. Aber es gibt ja viele Dinge, die ich niemals verstehen werde!

»Es ging darum, dass er schwor, er könne mir fünfzig Hiebe mit der Bullenpeitsche geben, die umlaufende Striemen erzeugen würden, und das, ohne die Haut zu brechen. Der Argentinier konnte es tatsächlich. Es tat auch säuisch weh, aber ich hab es eigentlich nicht gemerkt, weil ich so weit flog, dass ich kaum mehr etwas mitbekam, mir jeden Schlag wünschte.« Sie lächelt, und ihre Zähne nagen an der Unterlippe. »Es ist dieses Unaufhaltsame, Überwältigende. Man kann nicht dagegen bestehen, erst kommt der Biss, man will es gar nicht wirklich glauben, dann kommt die Woge, der Schmerz, der einen unaufhaltsam mitreißt, nichts, gar nichts, kann man dagegensetzen. Dann wenn die Woge ausrollt, man gerade so auftaucht, kommt auch schon der nächste Schlag. Es ist einfach nicht möglich, etwas anderes zu tun, als zu fühlen. Danach ist man vollständig fertig und irgendwie geläutert. Und fürchterlich stolz, stark genug gewesen zu sein!« Sie sieht mich verlegen an. »Besser kann ich es nicht beschreiben.«

Ich finde, es war gut genug. Allein der Blick in ihren Augen, als sie das erzählt, raubt mir den Atem. Und wenn der Glanz in ihren Augen ein Anhaltspunkt ist, dann ist Verachtung wirklich weit von dem entfernt, was zumindest Amber damals spürte. Das ist der Schlüssel zu Amber, es ist Stärke, nicht Schwäche, was sie zu dem treibt, was sie zu dem macht, was sie ist. Doch sie spricht schon weiter.

»Ich bin lange nicht mehr so geflogen wie damals, und der Argentinier hielt Wort, ich behielt keine Spuren zurück. Dafür war dein Onkel dann um anderthalb Millionen Schilling reicher. Ein Drittel davon, so sagte er, käme auf mein Sparbuch.«

Ja. Vielleicht hat er das gesagt. Ein solches Sparbuch aber wurde nie gefunden, weder für sie noch für die anderen.

Sie lächelt schief. »Das war ein sehr hoher Preis, musst du wissen, andere Mädchen wurden oft viel billiger verkauft. Irgendwie war ich stolz darauf. Dein Onkel sagte, ich sei seine Favoritin.« Sie sieht mich direkt an. »Weißt du, Marcus, ich hatte das Gefühl, ich müsste seine Favoritin bleiben, um zu überleben. Manche der anderen Mädchen verschwanden einfach so, als hätte es sie nie gegeben.«

»Wir haben dann manchmal ihre Spielsachen bekommen«, sagt Jacqueline, sie blickt in meine Richtung, aber ich glaube nicht, dass sie mich sieht.

Amber nickt. »Das hat mich mehr erschreckt als alles andere.«

Wie konnten diese anderen Mädchen einfach so verschwinden? Wurden sie denn nicht vermisst? Was, zur Hölle, geschah damals eigentlich auf dem Chateau? Ich dachte, es hätte mehrere Untersuchungen gegen meinen Onkel gegeben. Ist den ermittelnden Beamten damals niemals etwas aufgefallen? Wurde damals jemand geschmiert?

Ich nehme mir vor, bei Gelegenheit Krüger zu fragen, der war auch mal bei der Sitte, vielleicht weiß er etwas darüber.

Bevor ich etwas sagen kann, vollends verstanden habe, was hinter Ambers Aussage steckt, wendet sie sich wieder dem Bild zu.

»Der wesentliche Unterschied zu dem Argentinier ist, dass dieser Bastard hier es nicht kann. Die anderen Spuren, all die anderen Dinge sind noch im orangenen Bereich. Hier, dieser Schnitt – der hätte bestimmt eine Zeit gebraucht, um zu heilen.« Sie streicht sachte, fast schon zärtlich über das Bild.

Mir wird plötzlich klar, dass Amber von ihren eigenen Erfahrungen spricht. Langsam wird mir bewusst, was das bedeutet, und mir ist schlecht.

Sie spricht sanft weiter, klingt fern. »All die anderen Dinge ... ein böser Absturz für sie. Eine Lehre. Wenn sie freiwillig mitgekommen wäre. Aber ... du sagst, sie verachtete den Dreckskerl. Du weißt, wie ich dich ansehe, wenn du mich fliegen lässt. Ich verachte dich nicht. Also wollte sie nicht.« Sie fährt über Alices Handflächen. »Ich werde mich nicht mehr annageln lassen. Heute nicht mehr. Nie wieder. Ich habe wieder Grenzen und Tabus, ich weiß, dass ihr Angst habt, es wäre anders. Aber wenn ich nicht liebe, dann habe ich diese Grenzen und bin selbst froh drum.« Sie wendet sich von dem Bild ab und sieht mir direkt in die Augen. »Bei dir habe ich keine Grenzen. Und brauche sie auch nicht, du kämst nicht auf die Idee, mich irgendwo anzunageln. Und wenn ... ich wäre mir sicher, dass du genau wüsstest, was du tust.«

Ich will etwas sagen, komme aber nicht dazu.

»Darum geht es«, wirft Caro ein. »Wir dachten alle, dass du die Geschichte kennst. Ich habe mich lange mit Amber unterhalten, als wir uns entschlossen, uns eine Snake als Spielzeug zuzulegen.«

»Ja. Hier ist noch etwas anderes faul«, fährt Amber fort. »Ich kann dir sagen, dass du es nicht immer merkst, wenn die Haut platzt, jedenfalls nicht am Schmerz. Dieser Dreckskerl kann mit der Peitsche nicht umgehen und hat sie ohne Zweifel fürchterlich damit zugerichtet. Aber du hast es selbst gesagt: Sie sah ihn verachtend an, als sie starb.«

Amber hält immer noch meine Augen mit den ihren fest.

»Wenn du an Kreislaufversagen oder Schock leidest, kannst du das nicht, du verlierst den Fokus ... rutschst einfach nur weg. Du hast von dem Blick erzählt, aber ich sehe es an ihrem Gesicht.« Sie streicht mit dem Zeigefinger leicht über die Wange des Mädchens auf dem Bild, eine zärtliche Geste.

»Der Argentinier ist in Argentinien. Er war ein Sadist und ein Gentleman, ich mochte und respektierte ihn. Er hielt sich an die Regeln, verlor nie die Kontrolle. Er kann es nicht gewesen sein. Aber wer auch immer der hier ist, er war damals auf dem Chateau und sah zu, wie ich am Kreuz hing. Doch hier stimmt etwas nicht. Schau dir den Striemenverlauf an. Bislang hat jeder, der mit mir spielte, sehr sorgfältig geschlagen. Aber diese Schläge hier sind unkontrolliert, einfach eine wilde Prügelei!«

»Das stimmt«, sagt Jacqueline leise. »Es wirkt irgendwie ...« Sie sucht das richtige Wort. »Lieblos. Das ist es. Es ist lieblos!«

»Richtig«, sagt Amber. »Er weiß es nicht zu schätzen! Vielleicht hat es ihn über die Jahre wilder und wilder gemacht. Aber er hat keine Kontrolle!« Ihre Stimme wird bitter. »Dieser Mistkerl ist genau die Sorte, vor der wir Subs zu Recht Angst haben. Er überschätzt sich. Aber es ist möglich, dass die anderen am Schock und am Kreislaufversagen starben. Christina hier starb an etwas anderem. Als er fertig war, tat er irgendetwas anderes, das sie umbrachte, ansonsten hätte sie überlebt. Es ist kein Unfall, kein Versehen, es ist vorsätzlicher Mord.«

Sie sieht, wie geschockt ich bin, und lächelt sanft. »Das, was ihr passierte, und das, was mir passierte, ist nicht dasselbe.«

»Auf jeden Fall hattest du recht«, sagt Caroline. »Das Chateau, das *Dominion*, Amber – wir stecken mittendrin. Und wenn du schon Schwierigkeiten hast, all dies zu verstehen, möchte ich nicht wissen, wie deine alten Kollegen von der Kripo reagieren werden.«

Ich kann es selbst kaum fassen. Der Kreuzmörder stellt eine Szene nach, die Amber als Kind im Chateau erlebt hat? Wir wissen alle, dass wir nichts damit zu tun haben, aber ... Ich versuche, mir Malowsky vorzustellen, wenn ich ihm das erkläre. Unmöglich.

Mechanisch drücke ich eine Taste, und das Bild verschwindet.

Kapitel 4

Ich bin unten im Bistro, lehne in einer dunkleren Ecke an der Theke. Giorgio hat Dienst an der Bar; alle, die heute hier sind, haben ihren freien Tag geopfert. Letzte Nacht hatte er oben im Sicherheitsraum Dienst – Giorgio ist der junge Mann, der das Buch gelesen hat.

Ich habe die drei oben allein gelassen, bin hier heruntergekommen, um meinen Gedanken nachzuhängen. Das Bistro hat noch nicht lange auf, bislang ist nur ein Gast da, ich kenne sie nicht, eine junge Frau in Lack und Leder, für meinen Geschmack zu dünn. Sie schenkt mir genauso wenig Interesse wie ich ihr und starrt durch das verspiegelte Glas hinaus auf die Straße. Manchmal versuchen Leute, von der Straße aus in das Bistro zu schauen; beschirmt man die Augen mit der Hand, kann man ein wenig erkennen. Einigen Gästen gibt es einen Kick, und sie bieten den Voyeuren, die wahrscheinlich nicht wissen, wie klar man sie von innen sehen kann, eine Show.

Giorgio schiebt mir kommentarlos einen Cappuccino herüber, heiß, mit aufgeschäumter Milch, viel Zucker, genau, wie ich ihn mag. Ich nehme einen Schluck, verbrenne mir beinahe die Zunge, versuche, meine Gedanken zu ordnen.

Einige Dinge sind mir jetzt schon klar. Ich habe über einen zu langen Zeitraum hinweg keine Verantwortung übernommen.

Mir fiel so viel Geld in den Schoß, dass ich nie wieder

arbeiten muss. Vorher war mir Geld genauso wichtig wie jedem anderen, ich habe hart und intensiv gearbeitet, aber ich hatte auch noch ein Motiv zusätzlich zum Geld: Ich war Polizist, ein Streiter für Recht und Ordnung. Für das Gute. Ein Paladin in strahlender Rüstung.

Aber der Club hat mich meinen Job bei der Polizei gekostet, mir meine strahlende Rüstung verbeult. Es gab genau einen Grund, weshalb ich ihn weiterführte: Trotz, weit mehr als das Geld. Ein Jetzt-erst-recht-Gedanke. Anfangs wollte ich nichts damit zu tun haben, deshalb suchte ich ja einen Geschäftsführer. Aber dann kam Caro und hat mich vom ersten Moment an verführt.

Ich kann nicht anders, als meinen Onkel zu verachten, je mehr ich über ihn herausfinde, desto größer wird die Verachtung. Gott verdammt, ich war Polizist und wollte niemals ein Bordellbesitzer sein. Ich rede mir auch ein, dass ich keiner bin, ich verdiene keinen Cent an den Frauen, die ins Chateau kommen, und auch hier im *Dominion* wird man keine Prostituierten finden. Aber die hohen Eintrittsgelder im Chateau werden nur gezahlt, weil dort eben Frauen zu finden sind – Frauen, die ich bezahle! So oder so, ich verdiene mein Geld mit Sex. Dann ist da Caro, die das *Dominion* liebt, sie mag die Stimmung, die Atmosphäre. Sowohl der Club als auch das Chateau haben nichts mehr mit dem gemein, was mein Onkel betrieb. Caroline hat beiden Örtlichkeiten einen unverwechselbaren Flair gegeben. Elegant und wollüstig, leicht verrucht und sinnlich zugleich.

Zudem kamen Jacqueline und Amber zurück. Für sie sind das *Dominion* und das Chateau ihr Zuhause. Amber, mehr als alle anderen, genießt es, sich hier der Lust hinzugeben. Und mehr und mehr habe auch ich gelernt, es zu genießen.

Nur habe ich mir immer eingeredet, dass es nichts mit mir zu tun hat, dass es Caroline ist, dass ich es gar nicht für mich tue, sondern für meine drei Lieben.

Jetzt aber muss ich einsehen, dass es eine Lüge ist. Ich bin schon lange dem Zauber erlegen, den meine drei Grazien um mich gewoben haben, und ich genieße es nicht weniger als sie. Aber all die Zeit habe ich mich davor gedrückt, auch dazu zu stehen, die Verantwortung zu übernehmen, zu sagen: Da, Marcus, das ist dein Club, dein Leben, und nein, du willst es gar nicht anders.

Krügers Angebot, von dem ich immer noch nicht weiß, was ich davon halten soll, hat es für mich auf den Punkt gebracht. Ich werde es annehmen, damit ich helfen kann, den Mörder zu finden, aber danach, das weiß ich jetzt schon, werde ich ohne Gewissensbisse wieder kündigen.

Vielleicht habe ich mich ein wenig zum gefallenen Engel stilisiert. Dieser Jetzt-erst-recht-Gedanke mag am Anfang gestimmt haben; nun ist er eine Lüge.

Ich genieße mein Leben, genieße es, dass mich die Stammkunden mit einem Nicken begrüßen, teilweise sogar ehrfurchtsvoll ansehen, als wäre ich etwas Besonderes. Ich liebe es zu sehen, dass meine drei Grazien so begehrt sind und dass jeder weiß, sie sind mein. Ich liebe es, beneidet zu werden. Um meine drei Grazien, um das Geld, den Club, die Leute.

Aber ich habe die Verantwortung gescheut.

Ich genieße die Früchte der Arbeit meines Onkels, die zum Teil höchst illegal war. Ein Teil des Geldes auf meinen Konten, heute wären es knapp 200 000 Euro, stammte vom Argentinier. Geld, für das Amber an ein Kreuz genagelt wurde ...

Als Amber mir ausführlicher erzählte, was damals auf dem Chateau geschah, sah ich nicht die Szene, die sie mir beschrieb, den roten Salon, mit Scheinwerfern auf sie gerichtet, den Mann im Kostüm eines spanischen Grande, der mit seiner Bullenpeitsche zudem noch Kunststücke vorführte, ich sah nicht die gut zwei Dutzend speziell zu dieser Veranstaltung geladenen Gäste, die im Halbdunkel der Nischen fieberhaft auf den ersten Schlag warteten, oder gar Ambers glänzende Augen, als sie nicht minder fieberhaft diesen ersten Schlag selbst erwartete, allein schon durch die Spannung der Erwartung kaum mehr die Nägel in ihren Händen spürte …

Nein, ich sah diesen Hinterhof vor meinem geistigen Auge und dass es auch anders hätte ausgehen können, dass Amber hätte sterben können.

In diesem Hinterhof wurde, wenn Amber recht hat, das Leben des Mädchens ausgelöscht, *nachdem* der Mistkerl seine Befriedigung hatte. Nachdem er fertig war, warf er sie als wertlos weg. Es war kein Absturz, kein »Kunstfehler«, es war eiskalt geplanter Mord. Er wusste, dass er sie umbringen würde, noch bevor er sie irgendwie in seine Fänge lockte.

Jacqueline anstelle von Amber einzusetzen, war meine Idee, meine Verantwortung, und heute muss ich mich ihr stellen. In der Vergangenheit habe ich es immer andere Leute tun lassen. Tanja oder Caro, manchmal auch Beckmann trafen die Vorbereitungen. Aber dieser Club gehört mir. Hier gelten meine Regeln. Ich trage für alles hier die Verantwortung … also auch dafür, dass der Bastard sein letztes Opfer wahrscheinlich hier fand.

Doch als Erstes gilt es, einen Mörder zu finden. Hier hat Krüger leider recht behalten: Es gibt eine Verbindung zu uns, zum *Dominion* und zum Chateau, und niemand ist besser positioniert als ich, dieser Spur nachzugehen.

Ich brauche Amber dazu, deshalb ist es die richtige Entscheidung, Jacqueline für den heutigen Abend einzusetzen. Also, verdammt, Marcus, stehe dazu!

Ich merke nicht, wie sie an mich herantritt, so sehr brüte ich über meinen Fehlern, ich nehme sie erst wahr, als sie die Hand auf meinen Arm legt. Ich sehe auf, es ist Jacqueline.

»Du wolltest doch die Bilder haben«, sagt sie leise. Sie legt drei kleine Stapel Hochglanzabzüge vor mir auf die Theke, Bilder der drei toten Mädchen. »Amber hat alle Bilder ins gleiche Format gebracht, sie etwas aufgehellt und je zehn Stück ausgedruckt«, fügt sie noch hinzu.

»Danke«, sage ich. Sie will sich wieder abwenden, jetzt berühre ich sie mit einem Finger an der Schulter, ein Signal für sie zu bleiben. Ich will ihr sagen, was es mir bedeutet, warum alles so gekommen ist, will mich ihr erklären. Aber ich bringe keinen Ton heraus. Denn ihr Blick, so offen und vertrauensvoll, sagt mir, dass es nicht nötig ist. Sie sieht etwas in meinen Augen und lächelt, als ob sie alles wüsste, alles verstünde, keine Worte notwendig wären. Ich schlucke und rufe Giorgio herbei.

Es wird Zeit, sich um den Fall zu kümmern.

»Kennst du diese Mädchen, Gi?«, frage ich ihn und schiebe ihm die drei obersten Bilder zu. Wie gesagt, er ist normalerweise nicht der Barkeeper, sondern arbeitet bei uns in der Sicherheit. Ich denke, ich werde ihn hinter der Theke belassen, er ist gut; wenn es Ärger gibt, kann er ja von dort aus agieren.

Melanie sagte mir, als sie ihn einstellte, dass er ein guter Mann sei und aufmerksam. Stetig, sagte sie noch. Dass sein

Spitzname Gi ist, bekam ich irgendwann einmal mit, ich glaube, wir haben noch nie vorher ein Wort miteinander gesprochen. Natürlich weiß er, wer ich bin, aber eben, als ich den Cappuccino bestellt habe, war das nicht erkennbar. Er behandelte mich wie jeden anderen Gast, genau das, was ich will, wenn ich privat hier bin.

Er nimmt sich Zeit; allein an der sorgfältigen Art und Weise, wie er die Bilder mustert, sehe ich, was Melanie mit »stetig« meinte. Schließlich nickt er.

»Ja.« Er tippt mit dem Zeigefinger auf Alice. »Das ist Tina. Sie war in den letzten acht Wochen oft hier, fast jeden Abend. Die ersten paar Mal sah sie nur zu, aber als sie das dritte oder vierte Mal hier war, wurde sie von einem Dom abgegriffen. Er bespielte sie am Bock in der Ecke des großen Spielzimmers. Ab dann war sie fast immer hier.« Er lächelt. »Tina ist genau die Sorte Kundin, die wir brauchen. Süß, sexy, immer gut gelaunt und scharf wie ein Rasiermesser.«

Er tippt auf das andere Foto, das von Helga. »Die habe ich hier auch mal gesehen. Tina ist ständig on, in Bewegung, hippelig, will, dass jeder sie sieht. Die hier, ich kenne den Namen nicht, wurde zweimal hergebracht, um im kleinen Spielzimmer getestet zu werden. Sie sagte nie etwas, sah einen nicht an, blickte immer nach unten, sagte Herr zu jedem, dessen Arsch nicht im Freien hängt. Eine Puppe. Im Zimmer war die Frau absolut Hardcore. Sie wurde durchgereicht und durchgespielt. Die üblichen Dinge und noch ein paar mehr. Bernd hatte das letzte Mal Dienst, sah es oben und gab mir Bescheid. Ich stand vor der Tür vom kleinen Spielzimmer, aber Bernd gab mir das Signal nicht.« Er sieht mich an. »Wir nennen das Sicherheitsbüro das Glasauge. Man sieht schon allerhand, wenn man da drin sitzt, aber die Frau hier war echt krass. Bernd meinte, sie müsse auf Drogen sein.« Er zuckt mit den Schultern. »Keine Ahnung. Ich habe versucht, ihr in die Augen zu sehen, als sie aus dem Zimmer kam, aber sie blickte nur auf den Boden. Konnte kaum laufen, aber der Typ, der bei ihr war, ignorierte sie und zog sie an der Kette zur Tür. Wie gesagt, es muss etwas gewesen sein, das vorher abgesprochen wurde: Gut ein Dutzend Doms oder Dom-wanna-bees warten im kleinen Spielzimmer. Er kommt mit ihr an der Kette rein, führt sie hin, es geht los, endet, sie gehen wieder.«

»Wer war es?«

Er schüttelt den Kopf. »Keine Ahnung. Abendanzug aus Lack, dazu diese seltsame Lackmaske. Ich habe nie sein Gesicht gesehen. Er war nur diese beiden Male da. Oder er trug dieses Outfit nur zweimal. Beide Male zum Sklaventest mit ihr.«

Die meisten Doms verstecken ihr Gesicht nicht, manche schon, oft ist es ein Fetisch. Ihrer oder der von ihrem Sub.

Mir fällt etwas ein. »Wie groß war er?«

Er mustert mich. »Gut einen Kopf kleiner als Sie.«

Mhm. Der Mörder war größer. Oder vielleicht messe ich Christinas letztem Blick eine zu große Bedeutung bei. Nein, mein Bauch sagt mir, dass ich mich nicht täusche, dass ihr letzter Blick wirklich eine ganz persönliche Botschaft war.

Jacqueline hört die ganze Zeit aufmerksam zu, sieht aber auch zu der gepolsterten Tür hinüber, die vom Bistro zum offenen Bereich führt. Ich fühle, was sie denkt, sie malt sich aus, was nachher mit ihr geschehen wird.

»Und das andere Mädchen?«, frage ich und tippe auf das letzte Bild.

»Die war auch mehrfach hier. Angel. Richtig süß. Vielleicht zehnmal insgesamt, das letzte Mal ist aber bestimmt schon sechs Wochen her.«

Fünfzehn Jahre alt. In meinem Club. Verdammt. Aber ich habe es irgendwie nicht anders erwartet.

»Sie kam dann nicht mehr?«, frage ich.

Giorgio nickt. »Ich weiß nicht mehr, warum, einer der Gäste beschwerte sich. Fragen Sie Bruno, ich glaube, er hat das Ganze mitbekommen.« Er nickt in Richtung Eingangstür des Bistros, wo Bruno auf einem Barhocker sitzt und stoisch auf den nächsten Kunden wartet. Da heute nur auf Einladung Einlass gewährt wird, brauche ich ihn hier. Normalerweise ist ein Türsteher an der Bistrotür selten, der Club hat noch einen anderen Eingang, der ist allerdings erst ab neun offen. In knapp anderthalb Stunden.

Das erinnert mich an etwas.

Nur wer seine Einladung bestätigt hat, kommt heute rein.

»Wie viele Bestätigungen gab es, Jacqueline?«

»Das Letzte, was ich weiß«, sagt sie und schluckt, »sind zweihundertachtundachtzig. Die Leute denken, es wird Amber sein«, fügt sie fast entschuldigend hinzu.

Knapp dreihundert Leute. Das ist fast maximale Auslastung. Verdammt. Ich habe vergessen, welchen Ruf Amber in der Szene hat. Abgesehen davon – all die Leute, die zur Silvesterparty da waren, sind wahrscheinlich immer noch in der Stadt, und eine persönliche Einladung gibt der Sache noch einen exklusiven Touch dazu.

Erfahrungsgemäß sind drei Fünftel meiner Gäste Männer, davon gut zwei Drittel mit ihrer Herrin oder Sub unterwegs. Bleiben knapp sechzig Männer, die Frauen lasse ich jetzt mal außen vor, von denen die meisten zumindest das Eingangsangebot wahrnehmen würden. Ich sehe Jacqueline an, sie weiß das so gut wie ich. Sie hält meinem Blick stand. Ich jedoch habe Schwierigkeiten, ihrem Blick nicht auszuweichen. Amber ... Amber wollte es. Theoretisch wäre es nicht zu spät, Amber wieder einzuwechseln, praktisch geht es nicht mehr. Abgesehen davon stelle ich gerade etwas fest. Der Gedanke, unsere scheue Jacqueline so zu sehen, der Gedanke, dass sie so freizügig benutzt werden kann, macht mich an, macht mich so geil, dass ich sie beinahe auf die Knie runterdrücke, damit ich mir ihren Mund nehmen kann.

Aber ich halte mich zurück und rufe Bruno heran.

»Gi sagt, du weißt, warum diese Kleine hier nicht mehr in unseren Club kommt«, sage ich und zeige auf das Foto von Angelina. Ich will niemanden mit der Nase darauf stupsen, dass dieser Bastard seine Opfer vielleicht in unserem Club abgreift.

»Ach, ja, Angel«, sagt Bruno sofort, als er das Bild sieht. »Süßes Ding und lieb. Sie kam am Anfang hier rein, blieb hauptsächlich im Bistro, riskierte nur ab und zu einen Blick in die Spielräume. Irgendwann unterhielt sie sich mal mit einem Dom, und der brachte sie dazu, ihm einen zu blasen. Da drüben, auf dem Sofa. Den Rest des Abends unterhielten sie sich dann. Das nächste Mal brachte er sie dazu, den anderen Gästen hier Blasdienste anzubieten. Sie bot sich bei dreien an, einer nahm es an, dann kam sie zu einem Pärchen. Sir Nigel und seine Sklavin. Sie kennen sie?«

Ja. Ich hoffe, die beiden heute Abend zu sehen, sie gehören zu den engeren Stammkunden, fast schon Freunden des Chateaus. Ins *Dominion* kommen sie eher selten. Nigel, der in Wirklichkeit Albert heißt, und Sue, Susanne im Leben, sind im Grunde eher Freunde als Kunden.

»Angel bot ihr Leckdienste an, Sue sah sie an und wollte den Ausweis sehen. Das war es dann. Sir Nigel nahm sie ins Gebet, auch der andere Dom kam dazu. Gemeinsam haben sie sich mit ihr unterhalten. Sie gestand ihnen dann, dass sie erst fünfzehn ist.« Bruno schüttelt langsam den Kopf. »Sie sah jung aus, ja, aber so jung? Ich habe es selbst kaum geglaubt. Ich bat sie zu gehen und brachte sie zur Tür. Rief ihr ein Taxi. Das war es dann. Danach habe ich sie nicht mehr gesehen.«

»Gespielt hat sie nicht?«, frage ich nach. Bruno schüttelt den Kopf. »Ich glaube nicht. Nein. Hat sie nicht. Ein paar Blowjobs, das war alles.«

Danke, Susanne, Albert, denke ich und nicke Bruno zu, er nickt zurück und geht wieder zur Tür, um dort erneut seine Position zu beziehen.

So. Schöne Scheiße. Alle drei Mädchen waren in meinem Club, und sie hätten nicht einmal in den Club hineinsehen dürfen, geschweige denn bespielt werden. Wegen so etwas kann man seine Konzession verlieren! Aber im Moment ist dies nur ein Nebengedanke, nicht wichtig. Wenn ich dafür den Bastard finde, bin ich bereit, den Club und das Chateau dichtzumachen. Wenn es nicht anders geht.

Amber kommt durch die Tür hinter der Bar. Sie hat sich umgezogen, Lack, Leder, Netzstrümpfe, Ledermini, der ihren Hintern kaum bedeckt und den Blick auf ihre rasierte Muschi freigibt, Halsband mit einer Leine, die sie um die Schulter gewickelt hat, dazu stabile Manschetten an den Handgelenken, Hängemanschetten an den schlanken Fesseln. Sie trägt ein Korsett, das so geschnitten ist, dass es ihren prachtvollen Busen hebt und gerade so die Brustwarzen freilegt. Ihr langes blondes Haar ist sorgfältig geflochten, ein breites Lederband mit einem stabilen Ring ist in den Zopf eingebunden, für den Fall, dass sie jemand mit ihrem Haar fixieren oder daran aufhängen will. Da sie so wenig wiegt, geht das, ich habe es einmal gesehen, sie hielt alle damit in Atem.

All das in bezaubernde ein Meter fünfzig perfekt verpackt. Amber auf dem Kriegspfad.

Jacqueline sieht sie und schluckt.

Amber kommt auf uns zu, sie sieht mich an, ihr Blick signalisiert mir, dass sie heute stur sein will. Sie heckt etwas aus.

»Jacqui, es wird Zeit«, sagt sie.

Jacqueline nickt, sieht zu mir hoch.

»Amber«, sage ich. »Es bleibt dabei, wie ich es entschieden habe. Du bist bei mir, und im Augenblick gebe ich dich nicht frei.« Sie zögert, nickt dann, sieht zu Boden. »Jacqueline. Ich werde dich selbst fixieren. Wenn du umgezogen bist, kommst du hierher.«

Beide sehen mich überrascht an. Außer ein paar strategisch angebrachten Ringen gibt es hier keine Spielgeräte. Sie nicken beide, dann sehe ich ihnen zu, wie sie hinter der Bar verschwinden und durch die Tür nach oben gehen.

»'tschuldigung, Chef«, sagt Gi. Ich sehe ihn an, er wirkt überraschend unsicher. »Ja?«

»Ich habe so einiges gehört. Stimmt es, dass sie heute die ganze Nacht freigegeben wird?«

»Wer? Amber?«

Er nickt, Hoffnung in den Augen. Es geht schon los.

»Nein. Aber Jacqueline«, höre ich mich sagen.

Er legt den Kopf auf die Seite. »Gilt das auch für das Personal?«

Ich merke, wie mein Puls schneller wird, mir heiß wird, als ich mir meine Erregung eingestehe.

»Ja«, sage ich. »Aber dafür können Sie mir helfen. Hier ist ja noch nichts los.« Ich sehe mich im Bistro um, es ist immer noch niemand außer der Frau da, die uns interessiert beobachtet.

Als sie wiederkommen, alle drei, Caro, Amber und Jacqueline, steht der kleine Pranger aus dem Spielbereich hier im Bistro. Caro trägt nun einen hochgeschlossenen, hautengen Overall aus Lack, der Reißverschluss ist bis zu ihrem Bauchnabel geöffnet, ihre Brüste von der Seite zu sehen. Sie hat hohe Stiefel an und hält in der einen Hand eine Gerte, in der anderen zwei Leinen. Amber und Jacqueline sehen den kleinen Pranger direkt hinter dem Bistroeingang. Jacqueline holt tief Luft, sie sieht bezaubernd aus, ihre Augen suchen meine, und ich lese die Botschaft darin: »Ich tue es für dich.«

Schweigend strecke ich die Hand aus, und Caro gibt mir Jacquelines Leine, ich führe sie zu dem Pranger, drücke sie sachte auf die Knie. Ich lege ihre Unterarme in die Öffnungen, achte darauf, dass die Manschetten auf der anderen Seite sind. Sie neigt den Kopf, und ich schließe das Joch. Dann hole ich ein kleines Vorhängeschloss aus meiner Tasche und verschließe das Joch. Alle Vorhängeschlösser hier sind mit einem Schlagstempel gekennzeichnet, andere werden von uns nicht verwendet. Ein Schlüssel passt für alle. Jeder der Sicherheitsleute hat einen solchen Schlüssel, Caro, Beckmann, Melanie, auch Tanja. Natürlich auch ich.

Dieser kleine Pranger hat ein variables Joch, es ist in der Höhe und in der Neigung verstellbar. Die kleine Plattform, auf der sie kniet, ist gepolstert. Ich stelle das Joch so ein, dass es waagerecht ist; Jacqueline kniet jetzt gerade, ihre Hände nach oben, als ob sie sich ergeben würde. Das Joch ist nun wie ein kleiner Tisch. Von dem Tischchen neben dem Eingang nehme ich eine kleine Schale und stelle sie rechts neben ihrem Kopf auf das Joch, sie ist mit Gummis gefüllt. Schweigend, aber mit spekulierenden Blicken reicht mir Bruno das Schild, das ich mit Tesaband am Joch festmache.

Ich trete zurück, sehe mir die Sache an. Wenn man von draußen hereinkommt, sieht man drei Meter vom Eingang entfernt nun den kleinen Pranger und Jacqueline. Auf dem Schild steht: »Zum Blasen freigegeben, nur mit Gummi.«

Ich gehe zu Caro zurück, nehme ihr Ambers Leine aus der Hand, sie sieht mich nachdenklich an, spekuliert, was ich vorhabe. Sie wird es bald wissen. Als ich an Ambers Leine ziehe, sieht sie zu mir hoch und lächelt ihr spezielles Lächeln, der Glanz in ihren Augen ist unverkennbar.

Ich führe sie vor den Pranger, drücke sie in eine kniende Position und kette ihre Fußmanschetten an Ösen im Pranger an. Sie kann sich fast frei bewegen, wird aber in der Nähe des Prangers knien.

Der Boden des Bistros ist mit Steinplatten ausgelegt, kalt und hart. Allein das Knien darauf wird bald eine Tortur sein.

Sie kniet fast in der gleichen Position wie Jacqueline, nur, dass ihre Hände locker auf ihrem Schoß liegen.

Ich reiche ihr einen Kartenspender mit Eintrittskarten. An der Seite ist ein Hebel; drückt man ihn herunter, kommt eine Eintrittskarte aus dem Schlitz, fertig zum Abreißen.

»Amber«, sage ich in einem Tonfall, der ihre Aufmerksamkeit fordert. Nicht, dass ich diese nicht hätte; würde sie sich mehr auf mich konzentrieren, dann finge sie noch an zu schielen. Der Gedanke amüsiert mich, sie bemerkt meine Belustigung, interpretiert sie aber falsch, und der Puls an ihrem Hals beginnt zu pochen. Auch Jacqueline sieht mich nur an, ist genauso gespannt wie Amber.

»Wenn ein Gast hereinkommt und dieses Angebot ...«, ich weise auf Jacqueline, »nutzen will, dann erhält er eine Eintrittskarte. Diese sind farbig markiert. Eine weiße Eins, und er kann Jacqueline benutzen. Du sorgst dafür, dass er steht und der Gummi sitzt, klar?« Sie nickt.

»Die meisten Markierungen tragen eine weiße Eins«, fahre ich fort. »Es gibt andere. Es gibt auch noch eine weiße Zwei, Drei und Vier. Wenn ein Gast diese Markierungen zieht, teile ihm mit, dass er seinen Bonus später einfordern kann.« Sie nickt.

»Es gibt auf dem Band auch blaue Nummern. Ebenfalls Eins, Zwei, Drei und Vier. Zieht ein Gast eine blaue Eins, bietest du ihm deinen Mund an. Bei einer Zwei kann er dich vögeln, bei einer Drei gehört ihm dein Hintern. Bei einer Vier hat er später die Möglichkeit, mit dir zu spielen. Es gibt eine Vier.«

Sie nickt langsam, ich höre, wie sie den Atem einzieht.

Ich blicke zu Caro hinüber. »Einige der Zahlen sind rot. Zieht ein Gast eine rote Nummer, schicke ihn zu mir und Caro. Verstanden?«

Caro atmet tief und schließt für einen Moment die Augen; als sie diese wieder öffnet, habe ich das Gefühl, dass ihre Pupillen leicht geweitet sind.

»Ihr habt dies alles ohne mich untereinander ausgeheckt. Also sollt ihr auch alle drei etwas davon haben«, sage ich und sehe sie nacheinander an. »Der Rest des Abends läuft wie geplant, die Ideenversteigerung findet mit Jacqueline statt, für Amber gibt es vielleicht auch noch etwas. Es sind siebzig Karten in dem Kartenspender. Alles klar?«

Sie nicken. Ich nehme Caros Hand und gehe mit ihr hinter die Bar. Sie hat sich wie eine Domina gekleidet, aber mir ist es egal, ich drücke sie hinter der Bar zu Boden, so, dass sie hinter der Theke kniet. Blickt man in den Spiegel, so sieht man sie vielleicht.

Ich streiche ihr über das Haar, mit beiden Händen sanft über die Wangen, umfasse leicht ihren Hals. Unter meinen Fingern fühle ich, wie ihr Puls rast, sie schaut mit weit geöffneten Augen zu mir hoch und schluckt, ich beuge mich zu ihr hinab und gebe ihr einen Kuss. Dann richte ich mich auf und wende mich Giorgio zu.

»Gi«, sage ich leise, während ich zum Eingang sehe. Es ist kurz vor acht, noch kommt niemand.

Giorgios Aufmerksamkeit ist auch auf das Tableau vor dem Eingang gerichtet, er sieht zu mir herüber, als er seinen Namen hört, nähert sich, als ich ihm zuwinke.

Caro kniet im Schatten der Theke, blickt zu uns hoch.

»Das ist Gi.« Sie nickt, sie kennt ihn wahrscheinlich besser als ich. Schließlich ist sie die Chefin.

Ich greife in meine Anzugtasche und nehme ein Präservativ heraus, drücke es ihr in die Hand. Dann sehe ich Gi an. »Ihr Mund gehört dir.«

Gi sagt nichts, auch Caro nicht. Ich habe einen Ständer, der fast platzt.

Ich gehe etwas zur Seite, mache mir einen Cappuccino. Die dürre Frau steht an der Bar, sie will nichts bestellen, sie sieht nur gebannt in den Spiegel. Ich schaue nicht hin, ich sehe zum Eingang. Aber dort passiert nichts.

Als der Cappuccino fertig ist, höre ich seinen Reißverschluss. Im Hintergrund läuft Musik, dennoch höre ich auch, wie sie die Packung aufreißt. Er stöhnt leise, aus den Augenwinkeln sehe ich, wie seine Hände auf ihrem Kopf ruhen.

Ein Geräusch folgt, als ob sie sich verschluckt, dann ein leises Gurgeln. Gi stört es nicht. Seine Hände verkrallen sich in ihr Haar, er zieht sie hart an sich heran, ich höre ihr Gurgeln und dann das laute Keuchen, als sie Luft holt, es wird direkt wieder abgewürgt.

Ich drehe den Kopf leicht, sodass ich es noch nicht einmal aus den Augenwinkeln sehe. Immer noch niemand am

Eingang, ich beobachte nur, wie Bruno spekulierend zur Theke schaut und dann zu Amber und Jacqueline. Aber er bleibt, wo er ist.

Ich habe noch keinen zweiten Schluck getrunken, als ich höre, wie Gi aufkeucht, unwillkürlich schaue ich nun doch hin. Er drückt ihren Kopf fest gegen sich, ich höre ihre Geräusche, sie bekommt keine Luft mehr, ihre geballten Fäuste trommeln gegen seine Beine, aber sie stößt ihn nicht weg.

Gi keucht noch einmal, dann lässt er sie los. Caro sinkt nach Luft schnappend mit hochrotem Kopf zur Seite, sie stützt sich auf den Boden auf, ihr Kopf hängt, als sie versucht, wieder zu Atem zu kommen. Dann besinnt sie sich, greift zu seiner Überraschung nach oben und entfernt ihm den Gummi. Sie verknotet ihn und legt ihn neben sich auf den Boden.

Ich sehe Gi an, nicke in Richtung der Tür hinter der Bar. »Ich halte die Stellung so lange«, sage ich, er nickt, schließt seine Hose und verschwindet durch die Tür in Richtung der Waschräume. Die Frau an der Bar sieht Caro gierig an; meine Caro ist auch ein seltener Anblick, ihr Gesicht ist feucht von ihrem Speichel, er läuft an ihrem Kinn herab. Unsere Augen treffen sich, ich lächele leicht, sie hat diesen besonderen Gesichtsausdruck.

Ich reiche ihr ein Papiertuch, sie nimmt es dankbar, wischt sich das Gesicht ab, geht wieder in Position.

Gi ist schon wieder ein paar Minuten da, als sich die Tür öffnet und drei Personen hereinkommen. Bruno begrüßt sie, es sind Stammgäste, zwei Männer, eine Frau. Als sie Amber und Jacqueline dort knien sehen, lachen sie amüsiert. Das Pärchen begibt sich zur Theke, der einzelne Mann, ein Dom, der nur sehr selten in Begleitung hier erscheint, beugt sich zu Amber herunter, zieht eine Karte. Ich weiß, was darauf ist, eine weiße Eins. Er zeigt ihr die Karte und macht eine auffordernde Handbewegung. Amber öffnet seinen Reißverschluss und holt seinen Schwanz heraus. Hinter der Theke öffne ich meinen eigenen Reißverschluss, eine schlanke Hand übernimmt den Job auf halber Strecke, dann spüre ich Caros scharfe Zähne und feuchte Wärme. Ich sehe nicht zu ihr herunter, ich schaue dem Mann zu, wie das Pärchen und die dürre Frau auch.

Amber verwendet ihren Mund, um dem Mann den Gummi anzulegen. Kleines Biest, denke ich und nehme mich zusammen, als Caros Zunge an mir spielt. Der Gast greift Ambers Kopf und rammt sie einmal hart, dann weicht Amber zurück, grinst und schüttelt den Kopf, deutet auf Jacqueline. Er nickt, gibt ihr einen kleinen Klaps auf den Kopf und tritt an das Joch heran, wo er ohne Umschweife Jacquelines Kopf ergreift und sie in den Mund stößt. Das ist auch der Moment, in dem ich mich in Caro ergieße. Sie hustet, ist aber brav und macht alles schön sauber.

In der nächsten halben Stunde trudeln mehr und mehr Leute ein. Eine Traube bildet sich am Eingang. Die erste blaue Nummer wird gezogen, es ist eine Zwei. Amber macht eine Performance daraus, lehnt sich gegen das Joch, küsst Jacqueline auf den Mund. Ich stehe immer noch hinter der Theke, Caro sitzt wie ein Gast auf dem Barhocker vor mir. Sie trägt jetzt Slip, Strumpfhalter und ihre hohen Schuhe, und auch sie verfolgt das Geschehen mit Interesse. Ich höre, wie der Gast stöhnt, als er in Amber eindringt, dann stößt er sie ein-, zweimal so hart, dass der Pranger ein gutes Stück über den Steinboden geschoben wird. Sein »Oh, Mist«, das er im nächsten Moment ausstößt, hören alle, es gibt leichtes Gelächter. Er ist nicht der Erste; ich weiß nicht, ob Amber es drauf anlegt, zuzutrauen wäre es ihr, aber einige der Gäste sind bereits steif, wenn Amber sie auspackt, und mehr als einmal kommen sie, bevor sie den Gummi anbringen kann. Amber nimmt es mit Humor, lacht amüsiert und sagt, er solle später wiederkommen. Natürlich trifft der Strahl sie, aber sie macht keine Anstalten, etwas abzuwischen; nach dem vierten Mal ist es deutlich, dass sie es auch nicht tun wird. Auch Jacqueline trifft es, einige der Gäste reißen sich den Gummi herunter, bevor sie kommen, und spritzen sie an, daran hatte ich nicht gedacht. Das erste Mal macht Amber sie noch sauber, dann schüttelt Jacqueline den Kopf. Jacqueline kann nicht zu mir nach hinten sehen, Amber kann es, sie wirft mir einen langen Blick zu, den ich nicht deuten kann.

Ich versuche, mich daran zu erinnern, dass einer der Gäste hier ein Mörder sein kann, aber die Stimmung im Club ist so heiß, wie ich es bisher kaum erlebt habe, und alles spielt sich hier vorne ab. Im eigentlichen Clubbereich ist kaum jemand, alle sind hier und sehen zu.

Ein Murmeln kommt von der Traube im Eingang, einige blicken zu uns hinüber. Caro sieht es im Spiegel, schaut mich fragend an.

»Eine rote Nummer, mein Schatz«, sage ich. Ein junger Mann, ein Gast, den ich nicht kenne, kommt an die Theke. Die Leute links und rechts neben Caro machen Platz, ein Teil der Traube löst sich von Jacqueline und Amber und folgt ihm.

»Ich habe hier eine rote Drei«, sagt der junge Mann, er ist ganz in Schwarz gekleidet, schwarze Lederhosen, dunkles Rüschenhemd, die Dom-Uniform. Aber er ist unsicher, die Blicke der anderen, das Getuschel, all das irritiert ihn.

Ich nicke Caro zu, die sich strafft und mich anblickt.

Langsam geht sie vom Barhocker, stellt sich hin und spreizt die Beine, ihre Hände sind mit Manschetten auf dem Rücken fixiert. Sie lässt ihren Oberkörper auf die Bar sinken, legt den Kopf zur Seite und schaut mich an.

Um uns herum wird es still. Es ist sehr selten, dass ich Caro so in der Öffentlichkeit darstelle. Ich greife unter die Bar, stelle ihm eine kleine Flasche hin und lege ein Kondom daneben.

»Sie haben ihren Hintern gewonnen.«

Caros Nüstern beben, sie spannt sich noch mehr, dann sehe ich, wie sie sich bewusst entspannt.

»Wie, hier?«, fragt der junge Mann und erntet leises Gelächter. Ich nicke.

»Ich nehme sie mit nach hinten«, sagt er bestimmt, er sagt es fast perfekt, als ob es nicht anders sein kann, nur schüttele ich den Kopf.

»Es ist eine Eingangsbegrüßung«, sage ich. »Hier oder gar nicht.«

Er nickt. »Dann nicht.«

Gut, ich kann das respektieren, denke ich. Dann hebt er die Hand mit der Karte hoch. Wenn ich ehrlich bin, bin ich sogar froh darum.

»Will jemand anderes?«, fragt er.

»Ich.« Es ist Heinz »Horse« Abrahams. Er ist ein Sub, seine Herrin steht hinter ihm. Er streckt die Hand aus, der junge Mann legt die Eintrittskarte in Heinz' Hand und tritt zurück.

Mein Gott, Horse! Mit ihm habe ich nicht gerechnet. Schnell überlege ich, ob ich Einspruch einlegen soll, die Karte als verfallen werte, aber dann ist es zu spät dafür.

Caro sieht die ganze Sache im Spiegel. Ihre Augen weiten sich, sie zieht die Luft scharf ein. Heinz und seine Herrin

Marie sind beide über vierzig. Er hat den Körperbau eines Bauarbeiters, sie ist nicht viel größer und schwerer als Amber. Seine Herrin ist stolz auf das, was er zwischen den Beinen trägt ... und er zeigt es. Daher sein Spitzname, Caro weiß das so gut wie ich. Marie und Horse sind oft nur hier, um zu beobachten, werden selten selbst aktiv.

Heinz schaut noch einmal zu Marie hin, sie nickt, dann tritt er vor und legt die Karte auf die Theke. Seine Herrin kommt näher, greift sich ein Kondom, kniet sich vor ihm hin und fängt an, ihn zu blasen. Ich kann es nicht sehen, die Theke ist im Weg, ich höre nur das Gemurmel.

Währenddessen ist seine linke Hand bereits mit Caro beschäftigt, er schüttet immer wieder Gleitgel über ihren schönen Hintern, seine Hand dreht und wendet sich, geht langsam vor und zurück. Caros Augen halten meine fest, als sie anfängt zu keuchen. Dann richtet sich seine Herrin auf, leckt sich die Lippen und grinst ihn an, wirft mir einen Blick zu, den ich nur als schelmisch deuten kann. Ich höre das Gemurmel der Zuschauer, betrachte die Gesichter und sehe schließlich den Grund dafür. Caro wiederum merkt wohl, wie meine Augen sich weiten, und sie weiß auch, warum.

Horse greift mit beiden Händen an ihren Hintern, drückt die Daumen hinein, als ob er einen Apfel spalten würde, seine Herrin führt ihn an Caros hinteres Portal, und er lehnt sich in sie.

Caro beginnt nun ernsthaft zu keuchen, ihre Hände ballen sich, ihr Kopf geht von links nach rechts, sie hält meinen Blick nicht mehr, ihre Augen sind geweitet, als würden sie im nächsten Moment herausfallen.

»... zu groß«, höre ich Kommentare, »zu dick ... Das passt nie.«

Horse presst stetig, seine Hände massieren ihren Hintern, Caro trommelt nun mit dem Kinn auf die Theke, sie stöhnt laut, versucht verzweifelt, sich zu entspannen, dann bäumt sie sich auf und stößt ein lautes Stöhnen, fast einen Schrei aus, der anhält, während er endlos lange in sie eindringt. Caros Rückenmuskeln arbeiten, sie windet sich, keucht, klammert sich an der Theke fest, sie sieht mich nicht mehr, ihr Blick ist verschwommen, Tränen laufen aus ihren Augenwinkeln. Endlich ist Horse ganz in ihr, langsam bewegt er sich.

Caro beginnt zu japsen, sie keucht im Rhythmus seiner Stöße. Bald ist keine Pause mehr zwischen ihrem Stöhnen, und sie kommt, ein Zittern, das über ihren Rücken läuft, und sie schreit.

Am Eingang sind noch immer Amber und Jacqueline beschäftigt, aber die Traube hat sich voll und ganz nach hier verlagert.

Horse weiß offensichtlich die Gelegenheit zu schätzen, er hat es nicht eilig. Mit so etwas habe ich nicht gerechnet, aber ich selbst bin auch kaum mehr imstande zu denken. Mit zitternden Fingern befreie ich mich aus meiner Hose, will Caros Mund, aber die Theke ist zu hoch. Eine schlanke brünette Sub, die oft solo hier ist, sieht es, ihre Augen sehen mich an, sie leckt sich über die Lippen. »Komm her«, sage ich, keine Garantie dafür, dass sie es macht, aber die Stimmung glüht. Caro bekommt das trotz allem mit, doch im nächsten Moment erschüttert sie ein neuer Orgasmus. Eine meiner Hände ist in Caros Haar verkrallt, ich spüre jede ihrer Bewegungen, jeden Stoß. Mit der anderen Hand versuche ich, einhändig eine Kondomverpackung zu öffnen.

Die brünette Sub ist jung, vielleicht Anfang zwanzig und hübsch, ich habe sie schon vorher wahrgenommen, aber sie zeigte niemals Interesse. Jetzt aber kommt sie um die Theke herum und kniet sich vor mir hin, sieht zu Caro hoch und nimmt mir die Kondompackung ab. Sie öffnet den Mund, küsst mich dort, wo ich vor Erregung feucht bin, nimmt mich in ihren Mund – ohne Kondom. Meine Gedanken fliegen weg. Ich halte Caro fest mit der einen Hand, mit der anderen den Kopf der namenlosen Sub, während Horse meine Liebe immer härter herannimmt. Wäre noch irgendwo ein Rest Verstand, hätte ich vielleicht abgebrochen, aber es kommt auch von Caro nichts außer ihren spitzen Schreien, als sie auf der Welle ihres Orgasmus reitet. Der Mund an meinem Schwanz ist bei Weitem nicht so aufnahmefähig wie Ambers, aber er ist unbekannt und so neu, dass sie sich verschluckt und gurgelt ... es macht mich nur noch geiler.

Horse bäumt sich auf, er zittert, lautlos, ich sehe, wie Caros Augen rollen, dann steht Horse still und macht langsam einen Schritt zurück. Es gibt ein ploppendes Geräusch, Caro fällt schlaff in sich zusammen. Seine Herrin befiehlt ihm, Caro zu säubern, er tut es.

Ich bin ja erst vor Kurzem gekommen, diesmal dauert es. Außerdem genieße ich Caros Blick, als sie der brünetten Sub zusieht, wie diese unverdrossen weitermacht.

Nach diesem Schauspiel löst sich ein Teil der Traube auf und geht hinüber in den Club, andere driften wieder zum Eingang hinüber, wo neue Gäste von Amber begrüßt werden. Caro sieht zu mir hoch. Gi steht nicht weit von mir, Hände in der Hose. Ich sehe ihn an. »Tausche mit Bruno die Plätze, schick ihn her.«

Caro sieht mich an und schüttelt den Kopf, sie ist alle im Moment, aber ich weiß das selbst, das ist es nicht, was ich vorhabe.

Bruno kommt hinter die Theke, schaut der Brünetten zu, wie sie sich um mich bemüht. Mit sanftem Druck ziehe ich sie von mir. »Danke«, sage ich. »Willst du hier weitermachen?« Sie nickt wortlos und streckt die Hand nach Brunos Reißverschluss aus, aber er ist schneller und springt ihr entgegen.

Ich verstaue mich provisorisch und gehe um die Theke herum, zum Eingang, zu Jacqueline. Amber arbeitet gerade eine blaue Eins ab. Ich trete an Jacqueline heran. Irgendjemand hat ihr eine Augenbinde aufgesetzt, vielleicht, um ihre Augen zu schützen, denn Samen brennt.

Ich nehme ein Papiertuch, mache sie sorgfältig sauber, Jacqueline weiß nicht, wer ich bin, ihr Kopf folgt meinen Bewegungen, wie eine Katze, die sich gegen die Hand lehnt, die sie streichelt. Ich bringe mich in Position, sie spürt mich an den Lippen, aber sie beißt die Zähne zusammen und schüttelt den Kopf. Ich bin im ersten Moment verwirrt, dann verstehe ich. Sie merkt, dass ich keinen Gummi benutze, und will nicht. Ich beuge mich zu ihr. »Ich bin es«, sage ich, und ihre Lippen öffnen sich, um mich zu empfangen. Ich bin überrascht, in einem tiefen Stoß bis zum Anschlag in ihr zu sein, ich habe fast nicht das Gefühl anzustoßen, dann schluckt sie, sie fühlt sich ganz anders an als erwartet und vor allem unglaublich geil. Ich brauche länger, aber dann komme ich in ihren Mund, sie schluckt, massiert mich mit ihrer Kehle, bis ich nichts mehr geben kann. Sachte und langsam löse ich mich von ihr, sie schluckt und lächelt.

Der nächste Gast wartet schon.

Als ich zur Theke zurückkehre, kniet dort Caro und bläst einen Gast, aber die Aufmerksamkeit liegt nicht auf ihr. Die brünette Sub kniet neben ihr, sie hat zwei Schwänze in der Hand und einen im Mund … und sie bearbeitet alle drei gleichzeitig. Sie hat die Augen geschlossen, nimmt nichts um sich herum wahr und verwendet keine Gummis.

Es ist ihr Risiko, denke ich, aber mir gefällt nicht, wie sich zwei weitere um sie scharen. Caro ist fertig, zieht dem Mann den Gummi ab und verknotet ihn, ich halte ihr die Hand hin, wir verschwinden nach oben, um uns frisch zu machen.

Sie schaut mich fragend an, ich sage nichts. Ich habe nur zwei rote Nummern auf die Eintrittskarten geschrieben, eine Drei und eine Eins. Horse und der Blowjob, denen sie eben erledigt hat, mehr gab es für sie heute nicht zu tun. Es war mir dennoch zu viel. Ich habe ja nicht wissen können, dass es die Sensation des Abends werden würde. Ich mustere sie, als sie vor mir die Treppe hinaufgeht, sie merkt es und lächelt mir zu. Ihre Augen sagen mir, dass alles in Ordnung ist.

Als wir wieder herunterkommen, trägt Caro ihr übliches Outfit, den Overall, diesmal aber mit Manschetten und Halsband. Die brünette Sub ist nirgends zu sehen, ich denke, sie ist mit ihren Bewunderern im Club verschwunden.

Es gibt noch immer eine Traube am Eingang, wir driften in die Richtung, sehen zu. Ich weiß, dass ich für heute fertig bin, aber ich finde den Anblick noch immer geil. Ich bücke mich und schaue zu, als Amber dem nächsten Besucher eine Eintrittskarte reicht; ihre Augen glänzen, und sie grinst mich an. Auf der Karte steht die Nummer 62 gedruckt, noch acht Gäste, dann ist die Rolle leer. Ich werfe einen Blick auf meine Uhr, es ist gerade mal halb zehn.

Zwischenzeitlich muss es doch eine kurze Unterbrechung gegeben haben, denn sowohl Jacqueline als auch Amber haben sich gesäubert. Ich mustere Jacqueline, die Augenbinde ist wieder verschwunden. Ihr Lächeln ist etwas zaghaft, aber sie lächelt, dann tritt der nächste Besucher an sie heran.

In meiner Hosentasche vibriert mein Piepser zweimal, Ärger am Eingang. Ich dreh mich um, sehe Brunos breiten Rücken, der jemandem den Weg versperrt. Ich bewege mich vor, in dem Moment sehe ich an ihm vorbei und denke, mich trifft der Schlag. Malowsky steht dort, zerknittert, unrasiert, wahrscheinlich seit heute Morgen auf den Beinen, wie ich auch, nur kam er nicht dazu, sich umzuziehen. Oder dachte nicht daran.

»Haben Sie einen Durchsuchungsbefehl?«, höre ich Bruno sagen, seine Stimme klingt kalt. Malowsky lacht und schüttelt den Kopf. Seine Augen finden mich.

»Ich bin ein alter Freund des Hauses. Fragen Sie ihn.« Er klingt verbittert wie immer, aber es schwingt noch etwas mehr in seiner Stimme mit. Er ist angetrunken, wie sehr, kann ich nicht sagen.

»Malowsky«, begrüße ich ihn. »Was willst du hier?« Ich sehe, wie er versucht, an mir vorbeizusehen, im Hintergrund höre ich Amber stöhnen, er hört es auch. Seine Augen finden etwas neben und hinter mir, wandern hoch und runter. Caro. Ich höre, wie sie den Reißverschluss zieht, ob sie auf- oder zugezogen hat, weiß ich nicht, ich will Malowsky nicht aus den Augen lassen. So wie er blickt, hat sie ihn zugezogen.

»Was willst du hier?«, frage ich ihn erneut. Bruno lehnt sich nun mit verschränkten Armen an die Wand, die Ärmel seines Anzugs werfen Falten, als sich seine Bizeps bewegen. Er ist nicht so groß wie ich, aber wiegt trotzdem nicht viel weniger. Er hat im Superschwergewicht geboxt, bis sein Knie nachgab.

»Hineingehen, Marcus. Hey, ich war bei der Sitte, ich

weiß, wie es im Puff abgeht.« Puff. Das *Dominion* ist kein Puff. Ich zögere. Normalerweise hätte es mich nicht gestört. Aber heute ...

Ich weise auf ein Schild an der Wand. »Heute nur auf Einladung.«

»Gott, Marcus, dann lade mich ein«, sagt er und klingt genervt, aber sein Tonfall erinnert an alte Zeiten, als sein Leben noch in Ordnung war. »Ich zahle auch«, sagt er und legt einen Hundert-Euro-Schein auf den kleinen Tisch vor Bruno. Bruno sieht mich an, ich nicke, und er öffnet die Kasse, um den Schein verschwinden zu lassen.

»Wie, kein Wechselgeld?«, meint Malowsky. »Heute Abend kostet der Eintritt hundert Euro«, sagt Bruno tonlos, er mustert Malowsky mit schmalen Augen, offensichtlich haben die beiden direkt Freundschaft geschlossen.

»Na dann«, sagt Malowsky. Ich mache widerwillig Platz, er tritt an mir vorbei in das Bistro, und seine Augen weiten sich. »Verdammt. Deshalb auf Einladung.« Er sieht Jacqueline, Amber, beide sind beschäftigt im Augenblick, sieht das Schild.

»Das sind zwei richtig scharfe Bräute«, sagt er.

Amber sieht ihn mit Caro und mir, vielleicht ist sie unachtsam und bemerkt nicht unseren Gesichtsausdruck. Auf jeden Fall drückt sie den Hebel am Kartenspender, und die letzte Karte des Abends springt heraus, die Nummer siebzig. Eine weiße Eins. Und ich danke Gott, dass ich der Versuchung widerstand, der letzten Karte dreifarbig jeweils drei Nummern zu geben.

»Sie können sie jetzt benutzen«, sagt Amber mit einem freundlichen Lächeln und greift nach einem Kondom.

»Malowsky«, sage ich leise. Er blickt von der Karte in seiner Hand zu mir, dann zu Jacqueline und Amber, die immer noch lächelt, aber nun die Stirn runzelt. Sie sieht ihn jetzt, niemand steht mehr vor ihr, und sie merkt, wie er gekleidet ist ... die Bartstoppeln, der lange Mantel. Er hätte auch »Bulle« als Schild auf der Stirn tragen können.

»Gottverdammt«, sagt er dann. »Es passt dir nicht, Markus, nicht wahr? Du lässt alle ran, aber ich? Das würde dir den Magen umdrehen, nicht wahr?« Er grinst gehässig. »Ich habe bezahlt.«

»Nicht dafür«, sage ich leise, ich will nicht Aufsehen erregen.

Jacqueline sieht von mir zu ihm, mustert ihn und öffnet langsam den Mund.

Malowsky sieht sie an, sein Gesicht wird hochrot.

»Ich werde mir bestimmt nicht hier vor allen Leuten einen blasen lassen«, sagt er dann, immer noch leise. Er zerknüllt die Karte in seiner schwieligen Hand. »Ich muss mit dir reden, deshalb bin ich hier. Wenn ich ficken will, gehe ich in einen Puff.«

Na, wenigstens weiß er also doch, dass das *Dominion* keiner ist.

Er sieht Jacqueline und Amber an. »Wie lange geht das noch? Die ganze Nacht?«

Ich schüttele den Kopf. »Das ist die letzte Karte.«

»Scheiße!«, sagt jemand hinter uns, ein Gast, der eben hereingekommen ist. Ich drehe mich um, ein anderer Gast steht da und lächelt schief. »Zu spät, was?«

Malowsky grunzt etwas und drückt dem Gast seine Karte in die Hand. »Da. Viel Spaß.« Er dreht sich um und stapft ohne Zögern auf einen Tisch am hinteren Ende des Bistros zu, wo er sich schwer in einen der Stühle fallen lässt. Dennoch, er sieht zu, als Amber sich um den Gast kümmert.

»Mach sie danach bitte beide los. Sie haben Pause, bis zu

Jacquelines großem Auftritt«, sage ich leise zu Caro, die auch in Malowskys Richtung blickt. Sie nickt, aber ihre Augen lassen ihn nicht los. Hinter mir höre ich, wie sich Jacqueline verschluckt. Der Gast stößt sie hart, in ihren Augen stehen Tränen. Es ist der Letzte – vorerst. Ich zögere einen Sekundenbruchteil, dann gehe ich zu Malowsky hinüber.

Ich ziehe mir einen Stuhl heran und setze mich.

»Was willst du, Dieter?«, frage ich ihn. »Bist du dienstlich hier?«

Gi erscheint am Tisch, schaut uns fragend an.

Malowskys Augen sind immer noch auf Jacqueline gerichtet, der Gast vögelt sie rücksichtslos, der Pranger wackelt. Es ist nicht das erste Mal, dass sie heute Abend so genommen wurde, aber irgendwie kann ich es im Moment nicht abhaben, es auch zu sehen.

»Bier«, sagt Malowsky, ohne den Blick abzuwenden, er scheint fasziniert. »Und damit weißt du, dass ich nicht dienstlich hier bin.«

»Kaffee«, sage ich, und Gi zieht sich zurück.

Als ich wieder zum Eingang blicke, ist es zu Ende, und Caro löst gerade Jacquelines Joch, hebt den oberen Querbalken von ihrem Nacken ab. Amber und sie müssen Jacqueline stützen, sie kniete fast zwei Stunden in dieser Position, ihre Beine tragen sie im Augenblick nicht. Alle drei werfen Malowsky und mir einen Blick zu, dann bewegen sie sich langsam hinter die Theke und verschwinden in der Tür dahinter.

Malowsky sieht ihnen hinterher und schüttelt dann den Kopf.

»Das sind drei heiße Bräute«, sagt er dann.

»Was willst du?«

»Reg dich ab.« Er lehnt sich vor und nimmt Gi das Bier vom Tablett, setzt es an und trinkt einen Schluck. »Ahh, das habe ich gebraucht. Krüger hat mich rangepfiffen und mir einen Einlauf verpasst. Hat mir die Untersuchung von damals unter die Nase gerieben, mir ein paar unangenehme Dinge gesagt und mich allgemein zur Minna gemacht.«

Ich sehe ihn an. »Und?« Ich weiß nicht, warum er mir das erzählt.

»Zwei Dinge. Zum einen habe ich jetzt kapiert, dass du damals nichts dafür konntest. Jetzt vielleicht, aber damals nicht. Zum anderen, ich war es nicht, es war Gref, der kleine Wichser. Krüger hat ihm ein neues Arschloch gebohrt, breit genug für einen Bus, da ist der Kleine ausgetickt.« Er greift in seinen Mantel. »Hier.«

Es ist eine Druckfahne, ein Korrekturabzug, wie er bei Tageszeitungen gemacht wird, um zu sehen, ob die Maschine richtig läuft, eine Gelegenheit für einen letzten prüfenden Blick, bevor die Druckmaschinen anlaufen.

»Express«, sagt er »Die Ausgabe morgen früh.«

»Masomörder im *Dominion*«, heißt es da, und weiter: »Bordellbesitzer zur Identifikation seines Pferdchens zum Tatort gerufen.«

Ich glaube, der *Express* beschäftigt mehr Anwälte als Reporter. Vielleicht kann ich erreichen, dass sie noch ein paar weitere brauchen.

»Sekunde«, sage ich zu Malowsky, fische mein Funktelefon heraus ... verdammt, wie ging das noch, ach ja, hier ist der Knopf.

»Melanie Armbruster«, ertönt Mels klare Stimme.

»Hi, Mel, Marcus hier. Der *Express* bringt morgen früh folgende Schlagzeile: Masomörder im *Dominion*. Außerdem bezeichnet er das letzte Opfer des Masomörders als ›eines meiner Pferdchen‹.«

»Gut«, sagt Mel. »Das gibt eine einstweilige Verfügung.«

»Kümmere dich darum, aber es wäre trotzdem gut, wenn du vielleicht nachher noch hereinschauen würdest.«

»Wo bist du?«

»Im *Dominion*.«

»Okay, aber ich will's nicht versprechen. Bis später.« Klick.

Tja, Mel ist anders als die anderen. Ich lächele, als ich das Telefon zuklappe und wegstecke. Ich mag Mel, sehe sie aber zu selten.

Dann mustere ich Malowsky.

»Dieter ...«, sage ich. »Danke. Aber was passiert hier wirklich?«

Während ich telefoniert habe, hat er sein Glas betrachtet, mit ihm herumgespielt, es ist schon halb leer, er hat wohl Durst. Jetzt sieht er mich an.

»Krüger. Er war damals richtig sauer auf mich. Jeder in der Abteilung wusste, wer dir den Ärger gemacht hat. Mir war es egal, Annette war erst seit einem halben Jahr tot. Mann, Marcus, es ist ein Wunder, dass ich es überhaupt noch zum Dienst geschafft habe. Unser Haus wurde mir unterm Hintern weg versteigert, und wenn ich nicht gearbeitet habe, war ich ständig zu. Ich habe die ganze Welt gehasst. Und dann hast du dieses Geld geerbt. Und den Rest. Ich hätte dich umbringen mögen, du hattest das nicht verdient.«

Die Tür hinter der Bar öffnet sich, und Caro tritt heraus. Sie geht auf uns zu, langsam, gelassen, mit einem gewissen Hüftschwung, kommt zu uns an den Tisch und kniet sich neben mir auf den Boden, um die Hände in den Schoß zu legen und den Kopf zu senken. Ich lege meine linke Hand in ihren Nacken, sie bietet ein Bild der Demut. Tatsächlich aber will sie wissen, worum es hier geht. Ich unterdrücke ein Lächeln.

Malowsky sieht sie an, aber es ist ein anderer Blick als der heute Morgen. »Als ich dich wiedersah, war ich vom Neid zerfressen.« Er blickt zu mir auf. »Krüger teilte mir mit, dass du mehrfach überprüft wurdest. Ich erfuhr dann erst, dass du mittlerweile geheiratet hast.« Er lacht leise, es klingt bitter. »Die Kollegen von der Sitte haben sich um den Überwachungsjob gerissen. Ich hab mich mit ein paar von ihnen unterhalten, ich wollte Krüger nicht glauben. Dann wollte ich ihnen nicht glauben.«

Seine Augen blicken auf meine linke Hand in Caros Nacken. »Ich war ja selbst mal bei der Sitte, waren wir ja beide, aber das bedeutet nicht, dass man alles versteht, man lernt nur, dass es diese Dinge gibt. Aber die Zeiten haben sich geändert. Eine Kollegin bei der Sitte erklärte mir trocken, dass auch sie dominant sei und es mich zwar eigentlich nichts angehe, aber sie wolle es mir in einem Satz sagen: Es sei eine unübliche Art der Liebe.«

Er schüttelt den Kopf und lächelt schief. »Mit Liebe kenne ich mich aus und auch damit, was man aus Liebe und Verzweiflung tut.«

»Tut mir leid, Dieter«, sage ich leise.

Er schüttelt den Kopf. »Annette ist seit neun Jahren tot. Ich wohne immer noch in demselben Loch, und meine Schulden fressen mich auf. Die meisten Kollegen hassen mich, nur Gref schleimt sich ein. Ich hab es so richtig vermasselt. Aber irgendwann muss ein Mann aufstehen. Dazu braucht er nur zu kapieren, dass er es tun muss. Ich weiß nicht, warum der Groschen erst heute fiel.«

Er sieht mir in die Augen.

»Es bringt niemandem was, aber ich muss es dir sagen. Es tut mir leid, Marcus. Ich entschuldige mich.«

Er nimmt sein Glas und trinkt es in einem Zug aus. »Eine Sache noch. Eine Freundin von Angelina di Monti erzählte uns, dass ihre Freundin hierhergegangen sei, sie sich eingeschlichen habe – und dass man sie hinausgeworfen hätte, als herauskam, dass sie keine achtzehn ist. Aber diese Christina Schäfer – ich habe vorhin mit der Freundin gesprochen, mit der sie angeblich Silvester feierte. Das war noch nicht mal gelogen. Aber sie feierte hier.« Er dreht das Glas in den Händen. »Es läuft wieder eine Untersuchung.«

»Danke«, sage ich. »Warum dieses Umschwenken, Dieter?«

»Ich sah dein Gesicht, als du dir heute Morgen den Tatort angesehen hast. Du machst hier Dinge, die ich nicht verstehe, nicht nachvollziehen kann. Aber ich sah dein Gesicht und den Ausdruck darin. Du bist der Gleiche geblieben.« Er lacht bitter. »Einige Kollegen nannten dich den ›Ritter‹. Von Wolf. In silberner Rüstung.« Er sieht mich an, zuckt die Schultern und steht auf.

»Die Rüstung ist ziemlich dunkel geworden, aber sie passt dir immer noch. Ich werde versuchen, mich auf die Reihe zu kriegen.«

Wir sehen beide zu, wie er in Richtung Ausgang geht. Er bleibt bei dem leeren Pranger stehen, sieht ihn sich an, schüttelt den Kopf und geht hinaus.

Ich streichele Caro im Nacken. »Ich merke, du willst was sagen, Schatz. Heraus damit.«

»Er ist ein seltsamer Kauz. Das ist alles.«

Das ist er wohl.

»Jacqueline?«

»Ist vorne im Club und arbeitet die anderen Nummern ab.« Sie schüttelt den Kopf. »Heinz hat mich vorhin abgepasst, er war richtig besorgt.«

»Was hast du ihm geantwortet?«

»Dass es geil war. Was ich ihm nicht gesagt habe, war,

dass mir immer noch alles wehtut. Lady Marie war dabei. Die Frau ist knochentrocken. Sie sagt ihm, er solle sich bedanken und mir sagen, warum sie es getan hätte.«

Ich lächele leicht. Als Domse ist es natürlich ihre Aktion gewesen. Manchmal hört es sich verquer an, aber es hat irgendwie schon eine Logik.

Caro lacht leise.

»Und?«

Ich merke unter meiner Hand, wie sie die Schultern zuckt. »Du kennst Lady Marie, sie ist fast so zierlich wie Amber. Heinz und sie sind seit zwanzig Jahren verheiratet. Aber sie kann das nicht, sie ist zu eng.« Sie lacht leise. »Kein Wunder. Ich hätte auch gesagt, ich kann das nicht! Es war sein erstes Mal anal.« Sie sieht hoch zu mir. »Ich glaube, sie wollte, dass du es weißt.«

»Und wie war es für dich?«, frage ich leise.

»Schlimm. Ich hoffe, es ist nichts kaputtgegangen, ich merke ihn immer noch. Es war richtig arg. Aber es war auch der geilste Fick, den ich jemals hatte. Danke dir.«

Tja. Das sind die Nachteile – dass dir deine Frau sagt, es ist jemand anders ist, der den Rekord hält.

Caro kann Gedanken lesen.

Sie greift hoch, berührt mit ihrer Hand meine auf ihrem Nacken. »Das kam falsch. Es hat einfach nur wehgetan. Aber dass du es warst, der mich dazu zwang, dann die kleine Brünette, die ganze Stimmung ... das war es, was mich geil machte. Ohne das hätte ich es auch nicht gekonnt.«

Ich sage nichts, streichele sie nur.

Im Bistro ist es ziemlich leer, man geht hierher, wenn man sich unterhalten will, also gibt es zwei, drei kleine Grüppchen, aber das Geschehen findet nebenan statt, hier haben wir unsere Ruhe.

»Amber sagt, sie hat Malowsky schon irgendwo gesehen«, sagt dann Caro. »Sie weiß nur nicht, wo.«

»Er war vielleicht mal hier oder im Chateau, als er noch bei der Sitte war«, antworte ich, und Caro nickt. »Wahrscheinlich im Chateau.«

»Wie geht es weiter?«, frage ich. Sie lacht leise.

»Ich glaube, Jacqueline weiß nicht so richtig, was ihr passiert. Sie sagt, sie fühle sich ... seltsam. Aber sie ist immer noch dabei. Amber ist so heiß, dass es einem warm wird, wenn man sie nur sieht. Sie ist drüben, wird belagert, bleibt aber standhaft. Wie spät ist es?«

»Halb elf.«

»Tanja wird die Versteigerung moderieren. Sie fängt um elf an. Um zwölf steht der Gewinner fest. Ein paar Leute sind enttäuscht, dass es doch nicht Amber ist, aber ich glaube, so heiß wie die Stimmung heute ist, war sie noch nie.«

Giorgio kommt. »Chef«, sagt er. Ich sehe auf, er macht mit dem Kopf eine Bewegung zum Eingang hin. Bruno nimmt gerade einer Sub den Mantel ab und hängt ihn in die Garderobe, die Frau zittert leicht, es ist kalt draußen. Unter dem Mantel hat sie nicht viel an. Von ihrem Halsband geht eine Kette zu einem Mann in einem Abendanzug aus Lack, er trägt eine Maske aus demselben Material. Die junge Frau sieht sehr jung aus. Nach dem, was ich jetzt weiß, sollte ich Bruno die Ausweise überprüfen lassen, aber ich verzichte darauf. Ich fühle, wie mein Puls schneller schlägt. Das war der Dom, der Helga, das erste Opfer, zum Sklaventest hierherbrachte. Offensichtlich hat er bereits Ersatz gefunden. Allein dass er sein Gesicht verborgen hält, macht ihn mir unsympathisch; ich nehme mir vor, mit ihm zu reden, irgendetwas werde ich bestimmt herausfinden, nur was, oder ob es etwas nützt, das bleibt abzuwarten.

Unser Lackdom zieht seine Sub zur gepolsterten Tür des Clubraums, ohne uns Beachtung zu schenken. Ich gehe zum Eingang, werfe einen Blick auf das Eingangsbuch. »Sir Steele und Sub 7.«

Er gibt ihnen nicht einmal Namen, sondern Nummern. Ich gehe an das Telefon am Eingang, wähle die Nummer des Sicherheitsraumes, des Glasauges.

»Ja?« Ich kenne die Stimme nicht.

»Wie ist Ihr Name?«, frage ich.

»Harald, Herr Wolf.« Harald König. Melanie hat ihn vor über einem Jahr eingestellt, und ich kenne ihn nicht. Aber der Name sagt mir etwas.

»Gut, Harald. Eben kam ein Dom durch den Bistroeingang. Lackanzug, Lackmaske, Subbie an Kette. Ich möchte, dass immer eine Kamera auf ihm ist, klar?«

»Ja, Chef.«

Ich lege auf, sehe Bruno an. »Teilen Sie den anderen mit, dass sie ein Auge auf ihn haben sollen«, sage ich ihm. »Aber unauffällig. Wenn er geht ... ich hätte gerne Auto- oder Taxinummer.«

Bruno nickt, ich merke aber, dass er überrascht ist. Ich sehe mich um. Wo ist Caro? Sie kniet immer noch hinten am Tisch, sieht zu mir herüber. Sie bemerkt meinen Blick, die kleine Geste, steht auf und kommt zu mir.

Wir gehen zur Tür zu den Clubräumen, Caro will sie gerade für mich öffnen, als ich eine Stimme hinter mir höre.

»Hallo, Marcus.« Es ist eine tiefe Stimme, und sie rollt das »R«. Sergei. Der hat mir gerade noch gefehlt. Mit Caro am Arm drehe ich mich um.

»Sergei. Schön, dich zu sehen«, sage ich, und das war nur halb gelogen. Sergei ist nicht besonders groß, aber er ist kräftig. Schmales Gesicht, schwarze Haare, Militärschnitt. Seine Anzüge sind immer maßgeschneidert und die Schuhe dunkle Spiegel, die goldene Krawattennadel mit dem Diamanten, so groß wie der Fingernagel seines kleinen Fingers, sein Markenzeichen, genauso wie der Gehstock, den er mit sich führt – der aus solidem Metall ist.

Sergei gehört zu den Nachteilen, die man hat, wenn man einen solchen Club besitzt. Er ist der Versicherungsvertreter der örtlichen Mafia. Die russische Abteilung.

Abgesehen davon, weiß er sich zu benehmen, wir haben nie Stress miteinander, aber ich kenne einige Gerüchte, die sich um ihn ranken. Mein Deal mit den Russen ist lächerlich billig. Er kam damals vor knapp sieben Jahren, als das *Dominion* wieder lief, zu mir und teilte mir mit, dass er und seine Freunde keinen Stress haben wollten, es aber um eine Frage des Prinzips gehe. Für eine kleine Versicherung in Höhe von etwa zwanzigtausend Schilling im Jahr würden wir immer gute Freunde sein.

Das Haus hier gehört mir, keine Miete, und aus meiner Zeit bei der Sitte kenne ich die Tarife und auch Sergei. Ich hatte mit dem Fünf- bis Zehnfachen gerechnet. Schließlich habe ich mal versucht, ihn einzubuchten.

»Ich muss reden mit dir, Marcus«, sagt er und deutet eine Verbeugung vor Caro an. »Auch wenn es meine Seele zerreißt, dich von so einem bezauberndem Geschöpf zu trennen.«

»Das wirst du nicht«, antworte ich ihm und bewege mich wieder zu dem Tisch zurück, den wir eben verlassen haben. Mein Kaffee steht immer noch da, vielleicht ist er sogar noch warm.

»Sie ist die Geschäftsführerin des Chateaus.«

Sergei deutet eine Verbeugung an. »Enchanté, Madame.

Aber sie wäre eine Zeugin«, sagt er dann zu mir. Ich zucke die Schultern, das ist sein Problem.

»Sie ist meine Frau.« Wir sind am Tisch angekommen, ich setze mich wieder, und Caro kniet sich neben mich. Sergei lässt sich auf den Stuhl sinken, auf dem Malowsky eben noch saß.

Gi taucht auf, räumt Malowskys Bierglas weg, etwas verspätet, wie ich finde, und stellt Sergei wortlos ein Glas und eine eisgekühlte Flasche Wodka hin, sie ist bereits zu drei Vierteln leer. Seine eigene Flasche?

Ich mustere Sergei, wie er langsam die Flasche aufschraubt und sich eingießt. Er wirkt nicht wie ein Russe, eher wie ein Franzose, und er hat eine gewisse Ausstrahlung, eine Art, jemanden anzusehen, die ich erkenne und manchmal, selten, auch bei anderen Leuten gesehen habe.

Alles Menschen, die schon getötet haben.

Sergei, so heißt es, war Major bei der russischen Armee. Afghanistan, angeblich in einer Sondereinheit. Kann stimmen oder auch nicht. Er ist seit etwa zehn Jahren in Wien. Damals habe ich ihn überprüft. Ja, er ist ein Ex-Major. Ehrenhaft entlassen. Und er ist ein sehr guter »Geschäftsmann«, wird immer mal wieder observiert, aber er ist geschickt und besitzt hervorragende Umgangsformen. Er kann aber auch jemandem, mit ausgesuchter Höflichkeit versteht sich, sämtliche Finger brechen. Das ist kein Gerücht, ich weiß es. Die Vernehmung des Opfers habe ich damals selbst geleitet. Es brachte nichts, um nichts in der Welt hätte der Mann eine Anzeige erstattet.

»Was kann ich für dich tun, Sergei?«, frage ich dann und lasse dabei durchblicken, dass ich nicht sonderlich erfreut bin, ihn zu sehen.

»Ich brauche eine Frau mit besonderen Talenten. Für

morgen Abend. Wir haben Besuch, und unser Gast hat einen ganz eigenen Geschmack.«

Ich nicke. Dies ist ein Club. Auch wenn ab und zu ein paar Frauen sich hier ihr Taschengeld aufbessern, ist es kein Puff.

Das Chateau dagegen ist tatsächlich ein Edelbordell für den besonderen Geschmack. Meistens nennt man so etwas heutzutage ein Studio. Aber das Chateau ist kein Studio, es ist ein Bordell und wird es bleiben. So um die eineinhalb Dutzend Frauen arbeiten dort in wechselnder Besetzung, der Deal mit ihnen ist einfach. Sie bekommen die Hälfte. Die Preise allein für den Eintritt ins Chateau sind übertrieben hoch. Aber an den Freitagen und Samstagen ist es trotzdem immer gut besucht.

Es gibt kaum eine Überschneidung zwischen der Klientel des Chateaus und des *Dominions*. Hier im Club verkehren ganz normale Leute mit einer gewissen Neigung, um unter Gleichgesinnten zu sein oder sich mal austoben zu können, ohne dass die Kinder stören. Im Chateau verkehren die Leute, die sich 500 Euro als Eintrittspreis leisten können. »Das wird sich einrichten lassen«, sage ich. »Weißt du, in welche Richtung das geht?«

Er schüttelt den Kopf. »Das meine ich nicht. Keine von deinen Frauen, ich kenne deinen Stil.« Er zuckt die Schultern. »Ich weiß, wofür du mich hältst, Marcus, aber ich bin, ich war Offizier. Es gibt Dinge, die ich nicht tolerieren kann, doch manchmal muss ich es. Dieser Mann ist krank. Er hasst Frauen. Sie wird wochenlang nicht arbeiten können und plastische Chirurgie brauchen. Wir würden uns um sie kümmern und extrem gut bezahlen.«

Ich stehe auf. Wortlos. Was zu viel ist, ist zu viel. Allein schon zu wissen, dass solche Dinge geschehen, widert mich an!

Sergei hebt die Hand. »Setz dich wieder. Ich sagte ja, ich weiß, dass es nicht dein Stil ist.« Er sieht mich nachdenklich, fast prüfend an. »Es war ein Test«, sagt er dann. »Ich wollte sicher sein.«

Ich zögere, setze mich wieder hin. Sergei ist ein guter Schauspieler, vermute ich, aber er wirkt besorgt. War es wirklich ein Test? Wenn ja, wofür? Er sollte wissen, dass es für mich Grenzen gibt.

»Dieser Mann meint, es gebe einen Club, in dem man genau solche Frauen finden kann. Hier in Wien. Solche, die so hart drauf sind, dass ihnen das auch egal wäre. Marcus, Freund, ich frage nur, ob du schon davon gehört hast.«

Klar. Solche Gerüchte und Legenden halten sich hartnäckig. Es gebe da diesen Club, wo man ohne Grenzen alles tun könne. Er wäre dort und dort, und der und der kenne jemanden, der gehört hätte ... Ich halte das für Unfug. Und sage das Sergei.

Er nickt. »Das habe ich ihm auch erklärt. Letztlich kenne ich mich ein wenig aus, die meisten Clubs haben Verträge mit uns.« Er lächelt etwas schief. »Oder beziehen ihre Ware von uns.«

Die Ware, die er meint, kommt aus den Ostblockländern, ist meistens weiblich, jung und hilflos.

»Ich bin überrascht, Sergei. Ich dachte, euer Verein sucht nicht nach Freiwilligen, weil ihr ihnen gar nicht die Wahl lasst?«, entgegne ich bitter.

»Das habe ich überhört«, gibt Sergei zurück. »Du warst selbst mal bei den Bullen. Es ist schlecht fürs Geschäft, wenn man es übertreibt. Auf einer Ebene ist es ein Spiel. Die Ware kommt, arbeitet, ihr kommt, schickt sie nach Hause. Warst du mal in Russland?«

Ich schüttele den Kopf.

»Wunderschönes Land, sag Bescheid, wenn du es mal richtig sehen willst. Aber arm, sehr arm. Allerdings gibt es selbst in der ärmsten Republik hier und dort wunderschöne Frauen. Doch sie haben keine Chance. Keine Bildung, kein Job. Wenn sie hierherkommen, können sie in drei Monaten mehr verdienen als in ihrem restlichen Leben. Sie gehen zurück, finden einen Mann, machen Kinder ... und bereuen es nur manchmal.«

»In ihren Albträumen«, sage ich. »Menschenhandel ist Menschenhandel.«

»Ja. Aber ich sehe das Schild da vorn. Irgendjemand wurde gevögelt, und sie wollte bestimmt nicht jeden. Und du nimmst Eintritt. Dann das Chateau ... Mein Freund, so sauber bist du auch nicht.«

Er hat recht, dennoch bin ich der Meinung, dass es Unterschiede, Grenzen gibt.

»Wie lange ist dieser Kerl bereits in der Stadt?«, frage ich ihn. Er sieht mich an, grübelt kurz und lacht dann.

»Nein, er ist nicht der Mörder. Wenn du es ihm anhängst, trifft es keinen Falschen, aber er ist noch gar nicht da, er kommt erst morgen. Sein Name ist Dimitri. Dimitri Petrov. Er landet morgen Nachmittag mit der Zehn-Uhr-Maschine. Air France, direkt aus Paris. Mit einem falschen Pass auf den Namen Simon Leclerc.«

Ich blinzele, er lacht.

»Geschockt? Ja. Ich verkaufe ihn dir. Ich habe im Krieg Leute getötet, viele Dinge tun müssen, auf die ich nicht stolz bin. Aber ich werde ihm keine ›von der Straße holen‹. Auch wir werden langsam zivilisiert. Und manche Leute begreifen nicht, dass sich die Zeiten ändern.«

Ich verstehe plötzlich. »Du willst ihn loswerden?«

Er nickt leicht.

»Er muss raus aus Paris, weil er es übertrieben hat. So sagt man. Ich weiß nicht, ob es stimmt, er könnte andere Gründe haben. Allerdings, wenn er es hier übertreibt, bin auch ich gefährdet.« Er zuckt die Schultern. »Du weißt, wie es ist. Hättest du ein Mädchen für ihn gewusst, wäre es nur ein Aufschub gewesen. Aber du kennst doch sicher noch Leute, die einen Tipp gebrauchen können.« Er sieht mich lächelnd an, wartet auf eine Reaktion, ich will verdammt sein, bevor ich sie ihm gebe. Dennoch, ich merke, wie mir das Blut in den Adern rauscht. Das alte Fieber erwacht, hier bietet sich mir die Möglichkeit, einen Dreckskerl hinter Gitter zu bringen, und vielleicht wirft ja sogar jemand den Schlüssel seiner Zelle weg!

Sergeis Lächeln wird breiter, vielleicht hat er doch etwas in meinen Augen gesehen.

»Noch eines«, fährt er fort. »Ein Computerspezialist sollte sich seinen Laptop ansehen. Aber so, dass wirklich keine Spur zu dir und dadurch zu mir führt.« Er blickt auf Caro hinunter. »Jetzt weißt du, warum ich dich allein wollte. Doch sie ist deine Frau. Vielleicht kannst du ihr ja sogar vertrauen.«

»Warum soll ich für dich die Dreckarbeit tun, Sergei?«, frage ich ihn leise.

Er lächelt, kaum merkbar.

»Weil wir uns verstehen und du mich respektierst, auch wenn du mich nicht ausstehen kannst. Du, Marcus, alter Freund, bist ein Pragmatiker. Du wirst es tun.«

»Das weiß ich noch nicht. Einen Tipp so zu geben, dass er nicht zurückzuverfolgen ist und trotzdem geglaubt wird, ist nicht einfach.«

Er zuckt die Schultern. »Das ist nicht mein Problem.«

Ich nicke, ich habe schon eine Idee. Dann mustere ich

Sergei. Ich glaube kaum, dass es jemanden gibt, der mehr über die Schattenseiten dieser Stadt weiß als er.

»Gut. Ich kümmere mich darum. Aber du kannst auch mir helfen.«

Er sieht mich aufmerksam an.

»Was brauchst du?«

»Ich bin hinter dem Masomörder her. Ich brauche alles, was irgendwie mit ihm zu tun haben könnte. Wirst du mir helfen?«

Er zuckt erneut die Schultern.

»Das kommt darauf an, ob es stimmt, was man so über dich hört. Dass du gelangweilt bist und wieder deinen alten Job machen willst. Gerüchte.« Er legt den Kopf zu Seite und macht eine typisch französische Geste mit den Händen – die Welt ist schlecht.

»Da hat jemand aber große Ohren«, sage ich trocken. Er lächelt. »Deshalb hast du mich ja gefragt, oder? Stimmt es?«

»Ja«, sage ich ungeduldig. »Also, hast du was für mich?«

»Vielleicht«, sagt er nachdenklich. »Unser spezieller Freund nannte den Namen dieses speziellen Clubs. *Die Rose*. Und eine Nummer im Internet.« Er schaut auf seine Uhr. »Sie gilt noch bis Mitternacht, etwas mehr als eine Stunde.«

Ich sehe ihn nur an. Er lächelt langsam, während er ein kleines Notizbuch herausnimmt, eine Seite abreißt und mit einem goldenen Federhalter ein paar Zahlen aufschreibt.

»Ich mag dich wirklich, Marcus. Du bist so sturgerade, dass es fast amüsant ist. Fast. Du bist ein gefährlicher Mann, ein Idealist und pragmatisch zugleich. Als du bei der Polizei warst, warst du ungefährlich. Jetzt ...«, er macht eine Geste, die das *Dominion* einschließt, »kennst du wichtige Leute. Es ist besser, wenn wir neutral zueinander sind, keine Feinde, es würde jedem von uns schaden.« Er schiebt mir den Zettel zu und beugt sich vor. »Dimitri sagt, dass die *Rose* entstanden ist, nachdem das Chateau den Bedarf nicht mehr deckte. Er war wohl auch Gast bei deinem Onkel. Und schwärmte von einer kleinen Blonden, die damals auf dem Chateau zur Verfügung stand.«

Mir wird heiß. Er meint Amber ... Es muss so sein!

Sergei steht auf.

»Guten Tag, Marcus. Ich denke, wir haben uns verstanden.« Ich erhebe mich automatisch mit ihm, weiß nicht, was ich sagen soll. Als er mir die Hand hinhält, nehme ich sie, mechanisch, dann sehe ich ihm nach, wie er den Club verlässt.

Kapitel 5

»Scheiße«, sagt Caro leise. Sie sagt nur das, was ich denke. Eine Stunde. Ich betrachte den Zettel mit dem Internetquadrupel. »Ich brauche Amber.«

Als wir zusammen rüber in den Club gehen, sehe ich Amber neben der Bühne, ein halbes Dutzend Verehrer um sie herum. Auf der Bühne steht Tanja, neben ihr kniet Jacqueline, die einfach nur knuddelig aussieht, wie ein Opferlamm. Genau das Richtige, um die Wölfe im Publikum heiß zu machen. Tanja erklärt gerade die Regeln, keine bleibenden Spuren.

»Welche Tabus?«, ruft jemand aus dem Publikum. Tanja lächelt. Sie beugt sich vor, ihre kirschroten Lippen scheinen das Standmikrofon zu liebkosen. »Keine bleibenden Spuren«, haucht sie und heizt den Raum noch mehr damit auf. »Die Gewinneridee wird hier auf der Bühne ausgeführt werden, damit jeder etwas davon hat, der Gewinner darf sie selbst ausführen oder jemanden bestimmen, der es tut, vorausgesetzt, er oder sie will es. Das sind die Grundregeln, meine Damen und Herren. So ein Angebot kommt nicht alle Tage. Der Erlös der Versteigerung geht, wie von Jacqueline gewünscht, an das Kinderhilfswerk. Anfangsgebot ist 100 Euro, gesteigert wird um jeweils hundert Euro.«

Die Rahmenbedingungen sind nicht so offen, wic sie sich anhören. Da es hier auf der Bühne passieren soll, fallen ein paar Leute heraus, die Zuschauer scheuen. Keine bleibenden

Spuren bremst die Spezialisten aus. Es bleibt jedoch mehr als genug. Jacqueline weiß das auch, sie sieht gedankenverloren über die Menge hinweg, ich glaube, sie nimmt sie kaum mehr wahr.

»Wie sieht es mit Gruppen aus?«, fragt eine andere Stimme. »Kann man zusammenlegen?«

Tanja nickt. »Ihr könnt auch andere einbinden, wenn sie zustimmen«, sagt sie. »Für die Sexteufel unter euch, die heute immer noch nicht genug haben: Kein Gebot der Welt reicht, um es ohne Gummi zu tun. Seid safe, Leute!«

Wobei es immer jemanden geben wird, der das nicht versteht, und immer wieder auch Subs, die sich nicht schützen. Ich denke an die Szene am Eingang zurück; dass einige Männer ihr Gummi abgestreift haben, um Jacqueline anzuspritzen, war schon grenzwertig genug. Und ich habe es nicht bedacht, obwohl ich es hätte wissen müssen. Amber geht da manchmal auch Risiken ein. Mist.

Ich löse Amber ganz leicht aus der Menge, nehme ihre Leine, sie sieht mich an und fährt mit der Zunge über ihre vollen Lippen. Ich lächele und ziehe an ihrer Leine, leicht nur, aber es ist genug. Sie macht einen Knicks, lächelt selbst ein undeutbares Lächeln und folgt. Ihre Verehrer sehen ihr bedauernd nach, für sie rollt Amber die Hüften beim Gehen, winkt mit einer schlanken Hand zum Abschied, als wir durch die Tür hinter der Bar den Wirtschaftsbereich betreten. Hier schaut sie mich vorwurfsvoll an, es sieht aus, als ob es ihr nicht gefiele, dass ich sie entführe, sie sagt aber nichts.

Ich führe sie in mein Büro, die schwere Tür fällt hinter mir zu, dämpft die Geräusche aus dem Club; das Licht hier kommt mir grell vor. Ich löse die Leine von ihrem Halsband, das erscheint mir jetzt nicht passend.

Sie sieht mich fragend an, setzt sich aber hinter meinen Schreibtisch, als ich auf den Stuhl deute.

»Was ist denn, Marcus?«, fragt sie. Dass sie meinen Namen verwendet zeigt mir, sie weiß, dass es hier um etwas anderes geht als das, was draußen im Club stattfindet.

»Hier«, sage ich und reiche ihr den Zettel, den ich von Sergei erhalten habe. »Dies ist eine illegale Adresse. Ein Tipp. Von jemandem, der vielleicht ein Freund ist. Auf jeden Fall zieht diese Webseite um Mitternacht um, man sagt mir, dass es sehr schwer wäre, sie wieder zu finden. Vielleicht bekommst du heraus, wohin sie umzieht.«

Amber sieht mich an, wirft einen Blick auf den Zettel, den ich ihr hinhalte, braucht sichtlich einige Sekunden, um umzuschalten, aber als sie sich vorbeugt und die Tastatur an sich zieht, ist sie eine andere Frau. Immer noch die gleiche aufreizende Kleidung, aber ihre Miene bedeutet mir, dass sie weiß, wie ernst mir das ist.

»Ich gehe direkt mit einer Traceroot dran und protokolliere alles«, sagt sie.

Ich nicke, weiß in etwa, was sie meint.

Sie gibt die Nummer ein, und auf dem Bildschirm erscheint eine schwarze Rose.

Ich sehe, wie der Mauszeiger sich bewegt, dann klickt sie. Die Begrüßung verspricht ganz besondere Genüsse. Dann wechselt das Bild. Ein junges Mädchen hängt unter der Decke eines hohen Raumes, ihre Arme und Beine sind mit Stangen gespreizt, aber es ist ihr Haar, an dem sie hängt. Stahlfesseln verbinden ihre Fuß- und Handgelenke mit den Spreizstangen, der Ball-Gag in ihrem Mund ist ebenfalls aus kaltem Stahl. Stacheldraht windet sich um sie ... Dutzende von kleinen Blutspuren laufen an ihrem Körper herunter.

»Oops«, sagt Amber leise. »Eine Fanseite.« Sie ist bleich geworden. Ich merke auch, wie mir das Blut wegsackt, ich war langsamer als sie, habe das Mädchen auf dem Bild erst nicht erkannt. Es ist Amber, auf dem Bild ist sie vielleicht dreizehn oder vierzehn, kaum älter. Schon jetzt ist ihre spätere Schönheit zu erkennen, aber in den Augen dieses Mädchens lese ich etwas, das ich bei Amber schlichtweg nicht kenne: nackte, panische Angst.

Amber lässt den Kopf sinken, ihre Schultern zucken. Ich klicke hastig das Bild weg, ziehe sie hoch zu mir, setze mich auf den Stuhl, mit ihr auf dem Schoß. Ich halte sie, als sie weint.

Als sie das erste Mal, seitdem ich sie kenne, weint.

Es dauert lange, wie lange, weiß ich nicht, aber lange. Dann schnieft sie, wischt sich das Gesicht ab, holt tief Luft.

»Bitte lass mich allein«, sagt sie leise. Ich nicke, setze sie sanft ab und stehe auf. Von der Tür aus sehe ich zurück zu ihr. Sie hat gerötete Augen, ihr Gesicht wirkt jung, unglaublich jung, vielleicht sehe ich sie das erste Mal ohne eine Maske. »Geh«, sagt sie leise, ohne aufzusehen; sie spürt wohl meinen Blick. »Ich brauche nicht lange. Ich komme runter, wenn ich fertig bin. Diese Seite wird mir nicht davonkommen.«

Ich gehe hinunter in den Club, hinter die Theke. Auf fast acht Metern Länge hängt hier eine Batterie mit Spirituosen, die Flaschen stehen kopfüber in elektronischen Zapfventilen. Ich greife mir ein Glas und drücke es gegen den Zapfverschluss der nächstbesten Cognacflasche. Es klickt zweimal, als ich mir einen Doppelten abfülle.

Ich verziehe mich mit dem Glas in der Hand an eine der dunkleren Stellen im Club, lehne mich gegen eine Säule. Die Versteigerung ist in vollem Gange, das Gebot liegt bei

3400 Euro. Ich sehe Caro, sie wirft ab und zu einen Blick auf die Tür, sie muss mich eben wohl verpasst haben. Ich bleibe hier im Schatten, mache sie nicht auf mich aufmerksam.

Es nützt mir rein gar nichts, dass es mein Onkel war und nicht ich. Ich habe sein Geld genommen, und ich führe seine Clubs weiter. Wo ist der Unterschied?

Mir wird deutlich bewusst, dass ich *Nutznießer* des Verbrechens an Amber bin, ein Teil des Geldes, das mein Onkel damit »verdiente«, habe *ich* geerbt.

Mir ist immer noch schlecht von dem, was ich sah. Jetzt noch mehr.

Die Rose.

Der Cognac brennt in meinem Rachen, als ich gedanklich über irgendetwas stolpere, ich kann es erst nur nicht zuordnen.

Ein Club, der die Bedürfnisse erfüllt, die das neue Management des Chateaus, also Caro und ich, nicht mehr befriedigen?

Ich weiß plötzlich, dass der Club kein Gerücht ist, sondern wirklich existiert. Ich habe es einfach vorher nicht glauben können. Jetzt fühle ich es, weiß es. Es gibt diesen Club. Aber im Moment ist Amber wichtiger. Schon wieder habe ich mich darauf verlassen, dass sie zäh ist, doch der Ausdruck in ihrem Gesicht eben beunruhigt mich.

Ich löse mich von der Säule, gehe zu Caro hinüber. Sie ist leicht überrascht, schenkt mir dann aber eines dieser Lächeln, die mich dazu bringen, mich immer wieder aufs Neue in sie zu verlieben.

»Geh mal hoch zu Amber«, sage ich ihr ins Ohr. »Es geht ihr nicht gut.« Sie sieht mich fragend an. Ich schüttele den Kopf und sehe ihr nach, wie sie durch die schwere Tür nach hinten geht.

Jacqueline steht oben auf der Bühne, ich weiß nicht, ob sie mich gegen das Licht der Scheinwerfer erkennen kann, aber es scheint, als ob sie mich ansieht.

Ich bin in Gedanken ganz woanders, aber dass sie dort steht, ist meine Entscheidung gewesen, ich kann jetzt nicht gehen. Mit Mühe versuche ich umzuschalten, die angeheizte Stimmung auf mich wirken zu lassen, für einen Moment die Bilder der toten Mädchen und von Amber wegzuschieben.

So schwer ist es dann doch nicht. Die Stimmung ist heiß, ich sehe Dutzende glänzende Augen, die auf die Bühne starren, offene Münder und feuchte Lippen, während alle gebannt das Spektakel verfolgen. Es ist überraschend leicht, darin einzutauchen. Vielleicht ist es auch eine Flucht, ich bin jedenfalls dankbar dafür, die düsteren Gedanken für den Moment vergessen zu können, alles andere gehen zu lassen.

Es ist nicht mehr lange bis Mitternacht, die Gebote kommen schneller und schneller, eben geht jemand direkt um 300 Euro hoch. Es werden keine neuen Ideen mehr eingebracht, es geht nur noch darum, wer den Vorschlag durchführt. Jacquelines Busen hebt und senkt sich schneller, ich sehe ihre Erregung, frage mich, wer zurzeit die Favoriten sind. Ich habe es verpasst, ich hätte vielleicht Caro fragen sollen.

Bei 4200 Euro bleibt das letzte Gebot stehen. »Zum Ersten, zum Zweiten und ... zum Dritten!«, ruft Tanja ins Mikrofon und beendet die Auktion mit einem Schlag auf Jacquelines Hintern.

Tanja wiederholt die Gewinneridee. Als ich sie höre, entspanne ich mich etwas. Der Mann, der nun auf die Bühne tritt, der Gewinner der Auktion, ist wieder jemand, den ich nicht kenne, und sein Geschmack geht in Richtung Einheitskost, was mir nur lieb ist. Zwei Gäste bringen den Bock auf die Bühne. Es ist ein ganz einfaches Gerät, ein schwerer Längsbalken aus dunklem poliertem Holz, vier Beine, die untereinander verstrebt sind. Sieht man genau hin, so ist zu erkennen, dass das Holz an einer Stelle wirklich poliert ist, ich weiß nicht, wie viele Schenkel sich dort schon gerieben haben, sich gegen die Ketten oder Seile, die zu den Ösen an den Beinen des Bocks führen, gewehrt haben, entkommen wollten.

Ich trete vor, um einen besseren Blick zu haben, und Jacqueline wehrt sich plötzlich, versucht zu entkommen, aber Tanja greift sie am Arm, benutzt einen Polizeigriff, um Jacqueline herunterzudrücken.

Der Dom hakt eine Kette in die linke Fußmanschette Jacquelines, zieht sie durch die Öse und stramm, hebt ein Kettenglied über den Schnellverschluss, um die Kette dort einzuhaken, das eine Bein ist fixiert, das andere einen Sekundenbruchteil später, als Tanja auf der anderen Seite das gleiche Manöver durchführt.

Der obere Längsbalken ist vielleicht fünfzehn Zentimeter breit und kantig, die Kanten pressen auf die Innenseiten der Oberschenkel, der Bock ist kein bequemes Möbelstück. Jacqueline wehrt sich noch immer, ihr Kopf dreht sich zu mir, und ich verstehe, dass sie mich gesehen hat – und auch, was sie will. Ich muss da sein, sichtbar für sie, sonst will und kann sie es nicht.

Ich gehe um die Bühne herum, sodass ich hinten stehe und sie mich sehen kann. Sie beruhigt sich ... ich spüre, wie sie mich ansieht; dieser Blickwinkel ist weit besser als der, welchen die meisten anderen Gäste wählen.

Ich dachte, der Mann wollte sie bäuchlings auf den Bock

legen, aber er zieht sie nun zurück, so, dass sie an den Bock gelehnt steht. Von oben kommt ein an einer schweren Kette befestigter Haken herunter, an der Seite der Bühne hat Tanja die Fernbedienung für den Flaschenzug in der Hand. Der Dom befestigt eine kurze Kette an Jacquelines Manschetten und hängt diese über den Haken, der wieder nach oben entschwindet. Dabei drückt er ihr eine weiße Kugel in die Hand.

Genau hier liegt der Unterschied zur realen Gewalt; auch wenn es nicht so aussieht, macht Jacqueline es freiwillig. Kann oder will sie nicht mehr, braucht sie nur diesen Ball fallen zu lassen, als Signal zum Abbruch. Es wäre undenkbar, das Signal zu ignorieren. Alice hatte diese Wahl nicht. Nur mit Mühe drücke ich die Erinnerung an sie zur Seite, das hier ist etwas ganz anderes.

Ein breiter Gurt wird nun um Jacquelines Taille gelegt, drückt diese nach unten, sodass sie mit gespreizten Beinen am Bock steht. Dadurch, dass sie sowohl nach vorn als auch nach unten gedrückt und nach oben gezogen wird, bietet sich ihr Körper wie eine gespannte Pianosaite dar; wir alle sehen, wie ihre Muskeln und Sehnen sich straffen, Gurt und Manschetten in ihr Fleisch schneiden. Ihre Rückenmuskeln unter der Haut spielen, sie ist ein bezaubernder Anblick.

Die ganze Zeit über sieht sie mich an, ich halte ihren Blick, versuche, ihr mit meinen Augen zu sagen, wie schön sie ist. Ihr Blick sagt mir andere Dinge, ihr Gesicht entspannt sich, als sie versucht, jetzt schon loszulassen.

Die Scheinwerfer wechseln, der ganze Club ist nun in Dunkelheit gehüllt, lediglich ein Spot über der Bühne leuchtet Jacqueline aus, ihren Rücken und ihr gezwungen ausladendes Hinterteil, diese wunderschönen gespreizten Beine, die Schuhe mit den hohen Absätzen, die sie nach wie vor trägt, nur berührt sie den Boden nicht einmal mehr mit den Fußspitzen.

Mit einem Knicks reicht Tanja dem Dominanten einen Rohrstock. Ich bestehe bei solchen Vorführungen darauf, dass unser Material verwendet wird, vor allem, wenn es um unsere Mädchen geht. Dieser Stock ist neu, desinfiziert, wurde noch nie verwendet.

Es ist wohl doch nicht Einheitskost, was dieser Dom mit Jacqueline tun will, sie ist so hart gespannt, dass sie kaum atmen kann, und sie wird nicht einen Millimeter ausweichen oder nachgeben können.

Als der erste Schlag kommt, bestätigt er meine Vermutung, er schlägt hart, ohne sie anzuwärmen, und schon der erste Schlag landet auf der Innenseite der Schenkel, und diese, straff gespannt, geben nicht nach. Es ist, als ob er auf einen Stoffballen schlüge, und der Stock biegt sich so weit, wie ich es selten vorher sah.

Jacqueline war nicht imstande, den Schlag kommen zu sehen, ihre einzige Vorwarnung war das Zischen in der Luft. Ich sehe, wie der Schock des Schlages sie erreicht, ihr Gesicht verzerrt, es ist zu unerwartet, zu heftig, reißt sie direkt aus den Anfängen ihrer Trance heraus, rutscht unter ihrer Selbstkontrolle hindurch, sie stößt einen markerschütternden Schrei aus.

Im nächsten Moment greift sich der Dom ihr Haar, erklärt ihr, was dies für ein jämmerliches Schauspiel sei, und verlangt nun von Tanja einen Knebel. Tanja tritt heran, aber Jacqueline versucht, den Kopf zur Seite zu drehen, dem Knebel zu entrinnen; sie schafft es nicht, Tanja hat Erfahrung in diesen Dingen. Jacquelines Hand krampft sich um den Ball, ich mache einen Schritt vor, um es zu beenden, doch sie lässt den Ball nicht fallen.

Er bindet ein Seil um ihr Haar, zieht ihren Kopf nach hinten und befestigt das Seil an dem Hüftgurt, zieht es straff, so, dass Jacquelines Kopf nun genauso straff nach hinten gezogen ist wie ihr Körper nach oben, sie kann nun nicht einmal mehr den Kopf wenden.

Diesmal sind ihre Augen geweitet, als sie aus diesem Winkel versucht, einen Blick auf mich zu werfen. Ich bewege mich etwas, damit sie mich besser sieht. Wir beide wissen jetzt, wie schwer es für sie werden wird. Ich sehe, wie sie versucht, Luft zu holen, die harte Bondage erschwert ihr sogar das, und sie greift den weißen Ball in ihrer Hand fester.

Jetzt sehe ich nur noch ihr Gesicht, ihre Augen, diesen Ball.

Der nächste Schlag wird genauso unbarmherzig ausgeführt, mit voller Wucht, als treffe er eine Lederbank. Er entreißt Jacqueline ein lang gezogenes Wimmern, der Knebel reduziert die Lautstärke, aber ich höre sie. Sehe ihre Augen.

Es gibt Doms, die ihre Schläge an die Reaktionen ihrer Subs anpassen, dieser hier ist anders. Er schlägt, als hasse er sie, er schlägt, als führe er eine Zuchthausstrafe durch, wie sie in früheren Jahrhunderten üblich war, er schlägt, als wolle er ihr die Haut vom Leibe schälen.

Am liebsten würde ich auf die Bühne springen und ihn niederschlagen, aber das geht nicht. Vor allem nicht wegen Jacqueline, die den Ball mit aller Macht festhält und tapfer ist, mich mit ihren Augen fixiert. Tränen laufen ihr die Wangen hinunter, aber ich kann nichts tun, sie ist es, die entscheidet.

Mit einem lauten »Krack!« splittert der Rohrstock, ich hörte, das soll das geben, ich selbst habe es noch nie erlebt. Er wirft den Stock zur Seite, es ist totenstill im Club, nur das

Stöhnen Jacquelines ist zu hören, als Tanja ihm zögernd einen anderen Rohrstock in die Hand legt.

Ich mache erneut einen Schritt auf die Bühne zu, doch Jacqueline hält mich mit einem fast schon drohenden Blick auf. So deutlich ist dieser Blick, dass sie es hätte laut sagen können: Das hier durchzustehen ist etwas, das sie will und braucht, es ist ihre eigene Feuerprobe, und sie will sie bestehen, von sich aus, ohne meine Hilfe. Breche ich hier ab, entwerte ich alles, was vorher war, breche ich ab, wird es alles zwischen ihr und mir zerstören.

Ich *darf* nicht eingreifen. Sie sieht so zerbrechlich aus, so zierlich, so hilflos, aber in ihren Augen sehe ich den eisernen Willen, den Stahl, den unbeugsamen Kern ihrer Persönlichkeit. Ihr Blick teilt mir mit, dass sie stärker ist als dieser Kerl hinter ihr, dass sie ihn besiegen wird. Hier findet ein Kampf statt, Willen gegen Schmerz, Charakter gegen Gier. Sie will und muss weitermachen, und ich *darf* nichts tun.

Sie merkt, dass ich verstanden habe, entspannt sich etwas, dann zuckt sie zusammen, als der nächste Schlag sie trifft und danach ein weiterer. Ich sehe nicht mehr hin, nur noch in ihre Augen, halte sie auf diese Weise, versuche ihr zu geben, was sie braucht. Trotz ihres Knebels ist Jacqueline nun laut, ihr Körper zittert, Schweiß fließt in Strömen ihren Rücken herab.

In ihrem Blick, unverändert nur auf mich gerichtet, spüre ich jeden Schlag, fühle ihn fast selbst, sehe aber auch, wie sie es langsam schafft, loszulassen, diese Zone zu erreichen, die ich nie ganz nachvollziehen kann – wie sie fliegt, nun ist es nicht mehr der Schmerz, sondern die Lust, die sie stöhnen lässt. Ihr Gesicht ist feucht von Tränen und Speichel, auch ihre Nase tropft, aber ich sehe nur ihre Augen. Für mich wird sie mit jedem Schlag schöner, strahlender, ein

Anblick, der so tief in mich dringt, dass ich ihn wohl nie vergessen werde. Plötzlich bricht der Mann ab, wirft den Stock fort und öffnet seinen Reißverschluss, fummelt mit zitternden Händen mit einem Gummi herum, schafft es, ihn überzustreifen und dringt mit lautem Stöhnen in sie ein.

Ich sehe, wie ihre Augen sich weiten, sie hat den nächsten Schlag erwartet, nicht diesen Stoß, dann lächelt sie leise, ich sehe fast etwas wie Belustigung in ihrem Blick, als sie sich zu konzentrieren scheint.

Der Mann stöhnt erneut, ein Stöhnen, das in einem Brunftschrei endet, der trotz der Musik überall zu hallen scheint und teilweise Belustigung auslöst. Dann sackt er auf ihr zusammen, hängt kraftlos dort, und ich sehe den Triumph in Jacquelines Augen, als sie um ihren Knebel herum lächelt.

Sie hat *ihn* besiegt, denn er hat die Kontrolle zuerst verloren.

Sie sieht mich so unglaublich stolz an. In diesem Moment wird mir zum ersten Mal bewusst, dass ich sie wirklich liebe.

Tanja tritt an den Mann heran, sie hilft ihm von der Bühne herunter, als wäre er es, der an seine Grenzen geführt wurde und nun schwach ist.

Einen Moment lang beleuchtet der Scheinwerfer noch Jacquelines geschundenen Körper, dann geht das Licht auf der Bühne aus und an anderen Orten des Clubs wieder an. Es ist, als ob ein Aufatmen durch das Publikum ginge, als habe man die ganze Zeit über den Atem angehalten.

Ich zögere nicht länger, sondern betrete selbst die Bühne. Als sie mich kommen sieht, versucht sie, um den Ball-Gag herum zu lächeln. Ihr Make-up ist verlaufen, sie sucht meine Augen, findet etwas in ihnen und lässt los, wird schlaff.

Der Haken senkt sich von der Decke, ich nehme sie von diesem Haken ab und befreie auch ihr Haar, löse ihre Fesseln. Tanja hilft mir, sie sieht mein Gesicht und sagt nichts.

Als ich Jacqueline hochhebe, murmelt sie etwas und schmiegt sich wie ein kleines Kind an mich. Sie lächelt leicht, dieses Lächeln ist zugleich scheu und stolz. Ich trage sie kommentarlos nach hinten; die Gäste, die sich im Weg befinden, machen schweigend Platz.

Caro kommt gerade die Treppe herunter, als ich die Tür aufstoße.

»Hui, das sah geil aus«, sagt Caro, ich blinzele. Aber sie hat recht, es war unendlich geil. »Ich habe es auf den Kameras beobachtet.«

»Der Kerl schlug zu wie ein Farmer mit seinem Dreschflegel«, antwortet Jacqueline mit fast normaler Stimme und streckt sich in meinen Armen wie eine Katze. Sie verzieht das Gesicht ein wenig. »Au, wie bin ich verhauen worden.« Sie will herunter, ich lasse sie herab, sie sieht etwas unsicher auf ihre Beine und wendet sich nach hinten, um die Rückseite ihrer Beine und ihres Hinterns anzusehen.

»Bis aufs Blut. Mann, konnte der Mistkerl zuschlagen! Das wird man lange sehen. Und fünfzig hätten es werden sollen«, sagt Caro, und wir beide beobachten Jacqueline, wie sie leicht mit ihrer Hand über die Striemen streicht.

»Es waren nur sechsunddreißig«, sagt sie dann und grinst. »Der arme Kerl. Jetzt hat er so viel dafür bezahlt, und dann passiert ihm das.« Sie gähnt. »Jetzt wäre eine Massage nett.« Sie schaut Caro an. »Hilfst du mir beim Einreiben?«, fragt sie, und Caro nickt. Arm in Arm gehen die beiden die Treppe hinauf, zum Saunaraum, wo sich auch eine breite Massagebank befindet. Jacqueline bewegt sich langsam, aber sie geht selbst.

Ich folge ihnen schweigend, versuche meine beiden Süßen zu verstehen.

»Bist du stolz auf mich?«, murmelt Jacqueline, als ich ihr helfe, sich auf die Bank zu legen, während Caro sie von den Manschetten, Schuhen und Strümpfen befreit. Das Mieder habe ich ihr bereits ausgezogen.

»Ja«, sage ich und streiche ihr über das Haar. Sie nickt verschlafen und lächelt zufrieden. »Dann ist es ja gut«, höre ich noch.

Ich sehe sie verblüfft an, dann blicke ich zu Caro, die die Schultern zuckt und grinst. »Sie ist fix und alle. Ich kümmere mich um sie. Geh du zu Amber.«

»Nicht nötig«, sagt Amber von der Tür her und kommt herein. Sie beugt sich über Jacqueline, die träge die Augen öffnet und sie ansieht, gibt ihr einen Kuss auf die Stirn. »Du warst großartig, Jacqui«, sagt sie. »Wir sind alle stolz auf dich.«

Ambers Blick sucht meinen. Das ist Hingabe und Stärke, scheint ihr Blick mir zu sagen. Es ist etwas ganz anderes als damals.

»Das stimmt«, sage ich mit belegter Stimme. »Du warst großartig, und ich bin wirklich stolz auf dich.«

Jacqueline sieht mich erschöpft an, dann lächelt sie einmal kurz, aber so strahlend wie schon lange nicht mehr, murmelt etwas und nickt ein. Wieder sucht Amber meinen Blick, aber diesmal lächelt sie, als wäre sie zufrieden mit mir. Jacqueline wird noch nicht einmal wach, als Amber ihr die Striemen einreibt, die der Stock verursacht hat. Teilweise ist die Haut stark geschwollen, an anderen Stellen haben sich Reihen aus kleinen Blutstropfen gebildet, an mehreren Stellen, an denen sich zwei Striemen kreuzen, gibt es weitere davon. Hätte er die vollen fünfzig Schläge ausgeteilt ... Ich schiebe den Gedanken zur Seite, bin dankbar, dass es nur die sechsunddreißig waren, als er die Kontrolle verlor.

»Wie geht es dir?«, frage ich Amber, leise, um Jacqueline nicht aus ihrem Dämmerschlaf herauszuholen, Amber streicht ihr immer noch mit langsamen Bewegungen über das Haar.

»Besser«, sagt sie und blickt zu mir auf, sie wirkt auf jeden Fall wieder eher wie die Amber, die ich kenne, als wie das verletzliche Geschöpf vorhin.

»Ich habe die neue Adresse der Seite«, sagt sie so leise, dass ich sie kaum verstehe. Ihre Stimme ist noch etwas belegt, aber ihr Blick ist fest. »Für vierundzwanzig Stunden. Doch ich glaube nicht, dass ich sie verlieren werde. Ich habe ihnen ein Präsent geschickt, es wird mir melden, wenn sie wieder die Adresse wechseln. Aber ich habe noch nicht die Inhalte der Webseite, dazu müssen wir irgendwie das Passwort knacken. Du kannst dich darauf verlassen, dass ich dranbleibe.«

Ich brauche nur ihre Augen zu sehen und die Art, wie sie ihr Kinn vorstreckt, um zu wissen, wie ernst sie es meint. Ihr Blick sagt mir, dass es jetzt eine persönliche Sache ist. Ich teile ihr wortlos mit, dass das Gleiche auch für mich gilt. Als ich dieses Bild auf dem Monitor sah, erkannte, *was* man ihr antat, dass es *immer noch* Mistkerle gibt, die Ambers Leid ins Internet stellen, und andere, die sich daran aufgeilen ... ja verdammt, da wurde es auch für mich eine persönliche Angelegenheit.

»Nun gut«, sage ich, sehe sie aber immer noch prüfend an. Ich kenne sie gut genug, um zu wissen, dass sie irgendetwas ausheckt, aber diesmal will sie es vor mir verbergen. »Tue nichts, ohne es mit uns abgestimmt zu haben.«

Sie grinst, zeigt ihre weißen Zähne. »Ich würde gerne runter in den Club gehen.«

»Und was tun?«, frage ich, vielleicht etwas schärfer als gewohnt.

»Vertraust du mir nicht?«, fragt sie und zieht einen Schmollmund.

»Nein. Nicht im Augenblick«, antworte ich ihr. »Sag mir, was du vorhast.«

»Nichts Bestimmtes«, antwortet sie, »Ich hätte schon Lust, noch etwas zu machen, aber ich weiß selbst nicht genau, was.« Sie sieht mich an. »Ich bin einfach geil.«

Irgendetwas in mir gibt nach, ich bin müde, fix und fertig, und zu sehen, wie unsere Jacqueline, die von meinen Süßen am wenigsten masochistisch veranlagt ist, so gestraft wurde, hat ein merkwürdiges Gefühl in mir hinterlassen. Noch vorhin habe ich mir eingeredet, dass es nichts mit mir zu tun hat. Caro und Amber haben es eingefädelt, Jacqueline war genauso daran beteiligt, und da ich Caro und Amber brauchte, blieb nur sie. Doch das ist eine Lüge. Caro hatte so viel nicht zu tun, ich habe sie geschont. Und Jacqueline? Sie hat es nicht für den Club getan, sondern für *mich*. Ich bin dafür verantwortlich, dass ihr Rücken jetzt so aussieht. Ich hätte es beenden können. Ich wollte es nicht, aber wenn ich endlich ehrlich zu mir bin, dann muss ich zugeben, dass es unglaublich geil war, zu sehen, dass Jacqueline für mich so weit geht. Meine Gedanken wirbeln, so viel ist heute geschehen ... Aber ich weiß auf einmal, dass ich mich nicht mehr drücken kann. Und will.

Ich greife Ambers Hand und ziehe sie mit mir. Caro blickt von Jacqueline auf und zu mir.

»Was hast du vor?«

Ich beuge mich vor und küsse sie hart. »Ich sorge dafür, dass Amber das kriegt, was sie will.«

Fast sieht es aus, als wolle Caro etwas darauf sagen, aber sie schluckt es hinunter.

Als ich Amber durch die Tür der Sauna ziehe, sieht sie zu mir auf, ihre Lippen sind offen und feucht, die Augen glänzen fast fiebrig, sie zittert.

»Sei hart«, haucht sie.

»Keine Sorge«, sage ich und zerre sie weiter, die Treppe hinunter, wo sie mit ihren hohen Absätzen beinahe fällt.

Hier unten ist eine Garderobe, und hier finde ich, was ich suche. Aber vorher nehme ich sie in die Arme und halte sie, eine ganze Zeit lang, bis sie sich von mir löst und mich mit seltsam weichen Augen ansieht.

»Zeig mir, dass ich dir gehöre«, sagt sie. Ich greife ihr fest in die Haare und ziehe sie an mich heran, küsse sie hart auf den Mund, so hart, dass mir selbst die Lippen schmerzen.

»Darauf kannst du dich verlassen«, verspreche ich ihr mit rauer Stimme.

Als ich den Club wieder betrete, führe ich hinter mir eine gesichtslose Frau. Die Ledermaske bedeckt Augen, Mund und Ohren, Ausbeulungen über den Ohren lassen erkennen, dass Kopfhörer eingearbeitet sind. Zwei Löcher unter der platt gedrückten Ausbeulung ihrer Nase sind die einzige Möglichkeit für sie zu atmen. In einer Hand trage ich einen kleinen Koffer, in der anderen Hand mein Ende ihrer Kette.

Ihre Arme sind hinter dem Rücken in einer doppelten Ledermanschette miteinander verbunden, die Arme liegen parallel zueinander und sind bis zum Ellenbogen in weiches Leder gehüllt. Sie trägt einen Strumpfhalter, Netzstrümpfe und High Heels.

Ich führe sie an ihrer Kette, sie läuft aufrecht, den Rücken durchgedrückt wie eine Ballerina, geht sicher, obwohl nur der Zug an der Kette sie führt. Amber zeigt wieder einmal, wer sie ist.

Ich führe sie in eine Ecke des Clubs, wo noch ein Spielgerät frei ist, und fixiere sie dort. In wenigen Sekunden bildet sich eine Traube von Spannern. Dieses Gerät hat den Vorteil, dass man sie drehen und wenden kann, wie man es braucht. Ich fixiere sie so, dass sie auf dem Rücken liegt, ihre schönen Brüste heben sich und beben.

Ich kann nicht ansatzweise verstehen, warum, aber ich bin sauer auf sie, vielleicht, weil sie immer noch so zäh sein will, so unbesiegbar. Aber ich bin nicht wütend, das kann ich nicht sein, ich habe nach wie vor ihr Gesicht von vorhin vor Augen, als sie ihr Bild sah, und dann den Blick, den sie mir auf dem Weg nach unten gab.

Ich öffne den Koffer, entnehme ihm eine Packung Kindernadeln und eine kleine Sprayflasche. Es ist seltsam mit Nadeln. So fein wie diese Nadeln sind, tun sie nicht wirklich weh, aber niemand *will* gestochen werden. Deshalb ist es ja eine so solche große Hingabe, es zuzulassen!

Als sie das Desinfektionsspray auf ihrem Busen fühlt, ziehen sich ihre Brustwarzen noch mehr zusammen, sie scheint sich mir entgegenzurecken. Ich verziere ihren Busen mit einem Dutzend Nadeln, mit den beiden letzten markiere ich ihre Brustwarzen. Ein Zittern und Beben läuft über sie, und sie spannt sich. Ein gedämpftes Stöhnen entrinnt ihrer Maske. Sie bebt auch, als ich ihr das Wachs übergieße, als ich sie mit Gerte und Stock bearbeite, als ich ihr drei harte Schläge dorthin gebe, wo sie am empfindlichsten ist, bebt weiter, als ich meine Peitsche über ihren Körper tanzen lasse.

Als ich in sie eindringe, scheint es fast, als ob die Ketten zerreißen würden, so windet sie sich, Schweiß steht auf ihrem Körper, und ihr Atem pfeift durch die Löcher ihrer Maske. Ich ziehe ihr die Augenklappe ab, für einen Moment finden sich unsere Blicke, dann schließt sie wieder die Augen. Ich schwöre, sie lächelt unter ihrer Maske. Ja, es ist, was sie will.

Anschließend trete ich zurück, schließe die Augenklappe wieder, beseitige erst die Nadeln, dann das Wachs, packe meinen Koffer zusammen. Ich lege eine Packung Kondome neben Amber hin und trete ein paar Meter zurück, bis zu einem kleinen Käfig, den ich als Sitzgelegenheit verwende. Einer der Gäste raucht, ich spreche ihn an und schnorre eine Zigarette, seit Jahren die erste. Gut ein Dutzend Gäste, darunter auch zwei Frauen, schauen von ihr, die immer noch schwer atmend auf dem Gestell liegt, zu mir. Ambers Beine sind weit offen, mein Samen tropft heraus. Es ist still, bis auf das Pfeifen ihres Atems. Ich ziehe an der Zigarette, ein rotes Glühen in dem Halbdunkel des Raumes, als einer der Männer seine Hand auf ihren Busen legt. Er blickt zu mir, ich reagiere nicht.

Ich sehe eine Weile zu, vier Zigaretten lang, dann nehme ich Amber und führe sie nach oben. Sie behält die Maske an, als ich sie abdusche. Sie kniet vor mir, kuschelt sich an meine Beine, ich streichele ihr über das Haar, lasse sie langsam zurückkommen.

Es ist zu spät, um zum Chateau zurückzufahren, auch Caro wäre zu müde zum Fahren, und Jacqueline und Amber traue ich es aus anderen Gründen im Moment nicht zu. Also teile ich Tanja mit, dass wir heute Nacht in der Wohnung bleiben.

Das Schlafzimmer ist sauber, alles frisch bezogen, und für das, was ich vorhabe, bestens ausgestattet. Ich binde Amber und Jacqueline aneinander, Handmanschetten an

Fußmanschetten, Caro gebiete ich, sich auf das Bett zu legen, wo ich sie, auf dem Bauch liegend, mit gespreizten Armen und Beinen fixiere. Amber und Jacqueline dürfen vor dem Bett auf dem Teppich schlafen.

Niemand redet viel, vielleicht sagt jemand »gute Nacht«, ich weiß es nicht. Ich drehe mich auf die Seite, höre dem Atmen meiner drei Grazien zu, eine von ihnen schläft bereits und schnarcht leise, dann schlafe ich auch ein.

In der Nacht wache ich auf, nehme Caro von hinten, rolle mich von ihr ab und schlafe weiter.

Kapitel 6

DIENSTAG

»Darf ich sprechen?«, fragt eine leise Stimme hinter mir. Es ist Caro. Wir sind wieder im Chateau; es war eine schweigsame Fahrt, die drei Frauen sagten keinen Ton, nur ihre Augen sprachen miteinander. Ich fuhr selbst, den Mercedes; den Rolls ließ ich im Club. Mir war auch nicht nach Reden zumute.

Sobald wir angekommen waren, verschwand Jacqueline auf direktem Weg in die Küche. Sie lief immer noch vorsichtig. Kein Wunder, dachte ich verbittert. Amber verschwand ohne einen Blick und Ton irgendwohin, während Caro mir wie ein Schatten folgte.

Ich bin dabei, ein spätes Frühstück einzunehmen, die Croissants sind frisch und genau so, wie ich es will. Der Kaffee ist perfekt. Caro kniet links hinter und neben mir auf dem Boden, Rücken gerade, Hände auf den Knien. Sie trägt Netzstrümpfe, High Heels und Manschetten, sonst nichts, es ist kühl hier drin, ich fand, frische Luft sei gut, deshalb strömt kalte Winterluft in dieses Zimmer. Caro zittert leicht; Gänsehaut weht über ihren Körper.

»Ja«, sage ich, ohne von meinem Kaffee aufzusehen.

»Was ist los, Marcus? Was ist gestern passiert?«, fragt sie leise. Ich drehe mich nach links, greife in ihr rabenschwarzes Haar und ziehe sie halb hoch, halte mit ihrem Haar ihren Kopf so, dass ihr Gesicht offen vor mir liegt. Ihre Haut spannt, so fest halte ich sie.

»Wieso? Was soll passiert sein? Ist irgendetwas geschehen, was ihr nicht wolltet?«, frage ich, und meine Stimme überrascht mich selbst. Ihre Hände heben sich, als wolle sie sich an meinem Arm festhalten; sie sinken wieder, ihr Gewicht liegt zum größten Teil in ihren Haaren. Ich merke, wie das eine oder andere nachgibt und ausreißt. Tränen tauchen in ihren Augenwinkeln auf.

Ich lasse sie los, stoße sie nach hinten, sie verliert das Gleichgewicht und fällt zur Seite.

»Du willst wissen, was los ist?«, frage ich und stehe auf, rage nun mit meinen zwei Metern über meiner Caro auf, die noch nie so zierlich und zerbrechlich aussah wie jetzt. Ich wiege mehr als doppelt so viel wie sie und muss bedrohlich auf sie wirken. Aber einschüchtern ließ sich Caro noch nie.

»Ja«, sagt sie. Ihre Stimme wird fester. »Ich will wissen, was los ist. Was ist mit dir geschehen, Marcus?«

»Steh auf, Caroline«, sage ich und setze mich wieder, stütze den Kopf auf die Hände. »Setz dich«, sage ich zu ihr, meine Stimme klingt müde.

Sie steht auf und setzt sich, sieht mich aufmerksam an. In ihren Augen lese ich zum ersten Mal seit Jahren Unsicherheit.

»Was ist, Marcus?« Sie streckt über den Tisch ihre Hand nach mir aus, ihre Manschette schabt über die Tischoberfläche, ich ziehe meine Hand zurück, in ihren Augen sehe ich, dass ich sie verletzt habe. Ich kann sie auspeitschen, aber verletzen kann ich sie nur, wenn ich mich ihr verwehre. Im Augenblick ist dies eine bittere Erkenntnis.

»Hast du dir nie Gedanken gemacht?«, frage ich sie und bin überrascht, wie deutlich man die Bitterkeit in meiner Stimme hören kann. »Ob das, was wir hier tun, richtig ist?«

Sie legt den Kopf zur Seite, wie es ihre Art ist, wenn sie über etwas nachdenkt.

»Nein«, sagt sie dann. »Ich dachte, wir leben, wie wir wollen.«

»Ja, so sieht es aus, nicht?« Ich mache eine Handbewegung. »All dies ist klasse, nicht wahr? Wir haben Millionen von Euro auf dem Konto, ein wunderschönes Heim – das rein zufällig an den Wochenenden nicht unser Heim ist, sondern ein Luxusbordell, in dem die Perversen Wiens sich versammeln –, ein paar Häuser in der Stadt, vier Autos und einen Club, in dem ich gestern jede Frau, die ich liebe, von Fremden habe vögeln lassen.«

»Aber Marcus ...«

»Und ja, es hat mich verflucht geil gemacht.« Ich schreie sie an, ich merke es, aber ich kann nichts dagegen tun.

»Ich habe zugesehen, wie dir Heinz mit seinem Dreißig-Zentimeter-Schwanz die Seele aus dem Arsch gevögelt hat, wie du ganz weit weggeflogen bist, ich habe gesehen, wie mehrere Dutzend Leute Jacqueline und Amber gevögelt haben und Jacqueline anschließend versteigert wurde, nicht zum ersten Mal, nur war es sonst Amber ... und sie so geschlagen wurde, dass sie kaum laufen kann. Und Amber ... Amber!« Ich schreie nun wirklich, es ist, als ob ein Damm bräche. »Hier, Caroline, hier in diesem Haus wurde sie, als sie dreizehn oder vierzehn war, an ihrem Haar an einem der Balken im Saal hochgezogen, in Stacheldraht gewickelt und ausgepeitscht, und zwar so, dass das Blut von den Stacheln, die durch die Hiebe in ihr Fleisch geschlagen wurden, an ihr nur so runterlief! Ich habe sie mir gestern angesehen, als ich sie dort unten festgebunden habe, man sieht es kaum, aber es sind überall weiße Pünktchen und Linien in ihrer Haut ... Hunderte von Narben, Caroline, Hunderte, sie fallen nur nicht auf, weil sie so gleichmäßig sind und ihre Haut selbst so weiß ist! Sie stand dem Masomörder Modell! Das, was man ihr antat, tut nun ein anderer Irrer anderen jungen Mädchen an!«

»Aber ...«

»Das ist nicht alles! Alle diese toten Mädchen waren in unserem Club, in *meinem* Club! Und der Mörder fand sie dort! Unser ganzes Geld, unser Luxus, ist vom Schmerz von Amber, Jacqueline und den anderen Mädchen bezahlt worden, die hier gefangen waren, Kinder, gefangen und für Geld missbraucht, hier bei uns in Österreich, und es ist keine neun Jahre her! Keiner hat es gewusst, die, die es wussten, haben sie benutzt wie Wegwerfartikel ... Kinder, die von zu Hause weggelaufen sind und meinem Onkel in die Hände fielen, die dachten, er *liebe* sie!«

»Marcus ...«, fängt Caroline an, doch ich lasse sie nicht ausreden.

»Du willst wissen, was los ist? Ich ekle mich gerade vor mir selbst! Wo bin ich denn besser als mein Onkel, kannst du mir das erklären? Ich tue doch genau dasselbe wie er!«

»Das ist nicht wahr«, sagt Amber leise.

»Und wieso nicht? Ich hab dich doch auch vögeln lassen!«

»Aber ...«, meint Amber, doch sie kommt nicht weit.

»Schrei hier nicht herum, sondern höre zu.« Die ruhige Stimme stammt von Jacqueline, die hinter mir den Raum betritt. Es ist heute ein Tag für Überraschungen, denn in ihrer Stimme liegt Stahl. Sie kommt herein, ihr frisch gestärkter Rock knistert, als sie sich bückt und die Scherben einsammelt. »Irgendjemand soll das Fenster zumachen«, sagt sie. »Es ist kalt hier.« Ich bin nicht der Einzige, der sie überrascht ansieht, als sie sich aufrichtet und uns der Reihe nach mit einem Blick fixiert.

»Ihr benehmt euch wie Kinder. Und wenn niemand von euch sieht, was hier kaputtgehen kann, dann muss ich es euch wohl sagen. Setzt euch, alle. Ich bringe neuen Kaffee.« Damit dreht sie sich um und geht, schließt leise die Tür zur Küche hinter sich. Caro und Amber tauschen einen Blick, ich schließe das Fenster. Als ich mich setze, schaue ich zu Amber und Caro hinüber und dann wie die beiden zur Tür, wo Jacqueline kurz darauf erscheint. Sie trägt ein Tablett mit vier Tassen und einer Kanne.

Sie bewegt sich wie sonst auch, vielleicht ein wenig langsamer – es ist die gleiche Jacqueline wie immer, nur ihr Blick ist anders, irgendwie gleichzeitig müde und amüsiert.

Sie stellt die Tassen vor uns hin, schenkt Kaffee ein, gibt mir zwei Stück Zucker und Amber eines, schenkt dann mir, Caro und sich Milch nach. Anschließend setzt sie sich, nimmt ihre Kaffeetasse und bricht damit den Bann, den sie irgendwie um uns alle gelegt hat, sie, die in unserer kleinen Hierarchie oft scheinbar die niedrigste Position einnimmt.

»Lernt man kochen, dann lernt man, wie die winzigste Variation von Gewürzen oder Zutaten ein ganzes Essen verändern kann, den Geschmack verfälscht, das Essen vielleicht sogar ungenießbar macht. Man lernt, auf die Details zu achten. Da ihr mich zum größten Teil ignoriert, habe ich auch die Gelegenheit, euch zu beobachten«, sagt sie dann und blickt uns wieder alle drei an. Es klingt kein Vorwurf in ihren Worten mit, es ist eine Feststellung.

»Ich mache es so kurz wie möglich, ich stelle Fragen, ihr beantwortet sie so ehrlich, wie ihr nur könnt, so als ob euer Leben davon abhinge und eure Seele auch.«

Wir blicken zu ihr, warten, sie wartet auch Ich nicke langsam, Amber und Caro tun es mir nach.

Jacqueline sieht mich an. »Gibt es in diesen Raum jemanden, den du nicht liebst?«, fragt sie; ihre Augen zeigen, welche Antwort sie erwartet. Es ist nicht die, die ich ihr gebe.

»Ja«, sage ich.

Sie schluckt. »Wen?«

»Mich«, antworte ich. Caro will etwas sagen, aber Jacqueline hält die Hand hoch, während sie mich durchdringend mustert. »Warte mal, Caro«, sagt sie. »Ich glaube, ich habe selbst etwas übersehen. Ich komme darauf zurück. Was ist mit Amber, Marcus? Liebst du sie?«

Ich seufze.

»Ich liebe euch alle. Es ist mir gestern erst so richtig bewusst geworden. Ich ...« Sie hebt die Hand wieder, ich stocke erneut.

»Langsam, nacheinander. Erst will ich ein paar Punkte klären.« Ich weiß nicht, wie sie es macht, aber sie bringt mich dazu, den Rest meines Satzes hinunterzuschlucken. Vielleicht sind es ihre Augen, ihr Blick, ihr Gesichtsausdruck, sie macht mir, uns klar, dass dies unglaublich wichtig ist, ein wahrhaftiger Scheidepunkt in unserem Leben.

»Liebst du Caro und ... mich?«, fragt sie.

Ich nicke, will etwas sagen. Sie schüttelt den Kopf. Ich bin still.

»Ich liebe ihn. Wie sieht's mit euch aus?«, fragt sie die beiden anderen. Caro nickt langsam, Amber auch.

»Ja«, sagt Amber plötzlich und deutlich. »Ich liebe ihn. Im Moment könnte ich ihn allerdings umbringen, den großen Idioten.«

»Könntest du nicht«, erwidert Jacqueline. »Er würde sich wahrscheinlich wehren«, fügt sie trocken hinzu. Amber lacht leise und nickt, es löst die Spannung und den Bann, den Jacqueline um uns gewoben hat.

»Worauf willst du hinaus?«, frage ich.

»Ganz hart gesagt, Marcus: Wenn Amber denn tatsächlich eine Hure wäre, wenn das die Art wäre, wie sie ihren Lebensunterhalt verdient, würdest du sie dann auch lieben?«

»Natürlich«, sage ich, aber ich höre mich nicht so überzeugend an. Es wäre etwas anderes, ich will nicht darüber nachdenken.

»Aber du hättest keinen Respekt vor ihr. Und die Liebe würde gehen, nicht wahr?«, fragt Jacqueline leise. »Hältst du sie für eine Hure?«

»Nein«, sage ich und schüttele entschieden den Kopf. »Nein, wirklich nicht.« Ich sehe zu Amber. »Es ist die Wahrheit, ich dachte das nie.«

»Aber du dachtest, dass ich nymphoman bin«, sagt Amber leise.

»Das sagst du doch selbst von dir«, antworte ich überrascht.

Amber stockt, schaut mich aus Augen an, die wieder weich geworden sind. »Ja. Aber es war ein Scherz. Ich mache Witze darüber, weil es mich verletzt.«

Ich bin verwirrt. Amber ist doch diejenige ...

»Es ist so«, erklärt Jacqueline, »Amber und ich lieben dich. Aber du bist mit Caro verheiratet und verbringst die meiste Zeit mit ihr. Amber ist aggressiver als ich, deshalb macht sie dich immer mal wieder auf sich aufmerksam. Ich habe dazu nicht den Mut. Also hast du mich fast vollständig ignoriert.«

»Ich ...«

»Moment«, sagt sie. »Ich bin noch nicht fertig. Ich habe noch ein paar Fragen. Macht es dich geil, wenn du siehst, wie andere uns benutzen?«

Ich zögere. »Ja, aber ...«

»Gestern. Ich habe mitgezählt«, sagt Jacqueline. »Ich

habe vierunddreißig Schwänze geblasen, wurde dreimal gevögelt, und einer nahm sich meinen Hintern. Anschließend wurde ich so hart geschlagen, dass ich jeden Schlag noch lange spüren werde. Wie hört sich das an für dich, erregt es dich?«

»Ich ... ja, auch ... nein. Ja, verdammt!« Ich hole tief Luft. »Aber es tut mir leid!«

»Das Letzte, was ich von dir will, Marcus, ist eine Entschuldigung dafür.« Ihre Stimme klingt gepresst.

»Mir tut es nämlich nicht leid. Ich bin stolz darauf. Verdammt stolz. Und wenn ich zulasse, dass du mir diesen Stolz nimmst, dann erst machst du mich zu einer Hure, denn in dem Fall hätte ich es nicht deshalb getan, weil das meine Art ist, dir meine Liebe zu geben, sondern damit der Umsatz im *Dominion* brummt. Erst dann, Marcus, ist das Geld in deinen Taschen dreckig.«

Sie fährt sich über das Haar, zieht sich ihre Schürze gerade und kommt zu mir, sieht mir tief in die Augen. Ich kann gar nicht wegblicken, selbst wenn ich es wollte.

»Weißt du, Marcus«, fährt sie leise fort, »Wenn ich wüsste, ich könnte so deine Liebe bekommen, dann würde ich für dich auf den Strich gehen. Doch ich würde sie verlieren, nicht wahr? Aber wenn du sagst, du liebst mich nicht, ich soll mich dennoch für dich verkaufen, dann würde ich es tun. Nicht, weil ich denke, damit deine Liebe zu erlangen, sondern weil ich dich liebe. Weil Liebe gibt und nicht nimmt.«

»Jacqueline ...«

»Gestern hat dich Amber leer gesaugt, nicht wahr? Oral vergewaltigt.« Sie lächelt leicht. »Dennoch hast du mich noch genommen, vorne am Eingang. Die Ladung war groß genug, dass ich sie kaum schlucken konnte.« Sie leckt sich über die Lippen und grinst. »Dann kam Heinz und hat Caro ...«

»Den Hintern aufgerissen«, sagt Caro. Die drei haben eben einen Blick getauscht und grinsen wie Katzen, die gemeinsam eine Maus in die Enge getrieben haben. Sie sind alle auf der gleichen Wellenlänge. Und ich bin die Maus.

»Den Hintern so weit aufgerissen, dass ich heute Nacht gar keine Probleme hatte ... außer, dass es säuisch wehtat«, fügt Caro hinzu und wirft mir einen Blick zu, den ich leicht deuten kann. Auf der einen Seite bin ich mir sicher, dass es sie gekickt hat, einfach so genommen zu werden, auf der anderen Seite war sie aber auch nicht glücklich darüber, dass ich sie in ihren Fesseln liegen ließ und weiterschlief.

»Mir hast du es dann grad auch noch mal besorgt«, grinst Amber. »Und wie.«

»Was wollt ihr mir damit sagen?«, frage ich, denn ich weiß noch immer nicht, worauf sie hinauswollen.

»Du hast es gestern Abend so geil gefunden, dass du viermal gekommen bist. Das ist wie lange her, Mädels?«, fragt Caro.

»Ich kann mich gar nicht erinnern, ob er es schon mal geschafft hat«, sagt Amber mit einem Funkeln in den Augen.

»Also warst du geil wie Nachbars Lumpi«, sagt Jacqueline abschließend.

»Ja, verdammt, das war ich«, gebe ich zurück. »Aber es ist ...«

»Nicht richtig«, unterbricht mich Jacqueline. »Man tut das nicht. Und du warst eifersüchtig.«

»Ja, das auch. Ich ...«

»Du hast ein schlechtes Gewissen!«, bricht es aus Caro heraus. »Ich glaub das nicht, du Idiot hast ein schlechtes Gewissen!«

Ich lehne mich zurück, verschränke die Arme, es soll Autorität beweisen, aber jetzt ist es mehr Abwehr.

»Das glaub ich nicht«, sagt Amber. »Warum sollte er ein schlechtes Gewissen haben?« Die Frage richtet sich an Jacqueline.

»Ganz einfach. Weil er auf uns aufpassen will. Weil er Angst hat, uns so zu sehen. Weil er eine Sache nicht versteht.«

»Was verstehe ich nicht?«, frage ich.

»Es ist ganz einfach. Es geht um Liebe. Liebe trägt sich mit der Liebe des anderen. Wenn du das mit uns tust, dann fühlt eine jede von uns, dass du unserer Liebe so vertraust, dass du diese Dinge machen kannst und nicht befürchtest, du würdest unsere Liebe verlieren.«

»Aber genau das befürchte ich manchmal!«

»Warum?«, fragt Caro, überrascht, dann öffnet sich ihr Mund, und sie schaut mich an. »Oh«, sagt sie leise.

»Ja, oh«, sagt Jacqueline grinsend. »Unser großer Dom hier ist ein Fake. Eine Fälschung, ein Schwindler, ein Stino, der sich getarnt in unsere Reihen eingeschlichen hat. Warum, Marcus, tust du diese Dinge mit uns, wenn sie dir ein schlechtes Gewissen bereiten? Weil sie dich erregen?«

Ich zögere. »Ja, auch. Aber nicht nur.«

»Es ist nicht einmal der Hauptgrund, nicht wahr?«, sagt Amber plötzlich.

»Du tust es für uns, weil du denkst, wir brauchen es, damit wir dich lieben«, folgert Jacqueline.

»Und dann hast du ein schlechtes Gewissen«, fügt Amber hinzu. Sie sieht mich an und rollt die Augen. »Oh, du Idiot.« Ihr Blick wandert zu Jacqueline. »Lass mich es ihm klarmachen.«

Jacqueline zuckt die Schultern, macht eine Geste, die besagt: »Sei mein Gast.«

»Pass auf, du großer dummer Idiot«, sagt Amber und lächelt. »Ich rede jetzt nur mal von mir. Ich brauche diese Liebe von dir. Sie hält mich, und ich liebe dich, das hält mich auch. Mir ist das schon seit Langem klar. Ich würde dir gern meine Liebe auf jede denkbare Art zeigen, aber am liebsten, indem ich dich ganz tief in mir spüre, dich in jeden Winkel meiner Seele lasse. Dich in mir habe.« Sie zuckt die Schultern. »Weiblicher Instinkt, keine Ahnung. Tatsache aber ist, dass das nicht geht. So lange stehst nicht mal du.«

»Das ist irrelevant«, sagt Caro. »Verwirr ihn nicht.«

Ich sehe von ihr zu Amber, zu spät, ich habe das Gefühl, dass ich nicht ganz folgen kann.

»Es ist ganz einfach«, erklärt Amber. »Liebe ist geben. Wenn ich mich dir so gebe, mich von anderen benutzen lasse, zeige ich dir damit meine Hingabe an dich. Nicht irgendwelche anderen haben mich gestern so ›zugerichtet‹, für mich warst du es, dein Wille. Also gab ich mich dir. Sonst niemandem.«

Ich blinzele. »Das verstehe ich ja auch, aber ...«

»Du verstehst es nicht«, sagt Caro leise, doch bestimmt. »Ich sehe, dass du es nicht verstehst. Noch mal. Wir lieben dich ...«

»Und ich weiß nicht, warum!«, fährt es aus mir heraus.

Jacqueline lacht, Amber und Caro fallen ein.

»Marcus«, sagt Amber dann. »Ich habe es dir gestern schon gesagt. Du verurteilst nicht. Du erlaubst uns, die Liebe zu zeigen, indem du diese Dinge von uns verlangst.« Sie sieht Caro an und grinst. »Du verbringst die meiste Zeit mit ihr, da bin ich froh, wenn ich etwas tun kann. Und manchmal«, grinst sie, »bin ich halt ein ganz klein wenig ungeduldig!«

»Fordernd, meinst du wohl«, sagt Caro kühl, und Amber duckt sich etwas, doch das Funkeln in ihren Augen sagt mir, dass sie es beide nicht ernst meinen.

»Eines noch«, sagt nun Caro zu mir. »Du scheinst zu glauben, dass es nur so ist, weil Amber und Jacqueline eine solche Kindheit hatten. Dem ist nicht so. Ich wurde nie geschlagen, nie missbraucht, und trotzdem bin ich, wie ich bin! Es gibt eine ganz einfache Erklärung: Wenn ich zu dir sage, mach mit mir, was du willst, dann gebe ich dir eben alles und halte nichts zurück. Dies zu können, darauf vertrauen zu können, dass du damit richtig umgehst, das erlaubt die Hingabe und das Gefühl, sich so geben zu können, vollständig vertrauen zu können. Und das ist mit nichts in der Welt zu vergleichen!« Sie wirft den beiden anderen einen Blick zu. »Deshalb kann ich auch mit Amber und Jacqueline teilen, weil ich dir eben vertraue. Es war schwer am Anfang, schwerer, als du denkst, aber inzwischen bin ich froh drum, denn ich liebe die beiden auch!« Jetzt halten mich ihre Augen. »So, nun weißt du, warum wir dich lieben. Aber warum liebst du uns?«

Ich glaube, mich trifft der Schlag. Es ist ja nicht so, als ob ich diese ganzen Dinge nicht schon gewusst hätte, es fügte sich nur nicht so recht aneinander. Natürlich liebe ich sie auch aus anderen Gründen ... auch wenn ich bis gestern, aus Angst, Caro zu verletzen, nicht zugegeben hätte, wie sehr ich Amber und Jacqueline liebe. Aber ich liebe sie auch deshalb, weil sie so viel geben. Ich muss es nicht sagen, sie sehen wohl die Erkenntnis in meinem Gesicht.

»Fall geschlossen, Sitzung beendet«, sagt Jacqueline und steht auf. »Lass dir etwas einfallen«, meint sie dann mit einem schelmischen Grinsen, gibt mir einen keuschen Kuss auf die Wange und geht. Auch Amber und Caro geben mir jeweils einen Kuss, Amber natürlich mit Zunge und vollem Körpereinsatz, dann lassen sie mich allein.

Ich sehe auf den Kaffee hinunter, die Tasse ist voll und der Kaffee kalt.

Meine Güte. Ich komme mir vor, als wäre ein Zug über mich drübergerattert, als hätte Moses mir die dritte Tafel mit den nächsten fünf Geboten übers Hirn gebraten.

Amber liebt mich.

Caro liebt mich.

Jacqueline liebt mich.

Ich liebe sie.

Und ich soll nicht daran zweifeln.

Wenn es einen Gott gibt, dann hört er, wie ich »danke« sage. Dann ziehe ich einen Mantel an und gehe nach draußen, ums Haus herum, wo eine kleine Hütte steht, in der die Gartengeräte lagern. Dort, sauber aufgereiht, mit Sicherheit war es Jacqueline, die den Inhalt des Schuppens so sorgfältig ordnete, befinden sich drei Paar gelbe Gummistiefel. Nicht die sexy Variante, sondern die für Gartenbau und Viehzucht ... Ich grinse, als ich sie einsammele. Der Schuppen ist kalt, nicht geheizt, die Stiefel selbst haben also Außentemperatur, ich schätze, es ist zwei bis drei Grad minus.

Wir haben natürlich auch Zigaretten für unsere Gäste am Lager, ich nehme mir eine Schachtel und ein Feuerzeug, das einmal meinem Onkel gehörte, und gehe meine drei Grazien suchen, sammele sie ein und führe sie zu der großen Halle. Hinter den französischen Türen mit den Eisblumen an den Fenstern kann ich die Einfahrt sehen und den Amor, diese Brunnenfigur, die mich schon immer nervte.

Alle drei werfen mir leicht beunruhigte Blicke zu. Mir und den drei Paar Gummistiefeln, die hier vor der Tür stehen. Und sie sehen mein grinsendes Gesicht, als ich einen Rauchring gegen die Decke blase.

»Ich finde diesen Amor scheiße«, sage ich zu ihnen und grinse. »Ich habe euch Gummistiefel hingestellt, damit ihr richtig gekleidet seid, wenn ihr mir den Amor zum Schuppen bringt.«

Caro schaut durch die Tür hinaus, auf den Brunnen, auf den Schnee und das Eis davor.

»Gekleidet?«, fragt Jacqueline zweifelnd. »In Gummistiefeln?«

Ich nicke langsam. Ganz langsam.

Amber seufzt und öffnet ihren Morgenmantel. »Daran bist du schuld«, sagt sie und schaut Jacqueline scheinbar vorwurfsvoll an. »Du hast gesagt, er soll sich etwas einfallen lassen.«

Ich bin froh, dass es sie auf andere Gedanken bringt, und auch mir entlockt es ein Lächeln, als ich sie durch den Schnee rennen sehe. Aber viel habe ich nicht davon, ich wünschte, es wäre anders, doch zu sehr kreisen meine Gedanken um den Fall.

Ich bin nicht in meinem Büro, ich verwende ein Funktelefon, um ein wichtiges Telefonat zu führen. Von meinem Büro aus hätte ich keinen Blick auf meine drei Grazien, könnte nicht sehen, wie sie mit vereinten Kräften den Amor auf einen Schubkarren wuchten, ihre nackte Haut seltsam richtig vor dem Hintergrund des Schnees. Ich weiß, dass sie frieren, und ich habe den Sekundenzeiger meiner Uhr aktiviert. Ich gebe ihnen noch zwei Minuten, bevor ich sie zurückrufen werde. Schon bevor ich ihnen die Gummistiefel hinstellte, war ich im Schwimmbad und habe den Thermostat hochgedreht; das Wasser ist natürlich nicht viel wärmer geworden, aber im Vergleich zu draußen ist es warm. Dort werde ich meine drei Grazien erwarten, wenn dieser Anruf beendet ist. Es geht um Sergei, genauer gesagt, darum, dass ich meinen Teil erledige, dafür sorge, dass Petrov geschnappt wird.

»Du willst also, dass ich in Wien anrufe und diesem Friedrich Hansen den Tipp gebe«, sagt die amüsierte Stimme am anderen Ende der Leitung. »Und was bekomme ich dafür?«, fragt er dann.

»Eine Einladung hierher.«

»Das ist doch ein Angebot. Ich denke, du lebst um einiges besser als früher in der Zwei-Zimmer-Wohnung. Ist der Kühlschrank jetzt voll?«

Ich erinnere mich an die unterbrochene Vorbereitung des Mittagessens, Jacqueline musste alles stehen und liegen lassen. »Ich glaube schon«, sage ich und lache.

»Ich rufe jetzt gleich an«, sagt Christian. Er ist einer meiner ältesten Freunde, früher war er bei Interpol, jetzt hat er einen lukrativen Job bei einer Schweizer Bank. Was er da tut, weiß ich nicht genau, aber er steht nicht hinter einem Schalter und pflegt noch immer seine Verbindungen. Ich höre das Lachen auch in seiner Stimme. »Gut, wir kommen am nächsten Wochenende.«

»Wir?«

»Ich habe mittlerweile geheiratet«, sagt er und lacht jetzt laut. »Du wirst sie kennenlernen. Das heißt, wenn wir einen Babysitter bekommen.«

»Babysitter? Christian, du überraschst mich.«

»Es ist überraschend, dass du keine Kinder hast«, sagt er. »Aber wenn das klappen soll, muss ich gleich anrufen. Wir sehen uns. Ciao.«

»Ciao«, sage ich.

Ich lache auch, als ich sehe, wie meine drei über den Schnee auf das Schwimmbad zurennen. Das hintere Drittel des Dachs ist zurückgerollt, öffnet nun das Schwimmbad dem Winter um uns herum, aber das Wasser dampft, ich selbst sitze, vollständig angezogen, auf einem Korbstuhl neben dem Beckenrand und tue gelangweilt ... Caro ist mit ihren langen Beinen die Erste, die den Beckenrand erreicht und kopfüber hineinspringt, Amber und Jacqueline sind ihr dicht auf den Fersen, und als sie auftauchen, prusten und lachen, die schwimmenden Gummistiefel auf den Beckenrand werfen, ist es so, als wäre die Welt plötzlich wieder, vielleicht zum ersten Mal, vollständig in Ordnung.

Es dauert nicht lange, dann werde ich daran erinnert, dass sie es nicht ist. Es klingelt an der Tür; für einen Moment frage ich mich, wer das sein kann, dann fällt es mir wieder ein. Melanie. Sie hat es gestern nicht mehr in den Club geschafft; mit all dem, was geschehen ist, hatte ich es total vergessen, bis ich heute Morgen den Anrufbeantworter im *Dominion* abhörte.

Amber trägt die Uniform eines Dienstmädchens, als sie die Tür öffnet und Melanie hereinlässt. Auch Melanie arbeitete im Chateau, bis mein Onkel starb, aber sie war bereits achtzehn und freiwillig hier, obwohl auch sie durchgebrannt war; sie hatte sich mit kleineren Eigentumsdelikten über Wasser gehalten und bat meinen Onkel darum, bei ihm arbeiten zu dürfen, weil sie eben nicht auf der Straße stehen wollte. Sie war mit Amber und Jacqueline befreundet, und jetzt arbeitet sie für mich, kümmert sich um die Sicherheitsbelange des *Dominions*. Es war eine Überraschung für Amber und Jacqueline, zu erfahren, dass Mel wirklich keinerlei Interesse an den Spielarten des Chateaus hatte und alles, was die Kunden meines Onkels von ihr verlangten, nur wegen des Geldes tat. Aber Mel versteht wenigstens, was wir hier tun, eine Notwendigkeit, wenn man bedenkt, dass Sicherheit einen anderen Aspekt bekommt, wenn die Kunden eines Bordells Sadisten sind.

Mel ist eine attraktive Frau, groß, vielleicht jetzt etwas fülliger als vor zehn Jahren, als sie zu meinem Onkel kam, aber sie hat einen gewissen spröden Charme. Ihre Augen sind selten warm, oft sind sie neutral bis kühl, manchmal sogar kalt. Sie hält sich in ihren Urteilen zurück, aber ihre Meinung, hat sie diese einmal gebildet, ist schwer zu ändern. Ich mag sie, sie ist loyal zu ihren Freunden, und auch wenn sie die Zeit im Chateau abgestreift hat wie einen ungeliebten Mantel, versteht sie sich immer noch gut mit Amber und Jacqueline, für die sie damals so etwas wie eine große Schwester war.

Amber und Mel sind es, die unser Sicherheitssystem entwickelt haben, aber Kameras sind nicht Mels einziges Aufgabengebiet. Sie sucht die Leute aus, die im Club als Sicherheitspersonal arbeiten, führt die Personenüberprüfungen durch und durchleuchtet auch mal ein paar Gäste für mich, die mir suspekt vorkommen.

In den letzten acht Jahren hat sich Mel am meisten verändert. Als ich sie hier fand, waren ihre Haare lang, und sie war verschlossen und misstrauisch, fast nicht zu erreichen, so sehr zog sie sich in sich zurück. Nur Amber und Jacqueline konnten sie berühren. Als sie das Chateau verließ, kümmerte sich ein guter Anwalt um ihre Delikte, und ein wenig Geld gab ihr die Unabhängigkeit, die sie suchte, und erlaubte ihr zu studieren.

Seither verbringt sie fast jeden Tag in einem Dojo. Auch

Amber, Jacqueline und Caro trainieren dort mindestens einmal die Woche. Mittlerweile ist Mel Landesmeisterin in Taekwondo und besitzt einen Waffenschein. Sie ist auch meistens bewaffnet, eine kleine Walther-Pistole, die sie an ihrem kurzen Rücken versteckt hält.

Da sie das Spiel kennt, nickt sie Amber hoheitsvoll zu, als diese ihr aus dem Mantel hilft, und begibt sich mit mir zum Wintergarten, wo ich es mir bequem gemacht habe. Sie setzt sich und lächelt dankbar, als Amber ihr einen Kaffee bringt. Caro, ebenfalls im Kostüm eines Dienstmädchens, kniet sich neben mir nieder, sie ist meine Geschäftsführerin, sie wird es sein, die sich mit dem, was Melanie dabeihat, am meisten auseinandersetzen muss. Aber im Augenblick dient sie mir, indem sie neben mir kniet und zuhört.

»Um es kurz zu machen«, sagt Melanie, als sie ihren braunen Aktenkoffer öffnet, »der Artikel kam raus. Hier.«

Sie legt mir die Morgenausgabe des Blattes auf den Tisch. »Masomörder im *Dominion*«, schreit der Artikel. Er unterscheidet sich von dem, den mir Malowsky zeigte, im – noch schärferen – Ton. Es wird erwähnt, dass der stadtbekannte Bordellbesitzer versucht habe, die Stimme der Wahrheit und Demokratie in unserem Land mit heimtückischen Winkelzügen zu untergraben und das Erscheinen dieses Artikels mit Drohung und Erpressung zu verhindern.

»Na klasse«, sage ich. »Was ist passiert?«

»Nichts«, sagt sie. »Ich stellte einen Antrag, er wurde bewilligt, ich ging zu dem Blatt, sprach mit dem Chefredakteur, zeigte ihm die Verfügung, er telefonierte und sprach mit dem Prokuristen. Dann wurde ich freundlich darüber informiert, dass ich nun klagen könne, und wurde hinausgebeten. Die Geldstrafe, die durch den Bruch der einstweiligen Verfügung auf sie zukommt, so versicherte man mir, wolle man so lange wie möglich gerichtlich bekämpfen und dann bezahlen. Man dankte mir sogar für meinen Besuch, sagte mir, er werde im Artikel vermerkt. Das wurde er auch«, sagt sie und rollt die Augen. »Mann, Marcus, das sind echte Arschlöcher.«

Die Macht der Presse, dasselbe Blatt hatte sich damals meiner angenommen und den Skandal am Leben erhalten, bis ich suspendiert wurde. Auch da hatte ich schon versucht zu klagen, aber das Blatt berief sich darauf, dass es so aussah, als hätten sie Informationen, die darauf hinwiesen, dass ich mit meinem Onkel schon vorher unter einer Decke gesteckt hätte – und die Klage endete in einem lächerlichen Vergleich. Die Stellungnahme, die vom Gericht angeordnet wurde, fand sich auf Seite acht zwischen den Kleinanzeigen, direkt über der Werbung für das *Dominion*, die noch von früher dort lief.

Jetzt lese ich den Artikel ein zweites Mal, es ist klar zu erkennen, dass einer der Anwälte des Blattes hier Vorarbeit leistete. Der Artikel enthält nur wenige Tatsachen, alles andere sind Spekulationen. Es steht hier, dass das letzte Opfer, dessen Namen man aus Pietät nicht nennen wolle, sich in den Wochen vor ihrem Tod ständig im *Dominion* aufgehalten habe und dort auch auf der Bühne eine erotische Performance mit einer anderen Mitarbeiterin vorgeführt hätte, in der es um lesbische SM-Handlungen gegangen sei. Der ganze Ton implizierte, dass ich minderjährige Mädchen als Pornodarsteller beschäftigte und es mir doch zupasskäme, dass der Masomörder zugeschlagen hatte, bevor das Mädchen mich verklagen konnte. Es sei kein Wunder, dass so etwas geschehen wäre ...

»... schließlich ist es ja auch möglich, dass sich das gestörte Hirn des Masomörders die Anregung für seine kranke Tat aus Herrn Wolfs Club holte.«

Danke. Das habe ich gerade noch gebraucht. Scheiße. »Hier ist noch etwas«, sagt Melanie leise. Sie reicht mir ein amtlich aussehendes Schreiben.

Ich öffne es und lese, dass man im Auftrag des Elternpaars Schäfer Anzeige gegen mich erwirken wolle, da ich meiner Sorgfaltspflicht nicht nachgekommen sei und ein minderjähriges Mädchen dadurch gefährdet hätte, indem ich es in meinen Club einließ.

»Sie wollen auf Schadenersatz in Millionenhöhe klagen«, sagt Melanie. »Der Anwalt, der übrigens auch oft für die Zeitung arbeitet, nannte dein Vermögen ›Blutgeld‹, die Eltern hätten die moralische Pflicht, dich bis auf die Unterhose auszuziehen.«

Ich lasse das Schreiben sinken.

»Das ist immer noch nicht alles, Mel, nicht wahr?«, frage ich leise nach. Ihr Gesichtsausdruck ist mir zu neutral, zu kontrolliert.

»Du weißt ja, dass mein Vater sich und meine Mutter umbrachte, indem er mit dem Wagen vollständig betrunken in eine Laterne raste. Das war vor vier Jahren.«

Ich nicke.

»Aber meine Großmutter lebt noch. Heute Morgen ruft sie mich an und sagt mir, dass ein Herr von der Zeitung da gewesen sei und sie gefragt habe, wie es sich denn anfühle, wenn die Enkelin als Prostituierte arbeiten würde und sich für Geld sogar schlagen ließe. Sie hatte einen leichten Schlaganfall, als sie ihn rauswarf. Gott sei Dank war ein Freund von ihr da, sodass gerade noch rechtzeitig ein Arzt gerufen werden konnte. Das Erste, was sie tat, als sie wieder zu sich kam, war, mich anzurufen, um mich zu fragen, ob es stimme.« Sie lässt das Gesicht in die Hände sinken.

»In meiner verkorksten Familie ist meine Großmutter die einzige Person, die ich achte. Ich hatte ihr damals gesagt, dass ich einen Job gefunden hätte. Sie wusste nichts vom Chateau. Und auch nichts davon, warum ich von zu Hause abgehauen war. Jetzt aber konnte ich sie nicht anlügen, sie ist die Einzige, die ich noch habe. Also sagte ich ›ja‹. Und sie legte auf.«

Caro regt sich neben mir, ich nicke leicht.

»Bastarde«, sagt Caro. »Das sind ja richtige Schweine!«

»Das ist noch nicht alles. Meine Freundin ... wir leben zusammen. Wir lieben uns. Ein Reporter hat sie bei ihrem Arbeitgeber geoutet, als er ein Interview mit ihr haben wollte, vor ihren Kollegen und Kolleginnen. Er fragte sie, wie es sich anfühle, mit einer SM-Prostituierten ein gleichgeschlechtliches Verhältnis zu haben, und ob sie nicht Angst habe, ich könne auch an einem Kreuz enden. Susanne brach total zusammen, und ihr Boss hat sie erst einmal suspendiert. Alles heute Morgen zwischen sieben und zehn.«

»Wow«, sagt Caro. »Die wollen es wirklich wissen.« Sie sieht Mel an. »Ich wusste gar nicht, dass du bi bist!«

»Ich bin nicht bi, ich bin lesbisch. Kann mit Männern nichts anfangen.« Sie blickt zu mir. »'tschuldigung, ich mein's nicht böse, aber Männer sind für mich so erotisch wie eine Betonwand.«

Ich zucke die Schultern. »Das ist schon okay. Geht mir genauso.« Wenn ich gerade als der Chefperverse von Wien angeprangert werde, warum sollte ich dann böse sein, wenn Mel sagt, dass ich sie nicht antorne?

»Oh, da kenne ich schon eine Wand, die recht erotisch

ist«, sagt Amber und lächelt leicht, aber Mel geht nicht darauf ein, sie ist immer noch angepisst.

»Kein Wunder, dass denen niemand sonst einen Maulkorb anlegt«, sage ich. Ich bin frustriert und sauer, wütend wegen dem, was Mel passiert ist, aber auch beeindruckt, dieses Revolverblatt schießt wirklich sehr schnell – und dahin, wo es wehtut.

»Skrupel haben sie auf jeden Fall mal keine.«

»Die?«, meint Mel und schnaubt wie ein wütendes Pferd. »Die wissen nicht mal, wie das Wort geschrieben wird. Die sind voll auf Gegenangriff, ihre Anwälte und Reporter versuchen nun überall etwas zu finden, um uns anzuprangern oder anzuzeigen.«

»Das bringt mich auf die Frage, wieso sie überhaupt so schnell reagieren konnten«, wirft Caro ein. »Woher wussten die das alles?«

»Gref«, sage ich. Caro nickt, sie war ja dabei, als Malowsky es mir sagte, aber Mel erzähle ich die Geschichte noch mal.

»Kleiner Bastard. Also haben sie uns mehrfach überprüft?«, fragt Mel. Ich nicke.

»Und offensichtlich nichts gefunden«, fügt Caro mit Genugtuung hinzu.

»Nichts, was sie zur Anzeige brachten«, antworte ich ihr. »Damit, dass Christina bei uns ein und aus ging und noch minderjährig war, haben sie etwas. Nicht viel, aber etwas.«

Mein Handy klingelt, ich fische es aus der Tasche, gehe dran.

»Wolf.«

»Hi, Marcus, ich bin es, Tanja. Hast du eine Ahnung, wo Klaus ist?«

»Ich hoffe doch, bei dir.« Ich sehe auf die Uhr, es ist 14 Uhr, und Beckmann sollte im *Dominion* sein, um sich um die Warenanlieferung und Reinigung zu kümmern.

»Nein, ist er nicht. Deshalb rufe ich dich ja an.«

»Das reicht mir jetzt, diesmal ist er raus.« Ich bin schon wegen dieses Artikels sauer, dies ist nur der letzte Tropfen.

»Nein, warte«, sagt Tanja. »Er hinterließ eine Nachricht auf dem Anrufbeantworter. Er sagt, ihm wäre etwas eingefallen, das er überprüfen wolle, und du würdest sehen, dass er es nun ernst meint.«

»Ich hab den Anrufbeantworter heute Morgen abgehört. Da war nichts drauf«, sage ich.

»Es war auch meiner.« Sie macht eine Pause. »Ich glaub, er hat sich in mich verliebt.«

Wenn das so ist, dann ist Klaus mutiger, als ich dachte. Tanja ist, gelinde gesagt, nicht einfach.

»Gut, Tanja. Er soll sich bei mir melden, wenn er zurückkommt.«

»Okay, ich sag es ihm. Kommt ihr heute Abend in den Club?«

»Ja.«

»Gut, bis dann. Moment, Bruno lässt dir etwas ausrichten. Die Nummer des Taxis war 2776.«

»Danke. 2776? Ist das nicht einer von Karols Wagen?«

»Ich glaube, ja. Soll ich mich darum kümmern?«

»Nein«, sage ich. »Das mach ich selbst.

»Gut. Bis dann.«

Sie legt auf.

Melanie steht auf, schaut auf die Uhr. »Sorry, Leute, aber ich muss weg. Susanne ... ich muss versuchen, sie wieder aufzubauen. Ich halte euch auf dem Laufenden.«

Ich stehe auch auf. »Kann ich irgendwie helfen?«, frage ich sie.

Mel sieht mich an. »Wie?«

Ich zucke die Schultern. »Ich frage einfach nur.« Sie nickt langsam. »Wenn Susanne den Job nicht behalten kann, besorg ihr einen neuen.«

»Darum kümmere ich mich«, sagt Caro. »Sie soll mir ihre Bewerbungsunterlagen schicken.«

»Nicht hier«, meint Mel.

»Das meinte ich auch nicht«, antwortet Caro sanft.

Karol Wezlaw besitzt neunzehn Taxis, die rund um die Uhr für ihn fahren, und er hatte bisher immer Verwendung für die kleinen Gefälligkeiten, die ihm entstehen, wenn seine Wagen uns anfahren. Auch seine Fahrer waren selten unglücklich mit uns.

»Hallo, Karol«, sage ich, als jemand das Telefon abhebt. Vor mir auf dem Schreibtisch in meinem Büro liegt mein Telefonbuch, eine große Kladde, die ich schon seit über vierzehn Jahren führe. Es ist nicht sonderlich aktuell, besonders das erste Drittel des Buches trägt eine Menge veraltete Nummern in sich, die Telefonnummern von Spitzeln und Informanten, von Leuten, für die ich ein Auge zukniff, oder solchen, von denen ich wusste, dass sie mit jemandem ein Hühnchen zu rupfen hatten, und natürlich auch die Nummern derer, mit denen sie es rupfen wollten.

Aber die Nummer, die ich nun angerufen habe, gehört in das letzte Drittel des Buches. Für einen Club in der Stadt ist es unerlässlich, dass die Taxifahrer ihn nicht nur kennen, sondern auch bedienen.

»Hallo, Marcus«, höre ich Karol. Er ist Tscheche, und

man kann es in seiner Stimme erkennen, selbst wenn er nur »Hallo« sagt.

Ich kenne ihn noch aus der Zeit bei der Sitte. Er ging einmal dazwischen, als ein Freier beinahe eine Prostituierte ermordet hätte, und wurde dabei verletzt. Er ist ohne Zweifel ein Schlawiner, aber ein guter Kerl.

»Taxi 2776 ist doch eines von deinen, nicht wahr?«

»Willst du nicht einfach Guten Tag sagen?«, fragt er, und ich lächele. »Ich meine, vor allem, wenn du willst was von mir.«

»Guten Tag, Karol. Also ist es eines von deinen?«

»Ja.«

»Gut. Ich brauche die Adresse eines Fahrgasts.«

»Nein. Das kann ich nicht sagen dir. Ist verboten. Ist aber auch was, das du weißt. Aber du solltest trotzdem mal herkommen, ist nicht verkehrt.«

»Ich brauche ...«

»Marcus, du bist guter Freund. Komme her, wir trinken, feiern, sind fröhlich. Vielleicht du bringen Mädchen, ja? Aber ich darf nicht sagen, was Adresse ist.« Er lacht. »Komm am besten bald, ja?«

Ich lege auf und starre nachdenklich auf das Telefon. Endlich eine Spur. Am Anfang einer Ermittlung ist es immer so, dass man in alle Richtungen schaut, doch irgendwann findet sich dann etwas. Ich habe eine Ahnung, was Karols Schwächen so sind. Nur, wen nehme ich mit?

Mit dem Ärger wegen der Zeitung ist Caro im Moment ziemlich beschäftigt. Sie betreibt Krisenmanagement, kontaktiert Leute, Freunde und Bekannte. Amber dagegen ist frei. Ich winke sie heran und nehme ihre Hände in meine, sehe sie an.

»Amber, ich bin am Überlegen, etwas zu tun, das ich gestern nicht hätte tun können.«

Sie hebt fragend eine Augenbraue. »Ja?«

»Wenn ich dich benutze, um Informationen zu bekommen, nicht meiner Lust wegen, sondern …«

Sie legt mir einen Finger auf den Mund. »Du sollst nicht fragen.«

Ich nicke, halte ihre Hände noch kurz fest, bevor ich sie loslasse.

»Gut. Amber, es tut mir leid wegen heute Morgen, aber … ich möchte, dass du kniehohe Lacklederstiefel anziehst, den schwarzen Lackmantel, der bis knapp übers Knie geht, und sexy Dessous …«

Sie lächelt schelmisch. »Ich glaube, ich weiß, was du meinst.«

Ich halte sie fest, als sie sich abwenden will.

»Ich könnte auch eines der anderen Mädchen anrufen und sie bezahlen. Aber ich müsste zu viel erklären, und ich weiß nicht, ob ich ihnen vertrauen könnte.«

Sie lacht. »Komm du nur nicht wieder auf dumme Ideen.«

Als ich in den Hinterhof vom Taxiunternehmen Wezlaw einbiege, sehe ich nur zwei seiner Taxis da stehen, bei dem Wetter hat er offensichtlich Hochbetrieb. Vor knapp einer halben Stunde hat es wieder angefangen zu schneien, und so wie der Himmel aussieht, grau und bleiern, wird es auch noch einige Zeit so weitergehen.

Der Hinterhof ist rutschig; zwar ist unter dem Schneematsch hier und da ein Stück Asphalt zu sehen, aber es gibt auch eine Menge Schlamm. Das Grundstück ist von einer Mauer eingefasst; an der rechten Außenmauer steht ein großer Dieseltank, daneben ein bestimmt fünfzig Jahre alter

Bus, der langsam vor sich hin rostet. Zwei ältere Taxis, schon lange ausgemustert, stehen in einer Ecke. Die drei Tore zu seinen Garagen sind geschlossen, dahinter brennt Licht, durch die in die Rolltore eingelassenen Fenster sehe ich Bewegung.

Eine kleine Tür links neben dem ersten Rolltor öffnet sich, und Karol kommt heraus. Er trägt einen gelben, mit Öl verdreckten Overall und wischt sich die Hände an einem öligen Lappen ab, aber sein Gesicht verzieht sich zu einem Lächeln, als er sieht, wie ich Amber aus dem Wagen helfe und wir auf ihn zukommen.

Amber ist ON! Jeder Schritt von ihr, das bedächtige Wiegen ihrer Hüften, die Augen, die größer wirken als üblich, der leicht geöffnete, sinnlich glänzende Mund, die Haare, die sie lose wie einen Wasserfall auf ihrem Rücken trägt ... Auf dem Weg hierher bat sie mich, mir einen blasen zu dürfen, damit sie wirklich das ausstrahlt, was sie ausstrahlen will.

Sie durfte, aber sie hätte es nicht gebraucht. Doch mir hat es gefallen, auch wenn wir keine Zeit hatten, zum Ende zu kommen.

»Karol Wezlaw«, stelle ich ihn Amber vor. »Und dieses bezaubernde Geschöpf ist Amber.«

»Amber! Ich habe gehört von Ihnen, nur Gutes«, sagt Karol. »Kommt herein, kommt! Ist kalt da draußen.« Er öffnet uns die Tür und führt uns durch die Werkstatt in sein Büro. Zwei Mechaniker arbeiten an einem Taxi; als Amber an ihnen vorbeigeht, das Tick-Tick-Tick ihrer hohen Absätze wie ein Metronom in der Halle erschallt, sehen sie ihr mit glühenden Augen nach, einer pfeift ihr sogar hinterher.

»Willst du mir einen blasen, Süße? Komm her, Papa hat ein Rohr für dich.«

Uh, oh. Amber dreht sich langsam um, geht mit wiegenden Hüften auf den Mechaniker zu. Karol und ich bleiben vor der Tür seines Büros stehen, sehen ihr nach, ich zünde eine Zigarette an.

Bei Amber weiß man nie, woran man ist.

Sie bleibt vor ihm stehen und schaut zu ihm hoch, die Absätze helfen bei ihrer Größe nicht viel.

»Wirklich? Ein Rohr für mich? Traust du dich auch, es zu zeigen?«

Der Mann läuft puterrot an. »Aber sicher!«, sagt er dann, als er merkt, wie sein Kollege grinst.

»Dann zeig mal.«

»Das meinst du ernst?«, fragt der erste Mann.

»Meint sie das ernst?«, fragt Karol.

Ich zucke die Schultern. Es ist Amber. Alles ist möglich.

Er zögert noch, sie greift an seinen Schritt, zieht den Reißverschluss herunter, während sie vor ihm auf die Knie geht. Ein Griff, und der Mann steht im Freien.

»Süß«, sagt Amber. Sie nimmt ihn in ihre Hand, während das Gesicht des Mannes nur Erstaunen zeigt und dann die Erregung, die ihn überkommt, während sein Kollege mit offenem Mund danebensteht und gedankenverloren einen Ölstab abwischt, zum zehnten Male.

»Aber ich weiß nicht ... ob ich dazu komme, ihn zu blasen«, sagt Amber mit einem faszinierenden Timbre in der Stimme. Sie nimmt ihn in beide Hände, dreht und wendet ihn, nähert sich ihm mit ihrem kirschroten Mund und bläst ihn mit ihrem Atem an, um dann ihn kurz und fest zu packen. Der Mann stöhnt auf, und Amber biegt sein Glied zur Seite, sodass sein Samen an ihr vorbeispritzt und in weißen Tropfen auf die dreckigen Werkstattkacheln fällt.

Sie richtet sich auf, lächelt, tätschelt ihm die Wange.

»Vielleicht nachher, wenn du dich erholt hast.« Dann, als wäre nichts gewesen, mit dem gleichen Hüftschwung, geht sie auf uns zu.

»Dein Büro, Karol«, erinnere ich ihn. Er holt tief Luft und öffnet die Tür. Amber segelt an uns vorbei und nimmt auf einem der zwei Stühle vor seinem Schreibtisch Platz. Als Karol die Tür hinter sich schließt, sehe ich, dass der Mechaniker erst jetzt daran denkt, sich wieder sicher zu verstauen.

In der Ecke des Büros gibt es ein kleines Waschbecken, es ist ziemlich verdreckt, aber eine Flasche Flüssigseife steht auf dem Rand. Als die Tür geschlossen ist, steht Amber wieder auf, geht zu dem Becken hinüber und wäscht sich die Hände, um sich danach wieder hinzusetzen und die Beine elegant übereinanderzuschlagen; ihre Stiefel knistern dabei. Sie wippt langsam mit dem Fuß.

Karol sitzt da, versucht wegzusehen, aber ihre langsamen lasziven Bewegungen fangen ihn ein.

»Gestern war einer unserer Fahrer im *Dominion*«, sagt Karol, seine Stimme klingt rau ... »Er sah sie, aber er konnte sie nicht beschreiben, nicht richtig, jedenfalls.«

»Danke«, sagt Amber. »Ich nehme das als ein Kompliment. Übrigens, ja, ich trage ein Höschen.«

Karol schluckt, ich muss beinahe lachen, es war ein Schuss ins Blaue, aber wohl ein Treffer. Selbst wenn er es nicht gedacht hätte, wäre es ein Treffer gewesen.

»Will jemand Wodka?«, fragt Karol und holt eine Flasche aus der Schublade seines Schreibtischs, Amber und ich schütteln beide den Kopf. Mir kommt es vor, als ob seine Finger leicht zittern.

»Taxi 2776, heute Morgen um 3.10. Zwei Fahrgäste, ein Mann und eine Frau«, sage ich.

Er nickt, nimmt einen Schluck direkt aus der Flasche.

»Ja. Ich weiß. Ich habe den Fahrer hierbehalten.« Er sieht durch das kleine Fenster hinüber in die Werkstatt, die beiden Männer arbeiten zwar, aber irgendwie habe ich das Gefühl, dass sie mehr auf das achten, was hier im Büro passiert, als auf ihre Arbeit. »Sie hat ihn schon kennengelernt.«

Amber lächelt. »Ich wusste, dass ich ihn schon irgendwo gesehen habe«, sagt sie dann. »Er kam zu spät für die Eintrittskarten«, sie zuckt die Schultern, »und er zahlte keinen Eintritt, aber Bruno ließ ihn ins Bistro. Er sah den Pranger und hörte, was lief.« Sie lächelt fein. »Er stand mit einem Kaffee an der Theke im Bistro, und es war ihm anzusehen, dass er gern früher gekommen wäre und mehr Zeit gehabt hätte.«

Das kann ich verstehen. Ein kleines Bierchen, Kaffee oder Snack für umsonst, zusätzlich noch ein Trinkgeld vom Club, das nehmen die Fahrer gern mit. Kein Wunder, dass er sich geärgert hat, da er den Start des Abends verpasste!

»Warum wolltest du, dass wir hierherkommen?«, frage ich Karol. »Das wäre doch auch am Telefon gegangen?«

»Nur wenn das Telefon nicht wird abgehört«, sagt er. »Und ich glaube, meines wird abgehört.«

Ich ziehe überrascht die Augenbraue hoch. »Warum?«

»Steuerfahndung. Sie glauben nicht, dass ich arm bin«, sagt Karol. Ich nicke mit ernstem Gesicht. Ich glaube es auch nicht.

Er breitet die Arme aus. »Seht mich an. Arm wie Kirchenmaus! Du hast arme Freunde, Marcus«, sagt er dann.

Nun, er ist nicht mein Freund, aber es gab auch nie Probleme mit ihm oder seinen Taxen.

»Da muss man was ändern«, sage ich und greife in meine Jackentasche, nehme einen Stapel Scheine heraus und lege sie ihm auf den Tisch.

»Tausend Euro. Dafür gibt's eine Menge Informationen auf der Straße«, sage ich.

»Ja, aber nicht die, die es zusätzlich gibt«, meint Karol und leckt sich die Lippen. »Vielleicht, wenn mein Freund noch etwas drauflegt?«

Ich nicke langsam. »Wie viel?«

»Nein, nicht Geld.« Ich wusste es, allein die Art, wie er Amber ansieht, macht es klar.

Ich schüttele den Kopf.

»Nein. Sie gehört mir, sie ist nicht zu verkaufen. Und mehr wert als Geld.« Ich greife nach den Scheinen. Ich kenne Karol, er wird das Geld nehmen. Und das ist nicht die Art, wie ich Amber benutzen wollte, ich wollte ihn nur mit ihr abkochen.

Amber beugt sich vor. »Nein, Marcus, warte«, sagt sie in einer Stimmlage, welche die Temperatur im Umkreis um gut dreißig Grad erhöht. Auf jeden Fall schwitzt Karol.

»Karol. Wie lange ist es her, dass du richtig guten Sex hattest? Die Sorte, die dich nach Jahren noch antörnt und geil macht?« Sie beugt sich vor, der Mantel klafft ein wenig auf und gibt einen Einblick auf ihren Busen.

»War, bevor meine Frau Ring bekam«, sagt er, er wirkt wie hypnotisiert. »Danach nix mehr gut Sex.«

»Gut«, sagt sie. »Aber niemand kauft mich. Ich schenke mich.« Sie lehnt sich vor. »Ist dir warm, Karol?«

Er nickt, fährt sich über die Stirn.

»Gut«, sagt sie und öffnet ihren Mantel. Darunter trägt sie einen ledernen Minirock und ein Lederkorsett.

Sie steht auf, lehnt sich an mich und greift in meine Jackentasche, nimmt ein Bündel Scheine heraus.

Sie zahlt zehn ab und legt sie zu dem Stapel dazu.

»Aber damit zahlt man keine Rechnungen«, sagt sie.

»Das sind zweitausend. Und du kannst zusehen, wie ich deinem Fahrer einen blase. Wenn er uns sagt, was er weiß. Mehr nicht. Du bist verheiratet.«

»Sie ist nicht hier«, sagt er.

»Ja«, antwortet sie und gibt ihm einen schwer zu deutenden Blick. »Aber du.«

»Fahrer ist auch verheiratet.« Karol wirkt irgendwie verzweifelt.

»Ja. Aber er wollte auch nichts kaufen.« Sie richtet sich auf, wirkt auf einmal wie eine Göttin.

»In Ordnung. Du darfst meine Beine anfassen. Jetzt ruf ihn rein.«

Es sieht aus, als ob Karol Schwierigkeiten hätte, zur Tür zu gehen, er läuft leicht gebückt. Als er den Fahrer ruft, sehe ich Amber mit einer hochgezogenen Augenbraue an. Sie lächelt und winkt mich näher.

»Ich erkenne sie auf hundert Meter«, haucht sie mir ins Ohr. »Das macht ihn glücklicher, als wenn ich es ihm besorge. Abgesehen davon mag ich den Fahrer. Er hat einen schönen Schwanz.«

Ich seufze innerlich. Es ist ja nett, dass sie mir ihre Gedanken anvertraut, aber so ein wenig zwickt dann doch die Eifersucht.

Der Fahrer kommt herein.

Karol versucht wieder, wie ein Chef zu wirken, er setzt sich hinter den Schreibtisch und lehnt sich scheinbar entspannt zurück.

Der Fahrer schaut von Karol zu Amber und zu mir, wird rot.

»Es geht um Fuhre gestern Nacht vom *Dominion*«, sagt Karol. »Sag, was hast du mir gesagt.«

Der Fahrer nickt, wischt sich mit dem Handrücken die

Stirn ab, ein öliger Streifen bleibt. Ich weiß, warum er schwitzt, Amber hat ihn fixiert, und ihre Zunge spielt über ihre offenen Lippen, sie atmet schnell und tief, und er sieht, wie sich ihr Busen hebt und senkt, bei jedem Atemzug droht, aus dem Korsett zu springen.

»Schleusenplatz 17. Die Eckkneipe. Es ist das zweite Mal, dass ich ihn da hingebracht habe. Üble Gegend für eine Frau, deshalb habe ich mich ein wenig gewundert. Die Kneipe – sie gehört den *Death Riders.* Und die sind auch übel. Die ganze Gegend gehört ihnen, oder besser, zahlt an sie. Schon mal gehört von denen?«

Ich nicke. Ja. Die *Death Riders* haben schon zu meiner Zeit in der Sitte immer mal wieder für Schlagzeilen gesorgt. Drogen, Sex und Alkohol waren auch ihr Motto und ihre Einkommensquelle.

»Der Bikerclub?«

»Genau die sind das. Und er nahm beide Male die Frauen da mit hinein.«

»Haben Sie sein Gesicht gesehen?«, frage ich. Der Taxifahrer nickt. »Klar doch. Junger Mann, hager, braune Augen, braunes Haar, glatt rasiert, Haare sind kurz.«

»Waren Sie schon öfter dort und ist Ihnen vielleicht noch etwas anderes aufgefallen? Was ist mit Frauen?«

»Ich hab den Kerl zweimal dort hingebracht, das war alles. Und Frauen – nun, Sie wissen, wie das ist.«

»Nein. Wie ist es denn?«, frage ich, während er verstohlen Amber mustert.

»Da hängen immer irgendwelche Weiber rum, die auf Arschlöcher stehen.« Er will wohl deutlich machen, dass er kein Arschloch ist. Amber fährt sich mit der Zunge über die Lippen, und er kann kaum wegsehen.

»Zurück zu dem Kerl. Können Sie ihn näher beschreiben?«

»Eine Narbe an der rechten Augenbraue. Schmale Lippen. Unsympathischer Typ. Ist einer von denen. Trägt einen vergoldeten Motorradschlüssel als Anhänger im Ohr.«

Das reicht mir. Ich möchte wetten, dass die Polizei eine Akte über den Kerl hat.

»Sie schauen aber genau hin«, sagt Amber anerkennend.

Im Moment sieht der Fahrer ganz woanders genau hin. »Ja«, sagt er, seine Stimme klingt nun auch rau. »Bin schon ein paar Mal überfallen worden.«

»Ich auch«, haucht sie. Es ist, als ob sie einen Schalter umgelegt hätte, Amber pur, ihre Art, die Bühne und auch die Kontrolle an sich zu reißen. Ich habe, was ich will, jetzt lehne ich mich innerlich zurück und genieße die Show.

»Dein Boss hier will, dass ich dir zur Belohnung einen blase. Geht es wieder?«

Kurz denke ich, er wird ohnmächtig, dann nickt er.

»Aber er will auch zusehen.« Ihre Stimme, rauchig und lasziv, als sie zwischen ihrem Busen ein Päckchen herauszieht. »Ist das okay für dich?« Er nickt wieder.

»Gut.« Sie steht auf. »Setz dich dahin.« Wie eine Marionette folgt er ihr. Sie reißt das Päckchen mit den Zähnen auf. »Hose runter. Richtig runter. Ich will dich sehen. Du hast einen schönen Schwanz, ich will ihn genießen.«

Es wirkt fast verzweifelt und auch ein wenig komisch, wie schnell er die Hosen unten hat. Amber stellt sich vor ihn und sieht über ihre Schultern zu Karol.

»Vom Schreibtisch aus wird das nichts. Komm her und stell dich hinter mich. Aber nur die Beine ... sonst höre ich sofort auf.«

Karol stolpert fast über den Stuhl, als er aufsteht.

»Darf ich?«, fragt er mit versagender Stimme.

»Ja, du darfst wichsen. Aber spritz woanders hin«, teilt sie ihm mit und nimmt den Gummi zwischen die Zähne. Sie stellt sich breitbeinig hin, die schlanken Beine in Strümpfen, die knapp unter ihrem Mini enden, legt beide Hände auf ihre Knie, stützt sich so an ihren Beinen ab und beugt sich ganz langsam vor.

Millimeterweise nähert sich ihr Mund dem Schwanz des Taxifahrers, sie umschließt seine Eichel mit den Lippen und geht langsam, millimeterweise weiter vor. Ich sehe, wie sie den Mund weit öffnet und eine kleine Bewegung macht, dann verharrt sie kurz so, als der Fahrer den Atem scharf einzieht, um ihn dann genauso langsam so tief aufzunehmen, dass ihre Nase seinen Bauch berührt. Hinter ihr, vollständig weggetreten, steht Karol und fährt mit seiner Hand über ihre Beine, wichst sich mit der anderen Hand.

Ich sehe, wie Amber Schluckbewegungen macht, der Taxifahrer scheint einen epileptischen Anfall zu erleiden, er ballt die Fäuste, bäumt sich auf, ihr entgegen, sie nimmt den letzten Millimeter auch noch, dann stöhnt er auf ... gleichzeitig spritzt Karol, schafft es gerade so, nicht ihren Hintern zu treffen. Das Ganze hat keine Minute gedauert. Ich weiß nicht, ob ich den Kopf schütteln oder lachen soll.

Amber richtet sich auf, lächelt und zieht dem Fahrer den Gummi ab, um ihn zu verknoten und in ihre Manteltasche zu stecken.

»Danke«, sagt sie. »Das war richtig süß von dir.«

Sie schaut zu mir. »Kommst du?«

Ich sehe Amber zur Tür gehen, sehe die beiden Männer, völlig verausgabt, Karol kniet, der Taxifahrer liegt fast auf dem Stuhl, beide mit heruntergelassenen Hosen, beide scheinbar nicht ansprechbar, als hätte das, was eben gerade geschehen ist, sie in ein Koma versetzt. Am Fenster steht der andere Taxifahrer oder Mechaniker mit geweiteten Augen.

Ich trete zur Tür und öffne sie für Amber. Wir gehen zum Wagen zurück, sogar ich merke, wie der Blick des zweiten Fahrers auf Ambers Hinterteil brennt.

»Und?«, fragt sie, als sie die Tür zuzieht und ich den Wagen anlasse.

Ich habe auch ein Rohr für sie, aber ich tue nonchalant.

»Beeindruckend. Und geil. Du überraschst mich.«

Sie lacht.

»Also, Marcus, ich fand den Fahrer wirklich süß. Und manchmal genehmige ich mir selbst etwas, vor allem, wenn du dabei bist. Das war für mich, nicht für dich. Ich glaube, du kannst sehen, dass es mir Spaß gemacht hat.«

Ich nicke, während ich mich in den Verkehr einfädelte.

»Die armen Schweine«, sage ich dann. »Du hast sie vollständig überfahren.«

»Von wegen arme Schweine«, lacht sie. »Sie haben beide mehr bekommen, als sie erwartet haben.«

»Und werden dich bis an ihr Lebensende nicht vergessen«, sage ich, und sie grinst.

»Das will ich doch schwer hoffen«, antwortet sie. »Wohin jetzt? Zu den *Death Riders*?«

»Nein«, sage ich. »Nicht, ohne zu wissen, was wir dort vorfinden.«

»Das andere Mädchen, das er dort mit hineinnahm, das war Helga, nicht wahr?«, fragt sie dann.

»Ja. Bruno sah ihn zweimal mit Helga und gestern mit dieser anderen Sub.«

»Und der Kerl gehört zu den *Riders*?«

Ich zucke die Schultern. »Sagt der Taxifahrer. Ich werde meine Ex-Kollegen bei der Sitte fragen, sie werden eine Akte über ihn haben.«

Sie streckt sich wie eine Katze, ich baue beinahe einen Unfall, als jetzt doch eine Brustwarze herausspringt.

»Oops«, sagt sie. »Ich frage mich gerade, was eine Rockergang mit einer Frau so alles anstellt.«

Und das wäre jetzt beinahe der zweite Unfall. »Amber!«, sage ich.

Sie lächelt. »Entschuldige, ich hab dich gepiekst. Ich meinte es nicht wirklich ernst. Nur ein bisschen.« Sie sieht zu mir herüber. »Ich bin klatschnass.«

So, ist sie das? Das kleine Biest kocht dich gerade ab, Marcus! Aber man hat ja Möglichkeiten.

Ich greife mit meiner rechten Hand zwischen ihre Beine, unter den Slip, der tatsächlich nass ist, lege meine hohle Hand auf ihre Muschi und drücke nur. Es ist, als ob ich ihr einen elektrischen Schlag versetzt hätte, sie zuckt zusammen, bäumt sich in ihrem Gurt auf, dann beginnt ihr Becken zu kreisen und zu bocken, sie zuckt und vibriert, ihr Rücken gebogen und so straff wie eine Violinsaite.

Ich halte den Druck aufrecht, bis das Zucken nachlässt und sie schlaff in den Sitz zurückfällt. Sie atmet heftig, dann halte ich ihr meine Hand vor den Mund, sie ergreift sie zärtlich und leckt sie ab wie eine Katze.

»Ja«, sage ich. »Das bist du wohl wirklich.«

Nächster Stopp ist das *Dominion*. »Zieh dich um, Amber«, sage ich ihr mit einem kleinen Klaps auf den Hintern, als wir hineingehen. »High Class. Ich will Eleganz.«

»Ich bin immer High Class«, schmollt sie, und ich lächele. »Ja, bist du. Aber für unsere nächste Station hätte ich gern die Dame von Welt an meiner Seite.«

Ich suche Tanja, finde sie letztlich unten im Bistro. Sie unterhält sich gerade mit einer anderen Frau, sie ist groß, hat lange brünette Haare, eine Topfigur und ein ebenmäßiges Gesicht, ihre Augen sind ebenfalls braun. Es ist schwer für braune Augen, kühl zu wirken, aber ihre sind es, als sie mich sorgfältig von oben bis unten mustert. Sie trägt Jeans, Winterstiefel und unter dem offenen Parka ein Sport-T-Shirt mit der Aufschrift »Womens Gym.« Sie sieht auch so aus, als ob sie trainiert, nicht Kraftsport, etwas anderes, und die Art und Weise, wie sie mich mustert, irritiert mich.

»Das ist Katharina Seller«, stellt Tanja sie mir vor. »Sie sucht einen Job als Bedienung. Sie sagt, sie kennt sämtliche Cocktails, die es gibt, hat auch schon den Bacardi Grand Prix gewonnen.«

Ich nicke ihr zu.

»Das ist Herr Wolf. Du ...«

Ich unterbreche Tanja. »Brauchen wir denn jemanden?«

Sie nickt. »Gute Barfrauen sind Gold wert«, sagt sie.

»Das soll dann Beckmann entscheiden. Oder Caro. Das ist schließlich ihr Job. Wo ist eigentlich Beckmann?«

Tanja schüttelt den Kopf. »Klaus ist noch immer nicht wieder aufgetaucht. Ich habe ihn schon auf dem Handy zu erreichen versucht, es klingelt auch, aber er geht nicht dran.«

Diese Frau Seller sagt nichts, hört aber interessiert zu.

Ich sehe auf die Uhr, es ist halb vier am Nachmittag. Ich habe keinen Bock mehr. »Wenn er sich meldet, kannst du ihm gleich ausrichten, dass er einen verdammt guten Grund braucht, heute nicht zur Arbeit erschienen zu sein. Ansonsten ist er gefeuert. Diesmal habe ich wirklich die Schnauze voll von ihm.« Frau Seller spitzt die Ohren, aber mir ist egal, ob sie es hört oder nicht. Bei allem, was sich Klaus bislang geleistet hat, reicht es mir jetzt endgültig. Muss er denn immer noch einen obendrauf setzen!

Tanja will etwas sagen, sieht dann aber meinen Blick und nickt.

»Kriegst du das hier alles geregelt?«, frage ich sie.

»Ist ja nicht so, als ob ich nicht schon vorher die Getränkebestellung gemacht hätte. Aber ich brauche jemanden, der zum Großhandel fährt, wir haben fast keine Baguette und Snacks mehr für das Bistro. Es gibt auch andere Dinge, wo wir kurz sind.«

Ich sehe Frau Seller an.

»Sie soll fahren«, sage ich dann. »Dann wissen wir auch gleich, wie zuverlässig sie ist.« Ich nicke den beiden Frauen zu, Frau Seller wirkt etwas empört, doch ich gehe nach hinten und hoch. Amber hat sich bereits umgezogen und geschminkt, sie sitzt am Computer des Sicherheitsbüros, dem Glasauge, und sieht sich die Szenen von gestern Abend an. Ich habe mich entschlossen, die Bänder von den privaten Kameras diesmal nicht zu löschen, Amber überspielt sie gerade ans Chateau, wo wir sie uns in Ruhe ansehen werden.

Die Kameraperspektive, die sie sich gerade ansieht, ist aus einem der kleinen Spielräume, zeigt unseren Lackdom und seine Sub Nummer sieben.

Im Grunde existieren nicht so sehr viele Varianten von dem, was man tun kann. Es kommt aber darauf an, wie man etwas tut. Jacquelines Finale gestern Abend ist ein Beispiel dafür, eigentlich erhielt sie nur Hiebe mit dem Rohrstock. Es gibt Leute, die ihre Bottoms mit Gefühl traktieren, und andere sind so brutal, dass man geneigt ist, die Polizei zu rufen, oder, was sich wohl besser anfühlen würde, sie selbst mal so zu behandeln.

Die Gruppe von Doms, die sich um Nummer sieben scharen, es sind inklusive dem Typen mit der Lackmaske neun, sind absolut hardcore und so brutal, dass ich jetzt genau verstehe, warum beim letzten Mal Bernd im Glasauge jemanden an die Tür des Spielzimmers gestellt hat. Es bleibt ja nicht aus, dass ich anderen beim Spielen zusehe, oft genug hat es eine erotische Wirkung auf mich, aber dieses Spiel lässt mich kalt, erzeugt tatsächlich so etwas wie Ekel. Es ist die brutalste Session, die ich je sah, aber ich kann den Finger nicht genau drauflegen, was hier so anders ist. Ich habe auch vorher schon harte Schläge und Benutzung mit angesehen, aber das hier hat eine andere Qualität.

»Sie verachten sie«, sagt Amber leise, als ob sie meine Gedanken lesen könnte. »Deshalb.«

Richtig, das ist es. Selbst harte Sessions können, wie soll ich sagen, schön sein, ein Akt zwischen zwei Menschen, der dennoch wirkt, als wäre er in einer Kathedrale nicht fehl am Platze. Vor allem wenn sich die Partner lieben, sieht man ab und zu ein Spiel, das einem in seiner Intensität den Atem raubt und einen mitreißt.

Dieser Szene hier fehlt all das. Es ist nichts anderes als eine brutale Misshandlung, es fehlt hier schlichtweg das, was BDSM ausmacht, der Respekt dem Menschen gegenüber, auch wenn sich der Mensch selbst Sklave nennt.

Nummer sieben reagiert zwar auf das, was man mit ihr tut, ab und zu sehe ich, dass sie ein wenig mitgeht ... aber sie kann sich nicht lösen, nicht fliegen. Sie leidet, doch ohne Freude. Warum bricht sie nicht ab? Doch dann sehe ich, wie ein Orgasmus sie schüttelt, offenbar hat sie dennoch etwas davon. Es dauert nicht lange, dann folgt der zweite, dann der dritte. Also hat sie Spaß daran, findet es geil, aber dennoch bleibt ein fader Geschmack bei mir zurück. Es erinnert mich daran, dass Jacqueline sagte, der Kreuzmörder wäre lieblos gewesen. Genau das ist auch hier der Fall. Es ist lieblos und brutal. Nicht mehr.

Ich nehme die Maus und klicke die Szene weg, Amber atmet aus und blickt hoch zu mir.

»Sehe ich auch so aus?«, fragt sie leise.

Ich schüttele den Kopf. »Nein, das weißt du doch. Hier.«

Ich suche den anderen Spielraum, wo Amber und ich gestern Abend waren, eine kleine Szene nur, aber es ist zu erkennen, dass Amber sich in Ekstase befindet, irgendwo ganz weit weg ist. Dann, wie sie sich nach der Dusche an meine Beine kuschelt. Ich schließe auch dieses Fenster und streichele sie im Nacken.

»Genau das macht den Unterschied«, sage ich ihr dann. »Sonst könnte ich nicht mehr in den Spiegel sehen.«

»Ich auch nicht«, meint Amber.

Als wir wieder nach unten gehen, bin ich nachdenklich. Letztlich wurde beinahe das Gleiche getan. Aber bei Amber fühlt man ihre Wärme, ihr Geben. Bei Nummer sieben wurde genommen. Das war der Unterschied. Was Lackdom mit ihr veranstaltete, war kein BDSM, es war einfach nur brutale Gewalt.

Aber die Frau schien freiwillig mitzumachen.

Irgendetwas ist da faul. Und das in meinem Club.

Ich öffne Amber die Tür des Mercedes und gehe um ihn herum, dabei fällt mein Blick auf den Rolls, den wir gestern Abend hiergelassen haben. Nein, im Augenblick ist der Mercedes geeigneter, es schneit immer noch, und der Rolls müsste erst ausgegraben werden, eine dicke Schneeschicht liegt bereits auf ihm.

Amber fährt; als sie den Wagen anlässt, fische ich mein Telefon heraus und wähle eine Nummer.

»Drogenfahndung, Hilmar Bank am Apparat.«

»Hilmar. Hier ist Marcus.«

»Da beißt mich doch der Affe! Marcus. Lange nichts mehr von dir gehört, seit dem ...« Er verliert Fahrt.

»Es heißt ›laust‹«, erwidere ich und lache. »Ja, Hilmar, seitdem. Wie sieht es aus, hast du Lust, mit einem Paria Kaffee zu trinken? Unten in der Cafeteria?«

»Ja, schon. Wann?« Er klingt erleichtert.

»Wir sind unterwegs zu dir. Fünfzehn Minuten oder so.«

»Hm. Okay. Aber wenn du nach dieser langen Zeit anrufst ... dann willst du was von mir. Und ich glaube nicht, dass du nur über alte Zeiten quatschen willst. Übrigens habe ich den Artikel gelesen. Böse Sache, das.«

»Und, glaubst du den Scheiß?«

»Keine Ahnung. Ich kenne dich, also passen ein paar Dinge nicht. Auf der anderen Seite ...« Ja. Auf der anderen Seite. »Marcus. Sagen wir mal, ich halte mich mit meinem Urteil noch zurück. Acht Jahre sind eine lange Zeit, und Menschen ändern sich. Komm einfach, okay? Und sag mir, was du willst.«

»Ich brauche Infos über die *Death Riders*. Ich muss jemanden sprechen, der alles über sie weiß.«

»Wie kommst du auf mich? Wäre da Klemens von der Bandenkriminalität nicht besser?«

»Ich kenne Klemens nicht. Dich kenne ich. Und wenn die *Riders* nichts mit Drogen am Hut haben, fresse ich meinen Hut.«

Hilmar seufzt. »Okay. Wer ist ›wir‹?«

»Eine Freundin und ich.«

»Du schleppst deine Freundin mit aufs Präsidium? Na gut. In Ordnung, bis nachher. Ich sage unten Bescheid, dass sie euch reinlassen.«

Das hatte ich beinahe vergessen, man kommt nicht mehr so einfach in die Cafeteria.

»Danke«, sage ich und lege auf. Dann rufe ich Krüger an,

aber er ist in einer Besprechung. Als seine Sekretärin meinen Namen erfragt, merke ich, wie sie einfriert. Das Gefühl kenne ich von früher.

»Du bist richtig stinkig«, sagt Amber, als ich das Telefon verstaue. Sie überholt geschickt einen Kleinlaster und ignoriert das Hupkonzert. »Wenn ich dich nicht kennen würde, hätte ich jetzt bei deinem Gesichtausdruck richtig Angst.«

Ich sehe überrascht zu ihr hinüber.

»Wirklich?«

Sie wirft mir ein schnelles Lächeln zu, bevor sie wieder auf die Straße blickt. »Na ja, das ist vielleicht übertrieben. Ich wäre eher vorsichtig. Du bist geladen.«

Ich nicke, da hat sie wahrscheinlich recht. Die ganze Sache wühlt alles wieder auf, ich dachte eigentlich, dass ich es schon lange hinter mir gelassen hätte, aber dieses Gefühl, ungerecht behandelt zu werden, ist nach wie vor da, und es liegt immer noch etwas blank.

Es ist schon seltsam, dass ich mich nach diesem lausig bezahlten Job zurückgesehnt habe. Aber tue ich das noch? Ich sehe nach links hinüber zu Ambers fein gezeichnetem Profil, denke an Caro, die mich so sehr liebt, dass sie mich teilt, an Jacqueline, die mich so gut kennt ... nein, ich sehne mich nicht nach diesem alten Leben an sich zurück, eher nach dem Sinn, den die Polizeiarbeit meinem Leben gab. Ein erbärmliches Gehalt, aber die Gewissheit, dass man das Richtige tut.

Als wir durch das Tor des Präsidiums fahren, werden unsere Ausweise sorgfältig kontrolliert, unsere Namen mit einer Liste verglichen. Die beiden Polizisten am Tor sind schwer bewaffnet und tragen kugelsichere Westen und Helme, die Toranlage selbst wurde verändert, der Schlagbaum ist keine einfache Schranke mehr, sondern so massiv, dass er einen Laster aufhalten könnte. Alle Fenster in Sichtweite sind vergittert und haben außerdem diesen grünen Schimmer, der auf Panzerglas hinweist. All das ist neu, acht Jahre sind eine lange Zeit.

Der Schlagbaum hebt sich, und wir werden auf den Besucherparkplatz hingewiesen. Amber parkt, wir steigen aus; ich sehe meinen alten Parkplatz, ein dunkelgrauer Volvo steht darauf. Irgendwie gibt es mir einen Stich.

In den letzten Jahren hat sich vieles verändert, nur wenig scheint mir gleich. Überall sind Kameras, und die Sicherheitsmaßnahmen sind sowohl deutlich als auch aufdringlich und nervig. Bevor wir uns an einen der verschlissenen gelben Tische in der Cafeteria setzen können, werden wir noch dreimal überprüft. Wenigstens die Cafeteria scheint auf den ersten Blick unverändert, die Leute darin auch, viele Polizisten in Uniform, mehr weibliche als früher, stelle ich fest, und gut ein Dutzend Leute in Zivil. Dennoch fallen wir auf, werden angesehen. Es ist nicht nur Amber in ihrem schicken Business-Kostüm, das ihre Figur und Beine so vorteilhaft betont. Es dauert nicht lange, bis mein Name geraunt wird; ich ignoriere es, während ich mich an der Selbstbedienungstheke anstelle und Amber und mir Kaffee hole.

Der Beamte vorn am Tor rief bei Hilmar zurück, also weiß er bereits, dass wir da sind, aber es dauert noch eine ganze Weile, bis er kommt, und er ist auch nicht allein.

Der junge Mann an seiner Seite schaut uns sehr skeptisch an, als Hilmar mich vorstellt. Amber als Frau Bergmann vorzustellen, fühlt sich komisch an.

So wie sie sich im Augenblick gibt, wirkt sie mehr wie eine Geschäftsfrau, oder wie eine Anwältin, ihre erotische Ausstrahlung kühl und unnahbar, aber immer noch merklich. Jetzt werde ich wieder daran erinnert, dass sie auch eine erstklassige Geschäftsfrau ist. Amber so distanziert wahrzunehmen, macht mir erst recht deutlich, wie sehr ich ihre Nähe schätze.

»Das ist Klemens. Ich weiß, er ist nach deiner Zeit, aber die *Death Riders* sind sein Ding. Wir arbeiten schon seit zwei Jahren zusammen an dem Fall.«

»Fall?«, frage ich. Klemens wirft noch einen letzten Blick zu Amber hinüber, wie Hilmar weiß auch er nicht, was sie hier zu tun hat, weshalb sie dabei ist.

»Sie hilft mir bei dem Fall«, sage ich nur.

»Krüger sagte, dass wir Wolf geben sollen, was er will«, fügt Hilmar hinzu.

»Und was Krüger will, bekommt Krüger?«, fragt Klemens. Er mustert mich ein letztes Mal eindringlich. »Na gut. Die *Riders* sind Bestandteil eines Ermittlungsverfahrens, das seit fast dreißig Monaten läuft«, sagt er dann. »Aber viel mehr will ich Ihnen nicht sagen, es sind vertrauliche Informationen.«

»Komm schon«, sagt Hilmar. »Marcus ist einer von uns.«

»Nein«, sagt Klemens. »Ist er nicht.« Er sieht mich an. »Sergei Solomon Patuschek? Klingelt es da bei Ihnen?«

Ich nicke. »Ja. Ich kenne ihn.«

Klemens wendet sich an Hilmar.

»Sergei ist ein ehemaliger GRU-Agent, der sich vor zehn Jahren hierher verpisst hat, als Mütterchen Russland ihm zu heiß wurde. Er kontrolliert einen großen Teil des organisierten Verbrechens in Wien, und er trinkt mit diesem feinen Herrn hier mindestens einmal im Monat Kaffee.«

»Ich weiß«, sagt Hilmar. »Und als Marcus Sergei vor neun Jahren verhaftete, war dies die einzige Verhaftung, die jemals zu einem Gerichtsverfahren führte. Sergei kam frei, ja, aber es war knapp. Seitdem habt ihr ihm nur Strafzettel ans

Bein nageln können. Wenn ich sage, dass Marcus zu uns gehört, glaub es mir einfach. Wenn du es mir nicht glaubst, frag Krüger.«

Vorhin am Telefon war Hilmar nicht so offen. Hat sich Krüger eingemischt? Warum?

»Was hat Krüger denn damit zu tun, Hilmar?«, frage ich überrascht.

»Du glaubst doch nicht wirklich, dass ich mich mit dir hier treffen kann, ohne das mir von ihm abzusegnen zu lassen? Ich weiß, dass du okay bist, aber es gibt eine Menge Leute, die mit Dreck nach dir werfen. Also habe ich Krüger über diese Kontaktaufnahme informiert. Wir müssen so etwas melden, weißt du?«

Ich nicke. Das war früher schon so, aber jetzt wird es offensichtlich noch strikter gehandhabt.

»Und, was sagt er?«

»Dass es klarginge, ich dir geben soll, was du willst, und dass er mir im Moment nichts weiter dazu sagen würde. Es ginge mich nichts an.« Er sieht von mir zu Klemens. »In Anbetracht dessen, dass Krüger hier das Sagen hat, denke ich, es ist okay.«

Mhm. Krüger hat wohl auch noch weiter Karriere gemacht. »Was für eine Stelle hat er denn inzwischen?«

»Er leitet dieses verdammte Präsidium und hat seine Finger überall drin«, meint Klemens etwas säuerlich.

»Stimmt«, sagt Hilmar. »Du kommst nicht mehr an ihm vorbei. Und über ihm sitzen nur doch der Polizeipräsident und die Götter der Stadtverwaltung. Und selbst wenn er nicht direkt befugt ist, etwas zu sagen, so kennt er denjenigen, der es ist. Wenn er nicht so scheißgut wäre, würde es mich nerven, aber jeder muss zugeben, dass es mittlerweile viel besser läuft als früher. Er ist wenigstens kein Erbsenzähler oder Politiker. Wenn etwas getan werden muss, dann tut es Krüger, und manchmal laviert er ziemlich knapp an Verfahrensgrenzen vorbei.«

»Krüger?«, frage ich erstaunt. Ich habe ihn aus meiner Dienstzeit eher als übertrieben korrekt in Erinnerung. Aber gut, es ist ein paar Jahre her, dass ich intensiver mit ihm zu tun hatte, und Menschen verändern sich. Es kommt mir dennoch seltsam vor.

»Es ist nicht so, als ob er irgendetwas Illegales täte«, sagt Hilmar. »Du kannst deinen Arsch drauf verwetten, dass es nicht so ist. Aber er kennt jede Bestimmung, jede Lücke und jeden Trick in den Bestimmungen und verwendet sie derart genial, dass fast alles möglich ist. Wenn du irgendetwas brauchst, dann geh zu ihm, und wenn du ihn überzeugst, dass es zum Lösen eines Falls notwendig ist, dann findet er einen Weg.« Er pausiert kurz, holt Luft. »Manchmal verlangt er von seinen Leuten zu viel, es gab deshalb schon Ärger.« Er zuckt die Schultern. »Aber in den letzten vier Jahren ist die Aufklärungsquote um acht Prozent gestiegen. Das soll ihm erst mal einer nachmachen.«

Acht Prozent sind beachtlich. Gut. Aber im Moment habe ich andere Interessen.

»Also, Klemens«, sage ich. »Dann schießen Sie mal los.«

»Mhm«, sagt er, zögert noch kurz. »Okay. Wir beobachten bei den *Riders* eine Diversifizierung. Sie sind dabei, auch legale oder halb legale Geschäfte aufzuziehen. Dennoch bleiben sie das, was sie schon immer waren, eine Gruppe von Rockern, die sich ihren Lebensunterhalt mit kriminellen Aktivitäten sichern.«

Ich vermeide es gerade so, mit den Augen zu rollen, das wusste ich schon vorher.

»Aber sie lernen jetzt sich besser zu tarnen. Wir konnten

beobachten, dass sie seit einiger Zeit wesentlich geschickter vorgehen. Organisierter sind. Seit etwa zwei Jahren tun sie auf Saubermann, es sei denn, sie feiern ihre Partys in ihrem Stammlokal, da lassen sie immer noch die Sau raus. Wir haben schon versucht, einen Informanten anzuwerben oder einzuschleusen, das ging gründlich daneben. Allerdings wissen wir, dass sie Geschäfte mit dem Ostblock machen, auch wenn wir es nicht nachweisen können. Es ist die Rede von einer neuen Droge. Mehr kann ich derzeit nicht sagen, wir haben einfach nichts. Aber wenn Krüger zustimmt, schicke ich Ihnen die elektronischen Akten und Observierungsberichte. Es ist zuweilen unterhaltsames Material, aber nichts, wofür wir sie nageln können. Wir haben bereits Dutzende Leute auf sie angesetzt und sie Hunderte von Stunden observieren lassen, aber egal, wie viel Mühe wir uns geben, sie merken es immer.« Er zuckt die Schultern. »Mehr habe ich nicht.«

»Vielleicht können Sie mir doch weiterhelfen.« Ich beschreibe ihm Lackdom. »Wissen Sie, wer das ist?«, frage ich Klemens.

»Ja, klar kenne ich den. Benji. Benjamin Becker. Er ist Deutscher, seit etwa drei Jahren hier. Hat eine rasante Karriere gemacht, ist jetzt die rechte Hand von Death Head, dem Anführer der Gruppe. Der heißt mit bürgerlichem Namen Anton Fallensee, und wir glauben, dass Fallensee bestimmt vier Morde zu verantworten hat und Becker mindestens einen. Aber wie gesagt, die sind gerissen geworden.«

»Was können Sie mir über Becker sagen?«

»Ich habe ihn mal vernommen. Er ist ein schleimiger, eiskalter Hund.« Klemens zögert. »Ich sag Ihnen mal was. Es gibt Menschen, die haben keine Seele. Entweder gab ihnen Gott keine, oder sie ist weggestorben. Becker ist ein Psychopath, aber hochgradig intelligent. Er weiß, in welchem Rahmen er sich bewegen muss. Wir haben ihn zweimal verhaftet, aber wo die anderen *Riders* zumindest in ihrer Wohnung oder Hütte oder an ihrem Bock ein Klappmesser versteckt haben, ist Becker immer clean. Dennoch, ich sehe ihn und weiß, dass er ein Mörder ist.« Er zuckt die Schultern. »Wenn Sie ihn kennenlernen, werden Sie wissen, was ich meine. Es stellen sich einem die Nackenhaare auf.«

»Danke«, sage ich. »Wenn Sie mir die Akten schicken könnten, wäre ich Ihnen dankbar.«

»Nur wenn Krüger tatsächlich zustimmt«, sagt er. Gut, mehr kann ich nicht verlangen.

»Und was hast du für mich, Hilmar?«

»Gerüchte«, sagt er. »Es gibt Gerüchte über zwei neue Drogen. Vielleicht auch drei. Sollen aus dem Ostblock stammen oder aber sogar von den Nazis. Entweder ein Produkt von KGB-Labors oder aus den Konzentrationslagern. Gerüchte, wie gesagt.«

»Und weiter? Was tun diese Drogen?«

»Eine davon, und diese macht uns am meisten Sorgen, auch weil die Gerüchte über ihre Existenz so hartnäckig sind, macht das Opfer angeblich willenlos. Dann noch eine Sexdroge, so für den Cocktail, wenn man ausgeht.« Er wirft einen Blick auf Amber.

»Was uns Sorgen macht, ist, dass es keine Gebrauchsdrogen für den Markt sind. Nicht wie Koks oder Ecstasy. Nicht für den breiten Markt, sondern nur für spezielle Kunden. Normalerweise sorgen solche Drogen nicht für Gerüchte.« Er zögert. »Es muss ein ganz besonderes Zeug sein, nichts für die Straße. Nur für eine auserwählte Klientel.« Er sieht mich entschuldigend an. »Mehr kann ich im Moment nicht sagen.«

»Und die dritte Droge?«, frage ich.

»Die ist ein Gespenst. Nicht mal wirklich ein Gerücht. Nur einer meiner Kontakte sagt mir, dass er von einem Killer hörte, der ohne Spuren tötet, eine Art Kombinationsgift, zuverlässig und nicht nachweisbar.« Er zuckt die Schultern. »Ich habe schon mit unseren Chemikern gesprochen. Die sagen, dass es theoretisch möglich sein könnte, eine Droge zu erschaffen, die vom Körper so schnell abgebaut wird, dass man sie in der Autopsie nicht mehr findet, aber genau deswegen wäre es unwahrscheinlich, dass sie tödlich wäre. Und keiner hat bislang eine Idee, *was* für eine Droge das sein könnte. Wenn man tot ist, hört die Biochemie ja auch bald auf.« Er sieht mich an. »Marcus, diese Droge ist ein Gespenst. Es gibt immer wieder Tote, bei denen die Todesursache nicht festzustellen ist. Dann wird Herzversagen auf den Autopsiebericht geschrieben. Aber in den letzten drei Monaten starben zwei Leute, deren Tod für andere sehr passend war, wenn du weißt, was ich meine.«

Ich kann es mir vorstellen.

»Okay. Und was haben die Drogen mit den *Riders* zu tun?«, frage ich.

»Tja«, sagt Klemens. »Das ist genau das Problem. Nichts. Aber es gibt das Gerücht, dass sie diese neuen Drogen austesten.«

»Mhm. Dieses Stammlokal. Wisst ihr, was darin vorgeht?«

»In ihrem Clubhaus? Eine Menge. Natürlich hängen die *Riders* dort auch mal nur ab, aber sie feiern da ihre Partys, betreiben ein Tattoo-Studio, legen ihre Prüfungen ab und führen ihre Rituale durch. Diese Prüfungen sind auch der Grund, weshalb wir niemanden einschleusen können. Sogar die *Riders*, die wir einbuchten, halten die Klappe, egal, was wir ihnen androhen oder anbieten. Sie nehmen neue Mitglieder auch kaum mehr auf. Das Einzige, was sonst noch in die Kneipe reinkommt, sind Frauen. Aber die bleiben manchmal tagelang drin, ohne dass man sie wieder zu Gesicht bekommt. Wir wissen, was sie mit diesen Frauen machen, es ist nicht schön, und einige mussten ärztlich behandelt werden. Aber keine von ihnen hat irgendetwas gesehen oder gehört, das uns weiterbringt.«

»Ihr habt eine Frau hineingeschickt«, sage ich mit einem mulmigen Gefühl im Magen. Hilmar und Klemens tauschen einen Blick aus.

»Ja«, sagt Hilmar dann. »Das ist eines der Dinge, die schiefgingen. Ich weiß nicht, wer es war. Ob es überhaupt stimmt. Es ist ein Gerücht, aber ich habe das Gefühl, dass es mehr als das ist. Gebracht hat es nichts, aber ich hörte, dass die Kollegin immer noch in Therapie ist und wahrscheinlich nie wieder so werden wird, wie sie war. Die haben sie kaputtgemacht.«

»Konntet ihr die *Riders* nicht mal deshalb an den Eiern kriegen?«, frage ich, aber ich kenne die Antwort, und Hilmar schüttelt bereits den Kopf. »Ich sage doch, die sind gerissen. Die Frauen unterschreiben eine Absichtserklärung für ein Aufnahmeritual. Und schon wird es schwierig.«

»Ich habe noch etwas anderes gehört«, sagt Klemens. »Die Dreckskerle wussten von Anfang an, dass sie eine Kollegin ist. Und haben sie voll auflaufen lassen.«

»Eine undichte Stelle?«, frage ich, und Hilmar sieht mich nur an.

»Ich will nichts dazu sagen. Im Allgemeinen klären wir zurzeit mehr Fälle als jemals zuvor. Aber manchmal ... manchmal kann man das Gefühl bekommen, dass jemand vorgewarnt wurde.« Er lächelt schief. »Wenigstens weiß ich, dass du nicht die undichte Stelle sein kannst, du bist schon zu lange draußen!«

»Danke«, sage ich trocken.

»Es gibt Gerüchte, dass die interne Abteilung bereits deswegen ermittelt, aber nichts Genaues weiß man nicht«, fügt Hilmar noch hinzu, was ihm einen bösen Blick von Klemens erntet.

»Ich sag dir, Marcus ist clean«, sagt Hilmar, doch Klemens schaut immer noch skeptisch.

»Danke«, sage ich. »Haben sie Drogen an der Kollegin verwendet?«, frage ich, und Hilmar nickt. »Du darfst nicht vergessen, dass das Ganze auch hier husch, husch war. Hat ja keinen Sinn, jemanden einzuschleusen, wenn jeder alles weiß. Also sind es nur Gerüchte, vielleicht wurde tatsächlich nie eine Kollegin hingeschickt. Aber dieselben Gerüchte sprechen auch von Drogen, wenn auch nur den üblichen. Koks hauptsächlich und natürlich Ecstasy.« Er zuckt die Schultern.

»Mehr haben wir nicht für dich. Nur noch eines. Die *Riders* ... ich sagte es schon: Wir sind der Meinung, dass sie auch schon Morde begonnen haben. Es sind Leute spurlos verschwunden. Und so einfach ist es heute nicht mehr, spurlos zu verschwinden.«

»Was ich jetzt wissen will, Wolf, ist, warum Sie das alles wissen wollen«, sagt Klemens hart. »Mir ist egal, ob es Krüger abgesegnet hat oder nicht. Was haben Sie mit den *Riders* zu tun?«

Ich zögere einen Moment.

»Wolf«, sagt Klemens mahnend. »Dass wir beide hier sind, ist eine Gefälligkeit. Jetzt sind Sie dran.«

»Einer der *Riders*, Becker, war wahrscheinlich mit einem der Opfer des Kreuzmörders in meinem Club«, sage ich und beobachte ihn genau. Seine Überraschung ist nicht gespielt.

»Das verstehe ich nicht«, sagt er dann. »Ich traue denen ja alles zu, aber das ist einfach nicht deren Stil. Sie brauchen auch nirgendwo hinzugehen, sie haben ihr Clubhaus, und da geschehen Dinge, gegen die Ihr Club wohl eher zahm ist. Was will Becker bei Ihnen?«

»Sehen Sie, Klemens, genau das will ich herausfinden! Vielleicht ist Becker der Kreuzmörder und hat sich seine Opfer bei mir gesucht.«

Klemens schüttelt den Kopf.

»Er ist ein Mörder, daran zweifele ich nicht, ich sagte es ja schon. Aber nicht der Kreuzmörder. Zu Tode prügeln, mit der Kettensäge zerteilen, so etwas wäre sein Stil. Hart, brutal und blutig. Aber für eine solche Inszenierung ist er nicht der Richtige. Nein, da liegen Sie falsch.«

»Hhm«, sage ich. »Vielleicht. Sie kennen ihn besser. Lasst ihr ihn überwachen? Wenn, dann würde ich gern die Überwachungsprotokolle sehen.«

Klemens lacht bitter.

»Nichts dagegen, wenn wir ihn überwachen könnten!«

Jetzt verstehe ich nichts.

»Das letzte Mal, als wir es versucht haben, kam der Kerl mit einem Anwalt daher, hat uns auf die Finger gehauen und eine Klage angestrengt. Mit einer einstweiligen Verfügung. Damit kam er natürlich nicht durch, aber jetzt sind wir vorsichtiger geworden.« Er schüttelt ungläubig den Kopf. »Nicht zu fassen, dass er bei Krüger damit durchkam.«

»Krüger sagt, wir kriegen ihn auch anders dran«, meint Hilmar jetzt.

So, sagt er das, denke ich, als ich aufstehe und mich von den beiden verabschiede.

Ich versuche noch, Krüger zu erreichen, ohne Erfolg, dann Stella, aber die ist, wie man mir sagt, bis über die Ohren in Arbeit begraben. Dabei will ich sie dann doch nicht stören. Schließlich weiß ich ja, was das für eine Arbeit ist. Stella lässt ausrichten, dass sie sich morgen Zeit nehmen würde für mich, sieben Uhr! Das ist für mich mitten in der Nacht. Oder ganz normaler Frühschichtbeginn. Es gibt also doch Dinge bei der Polizeiarbeit, die ich nicht vermisse.

Ich sehe ein letztes Mal zum Polizeirevier zurück und stelle fest, dass es nicht mehr dasselbe ist. Das Misstrauen, das mir von Klemens entgegengebracht wurde, die scharfen Kontrollen, es kommt mir alles kälter vor, eingeengter, geregelter. Ein Gefängnis für diejenigen, die andere hinter Gitter bringen sollen.

»Nicht zu fassen, dass man diesen *Riders* nichts ans Bein nageln kann«, sagt Amber, als wir wieder fahren.

»Wir haben unsere Gesetze. Die halten sich dran, wenn es ihnen passt, und wenn niemand hinschaut, ist es ihnen egal. Aber früher oder später bekommt man sie alle.« Ich werfe ihr einen scharfen Blick zu. »Komm bloß nicht auf die Idee, dort hinzugehen.«

»Ich denk nicht dran! Nicht, nachdem ich das eben gehört habe. Und die Session mit Nummer sieben ist abschreckend genug. Ich will da nie wieder hin.«

Nie wieder? Ich erinnere mich an das Eingangsbild dieser Internetseite. Richtig, Amber weiß, wovon sie redet, damals gab sie nicht, sondern man nahm ihr. Sie scheint meine Gedanken zu lesen.

»Marcus, ich bin verdreht genug, dass ich weiß, es würde mich auch kicken, gar keine Wahl zu haben, da durchzumüssen. Aber es ist vor allem die Hoffnung auf danach, nach der Todesangst dann doch überlebt zu haben! Doch ich will das nicht, verstehst du? Ich will es so, wie es ist ... dass ich die Kontrolle habe. Diese Kerle ... sie würden mich vielleicht wirklich umbringen, und so verrückt bin ich nicht!« Sie sieht mich eindringlich an. »Ich war es nie! Ich wollte nie sterben, immer nur leben!«

Ich bin erleichtert, das zu hören. Das sage ich ihr auch.

»Gut, dass du mir glaubst«, lächelt sie. »Jetzt sag mir, warum du mich mitgenommen hast. Ich kam mir vor wie auf dem Präsentierteller. Alle haben mich angestarrt.«

Ich fahre langsamer, während ich mir die Antwort sorgfältig überlege.

»Das warst du auch«, sage ich dann zögernd. »Deswegen warst du da. Als Köder. Damit man dich sieht. Ich habe darauf geachtet, wie man auf dich reagiert, ich wollte wissen, ob sich jemand ungewöhnlich verhält.«

»Wieso?«, fragt sie überrascht.

»Irgendwo ist hier etwas faul«, erkläre ich ihr, während ich mich in den Verkehr einreihe. »Es deutet so viel auf uns hin. Wir waren es aber nicht. Dennoch ist es kein Zufall, es ist Absicht. Ich glaube, Amber, dass man uns das in die Schuhe schieben will.«

»Du als Sündenbock?«, fragt sie erstaunt.

»Richtig. Es kommt mir zu arrangiert vor. Und wer sollte besser eine falsche Fährte legen können als ein Polizist? Mit allem, was damals im Chateau vor sich ging, muss mein Onkel jemanden bei der Polizei geschmiert haben. Deine Szene im Chateau diente dem Mörder als Vorlage für die Kreuzmorde. Also muss er diese Szene gesehen haben. Es war ein Schuss ins Blaue.«

»Und?«, fragt sie. »Ist dir jemand aufgefallen?«

Ich schüttele den Kopf

»Nein. Es war eine verrückte Idee. Ich hoffe sogar, dass ich mich täusche.« Ich fahre ihr über die Haare. »Vielleicht wollte ich dich auch einfach nur in meiner Nähe wissen und habe einen Vorwand gesucht.«

Sie lächelt. »Das kannst du einfacher haben. Sag, könnte es Malowsky sein?«

Ich schüttele den Kopf. »Nein.« Malowsky war nicht immer ein Arschloch, und damals war er mein bester Freund. Ich hätte es mitbekommen.

»Gut, du musst das wissen. Wohin jetzt?«, fragt Amber.

»Klaus. Klaus Beckmann. Vielleicht ist er zu Hause und liegt besoffen in der Ecke. Dann reiße ich ihm den Arsch auf, und er darf gehen.«

»Gut. Wo lang?«

»Dort hinten rechts.«

Vielleicht ist Klaus wirklich betrunken. Aber ich glaube es eigentlich nicht. Er hat seine Fehler, doch ich hatte gestern das Gefühl, dass er sich jetzt besser unter Kontrolle hätte. In Anbetracht dessen kommt es mir seltsam vor, dass er heute nicht zur Arbeit erschienen ist. Jetzt hat er seinen glatten Neustart, und er wäre blöd, diesen zu verspielen.

Aber blöd ist er nicht. Er ist auch kein schlechter Manager. Ich weiß zwar, dass er seit Jahren lange Finger macht und sich Geld aus der Kasse leiht, aber es sind immer nur kleine Beträge, und er zahlt sie meist auch wieder zurück.

Das Telefon bimmelt. Es ist Caro, die mir mitteilt, dass Melanie ein großes Detektivbüro kontaktiert habe und wir morgen Nachmittag im *Dominion* einen Termin mit den Detektiven hätten. Ich bedanke mich bei ihr, wir flirten noch kurz am Telefon, dann lege ich auf.

Mittlerweile kommt es mir unwahrscheinlich vor, dass das *Dominion* diese Sache überstehen wird. Wenn herauskommt, dass ich Detektive auf die Fersen einiger Besucher hetze, von denen die meisten extremen Wert auf ihre Anonymität legen, ist der Laden direkt kaputt. Gestern wäre es mir fast egal gewesen, heute bin ich mir da nicht mehr sicher. Aber Alice, Christina, das Mädchen am Kreuz, ihr Anblick verfolgt mich noch immer. Zudem kann ich es einfach nicht fassen, dass wir da bis zum Hals mit drinstecken und nichts geahnt haben. Morgen werde ich Krüger reinen Wein einschenken und ihm die Aufnahmen aus dem Club geben, aber im Moment behalte ich das noch für mich.

»Sein Porsche steht jedenfalls da«, stellt Amber fest, als wir in Beckmanns Straße einbiegen. Es liegt eine Schneeschicht auf dem Wagen; seit es heute Morgen anfing zu schneien, wurde die Kiste nicht bewegt. Seltsam genug. Klaus läuft keinen Meter, wenn er es vermeiden kann.

Wir parken und steigen aus, gehen zur Tür von Beckmanns Haus, es wohnen acht Parteien darin, Beckmann wohnt im vierten Stock auf der rechten Seite.

Als ich unten läute, höre ich die Klingel sogar; irgendwo muss ein Fenster offen sein, aber niemand macht auf.

Ich klingele die anderen Knöpfe durch, jemand drückt. Ich lasse Amber vorgehen, bewundere ihre Beine und ihren Hintern, als sie vor mir die Treppe hinaufsteigt. Natürlich merkt sie es und gibt mir einen extravaganten Hüftschwung, damit ich es genießen kann.

Oben angekommen, klingeln wir wieder.

»Keiner da«, sagt Amber. »Was nun?«

Ich zögere, ich weiß mittlerweile, was ich tun werde, aber vielleicht gibt es noch einen anderen Weg. Ich klingele beim Nachbarn, aber dort ist natürlich auch niemand zu Hause.

Theoretisch wüsste ich selbst, wie ich ein Schloss auf kriege, doch ohne Ausrüstung ist es schwer, und Beckmann hat zumindest die normalen Sicherheitsmaßnahmen getroffen, das Abdeckblech um den Schließzylinder sieht stabil aus.

Nun, für so etwas gibt es ja Spezialisten. Ich ziehe mein Telefon heraus und rufe einen Schlüsseldienst an.

»Klaus Beckmann hier. Ich brauche einen Schlüsseldienst, meine Freundin und ich haben uns ausgesperrt.«

»Gut, wo wohnen Sie? Es wird aber länger dauern.«

»Einhundert Euro Trinkgeld, wenn es nicht länger dauert. Ich hab meinen Autoschlüssel in der Wohnung und muss zu einem dringenden Termin!«

»Wo, sagten Sie, war das? Ich bin in zehn Minuten da.«

Es dauert elf Minuten, dann weitere dreißig Sekunden, bis die Tür auf ist. Es ist deprimierend, wie schnell das geht, wie wenig Sicherheit ein normales Schloss bietet. Ich mache mir eine geistige Notiz, Melanie auf die Türen des *Dominions* und die Sicherheit des Chateaus anzusprechen.

Den Papierkram mit dem Mann vom Schlüsseldienst erledige ich an der Schwelle, unterzeichne auch ganz frech und elegant als Klaus Beckmann, während Amber einfach hineingeht, als wäre sie dort zu Hause.

Als der Mann vom Schlüsseldienst deutlich reicher wieder geht, bin ich sicher, dass er keinen Verdacht geschöpft hat, und wenn, dann hat er sich entschieden, keinen Verdacht zu zeigen. Wir tragen beide teure Kleidung und sehen wohlhabend und respektabel aus. So einfach ist das also. Ich schüttele noch amüsiert den Kopf, als ich auch hineingehe.

»Marcus«, sagt Amber, während ich die Tür hinter mir zuziehe. Sie steht im Flur von Beckmanns Wohnung und ist kreidebleich.

Mit einem zitternden Finger zeigt sie auf die Wohnzimmertür. Langsam gehe ich hinein und bleibe auf der Schwelle stehen. Klaus liegt im Fernsehsessel, der Fernseher ist allerdings aus. Sein Kopf ist nach hinten und zur Seite weggerutscht, links hinter ihm, auf dem Boden und an der Tapete, prangt ein Sprühmuster von dunkelroten Tropfen und grauen Punkten, an seiner rechten Schläfe ist ein kleines verbranntes Loch, die linke Schläfe fehlt, hat sich im Zimmer verteilt. Das linke Auge ist aus der Höhle gesprungen und ... Ich sehe weg.

Wenn man jemanden kennt, ist es anders. Ich höre, wie sich Amber auf der Toilette übergibt, und denke sogar noch, dass das die Spurensicherung kaum freuen wird. Dann erwischt es mich auch. Für einen Moment fürchte ich, dass es mir genauso geht, ich merke, wie mir das Blut wegsackt, aber dann weicht der dunkle Rand aus meinem Gesichtsfeld. Ich hole tief Luft, bin froh, dass das Fenster auf ist und frische Luft von draußen das Wohnzimmer füllt.

Vorsichtig gehe ich näher heran, ich achte darauf, wo ich hintrete, hoffe, dass mir die Spurensicherung verzeiht.

Er hält eine Walther-Pistole in der Hand, für so ein kleines Ding hat sie eine ganz ordentliche Sauerei produziert, vor ihm auf seinem Schoß ein Zettel.

»Verdammtes Glücksspiel! Ich kann nicht mehr!« Ist es seine Handschrift?

Darunter die Kopie eines von ihm ausgestellten Wechsels über 18 000 Euro. Das Einzige, was fehlt, ist eine Visitenkarte des Clubs, aber da er der Manager des *Dominions* war, braucht es das nicht. Es sieht alles so aus, wie es aussehen sollte, klassischer Selbstmord, bis hin zur halb leeren Whiskyflasche auf dem Boden neben dem Sessel, aber ich glaube es nicht.

Klaus, verdammt noch mal, was ist hier los?

Ich gehe vorsichtig zum Flur zurück, atme dreimal tief durch und rufe Malowsky an.

»Du steckst ziemlich tief in der braunen Masse«, sagt Malowsky später. Wir sitzen unten im Mercedes, Amber hat uns von einem Imbisswagen am Ende der Straße drei Pappbecher Kaffee gebracht. Sie sitzt hinter uns, Malowsky auf dem Beifahrersessel. Vor uns blockieren zwei Streifenwagen und ein Leichenwagen die Straße.

»Ja«, antworte ich. »Ich bin überrascht, dass du keine Genugtuung zeigst.«

»Marcus«, sagt Malowsky, »ich meinte das gestern Abend ernst. Wir waren mal Freunde. Es hat lange gedauert, aber es fiel mir wieder ein.«

Ich nicke langsam, so ganz glaube ich es nicht.

»War einer von euch schon jemals vorher in der Wohnung?«, fragt er dann. Ich schüttele den Kopf, Amber, wie ich im Rückspiegel sehe, auch.

»Nicht in den letzten vier Jahren«, ergänze ich.

»In der letzten Zeit nicht?«

Ich schüttele erneut den Kopf.

»Irgendetwas angefasst?« Malowskys Augen liegen auf mir, ich kann den Blick nicht deuten.

»Nein, gar nichts ... ich habe nur die Tür zugezogen.«

»Und Sie, Frau Bergmann?« Er dreht sich zu ihr um.

Ich bin überrascht, dass Malowsky ihren Nachnamen kennt, aber er war ja immer gründlich.

»Die Klinke an der Wohnzimmertür ... vielleicht auch die Wand, ich weiß es nicht«, sagt Amber leise. »Auf der Toilette. Ich bin dort hingefallen ... auf den Boden und am Toilettenbecken. Tut mir leid, aber ich habe es grad noch dorthin geschafft.«

»Dafür hat jeder Verständnis. Besser dort als am Tatort«, sagt Malowsky. Er blickt zu mir hinüber, mustert mich, nimmt einen Schluck Kaffee.

»Du hast gute Anwälte. Das mit dem Schlüsseldienst, auch das hilft. Aber du kannst die Tür ja schon vorher zugezogen haben, nicht wahr?«

Ich nicke.

»Gab es in der letzten Zeit Streit mit Beckmann?«

Ich seufze.

»Ja. Und es war ein Knaller. Es ist sogar alles aufgezeichnet, ich hatte vor, die Aufnahmen morgen mitzubringen.«

»Was war der Grund des Streits?«, fragt Malowsky.

Ich zögere, aber ich finde keine anderen Worte als die nackte Wahrheit, und es hat auch keinen Sinn, es vertuschen zu wollen.

»Christina Schäfer, das letzte Opfer.«

»Ja?«

»Er hat sie eine Nacht vor der Mordnacht in meinem Sicherheitsbüro gevögelt. Vor laufender Sicherheitskamera.«

Malowsky sagt eine Zeit lang nichts.

»Sachen gibt's«, meint er dann und nimmt einen Schluck Kaffee. »Wenn er der Manager war, wusste er doch, dass die Kameras laufen.«

Ich nicke. »Aber es war ihm egal. Es war nicht das erste Mal, dass er so etwas tat. Im *Dominion* geht es um SM und Sex. Wenn es Sex gibt, ist es eher etwas Normales als eine Sache, um die man sich Sorgen machen müsste. Klaus war nicht verheiratet, also konnte er eigentlich tun, was er wollte.«

»Nur, dass sie minderjährig war.«

»Sie war über sechzehn. Sie hätte nicht in den Club gedurft, aber für das Vogeln kann man ihm keinen Vorwurf machen.«

»Ja«, sagt er. »Aber es sieht wirklich scheiße aus.«

Ich nicke, wir sind alle still, Amber sagt sowieso nichts, sie schaut aus dem Fenster, aber ich bezweifle, dass sie etwas wahrnimmt. Ich glaube, sie hat einen Schock.

»Was jetzt?«, frage ich dann.

»Im Moment nichts. Wir nehmen deine Zeugenaussage und auch die Ihre, Frau Bergmann, morgen auf. Es kommt auf den Zeitpunkt des Todes an. Wenn ihr zwei Hübschen heute schon den ganzen Tag unterwegs und zusammen wart, habt ihr ein Alibi, aber auch das tut nicht unbedingt was zur Sache, weil ein guter Staatsanwalt den Punkt betonen wird, dass Frau Bergmann emotional und finanziell von dir abhängig ist und sie mehrfach schon bewiesen hat, dass sie alles für dich tun würde, also vielleicht auch einen Meineid schwören. Es ändert an dem Alibi nichts, aber es ändert den Wert.«

»So, wie es aussieht, ist er seit heute Morgen tot. Das Fenster ist auf, das wird es erschweren, den Todeszeitpunkt genau festzulegen, aber das wäre mein Tipp.«

»Sei du vorsichtig mit deinen Tipps. Vor allem, wenn sie zutreffen«, sagt Malowsky. »Aber gut, wo warst du heute Morgen?«

»Im *Dominion*. Oben in der Wohnung. Mit meinen Frauen.«

»Wie einfach du das sagst. Ich habe nicht einmal mehr meine«, erwidert Malowsky leise. »Übernachtest du häufiger da?«

Ich schüttele den Kopf. »Sehr selten sogar. Vielleicht zehn-, fünfzehnmal in den letzten acht Jahren.«

»Wie lange braucht man vom *Dominion* hierher?«

Ich zucke die Schultern. »Je nach Verkehr würde ich sagen, zwischen zehn und zwanzig Minuten.«

»Gibt es jemanden, der nicht auf deiner Gehaltsliste steht und irgendwie bezeugen kann, dass du den Club nicht in aller Herrgottsfrühe verlassen hast?«

Ich schüttele den Kopf.

Er nickt.

»Danke für den Kaffee, Frau Bergmann«, sagt er und öffnet die Tür, um auszusteigen. Er steckt den Kopf noch einmal in den Wagen, während er den Pappbecher zusammenknüllt und wegwirft. »Du kennst das ja. Keine Auslandsreisen und so.«

Ich nicke. Er schließt die Tür und geht davon, stapft zum Eingang von Beckmanns Haus zurück, wo ein uniformierter Polizist auf ihn wartet.

Was für ein Mist!

Kapitel 7

Wir fahren zum Chateau zurück. Amber ist wieder auf den Beifahrersitz geklettert; eine andere Frau wäre vielleicht dazu ausgestiegen, aber für unsere gelenkige Amber scheint es einfacher, elegant über die Lehne zu gleiten; sie stützt sich nur einmal auf, um den Hintern anzuheben und mit Schulter und Bein eine Brücke zu bilden, zieht den Rock zurecht, schüttelt ihre Haare aus und schnallt sich dann an.

Unabhängig davon, wie perfekt sie aussieht, ihrem Gesicht merkt man an, dass sie erschüttert ist. Amber ist zwar mit vielen Arten von Gewalt aufgewachsen, aber Mord ist etwas anderes, vor allem, wenn man das Opfer kennt.

Ich bin auch nicht unberührt geblieben, gerade die letzten Konfrontationen mit Klaus gehen mir nicht aus dem Kopf. Ich habe Bilder von ihm vor Augen, wie er weinend auf dem Boden des Sicherheitsraumes liegt und ihm der Speichel aus den Mund läuft, während er Rotz und Wasser heult; ich sehe wieder, wie er versucht, sich zusammenzureißen, sehe mich, wie ich ihn Tanja übergebe, damit sie ihn »gerade biegt«.

Es schien mir in unserem Umfeld eine bessere Alternative, als ihn hinauszuwerfen und arbeitslos zu machen, aber jetzt bleibt nur der bittere Geschmack davon, dass ich ihm, kurz bevor er starb, seine Selbstachtung als Mann genommen habe.

Und natürlich mache ich mir Sorgen um uns, den Club, das Chateau und vor allem um meine Mädchen.

Ich werfe einen Blick zu Amber hinüber, sie sieht es und lächelt scheu; sie wirkt wieder fürchterlich jung, sie *ist* jung, fällt mir ein, sie ist dreiundzwanzig Jahre alt, genau halb so alt, wie ich es bin. Man merkt es oft nicht, sie hat durch viele Dinge eine persönliche Reife, die über das hinausgeht, was man von jemandem in ihrem Alter erwarten könnte.

Jacqueline ... Mit der extrovertierten Amber als Freundin oder »Schwester«, wie die beiden sich manchmal nennen, übersieht man sie viel zu leicht, aber Jacqueline ist nur neun Wochen älter als Amber, und zu welchen Einsichten sie fähig ist und was in ihr steckt, bekam ich ja heute Morgen zu hören. Caroline, meine geliebte Caroline, wird demnächst 29. Seit über sechs Jahren sind wir verheiratet, und auch sie wirkt manchmal, als ob ihre Lebenserfahrung größer wäre als meine.

Vielleicht ist es der Weg, dem sie folgen, ein Weg, der sich nicht Selbstaufgabe, sondern Selbstbestimmung nennt und oftmals viele Aspekte der klassischen Seelenläuterung enthält. Vielleicht aber gibt auch das Dienen einem Menschen diese Reife und Charakterstärke – sich selbst in den Dienst eines anderen zu stellen, aus Liebe heraus und aus keinem anderen Grund ... Na ja, ich schmunzele in mich hinein, sicher auch ein wenig aus Lusterfüllung.

Ich bin mir sehr klar darüber, dass ich es nicht könnte, nicht auf diese Art. Aber in diesem Augenblick stelle ich fest, ganz tief drinnen, wie sehr ich meine drei Grazien liebe und dass ich nicht zögern würde, für sie zu sterben, wenn es denn sein müsste.

»Was ist, Marcus?«, unterbricht Amber meine Gedanken. Ich blicke kurz von der Fahrbahn zu ihr, ich bin wohl eine ganze Zeit lang auf Autopilot gefahren und bemerke, dass sie mich besorgt anblickt.

»Warum?«, frage ich zurück. Selbst meine Stimme klingt anders, belegt. Ich glaube nicht, dass es ein Selbstmord war, aber was, wenn doch? Ich bereue es jetzt, so hart mit Klaus umgegangen zu sein. Am liebsten würde ich mich wieder in mein Schneckenhaus zurückziehen, so tun, als ginge mich das alles nichts an, aber dazu ist es zu spät. Jetzt ist es eine persönliche Angelegenheit, und ungeachtet unserer Differenzen trifft mich die Sache mit Klaus weitaus härter, als ich es für möglich hielt.

Reiß dich zusammen, Marcus, denke ich. Bring dich wieder unter Kontrolle, du kannst es dir nicht leisten, hier gefühlsmäßig auf und nieder zu gehen!

»Du siehst so traurig aus«, meint sie. »Sagst du mir, was los ist?« Dies ist ein wichtiger Moment, merke ich gerade, einer von vielen wichtigen Momenten in den letzten zwei Tagen. Ich weiß nicht, warum, aber ich spüre, dass es so ist.

»Du sagst uns nie, was du gerade denkst oder fühlst«, fährt sie leise fort. »Ich weiß, dass du es Caro sagst, aber Jacqueline und mir ... uns sagst du es nie.«

Stimmt das? Ja, ich glaube schon. Es ist Caro, mit der ich über meine Gefühle rede. Jacqueline und Amber sind da, wenn ich sie brauche oder will, aber ich rede nicht mit ihnen. Und Caro, Caro sage ich auch nicht alles.

»Manche Dinge«, antworte ich langsam, »muss ich mit mir selbst ausmachen. Ich habe früher immer über meine Gefühle gesprochen, aber dann habe ich damit aufgehört.«

Sie nickt, als wäre damit alles gesagt. Ist es aber nicht.

»Ich habe Angst«, spreche ich weiter, zwinge mich weiterzusprechen, sie hat eine Antwort verdient. Ich merke, wie ich langsamer werde, weil ich meine Konzentration darauf lenke, wie ich meine Worte wähle. »Nicht um mich oder den

Club oder das Chateau. Ich habe Angst um euch. Ich habe Angst, dass hier etwas auf uns zurollt und euch etwas passiert. Weil ich euch schützen will und es vielleicht nicht kann. Ich habe vor allem deshalb Angst, weil ich erst kürzlich festgestellt habe, dass ich Jacqueline und dich wirklich liebe. Ich liebe dich, Amber. Und ich habe Angst, dass ein paar deiner Dämonen nicht begraben sind und dich in Gefahr bringen.«

»Du hast es nie gesagt.« Amber schnieft. »Ich weiß, du hast heute Morgen gesagt, dass du uns alle liebst. Aber du hast es nie direkt gesagt, nie diese Worte gebraucht.« Sie fährt sich mit dem Handrücken über ihr Gesicht. »Seit acht Jahren hast du es nicht zu mir gesagt. Du hast gesagt, ich wäre schön. Du hast ...«, sie bekommt einen Schluckauf, versucht weiterzusprechen, »gesagt, du bist stolz auf mich. Solche Dinge hast du gesagt, aber nie ...« Sie weint, ein Sturzbach von Tränen und Schlucksern, ihr Gesicht nun offen, bar jeder Maske, sie ist nicht imstande weiterzureden, obwohl sie es versucht.

Ich lenke den Wagen an den Straßenrand. Als ich anhalte, legt sie den Kopf an meine Schultern und weint, so wie ich noch nie jemanden habe weinen sehen. Immer wieder dazwischen will sie etwas sagen. Sie schafft es kaum, und ich verstehe allmählich ... Keiner hat es bisher so zu ihr gesagt, dass sie es glauben konnte.

»Aber Jacqueline und Caro, sie lieben dich doch auch. Und sagen es dir.«

Sie nickt, ihre Tränen feucht an meiner Schulter. »Das ist was anderes. Ich weiß nicht, wieso, wir lieben uns, weil wir sonst nicht dich lieben könnten, oder nur eine von uns«, nuschelt sie gegen meine Schulter. Ich halte sie, während sie weint, streichele ihr Haar.

Amber weint nie und jetzt in 24 Stunden zweimal. Nein, das stimmt nicht. Sie weint auch manchmal, wenn ich mit ihr spiele oder andere es tun, aber es ist ein anderes Weinen als das hier, eines, das eine Amber zeigt, die offen ist, die keine Maske trägt.

Sie ist nicht schön, wenn sie so weint, ihr Gesicht bekommt rote Flecken, wirkt geschwollen, aber es berührt mich tief in meinem Herzen, bricht durch Mauern hindurch, von denen ich nicht wusste, dass sie existieren.

Ich halte sie und verstehe, wie einsam man sich fühlen muss, wenn man denkt, dass man nicht geliebt wird. Ich kannte dieses Gefühl auch einmal, und nur durch meine drei Grazien habe ich es vergessen. Sechsundvierzig Jahre bin ich alt, und hier und jetzt verstehe ich zum ersten Mal, was es wirklich bedeutet, geliebt zu werden, was es bedeutet, wenn ein Mensch einen über Jahre liebt, in dem Glauben, es gäbe jedoch keine Liebe für ihn selbst.

Das Gefühl, ungeliebt zu sein, kenne ich ebenfalls. Dieser Schmerz ist größer als alles, was man körperlich spüren kann, zieht sich so tief in einen hinein, dass man einen anderen Schmerz suchen kann, der davon ablenkt, einen anderen, der hilft, weil er kleiner ist.

Ich denke an Alice am Kreuz, an diesen erstarrten, verachtenden Blick, an das, was ihr alles genommen wurde. Hörte sie diese Worte von jemandem, den sie selbst liebte, dem sie vertrauen konnte, dass diese Worte wahr sind? Hatte sie vorher noch Gelegenheit, jemanden zu finden, der sie liebte, oder nahm ihr der Mörder auch das?

Ich denke an Jacqueline, der ich auch noch sagen muss, dass ich sie liebe, und an Caro, die für Amber und Jacqueline Platz machte, obwohl sie es nicht hätte tun müssen.

Und daran, dass ich immer noch nicht weiß, wieso ich so

geliebt werde, womit ich dieses Geschenk überhaupt verdient habe.

Wie oft war es so, dass ich mich speziell über Amber geärgert hatte, sie mich nervte? Ich sie einfach nicht verstehen konnte, nicht verstand, warum sie so getrieben war?

Ein Lastwagen hupt, als er an uns vorbeizieht, und Amber richtet sich auf. Sie lächelt, als sie die Tränen wegwischt und mir einen kleinen keuschen Kuss auf die Wange gibt.

»Danke«, sagt sie.

Ich sage nichts, es gibt nichts zu danken, ich sollte mich bei ihr bedanken. Vielleicht tue ich es auch mal, demnächst.

Ich starte den Wagen wieder, und wir fahren weiter.

Als wir am Chateau ankommen und ich den Mercedes um die Auffahrt lenke, um den Brunnen herum, der mir nun zum ersten Male gefällt, weil der Amor endlich weg ist, öffnet sich die Tür an der Treppe, und noch bevor ich den Wagen anhalten kann, sind Jacqueline und Caro da. Sie sehen Amber an, die immer noch rote Flecken im Gesicht hat, und mich, und dann sind alle drei um mich herum, und ich bin nur froh, dass ich so groß und schwer bin, dass sie mich nicht umwerfen. Gott, bin ich froh, sie zu haben, zu spüren, dass sie für mich da sind!

»Klaus ist tot, nicht wahr? Gott sei Dank ist euch nichts geschehen!«, ruft Caro, dann küsst sie mich, als gäbe es kein Morgen mehr, während Jacqueline Amber umarmt und sie hält.

»Nein, wir haben ihn nur gefunden«, sage ich beruhigend. »Lasst uns reingehen.« Meine Stimme klingt belegt, also räuspere ich mich. Caro sieht mich nur an, vor ihr kann ich mich nicht verstecken. Sie hat schon immer gefühlt, wie es mir geht, und ihre Augen werden weich.

»Wir hörten, dass Beckmann tot ist, Melanie rief uns an. Du hättest uns auch anrufen können«, sagt Caro, als wir die Treppe hinaufgehen, um in das warme Chateau zu gelangen. Sie schmiegt sich an mich, hält sich fest an mir.

»Ja, das hätte ich. Aber wir waren auf dem Weg hierher, und ich hoffte, dass ihr es von uns persönlich erfahrt«, antworte ich.

»Falsche Hoffnung. Wir wussten nichts, außer, dass er tot ist, erschossen, und ihr dabei wart!«, sagt Jacqueline mit leichtem Vorwurf in der Stimme. »Wir hatten eine Schweineangst um euch!«

»Es ist uns nichts passiert, also könnt ihr euch beruhigen«, sage ich leise und führe sie in das Esszimmer, das mehr und mehr zu dem Ort wird, an dem wir zu viert miteinander reden können. »Wir haben ihn nur gefunden. Das heißt, Amber hat ihn gefunden.«

»Was tun wir jetzt?«, fragt Caro.

»Ich gehe erst mal hoch und mache mich frisch«, antwortet Amber. »Ich denke, wir sollten nach dem Abendessen wieder in den Club fahren.«

»Ist das eine gute Idee?«, frage ich, während wir in die Küche gehen. »Vor allem jetzt, da Klaus tot ist?«

»Genau deshalb müssen wir den Club öffnen. Wir müssen präsent sein«, sagt Caro, und Amber und Jacqueline nicken.

»Vielleicht«, überlege ich. »Es scheint im Moment jedenfalls so, als ob er im Zentrum des Geschehens wärc.«

»Das ist nicht das, was ich meine«, sagt Amber über ihre Schulter hinweg. »Nach dem Zeitungsartikel ist es heute Abend wahrscheinlich gestopft voll. Die Leute werden wissen wollen, was los ist.« Sie schenkt uns noch ein kurzes Lächeln und geht dann nach oben.

»Damit hat sie recht«, sagt Caro. »Wenn keiner von uns dort ist, wird die Gerüchteküche brodeln. Abgesehen davon – jemand muss sich um den Club kümmern. Und um Tanja. Ich habe vorhin mit ihr gesprochen. Sie hatte es gerade erst gehört und war fix und fertig.«

»Wegen Klaus?«

Sie nickt. »Tanja macht sich Vorwürfe.«

»Soll ich auch mitkommen?«, fragt Jacqueline, als sie die Teller auf den Tisch stellt. »Ich habe einen hochgeschlossenen Overall, da sieht man die Striemen nicht. Oder soll man sie sehen?«

Sie blickt mich nicht an, als sie das fragt, aber so langsam verstehe ich, wie Jacqueline funktioniert.

»Man soll. Und es bedeutet auch nicht, dass du keine neuen dazukriegst«, sage ich. »Ihr kommt alle drei mit. Ich will hier niemanden allein lassen.« Das erinnert mich an etwas. »Wir sollten uns auch ein wenig um unsere Sicherheit hier kümmern.«

»Wir besitzen eine hervorragende Alarmanlage«, sagt Caro.

»Ja. Aber es dauert zwanzig Minuten, bis die Polizei hier ist. Und das Chateau ist nicht wirklich einbruchsicher, nicht mit den vielen Fenstern.«

»Sie sind alle schlagsicher«, teilt mir Caro mit. »So einfach ist es nicht, hier hereinzukommen.«

Ich nicke, ich weiß das, aber ich habe trotzdem ein ungutes Gefühl. »Was hältst du von einem Hund?«, frage ich sie.

Sie lacht. »Ich sehe ihn schon vor mir. So einen Rottweiler oder etwas Ähnliches, wie er an unseren fantasievoll gekleideten Gästen vorbeiläuft und alle beschnüffelt!«

Wenn ich daran denke, wie knapp und freizügig manche

der Fetischoutfits ausfallen, dann ist diese Vorstellung reichlich absurd. Ich muss ebenfalls lachen. Es tut gut. »Du hast recht. Und in einem Zwinger nützt er uns gar nichts.«

»Siehst du«, meint sie.

»Gibt es sonst etwas?«

»Ja. Noch eine Sache. Einige unserer Gäste haben sich per E-Mail gemeldet oder in das *Dominion*-Gästebuch geschrieben. Gestern Nacht kam bei ihnen super an. Ich glaube, sie hoffen darauf, dass sich Ähnliches wiederholt.«

»Vielleicht tut es das auch«, sage ich. Wenn ich ehrlich bin, glaube ich nicht dran. »Mal sehen. Im Augenblick geht mir zu viel durch den Kopf, um Platz dafür zu haben. Aber wir haben ja auch noch Gäste, und die liefern eigentlich immer die meisten Shows.«

»Aber nicht immer die besten«, erwidert Caro. Sie erhebt sich, ich fange sie ein, sie fließt gegen mich. »Und wie geht es deinem Hintern?«, frage ich sie leise.

Sie grinst. »Finde es doch heraus.«

Jacqueline bringt die Platte mit dem Abendbrot herein und stellt sie auf den Tisch.

»Turtelt später. Wenn du nichts dagegen hast, Marcus, könnten wir zu Abend essen.«

Ich lache und fahre ihr mit der Hand durch das Haar. Sie versucht, den Kopf wegzudrehen und zu entkommen, aber sie grinst dabei.

»Ich glaube, es wird sich einrichten lassen.«

Als wir am Abend beim *Dominion* ankommen, merke ich, dass Amber recht hat, die Parkplätze in der Gegend sind alle besetzt. Als ich um den Club herumfahre, um im Hinterhof zu parken, sehe ich eine kleine Traube frierender Gäste, die meisten tragen lange Mäntel, aber wahrscheinlich wenig drunter. Es hat den ganzen Tag geschneit, und der Schnee ist noch weiß, es sieht alles friedlich aus.

Nur dass ein Mörder frei herumläuft und vielleicht auch heute Abend wieder unter unseren Gästen ist, um sich ein neues Opfer zu suchen.

Ich parke den Mercedes und stelle dann fest, dass es meinen drei Schönen nicht anders geht als den Gästen, auch sie frieren unter den Mänteln. Ich beeile mich, hinten aufzuschließen, und als wir in die Wärme des Ganges treten und ich die Tür hinter uns schließe, höre ich ein gemeinsames Aufseufzen. Wir gehen zuerst nach oben, ich werfe einen Blick in den Sicherheitsraum, wo heute wieder Bernd Dienst hat, zeige ihm ein paar Bilder, die Amber aus dem Filmmaterial herauskopiert hat, Personen, nach denen er besonders Ausschau halten soll. Es ist zwanzig vor neun, der Club hat noch geschlossen, aber das Bistro ist überfüllt, Giorgio und die Neue, Katharina Seller, haben hinter der Theke alle Hände voll zu tun. Hier und da kann ich eine Zeitung sehen, die manche der Gäste dabeihaben, es wird heftig diskutiert. Ohne Ton ist schwer zu erkennen, was sie sagen, aber ich gewinne den Eindruck, dass sie nicht amüsiert sind. Ich hoffe nur, dass sie nicht auf uns oder den Club sauer sind, sondern auf dieses Käseblatt!

Dann ziehe auch ich mich um. Heute gehe ich in Leder, mit einem schwarzen Rüschenhemd und Biker-Boots. Meine drei Schönen sind auch fertig, als ich an die Tür des Waschraums klopfe; sie sehen auf, als ich hereinkomme, und auch wenn ihr Lächeln nicht ganz so strahlend ist wie sonst, wirkt es dennoch natürlich.

Letztlich sind wir in der Unterhaltungsbranche, die Show muss weitergehen, aber für meine Augen wirken wir alle etwas angeschlagen.

Wir haben keinen konkreten Plan. Jacqueline hat vor, sich unter die Leute zu mischen und zuzuhören, Amber hat die Absicht, auf Offensive zu gehen, um den Laden anzuheizen, und Caro wird Beckmann vertreten und Tanja etwas entlasten. Und versuchen, sie aufzumuntern.

Als wir die Treppe hinuntergehen und durch die Tür hinter der Theke den Club betreten, ist es kurz vor neun. Tanja lehnt hinter der Theke, vor ihr steht ein Glas Cola, sie raucht eine Zigarette und sieht verloren aus. Die drei scharen sich sofort um sie, drücken sie an sich, währenddessen kommen zwei junge Männer auf mich zu, in schwarzem Anzug, wie ich es von meinen Sicherheitsleuten verlange, und stellen sich vor. Sie heißen Detlef Michels und Otto Lambke und wurden von Melanie angeworben, um hier heute Abend zusätzlich ein Auge offen zu halten. Detlef hat schon einmal in einem Sexclub gearbeitet, aber nicht in einem SM-Club, Otto hat nur Erfahrung mit Diskotheken. Na, eine Tanzfläche haben wir hier ja auch. Ich sage ihnen, dass sie sich an Tanja wenden sollen, oder Bruno, der heute hier im Club Dienst hat, und frage sie, ob sie das mit den Vibrationspagern und den Signalen verstanden hätten. Die Idee mit den Pagern kam wieder einmal von Amber, man kann sie nicht überhören, auch wenn es laut ist, und es fällt keinem auf.

Ja, sagen sie, Tanja hat es ihnen erklärt. Ich schärfe ihnen ein, nicht voreilig einzugreifen; wenn eine Session läuft, sollen sie auch die Zuschauer ansehen, und solange dort niemand beunruhigt wirkt, sollen sie nichts tun. Sie nicken, aber ich habe meine Zweifel, ob sie verstehen, was ich meine. Ich werde es herausfinden.

Es ist wirklich nicht einfach, gutes Personal für einen Club wie diesen zu bekommen, es gehört eine Menge Fingerspitzengefühl dazu, hier immer die richtige Entscheidung zu treffen. Ich rede kurz mit Bruno, er verspricht, ein Auge auf die neuen Mitarbeiter zu haben, dann gehe ich zu Tanja und berühre sie am Arm. Sie sieht zu mir hoch, sie wirkt gefasst.

»Nichts davon ist deine Schuld«, sage ich. Zu meiner Überraschung nickt sie. »Ich weiß, dass es so ist. Sonst hätte er mich ja nicht angerufen. Er wollte etwas überprüfen, erinnerst du dich?«

Ich nicke.

»Weißt du, was ich denke? Er hat etwas herausgefunden und wurde deshalb ermordet!« Sie schluckt. »Wenn ich den Dreckskerl erwische, mache ich ihn fertig.« Als sie das sagt, hat sie Stahl in der Stimme, sie meint es ernst.

Ich nicke. Wenn ich herausfinde, wer es war, gebe ich ihr vielleicht Bescheid.

Die Tür zum Bistro öffnet sich, und eine Schar von Gästen ergießt sich in den Club. Obwohl mir nicht gerade danach ist, muss ich lächeln.

Auch wenn natürlich Schwarz vorherrscht, ist es doch eine farbenfrohe Schar von Leuten, die nun das *Dominion* stürmen, und der Aufwand, der in den fantasievolleren Kreationen steckt, ist beträchtlich. Es gibt Engel mit schwarzen Flügeln, Subs mit Lederhosen, die den Hintern frei lassen oder ihr bestes Teil stolz frei baumelnd präsentieren, Busen mit oder ohne Piercings. Dominante Herren und Damen sind im Abendanzug oder Abendkleid unterwegs, während ihre Subs oft Koffer mit den notwendigen Gerätschaften tragen. Einige haben Gewänder aus dem Mittelalter angezogen, wieder andere sind tätowiert und zeigen ihre lebende Leinwand mit der Selbstverständlichkeit eines Pfaus. Viele sind zu Recht auf ihren Körper stolz und zeigen ihn auch gern her … Es ist eine bunte Mischung, und die allermeisten sind mir sympathisch.

Manchmal wirkt es ein wenig barock, wie hier Kostüme und Subs zur Schau gestellt werden, wie über Spielzeuge oder Gerätschaften diskutiert wird. Ja, es werden Menschen geschlagen und gequält, aber die wenigen Aggressionen, die man sieht, sind selten echt, sondern meistens nur gespielt. Ein friedlicheres Völkchen kann ich mir kaum vorstellen. Ich stelle fest, dass ich meine Gäste tatsächlich mag, froh bin, den einen oder die andere zu kennen, und fühle mich wohl unter ihnen.

Dass sich hier womöglich ein Raubtier herumtreibt, bringt mich auf die Palme. Aber jetzt daran zu denken, ist müßig; einige Dinge sind schon in Bewegung, und ich hoffe sehr, dass der Dreckskerl nicht mehr allzu lange frei herumläuft. Ich will ihn haben, bevor es wieder Sonntag ist und vielleicht das nächste junge Mädchen stirbt.

Ich wische die Gedanken zur Seite und nicke meinen Gästen zu, lasse hier und da ein charmantes Wort fallen, bewundere pflichtgemäß die zauberhaften Damen, und in mir reift eine Idee heran, über die ich noch mit Caroline sprechen muss.

Es hat sich wie ein Lauffeuer herumgesprochen, dass Klaus tot ist, immer wieder kommt ein Gast an, sagt, wie schade es ist, drückt mir sein Beileid aus, aber es sind weniger, als ich gedacht hatte, meist bleibt es bei einem: »Ich hab das von Beckmann gehört, verdammte Schande das.« Dann nicke ich, und das Thema wird gewechselt. Ich fühle mich unbehaglich, wenn ich die Beileidwünsche entgegennehme, ich kann nicht vergessen, wie ich mit Klaus umgesprungen bin.

Gestern war die Stimmung bereits um diese Uhrzeit

heiß, heute muss sie erst noch anlaufen. Im Augenblick wird geredet und diskutiert, begrüßt man sich, sortieren sich die Cliquen aus, suchen die vielen Einzelherren oder wenigen einzelnen Damen Positionen, um das Geschehen zu beobachten. Heute Abend ist Disko, natürlich ist Dunkelmucke angesagt, aber unser DJ Thomas, der gestern nicht hier war, hat ein Händchen dafür, sowohl die jüngere als auch die etwas ältere Generation bei der Stange zu halten.

Das Bistro vorne leert sich, Gi hält dort die Stellung, und Katharina Seller kommt durch die Tür hinter die Theke in den Club und unterstützt Tanja. Dafür, dass Katharina noch nie in einem SM-Club gearbeitet hat, ist ihr Outfit ziemlich gewagt. Es dauert einen Moment, bis ich erkenne, dass Tanja sie wohl aus unserem Fundus ausgestattet hat. Das Lederkostüm, das sie trägt, bedeckt alle wichtigen Stellen, gibt aber den Blick auf ihre Beine und ein schönes Dekolleté frei.

Ich lehne an der Theke, die sich nun langsam füllt, und nippe an meinem Glas, sehe ihr bei der Arbeit zu. Ab und zu schaut sie irritiert, wenn ein männlicher Sub vorbeikommt, der sein bestes Teil zeigt, aber sie verbirgt es recht gut, es dauert auch nicht lange, bis sie es ignoriert.

Otto hat da mehr Probleme, er streicht durch die Räumlichkeiten wie ein gieriger Löwe, starrt so intensiv die Leute an, dass sie es spüren und davon irritiert sind, und er merkt es nicht einmal. Ich glaube, er ist von den neuen Eindrücken überwältigt. Ich bin fast froh drum, dass es diese alltäglichen Problemchen gibt, das lenkt von den düsteren Gedanken und Klaus ab.

Als Tanja bei mir vorbeikommt, winke ich sie heran, sie soll Otto hier abziehen und erst mal hoch zu Bernd ins Glashaus stecken, da kann er glotzen, wie er will, ohne dass die

Leute es merken. Es ist zu spät, einer der Gäste kommt zu mir und macht mich auf Otto aufmerksam. Ich folge seinem säuerlichen Blick, und da ist Otto, er steht an der Wand und sieht zu, wie ein Pärchen sich küsst und streichelt, und seine Hand spielt dabei Taschenbillard. Gut, neben ihm ist ein Gast, der ganz offen wichst, aber er steht weiter weg, und selbst der Spanner spannt nicht so wie Otto. Ich seufze.

Schnell teile ich dem Gast mit, dass wir es schon gesehen haben. Er sieht, wie Tanja auf Otto zugeht, ihn am Arm packt, ihn mitnimmt und nickt.

»Ich wusste schon immer, dass dies ein korrekter Club ist«, meint er dann und dreht sich zu Katharina um, bestellt ein Bier.

Die ist indes doch etwas abgelenkt, obwohl sie versucht, es zu verbergen. Vor der Theke ist eine junge Frau in die Knie gegangen und bläst abwechselnd zwei Doms; ich sehe Katharina an, dass sie nicht weiß, wie sie reagieren soll.

Ich gehe hinter die Theke zu ihr, berühre sie leicht am Arm. »An der Ecke, der Herr will ein Bier«, teile ich ihr mit, sie eilt davon. Ich suche Amber, sie steht nicht weit entfernt, unterhält sich mit der brünetten Solo-Sub von gestern Abend, die einen schwarzen Dildo von überraschender Länge in der Hand hält. Amber lacht, nimmt den Dildo und öffnet ihren Mund ... und hat sofort Publikum. Sie sieht mich allerdings, grinst mich an, kommt mit der brünetten Sub und dem Dildo an die Bar. Sie legt den Dildo auf die Theke und beugt sich vor, damit ich sie küssen kann. Katharina hat zwischenzeitlich das Bier ausgeschenkt und versucht, wieder von dem heftiger werdenden Blasen vor der Theke wegzusehen.

Ich beuge mich vor, über die Theke, und spreche den einen der Doms an.

»Hallo, Mike.«

Er nickt mir zu. »Schlimmes Ding, was man da so liest«, sagt er und zieht an seiner Zigarette. »Klaus war wirklich okay.«

»Ja«, sage ich. »Das war er wohl.« Ich hab das oder Ähnliches heute bereits so oft gesagt, dass ich gar nicht mehr drüber nachdenke.

Ich beuge mich vor, um etwas besser sehen zu können, und ziehe eine Augenbraue hoch. Mehr braucht es nicht.

»Das ist Milla«, sagt Mike. »Milla, komm mal hoch.« Milla hört auf, ihn zu blasen, und richtet sich auf, wischt sich den Mund ab und lächelt mich an, macht einen kleinen Knicks.

»Milla, das ist Marcus. Ihm gehört der Club.«

»Hallo, Milla«, sage ich und deute einen Handkuss an, sie lächelt etwas scheu.

»Toller Club«, sagt sie.

»Mach bei Peter weiter, Milla«, sagt Mike, und Milla geht wieder auf Tauchstation.

»Peter«, begrüße ich den anderen Dom, der nickt zurück.

»Ist echt schade«, sagt Mike. »Jetzt muss sie wieder von vorne anfangen.« Ein Muskel in seinem Gesicht tickt, als Milla wieder zu ihm wechselt und ihr Kopf enthusiastisch auf und nieder geht.

»Worum geht es?«, frage ich mit einem Lächeln. Peter lacht. »Milla gab damit an, dass sie jeden Mann oral zum Abspritzen bekommt. Und Mike und ich halten dagegen und luden sie ein, uns das Gegenteil zu beweisen. Sie hat noch zehn Minuten Zeit. Wenn sie es nicht schafft, gehört sie heute Abend uns.«

»Und wir wissen schon, was wir mit ihr machen werden«, sagt Mike und grinst. Dann sieht er an mir vorbei und stockt, ich wende auch den Kopf und sehe Amber, die lächelnd diesen ultralangen Dildo leckt und immer wieder die Spitze mit ihren vollen roten Lippen befeuchtet.

Ich lache kurz und nehme ihr den Dildo ab. »Das ist unfair«, sage ich.

»Allerdings«, sagt Mike und entspannt sich wieder. »Amber, tu mir das nicht an. Ich kenn Milla zwar noch nicht lange, aber ich mag sie schon jetzt. Du kannst mir den Abend nicht verderben.«

Amber lacht und sieht mich fragend an. Ich lächele. »Ich habe eine Idee, meine Liebe«, sage ich zu ihr. »Du wolltest doch heute etwas Stimmung machen, nicht wahr?«

Sie nickt.

»Gut. Aber warte einen Moment.«

Ich wende mich Katharina zu und nehme sie bei der Hand, um sie etwas nach hinten zu ziehen, wo der Bass nicht so laut ist.

»Katharina ...«

»Kat, bitte«, sagt sie. Ich nicke.

»Also, Kat. Niemand hat etwas dagegen, wenn eine schöne Frau zuschaut. Aber sieh entweder hin und zeige, dass es dich interessiert und anmacht, oder sieh weg. Dieses verstohlene Schauen irritiert viel mehr. Und wenn du mitmachen willst irgendwo, frage einfach. Die meisten Gäste hoffen sowieso darauf; du bist neu, das wissen sie und sind neugierig, wie weit du gehst.«

»Ist das eine Aufforderung zur Prostitution?«, fragt sie. Ich schüttele den Kopf.

»Deine Pupillen sind geweitet, du atmest schnell, dein Puls an deinem Hals rennt, deine Brustwarzen sind so hart, dass du dich nicht gegen die Wand lehnen solltest, und ich rieche, wie feucht du bist«, sage ich, und sie weicht geschockt zurück.

»Du bist geil. Du willst es nur nicht zugeben. Dies ist ein SM-Club. Es sind hier Dinge erlaubt, die ungewöhnlich sind. Du musst gar nichts tun, die Leute wissen, dass meine Mitarbeiter, sowohl männlich als auch weiblich, tabu sind – es sei denn, sie wollen mitmachen. Du darfst aber zeigen, dass es dich geil macht. Es macht sie nämlich auch an, wenn es dich anmacht, deshalb sind sie ja hier, damit andere zusehen. Du kannst sie auch ignorieren. Aber wenn du anschließend anerkennend schaust und Mike und Peter freundlich anlächelst, dann gewinnst du ihre Herzen, und natürlich werden sie dich einladen, es auch zu versuchen. Aber du musst nicht, gar nichts. Und wenn du es tust, bekommst du keinen Cent dafür, denn es ist dein privater Spaß. Klar?«

Sie nickt, aber ich habe sie geschockt.

Ich lasse sie stehen und wende mich an Amber. »Bring Jacqueline her.« Amber nickt und geht.

Ich stelle fest, dass ich immer noch den Dildo in der Hand habe, und lege ihn auf die Theke.

»Wie heißt du?«, frage ich die brünette Sub, die mir gestern so schön einen blies.

»Phoenix«, sagt sie und lächelt. Es ist theoretisch möglich, dass sie wirklich so heißt, aber wahrscheinlich ist es ihr Nickname aus irgendeinem Chat.

»Gestern war geil«, sage ich ihr, was ja auch stimmt. »Ich danke dir für deinen Mund«, fahre ich fort und verbeuge mich leicht vor ihr. Sie lacht. »Ich hatte ja auch meinen Spaß«, sagt sie dann. Ich sehe Katharina, wie sie uns zuhört, ihre Ohren glühen rot.

»Das habe ich gemerkt«, fahre ich in normalem Plauderton fort. »Du magst das, nicht wahr?«

Sie nickt, aber das war ja auch nicht schwierig zu erraten; ich war gestern mit anderem beschäftigt, doch ich sah, dass sie mindestens fünf Leuten einen blies. Und das waren nur die, bei denen ich es mitbekam. Das gibt es manchmal, dass jemand hereinschneit und genau an einer Sache Spaß hat. Und der Blowjob steht in jedem SM-Club immer hoch im Kurs.

»Lust, bei einem kleinen Spiel mitzumachen?«, frage ich sie und sehe sie an, direkt an, und merke, wie ich sie erwische, am Haken habe.

»Ja«, sagt sie und leckt sich über die Lippen, Nervosität oder Geilheit, noch weiß ich es nicht. »Wenn es ums Blasen geht, immer.«

»Gut. Wirst du nervös, wenn du fixiert wirst?«

»Du meinst, festgebunden?«, fragt sie und atmet schneller.

Langsam, Marcus, denke ich, leichte Fehleinschätzung, dies ist doch noch etwas neu für sie. Ich habe sie zwar schon mehrfach hier gesehen, aber das bedeutet noch nicht, dass sie größere Erfahrung hat. Und vor dem gestrigen Tag, erinnere ich mich jetzt, sah sie immer nur zu. Aber sie schüttelt langsam den Kopf.

»Wenn es mir zu viel wird ... dann hört es auf?«, fragt sie.

Ich nicke. »Natürlich. Ich werde dabei sein. Ich passe auf. Zur Not sagst du was. ›Mayday‹ zum Beispiel.« So wie ich sie einschätze, wird sie es nicht sagen. Man muss es nur langsam angehen.

Sie nickt. »Okay«, sagt sie.

Ich zögere. »Ich habe eine Frage. Warum ohne Gummi? Es gibt ein Risiko, weißt du? Und wir kaufen die Dinger zu Hunderten ein.«

Sie wird rot, die Frage war zu direkt für sie. Ich hebe entschuldigend die Hand. »Geht mich nichts an. Sorry«, sage ich.

»Ist schon gut.« Sie hat sich wieder gefangen. »Ohne Gummi macht es mir nichts aus, hinten am Gaumen.« Sie wirkt auf einmal schüchtern. »Mit muss ich mich übergeben, und außerdem mag ich den Geschmack ohne. Ich schlucke«, fügt sie ernsthaft hinzu.

Meine Güte, sie ist süß. Und naiv. Aber sie muss ja wissen, was sie tut.

»Was hast du vor?«, fragt Jacqueline. Sie und Amber haben den Rest unseres Gesprächs mitverfolgt.

»Milla brachte mich auf die Idee. Und dieser Dildo«, sage ich und sehe mich nach der kleinen Blonden um, aber sie ist mit Mike und Peter verschwunden. Ich sehe sie in einer Nische, die beiden binden Milla fest. Offensichtlich hat sie verloren.

»Als kleine Einlage. Wir suchen uns ein paar Freiwillige. Ich fixiere jeden von euch hier auf einem der Barhocker, damit man euren Mund benutzen kann. Jeder von euch bläst einen Kerl für fünf Minuten, dann geht es weiter.« Ich lächele Phoenix an. »Du suchst dir aus, an welcher Stelle du bist«, sage ich zu ihr.

»Du bläst bareback?«, fragt Jacqueline. Phoenix nickt. »Ich mag auch keinen Gummi«, sagt Jacqueline dann. »Aber mein Herr will es so.« Als sie »mein Herr« sagt, schaut sie mich an, und ich versinke einen Moment in ihrem Blick. Ich fange mich wieder. Außerdem hoffe ich, sie würde Nein sagen, selbst wenn ich ihr das Gegenteil befehlen würde. Scheiß Aids. Irgend so ein Affe im Busch beißt einen Menschen, und schon ist es mit dem Spaß vorbei, den man nach der Pille und vor Aids miteinander haben konnte. Ich seufze innerlich, diese Zeiten sind schon lange vorüber, und solange man Aids nicht knacken kann, wird es wohl auch so bleiben. Aber hey, man arbeitet ja erst seit zwanzig Jahren dran.

Ich zwinge mich, an was anderes zu denken, und lächele die drei Damen vor mir freundlich an.

»Ihr kennt euch ja noch nicht«, sage ich. »Das ist Phoenix. Amber und Jacqueline.«

»Nett, dich kennenzulernen«, lächelt Amber. »Ich hörte, du hast gestern gute Vorarbeit für Jacqueline geleistet.«

Phoenix nickt und wird wieder rot. »Ich war beschäftigt«, sagt sie, »aber ich hab mir schon gedacht, dass er zu euch unterwegs war.«

»Und du willst mitmachen?«, fragt Amber und strahlt sie an.

Phoenix nickt. »Ja.«

»Willst du schlucken?«, fragt Amber dann. Ich hätte jetzt gedacht, es wäre zu direkt, aber Phoenix ist schon so weit gegangen, dass es sie nicht mehr stört. Ihre Augen glänzen, und sie fährt sich mit der Zunge über die Lippen.

»Ja«, sagt sie leicht atemlos. »Ich find's geil!«

Jacqueline und Amber tauschen einen Blick.

»Gut«, sagt Amber dann. »Dann nimmst du besser das Ende der Kette.« Sie grinst zu Jacqueline hinüber. »Wir timen es so, dass sie am Platzen sind, wenn sie bei dir ankommen.«

»Das könnt ihr?«, fragt Phoenix überrascht, und Jacqueline lacht. »Amber gibt an. Aber wir können es versuchen.«

»Der Gewinner ist derjenige, der nicht kommt?«, fragt sie dann.

Ich nicke. »Genau. Als Preis erhält er eine von euch.«

»Phoenix, Amber oder mich?«, fragt Jacqueline. Ich schüttele den Kopf. »Nein. Amber oder dich. Phoenix bläst nur.«

»Das stimmt nicht«, sagt Phoenix. »Ich traue mich noch nicht zu spielen, aber wenn es um Sex geht, ist alles okay.«

Ich sehe sie an. »Nein. Nicht ohne Gummi«, sage ich in bestimmtem Tonfall.

»Das andere mit Gummi«, sagt Phoenix. »Ich bin ja nicht lebensmüde.«

»Mhm«, sagt Amber. »Wir können es noch aufpeppen.« Sie schaut mich an. »An wie viele hast du denn gedacht?«

Ich zucke die Schultern. »Fünf bis zehn. Nicht mehr. Woran denkst du?«

»Wenn wir jemanden finden, der uns hilft und vorbereitet, dann können wir eine andere Kette bilden«, sagt Amber, ihre Augen glänzen. »Meinen Hintern, Phönix, Jacquelines Muschi, wieder Phönix und so weiter. Jedes Mal ein neuer Gummi, und Phönix mit ihrem Mund dazwischen. Keiner hält das«, sagt sie im Brustton der Überzeugung. Sie sieht Jacqueline an. »Okay mit dir?«

Jacqueline nickt, Phoenix auch.

Ich schüttele den Kopf.

»So meinte ich das nicht. Ich dachte nur an Blowjobs.«

»Und wenn ich bettele?«, fragt Amber drollig, und ich lache. »Ich brauch etwas Abwechslung heute«, sagt sie mit einem Augenaufschlag. »Schau dir Phoenix an, sie ist jetzt schon ganz heiß!«

So, wie Phoenix' Augen glänzen, wäre sie mit allem einverstanden. Die drei sehen mich an.

Ich kann nur lachend den Kopf schütteln.

»Von mir aus«, sage ich und gebe mich geschlagen. Amber lacht und gibt mir einen Kuss.

»So hat Phoenix mehr davon, glaub es mir. Jacqueline ... du kannst ihm zeigen, was ich meine. Ich mach mich mal frisch und besorge die Gleitcreme. Ciao, bis gleich.« Und Amber eilt davon.

Es gibt einen anderen Grund, weshalb ich eingelenkt

habe. Die ganze Sache mit Klaus, die Morde, die Möglichkeit, dass einer der Gäste hier … Ich will das gar nicht zu Ende denken. Wenn es sie auf andere Gedanken bringt, dann nur zu. Schlimm genug, dass ich kaum aus dem Brüten herauskomme! Was hat Amber eben gerade gesagt?

»Was meint sie?«, frage ich Jacqueline. Die lächelt und nimmt den Dildo, greift in eine der Schalen, die mit Gummis gefüllt sind, reißt eine Packung auf und zieht den Gummi über den Ersatzpenis. Sie setzt ihn an, holt Luft und legt den Kopf zurück, so, dass der Dildo nun senkrecht steht und sie die Spitze zwischen den Zähnen hat. Sie lässt den Dildo los und bewegt nur ihre Lippen. Ungläubig sehe ich zu, wie der Dildo langsam in sie sinkt, tief in ihren Hals, bis zum Anschlag. Dann zieht sie ihn wieder heraus und lächelt. Gut ein Dutzend Leute haben ihr gebannt zugesehen, es gibt spontanen Applaus, Jacqueline lächelt in die Runde und macht einen kleinen Knicks.

»Wow«, meint Phoenix. »Kannst du mir das beibringen?«

Wow, denke auch ich.

»Ich weiß es nicht«, sagt Jacqueline und legt den Dildo wieder auf die Theke, sehr zur Enttäuschung der Zuschauer. »Es ist wahrscheinlich Training, oder aber ich bin einfach dort passend gebaut.«

»Okay«, sage ich zu Jacqueline und Phoenix. »Ihr geht zu Tanja und sagt ihr Bescheid, wir nehmen das Ledersofa, du und Amber über die Lehne, sie kniend davor. Auf der Bühne.«

Jacqueline nickt und greift Phoenix bei der Hand, zieht sie in die Menschenmenge, bevor sie noch etwas sagen kann.

»Ich glaub das einfach nicht«, sagt Kat neben mir, sie klingt nicht gerade freundlich. »Sie haben die Kleine von vorn bis hinten manipuliert. Und die beiden anderen haben mitgespielt. Und jetzt haben Sie ganz umsonst eine Bühnenshow, die den Laden wieder ins Gespräch bringt.«

»Phoenix ist zwar neu im Club, aber sie weiß besser, was sie tut, als du, Kat«, sage ich gerade laut genug, dass sie mich über die Musik hinweg versteht. »Sie ist wahrscheinlich schon lange im Chat unterwegs gewesen, bevor sie sich hierhertraute. Abgesehen davon ist der Laden gerade genug im Gespräch. Aber so eine Show wird immer gern gesehen.«

»Ja. Und jetzt gibt's für die Gäste einen kleinen Gangbang zum Aufwärmen. Mit der Chance, ohne Gummi abzuspritzen und die Kleine zu infizieren.« Ich sehe sie überrascht an, sie wirkt richtig sauer.

»Was Phoenix tut, ist ihre Entscheidung. Sie haben ja das Gespräch gehört. Sie mag es ohne.«

»Es ist Ihr Job, darauf zu achten, dass sie es mit tut«, faucht sie. Oho, sie hat Zähne und Krallen.

»Ist es das? Wie?«, antworte ich ihr. »Es liegen überall Schalen mit Gummis herum. Soll ich hingehen und jedem eigenhändig einen verpassen?«

»Dann verlangen Sie wenigstens einen HIV-Test!«, sagt sie.

Ich schüttele den Kopf. »Das hat auch keinen Sinn. Er ist schon direkt danach veraltet.«

»Aber ...«, sagt sie. Ich beuge mich zu ihr.

»Dies ist ein SM-Club. SM hat was mit Sex zu tun.«

»Aber Sie benutzen Ihre Freundinnen, um ein Geschäft zu machen!«

»Nein. Meine Freundinnen haben Lust auf Sex. Und sie können diese Lust hier so hemmungslos ausleben, wie sie wollen. Ich achte nur darauf, dass ihnen nichts passiert.«

»Klar, tun Sie das.«

Ich sehe sie an. »Bevor Sie Ihrem letzten Freund bareback einen geblasen haben, haben Sie da seinen HIV-Test gesehen?« Ich sehe die Antwort in ihren Augen.

»Aber Sie machen ein Geschäft mit Sex«, sagt sie dann leise.

»Ja«, sage ich. »Das ist der Grund, warum Sie hier ein Gehalt bekommen – weil ich Geld verdiene. Aber Sie können aufhören. Jetzt sofort. Sie bekommen das Geld für die Nachtschicht und können direkt gehen. Oder Sie bleiben und öffnen Ihre Augen. Sehen richtig hin.«

»Was soll ich denn sehen?«

»Das merken Sie noch. Und hören Sie auf, auf mich wütend zu sein, weil Sie selbst so geil sind, dass Sie es kaum aushalten. Ist doch so, oder? Oder soll ich mal nachsehen?«

»Das ist Belästigung«, sagt sie, aber ihre Nasenflügel beben. Soll ich oder soll ich nicht? Wenn sie ist, was ich denke, dass sie ist, wäre es vernünftiger, es nicht zu tun.

Scheiß drauf.

Ich gehe auf sie zu, sie weicht zurück, bis sie an der Ecke des hohen Eisschranks eingeklemmt ist, ich lege meinen Arm quer über ihre Kehle, Ellenbogen an der Wand, Hand am Kühlschrank, ohne ihren Hals zu berühren, sie greift mit beiden Händen an meinen Arm und ich ihr unter den Rock, fasse ihr kurz zwischen die Beine, drücke das Knie zur Seite, das sie mir zwischen die Beine rammen wollte. Ihr Slip ist nass. Ihre Augen weiten sich, als ich kurz presse, sie klammert sich an meinen Arm und stöhnt auf. Ich trete zurück, gebe sie frei, lasse ihr Platz, aber ich halte ihr meine Hand vor die Nase.

»Warum haben Sie mir denn eben keine gescheuert?«, frage ich sie dann gerade laut genug, dass sie mich hören kann. »Weil Sie selbst geil sind und deshalb auch nicht mehr klar denken können. Es geht den anderen hier genauso. Und dennoch, sie sind erwachsene Menschen, sie sollten wissen, auf was sie sich einlassen!«

Es zieht mir in der Magengrube, als ich an Alice und die anderen denke, wussten sie es, oder wurden sie verführt? Wenn jemand weiß, wie man Knöpfe drückt ... Wie viel Erfahrung braucht es, um dabei nicht die Kontrolle zu verlieren? Vielleicht ist es die Erinnerung an Alice, die meine Stimme härter werden lässt.

»Erzählen Sie mir nichts«, sage ich dann. »Sie haben die Gelegenheit, hier Ihre Fantasien in sicherer Umgebung auszuleben. Tun Sie es, oder tun Sie es nicht. Ihre Entscheidung. Kommen Sie von Ihrem hohen Ross runter. Menschen wollten schon immer Sex, sonst gäbe es uns nicht. Und wenn Frauen keinen wollten, gäbe es uns auch nicht. Machen Sie also anderen nicht den Vorwurf, dass sie das tun, wozu Sie keinen Mut haben. Schauen Sie halt zu. Manchmal können Sie hier richtig schönen Menschen zusehen, wenn sie sich leidenschaftlich lieben. Nicht vögeln, lieben. Ziemlich sicher können Sie hier auch was über die Liebe lernen.«

Ich nehme die Hand herunter und wische sie an ihrem Lederrock ab. Wenn ich recht habe, ist es sowieso einer, den ich bezahlt habe.

»Und jetzt hätte ich gern einen Martini.«

Ich wende mich von ihr ab und gehe wieder vor die Bar. Ich meinte jedes Wort von dem, was ich ihr eben sagte, genau so, und zugleich frage ich mich, ob es nicht auch ein Versuch war, mich selbst davon zu überzeugen, dass es nichts mit mir zu tun hat, was in meinem Club geschieht. Ich kann es mir einreden, solange ich will, aber es ändert nichts. Natürlich hat es was mit mir zu tun! Auch das, was jetzt auf der Bühne geschieht. Ist es, wie sie sagt, und ich benutze meine Lieben, um den Umsatz anzukurbeln? Nein, entscheide ich. Geld habe ich genug. Ich mache es, weil es mich kickt, aus keinem anderen Grund! Wenigstens kann ich das jetzt vor mir zugeben.

Im Hintergrund, hinter der Tanzfläche, senkt sich langsam ein schwarzer Vorhang auf die Bühne runter. Ich sehe Tanja, wie sie zwei männliche Subs dirigiert, die das schwere Ledersofa auf die Bühne tragen.

Eine Minute später stellt Katharina mir den Martini hin. »Sie haben recht. Es erregt mich, das zu sehen. Aber ich habe solche Fantasien nicht«, sagt sie und deutet auf die verhüllte Bühne. Ihre Stimme ist ruhiger.

»Doch. Jetzt schon, nicht wahr?«, antworte ich ihr. Sie nickt langsam. »Als die zierliche Blonde ...«

»Amber.«

»Als Amber den ersten Vorschlag machte ... Ich versuchte, mir vorzustellen, wie es wäre ... Aber ich konnte nicht. Und sie ist so zierlich.«

»Amber ist Amber. Wenn sie wissen wollen, warum sie etwas tut, fragen Sie Amber doch selbst.«

»Ich würde gern«, sagt sie leise.

Ich sehe sie an. »Was?«

Sie holt tief Luft. »Ihnen einen blasen.«

»Warum?«

»Wie, warum?«, fragt sie.

Ich warte.

»Ich ... weil ... ich habe Lust darauf.«

Ich schüttele den Kopf. »Fragen Sie jemand anderen. Nicht mich. Sonst bekommen Sie Ärger mit der Dienstaufsicht.«

Sie zuckt zurück, ihre Augen weiten sich. Also doch.

»Wie lange?«, fragt sie.

»Seit ich Sie das erste Mal sah. Auf der anderen Seite geht es die Dienstaufsicht nichts an. Sie müssen Ihre Deckung ja aufrechterhalten.« Ich suche ihren Blick, finde ihn, sie wirkt immer noch geschockt.

»Jetzt wissen wir Bescheid«, sage ich langsam. Sie nickt. Die ganze Zeit habe ich Schwierigkeiten gehabt zu verdrängen, was mit Klaus geschah, doch dieser Blick in ihren Augen schafft es, bringt mich endlich auf andere Gedanken.

»Immer noch Interesse?«

Sie zögert, ihr Mund öffnet sich, schließt sich wieder, ich halte immer noch ihren Blick. Mein Puls fängt an zu pochen, ich kann sie fühlen, riechen, ihre Gedanken lesen, bin plötzlich nur ein Raubtier, das seine Beute im Visier hat ... und ich bin froh darum, lasse alle anderen Gedanken fallen.

Ihre Nasenflügel beben, sie schluckt, und ich weiß, dass ich sie habe.

Ich lege die Hand auf ihre Schulter und drücke sie sachte nach unten. Einen Moment stemmt sie sich mir entgegen, dann gibt sie nach und geht vor mir auf die Knie. Ich lege die Hand auf ihren Kopf, in der anderen Hand halte ich noch immer den Martini, stelle ihn ab. Ich weiß nicht, ob ihr klar ist, dass ihr Dutzende von Augen zuschauen, ich stehe ja nicht mehr hinter der Theke. Ich spüre ihre Hand, als sie meinen Reißverschluss öffnet, dann sehe ich Caro. Ich winke sie heran, sie bleibt hinter Kat stehen. Kat merkt es nicht. Ich strecke meine freie Hand nach Caro aus, sie nimmt sie, ich sehe in Caros Augen. Es steht eine Frage darin. Wortlos, nur mit den Lippen, sage ich ihr, dass ich sie liebe. Das ist nicht die Antwort auf ihre Frage, aber sie reicht auch.

Es ist ein Schock, als ich Kats Lippen an mir spüre. Ich halte ihren Kopf fest, und sie schaut zu mir hoch, ich hole einen Gummi aus der Schale neben mir und will ihn ihr runterreichen, aber sie schüttelt den Kopf und geht wieder vor. Versteh einer die Frauen, aber im Moment bin ich kaum imstande zu denken.

Ich hole tief Luft, als ich merke, wie ich in ihr anstoße, ihre Zähne über mich fahren, dann nehme ich Caros Hand und lege sie auf Kats Kopf. Für einen Moment erstarrt Katharina, als sich Caro hinter sie kniet und Kats Nacken küsst, mit beiden Händen über ihre Wangen streicht und sie dann sachte gegen mich drückt. Katharina versteht und lässt sich von Caro führen.

Es dauert nicht lange, bis ich komme, Caro sieht, dass ich nahe davor bin, ich erwarte halb, dass sie nun Katharina wegzieht und selbst ihren Platz einnimmt, aber sie beschleunigt das Tempo, drückt mir Kats Kopf fester und fester entgegen, als ich komme, ist es Caro, die Kat gegen mich presst, so, dass sie husten muss, als ich mich in sie ergieße.

Katharina sinkt zurück, ihr Make-up ist verlaufen, sie hat Tränen in den Augen. Caro beugt sich vor, nimmt sie in die Arme, hält sie und streichelt sie.

Sie hilft Kat hoch auf die Beine, und beide verschwinden wortlos durch die Tür hinter der Theke in Richtung Waschraum.

Ich nehme hastig einen Schluck von meinem Martini und merke, dass mir die Hände zittern. Jetzt kommt es mir auf einmal saudumm vor, aber es war geil. Wenigstens habe ich für einen Moment Beckmann vergessen können.

Vor mir an der Bar küsst sich ein Paar leidenschaftlich, doch darauf achte ich gar nicht, vielmehr auf die Rose, die sie als Tätowierung auf dem Arm trägt. Das erinnert mich daran, dass ich Stella noch eine E-Mail schreiben will, sie soll schauen, ob sie diese eingebrannte Rose schon irgendwo anders gefunden hat. Außerdem will ich sie bitten, noch mal sicherzustellen, ob es nicht doch eine andere Todesursache geben könnte. Stella irrt sich selten, dazu ist sie zu gut, aber Amber war ebenfalls davon überzeugt, dass es einen anderen Grund gibt. Dazu kommt noch, dass mir das mit den Drogen im Kopf herumrumort, von denen Klemens gesprochen hat. Doch dann reißt mich Tanjas Stimme aus meinen Gedanken. Sie steht auf der Bühne und verkündet den Event des heutigen Abends. Es werden zehn Freiwillige gesucht. Sich bei einer SM-Show als Freiwilliger zu melden, birgt immer ein gewisses Risiko.

Aber allein schon die Art, wie Amber und Jacqueline festgebunden sind, die Schale mit den Gummis, das Gleitgel auf dem kleinen Tisch neben dem Sofa, all das verrät schon, worum es geht, also melden sich einige Mutige. Es sind nur sieben, aber als Tanja die Spielregeln erklärt, melden sich direkt noch mehr, doch sie lacht und schüttelt den Kopf.

Gute Entscheidung, Tanja, denke ich. Ich nehme mein Glas und gehe um die Bühne herum, sehe Amber, wie sie mir einen schelmischen Blick zuwirft, dann sieht Jacqueline mich auch, und beide grinsen, als wüssten sie etwas, was ich nicht weiß. Phoenix ist definitiv nicht scheu, als sie die Tube Gleitgel ergreift und Amber vorbereitet, Amber übertreibt theatralisch, als der Finger mit dem kühlen Gel in sie eindringt, ein paar Zuschauer lachen, und ich muss auch grinsen. Ich verlagere meine Position so, dass ich die Gesichter meiner Süßen zwar immer noch sehen kann, aber auch mehr von der anderen Aktion. Phoenix bearbeitet nun auch Jacqueline, ich sehe echte Überraschung in Jacquelines Gesicht, als sie die gleiche Behandlung erfährt wie Amber, sie dreht ihren Kopf zu Amber hinüber, die ihre Lippen bewegt. Ich verstehe nichts, kann mir aber denken, was sie sagt. Phoenix erweist sich als ein Naturtalent, als sie ganz nebenbei erwähnt, wie nass die beiden sind, dann legt sie die Tube zur Seite, kniet sich vor den ersten Mann und öffnet ihm mit einer Bewegung den Reißverschluss. Als sie ihn herausholt, springt er ihr förmlich entgegen und mit einer entschlossenen Bewegung nimmt Phoenix ihn in sich auf. Amber wackelt suggestiv mit ihrem Hintern, der so schön einsehbar ist, es gibt Gelächter beim Publikum. Phoenix bläst ihn eine Weile, hart, als wolle sie ihn verschlingen, dann lässt sie ihn aus ihren Lippen gleiten und legt ihm etwas ungeschickt den Gummi an, fügt Gleitgel hinzu und massiert ihn mit ihren Händen, während sie zu ihm hochschaut.

»Wählen Sie, mein Herr, welche Öffnung sie bevorzugen«, haucht Tanja verführerisch ins Mikrofon. Na warte, Amber, denke ich, und als ob sie mich hören könnte, verrenkt sie den Kopf und schaut mich an, ihr Lächeln wieder dieses alte, das ich kenne, ich hab es geschafft. Von hier aus kann ich nicht sehen, wie der Mann sich entschieden hat, aber ich sehe, wie Jacqueline diesen konzentrierten Gesichtsausdruck bekommt und sich leicht aufbäumt. Der Mann ist zuerst vorsichtig, aber dann wird er immer schneller, selbst über das Hintergrundgemurmel des Clubs hören wir, wie er gegen ihren Hintern klatscht, dann sackt er über ihr zusammen und Jacqueline atmet langsam aus und sieht zu Amber hinüber, ihr Blick verheißt nichts Gutes für unsere freche Katze. Tanja tritt an Jacqueline heran, hebt einen Filzschreiber hoch und malt dekorativ eine 1 auf ihre linke Pobacke, quer über die Striemen, die noch von gestern zu sehen sind.

Phoenix lacht, als sie ihm den Gummi abmacht und ihn

kurz säubert. Dann steht schon der Nächste da. Das Spiel wiederholt sich in unterschiedlichen Variationen, auch die nächsten fünf schaffen es nicht bis zu Amber, die sich lautstark und vernehmlich beschwert. Der letzte »Gewinner« reagiert auch darauf, er lässt sich von Phoenix anblasen, aber dann geht er direkt zu Amber, sucht sich mit Phoenix' Unterstützung den Eingang seiner Wahl und beginnt, Amber zu stoßen ... und ich sehe, wie Amber sich fallen lässt, ihre Augen wegrollen und sie sich aufbäumt. Die Fesseln halten kaum, als sie mitgeht, bockt und sich windet, der Mann hat Mühe, seinen Sitz zu behalten, aber er gibt nicht auf und stößt weiter und weiter, bis er sich schließlich aufrichtet und sie einmal so hart stößt, dass das schwere Sofa nach vorn geschoben wird. Als er sich zurückzieht, muss er sich am Sofa abstützen. Amber ist immer noch nicht wieder da, ihr Becken kreist, und jeder kann sehen, wie sie sich öffnet und schließt.

Es gibt Applaus, die Gewinnerin ist übrigens Phoenix, mit vier zu zwei gegen Jacqueline und eben diesen letzten bei Amber. Durchgehalten hat keiner.

Unter Applaus verlassen die sieben den Ort des Geschehens, und das Tuch senkt sich langsam wieder über die Bühne, bis zum letzten Moment beleuchtet der Spot die wohl gerundeten Hinterteile von Jacqueline und Amber.

Ich gehe zurück zur Theke, wo Kat wieder bedient. Caro wartet an der Ecke, an der ich vorher stand, und ich stelle mich neben sie, lege meinen Arm um sie. Sie spannt sich leicht, bevor sie nachgibt.

»Das war nicht notwendig«, sagt sie, ihre Stimme ist schärfer als sonst. Ich schaue ihr prüfend ins Gesicht, sie ist sauer. Warum?

»Was?«, frage ich.

»Beides. Diese Nummer auf der Bühne und auch Frau Seller. Beides.«

»Warum bist du sauer?«, frage ich.

Sie sieht zu mir hoch. »Du bist bei ihr gekommen!«

Ich schließe die Augen, ich habe da eine Ahnung.

»Das passt dir nicht?«, frage ich sie leise.

Sie nickt. »Bis jetzt bist du immer bei uns gekommen. Ich weiß, dass es keinen Unterschied macht, aber ...«

Sie hat recht, bisher holte ich mir den Appetit woanders, aß aber zu Hause. »Und ich glaube außerdem, dass sie ein Spitzel ist!«

Ich nicke. »Ist sie auch, sie ist bei der Polizei.« Ich nehme ihr Kinn in die Hand, sehe sie an. »Sie ging mir mit ihrer Moralpredigt auf den Senkel.«

»Also hast du sie dazu gebracht, dir einen zu blasen. Ich hoffe, du fühlst dich jetzt besser. Sie nicht, sie schämt sich.« So, tut sie das? Ich werfe einen Blick zu Katharina hinüber; sie putzt Gläser, aber ihr Blick ist auf Caro und mich gerichtet. Sie wirkt aufmerksam, aber nicht am Boden zerstört.

»Und was sollte diese Shownummer?«, will Caro wissen.

Ich zucke die Schultern. »Ich hatte Lust darauf. Es sollten alles nur Blowjobs sein. Es war Amber, die das Skript umbaute.«

»Du bist scharf auf die kleine Braunhaarige. Wie heißt sie denn?«

»Phoenix.«

Caro atmet tief durch. »Du bist der Herr. Du kannst machen, was du willst. Aber ...«

»Es gefällt dir nicht«, ergänze ich.

Sie nickt. »Ja. Ich versuche, es nicht zu sein, aber eben, als ich sie für dich hielt, war ich bodenlos eifersüchtig.«

»Dann danke ich dir für das Geschenk«, sage ich und

ziehe sie an mich heran. Für einen Moment ist sie steif, dann wird sie wieder weich. Sie will etwas sagen, aber ich lege ihr die Finger auf die Lippen. »Sssh. Ich weiß es jetzt.«

Amber und Jacqueline kommen zu uns. »Amber hat die Spielregeln geändert«, sagt Jacqueline und schmollt ein wenig, was Amber dazu bringt, noch breiter zu grinsen.

»Ich habe es gesehen«, sage ich und lächele.

Jacqueline macht eine übertriebene Grimasse. »Ich verstehe das nicht, da halte ich mein bestes Stück hin, und dann wollen sie alle anal.«

»Ich verrate dir ein Geheimnis«, sage ich. »Phoenix hat nicht gewartet, bis sich die Herren entschieden hatten, sie hat sie gleich so angesetzt.«

»Phoenix! Entschuldige, aber jetzt kann sie was erleben, sie kennt uns nicht gut genug für solche Spielchen!«

Amber lacht. »Später, Jacqueline.« Sie nickt in die Richtung einer der Nischen, wo drei Herren gerade dabei sind, Phoenix zu fixieren, ein vierter hält zwei Gerten in der Hand und mustert sie wie ein Golfspieler, der sich überlegt, welches Eisen besser wäre. Es sieht aus, als wäre Phoenix bereit, den nächsten Schritt zu gehen.

Jacqueline klettert halb auf einen Barhocker, beugt sich vor und fischt hinter der Bar eine Schale Oliven hervor, die Katherine für die Cocktails braucht. Sie wirft eine hoch und fängt sie mit dem Mund, mustert dann mich und Caro. »Was ist mit euch beiden?«, fragt sie.

Caro öffnet den Mund, aber Amber ist schneller. »Er ist fremdgegangen«, sagt sie und deutet mit dem Daumen auf mich, während ihre andere Hand zur Schale vorschießt und auch eine Olive in die Luft wirft, die sie genau wie Jacqueline mit dem Mund auffängt. Die nächsten beiden Oliven fliegen fast synchron in hohem Bogen durch die Luft und werden von zwei Paar roten Lippen gefangen. Sowohl Amber als auch Jacqueline sind amüsiert, man sieht es ihnen deutlich an.

»Ja«, meint Caro, und der Tonfall ihrer Stimme sagt den beiden, dass sie es nicht zum Lachen findet.

»Aber Caro ...«, fängt Jacqueline an.

Ich hebe die Hand. »Alle drei, Ruhe! Das ist es nicht wert. Ihr werdet euch nicht deswegen in die Haare kommen!« Ich wende mich Caro zu. »Ich liebe euch drei und bin damit mehr als genug beschäftigt! Manchmal ist es wie Flöhehüten mit euch!«

Jetzt schmollt Caro. Ich greife sie mir kommentarlos, schaue mich um, sehe, dass das kleine Spielzimmer nicht besetzt ist, und ziehe sie dorthin. Sie kommt willig mit, auch wenn sie überrascht aufschaut. Jacqueline und Amber folgen neugierig, aber ich habe nichts Besonderes vor, hier in dem Raum ist es nur leiser. Als ich sehe, dass uns ein paar Gäste folgen wollen, schiebe ich die kleine Lade vor dem Fenster zu, jetzt ist »Privates Spiel« von draußen zu lesen. Ich setze Caro auf die Streckbank, bedeute Amber und Jacqueline, dort ebenfalls Platz zu nehmen.

»Also, ihr Lieben. Es ist kein Zufall, dass ich bisher noch nicht ›fremdgegangen‹ bin. Ich mag es, in euch zu kommen, denn ich liebe euch, und es ist was Besonderes für mich, einfach mehr als nur Sex, klar?«

Sie nicken.

»Caro. Als ich dir das Signal gab, dass ich gleich komme, hast du es missverstanden. Ich hätte dich vorgezogen, aber dann ging es nicht anders. Auch klar?«

Caro nickt, aber jetzt lächelt sie, alle drei lächeln, als sie mich ansehen, sie sind wieder auf einer Wellenlänge, und ich weiß nicht, was sie so amüsiert.

»Wir sind gestresst. Die Nerven liegen blank«, sagt Jacqueline. »Du musst uns nichts erklären.«

»Solltest du auch nicht«, meint Amber und grinst. »Du bist ja der Dom.«

»Aber es ist trotzdem gut, dass du es getan hast«, beendet Caro. Sie springt auf, wirft sich mir an den Hals, gibt mir einen Kuss. »Ich liebe dich, weißt du?«

Amber und Jacqueline sehen sich gegenseitig an und stehen auf, gehen zur Tür. »Wir lassen euch mal ein wenig allein, ja?«, sagt Amber. »Ihr könnt es gebrauchen.«

Sie ziehen die Tür von außen zu, Caro und ich stehen im Halbdunkel des Spielzimmers. Wir küssen uns, und ich merke, wie sich wieder etwas regt. Ich bin erfreut darüber, ich bin ja kein junger Mann mehr. Sie bemerkt es auch und kichert ... ich gebe ihr einen kleinen Klaps und lege sie auf die Streckbank, streichele und küsse sie, liebe sie langsam mit Gefühl und Genuss.

Als wir das Spielzimmer verlassen, bemerkt uns niemand, eine der lokalen FemDoms führt auf der Bühne ihren Sklaven vor. Ich schaue gar nicht richtig hin. Ich bin fasziniert von einem anderen Anblick, Malowsky an der Theke.

Caro sieht ihn auch und blickt fragend zu mir auf. Ich lächele ihr zu und gebe ihr einen kleinen Klaps auf den Hintern, den ich eben so genossen habe, dann gehe ich an die Theke. Katharina und Malowsky unterhalten sich, entweder sind sie beide verdammt gute Schauspieler, doch von Malowsky weiß ich, dass er es nicht ist, oder sie kennen sich beide nicht.

»Hallo«, sage ich, als ich mich neben ihn an die Theke stelle, und klopfe ihm leicht auf die Schulter. »Kat, einen Martini, bitte.«

»Hi, Marcus«, sagt er, und es ist das erste Mal seit Jahren, dass ich ihn lächeln sehe.

»Hallo, Dieter«, antworte ich. »So wie du aussiehst, ist es wohl keine Razzia.«

Er grinst. »Ich wollte eine Hundertschaft mit Rammböcken mitbringen, aber ich habe es mir anders überlegt.«

Gott sei Dank! So etwas hätte ich gerade noch gebrauchen können. Ich hatte sogar etwas in der Art befürchtet und bin erleichtert.

»Was ist denn mit dir passiert ... Du siehst gut aus, nicht, dass ich erwartet hätte, das jemals zu dir zu sagen.«

Es ist wahr. Er trägt einen altmodischen Smoking, nicht unbedingt der Standard für den Club, aber auch nicht falsch. Er ist wohl maßgeschneidert und betont seine breiten Schultern. Er hat eine neue Frisur, ein neues Aftershave, und seine Lackschuhe glänzen. Ein Zylinder und Gehstock, und das Kostüm wäre perfekt – und passend für hier.

»Als mein Mantel heute Morgen ohne mich zum Dienst wollte, habe ich erst gemerkt, wie sehr ich runtergekommen bin. Es hat nur einen Vorteil.« Er klopft auf seinen Bauch. »Kein Fett, und dieses alte Ding passt noch.« Seine Augen verdüstern sich etwas. »Das einzige Anständige, das ich noch habe. Mein Hochzeitsfrack.«

Er sieht, dass ich etwas sagen will, schüttelt den Kopf.

»Lass es gut sein, Marcus. Ich bin froh, wieder gerade zu gehen und die Scheuklappen abzunehmen.« Er macht eine Geste, die den Club einschließt. »Es ist eine Offenbarung. Ich weiß nicht, ob ich was damit anfangen kann oder nicht, ich glaube eher nicht, aber ich sehe etwas von dem, das du vielleicht siehst. Da drüben das Pärchen zum Beispiel. Sie hat Striemen am Busen ... aber sie kuscheln und turteln wie

Jungverliebte. Wenn ich mir die nackte Haut und Sex wegdenke, sehe ich Menschen, die sich unterhalten … auch wenn ich mich an diese menschliche Hündin da drüben nicht ganz gewöhnen kann.«

Ich sehe hinüber, es sind Horst und Marion, Stammkunden des Clubs, sie liegt effektvoll drapiert zu seinen Füßen und trinkt Champagner aus dem Blechnapf. Pet-Play ist nichts für mich, aber es hat einen gewissen Reiz.

»Wir sind alle etwas verrückt«, antworte ich ihm. »Doch ich mag meine Gäste. Es gibt nur wenige, die nicht okay sind. Aber du warst doch lange bei der Sitte, es sollte dich nicht überraschen.«

»Vielleicht. Du warst fast so lange dabei wie ich. Wann wurden wir denn jemals in einen SM-Club gerufen? Ich meine, bis auf das Ding mit dem Chateau?«

Er hat recht. Es gab so gut wie nie Probleme mit den SM-Clubs, von denen allerdings vor zehn Jahren auch nicht so viele existierten.

»Ich habe die ganzen Sexschuppen auf einen Haufen geworfen, jetzt muss ich wieder trennen.«

Ich nicke, so ging es mir auch.

»Bist du beruflich hier oder als Gast?«, frage ich ihn.

»Gast. Ich gebe es dir schriftlich, wenn du magst. Das, was ich gestern sah, hat mich aufgerüttelt.« Er sieht mich an. »Das mit der Tänzerin …« Ich berühre ihn am Arm, um ihn zu unterbrechen, und schaue, wo Kat steht. Sie ist ein Stück entfernt, aber wenn sie gute Ohren hat, dann kann sie uns verstehen. Ich weiß immer noch nicht, was ich von Malowsky halten soll, aber ich will auch nicht, dass er zusätzlichen Ärger bekommt.

»Gehen wir da drüben an den Tisch«, sage ich. Er schaut mich fragend an, nickt aber. Auf dem Weg dahin bitte ich

Tanja, Thomas Bescheid zu sagen, dass er ein langsameres und leiseres Stück auflegen soll.

Der Tisch ist etwas mehr links von der Tanzfläche, der beste Platz im Club, auch wenn ich die Thekenecke bevorzuge; die Theke ist auf einem Podest, sodass man von dort aus weiter sehen kann.

Kat bringt mir meinen Martini und sein Bier, geht dann wieder, wirft ihm aber noch einen neugierigen Blick zu.

»Süß, die Kleine«, sagt er und schaut ihr nach. Ich nicke. Ist sie. Nur kann sie ihn ganz ruinieren.

»Also, das mit der Tänzerin«, fährt er fort, »das war echt Scheiße. Ich hatte etwas getrunken und habe mich nicht korrekt verhalten. Seitdem habe ich keine Frau mehr angefasst. Annemarie ... sie war schon lange krank, es ging zwei Jahre nach der Hochzeit los, und der Arzt hat es verboten.« Er lacht bitter. »Und ich war bei der Sitte, alle fünf Minuten kam ein Flittchen an und meinte, sie könnte sich gegen eine Gefälligkeit anbieten. Ich bin nie drauf eingestiegen, nur dieses eine Mal ...«

»Schon gut«, sage ich, aber er spricht weiter.

»Gestern ... sie sind alle so jung und gesund, und ich sehe allmählich, dass es ihnen Lust bereitet und dass ich mich selbst eingesargt habe.«

Er schaut mich an. »Ich will auch nicht in einen Puff gehen.«

Es ist mir fast peinlich. Als Malowsky und ich noch Freunde waren, waren solche Gespräche denkbar, jetzt fällt es mir schwer. Will er diese Freundschaft wieder aufleben lassen? Ich weiß nicht, ob das möglich ist.

»Bist du hier, um Sex zu haben?«, frage ich ihn direkt.

Er schüttelt den Kopf. »Nein, ja, doch, vielleicht, aber ich will hauptsächlich unter Leuten sein. Hier störe ich niemanden, sie sind alle so seltsam, dass es auf einen anderen seltsamen Typen wie mich nicht ankommt.« Er sieht mich an. »Da es eine laufende Ermittlung berührt, habe ich Krüger informiert, er weiß, dass ich hier bin. Im Moment ist es angeblich ein Undercovereinsatz; zu deinem Schutz, nicht zur Untersuchung. Das ist die offizielle Linie. Tatsächlich glaube ich, dass du bereits untersucht wirst.«

»Du sagst Krüger Bescheid, wenn du in einen Club gehen willst, um Sex zu haben?«

Er lacht. »Nein. Nur wenn es um das *Dominion* geht. Außerdem ist Krüger jemand, der weiß, was geht und was nicht.« Er nimmt einen Schluck von seinem Bier, lehnt sich zurück und sieht zur Bühne hoch. Dort ist der männliche Sub gerade dabei, eine sich windende Sub aus dem Publikum oral zu verwöhnen. »Abgesehen davon ist es so, dass es keine Kündigungen aufgrund von sexuellen Neigungen mehr gibt. Es darf nur kein Interessenkonflikt vorliegen.«

Ich nicke. Weiß ich.

»Also, wenn ich hier Sex haben will, wie stelle ich das an? Gehe ich hin und sage zu einer der Frauen mit Halsband, dass ich sie gern vögeln würde?«

Ich lache und schüttele den Kopf. »Theoretisch ist es drin, dass du den Herrn an ihrer Seite fragst, und manchmal kann das auch klappen. Aber die meisten Leute hier kennen sich untereinander, du bist ihnen noch fremd. Einfach öfter herkommen, mit den Leuten sprechen ... binde es ihnen nicht auf die Nase, dass du bei der Polizei bist, aber wenn sie fragen, dann lüge nicht direkt. Sag, du bist im Staatsdienst oder so etwas. Wenn einer direkt fragt, solltest du ehrlich sein. Die meisten Leute hier sind Pärchen, es gibt wenige solo Subs, dafür viele einzelne Doms oder solche, die es sein wollen. Wenn du häufiger hier bist, sortiert es sich aus. Die andere Möglichkeit sind die Shows. Manchmal veranstalten wir welche, wie gestern oder vorhin, meistens aber sind es, wie jetzt, Gäste. Sieh dich einfach um. Hin und wieder ist ein zusätzlicher Mann willkommen.«

»Theoretisch kenne ich mich mit dem Ganzen ja aus, ich weiß, was was bedeutet«, sagt er, zuckt aber die Schultern. »Nur weiß ich nicht, ob ich es erkenne, wenn ich es sehe.«

»Tja. Mit Halsband ist es ein Sub, meistens in Besitz von einer Person ohne Halsband.«

»Danke, so viel wusste ich schon.« Er grinst, wird dann aber wieder ernst.

»Ich habe was anderes für dich. Dein Mann, Beckmann ... er wurde heute Morgen zwischen sechs und sieben Uhr erschossen. Wir sind sicher, dass es Mord ist, aber es waren Profis, es gibt keinen Beweis. Der Schuldschein ist echt ... und hätte er zahlen können, wäre es dein Freund Sergei gewesen, der das Geld letzten Endes bekommen hätte.« Er pausiert, nimmt einen Schluck. »Also gibt es ein Motiv für einen Selbstmord und keine greifbaren Hinweise, die auf etwas anderes schließen lassen. Wir werden es als Selbstmord führen, aber den Fall noch eine Weile lang nicht abschließen. Und die Augen offen halten.«

»Das kannst du jetzt schon sagen? Er ist noch keinen Tag tot!«

Er zuckt die Schultern. »Du kennst das doch. Man braucht einen Hinweis, einen Grund, um irgendeiner Sache nachzugehen. Wer es auch immer war, ist gut gewesen. Zu gut für meinen Geschmack, du weißt selbst, dass es nicht leicht ist, einen Selbstmord zu produzieren. Der Mann hat Erfahrung darin.«

Ich schaue ihn fassungslos an. »Du willst sagen, dass es

jemand ist, der schon mehrfach gemordet hat? Ein Auftragsmörder?«

»Ich will gar nichts sagen, Marcus. Nur, dass wir den Fall im Moment als einen Selbstmord führen werden, bis wir etwas finden, das uns anderes lehrt. Autopsie, Forensik, irgendetwas.« Er mustert mich, scheint zu zögern, bevor er weiterspricht. »Es ist besser so, Marcus, denn derjenige mit dem größten Motiv bist du.«

Ich sitze da und sehe ihn an, ich brauche einen Moment, um es wirklich zu begreifen, was er da eben sagt.

»Sei morgen pünktlich bei Krüger«, fügt er dann hinzu. Er sieht einer jungen Frau nach, die elegant vor dem Stuhl ihres Herrn zu Boden sinkt, woraufhin dieser seinen Fuß in ihren Nacken stellt und sich mit einem anderen Gast weiter unterhält.

Ich nicke.

»Weißt du, das hat schon etwas«, sagt er dann und deutet in Richtung des Pärchens. »Aber ich glaube nicht, dass es so einfach ist, wie es aussieht.«

Themenwechsel. Gut, er hat mir wohl alles gesagt, was er zu sagen hatte.

»Ich wusste schon immer, dass du ein guter Beobachter bist«, antworte ich ihm. »Es ist ein langer Weg. Für beide. Und man kann an jeder Ecke straucheln.« Aber es liegt eine fast unglaubliche Belohnung darin. Das sage ich ihm nicht.

Er hebt die Hand, und Katharina kommt herbei.

»Noch eines«, sagt Malowsky. Sie nickt und eilt davon. »Aufmerksam ist sie auch.«

»Ja.« Ich überlege kurz, ob ich Malowsky sagen soll, dass Kat eine Kollegin von ihm ist. Entweder weiß er es schon, doch wenn nicht, sollte ich nicht derjenige sein, der ihre Tarnung auffliegen lässt. Zudem habe ich irgendwie ein schlechtes Gewissen ihr gegenüber und will sie nicht bloßstellen. »Weißt du was, Marcus? Ich glaube, ich will nicht einfach nur vögeln. Ich möchte wissen, was es ist, was mich an diesen Anblicken so reizt.«

Ich ziehe eine Augenbraue hoch, und er lacht.

»Außer der Erotik. Da ist mehr, ich kann es fühlen, aber noch nicht sehen.« Er steht auf und nickt mir zu. »Es ist eine interessante, nein, faszinierende Welt, in der du lebst. Ich geh sie mir mal ansehen.«

Er begibt sich zu Katharina hinüber, sie reicht ihm sein Bier, er sagt etwas, sie lachen beide, und dann geht er langsam davon, das Bierglas in der Hand, sucht sich eine dunkle Ecke zum Beobachten. Ich bin nicht überrascht, als er die Außenkante der Bar nimmt, den Ort, den ich oft selbst wähle.

Ich nutze die Gelegenheit, hoch in mein Büro zu gehen und die E-Mail an Stella zu schreiben. Danach wasche ich mir das Gesicht und nehme eine Kopfschmerztablette. Ganz wie in alten Zeiten, denke ich zerknirscht. Ich habe vollkommen vergessen, wie viel Stress das früher war. Außerdem rauche ich wieder wie ein Schlot. Ich mustere mich im Spiegel, ich sehe ziemlich fertig aus, und meine Augen sind gerötet. Scheiß Qualmerei. Mein Gott, Beckmann. Ich lehne mich mit der Stirn an die kühlen Kacheln des Bads und schließe einen langen Moment die Augen.

Als ich wieder nach unten gehe, kommt Caro auf mich zu.

»Vielleicht möchtest du deine Termine doch besser im Büro wahrnehmen?«, fragt sie leicht spitz. »Es wartet jemand im Bistro auf dich.«

»Wer?«

»Sergei.«

Ich hätte beinahe etwas Unfeines gesagt. Malowsky und Sergei in meinem Club. Gleichzeitig. Wunderbar.

»Danke. Ich gehe gleich zu ihm«, sage ich und stehe auf, aber sie berührt mich am Arm.

»Marcus, sei vorsichtig.«

Ja. Gern, denke ich. Ich weiß nur nicht, wie ich das bei Sergei anstellen soll!

Sergei sitzt auf einem Barhocker an der Theke des Bistros, unterhält sich mit Gi. Er erhebt sich, als ich auf ihn zugehe, wie üblich ist er perfekt gekleidet.

»Hallo, Marcus, alter Freund.« Er lächelt und streckt mir die Hand hin. Ich schüttelte sie, er erinnert mich an einen Politiker in Wahlkampfpose.

»Sergei.«

»Lass uns wieder an diesem Tisch setzen«, sagt er und weist dorthin, wo ich gestern mit ihm und Malowsky gesprochen habe. »Da kann man sich tatsächlich unterhalten.«

Ich gebe Gi das Zeichen für einen Kaffee, ich habe heute schon genug Martinis gehabt.

»Du bist nicht erfreut, mich zu sehen, Marcus«, sagt er. »Gib es zu.«

»Ja. Bin ich nicht«, sage ich trocken, als Gi ihm seinen Wodka und mir meinen Kaffee bringt.

»Malowsky ist auch hier.«

Er runzelt die Stirn. »Die Bulldogge?«

Ja, das passt zu Malowsky. Ich frage mich, ob er sich geschmeichelt fühlen würde, wenn er wüsste, dass ihm die örtliche Mafia einen Spitznamen gegeben hat.

»Und wenn schon«, sagt Sergei und lächelt breit. »Wir haben nichts zu verbergen. Übrigens, ich bin beeindruckt. Petrov steigt aus dem Flugzeug aus, in den Bus ... und kommt nicht an.«

Ich zucke die Schultern. »Ich weiß nichts davon.«

»Natürlich nicht«, grinst er und streckt sich. »Ich liebe solche Geschäfte, einfach, klar und übersichtlich. Was ich nicht liebe, sind Dinge, die man uns, oder genauer, mir anhängen will.«

Er greift in seine Tasche und gibt mir einen Plastikumschlag. »Ja, Beckmann war ein Spieler. Ja, er hatte Schulden bei uns. Aber das hier ist das Original des Schuldscheins. Wie du siehst, ist er als ausgelöst markiert.«

»Nur bedeutet das nichts«, sage ich und lege den Umschlag auf den Tisch. Caro kommt herein und steuert direkt auf uns zu, kniet sich wieder neben meinen Stuhl. Sie senkt demütig den Kopf, verharrt so, ganz die ergebene Sklavin.

Ich greife ihren Nacken, drücke ganz kurz zu, um ihr zu zeigen, dass ich genau weiß, warum sie das hier und jetzt tut, streichele sie dann aber. Sie schnurrt, und ich gebe ihr einen kleinen Klaps. Sergei schaut interessiert zu, er wirkt sogar etwas amüsiert. Zu stören scheint es ihn nicht.

»Man könnte euch natürlich auch unterstellen, es nachgetragen zu haben, damit man nicht in eure Richtung schaut«, sage ich dann beiläufig.

»Ja. Sicherlich. Aber dieses Papier ist ein halbes Jahr alt, so lange ist es her. Vielleicht kann euer Labor das feststellen. Vielleicht nicht. Auf jeden Fall hat er bereits bezahlt.«

»Und woher weißt du das alles? Mit dem Schuldschein und so?«, frage ich Sergei.

»Darauf erwartest du doch keine Antwort, oder?« Nein, wohl kaum.

»Aber deswegen bin ich nicht hier«, fährt er fort. »Dieser Schein ist nur eine Gefälligkeit. Ich bin hier, weil du mich sprechen wolltest.«

»Danke, aber nicht unbedingt im Club.«

»Wo sonst?«, erwidert er und lacht. »Ich mag deinen Club, bin gern hier, und jeder kann uns sehen.« Er beugt sich vor, sein Gesicht wird ernst. »Glaub mir, Marcus, es ist gut, wenn man uns zusammen sieht. Gut für dich. Aber nun zum Geschäft. Was willst du?«

»Die *Death Riders*. Hast du einen Zugang zu ihnen? Es gibt da einen Kerl. Becker. Ich will ihn.«

»Du überraschst mich. Das ist direkt und vor allem schnell.« Er schüttelt den Kopf. »Dir ist klar, dass du mir dann etwas schuldest?«, fragt er. Natürlich ist mir das klar.

»Also, kannst du mir etwas über die *Riders* liefern?«

»Nein, kann ich nicht. Aber wir mögen sie nicht, wir haben drei unserer Mädchen in ihrem Bezirk verloren, spurlos. Und sie haben keinen Respekt.«

»Mhm. Bedeutet eine solche Kombination nicht üblicherweise Ärger?«

Er breitet die Arme aus. »Marcus, sehe ich aus wie jemand, der Ärger macht? Ich bin Geschäftsmann, und ich bin so legal, du würdest es gar nicht glauben!«

Stimmt, ich glaube es nicht.

»Aber weißt du«, fährt er fort, »vielleicht solltest du einmal mit einer bestimmten Person sprechen, was die *Riders* angeht. Sie ist scheu und redet nicht mit jedem, aber ich sage ihr, dass sie mit dir reden soll.« Er nimmt einen teuren Kugelschreiber heraus und schreibt eine Adresse auf seinen Bierdeckel. »Hier. Aber sei vorsichtig, sie hat Hunde, die sie bewachen.« Er steht auf. »Zweibeinige Hunde. Es war wie immer nett, mit dir zu plaudern.«

Er lächelt. »Ich lasse es dich wissen, wenn du mir helfen kannst.« Er nickt mir zu und geht auf den Ausgang zu; ich sehe ihm nach, als sich die Tür hinter ihm schließt.

Caro will aufstehen, aber ich lasse die Hand in ihrem Nacken und drücke sie leicht nach unten. »Caro, du machst es mir nicht einfacher.«

»Ja«, sagt sie. »Ich weiß.«

Ich sehe auf die Uhr, es ist halb zwei. Es hat keinen Sinn, nach Hause zu fahren, in wenigen Stunden muss ich bei Krüger auf der Matte stehen. Also werde ich hier schlafen.

Kapitel 8

MITTWOCH

Als ich am Morgen aufwache, beuge ich mich über Caro, die an ihrem Halsband mit einer Kette am Bettpfosten angebunden ist, küsse sie, sie murmelt etwas und dreht sich mit einem leisen Klirren ihrer Kette um. Das Bettlaken ist verrutscht, ich sehe sie in ihrer ganzen Schönheit, den Schwung ihrer Hüfte, die ausgebreiteten Haare, ihr fein gezeichnetes Gesicht, das so jung wirkt, wenn sie schläft. Ich schaue nach, ob der Schlüssel für ihr Schloss auf dem Nachttisch bereit liegt, sie wacht nicht auf, als ich mich aus dem Bett unter die Dusche quäle.

Es hat wohl die ganze Nacht geschneit, Schneeräumer sind im Einsatz. Der Rolls ist unter einer dicken Schneedecke begraben und der Mercedes ist weg, Amber und Jacqueline sind wohl mit ihm nach Hause gefahren.

Der Rolls ist mir zu schade dafür, um mit ihm zum Präsidium zu fahren. Am liebsten hätte ich ihn im Chateau in der Garage stehen, irgendwie wirkt der zugeschneite Rolls in diesem Hinterhof fehl am Platz. Ich nehme mir ein Taxi und gähne auf der ganzen Strecke zum Präsidium.

Sieben Uhr ist nicht nur auf meiner internen Uhr mitten in der Nacht, sondern es ist tatsächlich noch stockdunkel, als das Taxi vor dem Präsidium anhält. Es schneit weiter, der Schnee ist noch weiß, füllt immer wieder die Spuren im Schnee auf.

Hier ist bislang kein Räumwagen vorbeigekommen, und noch sind die Spuren ungesehener Menschen zu erkennen.

Jeder Mensch hinterlässt bei allem, was er tut, Spuren. Solche, die leicht zu sehen sind, wie diese im Schnee, und andere, die weniger leicht zu erkennen, subtiler sind. Unser Kreuzmörder hat Spuren hinterlassen, jeder von uns weiß das, aber noch gehen sie in den anderen Details unter, noch sind sie nicht sichtbar.

Der Pförtner heute Morgen ist eine junge Frau, die Art, wie sie mich ansieht, verwirrt mich, sie wirkt nicht nur wachsam, sondern auch irritiert, sodass ich unwillkürlich an mir herunterschaue, ob ich vielleicht doch im Pyjama unterwegs bin.

Nein, bin ich nicht. Mein Name steht nicht im Kontrollbuch, also ruft sie jemanden an, um zu fragen, ob ich erwartet werde. Währenddessen lässt sie andere durch diese massive Tür herein, nur ich darf draußen stehen und frieren. Ich merke, wie ich sauer werde. Sie hat nun schon das dritte Mal eine Nummer gewählt, ohne dass jemand rangeht, und ich klopfe gegen die Panzerglasscheibe. Sie runzelt die Stirn, drückt aber auf den Knopf der Gegensprechanlage.

»Rufen Sie Krüger an«, sage ich.

»Nicht wegen Ihnen«, sagt sie und lässt den Knopf wieder los, wählt eine andere Nummer, wendet mir demonstrativ den Rücken zu.

Der Tag fängt ja gut an – und ich habe noch nicht einmal einen Kaffee getrunken. Mir reicht es, ich rufe Krüger jetzt von meinem Handy aus an.

»Guten Morgen, Marcus«, sagt er, noch bevor ich mich melden kann, offensichtlich hat er meine Funktelefonnummer gespeichert. »Wo bleiben Sie?« Er wirkt nicht verärgert, sondern eher amüsiert. »Es ist fünf nach sieben. Ist Unpünktlichkeit eine neue schlechte Angewohnheit?«

Ja, er ist amüsiert. Fünf Minuten sind nicht die Welt, aber in seinem lockeren Ton macht er mir sehr wohl klar, was er von mir erwartet.

»Tja, Krüger, ihr habt hier am Eingang einen hübschen Cerberus. Sie versperrt mir den Weg zu euch und ist auch nicht bereit, Sie anzurufen. Offensichtlich sind Sie so eine erhabene Figur, dass man sich das nicht traut.«

Er lacht. »Wollen Sie mir sagen, dass Sie vor der Tür stehen und nicht reinkommen?«

»Genau.« Mein Tonfall ist leicht grummelnd, ich merke, wie sehr es ihn belustigt. Na, wenigstens ein Mensch, für den der Tag gut anfängt.

»Ich sage Bescheid. Kommen Sie dann direkt zu mir«, sagt er und legt auf.

Hinter der Panzerglasscheibe klingelt eines der Telefone, Frau Cerberus greift ungehalten danach und bellt etwas hinein, dann weiten sich ihre Augen ... Sie stammelt etwas ins Telefon, ich sehe, wie sich ihre Lippen bewegen, aber sie hat auch schon den Knopf gedrückt, das Türschloss surrt, und ich begebe mich in die heiligen Hallen der Justiz.

Allerdings lächele ich sie en passant ganz besonders freundlich an. Irgendwie scheint sie das noch mehr zu ärgern, das wiederum hebt meine Laune. Kindisch, ich weiß, aber es geht mir besser, als ich die weite Treppe hochsteige und dann rechts abbiege, in den Gang hinein, in dem auch Krügers Büro liegt.

Ich habe von irgendwoher gehört, dass er noch das gleiche Büro benutzt wie früher, obwohl er mittlerweile wohl seinen eigenen Thronsaal haben könnte. Das unscheinbare

Schild neben der Tür nennt ihn Herrn Kriminaldirektor Dr. Karl Krüger. Kriminaldirektor, na, sieh mal einer an.

Ich klopfe, es gibt kein »Herein«, sondern die Tür wird geöffnet, und er steht da und strahlt mich an, als gäbe es kaum etwas in seinem Leben, das so erfreulich wäre, wie mich an diesem kalten Januarmorgen zu empfangen. Ein Vater, der dem verlorenen Sohn entgegeneilt.

»Kommen Sie rein, Marcus, Sie sehen gut aus, muss ich schon sagen«, sagt er, schüttelt meine Hand, klopft mir auf den Rücken und schiebt mich auf eine kleine Sitzgruppe in seinem Büro zu. Bevor ich mich versehe, hängt mein Mantel am Garderobenständer neben seinem, und ich sitze da, wo er mich haben will, eine Tasse Kaffee in den Händen haltend.

Ein beachtliches Kunststück, aber typisch für ihn, er tut es so freundlich und bestimmt, dass man sich schieben lässt und ihm irgendwie die Freude nicht nehmen will, das für einen zu tun. Ich lächele und schüttele den Kopf, manche Dinge ändern sich eben nicht.

Abgesehen davon wollte ich auch keinen Widerstand leisten, immerhin halte ich die Belohnung in den Händen; Krüger hatte schon immer den besten Kaffee im Präsidium, eine Droge, die ich nun dringend brauche.

Ich nehme einen Schluck, er sieht mich erwartungsvoll an, wie eine Köchin, die eine Meinung über ein kulinarisches Meisterwerk hören will.

»Kolumbianische und mexikanische Bohnen, eine spezielle Mischung«, strahlt er. »Wie schmeckt er?«

»Gut.« Was sollte ich sonst sagen? Und es stimmt, der Kaffee ist richtig gut.

»Dann können wir ja anfangen.« Er lehnt sich gegen seinen Schreibtisch, klappt ein silbernes Etui auf und zündet sich eine Zigarette an. Krüger ist ein paar Jahre älter als ich, vielleicht schon fünfzig. Er ist eins neunundsechzig groß, das weiß ich noch von irgendwoher, und damals wog er 69 Kilo, ich glaube nicht, dass er zugenommen hat. Er ist wie üblich perfekt gekleidet, Bügelfalten, so scharf, dass man sich damit rasieren kann, seidene Krawatte, manikürte Fingernägel, sauberer Haarschnitt und Rasur, hochglanzpolierte Lackschuhe. An der hinteren rechten Hüfte trägt er ein Gürtelhalfter mit einer kleinen Pistole, wahrscheinlich eine Walther, der gleiche Waffentyp, mit dem Beckmann erschossen wurde.

Ich habe irgendwo im Chateau auch eine herumliegen, die Dinger wurden in großen Stückzahlen gebaut. Auch James Bond schwor auf diese Waffe. Ich muss bei diesem Gedanken lächeln, Krüger als Bond passt irgendwie, auch wenn James nicht schütteres blondes Haar hat und keine goldene Nickelbrille trägt.

»Nun gut. Also, zu Klaus Beckmann«, sagt er dann, und sein Gesicht wird ernst. »Ich brauche die bisherigen Akten nur anzusehen, und meine Nase juckt. Es war Mord. Aber die Indizien sagen etwas anderes. Im Augenblick führen wir ihn als Selbstmord, aber warten wir mal die endgültige Autopsie ab. Ich wäre nicht überrascht, wenn wir über etwas stolpern. Das vorneweg.«

Ich nicke. »Malowsky war gestern bei mir und hat es mir schon erzählt.«

»Tja, Malowsky hat mich überrascht. Es sieht aus, als täte es ihm jetzt leid. Mann, acht Jahre, was für ein sturer Hund, dabei waren Sie mal befreundet, nicht wahr?«

»Ja.« Was soll ich mehr dazu sagen?

»Gut, ich wollte Sie nur über den Stand im Fall Beckmann unterrichten. Tatsächlich sind Sie ja wegen einer anderen

Sache da.« Er dreht sich halb um und nimmt eine Dokumentenmappe vom Schreibtisch, an dem er lehnt. »Hier. Lesen Sie das durch, überlegen Sie es sich, unterschreiben Sie unten rechts, dann reden wir weiter.«

Er hält mir die Mappe hin. Ich stelle den Kaffee ab, nehme die Mappe und öffne sie.

Das erste Schreiben ist eine offizielle Entschuldigung gegenüber einem Kriminalinspektor Marcus Wolf bezüglich Anschuldigungen und Verdächtigungen. Unterschrieben vom Bürgermeister der Stadt Wien.

Das zweite Dokument ist länger, es ist ein Abschlussbericht über die Untersuchung gegen mich. Das dritte Schreiben ist das interessante. Es ist eine dienstliche Anweisung. Meine Suspendierung ist aufgehoben, und ich werde wieder in den aktiven Dienst gerufen. Ach ja, befördert wurde ich ja auch. Papier Nummer vier ist das Schreiben mit dem Kreuz unten rechts. Ebenfalls eine Dienstanweisung, gibt es mir den Auftrag, als verdeckter Ermittler für das Kriminalamt tätig zu sein, da ich nun hervorragend dazu positioniert sei ... Irgendwie erweckt die gesamte Formulierung den Eindruck, als wäre dies ein lange ausgearbeiteter Plan, alles inklusive der Suspendierung nur ein Vorwand, damit ich jetzt sinnvoll agieren kann.

Das letzte Schreiben ist wieder eine Dienstanweisung, ich werde der Mordkommission und dem Kreuzmörder-Fall zugeteilt. Leiter der Ermittlungen ist ein gewisser Dieter Malowsky, Hauptkommissar, jedoch wird ausdrücklich bestätigt, dass er mir gegenüber nicht weisungsbefugt ist und auch ich ihm nichts zu sagen habe.

Angeheftet ist ein nagelneuer Polizeiausweis mit Bezugsschein für die Waffenkammer, meine Dienstwaffe liegt dort bereit.

Ich brauche nicht lange, um die Dokumente zu studieren. Krüger ist gerade dabei, seine Zigarette auszudrücken, als ich die Mappe zuklappe.

»Wie stellen Sie sich das vor, Krüger?«

»Sie machen weiter wie bisher. Wenn Sie allerdings etwas sehen und hören, dann melden Sie sich. Im Kreuzmörder-Fall stehen Ihnen alle Untersuchungsergebnisse zur Verfügung. Dies ist Ihr Fall, und Sie können ihn lösen, das weiß ich. Bevor der ganze Mist passierte, waren Malowsky und Sie ein unschlagbares Team.« Er reibt sich die Hände. »Na? Malowsky ist bereit, mit Ihnen zusammenarbeiten, ich glaube, er freut sich sogar darauf. Und Sie ... Sie sind unser Ass im Ärmel. Wenn Sie Fragen stellen und auf eigene Faust ermitteln, wird sich niemand wundern, nicht bei der Hetzkampagne, die gegen Sie und den Club läuft. Aber in Wirklichkeit sind Sie wieder einer von uns. Wie sieht es aus, Marcus? Sie können doch nur gewinnen, oder etwa nicht?«

Ich bin mir nicht so sicher, und das sieht er wohl auch an meinem Gesichtsausdruck.

»Marcus. Der Kreuzmörder ist zu nah für Sie, so oder so können Sie das nicht auf sich beruhen lassen. Mit uns haben Sie einfach mehr Chancen, den Bastard zu erwischen!«

Damit hat er recht. Dennoch frage ich mich, wie lange ich diesen schönen neuen Ausweis behalten werde. Zur Not kann ich ja auch kündigen.

Ich nehme meinen Kugelschreiber heraus und unterschreibe. Ich werde schon noch herausfinden, wo der Pferdefuß an der Sache ist.

»Hi, Stella.« Es ist eine Ewigkeit her, dass ich hier war. Es hat sich wirklich nichts geändert. Ein langer niedriger Raum,

Boden und Wände gekachelt, in der linken Wand große Schubladen, vier übereinander, zwanzig mal vier Schubladen, gekühlt und mit einem Abluftsystem versehen.

Große Neonlampen hängen von der niedrigen Decke, sechs davon beleuchten stählerne große Tische, an deren Kopfende Halterungen für die verschiedensten Geräte angebracht sind. Um die Tische sind üblicherweise kleine oder größere stählerne Rollwagen postiert, auf denen sich Instrumente, Werkzeuge und stählerne Schalen befinden.

Es riecht hier komisch, ein Geruch, den man nur schwer beschreiben kann, Formaldehyd, Blut, andere Körperflüssigkeiten und Reinigungsmittel. Die Luft ist schwer, sie drückt einen aus dem Leben.

Als ich sie anrief, war sie nicht in ihrem Büro, aber ihr Assistent ließ mir ausrichten, ich solle zu ihr kommen.

Drei der sechs Tische sind zurzeit besetzt, einer der anderen Pathologen setzt gerade eine Kreissäge an, ich verziehe das Gesicht, als sie aufheult und sich ein anderer Geruch hinzumischt, der von heißem Knochenmehl. Plötzlich bin ich froh, dass ich noch nicht dazu kam, zu frühstücken.

Trotz Overall, Gesichtsmaske und Plastikbrille erkenne ich Stella leicht.

»Moment, Marcus, warte vorn auf mich«, sagt sie. Sie ist gerade mit einem Körper beschäftigt, sie greift nach einem Tuch und wirft es der Leiche über das Gesicht, jetzt erst, in diesem Moment, bevor das Tuch sein Gesicht verhüllt, erkenne ich ihn. Klaus. Ich drehe mich um und verlasse den Raum, renne fast gegen die Tür, die nach innen aufgeht, reiße sie auf und flüchte mich in den neutralen Gang, ebenfalls gekachelt, der Boden mit Linoleum belegt, das bestimmt dreißig Jahre alt ist, ein Feuerlöscher an der Wand, die Tür zu ihrem Büro, sie ist offen, und ich flüchte mich hinein, ziehe die Tür hinter mir zu und stehe da, schwer atmend, und versuche, mich zu fangen.

Klaus war ja nicht unbedingt ein Freund, und so viel hatte ich mit dem Management des Clubs auch nicht zu tun, aber er arbeitete fast sechs Jahre für mich. Natürlich lernt man da einen Menschen kennen. Ihn zu finden, das war unwirklich genug, aber ich war ja bereits über ein Jahr bei der Mordkommission, bevor ich suspendiert wurde, und etwas Gewöhnung erhält man in der Zeit.

Aber ihn hier liegen zu sehen ... Die Tür hinter mir geht auf, und ich drehe mich um. Stella hat sich die Mühe gemacht, sich umzuziehen, jetzt wirkt sie wie eine jugendliche Großmutter, die einen ungewöhnlichen Beruf hat, sie trägt Rock, Bluse und Turnschuhe. Mein Blick bleibt an diesen Turnschuhen hängen, sie blinken, als sie um mich herum geht, um an ihrem Schreibtisch Platz zu nehmen.

»Diese Schuhe haben einen ganz besonderen Vorteil«, sagt sie; sie hat wohl meinen Blick bemerkt. »Eine spezielle Gummimischung und Noppen. Für Freikletterer entwickelt. Sie rutschen kaum auf den Kacheln.«

Ich nicke und versuche, nicht darüber nachzudenken, welche Flüssigkeiten auf den Kacheln sein könnten, um sie rutschig zu machen.

»Setz dich, Marcus. Du bist grün um die Nase«, sagt sie und weist auf einen Stuhl, der mit Fachzeitschriften überladen ist. »Schmeiß den Kram einfach da drüben hin, ich muss sowieso aufräumen.«

»Danke«, sage ich und verfrachte den Stapel auf den Boden neben der Tür, um mich dann zu setzen. Sie hält mir wortlos einen Pappbecher und eine giftgrüne Thermoskanne hin. Ich nicke dankend und schenke mir einen Kaffee ein.

»Sorry«, sagt sie dann, »das war schlechtes Timing. Aber ich wollte dich sprechen.« Ich nicke, trinke meinen Kaffee und warte.

»Deine E-Mail gestern hat mich etwas überrascht, das muss ich zugeben«, beginnt sie. »Es kommt nicht oft vor, dass jemand meine Schlüsse anzweifelt. Aber du hast ja fast schon darauf bestanden, dass die Todesursache eine andere sein muss.« Sie schüttelt leicht den Kopf und lächelt. »Das traut sich hier keiner mehr. Ich hasse so etwas, also habe ich wieder ganz von vorn angefangen, damit es wirklich keinen Zweifel gibt.« Sie sieht mich an, und ihr Lächeln schwindet. »Ich sage es ungern, aber es könnte was an deiner Vermutung dran sein.«

»Hast du etwas gefunden?«, frage ich gespannt.

»Ich denke, schon«, antwortet sie vorsichtig. »Unsere drei Opfer des Kreuzmörders haben tatsächlich einige seltsame Gemeinsamkeiten. Auf die eine hast du mich ja schon in deiner Mail hingewiesen. Diese Rose. Ein kleines Brandzeichen, wahrscheinlich elektrisch gesetzt. Unterschiedliches Alter, drei bis vier Wochen bei dem letzten Opfer, ein bis zwei Wochen bei Angelina und etwa vier Wochen bei Helga.« Sie verschränkt die Hände vor dem Gesicht, scheint etwas zu überlegen. »Dann habe ich noch zwei junge Mädchen hier«, sagt sie. »Die eine ist seit vier Wochen hier, noch nicht identifiziert, aber wegen der Zahnarbeiten tippe ich auf den Ostblock. Die andere ist eine Studentin, die nach einem Krach mit ihrem Freund spurlos verschwand.«

»Zwei weitere Opfer mit Rose?«, frage ich langsam.

Sie nickt. »Vier Wochen alt und fünf Tage alt. Die beiden anderen Mädchen zeigen auch Spuren von fortdauernder Misshandlung, kleinere Verletzungen im Anal- und Vaginalbereich. Bei der Studentin gab es außerdem Druck- und

Reibstellen an Hand- und Fußgelenken. Bei diesen beiden Fällen ist eine Todesursache nicht festzustellen.«

Ich will etwas sagen, aber sie hält mich mit einem Blick auf. »Ich habe dir bereits alle Autopsieberichte zugesandt. Die kannst du dann in Ruhe nachlesen, aber früher wolltest du immer von mir eine Zusammenfassung. Also lass mich sie dir geben.«

Ich nicke.

»Gut. Die Studentin war neunzehn, das andere Mädchen ist wahrscheinlich siebzehn oder achtzehn. Beide gesund, das unbekannte Mädchen hatte vermutlich eine schwere Kindheit mit Zeiten von Unterernährung und einigen Teilfrakturen – sie wurde wohl oft genug so schwer geschlagen, dass es angebrochene oder gebrochene Knochen gab. Aber sie war jung und weitestgehend gesund. Kein Grund für Herzversagen. Beide Mädchen hatten Nadeleinstiche, in den Blutwerten habe ich Koks, Heroin und Crack gefunden. Frische Nadelstiche, keine von ihnen hatte ältere, sie waren keine User. Jetzt glaube ich aber langsam auch, dass man ihnen die Drogen gegeben hat, um etwas zu verschleiern.«

»Hast du nicht schon vorher danach gesucht?«, frage ich sie überrascht.

»Die meisten Drogen sind verschnitten, zu oft sind die absonderlichsten Stoffe mit dabei. Wenn wir das Übliche finden, gehen wir davon aus, dass es auch das Übliche ist. Weitergehende Tests sind teuer. Ich brauche einen Grund, und den hast du mir geliefert.«

Ich unterdrücke einen Seufzer. Überall wird gespart, oftmals an der falschen Stelle. Aber jetzt hat sie die Tests ja gemacht, oder zumindest in Auftrag gegeben.

»Beide hatten kurz vor ihrem Tod vaginalen und analen Verkehr«, fährt sie fort. »Kein Samenerguss, also wahrscheinlich geschützt. Noch etwas, das Blutbild der beiden zeigt kleine Anomalien. Genau die gleichen Anomalien, das gleiche Muster im Blutbild wie bei den Opfern des Kreuzmörders. Es sind fünf Opfer, Marcus. Nicht nur eines. Obwohl ich immer noch der Meinung bin, dass ein Körper durch Schmerz einen tödlichen Schock erleiden *kann*, gebe ich dir recht, das ist nicht die Todesursache. Wie kamst du darauf?«

»Eine Freundin, Amber. Sie hat etwas Ähnliches mal erlebt. Sie starb nicht daran.«

Sie sieht mich lange an, dann fährt sie fort. »Ich bin auch noch über etwas anderes gestolpert. Die beiden anderen Mädchen, *nicht* die Opfer des Kreuzmörders, zeigen pathologische Veränderungen der Gewebestruktur bestimmter Hirnbereiche.« Sie sieht mich an. »Ich habe eine Biopsie durchgeführt, aber die Ergebnisse der Gewebeanalyse stehen noch aus. Aber ich wollte es *jetzt* wissen, deshalb habe ich einen tomografischen Scan der Gehirne durchgeführt. Hier.«

Sie wendet sich ihrem Computer zu, tippt etwas ein und dreht dann den Flachbildmonitor, damit ich ihn besser sehen kann.

»Das Gehirn links ist meines.« Sie grinst. »Es gibt ein paar Unterschiede, weil ich noch lebe, außerdem ist es schöner. Aber hier. Siehst du diesen Fleck?«

Sie zeigt mit einem Kugelschreiber auf einen dunklen Schatten im rechten Bild, das für mich nur ein verworrenes Muster von farbigen Bereichen darstellt.

»Das hier, mein Lieber, ist der Bereich des Gehirns, der unsere Lust steuert, das Lustzentrum. Und noch etwas anderes solltest du wissen. Unser Gehirn verändert sich nur sehr, sehr langsam. Diese Veränderungen hier sind mehr als ungewöhnlich, es sollte sie gar nicht geben.«

»Was bedeutet das nun?«, frage ich sie.

»Ich kann mir nicht sicher sein. Aber ich würde vermuten, dass bei diesen beiden Opfern das Lustzentrum derartig stimuliert wurde, dass sie auf den kleinsten Reiz reagierten.« Sie blickt zu mir hoch. »Wenn sie so leicht zu stimulieren waren, wie ich denke, dann haben sie zum Schluss auch nichts anderes mehr gewollt. Studien zeigen, dass Menschen über das Lustzentrum am leichtesten zu manipulieren sind. Sie ... sie haben wahrscheinlich an nichts anderes mehr gedacht. Sie sind nicht mehr lebensfähig gewesen, Marcus, und welcher Prozess auch immer das ausgelöst hat, ist irreversibel.«

Ich schlucke.

»Das bedeutet ja ...«

»Ja, Marcus. Diese beiden Frauen hätten alles für Sex getan. Keine Kontrolle mehr, nur Bedürfnisse.«

Sie drückt auf die Tastatur, und das Bild ändert sich, zeigt eine bildschöne junge Frau, lachend. »Simone Gantau. Neunzehn Jahre alt. Bevor sie starb, verwandelte jemand sie in ein Wesen, das wahrscheinlich nur noch ein Lebensziel hatte: Sex. Natürlich kann ich es nicht mit Sicherheit sagen, aber wahrscheinlich war sie nicht mal mehr imstande, richtig zu denken, sondern richtete ihr ganzes Streben danach aus.«

Sie drückt eine andere Taste, und das Bild verschwindet.

»Zwei Dinge weiß ich, Marcus. Zum einen, der Erfinder war ein Mann. Zum anderen, sollte er auf meinem Tisch landen, würde es mir nichts ausmachen, wenn er noch lebt.«

Ich nicke, versuche, mir das vorzustellen. Es mag vielleicht in die männliche Fantasie hineingehören, die totale Kontrolle über Frauen zu besitzen, aber ich ziehe es dann doch vor, zu wissen, dass sie sich mir willentlich schenken.

Einem Menschen das Bewusstsein und den Willen zu nehmen, und das ist ja wohl das, was Stella mir gerade erzählt hat, ist ein Verbrechen, das ich mir gar nicht richtig vorstellen kann.

»Unsere drei Opfer am Kreuz weisen diese Veränderungen jedoch nicht auf, oder?«, frage ich dann.

»So sieht es aus, ja«, sagt Stella. »Aber ich kann nicht sagen, ob diese Veränderungen nicht erst nach einer Zeit aufkommen.«

»Womit kann so etwas bewirkt werden?«, frage ich sie dann langsam.

»Keine Ahnung. Ich weiß nur, was es nicht ist. Es ist keine herkömmliche Droge, keine Chemie, sondern Biochemie. Etwas, das wir noch nicht kennen.«

Sie nimmt ihren tragbaren Aschenbecher aus einer Schublade ihres Schreibtisches und zündet sich eine Zigarette an.

»Alle fünf Opfer, die zwei anderen Mädchen und die drei Opfer am Kreuz, Marcus, sie hatten so etwas Ähnliches wie einen Herzanfall. Ihre Herzen zeigen Spuren Dutzender kleiner Infarkte, alle frisch, alle gleichzeitig. Im Prinzip zog sich ihr Herz auf einmal zusammen und blieb so, bis es an Mangel an Sauerstoff starb und sich wieder entspannte. Nur zu finden, wenn man danach sucht. Aber was diesen Effekt auslöste?« Sie zuckt die Schultern. »Ich weiß es nicht.«

»Danke«, sage ich. Ich habe vor, mir die Autopsieberichte in Ruhe anzusehen; wenn ich dann Fragen habe, kann ich sie ja noch einmal anrufen.

»Noch eines«, sagt Stella und zieht an ihrer Zigarette. »Simone Gantaus Rose, die Brandnarbe, ist gerade mal vier Wochen alt. Sie war eine Woche verschwunden. Davor war sie mit ihrem Freund zusammen. Und der sitzt immer noch in Untersuchungshaft.«

»Danke«, sage ich und meine es ernst, sie hat mir sehr weitergeholfen. Langsam verdichtet sich für mich ein Bild, das mir ganz und gar nicht gefällt.

Ich denke, ich werde mich mit dem Freund von Frau Gantau mal etwas unterhalten.

»Und wer, zum Teufel, sind Sie!?« Ich sehe zum Fenster hinaus, als ich die Tür hinter mir gehen höre, blicke auf eine weiße Winterlandschaft, es schneit noch immer, vielleicht sogar heftiger als vorher; ich bin mir sicher, dass viele Leute den Schnee geradezu verfluchen. Aber er macht die Stadt und auch diesen Ausblick aus einem der vergitterten Fenster des Untersuchungsgefängnisses schön.

Es hat ein wenig gedauert, bis alles so arrangiert war, wie ich es wollte. Aber Hilmar hat recht, wenn man Krüger auf seiner Seite hat, ist es, als ob jemand mit einem Zauberstab winkt.

Der Name meines neuen Freundes ist Norbert Grünmann, zwanzig Jahre alt, gelernter Bauschlosser, derzeit arbeitslos. Der Freund von Simone Gantau.

»Nehmen Sie ihm die Handfesseln ab und schließen Sie dann von draußen zu«, sage ich, ohne mich umzudrehen. Ich gehe davon aus, dass ein Polizist dabei ist, tatsächlich höre ich ein »Jawohl« und das Klirren der Handschellen, als sie Grünmann abgenommen werden.

Mit Stellas neuen Erkenntnissen ist es mittlerweile fast undenkbar, dass Grünmann etwas mit dem Tod seiner Freundin zu tun hat, ich sprach mit Krüger darüber, und er stimmte zu. Wie er den Rest so schnell organisieren konnte, weiß ich nicht.

Was Norbert Grünmann nun sieht, ist der typische Vernehmungsraum, ja, aber auf dem Tisch stehen Thermoskanne, Kaffeetassen, Milch und Zucker, ein Aschenbecher und Zigaretten sowie mein Laptop. Geschlossen. Daneben meine Aktentasche.

»Setzen Sie sich, Grünmann«, sage ich, immer noch, ohne mich umzudrehen. Ich höre, wie die Tür zufällt und abgeschlossen wird.

»Was wollen Sie von mir?« Der Tonfall ist immer noch motzig, als wolle er sich selbst beweisen, dass er durch nichts zu erschüttern wäre.

»Das werden Sie schon sehen«, sage ich, als ich mich umdrehe. Ich weiß nicht, was er sieht, aber zwei Meter groß, deutlich breit und schwer, in einem Anzug und bodenlangem Mantel, der mich noch breiter macht, wirke ich üblicherweise auf Menschen mit schlechtem Gewissen ziemlich bedrohlich. Zumal ich schon seit längerer Zeit ein Faible für schwarze oder dunkle Klamotten entwickelt habe. Mein Haar ist militärisch kurz geschnitten, ich bin glatt rasiert und die Sonnenbrille ein aus einem B-Klasse-Film entnommener schlechter Witz. Mein Anblick bedient einige Klischees, und manchmal ist es nützlich, Klischees zu verwenden. Auf jeden Fall sieht er keinen typischen Polizisten.

»Bedienen Sie sich«, sage ich und weise auf Kaffee und Zigaretten. Ich selbst ziehe meine eigenen Zigaretten aus der Manteltasche und zünde mir auch eine an. Alte schlechte Gewohnheiten kommen schnell wieder, dies ist meine dritte Zigarette heute.

Norbert Grünmann ist vielleicht eins fünfundsiebzig groß und wiegt um die 70 Kilo. Er wirkt eher drahtig als kräftig, hat lange Haare, die zu einem Zopf geflochten sind, und trägt Turnschuhe, Jeans, ein T-Shirt und eine Skijacke, die Kleidung, in der er verhaftet wurde.

Er ist misstrauisch, zündet sich aber auch eine Zigarette an, schaut zu mir hoch, als könne er mich nicht einordnen.

»Ich sage nichts ohne meinen Anwalt«, meint er dann.

»Gut, Herr Grünmann. Ich will Ihnen jetzt etwas zeigen.« Ich öffne die Aktentasche und entnehme dieser eine Dokumentenmappe, die ich ihm reiche. Es ist ein Entlassungsbescheid, komplett ausgefüllt und unterschrieben, das Datum ist das heutige.

Er schaut sich das Dokument an, es dauert eine Weile, bis er versteht, was es bedeutet, dann grinst er.

»Also bin ich frei. Gut, dann gehe ich jetzt.«

Ich nehme die Mappe wieder an mich und verstaue sie in der Aktentasche.

»So ein Schreiben sehen Sie mit viel Glück in drei bis vier Monaten wieder«, teile ich ihm freundlich mit. »Dieses hier werde ich vernichten. Guten Tag, Herr Grünmann, und sprechen Sie ruhig mit Ihrem Anwalt.«

»Häh?« Er springt auf. »Was soll das!?«

»Setzen Sie sich«, sage ich in scharfem Ton, »oder Sie sind schneller wieder in Ihrer Zelle, als Sie bis drei zählen können! Wenn Sie sitzen und ich Ihre Aufmerksamkeit habe, sage ich es Ihnen, verstanden!?«

Er nickt, eingeschüchtert sinkt er auf seinen Stuhl.

Ich nehme einen Zug von meiner Zigarette, blase einen Rauchring an die Decke.

»Ganz einfach. Sie beantworten mir ein paar Fragen, ohne Rechtswirkung, aber auch ohne Ihren Anwalt. Dann gebe ich Ihnen dieses Schreiben und geleite Sie persönlich nach draußen. Oder aber Sie möchten mit Ihrem Anwalt sprechen, dann geht es so weiter wie gehabt, und Sie sehen mich nie wieder.«

»Das ist Erpressung!«

Ich schüttele sachte den Kopf. »Oh, nein, Norbert. Ich darf dich doch Norbert nennen, oder? Also Norbert, niemand *muss* sich dafür einsetzen, dass dein Verfahren beschleunigt wird, die Untersuchungen im Fall Gantau sind noch nicht abgeschlossen. In ein paar Monaten bist du entweder draußen oder musst dich vor dem Gericht verantworten, deine Freundin ermordet zu haben. Ich *kann* dich gehen lassen, ich *muss* nicht. Hast du das verstanden?«

»Scheiße ja, aber ...«

Ich nehme meinen Laptop und stecke ihn in meine Aktentasche, ziehe an dieser den Reißverschluss zu.

»Was machen Sie da, hey!?«

Ich halte auf meinem Weg zur Tür inne.

»Was ich mache? Ich gehe. Mit deinem Entlassungsbescheid in der Tasche. Denn du willst mir ja nicht zuhören!«

»Klar, verdammt noch mal, ich höre Ihnen doch zu! Verflucht, bleiben Sie da!« Er springt schon wieder auf, ein Jo-Jo.

»Setz dich, Norbert«, sage ich, als ich wieder zum Tisch zurückkehre. »Ich mag eine solche Ausdrucksweise nicht. Ich muss sie mir nicht anhören, verstanden? Ich bin höflich zu dir, du bist höflich zu mir, und schon haben wir eine Kommunikationsebene. Noch so ein Schimpfwort, und ich betrachte unser Gespräch als beendet. Klar?«

»Ver... jawohl, klar«, sagt er.

Ich lächele. »Gut. Dann wollen wir mal reden.«

»Fragen Sie«, sagt er leise, und ich habe ihn.

Was er wie sagt, ist mir eigentlich so ziemlich schnurz. Aber hier geht es um Kontrolle und Einschüchtern, ich habe keine Zeit, mich erst mit ihm stundenlang durch seine Verteidigungslinien zu kämpfen. Ich will das, was er weiß, und zwar sofort. Ich wechsle wieder in das distanzierte Sie.

»Sie waren mit dem Opfer Simone Gantau liiert?«

»Ja.«

»Intim bekannt?« Er zögert. Ich lasse einen Seufzer hören, schüttele bedauernd den Kopf und greife nach meiner Aktentasche.

»Ja! Nun bleiben Sie doch, aber lassen Sie mir ein bisschen Zeit zu überlegen!«

Ich nicke, dann hole ich meinen Laptop wieder aus der Tasche und öffne ihn, er war auf Stand-by, und das Bild kommt schnell. Ich drehe den Laptop zu ihm. Es ist eine Aufnahme von Simones linkem innerem Oberschenkel, knapp unter dem Schritt, sie zeigt das kleine Brandzeichen, die Rose.

»Ihre Freundin hat diese Brandnarbe. Sie ist frisch, stammt etwa aus der Zeit vier Wochen vor ihrem Tod. Haben Sie diese Narbe an ihr gesehen?«

»Ja.«

»Wann das erste Mal?«

»Etwa Ende November. Sie hatte ein Pflaster drüber.«

»Wissen Sie, woher diese Narbe stammt?«

»Nein. Sie wollte es mir nicht sagen.«

»Haben Sie es dann herausgefunden?«

»Ich ... warten Sie ... Ich überlege, wie ich es sagen soll!« Ich habe mich nicht bewegt, jetzt tue ich es und greife mir den zweiten Pappbecher, fülle auch mir Kaffee ein. Mann, was bin ich müde.

»Es ist kompliziert. Simone hatte Schwierigkeiten!«

»Welcher Art?«

»Finanzielle. Die waren danach vorbei, sie hatte plötzlich Geld. Sie sagte, sie hätte einen neuen Job, als Bedienung in einer Disco.«

»Was hat das mit dem Brandmal zu tun?«

Er zögert. »Wissen Sie, Simone war ein wenig pervers.«

Ach ja? »Wie darf ich das verstehen?«, frage ich.

»Sie mochte es, wenn man ihr wehtut.« Seine Augen gehen überall hin, nur nicht zu mir. Er lügt. Obwohl es im Prinzip das ist, was ich erwarte zu hören. Aber er lügt!

»Noch mal: Was hat das mit dem Brandmal zu tun?«

Er seufzt, diesmal sieht er mich an. »Sie hat es mir eine Woche später gestanden. Ein Gast in der Diskothek bot ihr 1000 Euro dafür, eine Zigarette an dieser Stelle auszudrücken. Das muss verteufelt wehgetan haben!«

Ja, das ist eine sehr empfindliche Stelle.

»Aber sie mochte es, wenn man ihr wehtat?« Ich lasse Zweifel in meiner Stimme mitschwingen. Machen wir es ihm richtig klar. »Wenn ich Sie auch nur bei einer einzigen Lüge ertappe, dann bleiben Sie hier, und ich werfe den Schlüssel weg.«

Er schaut auf seine Hände.

»Sie ... sie mochte es später. Am Anfang mochte sie es nicht«, sagt er dann leise.

»Am Anfang?«

»Am Anfang unserer Beziehung.« Er war kaum zu hören, so leise sprach er.

»Gut. Ab wann mochte sie es?«

»Gar nicht. Die ganze Zeit gar nicht. Aber sie machte es für mich.« Er weint.

»Also haben Sie gelogen.«

»Nein!« Er sieht zu mir hoch. »Die letzten zwei Wochen wollte sie es! Und wie! Sie wollte immer mehr und mehr und mehr! Deshalb haben wir ja Streit bekommen!«

Und das, mein lieber Norbert, ist endlich die Wahrheit.

Mein Gott. Was für eine Scheiße!

Ich nehme meinen Kaffee und setze mich ihm gegenüber hin.

»Also, seit jemand eine Zigarette an ihr ausgedrückt hatte, wollte sie es?«

Er nickt. »Man brauchte ihr nur ein wenig wehzutun, und schon kam es ihr. Es war erschreckend! Am letzten Tag besuchte sie mich, ich hatte noch ein Telefonat, sie ging währenddessen in die Küche. Als ich zu ihr kam, lag sie auf dem Boden und hat sich mit dem Dorn des Büchsenöffners die Brüste zerkratzt, sie blutete sogar und hatte den härtesten Orgasmus, den ich je gesehen habe. Sie zog sich mit der einen Hand den Büchsenöffner über den Körper, presste richtig tief, und mit der anderen Hand hat sie sich befriedigt. Sie hat mich gar nicht bemerkt, selbst dann nicht, als ich ihr den Büchsenöffner abnehmen wollte. Sie fauchte mich an und biss nach mir, sie hat mich gar nicht erkannt, sie war komplett weg! Erst später kam sie wieder zu sich. Wir hatten diesen Streit, sie sagte, dass ich doch nun zufrieden sein könne ... und ich bin durchgedreht und hab sie rausgeworfen. Dann ist sie verschwunden, und eine Woche später ... sie ... man hat sie gefunden. Ich ...«

Seine Stimme bricht, ein Weinkrampf überfällt ihn. »So ... so wollte ... so wollte ich das ... doch gar nicht! So nicht!«

Ich trinke meinen Kaffee, lasse ihm Zeit und reiche ihm dann mein Taschentuch.

»Wie hieß diese Diskothek?«, frage ich ihn dann.

»Sie sagt, es wäre das *Cats*, aber das stimmte nicht. Ich bin ihr mal hinterher. Sie ging ins *Dominion*.« Er sieht zu mir hoch. »Das ist dieser schmierige SM-Schuppen, wo sich der Masomörder seine Opfer sucht.« Seine Augen sind gerötet, er schnieft. »Wenn Sie wissen wollen, was passiert ist, wenn Sie immer noch meinen, sie wäre umgebracht worden, dann suchen Sie in dem Drecksladen. Dort finden Sie das Arschloch bestimmt.«

Das ist es jetzt nicht, was ich hören will. Auf der anderen Seite ist es auch keine Überraschung.

Wortlos packe ich meinen Laptop weg und gebe ihm den Entlassungsbescheid.

»Kann ich jetzt gehen?«, fragt er.

Ich nicke einfach nur und klopfe an die Tür. »Wir sind hier fertig«, sage ich. »Sie können öffnen.«

Kapitel 9

Malowsky. Ich rufe Malowsky an. Ich weiß immer noch nicht, ob er es ernst meint, aber ich muss mit ihm darüber sprechen. Mit ihm, nicht mit Krüger. Ich erwische ihn auf dem Handy. Wir verabreden uns im *Dominion*.

Anschließend wähle ich Ambers Nummer. Sie ist im Chateau.

»Hi, Marcus. Du rufst zu einem ungünstigen Zeitpunkt an«, sagt sie, munter wie immer. »Wir sind gerade dabei, eine neue Software zu installieren, die uns weiterbringen wird.«

»Wir?«

»Siggi und ich. Er ist ein Studienkollege. Ich habe ihn angerufen, weil er sich damals auf visuelle Systeme spezialisierte. Er hat eine neue Software entwickelt, im Prinzip eine Bilderkennungssoftware. Wir versuchen gerade, ob wir die ganzen Bilddaten in einen Stream zusammenpacken können. Siggi ist schweinegut auf seinem Gebiet.«

Aha. Wenn sie es sagt.

»Was soll diese Software können?«

»Alle unsere Aufnahmen sind ja zeitcodiert. Im Prinzip soll es so gehen, dass wir eine Person markieren, und das System sucht uns zeitlich geordnet alle Bilddaten heraus, sodass wir uns dann ansehen können, was diese Person bei uns getan hat. Sozusagen ein Film mit dieser Person in der Hauptrolle. Da es digitale Aufnahmen sind und wir viele Kameras haben, können wir einen Fokus auf die Person legen, und der Computer wählt die beste Perspektive.«

Das habe ich jetzt verstanden ... und ich muss ihr zustimmen, das wäre wirklich nützlich.

»Klappt es?«

»Ja, im Prinzip schon. Aber es ist ein enormer Rechenaufwand. Siggi meint, wir sollten ein Rechnerarray verwenden.«

»Rechner haben wir doch genug«, antworte ich ihr.

»Wir haben keine Rechner der aktuellen Generation außer meinem. Wir brauchen so etwa zwölf Stück, am besten mit den neuen Prozessoren.« Wie immer. Ich weiß nur, dass jedes Jahr was Neues auf den Markt kommt und sie es haben will.

»Wie viel?«

»Etwa 1100 Euro das Stück, wenn wir sie im Großhandel besorgen und selbst zusammenschrauben.«

»Tut das«, sage ich. »Und wenn ihr dann so weit seid ... In deinem E-Mail-Account ist das Bild einer anderen Frau, Simone Gantau heißt sie. Sie war in unserem Club, und sie ist tot.«

»Scheiße«, sagt sie. Und hat damit schlichtweg recht.

Als mich das Taxi zum Hinterhof des *Dominions* bringt, stelle ich fest, dass dort ein großer roter Kastenwagen geparkt ist, spanisches Nummernschild, und die Tür zum Wirtschaftsbereich offen steht. Zwei mir unbekannte Männer laden Aluminiumkisten aus dem Kastenwagen aus und tragen sie in den Club.

Sie ignorieren mich vollständig, als ich an ihnen vorbei zu den Clubräumen gehe. Dort sehe ich Tanja und Caroline, beide bequem in Jeans und weißer Bluse, fast gleich angezogen, nur im Schuhwerk gibt es einen Unterschied. Caro trägt High Heels, Tanja Cowboystiefel, und beide diskutieren etwas mit einem jungen Mann, ein Südländer und einer der seltenen Fälle, wo selbst ich erkenne, dass ein Mann gut aussieht. Was auch immer diskutiert wird, er ist amüsant genug, dass er seine ebenmäßigen weißen Zähnchen zeigt und Caro und Tanja zum Lachen bringt. An und für sich ist dagegen ja auch nichts einzuwenden, gerade in unserer Situation ist es wohl nicht verkehrt, lachen zu können, aber in diesem Moment hätte ich ihn tatsächlich gern etwas weniger hübsch gemacht ... Nicht zu fassen, wie eifersüchtig ich plötzlich bin.

Ich brauche Ruhe, so kann das nicht weitergehen. Es sind acht fremde Leute in meinem Club, er mitgerechnet, drei Frauen, ebenfalls exquisit anzusehen, der Rest Männer, alle vom gleichen südländischen Typ. Sie rollen Kabel aus, stellen Scheinwerfer auf, eine Frau schiebt einen Garderobewagen mit Kostümen vor sich her, eine andere malt auf der Bühne mit einem Kreidestift Muster auf den Boden. Alle reden miteinander, mit Händen und Füßen, Gesten und Spanisch. Es passt mir nicht, es ist wie eine Invasion, die ich im Augenblick nicht gebrauchen kann.

Vor der Theke steht die dritte Frau und packt aus einem Karton Flyer aus. Sie lächelt mich an, als ich zu ihr komme, und sagt etwas auf Spanisch. Ich verstehe keinen Ton, lächle aber freundlich zurück und sehe mir einen der Flyer an. »Tango Erotique«. Ich kann mich dunkel daran erinnern, dass mich Caro mal darauf ansprach ... eine erotische Show mit Tango, Strip und kleinen Ds-Einlagen. Ein »grandioser visueller Effekt« waren, glaube ich, damals ihre Worte.

»Ist heute Abend«, sagt die Frau in gebrochenem Deutsch und lächelt. »Ist gute Show.«

Ja, das glaube ich auch. Ich lächle zurück, aber innerlich fluche ich.

Heute Abend. Nicht, dass ich heute Abend etwas Besonderes vor oder Pläne gemacht hätte, aber ... verdammt. Es passt mir nicht, gestehe ich mir selbst ein, weil dieser Lothario mit meiner Frau flirtet und ich ihm das Gesicht verbiegen will.

Außer der einen Frau – dem Flyer entnehme ich, dass sie Maria heißt – hat mich noch niemand bemerkt, und aus irgendeinem Grund mache ich nicht auf mich aufmerksam, sondern sehe weiter zu.

Das Lächeln des spanischen Gockels verschwindet auf einmal, und meine Aufmerksamkeit ist geweckt. Caros Körperhaltung ändert sich, sie steht gerader und sagt ihm gerade etwas, was ihm nicht gefällt. Er versucht zu diskutieren, sie schneidet ihm das Wort ab, macht eine entsprechende Geste mit der Hand, universell verständlich, Schluss jetzt oder?!

Caroline ist meine Geschäftsführerin, und sie kümmert sich schon seit Jahren um die Geschäfte des Chateaus und des Clubs. Das Chateau selbst wird von ihr geleitet, hier hatten wir ja Beckmann, der ihr aber auch unterstellt war, auch wenn er das scheinbar nie verstand. Wahrscheinlich dachte er, dass die Anweisungen von mir gekommen wären und sie ihm diese nur übermittelt hätte.

Ich glaube, ich sehe sie soeben das erste Mal direkt in Aktion und merke, wie sehr sie sich zurücknimmt, sobald ich in der Nähe bin. Ich bekomme gerade demonstriert, wie andere Leute sie wahrnehmen, und weiß jetzt auch, warum Tanja, die klassische FemDom, sich von meiner Caro herumschubsen lässt ... Und meine Caroline kann offensichtlich prima schubsen!

Ich gehe näher heran. Er redet wieder, setzt erneut Körpersprache und ein gewinnendes Lächeln ein.

»Wir haben schon gesagt, wie gehen soll. Ich will Manager sprechen, Beckmann, nicht Frau. Wir sind nicht irgendwer, wir wissen, was tun. Und ich sage, wir auf Bühne, damit Gast sehen kann, nicht Tanzfläche, ist zu nah! Ah, da *chefe*.«

Er sieht mich und lächelt eines dieser Lächeln, das einen einlädt, sich zu verbünden. Tanja und Caro drehen sich um, sehen mich ebenfalls, Tanja rollt die Augen, und Caroline sagt mir mit ihrem Blick, was sie von diesem Gockel hält. Die Eifersucht ist direkt verschwunden, und nun bin auch ich amüsiert.

»Wir nicht fallen von Bühne, wir sind Profis. Ich, Carlos, freue mich, endlich vernünftig ein Mensch zu sehen, du erklären ihr, ich habe recht!«

»Worum geht es?«, frage ich Caro.

»Die Idee ist, dass diese sechs Tango tanzen. Heißen, erotischen Tango. Bei bestimmten Gelegenheiten wird ihnen nacheinander das Kostüm vom Leib gerissen, bis sie zum Schluss nur noch knappe Lederslips tragen. Oder noch weniger. Unsere Bühne ist vier mal sechs Meter. Ich habe ein Band von einem ihrer Auftritte gesehen, sie brauchen mehr Platz, sonst wirkt es gedrängt. Abgesehen davon, wenn sie die Kante verfehlen und jemand stürzt, sind wir versicherungstechnisch dran, denn die Bühne hat kein Geländer. Aber die Tanzfläche ist für ihre Show genau richtig.«

»Und warum wollen Sie nicht auf die Tanzfläche, Carlos?«, frage ich ihn.

»Weil Tango Liebe ist und Tanz und erotisch, weil Körper fließen und Liebe machen in Tanz, ist visuell, man muss es sehen … jeder soll sehen, es ist ein Geschenk an Publikum … muss Bühne sein, damit jeder sieht!«, sagt er mit Inbrunst in der Stimme.

»Die Bühne ist zu klein«, sagt Caro.

»Vielleicht nicht für diese drei Paare«, sage ich. »Aber was ist mit den anderen?«

»Welche anderen?«, fragt Carlos.

»Was ist mit den anderen Paaren, die mittanzen wollen?«, wiederhole ich.

»Wir tanzen. Niemand wird tanzen wollen, wenn wir tanzen«, sagt Carlos im Brustton der Überzeugung. »Wir zu gut.«

Ja, da hat mal wieder jemand eine interessante Meinung. Zum einen ist dies hier Wien. Die Welt mag sich streiten, welches der erotischere Tanz ist, der Tango oder der Walzer, aber hier gehört es immer noch für viele Leute zum guten Ton, tanzen zu können. Ab und zu geben wir einen erotischen Ball, wie zuletzt an Silvester, und wenn ein Tango aufgespielt wird, gibt es mehr als genug Paare, die diesen Tanz lieben, gerade weil er so erotisch ist, weil er in vielen Dingen die Grundidee dessen ausdrückt, wonach meine Gäste leben. Carlos wird sich wundern. Ich kenne mindestens drei weitere Paare, die auch noch Schautanzen als Hobby haben.

Caro sieht mich erwartungsvoll an. Ich lächele Carlos zu. »Carlos, sie *ist* die Chefin. Wenn sie sagt, es wird auf der Tanzfläche getanzt, dann ist es so.« Ich zucke die Schultern.

»Aber wir haben Vertrag!«, sagt Carlos.

»Dort soll drinstehen, dass ihr auf der Bühne tanzt?«, fragt Caro. Sie lächelt. »Ich glaube nicht! Aber ihr könnt gern auch wieder einpacken und gehen.«

Carlos sieht sie an, als habe ihn der Blitz getroffen. »Wir sind gefahren über tausend Kilometer durch kalten Schnee, um hier zu tanzen, und du sagen, wir gehen?« Er reißt den Kopf hoch, funkelt sie an. »Wir nicht gehen. Wir tanzen auf Tanzfläche und bezaubern Publikum mit bestem erotischer Tanz, das gibt!«

»Na, dann ist ja alles gut«, sage ich. Ich schaue Tanja an. »Ich brauche Caro mal kurz. Kommst du hier allein zurecht?«

Tanja sieht den Spanier auf eine gewisse Art an und grinst. »Ich denke schon.«

»Ich glaube, du hast ihn unglücklich gemacht«, sage ich, als ich mit Caro die Treppe zum ersten Stock hochgehe.

Sie lacht. »Er ist doch selbst schuld.«

»Aber er ist ein hübsches Kerlchen«, erwidere ich, als ich ihr die Tür aufhalte. Sie bleibt im Türrahmen stehen und schaut mich prüfend an, lacht dann erneut.

»Marcus, du bist süß.« Sie legt die Arme um meinen Nacken, zieht mich runter zu sich und gibt mir einen Kuss. Als sie sich auf einen der bequemen Sessel niederlässt, grinst sie immer noch. Doch dann sieht sie mein Gesicht, und ihr Grinsen verschwindet; ich merke, wie sehr ich das bedauere.

»Was ist?«, fragt sie.

»Nachdem wir ihr den Hinweis mit dem Brandmal gegeben haben, ging Stella – Dr. Feinschild, die Pathologin – noch einmal ihre Akten durch. Es gibt zwei weitere tote Frauen mit diesem Brandmal. Und nach der Aussage ihres Freundes arbeitete eines der Mädchen sogar hier.«

»Nein«, sagt Caro und schüttelt den Kopf so sehr, dass ihre Haare um sie herumwirbeln. »Das glaube ich einfach nicht. Wir haben in letzter Zeit nur diese Frau Seller eingestellt.« Sie blickt mich an. »Ich überlege immer noch, ob ich sie wieder feuern soll.«

Ich greife mir einen der anderen Sessel und setze mich ihr gegenüber.

»Ich dagegen überlege, ob wir nicht besser den Club schließen sollten.«

»Nein.« Sie greift mit beiden Händen nach meiner Linken, nimmt sie zwischen ihre Hände. »Nein. Marcus. Wir dürfen da nicht nachgeben. Wir stehen das durch.«

»In Ordnung«, sage ich. »Aber es wird Zeit, dir mal zu erzählen, wie die Dinge tatsächlich stehen.«

Also berichte ich ihr, was ich bis jetzt herausgefunden habe, und dass es nun wirklich so aussieht, als hätte das Ganze mit dem Club zu tun. Als ich fertig bin, sieht sie eine Weile auf ihre Hände herab, denkt nach, dann blickt sie zu mir auf.

»Gut«, sagt sie. »Es sieht so aus. Aber wir wissen, dass wir nichts damit zu tun haben. Es sind Leute, die unseren Club benutzen. Wir werden bald mehr in Erfahrung bringen. Wenn sie uns den Club schließen wollen, sollen sie es tun. Bis es so weit ist, sollten wir versuchen, noch mehr herauszufinden. Amber hat ein Vermögen für diese Computer ausgegeben, aber sie und ihr Freund sind zuversichtlich, dass sie bald Erfolg haben werden. Dann haben wir ein halbes Jahr Aufnahmen von unserem Club. Wenn bei uns etwas lief, dann werden wir es finden. Du hast das Treffen mit Melanie verpasst, sie hat sechs Leute angeheuert, alles solche, die sie kennt und die richtig gut sein sollen. Wenn ich recht verstehe, hast du auch schon eine Spur, die *Death Riders*.«

»Ja. Malowsky und ich werden nachher mal mit dieser Frau reden, von der Sergei sprach. Aber Caro, die *Death Riders* oder unser Lackdom, sie sind es nicht alleine. Das ist eine Motorradgang. Die sind nicht gut genug für so etwas, sie würden es nicht hinbekommen. Klaus … Malowsky meint, er wäre von einem Profi ermordet worden. Die gibt es nur in Hollywoodfilmen wie Sand am Meer, in Wirklichkeit sind professionelle Killer selten. Ich merke, ich rieche und fühle, dass da noch viel, viel mehr daran hängt, im Augenblick kann ich es nur nicht erkennen.«

»Ich weiß, dass du recht hast«, sagt sie und kniet sich vor mir auf den Boden, legt den Kopf an mein Knie. »Bisher hast du dich auf dein Bauchgefühl immer verlassen können. Was ist mit der *Rose*?«

»Amber wird sich darum kümmern, sobald dieses andere Programm läuft. Irgendwo, irgendwie werden wir etwas herausfinden. Es hängt alles zusammen, die Drogen, die Brandmale, die Morde ... Aber weißt du was, es wird uns nicht direkt zum Kreuzmörder führen. Ich habe das Gefühl, es sind zwei verschiedene Dinge, die hier passieren.«

»Du willst jetzt mit Malowsky zu dieser Frau?«, fragt sie.

Ich nicke.

»Kannst du Malowsky eigentlich vertrauen?«

»Ich weiß es nicht, aber ich glaube schon. Zumindest, was die Polizeiarbeit angeht. Was immer er sonst auch ist, er ist ein verdammt guter Polizist.«

»Okay. Pass aber auf, ja?«

»He«, sage ich. »Ist ja nicht so, als ob das neu für mich wäre.«

»Aber für mich ist es neu, die Frau eines Polizisten zu sein. Und ich will mich nicht scheiden lassen.«

Ich sehe sie überrascht an.

»Drei Viertel aller Polizistenehen scheitern«, sagt sie. »Ich habe dich nicht geheiratet, um dich zu verlieren.«

Ich streiche ihr über die Wange. »Das wirst du auch nicht.«

»Also, Marcus«, sagt Malowsky, als ich ihm aufmache. »Worum geht's?«

»Ich habe einen Tipp bekommen. Und ich will, dass du mit dabei bist.«

»Das ist nett von dir, wirklich. Vor allem, weil ich so wenig zu tun habe, dass ich mich glatt gelangweilt hätte, wenn du mich nicht zu einer Rundfahrt eingeladen hättest. Was für ein Tipp?«

»Sergei gab mir die Adresse einer Frau, die mir mehr über die *Death Riders* sagen kann.« Ich reiche ihm die Adresse und nehme den Schlüssel des Rolls vom Haken neben der Hintertür des *Dominions*.

»Was willst du mit dem Rolls?«, fragt Malowsky. »Wenn du da mit dem Rolls auftauchst, dann wird es nichts.«

Mist, er hat recht. Ich hänge den Schlüssel wieder an seinen Platz.

»Gut, dann nehmen wir deine Klapperkarre«, sage ich.

Als wir losfahren, Malowsky sitzt hinter dem Steuer, klappt er das Handschuhfach auf. »Da. Bedien dich.« Ich werfe einen Blick hinein, finde ein Schulterhalfter mit einer Glock Zehn-Millimeter-Pistole darin. Ich schließe das Fach.

»Ist nicht mehr mein Stil.«

»Ist aber auch Dienstvorschrift«, sagt Malowsky.

Ich lache. »Mann, ich war seit acht Jahren nicht mehr auf dem Schießplatz. Du weißt so gut wie ich, dass ich so ein Ding erst dann tragen darf, wenn ich wieder qualifiziert bin. Und ich habe bisher noch nie eine Waffe gebraucht. Du ja auch nicht.«

»Doch«, sagt er, was mich überrascht. »Vor knapp zwei Jahren musste ich mal schießen. Ich habe vorbeigeschossen, aber er hat sich so erschrocken, dass er hinfiel ... Im ersten Moment dachte ich sogar, ich hätte ihn erschossen.«

»Ich glaube nicht, dass es Sinn macht, mit einer Pistole herumzulaufen«, sage ich. Er zuckt die Schultern. »Musst du wissen. Es ist eine üble Gegend.«

»Aber es ist nicht New York.«

»Gott sei Dank«, sagt er mit Inbrunst.

»Sieht doch gar nicht so schlimm aus«, meine ich, als ich schließlich aus seinem Wagen aussteige und mich umsehe. Es stimmt, aber ich weiß auch, dass das nichts zu sagen hat.

Das Haus ist eines von diesen alten Mietshäusern, die vor 1900 errichtet wurden, noch recht gut erhalten, aber ungepflegt, das Schloss der Haustür wurde herausgetreten, die Briefkästen im Hausgang sind bis auf wenige Ausnahmen aufgebrochen. Unser Ziel befindet sich im Hinterhaus; als wir den Hinterhof passieren, sehen wir mehr, aufgeplatzte Müllsäcke, verrostete Autoteile, dort drüben liegt eine gebrauchte Nadel. Es riecht nach Urin.

Das Hinterhaus selbst ist auch noch einigermaßen in Schuss, aber als wir die Tür zum Treppenhaus öffnen wollen, steht auf einmal jemand vor uns, ein Typ, fast so groß wie ich, in Lederhose und Lederjacke gekleidet, er verschränkt die Arme vor sich und mustert uns.

»Und wer seid ihr, Clowns?«, knurrt er. Hinter ihm in der Ecke steht ein Baseballschläger; nicht direkt in Reichweite, aber ein deutliches Argument.

»Sergei sagt, wir können Rita sprechen«, antworte ich ihm.

Er mustert mich, dann Malowsky.

»Das ist ein Bulle«, sagt er dann.

»Ja, ist er«, sage ich und mustere ihn. »Ist das ein Problem für dich?«

»Ich denke schon«, antwortet er langsam.

»Gut. Ich rufe Sergei an und erkläre ihm, dass du ein Problem hast«, sage ich und ziehe mein Telefon aus der Manteltasche. Er hält die Hand hoch.

»Lass stecken, Mann. Ich habe ein Problem damit, das

bedeutet aber nicht, dass ich was dagegen habe, wenn er mit reinkommt.«

Er macht einen Schritt zur Seite.

»Rita wohnt im ersten Stock, gleich rechts. Ich will euch beiden nur noch eine Sache klarmachen. Rita steht unter unserem Schutz. Wenn ihr nicht gut mit ihr umgeht, dann ist mir Sergei scheißegal. Er ist nicht unser Boss.« Er grinst und zeigt eine Zahnlücke. »Es ist eine Art Nachbarschaftshilfe.«

»Warum wird diese Rita bewacht?«, fragt Malowsky leise, als wir die Treppe hinaufgehen.

»Keine Ahnung«, antworte ich, genauso leise. Die Tür hat noch eine mechanische Klingel. Ich drehe den Knauf, und die Tür wird sofort geöffnet. Der Mann vor uns könnte ein Klon des Typen unten an der Treppe sein.

Er mustert uns, nickt dann. »Hier entlang. Die Regeln sind wie folgt: Sie beantwortet eine Frage nicht, dann ist es gut so. Ihr berührt sie nicht. Ihr werdet nicht laut. Und wenn sie sagt, dass das Interview zu Ende ist, dann geht ihr.« Er mustert Malowsky. »Und sie wird auf keinen Fall irgendeine Zeugenaussage machen, klar?«

»Klar«, sagt Malowsky in einem Tonfall, der deutlich macht, was er davon hält. Es erntet ihm einen Blick des Gorillas.

Ich dagegen verstehe langsam, welchen Einfluss Sergei wirklich hat. Diese Typen hier würden uns lieber zusammenschlagen, als Guten Tag zu sagen, und dennoch lassen sie uns durch.

»Gut. Haltet euch an die Regeln«, knurrt der Mann und öffnet uns eine Tür im Gang.

Diese führt zu einem abgedunkelten Zimmer; ich sehe eine Person, die in einem Sessel sitzt und zu uns schaut, zwei Stühle stehen vor ihrem Sessel, ansonsten ist der Raum leer. Es ist kalt.

Hinter uns wird die Tür geschlossen.

»Setzen Sie sich, meine Herren«, sagt eine weibliche Stimme, die wohl moduliert und sexy klingt, leicht rauchig.

Malowsky und ich nehmen Platz.

»Rauchen Sie, wenn Sie wollen. Ich erzähle Ihnen etwas, Sie hören zu. Sie stellen keine Fragen, und Sie kommen mir nicht näher.«

»Verstanden«, antworte ich und hole meine Zigarettenschachtel heraus.

»Mein Name ist Rita. Ich war mit einem *Black Devil* liiert, gehörte ihm sozusagen. Er verlor mich bei einem Kartenspiel an einen *Death Rider*. Also nahm mich der in ihr Clubhaus mit. Was dann geschah, war in etwa das, was ich mir ausgemalt hatte. Eine Menge Sex, zum Teil recht brutal, aber ich hatte es ja nicht anders erwartet. Dann nahmen sie mich mit runter in den Keller. Dort unten in einer Zelle war ein Mädchen an einen Stahltisch gefesselt, und die *Riders* amüsierten sich mit ihr. Drei Dinge fand ich überraschend: Sie war jung, und sie war bildhübsch, passte so gar nicht dorthin. Und sie stand drauf, hatte ich den Eindruck. Ich war froh, dass es so war, denn je mehr sie sich um sie kümmerten, desto weniger um mich. Einer der *Riders* bot mir eine Crackpfeife an, ein anderer ein Bier. Danach weiß ich nichts mehr, am nächsten Morgen fand ich mich auf der Straße wieder. Mir tat alles weh, und ich war geil. Ich hatte ein paar blaue Flecke, das war es. Was sie mit mir gemacht haben, weiß ich nicht. Als ich zu meinem Mann zurückkam, fand er es zuerst klasse, dass ich so scharf auf ihn war ... und dann merkten wir, dass etwas nicht stimmt. Es wurde schlimmer. Zuerst fanden es die Kumpels gut, dass ich jeden wollte, aber dann merkten auch sie, dass etwas nicht richtig war.«

Der Schatten streckt eine Hand aus, und eine Nachttischlampe geht an.

Die junge Frau ist vielleicht 25, trägt ein eng anliegendes Lederkostüm, und allein die Art, wie sie uns ansieht, treibt die Temperatur im Raum hoch. Sie ist hübsch, nicht ganz mein Typ, aber hübsch.

Sie macht das Licht wieder aus.

»Ich wollte euch nur zeigen, dass mir sonst nichts geschehen ist. Ich bin körperlich intakt. Meistens kann ich auch klar denken.« Sie holt tief Luft. »Jetzt bin ich eine Art Maskottchen. Wenn einer der *Devils* sich eine Belohnung verdient hat, geben sie mich ihm. Ich tue alles. Und alles macht mich an. Ich würde es mit jedem und allem treiben ... und ich habe Schwierigkeiten, mich euch nicht anzubieten. Was auch immer sie mir verabreicht haben, ich habe keinerlei Kontrolle über mein Sexualleben mehr. Es beherrscht mich.«

Sie hält kurz inne. Im Halbdunkel sehe ich ihre Augen funkeln.

»Alles macht mich an. Auch Schmerzen. Und jeden Abend werde ich von einem meiner Wächter genommen. Natürlich macht es ihnen Spaß. Aber es ist so, als ob man mich regelmäßig füttern müsste. Bekomme ich nicht, was ich will, raste ich aus.«

Sie sagt nichts mehr, und ich höre uns atmen. Ich versuche zu verstehen. »Sie haben keine Kontrolle mehr?«

»Wenn ich in einer Straßenbahn mitfahren würde, würde ich jeden, Mann oder Frau, anbetteln, es mit mir zu treiben. Ich kann nicht mal mehr einfach so über die Straße gehen oder einkaufen ... ich denke nur an das Eine.« Sie lacht bitter.

»Wären Sie bereit, sich untersuchen zu lassen?«, frage ich vorsichtig. Im Halbdunkel sehe ich, wie sie den Kopf schüttelt.

»Nein. Ein Arzt hat mich schon untersucht. Es gab nichts festzustellen, außer eben, dass ich ständig so geil bin, dass ich nicht mehr klar denken kann.«

»Sie hören sich aber nicht so an«, meint Malowsky.

»So ist es aber. Ich konzentriere mich im Moment, weil Sergei meint, es wäre wichtig. Aber tatsächlich überlege ich mir, wie ich Sie dazu bringe, die beiden da draußen zu vergessen. Wäre euch das nicht der Spaß wert? Ihr zu zweit, und ich für euch ... Vergessen Sie es«, fügt sie rasch hinzu. »Gehen Sie einfach.«

Sie dreht sich um. Hinter uns öffnet sich die Tür.

»Kommt raus«, sagt der eine Wächter.

»Muss das so laufen?«, fragt sie.

»Ja«, antwortet der Mann, der uns die Tür aufhält.

»Fred, ich könnte es gebrauchen«, sagt sie dann leise.

Malowsky und ich stehen schweigend auf und gehen, Fred schließt die Tür hinter uns.

»Ist das wirklich so?«, frage ich Fred vorsichtig. Es ist klar, dass er unserer Unterhaltung gelauscht hat. Fred nickt, und ich sehe in seinen Augen etwas, von dem er bestimmt nicht will, dass man es erkennt: Mitleid – und Trauer. Rita berührt ihn. Irgendwie bin ich froh drum.

»Am Anfang war es geil. Sie tut alles. Ist egal, was, man braucht es ihr nur zu sagen, und sie tut es. Keine Hemmungen, nichts. Aber ... jetzt ist es fast eine Pflichtübung. Heute Abend soll ich sie füttern, aber ich habe richtig Angst davor. Sie ist wild, Mann.«

Er sieht mich an. »Sie ist die Frau vom Boss. Deswegen passen wir auf sie auf. Wir tun, was wir können. Und das ist es. Solange sie keinen sieht, geht's ihr eigentlich ganz gut.« Er zögert. »Was auch immer es war, das man ihr gegeben hat, wir nennen es Nympho. Und sie geht daran kaputt. Wenn es ihr kommt, spielt immer öfter ihr Kreislauf nicht mehr mit. Es ist fast wie ein epileptischer Anfall, ihre Muskeln werden bretthart dabei. Kürzlich hat sie sich einen Arm ausgerenkt, als sie kam, so sehr reißt es sie.«

Er deutet auf die Treppe, und sein Gesicht wird wieder hart. »Keine Ahnung, warum Sergei wollte, dass Sie das wissen. Aber jetzt ist es so, also gehen Sie.«

Als wir unten ankommen, hören wir von oben einen lang gezogenen Schrei. Entweder wird sie eben grausam misshandelt, oder aber ... Der Schrei geht über in eine Art Heulen, fast wie Wolfsgeheul, und ich merke, wie ich eine Gänsehaut kriege.

Schweigend gehen wir.

»Meinst du, das ist echt?«, fragt Malowsky, als wir ins Auto steigen.

»Woher soll ich das wissen?«, antworte ich ihm. »Hast du ihre Augen gesehen? Sie war erregt. Aber ob sie nur eine gute Schauspielerin ist oder ob es sich wirklich so verhält ... Woher soll ich das wissen?«

»Sie gehört ins Krankenhaus«, sagt Malowsky, als er den Motor anlässt.

Ich nicke. »Ja, wahrscheinlich. Aber du weißt, was sie dann mit ihr machen? Sedativa ohne Ende ... Wenn es stimmt, was sie sagt, landet sie in einer Klinik.«

»Einer Klapse, willst du sagen.«

»Ja.«

Schweigend fahren wir ein paar Minuten.

»Was jetzt?«, frage ich Malowsky dann. »Nehmen wir die *Riders* hoch?«

»Ohne Beweise? Klemens würde sein linkes Ei dafür geben, wenn er sie einbuchten könnte. Aber wenn wir nichts bei ihnen finden, sind sie bald wieder draußen. Sie wird nicht aussagen, da bin ich mir sicher, und ohne ihre Aussage haben wir keine Chance, die Jungs dranzukriegen.« Er sieht nach vorne. »Vielleicht, wenn man sich nicht an die Regeln hält …«

Mir ist klar, was er meint, aber ich sage nichts darauf. Auf dem Rest der Strecke zum *Dominion* hängt jeder von uns seinen Gedanken nach.

Wenn die Frau uns nichts vorspielt … nein, es stimmt wohl, es trifft so ziemlich genau das, was Stella erzählt hat. Allein beim Gedanken daran wird mir schlecht. Ich versuche, mir das irgendwie vorzustellen, aber ich bleibe mit meinen Gedanken an meinen drei Süßen hängen. Ich habe einen fürchterlich schalen Geschmack im Mund. Ich sage mir, dass er von der Zigarette kommt, aber ich weiß es besser.

Wortlos lässt Malowsky mich an der Einfahrt zum Hinterhof aussteigen. Wir nicken uns zu, und er fährt weiter.

Als ich den Club betrete, sehe ich Katharina Seller, sie ist dabei, Gläser in die Regale der Bar zu räumen, Caro steht an der Bühne und spricht mit einer der spanischen Tänzerinnen. Sie winkt mir zu, aber unterhält sich weiter. Ich gehe hinter die Bar zu Kat. Sie sieht mich kommen und hält inne.

»Wie geht es dir?«, frage ich sie. Sie nickt »Ganz gut. Danke.«

Ich lehne mich neben ihr an die Bar und sehe sie an, sie bleibt ganz still stehen, wird aber ein wenig rot.

»Was willst du, Marcus?«, fragt sie dann.

»Ich will wissen, was dein Auftrag ist.«

»Das kann ich dir nicht sagen.«

»Dann muss ich dir kündigen«, sage ich und wende mich ab. Sie legt eine Hand auf meinen Arm. »Warte, Marcus. Wenn ich dir sage, dass meine Anwesenheit mit dir gar nichts zu tun hat?«

»Hör auf. Aus welchem Grund bist du denn sonst hier? Das *Dominion* steckt bis zum Hals in der Kreuzmörder-Geschichte drin!«

»Das mag sein. Aber dies ist nicht mein Fall. Ich bin hier, um zu beobachten.«

»Wen?«

Sie schüttelt den Kopf. »Das kann ich dir nicht sagen.«

Ich sehe sie frustriert an. »Hier läuft nichts, Kat. Keine Drogen, keine illegalen Geschäfte, keine Buchmacher ...«

»Falsche Fährte, Marcus. Glaube mir einfach, dass es nichts damit zu tun hat. Schau ... Ich werde eine Woche lang hier sein für den Fall, dass eine ganz bestimmte Person auftaucht. Mehr nicht.«

»Und wer?«

»Das kann ich dir nicht sagen.« Sie legt mir einen Finger auf den Mund. »Und du weißt es.«

Sie sieht mich direkt an; seltsamerweise glaube ich ihr.

»Okay. Du kannst weiterarbeiten.« Ich schüttele den Kopf, lache kurz auf. »Weißt du was?«, frage ich dann.

Sie sieht mich fragend an.

»Der Blowjob gestern ... jeder, der dich sah, weiß nun, dass du zu uns gehörst. Für eine Polizistin wird dich niemand mehr halten.«

Sie lacht leise. »Dann ist es ja gut.«

Ich gehe zu Caro. Sie wirft einen Blick zu Kat hinüber, die weiter Gläser einräumt.

»Ich habe sie nicht gefeuert«, sagt sie dann. Ich nicke.

»Ich auch nicht. Wie läuft es hier?« Ich sehe zur Bühne

hinüber, dort haben sich Tanja und Carlos gerade ein wenig in den Haaren, Carlos scheint nicht zu verstehen, warum Tanja nicht einfach klein beigibt. Worum es geht, kann ich nicht hören, es läuft gerade das Band mit der Tangomusik.

»Die Scheinwerfer. Es sind ihm zu wenige«, sagt Caro und lacht. »Offensichtlich hat er immer noch Angst, man würde ihn nicht sehen.«

Ich schüttele den Kopf; von mir aus, wenn er meint. Hier im Club ist es selten wirklich hell, höchstens Mal ein Spotlight, ansonsten wird Halbdunkel bevorzugt.

»Was habt ihr herausgefunden?«, fragt sie dann und lehnt sich an mich, stellt sich auf die Zehenspitzen, um mir leicht ins Ohrläppchen zu beißen.

Ich gebe ihr einen Klaps auf den Hintern. »Lass das«, sage ich. Sie zieht eine Schnute. »Aber ich mach das doch so gern.« Ja. Und sie hat scharfe Zähne.

»Es scheint diese Droge vielleicht doch zu geben«, sage ich und berichte ihr, was wir von Rita hörten. Caro schüttelt sich. »Das ist ja fürchterlich!«

»Ja. Aber es ist auch eigentlich unmöglich, wenn ich Stella glauben kann. Nun, wie auch immer, wir kommen an den *Death Riders* nicht vorbei, wir müssen da mehr herausfinden. Ich weiß nur nicht, wie.«

Sie nickt. »Was hast du jetzt vor?«

Ich sehe auf die Uhr, es ist kurz vor halb zwölf.

»Ich gehe erst mal hoch und lege mich mal eine Runde schlafen, ich bin hundemüde. Im Augenblick müssen wir darauf warten, ob die Detektive etwas herausfinden und ob das mit der Software klappt.«

Sie schmiegt sich an mich. »Soll ich dir das Einschlafen erleichtern?«, lächelt sie.

»Gute Idee«, sage ich.

Irgendwann habe ich einen sehr real wirkenden erotischen Traum. Ich wache auf, weil ich befürchte, in das Bettlaken zu kommen. Das ist dann der Moment, wo Amber ihre Magie wirkt und mich mit ihren blauen Augen schelmisch ansieht.

Ich schiebe mich im Bett nach hinten, so, dass ich halbwegs sitze.

»Hallo, Amber«, sage ich mit einem Lächeln.

»Hi, Marcus.« Sie leckt sich die Lippen ab und strahlt, immer wieder diese Katze ... »Du musst aber ziemlich alle gewesen sein.«

»Ach ja, wie kommst du darauf?«

Sie grinst.

»Zum einen wurdest du nicht wach, zum andern hat es richtig lange gedauert.« Sie kommt zu mir hochgekrabbelt und schmiegt sich an mich. Sie ist vollständig angezogen, ein heißes Outfit aus dünnem Nappaleder, das so eng anliegt, dass es ihre Nippel nachzeichnet. Ihr Haar ist in einen sauberen Pferdeschwanz gebunden, sie trägt Stiefel mit unzähligen Schnallen, die ihre Waden betonen und mindestens zehn Zentimeter Absatz haben. Amber kann in solchen Absätzen sogar rennen! Auf jeden Fall wirkt sie richtig stolz auf sich, zufrieden und vielleicht sogar etwas glücklich.

»Siggi und ich haben es geschafft. Wir haben alles in deinem Büro aufgebaut. Eigentlich kam ich her, um dir das zu sagen. Es funktioniert tatsächlich. Willst du es dir ansehen?«

»Ja. Aber ein Kaffee vorneweg wäre nicht verkehrt.«

Sie springt auf. »Bis du da bist, steht der Kaffee schon bereit. Übrigens ist Jacqueline auch hier. Ich habe mit ihr über die *Rose* gesprochen, sie hat eine Idee. Bis gleich.«

Und dann ist sie auch schon durch die Tür.

Wenn Amber gute Laune hat, ist sie wie ein Gummiball. Ich gehe unter die Dusche, und während ich mich einseife, denke ich, dass ich froh bin, dass sie so ist, wie sie ist. Jacqueline ist, wenn sie uns nicht alle gleichzeitig am Ohr nimmt und uns die Leviten liest, sehr ruhig. Caro nimmt alles, was sie macht, sehr ernst. Aber Amber ... sie nervt mich manchmal bis zur Verzweiflung, doch oft ist eben sie es, die uns zum Lachen bringt. Wo sie es hernimmt, ständig gute Laune zu haben, ist mir ein Rätsel.

Meine Kleider sind verschwunden, stattdessen liegen ein neuer Anzug, Hemd, Unterwäsche und Krawatte sauber gefaltet bereit. Ein neues Paar Schuhe steht davor, der Inhalt der Taschen liegt auf dem kleinen Schminktisch im Zimmer. Das war mit Sicherheit Jacqueline ... ich glaube, nur sie kommt auf die Idee, mir frische Wäsche vom Chateau mitzubringen. Sie hat sogar daran gedacht, mir neue Kabelbinder hinzulegen, ich hatte vergessen, sie aufzustocken. Ganz obenauf liegt mein nagelneuer Polizeiausweis.

Ich fühle mich wohl, als ich das Schlafzimmer verlasse, ausgeruht, sauber und entspannt. Meine Laune ist, obwohl sich ja nicht wirklich viel verändert hat, deutlich besser, als ich nach unten gehe.

Alle meine drei Süßen und Siggi warten in meinem Büro auf mich. Hier hat sich in der Zwischenzeit doch einiges verändert, ein großer Flachbildschirm steht zentral auf meinem Schreibtisch, und auf der linken Seite des Raumes stapeln sich zweiunddreißig Computer. Zum einen sind sie kleiner, als ich dachte, zum anderen scheinen sie dafür gemacht zu sein, gestapelt zu werden. Sie sind mit dünnen Glasfaserleitungen aneinander angeschlossen, und das Rauschen ihrer Lüfter erfüllt den Raum. Ich spüre sogar die Wärme, die von ihnen ausgeht. Es ist Winter, aber hier ist die Klimaanlage an.

Jacqueline schenkt gerade Kaffee ein; als ich hereinkomme, dreht sie sich um und schenkt mir ein bezauberndes Lächeln. Amber sitzt hinter dem Schreibtisch, Caro hat sich links über sie gebeugt. Rechts von ihr steht ein junger Mann, schlaksig, mit langen Haaren und Pickeln, aber mit einem freundlichen Lächeln und einer altmodischen Nickelbrille auf einer sehr prominenten Nase. Siggi wirkt wie ein Kranich auf mich, und nett.

»Das ist Marcus«, sagt Amber, als Siggi aufsieht. Er wirkt kurz unsicher, dann streckt er mir die Hand entgegen.

»Marcus beißt nicht«, sagt Jacqueline, und Amber fängt an zu kichern, was ihr einen strafenden Blick von Jacqueline einbringt; natürlich wird dieser von Amber ignoriert.

»Wir haben schon ein wenig herumgespielt«, sagt Caro. Sie dreht den Monitor um, sodass er von den fünf Sesseln aus zu sehen ist, die vor dem Schreibtisch stehen.

»Zeig ihm mal, wie das geht«, meint Amber zu Siggi. Sie nehmen in den Sesseln Platz; der in der Mitte ist offensichtlich für mich.

»Ja«, sagt Siggi und wirkt etwas nervös. »Das hier ist ein Laserpointer, aber er funktioniert auch wie eine Maus. Das ganze System ist mausgesteuert. Hier links und rechts sind Knöpfe, die den Zoom und – sofern vorhanden – andere Kamerawinkel steuern. Da kann man vor- und zurückspulen, es ist wie bei einem Videorecorder. Das hier ist die Indexdatei ... darin hat unser Baby schon die besten Aufnahmen aller Personen abgelegt, die im letzten Jahr das *Dominion* betreten haben.«

Der Punkt des Pointers wandert an ein Aktenordnersymbol auf der Seite; ich höre ein leises Klicken, dann geht der Ordner auf und füllt den Bildschirm mit Diarahmen. Ein weiterer Klick zeigt ein Gesicht, im Hintergrund sehe ich die Eingangstür des Bistros. Ich kenne den Mann, er ist ein Gast, der ab und zu kommt, meistens allein, aber ich weiß seinen

Namen nicht. Oben rechts ist eine Zeit- und Datumsmarkierung. 2. Juli 2006, gefolgt von einer Zahl: 175 422.

»Das System funktioniert ähnlich wie ein Fingerabdrucksvergleich, es sind nur weit mehr Punkte, die verglichen werden. Das Hauptelement ist ein Modelliersystem, das aus einem zweidimensionalen Bild über Berechnung von Licht und Schatteneffekten ein dreidimensionales Gesicht modelliert ... hier.«

Eine Unzahl von roten Linien läuft über das Gesicht des Mannes, und plötzlich dreht sich das Bild. Was eben noch Halbprofil war, ist nun eine Frontalansicht, während der größte Teil der linken Gesichtshälfte schwarz ist.

»Die meisten Menschen haben grundsätzlich ein symmetrisches Gesicht ... das wird als Grundlage genommen.« Die linke Gesichtshälfte füllt sich auf.

»Sobald wir aber einen anderen Kamerawinkel haben, wird die Annahme mit der Realität verglichen.«

Der dreidimensionale Kopf verschwindet, und das Bild des Gastes springt einige Aufnahmen weiter, bis die linke Gesichtshälfte zu sehen ist. Dann erscheint wieder die computergenerierte Totalansicht ... und ändert sich auf subtile Weise.

»Als Nächstes betrachten wir mögliche Veränderungen im Gesicht. Bart, Haartracht, Brille, Hautfarbe ... hier.«

Der Gast hat nun einen Bart und Linksscheitel; Amber kichert, als er plötzlich blonde Rastalocken und einen Tirolerhut trägt.

»Das ist das Prinzip«, erklärt Siggi. »Jede Person bekommt einen Index zugeordnet, dort werden Informationen gesammelt, Kennwerte sozusagen. Manche Leute haben eine Brille; selbst wenn sie sich sonst verändern, bleibt die Brille gleich, oder sie ziehen ein Kleidungsstück gerne und oft an. Auch Bewegungsabläufe und spezielle Gesten werden gespeichert und der Person zugeordnet. All dies wird in 3D nachmodelliert und berechnet, als Eckwerte erfasst. Danach ist der Computer in der Lage, diese Person durch die ganzen Bildaufzeichnungen zu verfolgen. Digitaler Zoom und die vielen Kameras, die ihr habt, machen es einfach, den Fokus auf diese Person zu richten.«

Amber räuspert sich und reißt Siggi aus den Gedanken. Als er mir das System erklärte, war er wie ausgewechselt; seine Augen glänzten, und er glühte vor Enthusiasmus.

»Wir haben, wie du siehst, 32 Rechner gekauft ... mit allem zusammen kam es wesentlich teurer, als wir dachten. So etwa 110 000 Euro.«

Ich huste. Das ist ein Haufen Geld!

Sie lächelt. »Ja, ich weiß. Aber ... selbst mit dieser Rechenleistung braucht das System gute zwölf Minuten, um eine Person aus dem Bildmaterial herauszufischen und den Verfolgungspfad zu berechnen. Es ist noch immer damit beschäftigt, alle Besucher zu erfassen. Aber ich kann dir sagen, dass uns im letzten halben Jahr 17 982 verschiedene Personen besucht haben. Insbesondere die drei Konzerte, die wir in der Zeit hatten, trugen dazu bei.« Sie sieht mich an. »Dieses System hier ist *geil*. Es läuft auf einer Linuxversion, die speziell für Parallelrechner entwickelt wurde, und schlägt wahrscheinlich die meisten Großrechner, die noch im Einsatz sind. Aber es wird noch Stunden brauchen, bis die Kennwertdateien für jede Person angelegt sind.«

Ich nicke. Stunden sind nicht Tage, abgesehen davon bin ich schwer beeindruckt.

»Wofür war dieses System gedacht?«, frage ich Siggi.

»Für die Überwachung von Flughäfen oder anderen wichtigen Orten. Ich nenne das System übrigens Orwell.«

Ich nicke. Ja, Big Brother passt. Er fährt fort. »Orwell ist imstande, die meisten Verkleidungen zu erkennen. Wenn man nun die Kernwertdateien von Terroristen einfügt, sollte er imstande sein, beinahe in Realzeit die Leute zu erkennen. Im Prinzip sind die Algorithmen nicht so schwer ... aber die Masse der Berechnungen erdrückt jedes System. Ein Flughafen ... er bräuchte Hunderte dieser Rechner, von den Kameras mal gar nicht zu reden. Der Club ist im Vergleich zu einem öffentlichen Ort klein und begrenzt. Leute kommen mehrmals her. Das macht es einfacher.« Er deutet zu den fünf Stapeln Rechner auf der Seite des Raumes. »Das hier ist ein sogenannter Clusterrechner. Wie Amber schon sagt, ein supergeiles System. Wir haben ganz Wien und Umgebung auf den Kopf gestellt, um diese baugleichen Rechner zu bekommen. Und selbst dieses System ist hier schon an der Grenze der Leistungsfähigkeit.« Er strahlt. »Aber es funktioniert! Hier.«

Ein Fenster entsteht auf dem Monitor, und nun sehen wir, wie der Gast von eben hereinkommt. Die Kameraentfernung bleibt fast immer konstant; es gibt oft überraschend wirkende Perspektive-Änderungen, aber es sieht fast so aus, als richte jemand ständig eine Kamera auf ihn. Eine Sache fällt mir dabei auf: Das Bild ist nicht dunkel.

»Wieso ist es so hell auf dem Bild?«, frage ich nach.

»Was wir hier sehen, ist zum Teil eine Echtzeit-Rekonstruktion in 3D. Die Helligkeit ist hineininterpoliert ... für den Computer ist es möglich, dem Bild Tageslichtqualität zu verleihen«, erklärt Siggi stolz. »Es ist nicht ganz bildecht, hier zum Beispiel: Der Anzugstoff glänzt an manchen Stellen, was er in Wirklichkeit nicht tun wird. Aber im Prinzip ist es zu 98 Prozent farbecht.«

Gast Nummer eins tut nichts an diesem Abend, er

schaut zu, trinkt Bier, unterhält sich kurz, später geht er dann wieder.

»Eins noch«, sagt Caro. Ich blicke zu ihr hinüber. »Wir haben eine Firma gegründet. Na, noch nicht ganz, im Moment gibt es nur Absichtserklärungen, aber wir haben im Prinzip die Software gekauft und Siggi zum Partner gemacht. Amber ist der Meinung, dass dieses System, puscht man es richtig, einen Markt finden wird. Ich stimme ihr zu, auch von dieser Seite her ist das Geld gut angelegt.«

Ich schüttele den Kopf. »Wie habt ihr das so schnell hinbekommen?«, frage ich erstaunt.

Amber lacht. »Ich konnte gestern nicht schlafen. Siggi hier ist ein Nachtmensch, ich habe ihn um halb drei angerufen, und seitdem sind wir dran. Orwell läuft seit 52 Minuten – übrigens hier.« Sie zeigt auf eine Zahl unten am Bildschirmrand. Dort steht jetzt 17 261. »Orwell hat mittlerweile 17 von 261 verschiedenen Personen, die er am Anfang als unterschiedlich erkannte, als ein und dieselbe Person identifiziert. Ich habe noch nie mit einem solchen System gearbeitet, es ist wie Magie!«

»Das mit der Firma«, meint Siggi schüchtern, »es sollte wirklich gehen. Ich hatte nur kein Geld, wissen Sie? Aber ich habe für Orwell einige Clusterprozesse entwickeln müssen, und allein deswegen denke ich, dass wir eine Chance haben. Und Amber ... Amber hat einfach ein Händchen fürs Debuggen und Fehlerfinden. War schon immer so. Ich werde alles tun, damit es ein Erfolg wird.«

Das weiß ich, ich brauche nur seine Augen zu sehen. Ich kann mir vorstellen, wie es war; er sitzt zu Hause, programmiert, spart an jeder Ecke und hat keine Mittel, seine Arbeit zu vermarkten. Aha. Er befürchtet, dass ich es bedauern werde, so viel Geld ausgegeben zu haben!

»Glauben Sie mir, es ist gut so«, sage ich und werfe Caro einen Blick zu, sie lächelt. Ich mag vielleicht ein guter Polizist gewesen sein, aber diese vier machen mir vor, wie man andere Dinge angeht. Ich frage mich, wo ich die ganze Zeit meine Augen hatte. Meine drei Süßen hängen seit über zwei Jahren zusammen wie Pech und Schwefel ... und es ist nicht das erste Mal, dass sie so zusammenarbeiten.

»Wann ist Orwell so weit, dass wir ihn bestimmte Personen suchen lassen können?«, frage ich.

»Im Prinzip jetzt schon«, sagt Siggi. »Aber wir müssen die Personen, die er uns zeigen soll, im Index finden. Wahrscheinlich macht es mehr Sinn, wenn wir ihn den Index erst einmal erstellen lassen.« Er kratzt sich am Kopf. »Zehn Stunden, vielleicht zwölf oder vierzehn? Morgen früh auf jeden Fall.«

»Ich will dir mal was zeigen«, sagt Amber und grinst. Sie nimmt Siggi den Pointer ab und tippt über ein Zahlenfeld eine Nummer ein, drückt auf ein paar Bildschirmschaltflächen – und ich sehe eine nackte Amber zur Tür hereinkommen. Sie grinst, als sie meine Reaktion sieht.

»Das ist eine Computerberechnung, es ist alles interpoliert. Die Kleider sind weggerechnet. Ich dachte, dass das die Männer freuen könnte ...« Siggi wird rot. Amber lacht laut und lässt das Bild wieder verschwinden. Sie beugt sich vor und gibt ihm einen Kuss auf die Wange.

»Wollte nur zeigen, was das System kann.«

»Also, ich bin beeindruckt«, sage ich und meine es auch so. »Ich wusste gar nicht, dass so etwas möglich ist.«

»Es ist auch erst seit knapp einem Jahr wirklich praktikabel«, sagt Siggi. »Vorher waren die Rechner schlichtweg zu langsam. Und um eine Theorie zu testen ... Es gibt wenig Kunden, die bereit sind, so viel Geld auszugeben, um es auszuprobieren. Es gab einige Schwierigkeiten, ein paar Bugs, aber nichts Wesentliches. Amber hat alle Bugs fast so schnell gefunden, wie sie auftauchten. Jetzt läuft alles.«

»Sag es nicht so laut«, entgegnet Amber. »Orwell könnte uns hören.« Sie strahlt mich an. »Ab morgen geht's schneller. Dann sind die anderen Rechner auch da.«

»Welche anderen Rechner?«

»Es kommen noch einmal zweiunddreißig Stück«, grinst sie. »Aber wir kriegen Mengenrabatt.«

»Das ist in etwa der Ertrag des Clubs in den letzten fünf Monaten«, sagt Caro etwas später, als wir wieder unten im Club sind. Dort herrscht mittlerweile Ordnung, ein kleines Mischpult steht links von der Bühne, der Kabelsalat ist verschwunden. Einer der Spanier steht hinter dem Mischpult und testet die Scheinwerfer, die anderen sind nicht zu sehen, sind wahrscheinlich in der Garderobe.

Caro steht hinter der Theke, hat das Gesicht in die Hände gestützt und sieht mich aufmerksam an. Ich selbst stehe an der Ecke der Theke, an meinem Stammplatz, und halte einen Cappuccino in der Hand.

»Aber ich bin wirklich der Ansicht, dass es sich lohnen wird. Das System ist für viele Dinge zu verwenden, Türkontrolle, Sicherheitssysteme, Banken, all das.«

»Haben wir das Geld denn frei? Ich dachte, das meiste wäre auf Festgeldkonten.«

Sie nickt. »Ja. Aber das Geld stammt vom Club. Wir brauchen hier immer wieder mal größere Geldmengen, unsere spanischen Freunde hier bekommen für ihren Auftritt fast zehntausend. Nur als Beispiel. Und wenn wir ein Konzert veranstalten, das wird manchmal richtig teuer. Auf der anderen Seite haben wir hin und wieder auch sehr gute Tage im Club, so wie gestern und vorgestern.«

»Wie stehen wir eigentlich da, Caro?«, unterbreche ich sie. »Was ist, wenn wir das Chateau und den Club schließen?«

»Wir stehen sehr gut da«, sagt Caro. »Das ist auch etwas, worüber ich mal mit dir reden wollte. Wir haben natürlich auch in andere Dinge investiert, da ist das Mietshaus im ersten Bezirk zum Beispiel, aber allein der Club und das Chateau brummen. In den letzten acht Jahren hast du das Erbe deines Onkels verdoppelt.«

»Nicht ich – du«, sage ich. »Aber ich verstehe das nicht. Ich habe meinen Onkel nur einmal gesehen, und dabei machte er nicht den Eindruck, als wäre er ein schlechter Geschäftsmann.«

»Ich glaube auch nicht, dass er es war«, sagt Caroline. »Du weißt, dass das Chateau damals die ganze Woche über geöffnet hatte. Und er hatte ja einige ...«, sie zögert, »Modelle, die er gar nicht bezahlte. Wir haben zwei Tage in der Woche auf und zahlen Spitzenlöhne für unsere Modelle. Dennoch nehmen wir jetzt in diesen zwei Tagen mehr ein als er in der ganzen Woche. Wenigstens nach den Büchern.«

»Eben das verstehe ich nicht«, sage ich. »Ich weiß, dass er sehr viele Kunden hatte, die enorme Summen gezahlt haben.«

»Ja. Für Dinge, die illegal waren. Aber diese Gelder tauchen nicht auf.« Sie sieht mich an. »Es ist mir recht früh aufgefallen, aber irgendwie habe ich es dann vergessen oder auf ein schlechtes Management geschoben, auch wenn es sonst keine Anzeichen dafür gibt. Ich glaube eher, dein Onkel hatte Partner. Vermutlich war er eine Art Strohmann. Denn was über die Bücher lief, war grob ein Viertel dessen, was man hätte erwirtschaften können.«

Das ergibt irgendwie einen Sinn.

Caro sieht mich bedeutsam an. »Da steckte eine ganze Organisation dahinter.«

Mir fällt ein, dass ich mich nie mit Amber oder Jacqueline über diese Dinge unterhalten habe, über ihre Zeit im Chateau, bevor mein Onkel starb. Ich wollte es wohl auch nicht wissen. Damals war es mir unangenehm, mit den beiden konfrontiert zu werden. Als sie nach ihrem Studium wiederkamen, war es ferne Vergangenheit, die ich immer noch nicht aufgreifen wollte.

Ich zögere kurz, aber Amber sagte mir, ich sollte ihr vertrauen, Gleiches gilt wohl auch für Jacqueline. Ich winke Gi heran und bitte ihn, die beiden für mich zu suchen und ihnen zu sagen, dass ich sie sprechen will. Hier, nicht in meinem Büro, wo ja Siggi zugange ist.

Es dauert nicht lange, bis Amber kommt, gleich darauf ist auch Jacqueline da und begibt sich hinter die Theke, um mir und Amber einen Kaffee zu machen. Gi brauche ich gar nicht erst zu sagen, dass er sich anders beschäftigen soll, er hält seinen Abstand von allein.

»Was gibt es denn?«, fragt Amber neugierig, sie scheint wieder besserer Laune zu sein, ich habe fast schon Angst, sie ihr zu zerstören.

»Sag mal«, beginne ich vorsichtig und binde auch Jacqueline mit meinem Blick ein. »Was meint ihr, können wir uns über das Chateau unterhalten? Was damals geschehen ist? Ich habe das Gefühl, es hängt irgendwie zusammen.«

»Scheiße!«, sagt Jacqueline ganz uncharakteristisch und stellt die Tasse mit einem Klirren ab. Sie ist bleich geworden.

Ich verfluche mich selbst.

»Tut mir leid«, sage ich hastig. »Ich dachte nur ...«

»Ich hab nicht damit gerechnet«, sagt Jacqueline. Sie

tauscht einen Blick mit Amber aus. »Wir wussten beide, dass das irgendwann kommt.«

»Wir hätten uns denken können, dass es jetzt bald geschieht«, spricht Amber leise für sie weiter. Sie lächelt sogar noch immer, auch wenn es an Glanz verloren hat.

»Wir haben uns kürzlich sogar zusammengesetzt und uns überlegt, woran wir uns erinnern«, fährt sie tapfer fort, dann lacht sie kurz und bitter. »Ich bin mir sicher, dass mein Therapeut geglaubt hat, dass ich mir manche Dinge nur eingebildet habe. Wenigstens habe ich das Gefühl. Aber Jacqueline kann sich an die gleichen Dinge erinnern. Sogar noch mehr! Sie ist von uns beiden die Beobachterin.« Ihr Lächeln wird bitter. »Ich war meist auch zu beschäftigt«, sagt sie dann.

»Was habt ihr denn gesehen?«, frage ich vorsichtig, während Caro nur zuhört, die beiden besorgt mustert.

»Es gab dort ein paar Mädchen und auch Jungen, die nur ganz kurz da waren«, sagt Jacqueline dann zögernd. Sie sieht auf die Tasse vor sich und schiebt sie ganz sorgsam genau in die Mitte der Theke, legt den Kaffeelöffel akkurat auf den Unterteller, während sie sich in die Unterlippe beißt. »Dein Onkel sagte, dass wir uns nicht um sie kümmern sollten, dass sie gar nicht da wären. Wenn wir mit ihnen sprachen oder sie nur ansahen, hat er uns bestraft.«

»Hart«, sagt Amber und schluckt. »Aber es ließ sich nicht vermeiden.«

»Wir glauben«, sagt Jacqueline so leise, dass ich sie kaum hören kann, »dass sie umgebracht wurden. Manchmal hatten sie Spielsachen. Ich habe gesehen, wie man ihre Zimmer aufgeräumt hat, nachdem sie weg waren. Meist waren die Spielsachen noch da und wurden in eine Kiste gelegt, die weggeschlossen wurde. Diese Spielsachen zu sehen, hat mir Angst gemacht.«

»Sie hatte Albträume davon«, sagte Amber leise. Sie sieht mich an. »Als ich das erste Mal wieder im Chateau spielte, hatte ich Angst, es könnten einige der alten Kunden deines Onkels auftauchen, aber wir haben sie nie wieder gesehen. Unter den ehemaligen Gästen gab es mehrere ausgesprochene Sadisten ... die echte Variante, die Sorte, die es liebt, wenn ihr Opfer es *nicht* will. Sie meint, dass diese Leute wohl kaum aufgegeben haben, ihren Leidenschaften zu frönen.«

»Auf keinen Fall«, erwidert Jacqueline. »Damals hätte ich es nicht benennen können, heute würde ich sagen, sie waren süchtig nach dem Nervenkitzel.« Sie sieht zu Amber hinüber. »Selbst das, was sie mit Amber alles angestellt haben, reichte ihnen nicht, sie wollten mehr. Ich glaube, dein Onkel hat es ihnen gegeben.«

Es wäre schön, hätten wir das früher gewusst, aber von einem traumatisierten Kind kann man wohl kaum erwarten, dass es einen umfassenden Bericht abgibt. Es dauerte Jahre an Therapie, bis die beiden überhaupt imstande waren, darüber zu reden, was dort auf dem Chateau geschah. Ich erinnere mich noch so gut daran, wie verzweifelt sie jeder Frage auswichen, dass es mich jetzt erstaunt, sie so offen darüber sprechen zu hören. All das wirft ein neues Licht auf das Chateau. Irgendwie muss ich an die Büchse der Pandora denken, ich bin mir sicher, dass mir nicht gefallen wird, was wir herausfinden werden, wenn wir dem nachgehen.

»Wie erging es euch?«, frage ich mit belegter Stimme. Es ist das erste Mal, dass ich sie so direkt frage.

»Besser«, sagt Amber bitter. »Wir hatten das Glück oder Pech, dass dein Onkel uns wie Haustiere behandelte. Klar, wir wurden auch an die Kunden weitergegeben, aber wir hatten nicht die Möglichkeit, diese kennenzulernen, die meisten von ihnen waren auch maskiert.«

»Wir waren zu jung, um mit den Kunden zu reden. Wir wurden in ein Spielzimmer gebracht und dann wieder zurück in ihre Zimmer«, fügt Jacqueline leise hinzu.

»Ums Reden ging es denen wirklich nicht«, sagt nun Amber und ballt die Fäuste.

»Nein«, fährt Jacqueline leise fort. »Ich hatte das Glück, dass es Amber war, die von den meisten gewollt wurde. Ich habe mich oft geschämt darüber, wie froh ich war, dass sie es traf und nicht mich.«

»Das ist Schwachsinn«, sagt Amber überraschend scharf. »Das weißt du auch.« Sie sieht erst Jacqueline, dann Caro und mich an.

»Jacqui hat sie anblasen müssen, für mich vorbereiten. Und ab und zu hat sie mir einen vom Hals gehalten, weil sie ihn fertig machte.« Sie sieht zu Jacqueline hinüber und lächelt schief. »Sie hätte es nicht überlebt«; sagt sie dann zu mir. »Sie hat nicht mein Talent, die Schmerzen zu erotisieren. Ich konnte das, ich wusste, dass unser Überleben davon abhängt, dass ich denen das gebe, was sie wollten, also gab ich es ihnen. Ich hab mich fallen lassen, bin darin aufgegangen, habe den alten Böcken exakt das gegeben, was sie wollten.«

Ihre Augen sind feucht, und eine Träne läuft ihr die Wange herunter, aber ich glaube nicht, dass sie es merkt. Sie sieht mich an, aber sie sieht auch durch mich hindurch. »Ich hab nach mehr geschrien«, sagte sie leise. »Mehr. Mehr! Noch mehr.« Ihr Lächeln ist nur noch eine Parodie. »Ich glaube, das hat sie abgeschreckt. Manche von ihnen haben nur einen hochgekriegt, wenn das Opfer *nicht* wollte. Angst hat sie aufgegeilt.« Sie schluckt. »Ich habe ihnen nie die Angst gezeigt«, sagt sie dann leise. »Dennoch war ich der Star im Chateau, die kleine Hure, mit der *alles* ging, und ich glaube, nur deshalb leben wir noch.«

»Wir?«, fragt Caro leise, während sie sich verstohlen die Augen abwischt. Ich traue mich gar nicht, etwas zu sagen.

»Amber und ich gingen nur zusammen«, sagt Jacqueline leise. »Wenn ich nicht dabei war, hat Amber gar nicht reagiert, es hat ihnen die Lust genommen. So hat sie sichergestellt, dass ich nicht auch einfach so verschwinde wie die anderen.«

»Habt ihr ...«, ich räuspere mich, weil meine Stimme so brüchig ist. »Habt ihr eine Ahnung, wer diese speziellen Gäste waren?«

»Sie trugen meist Masken«, meint Jacqueline und sieht zu Amber hinüber. »Da musst du sie fragen, sie wurde manchmal die ganze Nacht ausgeliehen und sah sie auch ohne die Masken.«

Amber schluckt.

»Das ist richtig«, sagt sie und lächelt wieder dieses verzerrte Lächeln. »Aber ich kann dir trotzdem nicht weiterhelfen, Marcus. Ich habe so viele Albträume gehabt, dass ich gar nicht mehr weiß, was real war und was nicht.« Sie sieht zu mir hoch, bannt mich mit ihrem Blick. »Ich wollte die Realität ja gar nicht wahrnehmen. Ob sie Masken trugen oder nicht, ich war meist ganz woanders. Ich hab mir einen kleinen Garten gebaut, mit einem Baum darin. Dort war ich.« Ihre Stimme verliert sich.

»Hatte ...«, beginnt Caro vorsichtig, »hatte noch jemand dort etwas zu sagen, außer seinem Onkel?«

Die beiden sehen sich gegenseitig an, dann nickt Jacqueline.

»Ich denke schon«, sagte sie. »Da gab es drei oder vier, die immer erst mit deinem Onkel in sein Büro gingen, einer von denen hat nie mitgemacht, nur manchmal zugesehen. Und einmal sah ich, wie einer einen Aktenkoffer voller Geld mitnahm.«

»Mein Gott«, sage ich. »Wie konnte das alles nur unentdeckt bleiben?«

»Das kann ich dir sagen«, meint Caro bitter. »Dein Onkel hatte viele Stammkunden, die wir nie sahen, nachdem wir das Chateau übernahmen. Vergiss nicht, dass ursprünglich dieser Hundezüchterverein hätte erben sollen. Die hätten alles verkauft und das Geld eingestrichen, und niemand hätte Fragen gestellt.«

»Habe ich ja auch nicht«, sage ich und fühle mich wie ein Idiot.

»Damals nicht«, sagt Caro. »Aber jetzt schon.«

»Es gibt noch etwas«, teilt uns Jacqueline mit. »Ich glaube nicht, dass diese Leute aufgehört haben. Irgendwo gibt es einen Ort, wo sie weitermachen. Ich bin der festen Überzeugung, dass diese Organisation sich nicht mit dem Tod deines Onkels aufgelöst hat. Zum einen wurde das Chateau damals ja noch weitergeführt, wobei die Zeit offenbar zum Aufräumen genutzt wurde, zum anderen haben sie sich wahrscheinlich neu orientiert. Gut möglich, dass die *Rose* von genau diesen Leuten weitergeführt wird. Vielleicht ist deshalb Ambers Bild auf der Webseite zu finden.«

»Vielleicht« sage ich. Ich räuspere mich. Schon wieder. »Ich weiß gar nicht, was ich sagen soll. Es tut mir leid, dass ich euch gefragt habe. Ich weiß gar nicht, ob es etwas genützt hat, euch so zu quälen.«

Amber lacht, während Jacqueline lächelt, sie tauschen wieder einen Blick aus.

»Jacqui hat gewettet, dass du so etwas Ähnliches sagen würdest«, meint sie dann, beugt sich vor und gibt mir einen Kuss. »Mach dir keine Gedanken, wir hatten uns schon lange vorgenommen, euch alles zu erzählen.« Sie gibt auch Caro einen Kuss, während Jacqueline nur verlegen lächelt.

»Aber hast du etwas dagegen, wenn wir uns kurz zurückziehen?«, fragte Amber dann und nimmt Jacqueline an die Hand.

Ich schüttele nur den Kopf, Caro und ich sehen den beiden nach, wie sie, Hände haltend, aus dem Bistro gehen. Jacqueline schaut noch mal zurück und lächelt leicht, dann zieht Amber sie aus unserer Sicht.

»Mein Gott«, sagte Caro, auch ihre Stimme klingt belegt. Sie sieht mich fassungslos an. »Meinst du wirklich, dass sie drüber hinweg sind?«

»Ich hoffe es«, sage ich nachdenklich. Ich beginne Amber zu verstehen, verstehe langsam, welche Stärke in ihr liegt.

Amber sagt, sie sei über die ganze Sache hinweg, aber ich habe immer noch vor Augen, wie sie sich fassungslos ihr jüngeres Ebenbild ansieht. Auch wenn sie behauptet, dass es nicht so sei, so gibt es noch immer diese alten Dämonen in ihr. Und sie verliert ihr Lachen, wenn die Sprache auf die Zeit im Chateau kommt – mit ein Grund, warum wir so gut wie nie darüber reden. Ich denke nicht, dass ich dieses Thema so schnell wieder anschneiden werde.

Aber jemand anders weiß mehr darüber, viel mehr, und er gibt mir die Informationen nur bröckchenweise. Sergei. Das geschieht wohl kaum aus Gutmütigkeit, sondern weil er sich einen handfesten Vorteil davon verspricht. Dabei fällt mir noch etwas anderes ein. Petrov. Hatte Sergei nicht gesagt, dass Petrov einer der Stammkunden meines Onkels war? Was für ein Spiel spielt Sergei eigentlich? War er damals schon in der Stadt? Kannte er meinen Onkel? Weiß er etwas über ihn?

Es wird langsam Zeit, mal einige bohrende Fragen zu stellen. Wie viel Risiko bin ich bereit einzugehen? Und wie soll es vonstattengehen?

»Entschuldige mich bitte«, sage ich zu Caro. Sie nickt nur, zieht die unangetastete Tasse an sich heran und nimmt einen Schluck, ihre Augen fixieren einen Punkt an der Wand, aber ich glaube nicht, dass sie ihn sieht. Ich beuge mich vor und gebe ihr einen Kuss, sie schmiegt sich an mich, dann sehe ich sie fragend an.

»Geh nur«, sagt sie, so leise, dass ich sie kaum verstehen kann. »Mir geht's gut. Schließlich ist mir ja so etwas nie geschehen.«

Ich zögere einen Moment, dann gehe ich hoch ins Büro. Irgendwo da draußen gibt es eine junge Frau – und wenn wir den Mörder nicht finden, dann steht ihr sogar noch etwas Schlimmeres bevor, wenn das überhaupt möglich ist. Eines schwöre ich mir: Wenn das hier ausgestanden ist, werde ich jeden Stein auf dem Chateau umdrehen, bis auch das letzte der Geheimnisse meines Onkels gelüftet ist!

Ich erreiche Sergei ohne Probleme.

»Klar können wir reden«, sagt er, und ich höre das Amüsement in seiner Stimme. »Diesmal kommst du aber zu mir. Kennst du das Restaurant *Belle Époque*? Wir feiern heute eine Einweihungsparty.«

Ich kenne es, es ist ein Luxusrestaurant in bester Lage.

»Mir ist nicht nach feiern zumute«, sage ich rau. Nicht nach dem, was ich eben von meinen beiden gehört habe. »Ich will Antworten, Sergei. Ich will wissen, was du über meinen Onkel weißt.«

Stille auf der anderen Seite, nur Geräusche im Hintergrund. Ich höre, wie er tief Luft holt.

»In Ordnung, Marcus«, sagt er dann. »Wir treffen uns dort. Sagen wir mal ... in einer Stunde. Um achtzehn Uhr. Bring eine deiner hübschen Frauen mit. Amber oder Jacqueline. Nur um die Stimmung zu heben und das Ambiente zu fördern. Übrigens soll die Küche wirklich hervorragend sein. Wir werden den besten Tisch haben, vielleicht stelle ich dir auch ein paar Leute vor, die du noch nicht kennst. Ach ja, Abendkleidung ist gefordert.« Er lacht. »Aber das sollte ja kein Problem sein, nicht wahr?«

Bevor ich antworten kann, legt er auf. Er hat auch nicht gefragt, worum es geht.

Amber ist noch mit Orwell beschäftigt, Caro will sich hier im Club um ein paar Dinge kümmern, die Beckmann vernachlässigt hatte, also frage ich Jacqueline. Ich finde sie in der Küche, sie hat ein Schreibbrett in der Hand und macht sich Notizen, während sie Schränke öffnet und hinter die Geräte schaut. Ich sehe sie fragend an, sie schenkt mir ein Lächeln, das mir sagen soll, dass alles in Ordnung ist. Unausgesprochen bleibt, dass das andere Thema nicht mehr angeschnitten werden wird.

Ich erkläre ihr, was ich von ihr will.

»Sergei. Das ist dieser russische Mafioso?«, erwidert sie, als sie sich aufrichtet und das Schreibbrett weglegt.

»Ja. Er lädt uns in ein verrauchtes Hinterzimmer ein, wo die anderen Mafiosi mit hochgekrempelten Ärmeln und dicken Zigarren uns misstrauisch mustern werden.«

»Cool. Hört sich interessant an«, grinst sie.

»Nicht wirklich. Wir treffen ihn im *Belle Époque*. Offensichtlich hat er es sich unter den Nagel gerissen. Er meint, die Küche sei hervorragend dort. Übrigens, wenn wir schon von Küche reden, was tust du hier?«

Sie bläst ihre Haare aus der Stirn und sieht sich um. »Das hier ist ein Saustall. Wenn das Gesundheitsamt auf die Idee kommt, uns zu untersuchen, sind wir unsere Lizenz ruckzuck los. Das Frittierfett stammt aus dem letzten Jahrtausend, bei vielen der Zutaten und Gewürze ist das Haltbarkeitsdatum abgelaufen, und es wurde wahrscheinlich nie gründlich sauber gemacht. Der Ofen dort hinten ... die Isolierung der Kabel ist fast vollständig durchgeschmort, jemand hat sie mit Isolierband geflickt, aber wenn dort Wasser hinkommt, grillt er die Mitarbeiter und nicht das Essen. Und so weiter. Ich habe zwei Blätter mit Mängeln aufgeschrieben. Aber ich zeig dir mal etwas. Komm mit.«

Sie führt mich zu einer Batterie Kühlschränke und leuchtet mit einer kleinen Taschenlampe dahinter. Zum einen sehe ich den Schmutz, rußiges Fett und Dreck, zum andern auch eine Mausefalle. Mit einer toten Ratte darin, die schon verwest ist.

»Herrgott«, entfährt es mir. Ich meine, es ist ja nicht so, als ob ich nie etwas von hier gegessen hätte.

Sie lacht, als sie mein Gesicht sieht, das Lachen ist echt, das Gespräch vorhin ist offenbar wirklich ausgestanden. »Hier muss mal Klarschiff gemacht werden.«

Da stimme ich ihr aus ganzem Herzen zu. »Bist du fertig?«

»Grob, ja«, antwortet sie mir. »Auf jeden Fall habe ich genug gefunden, was es zu tun gibt. Ich muss nur Caro Bescheid sagen, dann kann ich duschen und mich fertig machen. Übrigens, ich kenne den Koch vom *Belle Époque*.« Sie grinst. »Er wollte mich schon mal vom Chateau abwerben.«

»Nehmen wir den Rolls?«, fragt sie, als ich die Tür zum Hinterhof für sie öffne. Sie sieht einfach nur bezaubernd aus, hat irgendetwas mit ihrem Haar gemacht und trägt, was für sie sehr selten ist, Schmuck. Zum Anbeißen.

»Nein. Nicht ohne Caro. Abgesehen davon ... der Mercedes ist besser bei diesen Straßenverhältnissen und nicht eingeschneit.« Ich öffne ihr, wie es sich gehört, die Tür und steige ein.

Das *Belle Époque* ist ein neoklassizistischer Bau, etwas älter als das Chateau und hat eine fast genauso abwechslungsreiche Vergangenheit. In den letzten Jahren hat es sich mit seiner erstklassigen Küche einen Namen gemacht; jetzt verbindet es gepflegtes Speisen mit historischem Ambiente und dem Gefühl alter Wiener Ballnächte.

Vor ein paar Jahren haben wir sogar einmal mit dem Gedanken gespielt, es zu übernehmen, aber es überstieg meine Brieftasche deutlich, und ich hätte das Chateau verkaufen müssen. Jetzt aber wird es von Sergei kontrolliert.

Der Eingang ist überdacht; ich bin dankbar dafür, denn es hat wieder angefangen zu schneien, große dicke Flocken. Früher fuhren hier die Kutschen vor, aber das hat sich eigentlich nicht geändert. Nur haben sie heute mehr Pferdestärken.

Eine junge Frau eilt mir entgegen, während ein junger Mann Jacqueline die Fondtür öffnet. Die junge Frau fährt den Mercedes fort, und ich geleite Jacqueline an meinem Arm die breite Treppe hinauf, wo auch schon ein Herr im Frack uns erwartet. Offenbar sind am heutigen Abend Einladungen erforderlich. Aber er findet meinen Namen in einem großen, mit Goldschnitt versehenen Buch. Ein weiterer junger Mann tritt heran; früher hätte ich hier wohl Zylinder, Stock und Handschuhe abgegeben. So aber nimmt er nur Jacquelines und meinen Mantel entgegen. Eine junge Frau empfängt uns mit einem kleinen Knicks, öffnet uns dann eine französische Doppeltür, hinter der bereits die Klänge eines Walzers zu vernehmen sind. Sie führt uns zielsicher an einen Tisch nahe der Tanzfläche, wo Sergei, wie immer tadellos gekleidet, sich erhebt und uns anlächelt.

Er macht eine formvollendete Verbeugung und deutet einen perfekten Handkuss an.

»Frau Marchaud. Es ist mir immer wieder ein Vergnügen, Sie zu sehen. Vielleicht werde ich es auch irgendwann einmal erleben dürfen, von Ihren kulinarischen Kreationen kosten zu dürfen. Bis dahin erlauben Sie mir, Sie mit den Künsten unseres Kochs zu verwöhnen; ich hörte, Sie kennen ihn bereits.«

»Ja«, sagt Jacqueline mit einem verführerischen Lächeln, als sie sich hinsetzt, während ich ihr den Stuhl halte. »Vielleicht sollten Sie uns einmal auf dem Chateau besuchen. Ich hörte, dass es einige Gäste geben soll, die diese Kunst der Verführung ebenfalls schätzen.«

»Ohne Zweifel«, sagt Sergei und lächelt sein bestes Lächeln, aber für einen Moment ist es, als ob eine Klappe herunterginge. Es hat etwas mit dem zu tun, was Jacqueline gerade gesagt hat ... nur womit? Aber er hat sich bereits wieder im Griff; was auch immer es war, es ist wieder vorbei.

»Marcus, wie schön, dich einmal bei mir zu sehen.«

»Sergei. Ich gebe zu, ich bin beeindruckt«, antworte ich, als ich mich setze. Ich bin es auch. Durch die verlangte Abendgarderobe, das Ambiente, die Wahl der Einrichtung und Utensilien ist man wirklich versucht zu glauben, man habe einen Schritt hundert Jahre in die Vergangenheit getan.

»Danke«, sagt Sergei. »Ich wusste, dass ihr pünktlich sein würdet, deshalb habe ich mir erlaubt zu bestellen ... Ich bitte euch, dieses vorzügliche Essen zu genießen, danach können wir reden.«

Während des Essens flirtet Sergei mit Jacqueline auf Teufel komm raus, und Jacqueline flirtet zurück. Jeraque, der Koch, kommt persönlich an unseren Tisch, Jacqueline und er tauschen Komplimente aus, dann wird der letzte Gang abgeräumt.

Ich bestelle mir noch einen Kaffee, Sergei einen Cognac, dann nimmt er ein Zigarrenetui aus der Innentasche seines Jacketts, bietet mir eine Zigarre an, ich lehne dankend ab und hole eine Zigarette heraus.

»Bist du verkabelt?«, fragt Sergei dann unvermittelt, als der Kaffee vor mir steht und der Ober sich entfernt.

»Nein.« Er blickt zu Jacqueline hin, sie lächelt und schüttelt sachte den Kopf.

»Ich habe es auch nicht anders erwartet. Aber die Frage musste sein.«

»Warum?«

»Weil wir nicht hier sind, um uns nette kleine Geschichten zu erzählen, und ich dir vertrauen muss.« Er sieht zu Jacqueline hinüber. »Euch. Es ist gut, dass du Jacqueline mitgebracht hast. Das kürzt die Sache etwas ab.« Er greift erneut in sein Jackett, entnimmt ihm eine Brieftasche und zieht ein kleines Bild, mehr ein Passfoto heraus. Dies legt er vor Jacqueline auf den Tisch.

»Frau Marchaud, haben Sie dieses Mädchen jemals gesehen?«, fragt er dann leise, aber seine Augen scheinen zu brennen, als ob sein ganzes Leben von dieser Frage abhinge.

Jacqueline sieht sich das Foto an. Eine feine senkrechte Furche erscheint auf ihrer glatten Stirn, sie will den Kopf schütteln, dann weiten sich ihre Augen. Sie streicht mit der Hand über das Bild und nickt.

»Ja«, sagt sie leise.

»Ihr Name war Marion Rachel Patuschek. Sie war vierzehn, als sie in St. Petersburg auf dem Heimweg von der Schule verschwand. Zehn Monate später fand man sie unweit von hier unter einer Brücke. Sie war meine Schwester.« Sergei beugt sich vor. »Ich holte sie nach Hause, dann kam ich wieder hierher zurück. Und ich bleibe so lange, bis ich weiß, wer es war. Sie war unschuldig, als man sie aufgriff. Wenn du es dir zumuten willst, Marcus, suche ihren Autopsiereport heraus, dann weißt du, was man ihr antat. Du bist ja wieder Polizist.«

Ich blinzele, muss das erst einmal verdauen. Dann sehe ich zu Jacqueline hinüber. »Du hast sie im Chateau gesehen?«

Deshalb also wollte Sergei, dass ich Amber oder Jacqueline mitbringe. Ich werfe ihm einen harten Blick zu, er erwidert ihn mit steinernem Gesicht.

Jacqueline nickt. »Nur eine Nacht.« Sie blickt auf ihre Hände. »Ich kann mich noch daran erinnern, denn ich war froh, dass ich nicht an ihrer Stelle war.« Gott, muss das ausgerechnet jetzt geschehen, nach dem Gespräch vorhin? Ich greife ihre Hände, halte sie. Sie zittert leicht, aber sie bleibt gefasst.

»Es war klar, dass sie nicht wusste, was passierte. Sie wehrte sich, weinte, schrie immer wieder ein Wort. *Sol*. Niemand wusste, was es bedeutete. Und je mehr sie sich wehrte ...«

Ich ziehe ihre Hände an mich, streiche ihr über die Wange. »Jacqueline ... schau mich an.« Sie sieht mit großen Augen zu mir hinüber. »Lass es gehen«, sage ich leise.

»Ich kann Sie nach Hause bringen lassen, Frau Marchaud«, sagt Sergei mit steinerner Miene. Eine seiner Hände liegt zu einer Faust geballt auf dem Tisch, die Knöchel treten weiß hervor.

»Nein, danke«, sagt sie und schluckt. »Es geht schon wieder.«

»Bitte nehmen Sie meine aufrichtige Entschuldigung an«, sagt Sergei. »Aber ... wenn Sie mir irgendetwas über sie sagen können ...«

Jacqueline schüttelte den Kopf. »Ich sah sie nur unten, im blauen Salon. Sie war nicht bei den anderen untergebracht, sondern bloß an diesem Abend da. Ich weiß nur, dass sie versuchte, tapfer zu sein – und ich dachte, dass es zwecklos ist. Es ist immer zwecklos.« Sie sieht mich an, ihre Unterlippe zittert. »Bitte entschuldigt mich, ich gehe mich kurz frisch machen.«

Ich nicke, und sie erhebt sich vom Tisch, eilt mit schnellen Schritten davon.

»Tut mir leid, Marcus, das wollte ich nicht«, sagt Sergei.

Ich sehe ihn an. »Sergei. Es tut mir auch leid. Wegen deiner Schwester.«

Ja, ich glaube ihm diese Geschichte. Zum einen dürfte sie nachprüfbar sein, zum anderen spüre ich einfach, dass er die Wahrheit sagt.

Er nickt langsam.

»Es ist zehn Jahre her.« Er lächelt etwas schief. »Wenn ich dir sage, dass wir Freunde sein können, glaubst du mir jetzt?«

Ich neige langsam den Kopf. »Vielleicht. Aber was ist mit dem allen hier? Ich weiß, dass wir dich nie erwischt haben, aber ich weiß auch, dass du bis zum Hals in kriminellen Aktivitäten drinsteckst.«

Er nickt. »Ja. Und du willst nicht wissen, in welchen. Am Anfang war es, weil ich dachte, die russische Mafia steckt mit drin. So war es ja auch. Aber damit endete dann auch die Spur. Es gab nur die Vermutung, dass man sie aufs Chateau brachte. Aber Jacqueline, Frau Marchaud ...«

»Sag Jacqueline«, unterbreche ich ihn. Er nickt.

»Jacqueline warf eben neue Fragen auf. Wenn Rachel nur einen Abend im Chateau war, wo war sie dann den Rest der Zeit?« Er schüttelt den Kopf. »Das ist im Moment nicht wichtig. Ich suche den Mörder meiner Schwester seit zehn Jahren. Und der Einzige, der mich zu ihm führen kann, bist du. Als du das Chateau geerbt hast, fing ich an, unsere Beziehung zu kultivieren. Denn es hat irgendetwas mit dem Club oder dem Chateau zu tun.«

»Warum bist du nicht vorher schon an mich herangetreten?«, frage ich ihn.

»Wie denn? Damals war ich nur ein kleines Licht und du ein suspendierter Bulle, der in das Geschäft seines Onkels einstieg. Übrigens war ich dir am Anfang nicht sehr freundlich gesinnt. Erst mit der Zeit wurde mir klar, dass du es anders machst als dein Onkel.« Er beugt sich vor. »Marcus, wir sollten zusammenarbeiten. Denn jemand bringt hier seit über zwanzig Jahren junge Mädchen um. Bisher verschwanden sie meistens einfach nur. Aber er wird immer dreister oder verrückter. Jetzt stellt er sie auf Kreuzen zur Schau. Ich bin mir sicher, wir beide suchen dasselbe Schwein.«

Ich glaube es allmählich auch. »Okay. Aber warum sagst du mir nicht einfach alles, was du in Erfahrung gebracht hast? Ich denke, du weißt viel mehr, als du zugibst.«

»Weil ich will, dass du es selbst herausfindest. Damit du es glauben kannst. Aber es wird schwer, wenn du immer legal bleiben willst. Hier.« Er schiebt mir einen Zettel mit einer Adresse über den Tisch. »Dieser Typ sammelt und kauft die dreckigsten Pornos, die es gibt. Ich weiß, dass er ein Internetmitglied der *Rose* ist. Einer von denen, die wahrscheinlich niemals real eine Frau angefasst haben, aber an der Tastatur sagen, was mit ihnen zu geschehen hat.«

»Woher weißt du das?«, frage ich, als ich den Zettel verschwinden lasse.

Sergei lächelt bitter. »Ich bin mittlerweile mein eigener

Feind, Marcus. Auch für mich arbeiten Mädchen. Theoretisch freiwillig, aber tatsächlich …« Er zuckt die Schultern. »Ab und zu bucht er eines meiner Mädchen. Sie gehen hin, er zeigt ihnen seine Sammlung, sieht ihnen dann zu, wie sie es sich selbst besorgen, und kommt dann in seine Hose. Gestern erzählte mir eine etwas von dem Film, den er ihr zeigte.«

Er sieht auf, an mir vorbei. »Jacqueline kommt. Du hast Interesse an den *Riders* und an Becker. Was bist du bereit zu ignorieren, wenn ich es arrangiere, dass du ihm Fragen stellen kannst?«

»Eine schwere Frage, Sergei«, sage ich. »Ich würde ihn am liebsten legal verhören.«

»Das wird dir nichts bringen«, antwortet er. »Aber du kannst wohl keine andere Antwort geben, nicht wahr?«

Ich nicke und stehe auf, um Jacqueline den Stuhl zurechtzurücken, als sie sich wieder zu uns setzt.

»Tut mir leid, Jacqueline, Marcus, aber ich muss bald aufbrechen«, sagt Sergei mit einem gewinnenden Lächeln. »Nur eines noch, Marcus. Wer auch immer unsere Fragen beantwortet, es wäre besser, wenn er anschließend gar nichts mehr sagen kann.«

Das war deutlich, denke ich, als ich Jacqueline nach draußen begleite. Ich weiß nicht, ob ich bereit bin, wirklich so weit zu gehen.

»Weißt du, was seltsam ist?«, fragt Jacqueline, als wir langsam zum Club zurückfahren. Ich sehe sie fragend an.

»Ich mag ihn«, sagt sie dann.

»Ja.« Ich nicke. »Ich mag ihn auch. Aber er ist, was er ist.«

»So wie wir alle, nicht wahr?« Sie streicht mir über die Wange. »Marcus, finde den Mistkerl. Schnell. Es fängt an wehzutun.«

»Sergei gab mir jemanden«, sage ich und erzähle ihr von dem Internetspanner. »Ich überlege, ob wir direkt zu ihm fahren sollten.«

Sie schüttelt den Kopf.

»Nein, nicht so.« Sie schweigt einen Moment, dann spricht sie weiter. »Sag Amber, worum es geht, und nimm dann sie mit. Und, Marcus ... vertrau ihr.«

»Das tue ich«, sage ich leise. »Ich vertraue euch allen.«

Kapitel 10

Als wir zurückkommen, ist es kurz vor acht. In einer Stunde wird das *Dominion* öffnen, im Bistro sind schon einige Gäste, trinken Kaffee, unterhalten sich. Jacqueline und ich werden mit einem Nicken oder Lächeln begrüßt, als wir hereinkommen, ich bin froh darum.

Von Gi erfahre ich, dass Caro im Club ist, Amber hat er nicht gesehen. Bevor auch Jacqueline im Club verschwindet, teile ich ihr noch mit, dass sie das Abendkleid für heute Abend anbehalten soll, es gefällt mir. Indirekt sage ich ihr damit, ich will nicht, dass sie in irgendeiner Form aktiv wird. Sie nickt, lächelt, gibt mir einen Kuss, um dann davonzueilen.

Ich gehe hoch in den ersten Stock und stecke den Kopf durch die Tür meines Büros, vielleicht sollte ich sagen, ehemaligen Büros. Dort finde ich nur Siggi, der gerade mit hoher Geschwindigkeit auf der Tastatur herumhämmert.

»Wo ist Amber?«, frage ich ihn.

»Hat sich hingelegt, Herr Wolf.«

»Danke«, sage ich und will die Tür wieder zuziehen. Aber Siggi richtet das Wort an mich.

»Sagen Sie mal, Herr Wolf, haben Sie Zugang zum Polizeicomputer? Amber erwähnte, dass man Sie fragen könne.«

Ich bleibe in der Tür stehen.

»Begrenzt ja. Nummernschilder, vermisste Personen, Haftbefehle. So etwas. Warum?«

»Ich würde gern mit Orwell einen Abgleich fahren. Um

zu sehen, ob wir mehr über die Kenndatenträger herausfinden.«

Kenndatenträger. Ich brauche einen Moment, um zu kapieren, dass Siggi damit unsere Gäste meint.

Nun, was wir hier tun, ist bestimmt jetzt schon irgendwie illegal. Wieder denke ich daran, was das für einen Aufschrei geben wird, wenn das hier herauskommt. Und es wird herauskommen, und dann ist der Club gestorben. Aber das ist mir egal.

Ich gehe zu Siggi, der ein Fenster auf dem Bildschirm öffnet. Ich gebe ihm die Zugangsdaten zum Fahndungssystem, aber als er die Eingabe bestätigt, finde ich nicht das gewohnte Eingangsbild vor, sondern nur verschieden gefärbte Textzeilen.

»Wir sind falsch«, sage ich ihm. Er schüttelt den Kopf. »Die Oberfläche interessiert mich nicht. Hier sind die Links, die Sie nicht sehen können ... ja. Gut so.« Er blickt auf. »Danke. Von hier aus weiß ich allein weiter.«

Na, wenn das so ist. Ich nicke ihm zu und gehe wieder, er registriert es gar nicht, ich fühle mich etwas veraltet und überflüssig.

Als ich die Wohnung im zweiten Stock betrete, sehe ich Tanja im Flur vor dem Spiegel stehen, sie ist noch in Unterwäsche und kontrolliert gerade ihre Frisur. Sie erschrickt, wirbelt herum, eine Hand auf dem Busen, und atmet erleichtert aus, als sie merkt, dass ich es bin.

»Sorry, Tanja«, sage ich und mustere sie unverhohlen. Tanja ist eine große und sehr athletische Frau, viel Frau, wie sie selber sagt, aber alles ist rund und fest ... und außerdem hat Tanja eine Ausstrahlung, die mich reizt. Herausfordernd, so ein »Versuche es erst gar nicht«, das genau deshalb bei mir kribbelt.

Sie arbeitet nun seit sechs Jahren für mich. Ich habe sie in unzähligen Situationen gesehen, auch manchmal auf der Bühne, wenn sie mit einem Sub oder Sklaven eine Vorführung gab, aber irgendwie kam es nie zu einer Situation wie dieser.

Jacqueline und Amber sind eher zierlich, Caro ist schlank und sportlich, Tanja ist einfach anders. Sie trägt ein Korsett, das ihren stattlichen Busen zwar anhebt, aber den Blicken freigibt, Strumpfhalter, Strümpfe, High Heels und Handschuhe, manchmal hat sie auch unten im Club nicht mehr an. Neben ihr, an der Garderobe, hängen der lange Lederrock und die offene Weste, die sie wohl anziehen möchte.

Wir sehen uns gegenseitig an. Tanja ist bekennende Sadistin und besteht auf der Top-Position; in lockeren Gesprächen habe ich erfahren, dass sie es sich gar nicht anders vorstellen kann. Dass sie eine schöne Frau ist, habe ich vorher schon bemerkt, aber irgendwie ist im Moment alles anders.

Irgendwo im Hintergrund denke ich, dass ich aufpassen muss, aber gleichzeitig leide ich an einem typisch männlichen Phänomen: Blutleere im Gehirn.

»Marcus ... nicht«, sagt Tanja, als ich den Blick langsam über sie streifen lasse. Ich bleibe an ihrem Busen hängen, und während ich zusehe, entfalten sich ihre Nippel, springen nach vorn, sehen steinhart aus. Sie bewegt sich, eine kleine Bewegung nur, sie hat sich etwas anders hingestellt ... Ich gehe langsam auf sie zu.

»Amber ... sie schläft«, sagt Tanja und weicht ein wenig zurück.

»Gut«, sage ich und gehe weiter auf sie zu.

»Marcus, ich tue so etwas nicht.«

»Ich auch nicht.«

Sie ist zurückgewichen, steht nun mit dem Rücken zur

Schlafzimmertür. Ich bin direkt vor ihr und strecke ganz langsam die Hand aus, lege sie um ihre Hüfte. Sie weicht nicht aus, ihre Augen sind groß und glänzend, die Lippen geöffnet.

»Ich will das nicht«, sagt sie.

»Ich weiß«, antworte ich leise. »Das ist ja der Kick.«

Dann drücke ich sie an mich und küsse sie, während meine andere Hand zwischen ihre Beine fährt.

Sie stöhnt leise gegen meinen Mund, versucht mich wegzudrücken, viel zu spät, sie drückt nur, zugegeben mit viel Kraft, aber sie keucht auch, als meine Finger dort unten finden, was ich suche. Sie mag stark sein, ist aber nicht so stark wie ich. Ich merke, wie ihr Widerstand bricht, sie mir entgegenkommt und meinen Kuss mit einer Hitze und Feuer erwidert, als ob sie auch mich auffressen wollte. Ihr Becken kreist gegen meine Hand.

Ich halte sie noch immer mit der linken Hand, löse meine Rechte von ihr und öffne die Tür zum Schlafzimmer, schiebe sie in Richtung Bett, in dem sich Amber gerade schlaftrunken aufrichtet und uns mit großen Augen ansieht. Ambers Hände sind zusammengebunden und an einer Kette eingehakt, die zum Oberteil des Bettes führt.

»Warum«, keuche ich, als ich Tanja vor mir niederdrücke und meinen Reißverschluss öffne, »ist Amber festgebunden?«

»Sie konnte nicht schlafen und bat mich darum ... pff«, kann Tanja gerade noch antworten, als ich in ihren offenen Mund eindringe.

Amber schiebt sich in eine sitzende Position hoch, streicht sich mit den gefesselten Händen das Haar aus dem Gesicht, schaut fasziniert zu.

Tanja ist gut mit ihrem Mund, aber es ist nicht das, was

ich will. Vielleicht gerade weil sie groß und schwer ist, will ich sie behandeln, als wäre sie es nicht. Ich hebe sie hoch und werfe sie auf das Bett, Sekundenbruchteile später habe ich mit einer Hand ihre Handgelenke ergriffen, halte ihre Arme über den Kopf gegen das Bett gedrückt, küsse sie. Ich liege mit meinem vollen Gewicht auf Tanja, meine andere Hand fummelt an Ambers Schnellverschluss herum.

»Amber«, keuche ich. »Zieh uns aus. Und ich brauche einen Gummi.«

Tanja bockt unter mir, versucht, mich umzudrehen, mich mit ihren kräftigen Beinmuskeln auszuhebeln. Sie schafft es fast.

»Nicht vor ... Amber ...«, stöhnt sie, während sie sich an meinem Oberschenkel reibt.

»Doch«, sage ich rau.

»Ich ... habe ... mit ihr ... gespielt. Ich *kann* nicht vor Amber.«

»Doch«, ist wieder meine Antwort, und ich küsse sie erneut – und jetzt habe ich einen Tiger im Bett. Ich fange ihre eine Hand gerade noch ein, bevor sie mir das Gesicht zerkratzt. Aber ich sehe auch ihre Augen. Auf der einen Seite ist sie fest entschlossen, dass dies nicht geschieht, auf der anderen Seite bemerke ich, rieche ich, fühle ich ihre Erregung.

»Das tut dir gut, Tanja«, höre ich Ambers Stimme, vielleicht sogar mit einer gewissen Genugtuung, als sie mir das Jackett auszieht, ein kompliziertes Unterfangen, weil Tanja bockt wie ein Gaul.

»Marcus«, stöhnt sie, »du ... du vergewaltigst mich gerade.«

Die Zeit bleibt stehen, als ihre Worte bei mir einschlagen wie Granaten. Ist es das, was ich tue? Bin ich dabei, eine Mitarbeiterin, nein, eine Freundin zu vergewaltigen!? Ich habe das Gefühl, ein Hammer trifft mich.

Ich höre auf, sie festzuhalten. Tanja bockt, und ich fliege fast von ihr, fast vom Bett herunter, wäre nicht in diesem Moment ein Gewicht auf meinem Rücken gelandet, das mich herunterpresst auf Tanja, fast in sie hinein.

»Tanja!«, höre ich Ambers Stimme. »Sagst du Mayday!?« Ambers Stimme ist überraschend hart, fast könnte man meinen, sie wäre sauer.

Tanja, ihr Gesicht so nah vor dem meinen, sieht plötzlich erschrocken aus. »Nein ...« Sie schüttelt den Kopf, sodass ihre Haare mir ins Gesicht schlagen. »Natürlich nicht.« Sie grinst mich an. »Wenn er es schafft, hat er es verdient ...« Sie bockt erneut.

»Hörst du, Marcus?«, sagt Amber dicht an meinem Ohr. Ihr Haar fällt an mir vorbei und bedeckt Tanjas Gesicht. »Kein Mayday. Sie hat es nicht so sagen wollen.«

Ich bin immer noch unsicher, aber in diesem Moment rotiert Tanja ihr Becken gegen mich. »Wenn du es schaffst«, sagt sie und grinst, »dann habe ich nichts dagegen. Aber das musst du erst einmal hinbekommen.«

Und sie bäumt sich so stark auf, dass sie es beinahe fertigbringt, sowohl mich als auch Amber von sich zu werfen.

»Mal sehen«, knurre ich und merke, wie ich wieder hart werde.

Amber rollt sich zur Seite ab und bleibt neben uns auf dem Bett liegen, ich bemerke das Lächeln in ihrer Stimme. »Streng dich an, Marcus, sie glaubt nicht, dass ein Mann es schafft.«

Und das ist auch der Moment, in dem mir Tanja ihren Oberschenkel in die Eier rammt – und mir klar wird, dass sie es hundertprozentig ernst meint.

Mit Ambers Hilfe werde ich langsam meine störende Kleidung los. Mein Hemd zerreißt, als Tanja sich einkrallt und mich zur Seite drücken will, dann schafft sie es, mir mit ihren Krallen über den Rücken zu fahren. Ich bäume mich auf, und jetzt, da sie mir sagt, dass sie ein ebenbürtiger Gegner sein will, habe auch ich keine Hemmungen mehr.

Es gelingt ihr, mir zu entkommen, sie flüchtet vom Bett, ich kriege nur ihren rechten Knöchel zu fassen, sie fällt zu Boden, ich werfe mich auf sie ... Bekomme einen Tritt in den Magen, bei dem ich dankbar bin, dass sie ihre Schuhe nicht mehr trägt, und werfe sie auf das Bett zurück, dränge ihre Beine auseinander, versuche, Platz für Amber zu lassen, aber es geht nicht, Tanja kämpft weiter.

»STOPP!«, rufe ich. »Gib Amber die Zeit für den Gummi ... aahhh.«

Tanja hört tatsächlich auf, im nächsten Moment ist Ambers Kopf zwischen uns, ich fühle ihre Lippen, als sie ihr Kunststück mit dem Gummi vollführt, dann ist Amber weg und gibt mir einen überraschend harten Schlag auf die Hinterbacken.

»Alles klar«, sagt sie. »GO!«

Noch einmal gelingt es Tanja, mich beinahe abzuwerfen, aber dann bin ich in Position und dringe in sie ein. Ihre Strümpfe schaben an meinen Oberschenkeln, ihre Beinmuskeln sind steinhart und weich zugleich, als sie sich gegen mich sträubt, aber es ist zu spät. Sie ist fest und weich zugleich und selbst durch den Gummi hindurch so heiß, dass sie sich anfühlt, als empfinge mich flüssiges Feuer. Und selbst jetzt gibt sie nicht auf, versperrt mir, obwohl sie so feucht ist, wie eine Frau nur sein kann, mit ihren inneren Muskeln den Weg, etwas, das ich nur manchmal von Amber oder Caro kenne ... Bei Tanja muss ich mich, obwohl der Kampf verloren scheint, tatsächlich in sie bohren, sie aufspießen, jeden Millimeter erobern. Da kommt Amber, legt beide Hände auf meinen Hintern und drückt ruckartig. Tanja und ich stöhnen gemeinsam auf, und dann ist die Hölle los. Sie ist kaum zu halten, ich fühle mich wie ein Reiter auf dem Rodeo, aber es ist so was von geil. Ich beiße die Zähne zusammen, weil trotz allem etwas nicht passieren darf, ich habe es Caro versprochen und stehe den Sturm ihres Orgasmus durch. Er dauert ewig, ist brutal und irgendwie elementar wie eine Naturgewalt, keine Kontrolle, nur eine Explosion der Leidenschaft, und Tanja schreit, als werde sie umgebracht, kehlige Schreie. Es ist Wollust, das weiß ich, aber es hört sich wie Schmerz an. Dann sackt sie unter mir zusammen, ist weich, offen ... und lächelt.

Ich selbst zittere, beiße mir so fest auf die Zähne, dass es schmerzt, gebe Tanja einen Kuss auf die Wange, mit geschlossenen Lippen, und rolle mich von ihr. Mit der einen Hand reiße ich den Gummi weg, mit der anderen greife ich Amber, die mich mit weiten Augen und offenen Lippen empfängt. Ich werfe mich auf sie, ohne Rücksicht, höre, wie ich ihr die Luft aus den Lungen treibe, als mein Gewicht sie auf das harte Bett presst, finde den Ort, wo ich hinwill, und spieße sie mit einem Stoß so tief auf, dass es sich anfühlt, als wäre ich noch nie dort gewesen, und komme und komme und schreie selbst ... etwas, das ich so gut wie nie tue.

Trotzdem, obwohl Amber so vollständig unter mir begraben ist, zuckt auch sie, stöhnt gegen mein zerrissenes Hemd, und auch sie kommt in endlosen Wellen, die mich mitreißen.

Für einen Moment liege ich da, spüre, wie mein Herz rast, dann bemerke ich, wie Amber hart gegen meine Seite boxt. Ich rolle mich von ihr ab, schiebe mich ans Kopfende des Bettes, sodass ich halb sitze, und atme schwer.

Amber richtet sich auf, krabbelt zu mir, legt sich halb auf

mich an meine Seite. Tanja bleibt, wo sie ist, aber sie stützt den Kopf auf ihre Hand und sieht mich an.

»Ich weiß nicht, ob ich dir verzeihen kann«, sagt sie. Ich glaube, mein Herz bleibt stehen, aber dann sieht sie meine Reaktion und schüttelt den Kopf.

»Nein, das meine ich nicht. Ich wollte wirklich. Auf meine Art.« Sie bläst ihr Haar aus der Stirn. »Aber ich habe es noch nie so bekommen, wie ich wollte. Nur eben, jetzt.«

»Wir geben ihn nicht her«, sagt Amber. Ihre Stimme ist sowohl weich als auch fest, sie meint exakt das, was sie sagt.

»Ich weiß«, entgegnet Tanja und richtet sich auf. »Das ist ja das Schlimme daran.« Sie sieht an sich herunter. Beide Strümpfe sind ruiniert, der Strumpfhalter gerissen, selbst ihr Lederkorsett ist lose, ich habe wohl ein paar Ösen ausgerissen. Auf ihrem weißen Busen sind deutliche Biss- und Kratzspuren zu sehen, ein besonders fester Biss ist bereits blau angelaufen. Sie sieht aus, als wäre sie vor einen Bus gelaufen, aber zugleich unglaublich sexy.

Sie lächelt und schüttelt leicht den Kopf. »Das hätte ich nie geglaubt.« Dann sieht sie mich an.

»Marcus?«

»Ja?« Meine Stimme klingt belegt.

»Nie wieder. Verstehst du? Nie wieder. Ich bin froh, dass es geschah, aber es nimmt mir den Boden unter den Füßen weg. Versprich es mir, Marcus. Es wird nicht wieder geschehen, ja?«

»Ich verspreche es, Tanja«, sage ich leise.

Sie nickt, lacht kurz. »Sagt es niemandem«, meint sie dann und steht auf.

»Caro und Jacqueline ... ich kann es nicht vor ihnen verheimlichen.«

Sie nickt. »Aber niemand sonst.« Damit geht sie zur Tür, bleibt dort stehen, sieht Amber und mich an.

»Danke. Auch dir, Amber.« Sie zieht die Tür zu und lässt uns allein.

»Ab und zu«, sagt Amber leise. »lädt sie einen ihrer Subs dazu ein, es zu versuchen. Natürlich klappt es dann nicht. Sie macht seit Jahren Kraftsport und ist Triathlonkämpferin. Tanja ist unglaublich stark. Aber sie wollte selbst auch mal wissen, wie es ist, sich aufzugeben, sich besiegt zu fühlen. Was uns so leicht fällt, ist schwer für sie. Du hast ihr etwas gegeben, Marcus.«

Sie rollt sich auf mich, und ich spüre, wie Feuchtigkeit auf meinen Bauch läuft.

»Aber sie meint es ernst. Einmal und nie wieder.«

»Ich weiß«, antworte ich.

»Aber ihren Spruch mit der Vergewaltigung, den nehme ich ihr übel«, fährt Amber fort.

»Ich nicht«, sage ich. »Amber ... es war eine.«

»Nein«, sagt Amber. »Sie hätte Nein sagen können.«

»Hat sie.«

Amber grinst. »Wirklich?«

Ich nicke.

Amber schüttelt den Kopf. »Ich war hier. Ich kenne sie. Wir haben so häufig miteinander gespielt und uns unterhalten. Ich kenne sie. Hätte sie es ernst gemeint, sie hätte mich um Hilfe gebeten.«

»Vielleicht dachte sie ...«

Sie gibt mir einen Kuss. »Du denkst zu viel. Du bist mein Herr, Marcus, aber selbst dir würde ich es nicht erlauben, das mit jemandem zu tun, wenn ich es verhindern kann. Vergiss es. Sie hat es gesagt, um dir den Wind aus den Segeln zu nehmen.«

»Hat ja auch geklappt«, sage ich und erinnere mich daran, wie dreckig ich mich gefühlt habe. Amber lächelt. »Aber dafür hast du auch mich.« Sie bewegt ihr Becken auf mir. »Schön, dass du an mich gedacht hast.«

»Ich habe es versprochen.«

»Ja. Ich weiß. Es war unglaublich aufregend, ihr habt es getrieben wie zwei Raubtiere. Es war wunderschön, das zu sehen.« Sie fährt mit einem Finger über meine linke Brust. »Ihr habt euch gegenseitig ganz schön zugerichtet. Du bist ganz zerkratzt, und hier hat sie so fest zugebissen, dass es sogar blutet ... Mann, was war das geil. Du musst mich auch mal so beißen.«

»Ich hab das gar nicht mitbekommen«, antworte ich, und es stimmt, ich merke es erst jetzt.

Sie lacht leise und kuschelt sich an mich. »Das kenne ich. Wolltest du etwas von mir? Ich meine, außer dem einen?«

»Ja.« Ich erzähle ihr von dem Internetspanner. Ein bisschen habe ich Angst, dass es sie herunterreißt, aber das scheint nicht der Fall zu sein.

»Okay. Jacqueline hat recht, das kann ich besser als sie«, sagt sie dann.

»Du brauchst gar nichts zu tun, Amber«, sage ich. »Ich will nicht allein hin, weil vier Augen einfach mehr sehen als zwei.«

»Mhm«, sagt Amber. »Lass uns duschen, dann fahren wir hin und sehen ihn uns mal mit vier Augen an.«

Als wir zum Club hinuntergehen, um Caro Bescheid zu geben, ist das einzige sichtbare Zeichen, das Tanja hinterlassen hat, ein tiefer doppelter Kratzer schräg über meine linke Wange. Amber hat die Kratzer bereits gereinigt, ist der Meinung, dass es besser wäre, Luft an sie zu lassen. »Vielleicht behältst du sogar eine Narbe übrig. Das wäre ein nettes Andenken.«

Vielleicht. Ich bin mir nicht sicher, ich denke nicht in diesen Bahnen, finde Narben grundsätzlich nicht *nett*, aber ich sage nichts.

Caro erwartet uns bereits, kommt in dem Moment auf uns zu, als wir durch die Tür hinter der Theke den Club betreten. Sie sieht umwerfend aus, trägt ein schwarzes Abendkleid und Schuhe mit mittelhohen, aber relativ breiten Absätzen, ein schwarzes Seidenband um den Hals und Seidenhandschuhe bis über die Ellenbogen. Sie hat etwas mit ihrer Frisur gemacht, das mir gefällt, und sie ist interessant geschminkt, es betont ihre Augen und die hohen Wangenknochen. Caro küsst Amber und schmiegt sich an mich, küsst mich ebenfalls mit einer Inbrunst, die mich etwas überrascht, und fährt dann leicht mit dem Zeigefinger über die Kratzer.

»War es so geil, wie sie sagt?«, fragt sie dann Amber, nicht mich. Ich fühle mich etwas pikiert, als Amber enthusiastisch nickt. »Schade, dass du es nicht gesehen hast. Ich habe ihn noch nie so erlebt.«

»Mhm«, sagt Caro und blickt zu mir auf. »Sollen wir uns ab sofort wehren? Ich kann auch ganz gut kratzen und beißen.«

Ich schüttele den Kopf. »Nein, besser nicht. Tanja hat mich fast umgebracht, ich brauch das nicht noch mal.«

Caro lacht. »Genau das hat sie auch gesagt.«

Amber grinst breit. »Und dann hab ich all das abbekommen.« Sie schmiegt sich an Caroline. »Tut mir leid, dass du nicht dabei warst.« Sie strahlt plötzlich. »Aber wenn du willst, kannst du es dir noch ansehen!«

Ich blinzele. »Wie bitte?«

»Die Wohnung ist auch verkabelt. Das wusstest du nicht?«

Ich schüttele den Kopf. »Nein. Auf jeden Fall gibt es keine Kamerasteuerung vom Überwachungsraum aus.«

»Natürlich nicht. Aber manchmal haben wir ja auch Gäste, oder Tanja spielt dort. Tanja weiß das übrigens, es war ihre Idee. Sie wollte sich absichern, falls ein Spiel mal falsch läuft.«

Ich bin sprachlos, jetzt weiß ich, wie sich meine Gäste fühlen werden, wenn herauskommt, was wir hier tun. Aber Caro ist begeistert. »Mach zwei DVDs«, meint sie. »Eine für mich und eine für Jacqueline.«

»Drei«, sagt Amber. »Ich möchte es auch noch mal sehen.« Caro bemerkt meinen Gesichtsaudruck und beginnt schallend zu lachen. »Amber, ich glaub das nicht.«

Amber sieht hoch zu mir, als ich versuche, Caro einen vernichtenden Blick zuzuwerfen, und lacht auch.

»Ich glaube, ich habe noch nie gesehen, dass er rot wird.« Sie stellt sich auf die Zehenspitzen und zieht mich herunter zu sich, gibt mir einen Kuss. »Du bist einfach süß.«

»Ich bin nicht süß«, sage ich etwas später, als ich den Mercedes durch das nächtliche Wien lenke. Es hat aufgehört zu schneien, und der Himmel ist klar; es ist kalt, der Wetterdienst verspricht uns für heute Nacht zweistellige Minusgrade.

»Doch, bist du«, erwidert Amber und lacht. Ich fahre langsam, der Verkehr ist immer noch dicht, die Straßen teilweise vereist.

»Männer sind nicht süß«, beharre ich. Sie lehnt sich seitlich in das Polster, wendet sich mir zu und grinst. »Ich weiß nicht, was du hast. Ich habe schließlich nicht behauptet, du wärest nett.«

Gegen dieses Argument habe ich keine Chance, also versuche ich diese lachenden Augen zu ignorieren und widme mich dem Verkehr.

Unser Internetjunkie wohnt in einem dieser alten Wohnviertel, vor über hundert Jahren für Fabrikarbeiter errichtet, immer noch recht anständige Wohnungen, wenigstens diejenigen, die man modernisiert hat. Es dauert ein wenig, bis wir einen Parkplatz gefunden haben. Ich führe Amber am Arm, als wir vom Wagen zum Hauseingang gehen. Obwohl sie einen langen Mantel anhat, fängt sie fast sofort an zu frieren, es ist wieder klirrend kalt, und der Schnee knirscht unter unseren Füßen.

Der Hauseingang steht offen, ich suche den Lichtschalter, dann gehe ich hinter Amber die breite Holztreppe hinauf; sie knarrt bei jedem Schritt, und das Linoleum ist verschlissen. Die Wohnungstür ist genauso alt wie das Haus, aus Holz, verziert, vier Scheiben. Beim Nachbarn ist zu erkennen, dass diese Scheiben ursprünglich einmal einen Glasschliff mit Jugendstilmustern trugen, bei unserem Ziel sind es unterschiedliche Milchglasscheiben, im Vergleich geradezu hässlich. Das Fenster über dem Türrahmen, schmal und quer, ist klar und gekippt, bläuliches Licht spielt dahinter, und ein gedämpftes Stöhnen ist zu hören.

Ein kleiner Aluminiumrahmen ist dafür gedacht, das Namensschild aufzunehmen, hier steckt eine Visitenkarte, mit einer Reißzwecke festgemacht: Horst Ottmann, Bauspengler.

Wir sind richtig. Amber und ich tauschen einen Blick aus, sie zieht den Gürtel ihres Mantels auseinander, aber sie zittert noch, also öffne ich meinen Mantel und umarme sie, hülle sie ein in meine Wärme.

Wie lange ich sie so halte, weiß ich nicht, sie lehnt an mir, ich spüre ihren Atem gegen mein Hemd, sie hat die Hände und ihren Kopf an meine Brust gelehnt, die Augen geschlossen. Sie wirkt zierlich und zerbrechlich in diesem Moment, und ich möchte sie nicht wieder loslassen.

Ihr Zittern hört auf, sie bewegt sich, ich gebe ihr einen Kuss und gehe zwei Schritte die Treppe hoch, sodass ich nicht zu sehen bin, als sie die Klingel drückt.

Es dauert überraschend lange, bis die Tür sich einen Spalt öffnet, noch hat er die Kette vorgelegt.

Amber steht vor ihm; ihr wohlgeformter, schlanker Oberschenkel drängt das schwarze Leder ihres Mantels zur Seite, ihr Lächeln ist geheimnisvoll aufreizend.

»Ja?«, fragt der Mann vorsichtig.

»Marie schickt mich«, sagt Amber mit einer rauchigen Stimme. »Sie kann heute nicht, also bat sie mich, zu dir zu kommen.«

»Aber ich habe ...«

»Es ist ihr wichtig, als zuverlässig zu gelten, vor allem wenn ihre Gäste im Voraus bezahlt haben«, fährt Amber fort.

»Im Voraus? Ich ...«

»Du, es ist kalt hier draußen. Schau, ich friere«, haucht Amber und reckt ihm ihren Busen entgegen. »Willst du mich nicht hereinlassen? Abgesehen davon laufen meine drei Stunden bereits ...«

»Drei ...«

»Ja. Wie besprochen und bezahlt. Drei Stunden, in denen du alles machen kannst, was du willst. Full Service, sagt Marie. Und den kriegst du auch!«

»Moment, okay, Sekunde!«

Er knallt die Tür zu, die Kette rasselt, und die Tür wird aufgerissen. Ich kann ihn immer noch nicht sehen, ich beobachte nur, wie Amber mit einem Hüftschwung und einem aufreizenden Lächeln die Wohnung betritt und die Tür hinter sich schließt. Grinsend schüttele ich den Kopf, es ist unglaublich, wie leicht sie ihn eben erwischt hat.

Ich setze mich auf die Stufen, fische eine Zigarette heraus und zünde sie an, warte ... Das ist noch etwas, das ich nicht besondern gut kann. Amber sagt, ich solle es einfach ihr überlassen. Es irritiert mich, dass ich nicht weiß, was sie vorhat, auf der anderen Seite wird es Zeit, ihr zu vertrauen. Dennoch ...

Ich nehme an, dass sie die Tür irgendwann öffnen wird. Aber mehr als fünfzehn Minuten werde ich ihr nicht dazu geben, und diese Tür hält mich nicht auf. Wenn es hart auf hart kommt, kriegt er eine neue Tür. Aber nicht Amber.

Es dauert keine fünf Minuten, dann öffnet sich die Tür einen Spalt, mehr nicht.

Ich versuche, leise zu gehen, bei dem alten Holz und meinem Gewicht eine Unmöglichkeit, aber er hört es nicht.

Der Flur ist dunkel, vier Türen gehen von ihm ab, drei sind geschlossen, eine angelehnt, von dort kommt das Geflimmer und das Gestöhne und auch Ambers Stimme, ich verstehe nicht, was sie sagt, aber sie klingt bewundernd. Es riecht muffig hier, nach altem Bohnerwachs und Katze, eine Anrichte steht im Flur, überladen mit allem möglichen Krimskrams.

Ich schließe die Wohnungstür hinter mir und gehe an die offene Tür, öffne sie vorsichtig. Es ist ein Wunder, dass er mich nicht sofort sieht, denn es sind überall Spiegel im Raum angebracht.

Er sitzt in einem Sessel, den Rücken zu mir gewandt. Vor ihm, ein paar Meter entfernt, steht ein Regal mit drei großen Monitoren, auf denen gerade Pornofilme laufen. Seitlich neben dem Sessel befindet sich ein fahrbarer Computertisch mit Tastatur; eine angebrochene Flasche Cola steht darauf, neben ihm auf dem Boden ein Teller mit einem Rest Pizza; eine graue Perserkatze tut sich gerade daran gütlich.

Ich habe mir Horst Ottmann irgendwie anders vorgestellt, vielleicht ein schmieriger kleiner Mann mit verdrecktem Unterhemd ... irgend so ein Klischee. Zum einen ist er jünger, vielleicht unter dreißig, zum anderen sieht er eher ganz normal aus, niemand, dem ich auf der Straße einen zweiten Blick zuwerfen würde.

Zwischen dem Sessel und dem Regal mit den Monitoren sind etwa zwei Quadratmeter Platz, dort räkelt sich gerade Amber auf einer Decke, in der Hand ein gigantischer schwarzer Dildo, mit dem sie über sich streicht. Sie bedenkt Horst mit einem wollüstigen Lächeln.

Horst hat keinen Blick für die Spiegel oder irgendetwas anderes, er ist auf Amber fixiert, während er sich so heftig wichst, dass sein ganzer Körper vibriert und die Federn des alten Sessels ächzen.

»'n Abend«, sage ich, als ich ihm beide Hände auf die Schultern lege und ihn fest in den Sessel drücke.

»Was??? Hilfe!!«, schreit er und versucht, sich herauszuwinden, aber Amber ist aufgesprungen und bei ihm. Als er nach ihr greifen will, lasse ich eine Schulter los und packe seinen Arm, dann den anderen, drücke ihn aus dem Sessel auf den Boden herunter, Knie im Kreuz, dann folgen die Kabelbinder. Amber greift in einen Karton, der an der Seite auf einem Tisch steht, und fischt mit einem etwas gehässigen Grinsen einen Ball-Gag heraus.

Sekunden später liegt er auf der Decke, auf der sich Amber eben noch in gespielter Wollust räkelte, und schaut angstvoll zu mir hoch.

Ich nehme eine Zeitung vom Tisch, breite sie demonstrativ auf dem Sessel aus, bevor ich mich hinsetze und eine Zigarette aus der Schachtel klopfe. Ich sehe ihn nur an; während er etwas durch den Knebel stöhnt, lege ich einen behandschuhten Finger an meine Lippen und schüttele leicht den Kopf. Seine Augen scheinen sich noch mehr zu weiten, doch er ist jetzt still.

Ich zünde mir die Zigarette an, sage immer noch nichts, sehe ihn nur an. Manche Leute behaupten, ich könne bedrohlich wirken, ich weiß nicht, ob das wahr ist, im Spiegel sehe ich mich nur selbst, aber ich stelle mir gerade vor, dass er eine riesige Kakerlake ist, die ich mit Freude zertreten will. Vielleicht klappt es, und er sieht diesen Gedanken in meinen Augen, jedenfalls erstarrt er regelrecht. Als ich den Blick zu seinem Hosenstall gleiten lasse, wo seine ehemalige Pracht und Herrlichkeit verkümmert heraushängt, wird er bleich, und seine Augen rollen zur Seite, während er ohnmächtig wird.

»Das habe ich auch noch nie gesehen«, stellt Amber beeindruckt fest. Sie macht sich gerade an dem Computer zu schaffen und schaut nun kopfschüttelnd zu ihm herüber. »Was hast du mit ihm gemacht?«

Der Teufel reitet mich, und ich sehe sie genauso an, ausdruckslos, tödlich, ein gefühlloser Psychopath, der sein nächstes Opfer studiert, bevor er es bei lebendigem Leibe seziert.

Amber lacht schallend, kommt zu mir rüber, verwuschelt mir das Haar und gibt mir einen Kuss.

»Ach du, und du sagst, du wärst nicht süß!« Mit diesen Worten wendet sie sich grinsend ab und beugt sich wieder über den Computer.

Das soll mal einer verstehen, denke ich und schüttele

amüsiert den Kopf. Der eine wird von meinem Blick ohnmächtig, und sie findet mich süß ... Ich muss dann sogar selbst lachen.

Das Lachen vergeht uns, denn es dauert nicht lange, bis Amber fündig wird.

Auf dem großen Monitor in der Mitte taucht ein Bild auf. Als ich es erkenne, wird mir beinahe schlecht. Das passiert mir in letzter Zeit häufiger. Es gibt wohl Dinge, an die ich mich nicht gewöhnen kann. Ich will es auch nicht!

Es ist ein Hinterhof mit einer verrosteten Wäschestange. Das Bild hat eine seltsame Qualität, denn die Kamera sieht durch einen Restlichtverstärker; es ist zugleich brillant und scharf wie auch befremdlich. Fokus der Kamera ist ein Kreuz, an dem ein junges Mädchen mit Seilen festgebunden ist. Ein metallisch glänzendes Klebeband verschließt ihren Mund, sie windet sich in den Seilen. Eine behandschuhte Hand erscheint vor dem Objektiv, öffnet sich, präsentiert einen silbrig glänzenden, schlanken Nagel mit einem breiten Kopf. Eine dunkle Gestalt mit Kapuze und einem Ledermantel wendet sich ab und geht zu dem Kreuz hinüber; sie läuft nicht auf dem Boden, sondern auf einer niedrigen Holzbank. Drei von diesen Holzbänken sind um das Kreuz herum aufgestellt, erlauben, dass er an sie herantritt, ohne Spuren im Schnee zu hinterlassen. Er setzt den Nagel an der linken Hand an. Das Mädchen bäumt sich auf, dann wird der Bildschirm dunkel. Amber hat ihn ausgeschaltet.

»Mein Gott!«, entfährt es mir fassungslos. »Die Schweine haben das gefilmt!«

Ich hätte damit rechnen müssen, dennoch trifft es mich unerwartet und hart. Aber was ist mit Amber?

Sie steht da, den Finger auf einer Taste, und starrt den

dunklen Bildschirm regungslos an. Ich gehe zu ihr, nehme sie in den Arm, einen Moment noch ist sie steif wie Holz, dann gibt sie nach. Sie weint nicht, aber ihre Augen, mit denen sie zu mir hochschaut, sind geweitet und glänzen feucht. »Sie ... das ...« Ich kann nichts sagen, bin nur imstande sie zu halten.

Was Herrn Horst Ottmann angeht, brauche ich mir nicht mehr vorzustellen, dass er ein Insekt ist. Vor einer Kakerlake hätte ich im Vergleich zu ihm meinen Hut gezogen. Ich selbst fühle mich irgendwie tot, eine entfernte Stimme teilt mir mit, dass ich mich im Schock befinde. Damit hat sie wohl recht, aber es ist mir egal. In den letzten zwanzig Minuten hat Amber fast drei Dutzend Filme gefunden, einer davon ein Film mit ihr, die erste Kreuzigung, aufgenommen im Chateau. All diese Filme sind von der »*Rose*-Webseite« heruntergeladen worden. Wir haben sie uns immer nur so lange angesehen, bis wir wussten, worum es geht, dann den nächsten Clip und danach einen anderen ... Er hat noch etliche auf der Festplatte, aber wir haben aufgehört. Wie Amber es durchstehen konnte, auch nur einen Blick auf das Material zu werfen, weiß ich nicht, ich selbst habe schon lange mehr als genug. Die Bilder von den Kreuzmorden waren schlimm genug, aber hier tauchen immer wieder Szenen von Amber, Jacqueline und auch Mel auf, und sie sind fast unerträglich.

Vielleicht wacht Horst Ottmann auf, als ich ihn in den Kofferraum meines Mercedes werfe, vielleicht nicht. Er ist verschnürt wie eine Roulade, immer noch geknebelt, und wenn er etwas zu sagen hat, höre ich es nicht.

Auf der anderen Straßenseite bemerke ich eine Frau am Fenster, die uns beobachtet. Als ich zu ihr hochsehe, verschwindet sie und zieht den Laden zu.

Ich gehe die vier Stockwerke fünfmal nach oben, bis wir alles eingeladen haben, dann fahren wir davon, ich schließe sogar ab, bevor wir gehen.

Am Club angelangt, schließt Amber die Tür auf, während ich mir Ottmann greife und in den Keller hinuntertrage. Auf dem Weg zum Club habe ich darüber gebrütet, ob es nicht besser wäre, das alles sein zu lassen, ihn ins Präsidium zu bringen. Ich weiß, dass ich mich hier strafbar mache, aber das ist mir egal. Ich will Antworten, und ich will sie jetzt. Außerdem will ich nicht, dass die ehemaligen Kollegen diese alten Aufnahmen sehen. Das kann ich einfach nicht zulassen.

Hier unten gibt es einen Kühlraum, der schon lange nicht mehr in Betrieb ist, aber noch immer befinden sich Schienen an der Decke, an denen gemeingefährlich aussehende, leicht verrostete Fleischerhaken hängen. Bis ich mit ihm dort unten angekommen bin, ist auch Amber wieder zurück, schweigend, in ihren Händen Ketten, die bis eben für mich nur Spielzeug waren.

Wenige Minuten später erfüllen sie ernsthaft ihren Zweck, dies ist kein Spiel mehr, als ich ihn mit diesen Ketten waagrecht freischwebend an die Fleischerhaken hänge, nicht die ästhetischste Hängebondage, die ich je gemacht habe, aber stabil genug, ich bin mir sicher, dass er sich nicht lösen oder fallen kann. Im Hintergrund teilt mir mein Verstand mit, dass ich soeben eine strafbare Handlung begehe; mir ist es allerdings herzlich egal. In diesem Augenblick könnte ich ihn umbringen, ohne auch nur mit der Wimper zu zucken. Noch nie zuvor habe ich so deutlich gemerkt, dass zuweilen allein der Verstand die letzte Schwelle ist. Ich stehe mit geballten Fäusten da, sehe ihn an und merke, wie ich zittere. Dieses Schwein hat sich daran aufgegeilt, wie meine Amber ... die anderen Mädchen ... Ich kann den Gedanken nicht zu Ende denken, ich muss hier raus, bevor ich wirklich etwas tue, das ich ewig bereuen werde.

Ich ziehe die schwere Tür hinter mir zu, lasse ihn in der Dunkelheit zurück.

Im Gang steht ein Stapel mit Mineralwasserkästen, ich nehme mir eine der Flaschen, halte sie mir gegen die Stirn, dann trinke ich.

Ich sage mir, dass er nicht der Täter ist, dass er es nicht war, dass er den Schmerz nur konsumierte.

Es nützt nichts, ich weiß, dass er sich auf diese Filme einen runterholt, dass er sich einen wichst, wenn er zusieht, wie Menschen sterben und dabei ... Er kann wirklich froh sein, dass ich ihn nicht direkt an die Haken gehängt, ihn nicht erschlagen habe, der Impuls dazu war fast schon übermächtig. Ich nehme noch einen Schluck, versuche mich zu beruhigen, atme tief durch. Es bringt niemandem etwas, wenn ich die Kontrolle verliere. Ganz langsam stelle ich die angebrochene Flasche zurück, bringe meine Gedanken in Ordnung und verlasse den Keller. Ich hole Ottmanns Computer aus dem Wagen und bringe diesen hoch zu Siggi, der im Stuhl eingeschlafen ist und aufzuckt, als ich mich durch die Tür schiebe.

»Ich will alles über diesen Computer und seinen Besitzer wissen, wo er im Internet war, was er tat, alle Kennwörter und Zugänge, einfach alles!«, sage ich barsch und stelle das Gerät auf meinen Schreibtisch. Siggi weiß ganz offensichtlich nicht, was ich meine, aber er sieht mein Gesicht und nickt nur leicht erschrocken.

Caro fängt mich ab, als ich mein Büro verlasse, Amber und Jacqueline sind auch bei ihr, sie ziehen mich hinüber zu der kleinen Küche im ersten Stock.

»Reg dich ab, Marcus«, sagt Caro leise, aber bestimmt. Sie drückt mir von irgendwoher einen Kaffee in die Hand.

»Hat Amber dir erzählt, was wir gefunden haben?«, frage ich und erkenne meine Stimme nicht mehr. Caro nickt, Jacqueline und Amber sagen nichts, sie sitzen neben mir, ganz nah, Caro auf der anderen Seite des Tisches.

»Vielleicht ... vielleicht dachte er, es wäre gestellt«, sagt Jacqueline. Vielleicht. Ich glaube es nicht.

»Warum bist du so wütend? Ich meine, persönlich wütend?«, fragt Amber, ihre Stimme leise, aber eindringlich. »Ich könnte auch kotzen, wenn ich an ihn denke, aber ... du verhältst dich so, als hätte er dir persönlich etwas getan«, fährt sie fort. »Ich dachte schon, du bringst ihn um. Du bist wie ein Roboter gewesen, und ich habe Angst gekriegt.«

»Amber kam zu uns ...«, sagt Caro leise, »und meinte, sie hätte Angst, du tust etwas Unbedachtes.«

Ich lache kurz auf. »Nein, das tue ich nicht. Morgen Abend ist er wieder zu Hause, in seinem Drecksloch. Und dann hetze ich die Kollegen auf ihn. Ich werde ihm kein Haar krümmen, aber er darf gern glauben, dass ich ihn umbringen werde.«

Mir fällt etwas ein, ich will aufspringen, aber sie lassen mich nicht.

»Was ist?«, fragt Jacqueline.

»Siggi. Ich habe ihm den Computer gegeben. Wenn er Ambers Video sieht ...«

»Ganz ruhig«, sagt Amber, aber sie tauscht Blicke mit den anderen aus, als ob sie plötzlich etwas verstehen, das ich selbst nicht weiß.

»Der Dreckskerl hat Ambers Video auf seinem Rechner?«, fragt Caro ungläubig.

Amber nickt. »Die Kreuzigung, und ich glaube noch zwei weitere. Aus dem Chateau. Es wurde vier- oder fünfmal gefilmt. Vielleicht hat er sie alle.«

»Ahh«, sagt Caro und sieht mich an. »Das ist es. Er hat Amber gesehen.«

»Ja«, sage ich tonlos. »Hat er.«

»Marcus«, sagt Amber. »Das ist egal, verstehst du? Unwichtig. Er hat Videos von den Morden, das ist wesentlich wichtiger!«

»Ja, weiß ich. Aber der Dreckskerl ...«

»Stopp!«, sagt Amber. »Vielleicht gibt es Tausende, die meine Videos runtergeladen haben. Na und? Sie werden mich nicht erkennen. Denn ich bin nicht mehr dieselbe.«

»Verstehst du nicht – ich mache immer noch das Gleiche mit dir wie mein Onkel!«

Amber holt aus, und bevor ich blinzeln kann, scheuert sie mir eine. Die Ohrfeige kommt unerwartet und hart.

»Ich dachte, das hätten wir bereits geklärt! Du machst nichts mit mir«, sagt Amber, sie wirkt richtig sauer. »Gar nichts. Aber ich sage dir etwas anderes, ich bin stolz auf dieses Video.«

Ich muss etwas gesagt haben, aber ich weiß nicht, was, ich weiß nur, dass ich eben alle Fäden verloren habe. Ich kann sie nur ungläubig ansehen, verstehe die Welt nicht mehr.

»Nicht auf das, was sie mit mir machten, sondern auf mich. Ich war tapfer, Marcus, hörst du? Ich war tapfer und habe ihnen allen eins ausgewischt ... Sie haben mich nie bekommen, verstehst du? Ich habe mich nie gegeben, egal, was sie getan haben. Ich bin verdammt stolz auf mich, dass es so ist, und das lasse ich mir auch von dir nicht nehmen! Schau dir das Video an, Marcus, schau es dir genau an, und du wirst sehen, was ich meine. Hör mit dieser blödsinnigen und verdammten Rücksichtnahme auf, ich bin erwachsen, wir sind es alle, und wir brauchen deinen Schutz hier und jetzt. Es nützt keinem was, dass du dich für etwas schuldig fühlst, an dem du eben keine Schuld hast!«

»Ich fühle mich nicht schuldig«, protestiere ich. »Ich weiß, dass ich es nicht war. Aber ...«

»Was?«, fragt Caro leise und beugt sich vor. »Was, Marcus?«

Ich schaue in meine Kaffeetasse, versuche zu sagen, was ich doch nicht sagen will und kann. Es geht nicht. Ich schaue Hilfe suchend hoch, von einem lieb gewonnenen Gesicht zum nächsten, und hoffe und befürchte zugleich, dass sie es schon wissen.

Aber nein, sie sehen es nicht.

»Marcus«, sagt Amber. »Was ist los? Seit Tagen schon bist du so. Manchmal machst du mir Angst ... und ich habe vor nichts und niemandem mehr Angst.«

»Siehst du«, sage ich.

»Nein.« Sie schüttelt den Kopf. »Ich habe Angst um dich.«

»Du brütest, Marcus. Manchmal bist du wie besessen. Das ist alles neu«, sagt Caro leise. »Ich dachte, ich kenne dich, aber in den letzten Tagen bist du mir manchmal fremd gewesen. Früher hast du dich nie aus der Ruhe bringen lassen, über alles gesprochen, aber jetzt weiß ich gar nicht, was in dir vorgeht. Du bist wie eine glatte Wand, hältst alles in dir drinnen, teilst uns nur Bruchstücke mit!« Sie stellt sich vor mich hin. »Ich will wissen, was los ist, Marcus. Ich will wissen, was du fühlst! Ich will in deine Gedanken eingebunden werden!«

»Das wollen wir alle«, sagt Amber.

»Es ist Polizeiarbeit«, versuche ich zu erklären. »Ich will euch nicht damit belasten. Manchmal ist es einfach zu viel, sogar für mich.«

Caro sieht mir tief in die Augen und nickt dann. »Du willst uns schützen, das verstehe ich, aber es ist falsch. Wir stecken mittendrin, und wir müssen wissen, was los ist. Aber da ist noch mehr, nicht wahr?«

»Ich kenn mich selbst nicht. Caro, Amber ...« Ich sehe Hilfe suchend zu Jacqueline.

»Ich ... ich sehe Amber am Kreuz, und ...«

»Scheiße, ich glaub, ich hab es«, sagt Jacqueline. »Es macht dich geil?«

Ich nicke.

»Nicht die Mordaufnahmen der Mädchen«, sage ich leise. »Da wird mir nur schlecht von. Aber ...«

Ich studiere meine Kaffeetasse, warte auf den Moment, dass eine meiner Grazien den Anfang macht, kommentarlos aufsteht und aus meinem Leben geht. Ich weiß jetzt auch, weshalb ich Horst Ottmann so hasse.

»Aber? Was macht dich geil?«, fragt Amber mit neutraler Stimme.

Oh, das ist hart.

»Dich so zu sehen. So ausgeliefert, hilflos ...« Ich schulde ihnen und mir diese Ehrlichkeit. Aber es ist hart.

»Es sind die Aufnahmen mit dir. Du bist es – und doch wieder nicht. Der Gedanke, dass du, ich meine, du, die heutige Amber ...«

»Hm. Das ist nicht unbedingt eine Neuigkeit«, schnaubt Caro.

»Nicht wirklich«, meint Amber, sie klingt fast amüsiert. »Weißt du, es macht mich auch geil, dir so ausgeliefert zu sein. Also, was noch?«

»Ich bin nicht wirklich ein Sadist, wenigstens dachte ich das. Aber ...«

»Mittlerweile kannst du es ganz gut.« Ich glaube es nicht, was ich in Caros Stimme höre, ich schaue auf, es ist wahr, sie ist belustigt.

Jacqueline sieht mich an und spricht, auch sie klingt leicht amüsiert.

»Lass es mich so sagen, Marcus. Seit fast acht Jahren ist Caro deine Sklavin, seit knapp zweieinhalb Jahren sind es auch Amber und ich. Du hast uns ausgepeitscht, an die Wand gehängt, uns mit Nadeln verziert und vögeln lassen, dir gehört der bekannteste SM-Club in Wien und das Chateau, wo die Gangart manchmal richtig hart ist, und du gestehst uns nun, dass es dich geil macht und du entdeckt hast, wie viel Spaß es dir macht, sadistisch zu sein?«

»Aber ...«, versuche ich zu sagen. Amber unterbricht mich.

»Würdest du ein vierzehnjähriges Mädchen gegen ihren Willen so behandeln?«

Ich sehe sie entsetzt an. »Nein! Natürlich nicht!«

»Wen siehst du auf dem Video, Marcus? Mich oder das Mädchen?«

»Dich, aber du bist das Mädchen ...«

»War, Marcus«, unterbricht sie mich. »Ich *war* sie. Ich bin es nicht mehr.« Sie kommt mir ganz nahe.

»Siehst du mich? Ich meine, siehst du mich an diesem Kreuz, so wie ich *heute* bin?«

Ich nicke.

»Ja. Das Schlimme ist, es reizt mich! Seit ich dein Video sah, bekomme ich die Bilder nicht aus dem Kopf! Ich hab dran gedacht, wie es wäre, wenn ... dies mit dir zu machen. Dich anzunageln, dich ...«

Ich verliere mich, es ist zu viel. Ich habe mich noch nie so geschämt. Ich spüre, wie Amber sich an mich schmiegt, mir über die Wange streicht.

»Ich verspreche dir etwas, Marcus«, sagt sie dann ganz leise. »Ich werde *nie* erlauben, dass man so etwas wieder mit mir macht, mich gegen meinen Willen derart misshandelt. Auch dir nicht. Verstehst du, Marcus? Es kann nicht geschehen. Es kann uns nicht geschehen. Es ist *unmöglich*.«

Ich verstehe sie nicht, das sieht sie wohl auch in meinem Blick.

»Mann, was bin ich froh, dass ich kein Dom bin«, sagt Jacqueline trocken und reißt mich aus dieser Stimmung heraus. »Ich wusste gar nicht, dass es so schwer ist. Wie lange trägst du diese Gedanken schon mit dir herum? Ich meine *nicht* die Sache mit dem Kreuz, sondern dass es dich erregt, wenn du uns wehtust?«

Ich zucke die Schultern.

»Ich weiß es nicht. Am Anfang ... als Caro zu mir kam. Aber es erregt mich nicht, dass ihr leidet, sondern mehr, dass ich es tun *kann*! In dem Moment, wo ihr mich überzeugt hattet, dass ihr es so wollt, war alles gut. Nur in den letzten Tagen ...«

»Die Kreuzmorde, sie haben dich erwischt«, meint Caro leise.

»Nein. Nicht so. Sie machen mich nicht geil. Sie machen mich ... wütend. Niemand hat das verdient.«

»Das habe ich nicht gemeint«, sagt Caro.

»Ich habe Angst, dass es passiert, dass ich mich so weit verlieren kann und so etwas von euch verlange!«

»Nein«, sagt Caro. Sie lächelt leicht. »Diese Angst brauchst du nicht zu haben. Das ist nicht in dir.«

Ich bin mir da nicht so sicher.

»Caroline hat recht«, sagt Amber. »Ich glaube, du weißt nicht, was du uns eben eigentlich gesagt hast.« Sie tauscht einen Blick mit Caroline und Jacqueline aus.

Jacqueline ist es, die weiterspricht.

»Ich bin froh, dass ich jetzt weiß, was dich so beschäftigt. Wenn dich das alles kaltließe, wenn du unberührt davon wärst ... dann würde ich mir Sorgen machen.«

Sie lehnt sich an mich und gibt mir einen Kuss.

»Aber da du so gar nicht in Dom-Stimmung bist«, grinst sie provozierend. »bist du heute dran. Caroline sagt, du könntest den Tango besser als Carlos.«

Der Themenwechsel überrascht mich, kommt mir aber gelegen.

»Wieso?«, frage ich fast schon erleichtert.

»Carlos ist mir ein wenig auf die Füße getreten«, sagt Caroline. »Er hält sich für Gottes Geschenk an die Menschheit.«

»Na ja, an die weibliche Hälfte derselben«, fügt Jacqueline trocken hinzu.

»Wir wollen ihm zeigen, dass es nicht stimmt.« Sie blickt zu Amber hinüber. »Machst du mit?«

»Klar«, meint Amber. »Wobei?«

»Beim Ta-ta-ta-Tango«, singt Jacqueline.

»Ladys«, erwidere ich. »Ich bin aus der Übung, es ist schon über ein Jahr her, dass ich den Tango getanzt habe.«

»Und davor waren es vier Jahre, wenn ich mich richtig erinnere«, grinst Caro. Es ist, als ob unser Gespräch eben gar nicht stattgefunden hätte. »Damals hast du es auch noch gekonnt. Und wie.«

»Wir möchten«, fährt Jacqueline mit glänzenden Augen fort, »dass du mit uns tanzt und diesem Spanier zeigst, was Erotik ist, was Tanzen sein kann.«

»Ahem«, sage ich. »Da können wir uns auch blamieren. Das sind Profis.«

»Ja. Das ist ihr Nachteil«, meint Caro. »Sie tun das für Geld. Sie mögen sich auch, das kann man sehen, aber nur ein Paar liebt sich.« Sie kichert. »Und das sind die beiden anderen männlichen Tänzer.«

»Was!?« Ich muss lachen, es tut mir gut.

»Und Carlos liebt nur sich selbst«, meint Jacqueline.

»Wir sind auf die Idee gekommen, weil es mal etwas anderes ist«, fährt Caro fort. »Du hast unsere Sessions oft genug mit einem Tanz verglichen. Wir wollen heute Nacht mit dir Tango tanzen, vor den Augen unserer Gäste. Eine gemeinsame Session mit Tanzschritten. Keine nackte Haut …«

»Nur an den Beinen«, sagt Jacqueline mit einem schelmischen Lächeln.

»Bringt dich auf andere Gedanken«, grinst Amber. »Und mich auch. Du hast noch nie den Tango mit mir getanzt.«

»Mit mir auch nicht«, schmollt Jacqueline. »Nur einen Walzer vor zwei Jahren.«

»Komm schon. Sei ein Dom und setz dich durch. Sag ja!«, grinst Caro.

Ich sehe sie alle drei an. Ich fühle mich wie durch den Wolf gedreht, aber auch ungleich besser als seit Langem. Wissen diese drei eigentlich, was sie manchmal für mich tun, wie wichtig sie für mich sind? Ich selbst merke es allmählich. Ich dachte, sie würden wegrennen, und jetzt wollen sie mit mir tanzen?

»Ja«, sage ich und lächele mein fiesestes, gemeinstes Lächeln. Jacqueline kichert, Caro lächelt, und Amber grinst.

»Aber ein paar Kleinigkeiten werden doch nach meinem Kopf gehen«, füge ich ganz grimmig hinzu.

Sie nicken, fürchterlich beeindruckt. Jacqueline kichert immer noch.

»Carlos' Show beginnt um Mitternacht und dauert 45 Minuten«, sagt Caro. »Danach stutzen wir ihn etwas zurecht.«

Carlos ist mir eigentlich vollständig egal, aber die Vorstellung, mit meinen drei Hübschen den Tango zu tanzen, macht mich an. Ich freue mich darauf.

Heute ist der Club nicht so voll wie gestern oder vorgestern, vielleicht 120 bis 150 Gäste, auch SMler brauchen mal eine Pause, aber für mein Gefühl ist es gerade die richtige Menge an Gästen. Ich weiß, dass es viele Clubs in Österreich, Deutschland und anderswo gibt, für die eine solche Besucherzahl ein gutes Ergebnis wäre, vor allem, weil es mitten in der Woche ist. Aber Wien ist in dieser Beziehung wohl einmalig.

Als ich in den Club komme, sehe ich zwei mir wohlbekannte Gesichter, Sir Nigel und seine Sub Sue, im bürgerlichen Leben Albert und Susanne, seit vierzehn Jahren glücklich verheiratet und fast seit dem Anfang Stammkunden im *Dominion*. Sie waren sogar auf unserer Hochzeitsfeier.

Kat hat ihnen gerade einen Drink hingestellt, auch sie lächelt mich an, als sie mich sieht, ich nicke ihr aber nur zu und begebe mich um die Theke herum zu den beiden.

»Schön, euch wieder hier zu sehen«, sage ich, als ich ihm die Hand schüttele und Sue die Hand hinhalte, wobei sie einen tiefen Knicks macht und mir einen Handkuss gibt.

»Sie sieht bezaubernd aus«, sage ich zu Nigel und bewundere Sue gebührend, die in einem neuen karminroten Lederoutfit unterwegs ist. Es beginnt mit hohen Stiefeln mit Absätzen, so hoch, dass sie auf den Zehenspitzen stehen muss, und endet mit einer Haube, in die für die Augen

Linsen eingelassen sind, die ihr ein fast insektenartiges Aussehen verleihen. Das Ganze ist nahtlos, aber mit unzähligen Reißverschlüssen versehen, ein Korsett ist ebenfalls eingearbeitet und betont ihre Figur, auf die sie zu Recht stolz ist.

Ich spreche mit Sir Nigel, denn Sue trägt einen Ball-Gag, und ihre Handgelenke sind an Ringen an ihrer Montur festgemacht.

»Ja, uns gefällt es«, meint Albert. »Sie hat mit einer Freundin fast drei Monate daran herumgearbeitet, wir hatten eine Menge Spaß, alle Möglichkeiten auszuprobieren.«

»Das kann ich mir denken.« Ich gebe Kat ein Zeichen, sie nickt und schenkt mir einen Martini ein.

»Ihr wart lange nicht mehr hier.«

Er ist knapp über eins achtzig, schlank, mit einem leichten Bauch, aber der Abendanzug steht ihm gut, er trägt ein weißes Stehkragenhemd mit Fliege, ist schick genug für den Opernball. Sein freundliches Gesicht ist glatt rasiert. Er wirkt nett, aber wenn er will, merkt man ihm deutlich an, was er ist.

Ich weiß, dass er achtunddreißig Jahre alt ist, sie ist vier Jahre jünger, er ist Ingenieur bei den Stadtwerken, sie arbeitet bei einer Pharmafirma, hat, glaube ich, zwei Doktortitel ... Wenn sie keine Maske aufhat, trägt sie eine Brille, sie ist extrem kurzsichtig und richtig süß, wenn sie Susanne sein darf. Im Moment ist sie Sue und steht still da, die Leine von ihrem Halsband endet in Alberts – Sir Nigels – Händen.

»Viel Arbeit und auch etwas Stress. Ihre Mutter kam uns vor zwei Wochen unerwartet besuchen, ich wusste gar nicht, dass sie einen Schlüssel hat. Eine Stunde früher oder später, und alles wäre in Ordnung gewesen. Wir waren im Keller, sie ging uns suchen – und fand uns.«

Sue machte eine leichte Bewegung. Albert sieht zu ihr herüber und lächelt.

»Sie macht sich Vorwürfe, weil sie vergessen hat, dass ihre Mutter kommen wollte. Es hat nicht viel gefehlt, und Schwiegermama hätte die Polizei gerufen.«

»Das ist ...« Ich weiß nicht, was ich sagen soll.

Albert grinst. »Sie hat sich wieder gefangen, Schwiegermama, meine ich, aber für eine Zeit war es etwas ... kritisch. Wir haben die Pause gebraucht. Aber heute geht es uns gut, nicht wahr, Sue?«

Sue nickt und macht einen tiefen Knicks.

»Wir haben die Zeitung gelesen. Das ist eine böse Sache, Marcus.«

»Ja.« Mehr sage ich nicht dazu. »Habt ihr die E-Mail nicht bekommen?«

»Wir wären auch schon am Montag gekommen, Sue war ganz scharf, Amber so zu sehen, aber wir konnten nicht.«

»Es war letztlich nicht Amber, die dran glauben musste«, meint Caroline, als sie neben mir auftaucht und mir den Martini reicht, den Kat vorher auf die Theke stellte.

»Du?«, fragt Nigel interessiert, und auch Sue wendet den Kopf.

Caro schüttelt den Kopf. »Nein. Jacqueline.«

»Jacqueline?« Nigel lacht. »Das wird Sue ärgern. Sie hat Jacqueline nur einmal gesehen, vor fast zwei Jahren auf dem Chateau, aber sie findet sie süß und würde sie gern mal vernaschen.«

Ich wirke wohl etwas überrascht, Nigel sieht es und lacht. »Ich dachte, ihr wisst das. Meine liebe Sue ist die liebste und süßeste Sub, die ein Herr sich wünschen kann, aber Frauen gegenüber ist sie dominant.«

»So«, sagt Caro und lächelt Nigel an. »Tust du mir einen Gefallen, Nigel?«

Er sieht sie mit hochgezogener Augenbraue an.

»Das kommt darauf an.« Er mustert sie. »Bist du Caro oder Caroline?«

Sie lacht. »Von allem etwas. Heute haben wir etwas anderes vor. Kein Halsband, Nigel.«

»Doch«, sagt er, »eines aus Seide, das dir gut steht. Also ...« Er verbeugt sich leicht vor ihr, »Madame, was ist Euer Wunsch?«

»Sue. Sie sieht so schnuckelig aus, so süß, sexy und wehrlos. Es würde mir Freude bereiten, wenn sie mir die Füße küsst«, sagt Caro mit einer lasziven Stimme, die mir Schauer über den Rücken treibt.

Sue bewegt sich leicht, sie schaut zu Boden, aber sie hat den Kopf leicht angewinkelt.

Nigels Augen funkeln. »Ist das so?«

Caro nickt, ein Lächeln auf den Lippen. »Vor allem, nachdem ich das gehört habe.«

Nigel mustert sie. »Mhm. Sue gehört mir. Wenn sie jemandem die Füße küsst, dann mir. Sie mag es nicht.« Er grinst. »Was bekomme ich dafür?«

»Das musst du ihn fragen«, sagt Caro und nickt mir zu. Ich lächele und nippe an meinem Martini.

»Mhm«, sage ich dann. »Ich überlege mir gerade ... Was wäre, wenn du Sue für eine halbe Stunde Caro überlässt und ich anschließend Caro Sue für eine Stunde? Hört sich das fair an?«

Nigel schüttelt den Kopf.

»Nein. Nicht Sue. Wenn überhaupt, dann mir. Aber vielleicht gebe ich sie dann Sue.« Er nippt an seinem Glas. »Aber nicht heute, das heben wir uns auf. Sue ... liebe Caros Beine.

Von Anfang bis Ende. Überzeugend. Du betest ihre Beine an.« Er greift an Sues Haube und zieht einen Reißverschluss um ihr Gesicht herum auf, bis er ein Stück Leder in den Händen hält, das auch die Augenlinsen beinhaltet und Susannes fein gezeichnetes Gesicht freilegt, das von rot-schwarzem Leder umrahmt ist. Eine Sekunde später hat er auch ihren Ball-Gag entfernt.

Sue sieht zu Nigel hinüber, dann zu mir und Caro, ein feines Lächeln spielt um ihre Lippen, als sie vor Caros Füßen niedersinkt. Caro trägt bereits ihr Tanzkleid, es ist asymmetrisch geschnitten, ihr linkes Knie ist entblößt, das rechte Bein bis zum Knöchel bedeckt. Sie lehnt sich gegen einen Barhocker und öffnet ihre Beine, das linke Bein bis fast zur Hüfte entblößt ... und Sue beginnt, die Spitze von Caros rechtem Bein abzuküssen. Es sieht bezaubernd aus, Caro, die so still hält, Sue anmutig in diesem rot-schwarzen Leder, das ihre Figur betont.

»Diese Masomörder-Geschichte«, sagt Nigel und reißt mich abrupt aus meiner Stimmung heraus. »Was ist da dran?«

»Viel zu viel«, sage ich leise, damit nicht auch noch Caro rausgerissen wird. »Die meisten der Opfer verkehrten hier im Club. Ich habe gehört, dass ihr eines der Mädchen sogar kennengelernt habt, die Kleine, die Sue ihre Leckdienste anbieten wollte.«

»Sie? Aber ... verdammt«, sagt Nigel leise. »Sie hat es erwischt?« Ich nicke. Er schüttelt langsam den Kopf. »Was für eine Sauerei.«

Ich bedeute Nigel, mir zu folgen, etwas abseits zu gehen, damit unser Gespräch unsere beiden Lieben nicht stört. Mir ist eben etwas eingefallen.

»Sag mal, was macht Sue eigentlich wirklich? Ich meine

beruflich. Ich meine mich erinnern zu können, dass sie etwas mit Chemie zu tun hat, nicht wahr?«

»Sie leitet die Abteilung Biogenetik bei ihrer Firma. Zurzeit arbeitet sie daran, ein Verfahren zu verfeinern, mit dem man Insulin gewinnen kann.«

»Hat sie Ahnung von Biochemie?«, frage ich, und er lacht. »Ja, und ob. Sie hält zwei Patente in dem Bereich.«

Ich schaue zu Sue hinüber, die sich nun langsam zu Caros Knie hocharbeitet, ihr Kopf unter Caros Rock. Ein paar Leute sehen zu, auch Amber und Jacqueline, beide in einem schwarzen Abendkleid, stehen dabei, Arm in Arm, und betrachten dieses kleine Schauspiel lächelnd.

Caro hat ihre Ellenbogen auf den Thekenrand gestützt, ihr Kopf ist nach hinten gelegt, der Mund offen, die Augen geschlossen, ein anmutiger Bogen in Schwarz und samtiger weißer Haut. Ich sehe, wie sie leicht zittert, als Sue sich unaufhaltsam nach oben bewegt, ihre Zunge emsig und fleißig.

»Mhm. Wie gut ist sie?«

Nigel schaut mich an, nein, Albert ist es. »Sie ist *so* verdammt gut, dass sie zweimal im Jahr in Genf die Konferenz zur Biochemica leitet, und dort sind die besten Biochemiker der Welt versammelt. Wenn sie etwas nicht weiß, dann kennt sie einen, der es erfunden hat. Warum?«

Ich erzähle ihm kurz von den geheimnisvollen Drogen.

»Wenn wir dir helfen können, dann werden wir es tun«, sagt er, aber er ist abgelenkt. »Schau dir das an! Ich bin gespannt, wie Sue meinen Befehl interpretiert.«

Sues Kopf ist in Caros Schritt angekommen, vollständig von Caros Rock bedeckt, aber Caro bewegt sich, ihr Becken kreist und ihre Hände sind geballt. Ein Stöhnen entkommt ihr, dann bewegt sich Sues Kopf das linke Bein hinab, und noch immer zuckt Caro.

»Sie hat eine Wahnsinnszunge«, sagt Nigel stolz. Er sieht mich an. »Ich glaube, sie ist das Beste, was mir je geschehen konnte. Ich liebe sie«, meint er dann einfach. Ich nicke. Dem ist nichts hinzuzufügen.

»Wenn möglich, ruft mich morgen doch mal an«, sage ich dann. »Es ist wichtig, ich bezahle sie auch.«

»Das wird sie nicht annehmen. Aber ich sage ihr nachher Bescheid. Wenn es so wichtig ist, nehmen wir uns Urlaub. Morgen Mittag?«

Ich nicke.

»Sue merkt sich jede Sekunde«, sagt er dann mit einem Lächeln. Sue ist an Caros linkem Schuh angekommen. »Sie hasst es, und sie liebt es. Ich möchte wetten, sie überlegt sich jetzt schon, was sie mit Caro macht, wenn sie die Gelegenheit dazu bekommt.«

»Noch bekommt sie die Gelegenheit nicht«, sage ich und lächele ebenfalls. »Noch nicht.«

Es sind noch etwas über fünfzehn Minuten bis Mitternacht. Caro, Jacqueline, Amber und ich bilden einen Klüngel an der Thekenkante, als Malowsky den Club betritt und auf uns zusteuert.

Er sieht heute deutlich besser aus, besser noch als gestern, sogar die Falten in seinem Gesicht scheinen weniger geworden, er lächelt.

»Guten Abend, die Damen«, sagt er mit einer Verbeugung, die überraschend galant ausfällt. »Hallo, Marcus.«

Caro blickt mich an, ich nicke leicht, dann macht sie einen altmodischen Knicks, Jacqueline und Amber ebenfalls.

Malowsky schaut etwas überrascht, dann lächelt er und deutet eine leichte Verbeugung an. Ich treffe eine Entscheidung.

»Dieter, komm mit«, sage ich zu ihm, er zuckt die Schultern, folgt aber mit einem Lächeln, bewundert ganz unverhohlen die Bewegungen meiner drei Lieben.

Wir landen an dem Tisch im Bistro, der durch irgendeinen akustischen Effekt tatsächlich der leiseste im öffentlichen Bereich ist.

Malowsky weiß nicht, was ich vorhabe, aber er ist wohl bereit mitzuspielen. Er erinnert mich an den alten Dieter, mit dem ich zusammen zur Polizei ging, ein gutmütiger Bär, nicht der hübscheste aller Männer, aber mit einem gewissen Etwas und diesem speziellen Lächeln, das ich schon seit zehn Jahren nicht mehr gesehen habe.

»Dieter, darf ich dir die Lieben meines Herzens vorstellen, Amber, Caroline, Jacqueline. Caroline und ich sind verheiratet, wie du weißt. Dennoch gehören wir alle zusammen.«

»Und ob wir das tun!«, lacht Amber, aber auch sie schaut mich leicht fragend an.

»Das ist Dieter«, sage ich. »Als ich ihn kennenlernte, waren wir beide knappe zwanzig. Wir waren Freunde, als wir zur Polizei gingen, ich gab ihm den Ring, als er Annette heiratete, und ich war eifersüchtig auf ihn, weil er eine so großartige Frau fand. Dann wurde sie krank. Sie starb. Und ich verlor einen Freund.«

Malowsky ist geschockt, das kann ich sehen, er sieht unsicher zu mir und dann zu den Gesichtern meiner drei Grazien.

»Warum erzählst du das, Marcus?«, fragt er.

»Das ist einfach«, antworte ich ihm. »Zum ersten Mal seit fast elf Jahren erinnerst du mich an meinen alten Freund. Ich will ihn wiederhaben. Ich habe nicht so viele Freunde. Wie siehst du das?«

Ich halte ihm die Hand hin.

Er sieht auf meine Hand, dann sucht er meinen Blick. »Kannst du das wirklich, Marcus? Ich ...«

»Ich halte dir meine Hand hin, Dieter«, sage ich leise. »Da ist sie. Ich würde es nicht tun, wenn ich es nicht so meinte.«

»Dann gerne«, sagt er und greift zu, so hart, dass es schmerzt, aber es ist gut so. Er lächelt schief.

»Entschuldigt mich kurz, bin gleich wieder da«, sagt er und steht auf, verschwindet in Richtung Waschräume und Toiletten. Ich sehe, wie er sich mit dem Ärmel über die Augen wischt, kurz bevor er in der Tür verschwindet.

»Ich dachte, er ist ein Arschloch«, sagt Caroline leise. Auch Amber und Jacqueline sehen mich an. »Caro hat uns erzählt, was er am Tatort über sie gesagt hat«, erklärt Amber.

Ich nicke. »Malowsky *war* ein Arschloch. Aber erst seit dem Tod seiner Frau. Vorher nicht. Und mit ein wenig Glück jetzt auch nicht mehr. Es hat ihn kaputt gemacht ...«

»Er hat sie geliebt?«, fragt Jacqueline.

Ich nicke. »Und wie. Sie war lange krank, und er hat zu ihr gestanden bis zum Ende.« Ich hole tief Luft. »Ich weiß nicht, was ich tun würde, wenn einer von euch so etwas passieren würde.«

»Oder dir«, sagt Amber.

»Da bin ich wieder«, sagt Malowsky und zieht sich seinen Stuhl heran. »Sorry.«

Ich schüttele den Kopf.

»Weißt du, Dieter, es ist komisch. Willst du wissen, wieso ich darauf kam?«

»Schon. Ich meine, ich bin froh, aber ... ja.«

»Sie ist schuld«, sage ich und nicke in Richtung Caro. »Sie will, dass ich heute Abend mit ihr Tango tanze.«

»Und mit mir«, sagt Amber.

»Und mit mir«, sagt Jacqueline.

Ich lache, als Dieter verdutzt aus der Wäsche schaut. »Wenn du dir unser Programmheft angesehen hättest, wüsstest du, dass wir heute Tangonacht haben«, erkläre ich ihm. »Und das hat mich daran erinnert, wie wir damals in die Tanzschule gingen. Du und Annette, Betty und ich.«

»Betty?«, fragen alle drei Frauen im gleichen Moment, und sogar Malowsky muss lachen.

»Elisabeth«, sage ich. »Damals meine große Liebe.«

»Und was ist mit ihr?«

»Sie hat ihn sitzen lassen«, sagt Malowsky und grinst. »Ich wette, sie beißt sich jetzt jeden Tag in den Hintern.«

»Geschieht ihr recht«, sagt Caro und schenkt mir einen Blick, der mir genau sagt, zu wem ich gehöre.

»Vergesst sie«, meine ich. »Ich weiß nicht mal mehr genau, wie sie aussah. Aber wenn ihr wissen wollt, wer den Tango richtig kann, dann schaut euch Dieter an. Er hat ihn im Blut.«

Amber ist direkt genug, um zu sagen, was sie alle drei denken: »Das hätte ich jetzt nicht gedacht.«

Malowsky lächelt. »Tja, war auch für mich eine Überraschung.«

Malowsky wirkt immer etwas tapsig und unbeholfen. Aber auf dem glatten Parkett ...

»Hast du Lust, uns heute Abend auszuhelfen?«, frage ich ihn.

»Wie meinst du das? Ich soll auf der Bühne tanzen?«

»Nein. Auf der Tanzfläche, mit uns.«

»Dieser spanische Schnösel ist der Meinung, Wiener könnten nicht tanzen«, sagt Caroline mit etwas Hitze in der Stimme.

Malowsky lacht und hebt die Hände. »Moment mal, ich

verstehe gar nichts. Welcher Schnösel? In welchen Schlamassel willst du mich hier hineinmanövrieren, Marcus? Ich habe seit vierzehn Jahren nicht mehr getanzt. Nicht seit ...«

Ich nicke. »Wird langsam Zeit, nicht wahr?«

»Mhm. Mit wem?«

Jacqueline lächelt. »Nicht mit uns, wir haben uns schon etwas überlegt. Wir tanzen alle mit ihm. Aber wir werden jemanden finden. Was hast du vor, Marcus?«

»Ich werde einige unserer Gäste ansprechen, von denen ich weiß, dass es ihr Ding ist. Sir Nigel und Sue, zum Beispiel.«

»Nicht in den Stiefeln«, sagt Caro.

Ich lache. »Wir haben bestimmt noch ein Abendkleid für sie. Sue hat in etwa deine Größe.« Ich lächele sie an. »Ich hab mir schon überlegt, ob ihr Anzug auch dir passen würde.«

»Darauf werde ich jetzt nichts sagen«, antwortet Caro.

»Phoenix«, sagt Jacqueline. »Sie sagt, sie könne tanzen.«

»Sagt sie das?«

»Was ist mit deiner Bedienung, Katharina?«, fragt Malowsky. »Würde sie mitmachen?«

Ich sehe ihn überrascht an. Er lächelt leicht. »Ich mag sie«, sagt er dann und zuckt die Schultern.

»Keine Ahnung, ob sie tanzen kann«, meint Amber.

»Aber wir können sie fragen«, sagt Caro und gibt Gi ein Zeichen. Giorgio kommt herbei, und Caro flüstert ihm etwas ins Ohr, er nickt und geht wieder hinter die Theke, greift zum Telefon.

Ich werfe einen Blick auf meine Uhr. »Die Show wird übrigens bald anfangen.«

Kat kommt durch die Thekentür herein und steuert auf uns zu, Malowsky erhebt sich, zieht ihr einen Stuhl heran, sie setzt sich mit einem dankbaren Lächeln. Ich mustere die beiden – und frage mich, ob das was werden könnte.

»Kat«, sagt Caro. »Wir wollen heute Abend eine kleine Einlage bringen ...«

Kat schüttelt den Kopf. »Nein. Ich mache da nicht mit.« Sie will schon wieder aufstehen, aber ich halte sie mit einer Berührung am Arm zurück.

»Nein, Kat. Es geht nur um einen Tanz. Tango, genauer gesagt. Wir wollen bloß wissen, ob du tanzen kannst.«

»Tango?« Sie ist überrascht. »Ist schon ein paar Monate her, aber ja, ich glaube schon. Wenn jemand gut führen kann. Warum?«

Caro erklärt es ihr.

»Mit ihm?«

»Mein Name ist Dieter Malowsky. Ich bin kein ›ihm‹«, sagt Malowsky, aber er lächelt dabei.

»Und Sie können tanzen?«, fragt sie skeptisch.

Malowskys Lächeln wird breiter. »Finde es heraus.«

Der Gong ertönt.

»Es wird Zeit«, sage ich und stehe auf. »Sehen wir uns die Show an.«

Aber vorher rufe ich kurz oben an und will wissen, wie weit Siggi ist. Er sagt, er sei fast fertig, und er klingt auch so.

»Ich hätte nie gedacht, dass es so etwas wirklich gibt«, sagte er so leise, dass ich ihn kaum verstehen kann. Ich versuche mich daran zu erinnern, ob er irgendwann nach Hause gegangen ist, aber ich glaube, er hat bisher noch gar nicht geschlafen. Der junge Mann fängt an, mich zu beeindrucken. Wenn das alles vorbei ist, werde ich sehen, ob ich es ihm irgendwie danken kann.

Ich lege auf, sehe zur Bühne hinüber, mir fällt es schwer umzuschalten. Ottmann hängt da unten.

Ich gönne es ihm, so erfährt er wenigstens, was die Frauen durchmachten, an denen er sich aufgegeilt hat. Ich straffe die Schultern und nehme mir vor, ihn für den Moment zu vergessen. Auch wenn es schwerfällt.

Aber ich brauche es auch, all das, was in der letzten Zeit geschehen ist, wird langsam zu viel für mich, ist zu nah, lastet auf mir wie ein Berg.

Ich weiß, dass die Gruppe fast den ganzen Tag damit verbracht hat, die Show vorzubereiten, jeden Scheinwerfer genau zu positionieren, sogar ein paar der Tische haben sie verrücken lassen.

Als wir den Club betreten, wird gerade die Beleuchtung heruntergefahren, einen Moment ist es stockdunkel, dann beleuchtet ein Spot plötzlich Tanja, die auf der Bühne steht und ein rotes Abendkleid im spanischen Stil trägt. Sie sieht klasse aus, und ich werde an unsere Begegnung heute Mittag erinnert. Prompt rammt mir Amber ihren Ellenbogen in die Seite.

Tanja macht die Ansage ganz anders als sonst, diesmal ist sie geheimnisvoll und erotisch, eine rauchige Verführung, die Carlos und sein Ensemble ankündigt. Der Spot geht aus, eine spanische Gitarre ertönt, ein anderer Spot beleuchtet einen der Spanier, der in einem mittelalterlichen Kostüm auf der Bühnenkante sitzt, eine zwölfseitige Gitarre in den Händen. Seine Finger fliegen über die Saiten, mit der flachen Hand klopft er erst leicht, dann immer fester gegen das Holz der Gitarre, gibt den Rhythmus vor. Aus dem Dunkel an der Seite ertönt das Klacken von Kastagnetten. Ein anderer Spot wird langsam aufgedreht, zeigt eine Frau in spanischer Tracht, mit einem schwarzen Spitzenschleier, die Hände zu diesem Bogen erhoben, die traditionelle Haltung für den Flamenco ...

Ich drehe mich zu Caro um, sie ist im Halbdunkel kaum zu erkennen, obgleich sie direkt neben mir steht.

»Tango?«, frage ich sie leise.

»Schsch, kommt noch.«

Mit wiegenden Hüften geht die Frau zur Mitte der Tanzfläche, majestätisch, geheimnisvoll, Verführung, Versuchung, Lust in ihren Bewegungen. Das Klacken ihrer Kastagnetten wird herausfordernd, ihre Hände bewegen sich über ihrem Kopf, als ob sie jemandem winkt. Sie dreht sich, der Rock weht, ihre Füße stampfen einen langsamen Rhythmus, wie ein Herzschlag ... und aus dem Dunkel kommt Carlos, ganz in Schwarz, aber die Brust seines Jacketts ist mit goldenem Brokat verziert. Er wirkt, als ob sie ihn an einem Seil herbeizöge, das sie um sich wickelt, das Stampfen seiner Absätze ein Gegenpol zu ihr, er wehrt sich, will nicht, aber sie zieht ihn heran.

Doch was hier herrscht, ist die Gitarre, sie gibt das Tempo vor, sie macht das Feuer und die Leidenschaft. Immer schneller wird sie, immer drängender dieser heiße Rhythmus des Flamencos, bis die Figuren auf der Tanzfläche sich wiegen und wirbeln, das Wechselspiel der Anziehung und der ewige Kampf der Geschlechter, bis mit einem Crescendo sie in seine Arme sinkt, die Gitarre mit einem letzten Klopfen auf das Holz verstummt und das Licht ausgeht.

Aber nur für einen Moment. Der nächste Spot beleuchtet einen anderen Gitarrenspieler, ebenfalls kostümiert, gleiche Pose wie der erste. Es sieht aus, als hätte er sich in diesem Sekundenbruchteil umgezogen, und wieder beginnt die Gitarre mit ihrem Tanz, nur diesmal tritt hinter ihm eine junge Frau in den Lichtkegel. Sie hat ein einfaches Baumwollkleid an, trägt einen Korb mit Äpfeln auf dem Kopf und singt zu seiner Gitarre, als ein anderer Spot eine junge Frau zeigt, die Wäsche zu waschen scheint. Ein Bariton erklingt, sie blickt auf, und ein Wanderbursche kommt forsch einen Weg am Fluss entlang ... Ich verstehe kein Wort, aber das ist nicht notwendig, die Gesten sagen, dass er ihre Reize schätzt und sie die seinen, eine andere lachende weibliche Stimme kommt hinzu, tritt aus der Dunkelheit und scheltet den jungen Burschen. Carlos nähert sich lachend, der Verführer schlechthin, und lädt sie alle ein, mit ihm zu tanzen. Der Tanz ist langsam, geschmeidig, fast in Zeitlupe, ein Menuett. Die weit ausgeschnittenen Blusen der Mädchen, die weich fallenden Röcke und engen Hosen der Tänzer betonen jeden Muskel und die Glieder.

Dieser Tanz beschreibt in Pantomime, wie Carlos einen jeden hier verführt, auch den anderen Jüngling, und dann frohgemut davongeht und die zwei Mädchen und den jungen Mann erschöpft vom Liebesspiel zurücklässt.

Immer noch kein Tango, aber beeindruckend, denke ich, und besser, als ich es mir vorgestellt habe.

Sie müssen es geübt haben, denn nach der kurzen Pause der Dunkelheit geht der nächste Spot an und beleuchtet wieder den ersten Gitarristen, jetzt in hohen spanischen Hosen und einem weiten Hemd mit ausladenden Ärmeln. Diesmal tanzen seine Finger auf den Saiten den Tango. Ein weiterer Spot zeigt einen Tisch mit zwei anderen Tänzern daran, Zinnbecher und Teller vor ihnen, Gäste in einer Taverna. Eine Bedienung mit weitem Rock und freiherziger Bluse wippt im Bann der Musik an ihren Tisch heran, schenkt ihnen Wein ein. Durch eine Tür, von zwei eng eingestellten Scheinwerfern angedeutet, kommt eine Adelige herein, jede ihrer Bewegungen herausfordernd, hochnäsig, arrogant, die sich demonstrativ an einen anderen Tisch begibt und mit einer Geste einen der Männer heranwinkt, damit er ihr den Stuhl zurechtrückt. Aber es ist Carlos, der Wirt, mit engen schwarzen Hosen und Schaftstiefeln und weitem weißem Hemd, der heraneilt und ihr diesen Stuhl hält. Doch er tut es so ungeschickt, dass sie ihn mit ihrem Fächer ins Gesicht schlägt. So genau ist das Timing, dass die Musik in diesem Moment erstirbt und das Klatschen deutlich zu hören ist, während die rote Strieme auf seiner Wange sichtbar wird.

Seine Hand fährt hoch, zu seinem Gesicht, er sieht sie an, als wäre Blut daran, dann lächelt er, geheimnisvoll, überheblich, und verbeugt sich vor ihr. Die Musik gewinnt an Tempo, als er mit wiegenden Hüften zu der Bedienung stolziert, sie herumreißt – und der Tango beginnt.

Eine andere Bedienung erscheint, stellt sich mit ihrem Tablett neben den Tisch der beiden Männer und schaut, wie diese auch, mit glänzenden Augen dem Wirt zu.

Immer mit Blick auf die Adelige, die ihn hochnäsig mustert, umgarnt und verführt Carlos die Bedienung. Die Adelige sieht, wie die andere Carlos zusehends erliegt, sich an seinem Bein reibt, in seinen Armen flüssig wird, ihr Körper und Gesicht eine ungeahnte Verzückung spiegeln – und er sie mit einer eleganten Bewegungen einem der zwei Männer in den Schoß wirft. Dann greift er sich die andere Frau, die Bedienung; sie will nicht, das ist klar zu erkennen, aber er zieht sie heran, seine Hüften bewegen sich, sein Kopf ist gerade und herrisch, und er verführt auch sie. Die Füße der Adeligen beginnen im Takt zu wippen, sie sieht von dem tanzenden Paar zu dem Mann, der nun die erste Bedienung auf dem Schoß hat, sie sind beim Liebesakt, obwohl der Rock alles verbirgt, ist es deutlich, sind es die Bewegungen der Wollust, des alten Spiels, vom Tango diktiert. Auch die zweite Frau wird weitergereicht an den anderen, zweiten Mann, der sie gierig in Empfang nimmt und leidenschaftlich küsst. Nun steht der Wirt vor der arroganten Adeligen, zieht sie heran, sie wehrt sich ... und der Stoff reißt.

Carlos grinst, zeigt die spanische Spitze in seinen Fingern wie eine Trophäe, als sie ihm zu entfliehen sucht, er sie aber mit einer Geste und einem unsichtbaren Seil einfängt, ihr Becken seiner Aufforderung folgt, sie bereits den Tanz tanzt, obwohl sie sich noch nicht berühren. Dann greift er sie, und der Kampf beginnt.

Als er ihr den Rock zerreißt, wird ein schlankes bestrumpftes Bein sichtbar, als sie ihm das Hemd aufreißt, seine Brust. Das Spitzentuch über ihrem Busen fliegt in die Dunkelheit davon, und unter dem Bann der Musik fallen sie übereinander her, immer im Tanz, immer in dieser Bewegung ... und in diesem einen Schritt, dieser einen Pose, Bein an Bein, das andere hoch um seine Taille gelegt, dringt er in sie ein. Mit ihren langen Beinen und Absätzen passt sie genau in der Höhe. Das Stöhnen, das ihr entfährt, ist nicht gespielt, sondern echt, das triumphale Glitzern in seinen Augen mehr als glaubwürdig ... Er hat gesiegt in diesem uralten Tanz.

Auch die anderen sind nun dem Tango verfallen, jeder in seinem Liebesspiel verfangen, die steifen Glieder sichtbar, wenn sich der weibliche Part löst, und wieder verborgen, wenn er sie nimmt.

In der letzten Pose wirbeln alle drei Frauen heran, fallen in diese eine Stellung, werden aufgespießt und gebannt, Kopf nach hinten, Kehle und Rücken, den Busen bleich und bebend im Scheinwerfer, im Bogen gespannt. Ein gemeinsames Stöhnen aus sechs Kehlen, ein gemeinsames Zucken und Aufbäumen, die Spots verlöschen, ein letzter Akkord der Gitarre ... dann Stille und Dunkelheit.

»Wow«, sagt Katharinas Stimme leise, dann folgt der Applaus. Auch ich klatsche, die Spots gehen wieder an, und alle sechs stehen da und verbeugen sich. Carlos lächelt, triumphierend und lüstern wie ein Faun, dann gehen die Lichter aufs Neue aus.

»Schnösel?«, sage ich zu Caro, die zielsicher auf die Tanzfläche zugeht, als die Beleuchtung des Clubs wieder das übliche Halbdunkel erreicht.

»Ich habe nicht gesagt, dass er nicht tanzen kann«, entgegnet sie und lacht. »Vergiss deinen Einsatz nicht.«

»Da kann ich nicht mithalten«, meldet sich Malowsky zu Wort. »Vor allem nicht beim Finale.«

»Das brauchst du auch nicht«, sage ich. »Tanze einfach. Das ist keine Konkurrenz, kein Wettbewerb.«

Die beiden Gitarristen beginnen wieder zu spielen, die Spanier stehen am Rand der Tanzfläche bereit, als die Spots wieder angehen. Mit den Augen verfolgen sie meine drei Schönen, wie sie mit wiegenden Hüften in der Mitte der Tanzfläche zur Bühne gehen. Sie haben es nicht geübt, das weiß ich, aber es wirkt wie ein Ballett, Caro in der Mitte, Jacqueline links, Amber rechts, jede von ihnen wunderschön anzusehen.

Es ist irgendwie etwas Besonderes, wenn eine schöne Frau im Scheinwerferlicht steht, und hier treten gleich drei an die Bühne heran, wo Tanja wartet, mit sechs frischen kurzstieligen Rosen in der Hand. Eine jede von ihnen tanzt an ihr vorbei, nun haben sie alle eine Rose zwischen den Zähnen und eine in der Hand – mein Einsatz ... Ich trete mit klopfendem Herzen vor, als Amber und Jacqueline zur Seite ausweichen und Caro vor mir auf die Knie sinkt, das Licht kurz ausgeht und ich sie leise stöhnen höre. Das Licht geht an, ich reiche Caro meine Hand. Eine Rose ist verschwunden, die Blüte der anderen ruht zwischen ihren Brüsten, als sie den Blick zu mir erhebt. Ich sehe die blutigen Spuren der Dornen im Tal zwischen ihrem weißen Busen, weiß auch, wo die andere Rose ist, falle in ihre Augen, die mir sagen, für wen sie das tut ... und ergreife sie, lasse mich in den Rhythmus fallen, vergesse alles außer ihr, spüre, wenn sie sich an mich drückt, die andere Rose ... und vergesse alles um mich herum.

Die Tanzfläche füllt sich, dort ist Nigel mit Susanne, dort Phoenix mit einem anderen Gast, Malowsky, verwandelt sich von einem tapsigen Bären in einen leichtfüßigen Traum, Katharina, die die Augen geschlossen hat, andere Gäste, die dem Zauber erliegen, auch Carlos und sein Ensemble, die sich dem Reigen anschließen. Wir tanzen alle, für einen langen, kurzen, unendlichen Moment.

Ich führe meine Grazien schweigend von der Tanzfläche. Wer hinsieht, bemerkt an Caros Bein eine feine rote Spur. Ich bringe sie nach hinten, durch die Tür hinter der Theke, hoch zum Waschraum, wo ich sie alle küsse, ein letztes Mal gegen mich drücke ... ich ihren Atem hören kann, als die Dornen in sie eindringen.

Dann entkleide ich sie der Reihe nach, entblöße sanft ihre Busen und befreie sie von den Rosen, deren Dornen tief in sie geschnitten haben.

Amber – warum wusste ich, dass es Amber am schlimmsten erwischen würde? – lächelt, als ich die Rose zwischen ihren Beinen vorsichtig löse. Die Blüte ist feucht von ihrem Blut, Caroline ging es nicht viel anders, nur Jacqueline hatte irgendwie Glück. Ich küsse sie noch einmal und lege die drei Rosen mit dem kurzen Stiel nebeneinander auf den Rand des Waschbeckens.

Dann breite ich meine Arme aus, und sie schmiegen sich

an mich, Caro und Jacqueline weinen, Amber schnieft. Es sind nicht Tränen des Schmerzes, sondern es ist dieser Augenblick, der uns alle ganz seltsam tief berührt.

Gemeinsam steigen sie vorsichtig in den Whirlpool, waschen sich gegenseitig. Ich rauche eine Zigarette und sehe zu.

Dann ziehe auch ich mich aus und steige zu ihnen in den Whirlpool, sie verschwinden unter Wasser, ich spüre ihre Münder um mich, kann aber nicht sagen, wer jetzt wer ist ... Und dann ist es Amber, die mich in sich einführt, mit einem tiefen kehligen Stöhnen besteigt und mich reitet, als gäbe es nichts anderes auf dieser Welt, während wir beide von anderen Mündern und Zungen verwöhnt werden.

Es ist einer dieser seltenen Momente, wo der Kreuzmörder fast ganz aus meinen Gedanken verschwindet. Aber nur fast, denn ich bin froh, dass ich lebe und dies mit meinen Schönen erleben kann.

Kapitel 11

Tanja driftet zu mir herüber, Amber und Caroline sind unterwegs im Club, Jacqueline kniet neben mir am Boden, den Kopf gegen mein Bein gelegt, sie scheint zu träumen.

Ich nicke Tanja zu, als sie mit einem Lächeln auf dem Barhocker neben mir Platz nimmt.

»Das war beeindruckend«, sagt sie dann. »Erst die Show ... Ich hab die Proben gesehen, aber das war etwas anderes. Und dann ihr!« Sie schaut zu Jacqueline hinunter. »Ich könnte das nicht, das mit den Rosen.«

Ich nicke. Ich weiß auch nicht, wieso sie das können. Aber ich weiß, was ich mit den Rosen tun werde: Ich werde sie aufheben, sie sind für mich kostbar geworden.

Ich mustere Tanja, sie hat sich nicht umgezogen, trägt immer noch das Abendkleid und hat keinen Sklaven im Schlepptau.

»Keine Begleitung heute?«, frage ich sie. Sie schüttelt den Kopf.

»Nicht nach heute Mittag und nicht nach Klaus.« Sie winkt Kat heran, bestellt sich einen Gin Tonic; sie trinkt ihn nur selten.

»Es war zu kurz«, sagt sie dann leise. »Ich weiß nicht, ob etwas hätte draus werden können, aber ich glaube es fast.«

»Es tut mir leid, Tanja«, sage ich. Sie nickt, macht eine hilflose Geste.

»Gibt es etwas Neues?«, fragt sie. Ich sehe zu Malowsky hinüber, der sich mit Kat über die Theke hinweg unterhält.

»Ich glaube nicht«, antworte ich ihr. »Sonst hätte ich es erfahren. Polizeiarbeit dauert.«

»Und mit dem Masomörder?«

»Sag lieber Kreuzmörder«, korrigiere ich sie. »Ich kann das andere kaum mehr hören, es impliziert, dass die Mädchen es wollten.«

Sie nickt. »Gibt es da denn wenigstens etwas Neues?«, fragt sie dann.

»Noch nicht. Aber ich denke, wir werden bald mehr wissen.« Horst Ottmann hängt immer noch da unten im alten Kühlkeller. Ich habe ihn tatsächlich für eine Weile vergessen. Es wird Zeit, ein paar Fragen beantwortet zu bekommen. Und Siggi ... vielleicht hat auch er etwas herausgefunden.

»Schau mal«, sagt sie dann und nickt in Richtung einer der Spielnischen. Im Halbdunkel sehe ich Carlos, er hält ein Paddel in der Hand und benutzt es mit Elan und Energie ... Der bebende Körper vor ihm gehört zu Phoenix, ganz sicher bin ich mir nicht, es ist zu dunkel, aber es sieht so aus. Hat sie also auch diesen Schritt gewagt.

Ich ziehe leicht an Jacquelines Halsband, ich finde es schade, zu unterbrechen, Jacqueline ist immer so still und ruhig, wenn sie kniet. Sie vermittelt Geborgenheit, auch mir. Aber es wird Zeit.

Siggi ist noch wach, ein Berg von Pappbechern zeigt, wie er es schafft, und er hat Erfolge zu vermelden. Amber ist mitgekommen, Caro wird noch unten gebraucht, Jacqueline habe ich mit einem leichten Klaps ins Bett geschickt.

Ottmanns Rechner steht in einer Ecke, ausgesaugt und leer, die anderen Dinge, Wechselplatten, CDs und DVD, die wir mitgenommen haben, ebenfalls. Orwell hat genug Platz und Kapazität, hat, so wie mir Siggi erklärt, alles durchgekaut, jedes digitale Geheimnis fast im Vorbeigehen entschlüsselt.

Siggi ist so alt wie Amber, aber er wirkt bleich und ausgezehrt, hat dunkle Ränder unter den Augen, sein Blick weicht ihr aus. Er hat die Szenen gesehen.

»Dieser Ottmann ... er lebt im Internet«, sagt Siggi leise, fast zögerlich. Seine Stimme kling belegt. »Er ist in einem halben Dutzend Chats unterwegs, in einigen Extrem-Foren und auf Dutzenden von Websites, die sich mit dieser Form der Gewalt beschäftigen. Ich habe seine Log-ins, seine E-Mails, ich habe alles.« Er sieht mich an. »Ich weiß nicht, was ich sagen soll, Herr Wolf ... damit habe ich nicht gerechnet. Ich habe davon gehört, von diesen Snuff-Videos. Ich habe sie durch Orwells Bildfilter laufen lassen, zum Teil war das Material noch in Schwarz-weiß und grobkörnig ... Manche der Szenen sind wahrscheinlich vierzig Jahre alt oder gar älter. Ich wollte wissen, ob sie gestellt sind, und Orwell hat mir zu gute Arbeit geleistet. Von den siebenunddreißig Snuff-Videos auf dieser Festplatte sind drei Fakes, eines nur vielleicht, die anderen wahrscheinlich echt. Dreiunddreißig Morde auf Video, zum Teil jahrzehntealt ... ich wusste nicht, dass es das gibt.« Er blickt zu Amber hinüber. »Ich habe auch deine Videos gesehen. Diese drei Morde ... sie stellen das nach, nicht wahr?«

Sie nickt nur, zeigt keine Emotionen.

»Ich habe alles katalogisiert. Du kennst dich ja aus«, sagt Siggi. »Ich muss mal nach Hause, schlafen. Orwell ist noch bei der Arbeit, ist morgen Mittag wahrscheinlich fertig. Ich bin dann wieder da, okay?«

»Soll dich jemand nach Hause fahren, Siggi?«, fragt Amber. Er steht auf und schüttelt wie benommen den Kopf.

»Nein. Ich nehme ein Taxi. Ich hoffe nur, dass ich schlafen kann.«

Er bleibt in der Tür stehen, sieht mich an.

»Wenn ich helfen kann, den Mistkerl zu finden, dann zählen Sie auf mich. Nur finden Sie ihn bitte auch. Wenn er davonkommt, habe ich umsonst gekotzt.«

Er nickt uns zu und schließt die Tür hinter sich.

»Scheiße«, sagt Amber. Sie sieht Orwells Hauptbildschirm an, als ob er sie beißen könnte.

»Wir müssen uns das ansehen, zumindest die drei Kreuzmorde«, sage ich leise. Sie nickt.

Orwell hat hervorragende Arbeit geliefert, es gibt immer zwei Videos von den Kreuzmorden, das Original und Orwells Aufbereitung, eine dreidimensionale Computergrafik, aber detailgetreu bis zum letzten Pixel.

Zu detailgetreu für mich. Es nützt nichts, denn ich weiß ja schließlich, dass die Computergrafik etwas nachstellt, was real geschah.

Amber steht auf, geht an die Kaffeemaschine, bleibt dort stehen, ihre Finger spielen mit der Kaffeedose, die dort steht, sie selbst studiert den Fluchtplan des *Dominions*, der dort hängt, aber ich glaube nicht, dass sie ihn wirklich sieht.

Ich muss es mir ansehen, also tue ich es, aber ich weiß auch, dass ich heute Nacht mit Albträumen dafür bezahlen werde. Amber behält recht. Was ich sehe, erregt mich nicht, es ekelt mich nur an. Einmal halte auch ich es nicht aus, ich schaffe es gerade so bis zur Toilette.

Danach brauche ich eine Pause, aber es hilft nichts. Was wir hier sehen, sehen müssen, ist kein Spiel, es ist bitterster Ernst, erschreckend und abstoßend.

Spätestens morgen wird dieses Material auch bei der Polizei landen. Noch immer zerbreche ich mir den Kopf, ob es möglich ist, dafür zu sorgen, dass Ambers Videos nicht dabei sind.

Auch das, was wir durch Orwell herausfinden, stellt mich vor Probleme. Wenn sich auf unseren Überwachungskameras etwas findet, müssen wir es weitergeben. Aber wenn herauskommt, dass wir hier mit Kameras arbeiten, dann sind wir nicht nur ruiniert, unser Ruf wäre auch dahin.

Ein wenig ärgere ich mich über mich, bislang habe ich mich kaum um das *Dominion* gekümmert, und im Verhältnis zu dem Leben eines Mädchens sollte es mir egal sein. Dennoch suche ich noch nach einem Weg, den Mord aufzuklären *und* unsere Geheimnisse zu behalten. Vor allem aber ist mir der Gedanke unerträglich, dass sich die Kollegen die alten Videos von Amber ansehen, vielleicht sogar Hilmar oder Klemens. Ich will einfach nicht, dass sie jemand so sieht! Allein schon, dass ich weiß, dass sie damals dazu gezwungen wurde, macht das Ganze so unerträglich für mich.

Diese Mordvideos sind abscheulich. Vor allem dadurch, dass sie Ambers Kreuzigung nachstellen, werden sie für mich so persönlich. Es gibt einen Bezug zu ihr, dadurch auch zu mir, zu uns. Was der Mörder mit seinen Opfern hier anstellt, ist wirklich eine Perversion. Das ist keine liebevolle Session, es ist einfach nur brutal. Der Geschmack in meinem Mund lässt sich nicht so leicht auswaschen, ich fühle mich hilflos und wütend.

Ich zwinge mich, es mir ein zweites Mal anzusehen, diesmal versuche ich, analytisch zu sein, auf Details zu achten. Es gibt nur eines, das mir auffällt. Als der Mörder mit der Peitsche ausholt, verrutscht der Ärmel, ein Teil einer Uhr ist zu sehen. Aber selbst Orwell kann nicht mehr Einzelheiten herausholen, es ist eine Uhr mit einem Metallband, eine

Fliegeruhr oder so etwas Ähnliches, ein Chronograf, aber welche Marke es ist, bleibt uns verborgen.

Das letzte der drei Videos unterscheidet sich von den beiden anderen. Während die ersten beiden Opfer sich trotz allem in Ekstase zu befinden schienen, ist das bei Alice nicht der Fall.

Die ganze Zeit über hält sie den Blick ihres Mörders, und ich sehe, wie ihr Mund sich bewegt, kann erkennen, dass sie ihm trotzt. Sie hat nicht aufgegeben.

Ich werfe einen Blick zu Amber hinüber, die das Band schweigend ansieht. Denkt sie, was ich denke? Dass Alice ihre ganze Tapferkeit und ihr Mut und ihre Stärke nichts genutzt haben? Das Schwein hat es nicht berührt, er hat sie trotzdem umgebracht. Auch hier behielt Amber recht. Alice hält bis zum Ende durch, dann macht er etwas mit ihr, und sie stirbt. Und alles, was wir haben, ist der Schatten einer Uhr.

Ich schließe das Bild, atme tief durch. »Krüger muss das sehen. Daran führt kein Weg vorbei.«

»Später«, meint Amber leise. »Wir müssen uns noch mit unserem Gast befassen.«

Ottmann. Richtig. Ich habe ihn tatsächlich ganz und gar vergessen.

»Ich trage den Kram schon ins Auto, wir bringen ihn noch heute Nacht wieder nach Hause.« Ich sehe sie an. »Ich brauche irgendetwas aus der Küche.« Mein Magen ist leer, und mir ist schlecht.

Horst Ottmann ist brav dageblieben. Als ich die Tür öffne, höre ich sein Wimmern, rieche Urin und Fäkalien, den Angstschweiß. Ich suche irgendwo Mitleid in mir, finde keines, aber, und dafür bin ich dankbar, auch keinen Hass mehr. Er ist mir nur ... fremd.

Ich brauche gar nichts zu tun, nichts, außer Fragen zu stellen. Ottmann hing hier vier Stunden oder mehr, seine eigenen Fantasien waren es, die ihn brachen, und ich bin froh, dass ich nicht weiß, was er sich so alles vorstellte. Er hält nichts zurück, versucht zu helfen, erzählt von diesem und jenem, aber hauptsächlich beantwortet er unsere Fragen, so gut er kann.

Es gibt eine Abteilung, die sich mit Internetkriminalität auseinandersetzt, auch mit dieser Form des Missbrauchs, ich bin mir sicher, dass Ottmann ihnen später bereitwillig helfen wird, so einige andere Fälle aufzuklären, aber im Moment interessieren mich nur die Morde.

Was ich höre, erschüttert mich.

Der nächste Mord ist bereits geplant, der Termin steht fest.

Im Augenblick stimmen die User der *Rose* ab, wer das nächste Opfer werden soll, drei stehen zur Auswahl. Dazu kommt, dass Horst Ottmann felsenfest davon überzeugt ist, dass das *Dominion* die *Rose* ist. Ich balle die Fäuste. Mittlerweile habe ich keine Zweifel mehr daran, dass irgendjemand sorgsam eine Spur nach der anderen gelegt hat! Jede einzelne führt zu uns. Ich war lange genug bei der Polizei, um zu wissen, wie schwer es sein wird, diese ganzen aufgestapelten Verdachtsmomente zu entkräften. Jede einzelne dieser Spuren erscheint auf den ersten Blick solider als das, was wir haben! Langsam spüre ich schon selbst Zweifel, ob es überhaupt möglich ist, dieser Schlinge zu entkommen, und wenn ich es nicht besser wüsste, wäre ich selbst auch davon überzeugt, dass ich mit den Kreuzmorden etwas zu tun habe! Nur eines beruhigt mich etwas. Nachdem wir diese Videos gefunden haben, kann mir niemand die Morde selbst in die Schuhe schieben, trotz der sorgfältigen Vermummung ist klar zu erkennen, dass der Mörder nicht meine Statur hat.

Aber ich höre schon den Staatsanwalt, wie er schwadroniert und ausführt, dass ich mein Geld damit verdiene, dass andere Menschen gequält werden! Dass es nur ein kleiner Schritt wäre von dem, was ich hier im *Dominion* und im Chateau tue, zu der Vermarktung von Leid, Schmerz, Elend und Tod im Internet!

In dem Moment, wo mir das alles klar wird, sieht Ottmann mein Gesicht und fängt an zu winseln. Ich kann dieses jämmerliche Gegreine fast nicht ertragen, ich merke gar nicht, dass ich aushole, es ist Amber, die mich zurückhält.

»Lass es«, sagt sie leise. »Er ist es nicht wert.«

Ich weiß wirklich nicht, was geschehen wäre, hätte sie nicht eingegriffen. Denn die ganze Zeit über denke ich nur an eines: dass dieser Dreckskerl sich einen runtergeholt hat, während er sich ansah, was damals mit Amber geschah. Und ein großer Teil der Wut kommt daher, dass der Grat so schmal ist und dass ich es drehen und wenden kann, wie ich will – eine Tatsache bleibt bestehen: dass mich die Vorstellung erregt, Amber würde sich mir so bedingungslos geben. Und ich bin wütend, wütend auf mich selbst, weil es so ist.

Aber Amber hat recht. Er ist es nicht wert.

Als ich Ottmann die Treppe zu seiner Wohnung hochtrage, hat Amber bereits seine ganze Anlage wieder aufgestellt und angeschlossen. Nichts weist auf unseren Besuch hin, bis auf Horst Ottmann, der winselnd vor seinem Sessel auf dem Boden liegt. Ich hänge die Hausschlüssel an den Haken im Flur und ziehe die Tür hinter uns zu, wir fahren zurück. Ich möchte ins Chateau, aber es geht nicht, morgen haben wir zu viel zu tun. Also ist es der Club. Als wir ins Schlafzimmer kommen, regen sich zwei schlaftrunkene Schönheiten auf dem Bett, wir legen uns dazu. Ich finde Caro, und wir lieben uns lange und zärtlich, genießen beide die Hände und Küsse der anderen.

»Ich fühle noch die Rose. Und dich«, haucht sie, als sie sich an mich kuschelt. *Rose*. Sie meinte es lieb, aber im Moment denke ich nicht an die Blume, sondern an diesen anderen Ort, wo gesichtslose Internetuser darüber abstimmen, wer als Nächstes sterben wird.

Ich halte Caro, aber in Wirklichkeit ist sie es, die mir Halt gibt. Ich brauche es auch, ich brauche dieses Gefühl, um das, was ich gesehen habe, zu vertreiben. Ich habe befürchtet, dass mich Träume plagen, aber das bleibt aus, ich schließe die Augen und bin weg.

Kapitel 12

DONNERSTAG

Am nächsten Morgen wache ich als Erster auf, es gibt schlaftrunkene Proteste, als ich mich aus dem Bett rolle und unter die Dusche begebe, aber sie wachen nicht richtig auf. Ich gehe rüber in mein Büro; auf Orwells Bildschirm blinkt das Wort »FINISHED«, doch ich ignoriere es und greife zum Telefon.

Ich muss heute Morgen eine Menge Anrufe erledigen.

Mit dem Taxi fahre ich zu Krüger. Dort ist in einem Besprechungsraum das ganze Team versammelt, auch Malowsky; er wirkt, als hätte er das erste Mal seit zehn Jahren die ganze Nacht tief und fest geschlafen. Dann ist da auch noch Gref, dessen Augen mich hasserfüllt anfunkeln.

Krüger ist wie üblich obenauf, strahlt, klopft mir auf die Schultern, meint, dass diese sichergestellten Aufnahmen den Fall weiterbringen würden. Ottmann war zu blöde, um zu kapieren, was geschah. Vor einer Stunde wurde er verhaftet; jetzt steht ein Techniker hinter dem Projektor, er wirkt etwas fahrig, als er das Gerät einschaltet, wahrscheinlich hat er die Filme auch gesehen.

Aber aus irgendwelchen Gründen sind die Aufnahmen von Amber auf Ottmanns Festplatte verschwunden. Natürlich ist es nicht so, dass eine Datei verschwindet, wenn sie einfach nur gelöscht sind, aber sie weiß, wie es geht, und auch die Experten werden keinen Hinweis finden.

Ich grübele immer noch, ob es die richtige Entscheidung war, aber es ist die, mit der ich leben kann.

Auch Dr. Feinschild – Stella – ist dabei, sie sitzt neben mir in der letzten Reihe, der Raucherecke, denn auch ich rauche wieder. Der Techniker berichtet über die anderen Filme, die er vorfand. Dann startet er den ersten Clip der Kreuzmorde.

Die Einzigen, die außer mir einigermaßen unberührt bleiben, sind Gref, Krüger und Stella; sie sieht mit geradezu klinischem Interesse zu. Gref wirkt einfach nur desinteressiert, als wäre es ein Vortrag zur Zahnpflege, und Krüger fliegt auf jedes Detail, lässt das Bild ein Dutzend Mal anhalten, um wie ein Gummiball aufzuspringen und an die Leinwand zu treten. Auch er sieht die Uhr und stürzt sich mit Elan auf sie.

Anschließend berichte ich in bereinigter Form, wie ich auf die Spur der *Rose* kam, erzähle die Geschichte, die Sergei mir berichtete, von dem Mädchen, das die Filme bei Ottmann sah und mir den Tipp gab.

»Brauchen wir die Frau?«, fragt Krüger in die Runde.

Malowsky schüttelt den Kopf. »Nein, ich denke nicht.« Damit ist das Thema vom Tisch.

Etwas später passt Malowsky mich ab. »Hör mal, Marcus. Ottmann faselt etwas von einem riesigen schwarzen Mann, der ihn unsagbar folterte und ihm das alles unterschob. Und einer Hexe. Es gibt keine Einbruchspuren in seiner Wohnung. Aber er hat schlimme Druckstellen an Hand- und Fußgelenken.«

»Sonstige Spuren von Misshandlungen?«, frage ich beiläufig, als wir zusammen in Richtung Kantine gehen. Malowsky schüttelt den Kopf. »Nein. Wenn er ausgepeitscht wurde, dann nur in seiner Einbildung. Er ist einfach hysterisch. Aber was das andere angeht, er plappert wie ein Wasserfall, hat Angst, allein gelassen zu werden.«

»Ich hoffe, er ist als Zeuge glaubwürdig.«

»Er vielleicht nicht, aber sein Rechner, seine Aufzeichnungen. Der Mann ist krank. Eines ist sicher: So schnell kommt der nicht wieder raus.« Er mustert mich prüfend. »Wenn die Spurensicherung seine Wohnung auseinandernimmt, werden sie dort etwas finden, das dich belastet?«

»Ich hoffe nicht«, sage ich. »Zudem hörte ich, dass der Kerl in einem Saustall lebte, und als Opfer kann ich ihn irgendwie nicht sehen.«

»Seine Geschichte ist unglaubwürdig«, sagt Malowsky. »Wer sollte denn schon ein Motiv haben, so etwas zu tun!« Sein Blick macht deutlich, dass er es weiß. Und dass kein besonderes Augenmerk auf die Verfolgung etwaiger Spuren gelegt werden wird.

»Gibt's was Neues im Fall Beckmann?«, frage ich ihn dann, als wir uns an einen der Tische in der Kantine setzen. Es ist fast wie früher, und ich bin froh darum. Ich habe das Gefühl, dass es Malowsky nicht anders geht.

Er schüttelt den Kopf. »Nein. Stella ist mit der Autopsie durch. Sie hat nur ein Problem mit dem Einschusswinkel, sagt, dass er nicht typisch ist ... aber leider nicht unmöglich. Selbstmörder schießen meistens schräg und nicht gerade ... aber es ist möglich, sich auch gerade das Hirn rauszupusten.«

Malowsky kann so reden, es ist für ihn ein Fall wie viele andere. Er kannte Klaus nicht. Ich schon, und immer noch steckt mir etwas quer im Magen. Ich weiß nur noch nicht, was es ist.

»Was ist eigentlich mit Gref?«, frage ich ihn.

Malowsky nickt bedächtig mit dem Kopf. »Du hast recht,

er ist ein Mistkerl. Ich arbeite nicht mehr mit ihm, aber er ist immer noch im Team, macht die Laufarbeiten. Der Kerl ... er hat keine Seele. Nichts berührt ihn.«

»Warum hasst er mich?«

Malowsky zuckt die massigen Schultern. »Keine Ahnung. Vielleicht, weil er es mir nachmachte? Aber er tut es immer noch.« Er sieht mich an. »Hass macht einen innen kaputt. Ich weiß das jetzt, aber Gref wird es nicht glauben. Ich hasse immer noch ... aber ich weiß auch, wen. Dieses Arschloch. Den Mörder.« Er schüttelt den Kopf. »Nicht zu glauben, dass sie es filmen. Ottmann sprach von drei Mädchen, die als neue Opfer ausgewählt wurden. Wir müssen sie finden. Willst du ihn auch verhören?«

Ich schüttele den Kopf. »Tut ihr das, ich bin aus der Übung.«

Der Drahtseilakt, den ich hier ausführe, macht mir allmählich zu schaffen. An und für sich würde ich nichts lieber tun, als alles, was wir herausgefunden haben, an Krüger zu übergeben, aber etwas hält mich davon ab. Noch etwas anderes als allein die Tatsache, dass es beruflicher Selbstmord wäre. Es gibt Aspekte, die zu nah an uns sind, zu persönlich, und ich will erst wissen, was sie für uns bedeuten, bevor ich diese Informationen weitergebe. Zugleich ist mir bewusst, dass ich mich immer weiter hineinreite, je länger ich diese Informationen zurückhalte. Es ist mehr eine Sache des Gefühls als des Verstands. Und mein Gefühl sagt mir, dass jemand die Schlinge um mich zuzieht und ich einen Teufel tun werde, ihm dabei zu helfen. Stattdessen muss ich einen Ausweg suchen.

Später treffe ich mich mit Stella. Ich warte in ihrem Büro auf sie, es ist überraschend einfach, sie zu überzeugen, die Arbeit fallen zu lassen und mit mir zu kommen.

»Ich habe so viele Überstunden, dass ich ein Jahr blaumachen könnte«, sagt sie auf dem Weg nach draußen, wo mein Taxi wartet. »Vielleicht sollte ich ganz aufhören.« Sie holt eine Zigarette heraus.

»Hier nix rauchen«, sagt der Taxifahrer. Stella wirft ihm einen Blick zu, der ihn losfahren lässt, und zündet sich ihre Zigarette an.

Wir treffen uns im Bistro des Clubs, es ist ungewohnt, dass Tageslicht durch die Fenster hereinfällt, aber niemanden kümmert das. Wir, das sind Albert und Susanne, Susanne in einem Kostüm, das ihre Figur und Beine betont, aber unnahbar wirkt, Stella, Amber, Siggi, Malowsky und ich, Katharina ist auch da, bedient hinter der Theke und hat so große Ohren, dass ich befürchte, sie fällt wegen Übergewicht um.

Mehrere Bistrotische wurden herangezogen, auf ihnen stehen Laptops und Monitore, einer von Ambers Rechnern ist auch dabei, liefert einen Hotspot für Internetrecherchen und eine Verbindung zu Orwell, auch wenn wir ihn noch für uns behalten wollen.

Ziel dieses Treffens ist es, den geheimnisvollen Drogen auf die Spur zu kommen. Stella und Susanne stecken ihre Köpfe zusammen, Siggi und Amber kümmern sich um die Computer, lesen Daten ein, suchen Diagramme, drucken sie und hängen sie an die Wand des Bistros. Wir anderen sind Gäste, nur Zuschauer.

»Warum hier?«, fragt mich Malowsky leise. »Warum nicht im Präsidium?«

»Zu viele Leute. Ich hörte, es gibt dort undichte Stellen.«

Malowsky nickt. Nebenbei bemerkt, habe ich Stella gebeten, Sergeis Geschichte zu überprüfen, das war aber nicht nötig, sie erinnerte sich sogar noch an ihn und seine

Schwester. Ich schäme mich wegen des Misstrauens, doch ich bin inzwischen vorsichtiger geworden.

Niemand, der Susanne so sieht, könnte sie mit Sub Sue von gestern in Einklang bringen, denn heute ist sie eine Naturgewalt.

»Als ich es ihr gestern Abend erzählte, hat sie gleich eine Flut von E-Mails losgeschickt und im Prinzip Kollegen auf der ganzen Welt darauf vorbereitet, dass sie heute Mittag zur Verfügung stehen sollen. Sie sagt, sie weiß genau, wen sie fragen muss. Ich bin fürchterlich stolz auf sie«, meint Albert und nippt an seinem Kaffee, während er seine Frau bewundernd ansieht.

Amber und Siggi haben die technische Seite voll im Griff. Als Susanne etwas von einer Videokonferenz sagt, bringt sie die beiden damit auf Touren, aber nicht aus dem Takt. Siggi vor allem ist anders, als ich dachte. Er ist ruhig und überlegt, fokussiert ... auch wenn er kein Chemiker ist, bin ich mir fast sicher, dass er kein Wort verpasst. Er wirkt älter als gestern, nicht mehr jungenhaft, sondern wie ein Mann.

Der Knoten platzt schneller, als ich dachte. Auslöser ist ein Professor aus der Ukraine. Als Susanne ihm die Wirkung der Droge beschreibt, weiß er sofort, wovon wir reden.

»Es gibt Droge«, sagt er in gebrochenem, aber verständlichem Deutsch, während seine Augen uns neugierig aus dem Bildschirm heraus mustern. Er kann Susanne und mich sehen, auch Stella, die anderen kann er nur ahnen. »Es waren die Nazis. Sie haben gearbeitet daran als Erste. Später noch das KGB, war in den Fünfzigern, im Kalten Krieg. Doch war teuer, aufwändig, zu teuer, zu schwer«, fährt er fort. »Ich habe Daten gesehen. Ist bahnbrechende Arbeit gewesen, damals. Ist nicht wirklich Droge, aber bringt Körper dazu, selbst Stoff auszuschütten, wirkt auf Lustzentrum.« Er setzt seine Drahtbrille ab, poliert die Gläser, während er kurzsichtig in die Kamera blinzelt. »Gibt noch andere Droge, Frostdroge. Wurde genannt ›Russisch Winter‹.«

Stella tritt vor.

»Wie genau funktioniert die Droge«, fragt sie. »Ist sie wirklich nicht nachweisbar?«

»Damals nicht«, sagt der Professor aus der Ukraine. »Heute ja. Ist zwar körpereigener Stoff, aber Verteilung in Blutwerten ist auffällig.« Er beugt sich vor. »Ich erkläre, wie wirkt«, sagt er. Das ist dann der Moment, wo ich nicht mehr folgen kann. Nur so viel verstehe ich, dass die meisten chemischen Drogen als Auslöser wirken, auf die der Körper reagiert. Nur diese beiden Drogen haben eine organische Basis, und es braucht nur eine wesentlich kleinere Dosis. Sie sind deshalb nicht nachweisbar, weil die organischen Bausteine bereits im menschlichen Körper existieren.

Der Professor scheint beeindruckt, dass die Grundlagenforschung bereits zum Ende des Zweiten Weltkriegs so weit war, ich bin es nicht. Allein der Gedanke an Zwangsexperimenten an KZ-Häftlingen lässt mich frösteln. Dann fällt ein Name, der mich aufhorchen lässt. Susanne horcht ebenfalls auf, verabschiedet sich höflich bei dem Professor, der aussieht, als ob er noch Stunden weiter hätte referieren können, und sieht mich dann entschuldigend an.

»Ich brauch noch ein wenig, ich muss noch ein paar Leute anrufen.«

»Wir kommen voran?«, frage ich sie.

Sie nickt und lächelt grimmig.

»Und ob wir das tun.«

»Dann nur zu«, sage ich und richte mich darauf ein, länger zu warten. Doch es geht überraschend schnell. Nach vier weiteren Anrufen warten wir knapp zwei Stunden auf einen

Rückruf. Als sie dieses letzte Telefonat beendet, legt sie langsam auf und wendet sich uns zu, um auch uns Laien zu erklären, was sie herausgefunden hat.

Zu diesem Zeitpunkt hat Stella allein schon mindestens zehn Seiten mit Notizen vollgeschrieben und zweimal in der Pathologie angerufen, um etwas zu überprüfen. Jedes Mal war es ein Volltreffer.

»Hier ist das, was wir haben«, sagt Susaanne jetzt und holt tief Luft. »Ich brauchte ein bis zwei Jahre, dann hätte ich eine moderne Produktionsmethode gefunden. Es gibt weltweit nur wenige Labors, die dazu in der Lage wären. Wir könnten es, aber ich weiß, dass wir es nicht sind. In Deutschland gibt es drei Labors, die infrage kämen, in England eines und in Amerika vier. In Russland zwei weitere. Das war's. Niemand sonst könnte das. Wir kennen uns alle untereinander und haben rumgefragt. Es war eigentlich von Anfang an klar, welches Labor es sein würde. Petrovsak, nahe Sankt Petersburg.«

Das ist der Name, der mich vorhin schon aufhorchen ließ. Ich setze mich aufrecht hin, trinke meine fünfte Tasse Kaffee. Meine Zigaretten sind schon alle.

»Die bei Petrovsak«, fährt sie fort. »leisten gute Arbeit, Grundlagenforschung, liefern auch kleine Produktionsmengen, aber sie tun es für den höchsten Anbieter. Moral wird dort in Rubel, Euro und Dollar gewogen. Dennoch sind sie im Moment nicht gut positioniert, es gibt Gerüchte darüber, dass sie insolvent sein könnten.« Sie holt tief Luft und lässt den Blick über uns schweifen.

»Das gab uns einen Hebel. Wir sind durchaus imstande, Druck zu erzeugen, wenn meine Kollegen und ich uns zusammenfinden, was selten genug ist, aber in diesem Fall zutrifft. Wir können dafür sorgen, dass jemand nie wieder in diesem Bereich arbeiten wird. Keine Aufträge mehr bekommt.«

Sie sieht uns der Reihe nach an. »Die bei Petrovsak leiden immer noch unter den Nachwirkungen der unfreundlichen Übernahme vorletztes Jahr. In Russland ist das wortwörtlich zu nehmen, es kommen drei Dutzend Schläger mit Lastwagen und erklären, wem der Laden nun gehört. Nicht die besten Arbeitsbedingungen, wenn man weiß, dass man für einen Mafioso arbeitet. Mein Kontakt sagt, dass solche Übernahmen oft vorkommen; die ursprünglichen Besitzer sind machtlos, da die offiziellen Stellen oft mitspielen – aus Angst, oder weil sie gut geschmiert sind.« Sie schließt die Augen und atmet tief durch.

»Dieser letzte Anruf war von einem Kollegen, der sich freundlich mit Petrovsak unterhielt, er kennt dort ein paar Leute. Er hat ihnen klargemacht, was geschieht, wenn sie uns nicht helfen. Aber es gab keinen großen Widerstand, die Leute dort sind nicht besonders glücklich mit ihrem neuesten Projekt. So. Wir haben die Daten – und bekommen in zwei Tagen auch eine Probe von den Drogen. Und wir haben noch mehr. Wir wissen, dass eine bestimmte Menge Nympho ausgeliefert wurde, vor acht Wochen, genug für vierzig Dosierungen. Das Killerserum, das, was Professor Astinov den ›Russischen Winter‹ nannte, haben wir auch identifiziert. Aber das ist nichts Besonderes.« Außer, dass Alice dadurch getötet wurde, stelle ich bitter fest, denn daran scheint es jetzt auch keinen Zweifel mehr zu geben. Susanne spricht schon weiter. »Sowohl die Amerikaner als auch die Russen und Briten besitzen es seit den Fünfzigerjahren. Es ist teuer, aber es ist nur noch geheim, weil es peinlich ist; verwendet wurde es angeblich noch nie.«

Malowsky nickt, auch ich denke, klar doch. Natürlich nicht!

»Die dritte mysteriöse Droge, die angeblich willenlos macht, ist ebenfalls Nympho in einer kleineren Dosierung, sie erlaubt im Prinzip, das Subjekt innerhalb kürzester Zeit mit Lust und Schmerz so zu konditionieren, dass es alles tut, um die Belohnung zu erhalten oder sich dem Schmerz zu entziehen. Nympho selbst ... es verstärkt die Empfindungen, konditioniert, je nachdem, welches Gefühl als Erstes auftritt. Aber nach mehreren Dosen wird man fast alles als Lust empfinden. Ein Gegenmittel per se existiert nicht ... weil es den Stoffwechsel permanent schädigt. Einer meiner Kollegen sprach mit einem Chirurgen, der an dem Parkinson-Projekt beteiligt ist. Es ist möglich, diesen Bereich des Gehirns zu desensibilisieren. Das geschieht mit in das Gehirn implantierten Elektroden, die mit einem kleinen programmierten Impulsgeber von außen eine gezielte Gegenstimulanz erzeugen. Mit ähnlichen Methoden hat man gute Erfolge bei der Behandlung des Parkinsoneffekts erreicht.«

Sie blickt in die Runde. »Wenn ich das richtig verstanden habe, gibt es nur ein noch lebendes Opfer?«

Ich nicke. Und hoffe, dass es stimmt.

»Es ist eine Möglichkeit«, fährt sie fort. »Aber das ist mehr, als das Opfer jetzt hat.«

»Was bedeutet das alles konkret?«, fragt Malowsky.

»Letztlich bedeutet das, dass es keinen Nachschub an Nympho mehr geben wird.«, sagt Susanne, ihre Stimme ist kalt. »Petrovsak weiß das jetzt. Wenn sie sich nicht daran halten, werden sie untergehen. Die Geschäftsführung ist skrupellos, aber ehrt den Rubel. Wenn das Zeug noch einmal irgendwo auftaucht, sind sie tot, und sie wissen es, es wurde ihnen unmissverständlich nahegelegt. Aber die letzte Lieferung ist hier nach Wien gegangen. Genug für vierzig Opfer.

Wenn Petrovsak die Wahrheit sagt. Meine Hand würde ich dafür nicht ins Feuer legen.«

»Kann man den Scheißladen nicht so oder so schließen?«, fragt Malowsky. Susanne schüttelt den Kopf. »So läuft das nicht. Das wäre willkürlich ... und würde unsere Vertrauenswürdigkeit untergraben. Wir brauchen unseren Ruf auch.«

»Konntet ihr herausfinden, wer das Zeug entgegennahm?«, fragt Caro.

»Nein.« Susanne schüttelt den Kopf. »Wir wissen nicht, wie der Kurier die Droge herbrachte oder übergab. Petrovsak behauptet, der Kurier wäre nicht zurückgekehrt, es schien sie auch nicht zu beunruhigen. Sie haben das Geld bekommen.«

»Wie?«, fragt Siggi.

»Das werden sie uns nicht sagen.«

»Haben wir den Namen der Bank?«, fragt Amber.

»Das ist kein Problem. Sie verwenden immer dieselbe. Eine Bank auf den Cayman Islands. First Cayman National.«

»Darum kümmere ich mich«, sagt Caro leise und sieht mich an. »Aber ich kann das nur, wenn du mir hilfst.« Ich nicke, ich weiß, was sie meint. Ihr Vater ist Aufsichtsratsvorsitzender in einer internationalen Großbank. Aber ich glaube nicht daran, dass er uns helfen wird. Wenn er es denn überhaupt kann. Er spricht seit acht Jahren kein Wort mehr mit Caroline, ist auch der Hochzeit ferngeblieben.

»Vielleicht geht es auch anders«, sagt Amber nachdenklich. »Es gibt einen Weg. Wir müssen ihn nur finden!«

»Wir wissen, wo das Zeug ist«, sagt Malowsky. »Oder besser, wir wissen, wer weiß, wo es ist: Benjamin Becker.«

»Und der wird uns nichts verraten«, antworte ich ihm.

»Beweise gegen ihn haben wir keine. Es ist ja immer noch bloß eine Vermutung.«

»Auf jeden Fall sind diese Drogen bei den Kreuzmorden verwendet worden«, sagt jetzt Stella. »Die Blutbilder zeigen das eindeutig. Sie sind wie ein Fingerabdruck, man konnte ihn nur bisher nicht deuten. Wenn wir herausfinden, wie die Drogen verkauft wurden, landen wir direkt bei dem Mörder. Das Blutbild von zweien der drei Opfer sagt uns, dass sie sowohl Nympho als auch den ›Russischen Winter‹ abbekommen haben.« Sie holt Luft. »So nannte man in den Fünfzigern die Killerdroge. Das Opfer friert zwei Sekunden lang. Danach nicht mehr.«

»Was war mit dem letzten Opfer«, frage ich. Alice.

»Sie bekam nur den ›Russischen Winter‹«, sagt Stella. Ich habe es mir bereits gedacht.

»Kann man etwas dagegen tun?«, frage ich.

»Vielleicht«, antwortet Susanne für Stella »Die Droge wird sehr schnell abgebaut. Bringt man das Herz wieder zum Schlagen«, sie zuckt die Schultern, »vielleicht.« Sie sieht mich an. »Noch etwas. Diese Konferenz ... wir sind alle geschwätzig. Es wird nicht lange dauern, bis jeder in der Branche davon gehört hat. Und vielleicht hört auch der Mörder davon.« Sie sieht in die Runde. »Und das ist es. War nicht schwer, wenn man die richtigen Leute kennt.«

Ich stehe auf und gehe zu Susanne hinüber, die jetzt, wo sie alles gesagt hat, etwas verloren dasteht, nehme sie kurz in den Arm.

»Ich danke dir. Es mag für dich vielleicht nicht schwer gewesen sein, aber ohne dich hätten wir das nie herausgefunden«, sage ich.

»Schnappt den Mistkerl«, erwidert sie.

»Werden wir«, knurrt Stella. Sie drückt eine Zigarette aus,

zündet sich die nächste an. »Ich werde alt. Nicht zu fassen, dass es das Zeug schon so lange gibt und ich nichts davon wusste.«

»Es war geheim, Stella«, sage ich.

Sie nickt. »Jetzt nicht mehr. Wir haben unsere Wege, wir Pathologen gehen auch mit der Zeit. Schon seit Jahren werden die Daten in eine zentrale Datenbank eingegeben. Mit den Informationen, die ich nun habe, werden wir bald erfahren, ob noch jemand an dieser Droge starb. Zwei Kandidaten allein bei uns kann ich jetzt schon nennen ... aber das wäre verfrüht. Bringst du mich zurück, Marcus? Ich habe auf einmal noch viel mehr zu tun, als ich dachte.«

»Ich kann dich mitnehmen, Stella«, sagt Malowsky. Stella mustert ihn und nickt dann.

»Okay. Aber nur, wenn du brav bist.«

Malowsky lacht. »Bin ich das nicht immer?«

Ich bedanke mich noch mal bei Albert und Susanne, dann rufe ich Krüger an, teile ihm mit, was wir jetzt wissen, und dass er die Ergebnisse in seiner Mail vorfinden wird.

Für einen langen Moment ist es still am anderen Ende der Leitung.

»Das ist verflucht gute Arbeit«, sagt er dann langsam. »Hätte nicht gedacht, dass Sie das Ding so schnell knacken. Verflucht gute Arbeit.« Es scheint ihn so beeindruckt zu haben, dass er sich diesmal nicht lustig macht. Tatsächlich sagt er gar nichts mehr, ich höre ihn nur atmen.

»Sie sind wirklich verflucht gut«, sagt er dann. »Wir hätten Sie nie gehen lassen sollen.« Dafür, dass es wohl ein Kompliment sein soll, klingt er auf einmal reichlich irritiert.

»Soll ich ins Präsidium kommen?«, frage ich.

»Nein, nein. Ich regle das hier. Malowsky wird mir sicherlich Bericht erstatten. Machen Sie weiter. Und bringen Sie mir den Dreckskerl.« Er legt auf.

Ich bin etwas verblüfft, dachte, er würde Freudensprünge vollführen. Nun gut, wir haben den Kreuzmörder ja noch nicht.

Anschließend rufe ich Sergei an.

»Ja.«

»Ich habe nachgedacht.« Es ist mir nicht wohl dabei, aber wenn Sergei mir Becker liefern kann, dann werden wir weiterkommen, alles deutet darauf hin, dass Becker tief mit drinhängt. Nur wird Becker ein Verhör bei der Polizei auf der linken Arschbacke absitzen, während vielleicht noch ein Mädchen stirbt.

Ich hätte nie gedacht, dass ich mal so entscheiden würde, aber wenn es darum geht, ob Becker, der ein zertifiziertes Arschloch ist, »unsanft« behandelt wird, oder am nächsten Sonntag eine junge Frau stirbt, dann komme ich nur zu einem Ergebnis. Wenigstens wissen wir durch die Abstimmung der *Rose*, dass der Mörder nicht vor Sonntag zuschlagen wird. Dies gibt uns etwas Zeit. Freitag und Samstag. Aber zwei Tage sind nicht viel.

»Und?«

»Es ist mir egal.«

»Gut. Dann schicke ich dir den Seelachs geräuchert. Ist was Feines, so ein frisch geräucherter Seelachs. Ich wünsche dir und deinen Lieben einen guten Appetit.«

»Danke«, sage ich.

Seelachs? Klar, Sergei geht davon aus, dass er abgehört wird. Wahrscheinlich ist es auch so.

Jacqueline wird wissen, was wir mit dem Fisch tun, ich bin sicher, dass es nicht lange dauert, bis Sergeis Bote kommt.

Was nun? Nichts. Im Moment jedenfalls nicht. Ich habe soeben einer illegalen Aktion zugestimmt, wer auch immer sie ausführen wird, weiß ich nicht. Ich forsche nach Gewissensbissen, aber da ist nichts. Ich glaube, ich selbst könnte Becker, ohne mit der Wimper zu zucken, umbringen.

Amber kommt auf mich zu. Es gibt doch noch etwas zu tun, ich hatte vergessen, dass ihre Arbeit an den Computern fertig ist.

Orwell ist gewachsen, es stehen nun sechs Türme an der Wand, das Rauschen der Lüfter ist nicht zu überhören. Es ist warm in dem Raum, obwohl die Klimaanlage auf vollen Touren läuft.

»Wann habt ihr das erledigt?«, frage ich, ziemlich beeindruckt.

»Die Rechner wurden heute Vormittag geliefert«, sagt Amber. »Und es war nicht schwierig; zusammenstecken, CD rein, starten ... den Rest hat Orwell selbst erledigt. Unser Kleiner ist gierig.«

»Manche Großbank hat nicht mal diese Kapazität«, sagt Siggi. Er sitzt hinter meinem Schreibtisch und wirkt immer noch ernst.

»Natürlich konnten wir nicht jeden Gast identifizieren, eigentlich ist uns das nur bei einem Bruchteil gelungen. Aber es ist schon seltsam, wer hier ein und aus geht.«

»Wir brauchen uns auch nur auf einige Leute zu konzentrieren«, sage ich. »Was ist mit den Opfern?«

»Sie waren alle hier, auch die zwei anderen«, sagt Amber. »Und auch diese drei Mädchen.«

Auf Orwells Monitor tauchen drei Bilder auf, zwei der jungen Frauen kommen mir nur bekannt vor, ohne dass ich mich konkret daran erinnern kann, wann und wo ich sie gesehen habe. Das dritte Mädchen aber ist Phoenix. Ich schlucke.

»Sagt mir bitte nicht, dass sie minderjährig ist.«

»Nein. Ist sie nicht«, erwidert Amber zu meiner Erleichterung. »Wir haben jetzt verschärfte Türkontrollen. Ihr Name ist Melanie Senter, sie studiert Theologie und ist neunzehn, wird demnächst zwanzig.«

»Theologie?«, sage ich überrascht.

Amber lächelt leicht. »Das ist nicht so weit entfernt, wie es sich anhört, Marcus, aber darüber können wir uns ein anderes Mal unterhalten. Die beiden Mädchen hier waren in der letzten Woche nicht im Club, wir haben ihre wirklichen Namen nicht. Eingetragen haben sie sich als Sonja und Flame. Flame ist die Rothaarige.«

»Also sieht es so aus, dass der Mörder sie tatsächlich bei uns aussucht.«

Siggi schüttelt den Kopf. »Das muss nicht sein. Nur ist euer Club der bekannteste. Amber meint, es wäre möglich, dass die Kontaktaufnahme in einem Chat stattfand oder auf anderen Partys, vielleicht auch privaten. Wir halten allerdings nicht Phoenix für das wahrscheinlichste Opfer. Orwell hatte kürzlich die Gelegenheit, sie aus der Nähe zu sehen, sie hat kein Brandmal. Aber Flame hat eines. Ich zeig Ihnen etwas anderes.«

Siggi startet einen Videoclip. »Die sind von der *Rose*-Webseite. Wir haben endlich Zugang zu ihr, wir kamen über Ottmann rein, den Rest hat ein Freund von mir für uns erledigt. Die Webseite gehört jetzt uns. Wir haben sie in der Tasche und können sie jederzeit abschießen.«

»Können wir sie auch wiederfinden?«, will ich wissen.

Amber nickt. »Wir versuchen, die Updates zurückzuverfolgen, wenn die Webseite das nächste Mal wechselt. Sie verwenden die IP-Adressen anderer Seiten. Sie sind gut, aber Siggi sagt, sein Freund ist besser. Schau dir den Clip an.«

Der Clip zeigt nacheinander die drei Mädchen, auch Phoenix, bei einer ziemlich harten SM-Session. Der Spielraum ist mir unbekannt, massive Spielmöbel aus Stahl, alle schwarz lackiert. Zwei maskierte Männer toppen, Peitsche, Flogger, Gerte und Rohrstock, Nadeln und Wachs, das Standardprogramm mit allen Varianten des Verkehrs, nur ... hart. Ohne Achtung, wie Amber schon einmal sagte. Aber nicht wirklich schockierend, bis auf die Tatsache, dass die Internetkunden der *Rose* aufgrund dieser Clips das nächste Opfer auswählen.

»Die beiden Tops, sie sind ebenfalls oft in unserem Club. Der eine hier ist Benjamin Becker.«

»Ich dachte, Lackdom wäre nur dreimal hier gewesen?«

Amber schüttelt den Kopf. »Er ist fast jede Woche da, nur nicht im selben Outfit. Orwell hat ihn für uns identifiziert.«

»Wie gut ist Orwell?«, frage ich sie.

»Ich zeig es dir«, sagt Amber. Sie ruft die Bilder von gestern ab, findet Sir Nigel und Sue, markiert Sue in ihrem Bodysuit und drückt eine Taste.

Es dauert keine drei Sekunden, und der Bildschirm wird mit Bildern von Sue geflutet, inklusive einem von heute, wie sie sich im Bistro über einen Computer beugt.

»Der Mensch hat mehr als nur ein Erkennungsmerkmal«, erklärt Siggi. Er schielt auf ein Bild, das während einer Session entstanden ist und Sue in ihrer ganzen Schönheit zeigt. Amber lächelt und klickt das Bild weg. »Schritt und Bewegungsmuster, die Maße ... Orwell kann uns alle genau vermessen. Manchmal braucht er Hilfe, aber im Prinzip sind wir alle einmalig. Und nicht nur im Gesicht. Wir Menschen sehen nicht so genau hin, wir müssen es nicht. Aber ein Schneider zum Beispiel ist daran gewöhnt, so zu sehen, und könnte die meisten Leute wahrscheinlich an ihrem Körper erkennen. Orwell geht noch weiter. Jeder von uns hat kleine Gesten, sie sind nicht einmalig, aber die Kombination macht es. Schau mal.« Sie zeigt mir eine Bilderserie von mir. Ich stehe unten an der Theke, an meinem Stammplatz, und die Haltung ist fast immer gleich, nur die Kleidung wechselt. Orwell ist der Meinung, ich reibe mir regelmäßig die Nase, kratze mich am Kopf.

»Vielleicht hast du ja Flöhe«, sagt Amber, und Siggi lacht. Ich werfe ihm einen strafenden Blick zu, und er grinst. Im Grunde bin ich froh, dass wir lachen können.

»Gut. Becker haben wir. Und der andere?«

»Ist ab und zu da, keiner unserer Stammkunden«, sagt Amber. »Tanja meint, er heißt Paul, ist sich aber nicht sicher. Sie gehören alle zu einer Gruppe von Tops, die Hardcore spielen, eine Gruppe von sieben bis neun Leuten. Wenn sie ins Spielzimmer gehen, ist die Tür immer zu.«

Gegen hartes Spiel ist nichts einzuwenden, auch ich spiele manchmal hart, vor allem mit Amber, aber es ist dieses fast klinische, wissenschaftliche Spiel, das mich hier so abschreckt.

»Vielleicht wissen die Mädchen, wo das aufgenommen wurde«, sagt Amber. »Wenn Phoenix heute Abend kommt, soll ich sie fragen?«

Ich nicke. Allerdings muss ich zugeben, ich bin überrascht, dass sie eine solche Session erlebt hat. Ich dachte, sie sei Anfängerin.

»Ich habe Orwell mit Daten aus dem Polizeicomputer gefüttert«, sagt Siggi.

»Ihr habt ihn gehackt?«

»Nein. Nur die Bereiche, zu denen Sie Zugang haben. Also Fahndungslisten und Ähnliches. Es gab eine Überschneidung von fünfunddreißig Personen mit unseren Gästen, meistens solche Leute, die wegen kleinerer Sexualdelikte irgendwann auffällig wurden, die meisten davon Frauen, ein, zwei Zuhälter, nichts, was uns interessiert.«

»Was ist mit dem Personenkreis, der mit den Opfern interagierte?«

»Die meisten von ihnen nur flüchtig, überraschenderweise bisher nur Becker. Und er kam nicht in Kontakt mit Christina, nur mit Helga. Und jetzt mit Flame, auf diesen Videos.«

Ich lehne mich zurück.

»Ist das alles, was Orwell uns bisher brachte?«

Siggi zuckt die Schultern. »Wir haben wohl noch nicht die richtigen Fragen gestellt.«

Amber schüttelt den Kopf. »Nein, das stimmt nicht. Wir haben mehr. Orwell hat uns noch ein paar Dinge verraten.« Sie sieht Siggi fragend an. »Ich will eine Kreuzszene zeigen.«

Siggi nickt. »Geht klar mit mir, ich schaue nicht hin.«

Ich berühre sie an der Schulter, sie sieht zu mir hoch.

»Ich bin okay«, teilt sie mir mit und lächelt schief. »Ich lasse es einfach nicht mehr an mich heran.« Ich sehe sie fragend an, sie blickt unverwandt zurück. Sie will, dass ich ihr vertraue. Letztlich nicke ich zustimmend, und sie öffnet einen Ordner an der Seite des Monitors, um Bilder aus dem letzten Mordvideo aufzurufen. Ich achte im ersten Moment mehr auf sie als auf die Bilder, doch ihr Gesicht bleibt unberührt.

»Sieh mal, Marcus, es gibt ein paar Details. Zum einen sind hier Spuren auf der Bank, das Profil der Schuhe, die unser Mörder trägt. Zum anderen ... Orwell würde ihn erkennen, wenn er ihn sähe. Und siehst du hier die Handschuhe und die Peitsche? Beides ist bei allen Morden gleich. Und die Uhr ... Orwell hat sie identifiziert.«

»Zu zweiundachtzig Prozent«, sagt Siggi. »Es ist eine Wahrscheinlichkeit.«

»Die Uhr ist eine Breitling-Fliegeruhr, so etwa dreißig Jahre alt. War damals eine teure Uhr. Und die Peitsche – vielleicht finden wir ihn darüber. Es gibt nicht mehr so viele Hersteller von Bullenpeitschen.« Sie sieht mich an. »Die meisten Leute, die eine Peitsche wollen, lassen sie speziell anfertigen.«

Ich nicke, ich weiß das. Caro hat lange gesucht, bis sie jemanden fand, der die Snake nach unseren Wünschen anfertigen konnte. »Wir haben noch mehr. Der Mann ist eins neunundsechzig groß, wiegt um die fünfundsiebzig Kilo, ist Anfang fünfzig. Er ist Rechtshänder.«

»Woher wollen wir das alles wissen?«, frage ich überrascht.

»Ich sagte dir doch, dass Orwell die Bildaufzeichnungen vermessen kann. Nicht nur das, er würde ihn zu achtundsiebzig Prozent Wahrscheinlichkeit wiedererkennen, käme er in den Club.«

»Habt ihr überprüft, ob er da war?«

»Klar«, antwortet Siggi. »Selbstverständlich. Aber Orwell sagt Nein. Es gibt ein paar Wahrscheinlichkeiten, aber keine über acht Prozent. Also nein. Er ist auch auf keinem der anderen Videos, die wir von der *Rose* haben.«

»Mhm.« Ich habe eigentlich keinen Grund, Malowsky zu verdächtigen, außer vielleicht den, dass ich das Ausmaß seiner Verbitterung kenne. Aber Malowsky ist Orwell mehr als einmal unter die Kameras gekommen ... er ist es nicht.

Auf dem Bildschirm ist der Täter zu sehen, er steht auf der Bank vor dem Kreuz und scheint zu überlegen.

Ich versuche mir vorzustellen, was das für ein Mensch sein muss, der in einem Hinterhof die Hinrichtung einer jungen Frau inszeniert, und das vor laufender Kamera! Zuerst dachte ich ja, dass der Mörder von Alice meine Größe hätte, aber er ist kleiner, er stand nur während der ganzen Zeit auf einer Bank. Kein Wunder, dass man im Schnee keine brauchbaren Fußabdrücke fand, und auf dem gefrorenen Boden sank die Bank auch nicht ein. Ein Leichtes, diese Abdrücke im Schnee zu verwischen und unkenntlich zu machen. Es muss jemand sein, der kühl und nüchtern kalkuliert, auf jedes Detail achtet ...

Doch Amber unterbricht meinen Gedankengang. »Hier – die Kamera zoomt an das Mädchen heran, sie sieht nach unten, folgt mit ihren Augen etwas anderem, vielleicht ist das der Moment, wo sie die Injektion bekommt. Oder wie auch immer er ihr das Zeug gegeben hat! Siehst du, wie sie eine Gänsehaut bekommt?«

»Das ist kein Wunder, Amber«, sage ich bitter. »Es war kalt. Unter null.«

Amber nickt. »Ja, war es.«

Wenn ich Angst habe, friere ich dann?

Sie sagt es nicht, aber wir denken beide das Gleiche. Der »Russische Winter«.

Wir sehen zu, wie Alice stirbt, einige endlos lange Sekunden, dann atmet Amber tief durch und klickt das Bild weg.

Sie sieht zu mir hoch.

»Ich kann es nicht mit Gewissheit sagen. Aber ich glaube, wenn Orwell ihn sieht, erkennt er ihn wieder.«

Ich hoffe es. Ich will den Mistkerl in meine Finger bekommen! Ich zwinge mich dazu, meine Hände zu entspannen, die ich zu Fäusten geballt hatte.

»Das ist nicht genug«, sage ich rau.

Sie sieht mich eindringlich an. »Marcus, wir haben eine Menge herausgefunden.«

»Aber wir haben ihn noch nicht.«

»Wir werden ihn bekommen«, sagt Siggi. »Früher oder später.«

»Das sollten wir auch. Wir haben bis zum Sonntag Zeit.« Dann stirbt wieder eine junge Frau. Das darf nicht geschehen. Mir fällt etwas ein. »Habt ihr eigentlich gesehen, mit wem Christina den Club verlassen hat?«

»Tut mir leid, da kamen wir nicht weiter. Sie ist immer allein gegangen.«

Ich habe so eine Art Jucken im Nacken. Ich stehe hinter meinem Schreibtisch, sehe dieses Bild vor meinen Augen, bin dabei, an meinen Nacken zu greifen, als ich das Jucken wiedererkenne. Irgendetwas ist mir aufgefallen, etwas ganz Bestimmtes, etwas, das mit dem Täter zu tun hat. Dumm ist nur, dass ich noch nicht weiß, was es ist.

Ich beuge mich vor, öffne das Bild wieder, spule zurück, bis ich das Gefühl habe, dass es hier sichtbar ist. Irgendetwas ... Nein, nichts.

Aber wenn mein Gefühl nicht trügt, dann stehe ich kurz davor, den Mistkerl zu kriegen! Langsam atme ich aus, und ein Teil der Anspannung fällt von mir ab. Ich kenne dieses Gefühl, kurz vor der Lösung zu stehen, wenn ich merke, dass es da etwas gibt, ein Puzzlestück, das nur noch an die richtige Stelle geschoben werden will.

Ich weiß jetzt, dass ich den Mistkerl finden werde, es ist keine Frage mehr, ob, sondern nur noch wann!

Wieder mustere ich das Bild genauer, versuche zu finden, was es ist. Wie bei früheren Gelegenheiten bin ich leicht sauer auf mein Unterbewusstsein, es wäre einfacher, es würde mir sagen, was ich wahrgenommen habe. Aber nein, ich muss warten, bis es mir bewusst wird. Doch ich habe nur noch wenige Tage dafür, ich hoffe, dass es mir vorher einfällt!

Nach einem letzten Blick auf das Bild gebe ich es für den Moment auf, klicke es wieder weg, bedanke mich bei den beiden und gehe dann runter ins Bistro. Von dort aus rufe ich Malowsky an. Er ist noch mit Stella unterwegs.

»Hallo, Dieter. Habt ihr eigentlich Christinas letzten Tag rekonstruieren können?«

»Nein. Sie verließ das *Dominion*, und das ist das Letzte, was wir von ihr wissen.«

»Mist, danke.«

»Keine Ursache«, sagt Malowsky, und ich lege auf. Caro findet mich, über einer Tasse Kaffee brütend.

»Marcus«, sagt sie, als sie an dem Tisch Platz nimmt, sie trägt wieder eines ihrer Kostüme, ganz die erfolgreiche Geschäftsfrau.

Ich sehe ihr an, dass sie nervös ist, und hebe fragend eine Augenbraue.

»Mein Vater ist zu Hause. Er hat sich beim Golfspiel den Knöchel gezerrt, heute ist der letzte Tag, an dem er daheim ist. Morgen will er wieder in die Bank. Ich habe mit Großmama gesprochen, sie sagt, die Gelegenheit käme wahrscheinlich so bald nicht wieder.«

»Du willst hinfahren? Jetzt gleich?«

Sie nickt. Ich hatte es damals nicht gewusst, aber Carolines Entscheidung, im Chateau zu arbeiten, ganz zu schweigen davon, dass wir so schnell geheiratet haben, kostete sie einen hohen Preis. Ihr Vater konnte und wollte es nicht verstehen, es muss erbitterte Streitszenen gegeben haben. Seitdem hat sie mit ihm kein Wort mehr gesprochen. Ich habe ihn einmal im Fernsehen auf einer Pressekonferenz gesehen, zweimal war sein Bild auch in der Zeitung. Keiner würde ihm ansehen, dass er so stur ist, sogar Carolines Geburtstagskarten zurückgehen zu lassen. Acht Jahre sind eine lange Zeit, um stur zu bleiben.

»In Ordnung«, sage ich. Sie mustert mich.

»Geht es so, oder soll ich mich umziehen?«, frage ich. Ich trage einen dunklen Anzug, eigentlich sollte es ausreichend sein, aber irgendwie habe ich Manschetten, ihrem Vater das erste Mal unter die Augen zu treten.

Sie steht auf, lächelt, zieht mir die Krawatte zurecht.

»Jetzt«, sagt sie. »Jetzt bist du perfekt.«

Als ich damals Caro einstellte, wusste ich, dass sie aus einer prominenten Wiener Familie stammte, aber ich hatte keine Ahnung, was das wirklich bedeutet. Wilhelm von Schwarzenstein ist ein erfolgreicher Bankier, bekleidet ein halbes Dutzend Posten in verschiedenen Aufsichtsräten, ist politisch aktiv. Es ist fast verwunderlich, dass der *Express* noch nicht die Verbindung zwischen ihm und Caro gefunden hat, es wäre ein gefundenes Fressen für das Blatt.

Als sich das schmiedeeiserne Tor öffnet und der Mercedes den geräumten Kiesweg entlangrollt, sehe ich zu Caroline hinüber. Sie wirkt gefasst, aber angespannt. Im Vergleich zur Villa ihres Vaters wirkt das Chateau fast bescheiden. Ein junger Mann in einem grauen Anzug öffnet ihr die Tür, als wir vor dem Haupteingang anhalten. Er führt uns die breite Treppe hinauf zu einer Halle, wo er uns freundlich, aber bestimmt eine Tür öffnet und uns bittet zu warten, als wäre Caroline irgendein Gast und nicht hier aufgewachsen. Er schließt die Tür hinter uns, und wir sind allein.

»Ich glaube, er weiß nicht, wer ich bin«, sagt Caroline leise. »Ich kenne ihn jedenfalls nicht.«

Es gibt hier Sitzgelegenheiten, ich bleibe aber stehen, sehe mich nur um. Es wirkt auf mich wie ein Museum, als hätte sich die letzten hundert Jahre nichts verändert. Alles ist präzise dekoriert, steht exakt an seinem Platz. Ich glaube, wenn ich hier etwas berühren würde, hätte ich Angst, dass ein Museumsdiener herbeieilt und mich verwarnt. »Hier kann man leben?«, frage ich und versuche mir vorzustellen, wie es ist, wenn man in einem solchen Haus aufwächst.

»Nein«, sagt Caro leise. »In so einem Haus residiert man, man lebt nicht. Nur in Uomis Zimmern ist es anders.«

Dann sehe ich etwas, das mir den Atmen raubt. Ein Bild über dem Kamin, das ich soeben entdeckt habe. Es ist Caroline, in der Mode des vorletzten Jahrhunderts gekleidet, ein keckes Lächeln auf ihren Zügen und ein Funkeln in den Augen, das ich nur zu gut kenne.

»Das Bild ist wunderbar«, sage ich leise, beeindruckt.

»Danke«, sagt eine Stimme hinter mir. Fast hätte ich sie für Caro gehalten, aber Caroline blickt an mir vorbei, strahlt, wie ich sie selten habe strahlen sehen, und rennt los. Ich wende mich der Stimme zu und sehe, wie Caro auf die Knie geht, um eine alte Frau im Rollstuhl zu umarmen. Schlanke Hände, vom Alter knorrig und mit Altersflecken, streichen über Caros Haar, als meine Liebe dort kniet, den Kopf im Schoß der Frau im Rollstuhl, und weint.

Es sind Caros Augen, die mich aus diesem alten Gesicht ansehen, Hunderte von feinen Falten zeichnen ein Porträt, das gelebt hat, das sich auch jetzt im hohen Alter die Spuren von Schönheit erhalten konnte. Ihr Haar ist weiß, sorgsam in einer altmodischen Frisur aufgesteckt, aber ich weiß, dass es einmal schwarz war wie das Haar von Caro, wie die Schwingen eines Raben.

Caro richtet sich auf, schnieft einmal, die zwei Frauen halten sich an beiden Händen, und auch das Lächeln in dem alten Gesicht kommt mir seltsam vertraut vor.

»Sie müssen Marcus sein«, sagt sie und bewegt den elektrischen Rollstuhl ein Stück zur Seite, damit sie mich sehen kann. Ich mache eine leichte Verbeugung, es erscheint mir angebracht.

»Ich bin erfreut, Sie endlich kennenzulernen, Frau Winter«, sage ich und meine es ernst. Caro hat mir viel von ihrer Urgroßmutter erzählt.

»Kommen Sie, setzen Sie sich«, erwidert sie und macht eine Geste in Richtung einer Sesselgruppe. Die Sessel erscheinen mir zu fragil, um mein Gewicht zu halten. Aber ich folge der Aufforderung, Caroline kommt zu mir und setzt sich neben mich, Frau Winter rollt im Rollstuhl heran, um mich zu mustern.

Sie lacht, es ist ein junges Lachen. »Kein Wunder, dass sie Ihnen keine Chance ließ«, sagt sie dann und grinst, zeigt ebenmäßige Zähne, ihre eigenen, vermute ich. »Ich hätte Sie mir auch nicht entgehen lassen.«

»Das Bild zeigt sie«, lächelt Caroline, ich nicke, das ist mir jetzt klar. Ich erinnere mich, dass Caroline sagte, ihre Urgroßmutter habe die Liebe ihres Lebens im Chateau kennengelernt. Sie mustert mich, dieselben dunklen Augen, derselbe Blick.

»Schauen Sie genau hin, junger Mann«, lacht sie dann. »So wird Caro in neunzig Jahren aussehen ... aber sie werden es nicht erleben, Männer halten nicht so lange.« Ein Schatten fällt auf ihre Züge, sie blinzelt. »Ich freue mich, euch endlich zusammen zu sehen, euch zwei«, sagt sie dann.

»Ich bin froh, dich zu sehen«, sagte Caro leise. »Ich hatte Angst ...«

»Ach, papperlapapp«, sagt sie und winkt mit einer grandiosen Geste ab. »Ich wäre nicht gegangen, ohne dich wiederzusehen, ich hätte dir Bescheid gesagt, wenn es so weit wäre. Aber noch nicht, noch nicht.« Sie mustert mich. »Allerdings auch nicht mehr lange. Wissen Sie, wie alt ich bin, junger Mann?«

Ich kann rechnen.

»Einhundertachtzehn«, antworte ich und versuche, mich zu erinnern, ob ich je einen älteren Menschen kennenlernte.

Sie nickt. »Können Sie sich vorstellen, dass ich auf das Chateau kam, als es neu erbaut war?«

Ich nicke, fühle auf einmal, wie lange hundert Jahre sind.

»Wilhelm, mein Enkel, hat kein Verständnis für die Leidenschaften der Schwarzenstein-Frauen«, fährt sie fort. »Es ist sein Verlust, aber ihr Gewinn.« Sie schaut mich prüfend an. »Sie wissen hoffentlich damit umzugehen?«

»Uomi«, beginnt Caro, aber ihre Urgroßmutter winkt ab.

»Als ihr Urgroßvater mich das erste Mal sah, hing ich in Ketten von der Decke einer dieser Zellen im Keller. Man bot ihm eine Peitsche an, und er nahm sie. Ich habe noch heute eine Narbe von diesem Tag und bin froh darum. Danach küsste er mich ... zwölf Tage später war ich seine Frau.« Sie lächelt. »Ihr habt auch nur zwölf Tage gebraucht, nicht wahr?«

Ich nicke; wenn sie denkt, ich wäre geschockt, dann irrt sie. Ich bin fasziniert von ihr.

»Es war damals ein Skandal«, sagt sie und lächelt versonnen, »Aber Skandale sind nie von Dauer, das wissen Sie, Marcus, ja selbst. Mein Enkel, Wilhelm, hat ihn jedoch nie vergessen, macht mich für den Tod seines Vaters verantwortlich ... Er hat es nie verstanden. Wilhelm wird nicht nachgeben, Caroline.«

»Wir sind nicht deshalb hier«, sagt Caro. »Wir versuchen, einen Mörder zu finden, und ich hoffe, dass Vater uns hilft. Wir haben den Namen einer Bank. Wir müssen wissen, wo das Geld herkam.«

»Dafür gibt es offizielle Stellen.«

Die Türen in diesem Raum sind gut geölt, obwohl überall Parkett ist, habe ich ihn nicht kommen gehört. Wilhelm von Schwarzenstein ist ein bulliger Mann, etwas über einen Meter achtzig groß, ich weiß, dass er nur acht Jahre älter ist als ich, aber sein volles Haar ist eisgrau. Er trägt einen hellgrauen Anzug mit der lässigen Eleganz jener, die nie eine Bluejeans besaßen, jedes Detail ist perfekt. Er zieht die Tür hinter sich zu und bewegt sich mit bemessenem Schritt auf uns zu; dabei humpelt er ganz leicht.

Ich stehe auf. »Ich bin ...«

»Ich weiß, wer Sie sind, Wolf, mehr will ich nicht wissen.« Die Familienähnlichkeit ist ausgeprägt, es sind die gleichen dunklen Augen, und er hasst mich. Die Erkenntnis trifft mich härter als gedacht.

Er zieht einen Stuhl heran, setzt sich aber nicht, sondern steht hinter ihm, die Hände auf der Lehne.

»Es gibt einen Behördenweg. Der muss eingehalten werden.«

»Vater ... der Mann hat dreimal getötet, die letzten drei Sonntage. Wir wissen, dass er wieder töten wird. Wir haben nicht die Zeit!«, fleht Caro, aber er sieht sie nur an wie jemand, der nie wieder vergessen will, was er vor Augen hat.

»Heute ist Donnerstag«, sagt von Schwarzenstein kalt. »Das lässt euch noch mehrere Tage Zeit. Haltet euch an den Dienstweg.«

»Papa, ich ...«

Er greift in seine Brusttasche und holt ein gelbes Kuvert heraus. Wirft es ihr vor die Füße. Es rutscht über das Parkett und verschwindet dann unter Caros Sessel. Ich bücke mich und fische es heraus, wiege es in der Hand. Ich habe das Gefühl, dass ich nicht wissen will, was es beinhaltet.

Caro streckt die Hand aus. Ich gebe ihr das Kuvert, sie öffnet es. Es enthält einen Stapel Hochglanzabzüge, sie zieht das oberste Bild halb heraus, macht ein seltsames Geräusch ... und schließt die Augen, als sie es wieder in das Kuvert zurückschiebt.

Ich habe nur einen kurzen Blick erhaschen können, aber ich erkenne die Szene. Heinz mit Caroline. Jemand hat in unserem Club versteckte Fotos gemacht.

Caro lässt den Kopf sinken, ihre Schultern beben.

Ihre Urgroßmutter rollt heran, streckt die Hand nach dem Umschlag aus. Wilhelm will etwas sagen, aber ihr Kopf schießt herum, sie fixiert ihn mit einem Blick, und er ist still; nur die Knöchel seiner Hände, mit denen er sich in die Lehne des Stuhls vor ihm krallt, sind weiß.

Caros Großmutter öffnet das Kuvert und sieht sich das oberste Bild an, dann nacheinander die anderen. Es sind so um die dreißig Fotos.

Niemand von uns tut oder sagt etwas, ich sitze wieder neben Caroline, sie hat den Kopf auf meine Schulter gelegt, die Augen geschlossen, ich weiß nicht, ob sie weint, sie wirkt einfach traurig und unsagbar müde.

Ihre Großmutter schiebt alle Fotos bis auf eines wieder in den Umschlag und reicht dieses an uns weiter.

Es zeigt Caroline und mich, ist über den Spiegel hinter der Theke fotografiert, ihr Gesicht, als sie mich anblickt, meine Hand in ihren Haaren. Ich erinnere mich an die Frau, die dort stand, sie muss die Fotografin gewesen sein.

»Wilhelm sieht nie das Wesentliche«, sagt sie dann leise. »Sonst würde er die Liebe sehen.«

Mit einem leisen Surren schwenkt sie den Rollstuhl. »Setz dich, Wilhelm.«

»Ich habe nichts mehr zu sagen«, entgegnet dieser.

»Setz dich, denn jetzt sage ich dir etwas.«

Der Ton in ihrer Stimme ist mir auch vertraut, ich habe ihn in den letzten Tagen einfach zu oft gehört. Von Caro. Er setzt sich.

»Wie lange lässt du Caro schon beschatten?«

»Von Anfang an«, antwortet er und sieht mich mit brennenden Augen an.

»Du quälst dich seit acht Jahren? Bezahlst Leute, damit du sehen kannst, was du nicht verstehst? Damit du dir sagen kannst, dass es richtig war, sie fortzujagen?«

Wilhelm erwidert nichts, aber seine Fäuste sind geballt.

»Ein Vater sollte solche Dinge nicht über seine Tochter wissen«, sagt sie dann leise.

»Damit hast du verflucht recht, Großmutter«, knirscht er.

»Gut, Wilhelm«, sagt sie dann. »Geh. Verlass dieses Haus.«

»Aber ...« Er schaut sie überrascht und verständnislos an.

»Du hast mich verstanden. Geh. Pack deine Sachen und geh.« Ihre Stimme, Carolines Stimme, ist kalt und schneidend, wie ich sie nie von Caro selbst hören möchte, und sie trifft ihn wie ein Peitschenhieb.

»Ich verstehe nicht ...«, sagt er dann.

»Du wirst nicht mehr länger in meinem Haus leben«, sagt sie. »Du bist alt genug. Such dir eine neue Frau, ein neues Haus, eine neue Tochter. Aber nicht hier. Du hast genug Geld, es sollte kein Problem sein.«

»Aber das ist mein Haus, mein Zuhause!«, begehrt er auf. »Du kannst mich nicht rauswerfen!«

»Wie kommst du denn darauf?«, fragt sie und scheint wirklich überrascht.

»Aber mein Vater ...«

»Dieses Haus gehört seit über neunzig Jahren mir. Und seit über neunzig Jahren haben dein Vater und du von meinem Vermögen schmarotzt.«

»Aber es ist mein Geld!«

Sie lacht bitter. »Dein Vater war ein Taugenichts, ein Narr. Wie kommst du darauf, dass er Geld besaß? Er hat meine Tochter geheiratet! Keinen Schilling hatte er – und du denkst, das alles wäre ihm gewesen? Oder gar dir? Was hast du dir denn gedacht, wenn du für unsere Anteile bei der Bank die Stimme erhoben hast? Zwei Prozent gehören dir!«

»Großmama, ich habe mein ganzes Leben hart gearbeitet, um unser Vermögen zu erhalten.«

Caro und ich sind nur stumme und verblüffte Zeugen dieses Dramas, auch er scheint uns vergessen zu haben, sie nicht, denn ich sehe, wie ihre Augen zu Caro huschen, die fassungslos aufsieht.

Ihre Urgroßmutter lacht, ein Lachen aus tiefster Kehle, ein Lachen, das ihr vierzig Jahre nimmt, ihr Amüsement ist echt.

»Dein *Vermögen* ist der Teil der Mitgift meiner Tochter, den dein Vater übrig ließ!« Sie zeigt mit dem Finger auf ihn. »Du hast mir deinen Vater stets als leuchtendes Beispiel vor Augen gehalten, hast mich verdammt, hast mich für alles verantwortlich gemacht. Höre gut zu, Wilhelm. Ich habe das ertragen, du bist mein Enkel, und ich konnte ja wohl kaum anders, als dich zu lieben. Aber dass du es jetzt ihr antust, das dulde ich nicht. Dein Vater hat sich erschossen, bevor die

Syphilis ihm gänzlich den Verstand raubte. Er hatte unzählige Affären, und ihretwegen gab meine Tochter ihren Lebenswillen auf, bis sie einfach aufhörte zu leben und ein frühes Grab fand. Und du – denkst du, ich weiß nichts von dir? Dein Vater war ein Schläger, jemand, der seine Frau schlug und betrog, der ihr Leben, ihre Gesundheit, ihre Liebe und ihr Geld nahm und nie eine Sekunde Reue zeigte. Ich dachte, du wärst nicht wie er. Jetzt weiß ich, dass ich mich getäuscht habe. Also geh aus meinem Haus. Und wenn du auf meinem Begräbnis auftauchst, ich schwöre, ich steige aus dem Grab und scheuche dich wieder weg!«

Sie atmet schwer und lässt den Finger nun sinken. Wilhelm dagegen ist blass geworden.

»Das kann nicht ...«

»Es gab vor sechzig Jahren auch Privatdetektive und Fotos«, sagt sie leise. »Ich habe sie noch. Nur wirst du auf keinem Bild Liebe sehen, bloß Lust.« Sie klopft mit einem knochigen Finger auf das Bild, das sie herausgelegt hat. »Sieh dir ihr Gesicht an, Wilhelm, nur ihr Gesicht, ihre Augen, und versuche dich zu erinnern, ob meine Tochter je deinen Vater so ansah ... oder deine Frau dich. Schau hin, in Gottes Namen!«

Sie fährt zu ihm hinüber und drückt ihm das Bild in die Hände.

»Geh. Wenn du siehst, was zu sehen ist, komme wieder. Wenn nicht, bleibe fort.«

Er steht auf, wankt ein wenig und verlässt steif, ohne uns eines Blickes zu würdigen, den Raum.

»Uomi«, sagt Caro leise. »Ich, wir ...«

Sie winkt ab.

»Hätte ich ihm den Kopf früher gewaschen, vielleicht wäre vieles nicht so gekommen.« Sie sieht mich an.

»Entsetzt, Herr Wolf?«

Ich schüttele den Kopf. »Nein. Ich ... ich finde es traurig. Und ich hätte es lieber nicht miterlebt.«

Sie lacht, es kling sowohl traurig als auch bitter.

»Glauben Sie mir, ich auch nicht. Aber in meinem Alter kann man es sich nicht erlauben, alte Fehler weiter auf sich beruhen zu lassen.«

Sie schwenkt ihren Rollstuhl herum, sieht Caroline an.

»Er weiß es nicht, aber ich habe dir all das vermacht, was ich besitze.« Sie fährt mit der Hand über Carolines Gesicht. »Wer hat schon die Gelegenheit, noch zu sehen, wie man selbst wiedergeboren wird? Du gleichst mir, als wärest du ich und ich du, aber in dir sehe ich deinen Urgroßvater, und nie habe ich jemanden so geliebt wie ihn.«

Sie wendet sich mir zu. »Wenn er nicht Einsicht zeigt, wird er mit allem, was er hat, darum kämpfen, dass er Carolines Erbe bekommt. Ich erwarte von Ihnen, Marcus, dafür zu sorgen, dass er es nicht kriegt. Mein Erbe gehört Caroline, sein Vater und er bekamen schon mehr als genug von mir. Diese Bankadresse ... hast du sie da?«

Caroline nickt.

»Gib sie mir. Ich weiß noch, wie ein Telefon zu bedienen ist, und noch leben einige Leute, denen ich vertrauen kann. Wahrscheinlich kann ich nicht helfen, es ist schwer, eine andere Bank zu überzeugen, vertrauliche Daten herauszugeben, aber man kann zumindest fragen.«

Schweigend reicht ihr Caroline den Zettel mit den Bankdaten.

»Gut. Ich kümmere mich darum.« Sie blickt mich an. »Sagen Sie, junger Mann, hätten Sie etwas dagegen, wenn ich euch morgen auf dem Chateau besuchen käme? Wenn ich bliebe?«

Ich denke an die Spielparty, an den Maskenball der Lust, den wir an diesem Freitag auf dem Chateau ausrichten werden. Es ist alles schon seit Wochen geplant. Aber es gibt wichtigere Dinge.

»Nein«, sage ich also. »Natürlich nicht. Ich werde ...«

Sie schüttelt den Kopf. »Sie wollen doch nicht etwa den Maskenball absagen?«

Caro lächelt. »Sie weiß davon«, erklärt sie mir. »Wir telefonieren fast täglich, und ich erzähle ihr immer alles.« Sie sieht mich bedeutsam an, als sie das sagt.

»Gerade wegen dem Maskenball will ich euch besuchen«, lächelt Frau Winter. »Also werden Sie ihn nicht absagen, junger Mann, verstanden?« Ihre Augen funkeln wie die eines jungen Mädchens und ich kann nicht anders.

»Sehr wohl, Madame«, sage ich und verbeuge mich leicht.

Sie lacht. »Gut, dann wäre das geklärt. Sie machen weiter wie gehabt, ist das klar? Ich will diese zwei anderen Mädchen kennenlernen, diese Jacqueline und Amber. Ich bleibe eine Weile, aber nicht lange.«

Ich nicke, was soll ich sonst tun? »Formidabel« ist das Wort, das mir einfällt. Und noch etwas anderes.

»Entschuldigen Sie«, sage ich höflich. »Sie haben eben den Keller im Chateau erwähnt. War er groß? Wissen Sie, wo der Abgang war?«

»Als ob ich das vergessen könnte! Er ist wunderschön! Eine große Freitreppe führt von der Halle hinunter, und ja, er ist groß.« Sie mustert uns. »Sagt bloß, ihr wisst nichts von dem Keller?«

Caroline und ich tauschen einen Blick.

»Nein, Uomi«, sagt sie dann. »Er muss zugebaut worden sein.«

»Dann findet ihn«, bestimmt Frau Winter lächelnd. »Es wäre schade, wenn er nicht mehr da wäre!«

Ich deute erneut eine Verbeugung an.

»Sehr wohl, Madame!«

Frau Winter lacht. »Ihr geht jetzt besser. Entweder versteht er es oder nicht. Ich komme gegen Mittag zum Chateau.« Sie sieht Caroline an. »Du weißt, welches mein Zimmer war?«

Sie nickt.

»Es wäre nett, wenn ich es wieder bekäme.«

»Aber die Treppe ...«, wendet Caroline ein. Ihre Urgroßmutter lacht. »Ich bin mir sicher, dass Marcus kräftig genug ist, mich die Treppe hochzuziehen.«

»Das ist Uomi«, sagt Caroline, als wir langsam die Auffahrt hinunterrollen.

»Sie ist großartig«, antworte ich. »Aber dein Vater ...«

»Ich habe gemerkt, wie er mich ansah. Uomi hat nicht leichtfertig gehandelt ... Wenn einer ihn kennt und ihn dazu bringen kann, mich zu verstehen, dann ist es meine Urgroßmutter. Ich wollte, ich hätte sie gekannt, als sie jünger war.«

Ich nehme ihre Hand. »Wieso? Ich sehe sie jeden Tag neben mir.«

Sie hält meine Hand an ihre Wange. »Das war lieb gesagt, Marcus.«

Ich meine es ernst. Sogar ihre Gesten gleichen sich, ich frage mich, ob Orwell die beiden auseinanderhalten könnte.

Irgendetwas beschäftigt mich, aber ich komme nicht darauf. Nun gut. Ich bezweifle, dass wir etwas über die Geldbewegung herausfinden, auch der offizielle Weg scheitert meistens. Aber es gibt noch eine andere Möglichkeit.

Im Club angekommen, stürzt sich Caro direkt wieder in die Arbeit. Bevor sie das tut, greife ich sie noch einmal und drücke sie an mich, halte sie. Wir stehen einen Moment lang so da, dann löst sie sich aus meinen Armen.

»Ich kümmere mich jetzt besser um die Bücher«, meint sie dann mit einem schiefen Lächeln. »Aber es ist okay. Vielleicht sieht er das, was er sehen soll.«

Er ist ihr Vater. Ich nicke nur, sie lächelt mir über die Schulter hinweg noch einmal zu, bevor sie im Büro des Managers verschwindet. Ich gehe hoch und suche mit Amber in unseren Aufzeichnungen die Frau, die Caro und mir zugesehen hat. Vom Blickwinkel des Fotos her muss sie es gewesen sein. Orwell findet sie für uns, und wir sehen auch, wie sie uns fotografiert, sie macht es recht geschickt. Nach Orwells Meinung ist sie nur an dem Abend da gewesen. Da dies ein Einladungsabend war, interessiert es mich schon, wie sie hereinkam.

»Sie hat Hausverbot«, sage ich dann. »Wenn Tanja kommt, teilt es ihr mit.«

»Mist!«, meint Amber. »Arbeitet sie für den *Express*?«

»Nein«, antworte ich ihr. »Sprich mit Caro über sie. Aber sie kommt mir hier nicht noch einmal herein.«

»Wir sagen Tanja Bescheid«, sagt Amber und mustert die Frau auf dem Bildschirm, um schließlich den Kopf zu schütteln.

»Ich war am Überlegen, aber nein, sie ist mir nicht bekannt.«

»Sagt mal, ist es möglich, Orwell darauf zu programmieren, Fotoaufnahmen zu erkennen? Ich meine, zu erkennen, wenn welche gemacht werden?«, frage ich.

Siggi nickt. »Das sollte möglich sein, über die Gestenerkennung. Ich schaue mal, was sich machen lässt.«

Auf dem Weg nach unten, zu Caro, werde ich von Jacqueline abgefangen.

»Sergei hat dir Fischpost geschickt«, sagt sie deutlich amüsiert und gibt mir einen Zettel. Er hat kleine Flecken und riecht nach Fisch. Beinahe lache ich laut, es kommt mir absurd vor, auf jeden Fall bin ich amüsiert, als ich den Zettel auffalte und lese. Eine Adresse etwas außerhalb Wiens, eine Uhrzeit. Acht Uhr heute Abend. Ich nicke nachdenklich.

»Ist der Lachs gut?«

»Ja. Es gibt ihn allerdings nicht heute Abend, sondern erst morgen auf dem Chateau.«

»Danke, Jacqueline.«

Sie grinst und macht einen kleinen Knicks.

Ich habe das Gefühl, dass es ihr guttut, aus dem Chateau herauszukommen. Dann fällt mir etwas ein.

»Sag mal, Jacqueline, gibt es unten im Keller des Chateaus Zellen?«

Sie sieht mich überrascht an. »Nur den Weinkeller.«

»Wie groß ist der?«

»Das weißt du doch selbst. Etwa so groß wie die Küche. Dann gibt es noch den Heizungskeller und einen Raum, der die Maschinerie für das Schwimmbad enthält, Heizsystem, Wasserfilter, Chloranlagen. Das war es, glaube ich.« Ich nicke, so habe ich es auch in Erinnerung, aber ich war das letzte Mal vor vier Jahren da unten, als es ein Leck im Wasserfilter des Schwimmbads gab.

»Wie viel der Grundfläche des Chateaus wird durch die Keller abgedeckt?«

Sie überlegt kurz und zuckt dann die Schultern. »Ich weiß es nicht, aber bestimmt nicht mehr als ein Drittel.«

Mhm. Wäre es möglich, dass wir nach der ganzen Zeit tatsächlich einen Teil des Kellerbereichs nicht gefunden haben?

»Kannst du dich an irgendwelche Kellerräume erinnern? Ich meine, damals.«

Sie schüttelt den Kopf. »Weder Amber noch ich wurden je in einen Keller gebracht ... Nein, tut mir leid.«

»Danke.« Als ich diesmal die Treppe hochgehe, bin ich schneller unterwegs, platze geradezu in mein Büro hinein, wo Amber und Siggi überrascht aufsehen.

Was ihre Urgroßmutter gesagt hat, lässt mich nicht mehr los. Sie sprach von Kellern. Wenn sie existieren, wieso haben wir den Zugang nicht gefunden? Und wenn der versteckt ist, gibt es da vielleicht noch andere Räume, die wir gar nicht kennen?

»Was ist mit den Aufnahmen des Chateaus?«, frage ich unvermittelt. Es ist deutlich zu sehen, dass ich die beiden überrumple, aber sie fangen sich schnell.

»Haben wir schon alle Orwell eingespielt«, antwortet Siggi.

Ich zögere kurz. »Habt ihr Ambers Kreuzszene auch schon eingespielt und überarbeitet?«

Amber nickt.

»Gut. Spiele sie mal im 3D-Modus ein. Ich will wissen, wo sich die Kamera befand.«

Sie sieht mich überrascht an.

Ich zucke die Schulter. »Ich habe eine Idee, eine Vermutung. Ich glaube, die Kamera ist statisch, ein Bild reicht also.«

Sie nickt, wenige Sekunden später haben wir die erste Szene, Siggi lässt Orwell das Bild durchrechnen, dann dreht er die dreidimensionale Rekonstruktion.

»Die Kamera ist in der Wand!«, sagt Amber überrascht.

»Genauer gesagt, hinter der Wand«, fügt Siggi hinzu.

Also genau das, was ich mir erhofft hatte!

»Ich habe mir so etwas gedacht. Die Bildqualität ist zu gut für eine versteckte Sicherheitskamera, das ist eine professionelle Aufnahme. Von einem Kameramann geführt. Ich kann mir nicht vorstellen, dass die Gäste es gut gefunden hätten, daher dachte ich, es könnte sein, dass es aus einem anderen Raum heraus gefilmt wurde. Wir müssen so bald wie möglich ins Chateau und nachsehen, was es mit den Wänden auf sich hat.«

»Du meinst, es gibt Geheimgänge?«, fragt Amber überrascht.

»Vielleicht. Wenn es welche gibt, sollten wir wissen, wo sie sind, nicht wahr?«

»Allerdings.« Sie klickt das Bild weg. »Wie bist du daraufgekommen?«

»Caros Urgroßmutter erwähnte Zellen im Keller. Aber der Teil des Kellers, der von der Küche aus betretbar ist, macht nicht mal ein Drittel der Grundfläche des Chateaus aus. Sie sprach allerdings von einer Treppe in der Halle! Es ist also möglich, dass es noch andere Kellerräume gibt. Wenn es so ist, wusste mein Onkel auf jeden Fall von diesen Räumen, er hat das Chateau vor zwanzig Jahren ja fast vollständig umbauen lassen. Wer weiß, was wir da finden.«

Sie sieht mich erschrocken an.

Ich lache. »Ich denke, wir werden einfach ein paar leere Räume finden. Ich will nur wissen, wo sie sind.«

»Dass wir nie auf die Idee kamen nachzusehen!?«, sagt Amber ungläubig.

»Wir hatten keinen Anlass dazu. Heute Abend werden wir mehr wissen.«

»Wir fahren zurück zum Chateau?«, fragt sie.

»Das liegt auch an euch. Kommt ihr hier weiter?«

Sie runzelt frustriert die Stirn. »Nicht wirklich. Wir hatten irgendwie gehofft, dass wir den Mörder hier finden ... aber obwohl es so aussieht, als liefere das *Dominion* ihm die Opfer, taucht er nirgendwo hier auf.«

»Hm. Gibt es Personen, die alle Opfer angesprochen, sich mit ihnen beschäftigt haben? Jemand, der sie ihnen zugeführt hat?«

Sie schüttelt den Kopf. »Christina kam mit den meisten Leuten in Berührung. Helga nur mit diesem maskierten Dom, Becker, Angelina mit fast niemandem.«

»Mist.« Ich verstehe es einfach nicht. Alles weist darauf hin, dass der Mörder seine Opfer hier ausgesucht hat. Aber wie kann das sein, wenn er nicht im Club war? Becker ... Ich hätte zu gern gesehen, dass Becker unser Mörder ist, aber er kam nur mit Helga in Berührung. Wer führte ihm die Mädchen zu? Und vor allem: Wie? Man kann nicht einfach jemanden auf der Straße ansprechen und fragen: »He, bist du devot oder maso, willst du mich als deinen Herrn?«

Was ist, wenn er seine Opfer im Club findet, aber draußen abgreift? Dann müsste der Mörder dennoch im Club gewesen sein! Irgendetwas übersehe ich, ich hoffe nur, dass es mir rechtzeitig einfällt.

Ich will schon wieder gehen, als mir eine andere Idee kommt.

»Sag mal, wissen wir, ob sie vielleicht auch in anderen Clubs waren?«

Das *Dominion* ist der größte und bekannteste Club in Wien, aber es gibt noch zwei, drei andere und außerdem auch noch die privaten Partys. Amber schüttelt den Kopf.

»Nein, woher auch.«

»Ich brauche Beckmann. Er soll ...« Die anderen sehen mich an, ich atme tief durch. Klaus gibt es nicht mehr. Ich schlucke.

»Ist Tanja schon da?«

Amber drückt ein paar virtuelle Knöpfe, und Tanja erscheint auf dem Bildschirm. »Ja. Sie ist mit Jacqueline unten in der Küche.«

»Gut.«

Ich greife an ihr vorbei und nehme das Telefon ab, rufe Melanie an, die für unsere Sicherheit zuständig ist. Sie meldet sich direkt beim ersten Läuten.

»Hi, Mel. Ich bin es.«

»Weiß ich. Was gibt's?«

»Zwei Dinge, zum einen, wie geht es dir?«

Ich höre ihren Seufzer.

»So einigermaßen, ich habe mit meiner Großmutter sprechen können. Ich glaube nicht, dass sie es versteht, aber sie sagt, sie akzeptiert es und liebt mich. Meiner Freundin geht es auch besser ... aber ich will nicht darüber reden.«

»Okay. Pass auf, wir sind auf etwas gestoßen.«

»Das andere Ding?«

»Ja. Wir kommen heute wohl nicht aus der Stadt raus. Also muss ich dich bitten, dich darum zu kümmern.«

»Worum jetzt genau?«

»Besorge dir jemanden, der dir hilft, und fahre zum Chateau. Dort gibt es vielleicht geheime Räume. Du kennst den blauen Salon?«

»Ja.«

»An der Nordwand hängt ein großer Spiegel. Fang dort mit dem Suchen an.«

»Ich soll ins Chateau fahren und geheime Räume suchen?«

»Ja, genau das. Sieh mal nach, ob es im Keller Wände gibt, hinter denen sich etwas verbirgt.«

»Das ist wirklich dein Ernst?«

»Ist es. Suche zur Not mit dem Vorschlaghammer. Ich habe heute erfahren, dass es Zellen im Keller geben soll. Caros Urgroßmutter kann sich daran erinnern. Ich werde sie bitten, ihre Urgroßmutter dazu noch einmal zu befragen. Sie wird sich bei dir melden. Ist das in Ordnung?«

»Hm, ich muss hier noch einige Dinge erledigen, aber ja, in etwa einer Stunde kann ich losfahren.«

»Gut, danke.«

»Ich melde mich«, sagt Mel und legt auf.

Amber sieht mich an.

»Ich verstehe das nicht. Wieso ist das auf einmal wichtig?«

»Alles fing im Chateau an. Wenn es dort geheime Räumlichkeiten gibt, finden wir vielleicht etwas. Einen Hinweis ...« Ich zucke hilflos mit den Schultern. »Ich habe keine Ahnung. Irgendetwas, das uns weiterhilft.«

»Warum suchen wir dann nicht selbst das Chateau ab?«

»Was immer im Chateau verborgen liegt, liegt dort schon seit Jahren. Es kann nicht so wichtig sein, wie die Mädchen zu finden, die als nächste Opfer infrage kommen!«

»Okay«, sagt Amber. »Und wie fangen wir an?«

»Wir werden heute Abend die anderen Clubs abklappern.«

»Wer ist wir?«, fragt Amber. »Du und ich oder wir alle, oder ...?«

»Das weiß ich noch nicht. Ich rede noch mal kurz mit Tanja, dann suche ich Caro. Wenn du kannst, komm bitte nach unten.«

Sie nickt. »Ich werde hier nicht mehr lange brauchen.«

»Ich kann Orwell so lange weiter mit Daten füttern«, meint Siggi.

»Tu das«, antwortet Amber ihm mit einem Lächeln und

fährt ihm leicht über die Haare, bei ihr eine seltene Geste. Sie und Siggi sind wohl wirklich gute Freunde. »Was du hier tust, hat uns schon enorm weitergebracht«, sagte sie dann, und Siggi strahlt.

»Wenn es hilft, den Bastard zu kriegen, verzichte ich gern auf eine Woche Schlaf dafür.« Er sieht verlegen zur Seite. »Es wären sowieso nur Albträume«, fügt er leise hinzu.

Ich finde Tanja und Jacqueline unten in der Küche, auch Caro ist dort. »Hi«, sagt Tanja, aber ihr Lächeln wirkt etwas bedrückt.

»Was ist los?«

»Sie ist nicht glücklich über meine Idee, dass sie Managerin des Clubs werden soll«, lächelt Caro. »Ich habe es ihr eben angeboten, und sie ist noch im Schock.«

Ich ziehe eine Augenbraue hoch, wir haben nicht darüber gesprochen, aber andererseits ist es ja Caros Aufgabe, solche Dinge zu entscheiden. Ich sehe Tanja an.

»Warum so geknickt?«

»Weil ich zum einen nicht weiß, ob ich es schaffe, zum anderen muss ich an Klaus denken.«

»Du schaffst das«, sagt Jacqueline.

Tanja nickt. »Ja. Das werde ich wohl. Obwohl ich nicht glücklich mit den Dingen bin, die ihr hier gefunden habt.« Sie sieht zu mir hoch und macht eine hilflose Geste. »Jacqueline hat eine ganze Liste mit Mängeln entdeckt.«

»Ja, ich weiß. Aber du bekommst das hin, da bin ich mir ebenfalls sicher. Letztlich hast du ja schon seit Langem einen großen Teil der Arbeit gemacht.«

Einen Moment lang sieht Tanja verloren aus, dann strafft sie die Schultern und nickt. »Ich glaube ja auch, dass ich es schaffen werde. Aber ich muss mich erst noch an den Gedanken gewöhnen. Ich habe einfach das Gefühl, Klaus etwas wegzunehmen.«

»Das verstehe ich«, sage ich leise. »Aber es ist nicht so.«

Irgendjemand muss auch Beckmanns Büro noch ausräumen und seine persönlichen Besitztümer zusammenpacken. Hat Beckmann Erben? Wieso weiß ich das nicht? Im Augenblick ist es zu viel für mich, wenn ich an Beckmann denke, regt sich mein schlechtes Gewissen. Zudem kann ich nicht vergessen, wie er aussah, als wir ihn fanden. Später. Dafür ist später Zeit. Hoffentlich!

Ich ziehe mir Caro und Jacqueline zur Seite, bitte Caro dann, ihre Urgroßmutter noch einmal anzurufen und dann Mel zu informieren. »Ich wollte sowieso heute Abend wieder zum Chateau zurück«, sagt Jacqueline. »Ich kann schon mal anfangen zu suchen.«

»Gut. Ich dachte, du hättest heute noch hier zu tun.«

Sie schüttelt den Kopf. »Hat sich erledigt, Tanja kümmert sich darum.«

»Ist es okay für dich, wenn du den Rolls nimmst?«, frage ich sie.

Sie nickt. »Kein Problem. Ich wollte ihn sowieso schon immer mal fahren, aber er ist ja Caros Spielzeug.«

»Wir können zusammen fahren«, schlägt Caro vor.

Ich schüttele den Kopf.

»Nein. Ich will noch ein paar Dinge hier herausfinden, dafür brauche ich eure Hilfe. Amber und Siggi sind der festen Überzeugung, dass der Mann, der auf den Mordvideos zu sehen ist, nicht bei uns im Club war, außerdem hat Orwell keine gemeinsamen Bekannten gefunden. Außer bei Christina Schäfer, aber die war ja in den letzten Wochen wirklich überall aktiv. Aber die anderen Opfer nicht. Wenn der Mörder nicht hier war, dann kann es sein, dass er die

Mädchen in einem der anderen Clubs kennengelernt hat. Ich will diese heute Abend abklappern, dort die Bilder zeigen, mal mit den Leuten sprechen.«

»Ich hätte gedacht, dass das die Polizei schon getan hätte«, meint Jacqueline, und ich nicke.

»Ich werde noch einmal die Akten studieren und Malowsky oder Krüger fragen. Aber ich denke auch, dass man uns offener auf die Fragen antworten wird. Wir kennen ja die meisten Leute.«

»Die liebe Konkurrenz«, lächelt Caro spöttisch. »Die hoffen doch alle, dass das *Dominion* schließen muss.«

»Vielleicht. Aber diese Mädchen wurden umgebracht. Ich hoffe, dass sie das nicht vergessen.«

»Was will Sergei eigentlich von dir?«, fragt Caro. »Jacqueline hat mir von der Botschaft erzählt.«

Ich zögere kurz. »Er liefert mir Becker.«

»Benjamin Becker?«, fragt Caro, während Jacqueline überrascht von mir zu Caro blickt.

»Ja.«

»Warum denke ich, dass das nicht ganz legal sein wird?«, fragt Jacqueline dann. Ich sehe sie an. »Wahrscheinlich, weil es so ist.«

»Er wird ihn umbringen«, sagt Jacqueline. »Das kannst du nicht zulassen!«

»Wie kommst du auf die Idee?«, frage ich dann vorsichtig.

»Es stimmt doch, oder?«

Ich zögere etwas zu lange mit der Antwort.

»Ich komme mit dir«, sagt Caro dann. Ich schüttele den Kopf, aber sie schaut mich nur an.

»Okay«, sage ich dann. »Amber wird auch mitkommen, aber haltet euch zurück.«

»Das werden wir.«

Ich wende mich ab, will zur Tür gehen.

»Marcus?«, sagt Jacqueline. Ich drehe mich um.

»Verliere dich nicht selbst«, sagt sie leise, aber eindringlich. Ich sehe sie lange an, atme tief durch. Nicke dann. Sie hat recht.

Später schaufele ich gerade den Rolls frei, immerhin wurde er jetzt schon seit drei Tagen immer weiter eingeschneit, während Jacqueline in den Wagen einsteigt, um den Motor anzulassen.

»Marcus!«, ruft sie dann, sie ist wieder ausgestiegen und steht auf der anderen Seite des Wagens, ist bleich geworden.

»Was ist?«

»Hier.« Sie hebt einen Zettel hoch. Ich komme um den Wagen herum, ziehe meine Handschuhe aus.

»Es ist eine Nachricht von Klaus.«

Ich erstarre mitten in der Bewegung. Warum habe ich nicht daran gedacht? Manchmal, wenn ihm noch etwas Wichtiges einfiel, hat er mir schon vorher Nachrichten in den Wagen gelegt, die Schlüssel hängen ja im Gang. So brauchte er mich nicht zu stören und konnte dennoch sicher sein, dass ich sie finde.

Nur habe ich diesmal den Rolls drei Tage lang stehen lassen.

Vorsichtig nehme ich das Blatt in die Hand, es sieht so aus, als hätte er es aus seinem Taschenkalender gerissen.

»Hi, Marcus«, lese ich. »Mir ist gerade etwas eingefallen. Ich melde mich später. Sieh dir die CD an. Gruß Klaus.« Ich atme tief durch. Ich wusste es, fühlte es. Hier ist der Beweis dafür, dass er sich nicht selbst umgebracht hat!

»Was für eine CD?«, frage ich gepresst. Jacqueline beugt

sich elegant in den Wagen und kommt mit einer CD in den Händen wieder zum Vorschein.

Ich sehe die CD gerade verdutzt an, als ein ziviler Wagen in den Hof gefahren kommt, Malowsky und zwei weitere Herren in Zivil steigen aus, einen von ihnen kenne ich noch vom Sehen.

»Hallo, Dieter«, begrüße ich ihn. »Ich wollte dich gerade anrufen ...«, aber dann sehe ich sein Gesicht.

»Tut mir leid«, sagt Malowsky tonlos. »Aber ich muss dich bitten mitzukommen.«

»Bin ich verhaftet?«, frage ich und reiche die CD an Jacqueline zurück.

Er schüttelt den Kopf. »Nein, nur eine Vernehmung. Aber ich sage dir gleich, es sieht schlecht aus.«

So, jetzt befinde ich mich im Vernehmungszimmer. Aus dieser Perspektive betrachtet, ist es ein trostloser Anblick, ein Tisch, zwei Stühle, natürlich am Boden verschraubt, eine Stahltür und der obligatorische Spiegel an der Wand, in zwei Ecken des Raumes eine Kamera, die rot blinkt.

Malowsky lehnt in einer Raumecke an der Wand, er mustert mich nachdenklich, hält einen Kaffee in der Hand. Ich stelle fest, dass er gepflegter wirkt als sonst, er trägt einen Anzug, der nicht aussieht, als hätte er tagelang in ihm geschlafen.

Krüger sitzt mir gegenüber, wie üblich perfekt gekleidet, reibt sich die Augenbraue, bevor er sich wieder mir widmet.

»Sie haben also für all diese Dinge keine Erklärung?«, fragt er dann.

»Das haben wir doch schon durchgekaut.«

Es geht um verschiedene Dinge, hauptsächlich aber darum, dass die Opfer im Club verkehrten und dass Klaus Geld aus der Kasse stahl, damit habe ich ein Motiv. Vielleicht hätte es mir genützt, wenn ich Malowsky die Botschaft von Klaus gezeigt hätte, aber ich will erst einmal wissen, was auf der CD ist.

Ich bin weder gefesselt, noch bin ich offiziell verhaftet. Dies ist eine Befragung. Mehr nicht. Sagen sie. Bis jetzt habe ich auch darauf verzichtet, meinen Anwalt heranzuziehen.

»Weshalb das Ganze?«, frage ich jetzt. »Wir sind das doch schon alles durchgegangen, warum jetzt auf einmal so? Ich habe euch alles mitgeteilt, was ich herausgefunden habe.«

Krüger nickt.

»Ich weiß, ich weiß, Marcus. Wissen Sie, wir sind nicht hier, um Ihnen das Leben schwer zu machen, genauer gesagt sind wir hier, um etwas zu verhindern. Aber ich befürchte, das geht nicht.«

»Das können Sie nicht tun«, sage ich entrüstet. »Das Leben einer jungen Frau steht auf dem Spiel. Ich bin so nah dran, ich spüre das, und ich stecke so tief drin, dass ...«

»Genau«, sagt er kurz. »Sie stecken so tief drin, dass ich Ihnen nicht erlauben kann, weiter an den Ermittlungen beteiligt zu sein!«

»Herr Krüger«, beginne ich, aber er hält die Hand hoch. »Ich muss Sie wieder vom Dienst suspendieren, der Interessenkonflikt ist zu groß.«

Ich glaube das einfach nicht. »Ich dachte, Sie hätten gesagt, es bestünde keiner?«

»Das dachte ich auch. Aber mittlerweile sehe ich das anders. Ihren Ausweis und die Waffe.«

Ich greife wortlos in meine Tasche und lege den Ausweis auf den Tisch.

»Ich habe die Waffe nicht bezogen«, beantworte ich seine unausgesprochene Frage.

»Es tut mir leid, Marcus«, sagt er und schaut auf seine Uhr. Sie ist neu. Eine Rolex.

Ich merke, wie sich die Haare in meinem Nacken aufstellen.

»Marcus!«, sagt er ungehalten. »Hören Sie mir überhaupt zu?«

»Ja«, sage ich. »Natürlich.«

»Ich erwarte, dass Sie die Akten, die ich Ihnen zugesandt habe, löschen und sich aus dem Fall heraushalten.«

»Ich kann gehen?«, frage ich dann. Er nickt. »Malowsky fährt Sie zurück. Ich meine das ernst. Halten Sie sich raus.«

»Ich habe in drei Tagen mehr herausgefunden als ihr in der ganzen Zeit zuvor«, protestiere ich noch einmal, aber ich weiß schon, dass es keinen Sinn hat. Doch es ist das, was ich tun würde, also tue ich es, während meine Gedanken rasen.

»Das ist unzweifelhaft richtig. Aber einen guten Teil unseres Beweismaterials können wir vergessen, da Ottmann Sie genau beschrieben hat. Das, was Sie mit ihm gemacht haben, war Körperverletzung, Kidnapping und Folter. Ich kann nicht zulassen, dass Sie unsere Arbeit weiterhin so gefährden.« Er blickt mich an. »Sehen Sie es als einen Freundschaftsdienst, dass er meint, keiner glaube ihm. Aber wenn Sie mir noch einmal in die Quere kommen, dann werde ich ihm empfehlen, Sie anzuzeigen.«

Das, denke ich grimmig, glaube ich ihm gerne.

Er steht auf, geht zur Tür und zieht sich die Ärmel seines Jacketts zurecht.

»Ich denke, wir haben uns verstanden.«

Er zieht die Tür hinter sich zu.

»Lass uns gehen, Marcus«, sagt Malowsky. Ich nicke langsam.

»Sag mal«, frage ich ihn dann, »kannst du mir eine Aufzeichnung dieses Gesprächs besorgen?«

Er sieht mich überrascht an.

»Ich weiß nicht, ob ich das tun sollte.«

»Bitte, tue es«, sage ich dann. »Warum, siehst du dann später.« Für einen Moment sieht er mich an, überlegt, nickt. »Okay. Aber du musst mir das erklären.«

»Werde ich tun«, sage ich langsam und sehe immer noch zur Tür, durch die Krüger verschwunden ist. »Das werde ich tun.«

Kapitel 13

Als wir wieder beim Club ankommen, ist es kurz vor halb sieben. Der Rolls steht immer noch da, Jacqueline ist wohl doch nicht gefahren. Als wir aus Malowskys Wagen aussteigen, öffnet sich die Hintertür des Clubs, Caro steht in der Tür.

Sie ist nicht erfreut, als ich Malowsky mit hereinbitte.

»Ich glaube, das solltest du nicht tun«, sagt sie. Malowsky schaut zu Boden. »Es ist wirklich nicht meine Schuld, Frau Wolf«, sagt er dann.

»Vergiss es«, antworte ich. Ich nehme Caro in den Arm und küsse sie. »Ich weiß, was ich tue.«

Sie lächelt leicht. »Das sagst du immer.«

»Ist Amber noch oben?«

»Ja.«

»Gut, dann lass uns hochgehen.«

Siggi und Amber sind erstaunt, Malowsky zu sehen, der ihnen höflich zunickt. Auch Jacqueline ist hier oben, sie haben sich alle um Orwells Konsole geschart.

»Was ist auf der CD drauf?«, frage ich. Amber blickt zu Malowsky hinüber und zögert.

»Ist schon okay. Du kannst es offen sagen.«

»Was offen sagen?«, fragte Malowsky.

»Warte, Dieter«, sage ich. »Bitte.«

»Nun gut.« Sie holt tief Luft, was direkt dafür sorgt, dass ich auf ihren Busen sehe. Sie bemerkt es und lächelt. »Du bist unverbesserlich«, sagt sie.

»Ich hoffe es«, grinse ich. »Also, was ist drauf?«

»Unsere Mailingliste. Und jetzt kommt der Hammer: Alle Opfer haben sich für unsere Mailingliste eingeschrieben.«

»Welche Mailingliste?«, fragt Malowsky. Ich komme mir gerade sehr blöde vor, denn ich habe nicht die geringste Idee, was sie damit meint. Ich sehe sie fragend an.

»Die Liste, mit der wir unseren Mitgliedern die Events ankündigen, Neuigkeiten und so weiter. Diese Liste«, erklärt Amber.

Ah. Die Liste für unsere E-Mail-Rundschreiben.

»Alle Opfer sind darauf?«, frage ich noch einmal nach.

»Richtig«, bestätigt sie. »Diese Liste ist nach den Mailadressen sortiert, aber in der zweiten Spalte steht der Name, mit dem sie sich eingetragen haben. Auch die drei Mädchen, die zurzeit auf der *Rose*-Webseite als Opfer zur Auswahl stehen, befinden sich darauf.«

»Worum geht es hier?«, fragt Malowsky irritiert.

»Gleich, Dieter, hab noch kurz Geduld«, antworte ich ihm und wende mich wieder Amber zu. »Okay. Dann sollten wir die drei Mädchen kontaktieren. Vielleicht finden wir so mehr heraus.«

»Es war nicht das Einzige, das auf der CD war«, sagt Amber leise. »Komm mal rüber und schau es dir an.«

Ich gehe um den Tisch herum, dahinter ist es etwas eng mit Caro, Amber, Jacqueline und Siggi, aber es ist noch Platz für mich.

Sie öffnet ein Word-Dokument.

»Hi, Marcus. Mir ist etwas eingefallen, das die Mädchen verbindet: Sie sind alle auf unserer Mailingliste. Der Mörder könnte über sie an die Opfer gekommen sein. Ich habe die Liste während der letzten Untersuchung weitergereicht und werde nachfragen, ob es möglich sein könnte, dass sie in falsche Hände geriet. Marcus, ich schwöre dir, ich werde keine weitere Scheiße bauen. Klaus.«

Die polizeilichen Ermittlungen gegen mich. Ich habe mich ja schon gewundert, warum ich so oft untersucht wurde ... Langsam setzt sich für mich ein unglaubliches Bild zusammen.

»Dieter, ich brauche die CD von meinem Verhör«, sage ich zu Malowsky. Er greift wortlos in seine Manteltasche und reicht mir eine DVD, die ich an Amber weitergebe.

»Lass mal Orwell darauf los«, sage ich.

Sie legt die DVD ein und startet Orwell.

»Das dauert ein paar Minuten«, sagt sie, aber plötzlich fangen die Rechner an zu piepsen, alle vierundsechzig, sie machen einen Höllenlärm. Siggi wirft in der Hast, das Signal auszuschalten, seine Kaffeetasse um. Orwell hat ein Bild festgehalten, es zeigt Krüger, wie er in der Tür steht. Ein Rahmen ist um ihn gelegt, Linien und Striche füllen sein Bild nun aus ... Das entstandene Drahtgittermodell dreht sich, bewegt sich, nimmt eine bestimmte Pose ein.

»Das glaub ich nicht«, sagt Amber fassungslos. »Orwell ist der Meinung, dass es ein zweiundneunzigprozentiger Match ist. Das bedeutet, er ist sich sicher! Das ist der Mann auf den Mordvideos.« Sie sieht mich mit geweiteten Augen an. »Wer ist das?«

»Wovon redet ihr?«, fragt Malowsky und will auch herumkommen. Ich drehe einfach den Monitor, sodass er das Bild sehen kann.

»Krüger!?«, entfährt es ihm. »Was bedeutet das?«

»Wir haben den Mörder«, sage ich leise. »Es ist Krüger.«

»Du spinnst«, sagt Malowsky. »Das ist unmöglich.«

»Unmöglich?«, frage ich. »Wirklich?«

»Wer ist dieser Krüger?«, wirft Jacqueline ein, aber Amber

weiß es. »Marcus' ehemaliger Vorgesetzter. Kriminaldirektor Krüger.«

Malowsky schüttelt den Kopf. »Woher wollt ihr das wissen? Und wer oder was ist dieser Orwell?«

»Amber, Siggi, erklärt es ihm«, sage ich und greife zum Telefon, rufe Sergei an.

»Ja?«, meldet er sich.

»Hast du das Päckchen schon bekommen?«, frage ich ihn, während ich Malowsky beobachte, als Siggi ihm Orwell vorführt. Seine Verblüffung und sein Erstaunen scheinen mir echt.

»Nein, ich bin gerade dabei, es abzuholen.«

»Lass es sein«, sage ich. »Komm nachher in den Club. Ich weiß jetzt, wer der Absender ist.«

»Ich versteh das richtig?«, fragte Sergei »Du weißt, wer ...«

»Ja.«

»Gut. Ich bin in zwei Stunden da«, sagt er und legt auf. Ich stecke gerade mein Funktelefon weg, als das Telefon auf dem Schreibtisch klingelt.

»Wolf?«

»Mel hier. Wir haben etwas gefunden«, sagt sie und klingt ganz aufgeregt. »Du hattest recht, es gibt versteckte Räume. Eine Galerie entlang der kleinen Spielzimmer im zweiten Stock, wahrscheinlich direkt aus der Zeit, in der das Chateau gebaut wurde. Von dort aus kann man zusehen, was in den Räumen geschieht. Ein versteckter Raum hinter dem Spiegel, von ihm aus kann man in den blauen und in den roten Salon schauen. Und der Rest des Kellers, den man von dort erreichen kann!«

»Habt ihr etwas in den Räumen gefunden?«

»Ein leeres Regal für Videokassetten! Ein Bandarchiv, so wie es aussieht. Aber das Archiv ist geplündert, kein Band mehr da. Und ein Tresor. Jemand hat ihn angebohrt, wohl um ihn zu öffnen, aber das hat er nicht geschafft. Ich habe bereits einen Fachmann angerufen, der sich mit Tresoren auskennt, er ist in einer halben Stunde da und ist zuversichtlich, dass er ihn aufbekommt.«

»Gut«, sage ich. »Halte uns auf dem Laufenden.«

»Mach ich. Ich bin gespannt, was wir in dem Tresor finden.«

Ich lege auf und sehe die anderen an.

»Mel hat die Kellerräume gefunden. Es gab dort ein Bandarchiv, aber es sind keine Bänder mehr da. Wir wissen jetzt, woher die Aufnahmen kommen, die man auf der *Rose*-Webseite sehen kann.

»Welche Rose?«, fragt Malowsky. Es gibt wohl noch ein paar Dinge mehr, die wir ihm erklären müssen.

Ich kann es immer noch nicht fassen. Krüger.

»Wie kamst du eigentlich darauf, dass er es sein könnte?«, fragt mich Malowsky später. Er wirkt immer noch ungläubig, erschüttert. Kein Wunder, mir geht es nicht anders. Wir sind unten im Bistro, es ist geöffnet, aber bisher haben wir nur wenige Gäste, sie interessieren sich nicht für uns.

»Die Uhr. Auf dem einen Band ist eine Uhr zu sehen.«

Er nickt. »Ja, ich weiß. Aber das Modell ist nicht zu erkennen.«

»Orwell gab eine hohe Wahrscheinlichkeit dafür an, dass es sich um eine Breitling handelt.«

»Krüger trug jahrelang eine. Noch gestern Morgen. Aber heute hatte er eine neue Uhr.«

»Das ist noch kein Beweis.«

Ich nickte zustimmend. »Richtig. Deswegen habe ich

dich ja gebeten, die Aufzeichnung meiner Vernehmung mitzubringen.«

Ich hole tief Luft.

»Schau, Dieter, an der ganzen Sache hat von Anfang an etwas nicht gestimmt. Ich weiß, *wir* wissen, dass wir mit den verdammten Morden nichts zu tun haben. Aber mehr und mehr haben wir Hinweise gefunden, die in *unsere* Richtung zeigten. Das *kann* kein Zufall sein. Ich habe die ganze Zeit so ein seltsames Gefühl gehabt, so ein Kribbeln, als ob ich etwas übersehen würde. Und dann, als ich die Bänder bei Ottmann fand und alte Aufzeichnungen von Amber ...«

Dieter sieht überrascht auf. Ich winke ab.

»Ich hab sie entfernen lassen. Es war einfach zu viel an Zufall! Ottmann war der Durchbruch, Dieter! Er hat eine Verbindung hergestellt zwischen dem Chateau, Amber, dem *Dominion* und den Kreuzmorden! Jeder Polizist, der etwas auf sich hält, kommt nur zu einem Schluss: Ich stecke mit drin!«

»Genau so ist es, Marcus«, sagt Malwosky langsam. »Aber ich höre zu.«

»Die Stückchen haben sich zusammengefügt. Krügers Anruf, dann du ...« Ich suche seine Augen. »Jeder, der dich kennt, musste wissen, dass wir uns nicht grün sind. Was wäre passiert, hättest du an dem ersten Abend unseres Wiedersehens diese Dinge gewusst?«

»Ich hätte dich eingesperrt, den Schlüssel weggeworfen und wäre froh gewesen, so einen Arsch wie dich von der Straße geholt zu haben«, sagt er und sieht mich seltsam an. »Ich denk immer noch drüber nach.«

»Das hättest du vor ein paar Tagen nicht getan. Die ganze Zeit habe ich überlegt, wie das überhaupt sein *kann*, dass alles so solide in meine Richtung zeigt«, fahre ich fort, während mich die anderen gebannt ansehen.

»Die Antwort ist: Es *kann* nicht sein. Es sei denn, jemand hätte es arrangiert.«

Ich gehe ruhelos auf uns ab.

»Es musste jemand bei der Polizei sein, und es musste jemand sein, der mit den *Riders* zu tun hatte. Da die Kreuzmorde eine Szene nachstellten, die Amber geschah, musste derjenige Amber kennen. Es musste ein Mann sein. Solange ich mich erinnere, hat das Drogendezernat und die Sitte gegen die *Riders* ermittelt, immer ohne Erfolg.«

Ich sehe entschuldigend zu Amber hinüber.

»Ich hab mich mit Hilmar getroffen und hab ihn gebeten, den Kollegen mitzubringen, der am meisten mit den *Riders* zu tun hatte. Ich habe selbst Amber mitgenommen. Das war ein Schuss ins Blaue. Der Mörder muss Amber kennen, ich hoffte, dass mir jemand auffiel, der auf sie reagiert. Das geschah nicht, aber Klemens hat mir gesteckt, dass es eine verdeckte Ermittlung gegen die *Riders* gegeben habe und die Kollegin aufgeflogen sei.«

Dieter zieht scharf die Luft ein.

»Scheiße!«, sagt er mit Inbrunst. »Die haben eine Kollegin in dieses Höllenloch geschickt?«

»Ja«, sage ich. »Und früher zumindest wurde so etwas sehr, sehr sorgfältig geplant. Je weniger davon wissen, desto besser. Krüger musste davon wissen, aber der war ja über jeden Verdacht erhaben. Es musste dennoch eine undichte Stelle geben. Und Klemens ließ so etwas auch durchblicken. Ich habe es nicht glauben wollen, Dieter, aber als ich mich dann gefragt habe, wer denn der Einzige sein könnte, der in der Lage wäre, das alles so zu arrangieren, da fiel mir nur Krüger ein. Und dann wurde ich mit der Nase draufgestoßen, dass auch das Chateau jahrelang ungestört operierte. Mensch, Dieter, da wurden minderjährige Mädchen festgehalten, vielleicht sogar umgebracht. Es gab mindestens zwei Razzien, und niemals fiel jemandem etwas auf! Aber Krüger, der war damals bei der Sitte, erinnerst du dich?«

Dieter nickt langsam. »Ich frag mich nur, warum du mich nicht verdächtigt hast.«

»Habe ich«, sage ich grimmig. »Aber es passte nicht, und ich war froh drum. Nur Krüger passte, aber es gab keine Beweise, und ich konnte es selbst auch nicht so ganz glauben. Bis ich seine neue Uhr sah.«

Er hebt die Hände. »Angenommen, es ist so«, sagt er vorsichtig. »Dann frage ich mich, was er für ein Motiv haben soll!«

»Das weiß ich noch nicht mit Sicherheit«, antworte ich. »Ich denke, es hängt mit den Drogen zusammen. Nur wie ...« Ich zucke mit den Schultern. Aber ich werde auch das herausfinden. »Meine Rolle in dem Spiel ist allerdings klar. Wenn die ganze Polizei in meine Richtung schaut, wird man an anderen Dingen Spuren übersehen, es wäre nicht das erste Mal, dass so etwas geschieht! Ich bin der designierte Sündenbock. Aber es ist egal, ob es reicht, mir die Morde anzuhängen oder nicht, Krügers Hauptziel dürfte sein, dass jeder mich im Visier hat. Werde ich verurteilt, umso besser, dann sind die Ermittlungen abgeschlossen, und er hat seine Ruhe!«

»Mag sein«, sagt Malowsky und klingt noch immer nicht überzeugt. »Aber wie willst du das beweisen?«

»Irgendetwas werde ich finden!«, sage ich. Hoffe ich. Doch sein Blick bleibt skeptisch.

Je länger ich drüber nachdenke, desto sicherer bin ich mir. Es erklärt auch, warum Krüger so wenig enthusiastisch reagierte, als ich ihm davon erzählte, was wir mit Susannes Hilfe über die Drogen herausgefunden haben.

»Orwell mag Krüger erkannt haben, Amber und dieser Siggi klangen überzeugend, aber ich glaube nicht, dass es als Beweis ausreicht«, gibt Malowsky zu bedenken.

»Vielleicht ändert sich das in ein paar Jahren«, gebe ich widerwillig zu. »Aber im Augenblick hast du leider recht. Wir haben im Grunde nichts. Nichts außer einem abenteuerlichen Verdacht, den uns niemand glauben wird! Und wenn wir Krüger fragen, ob er Alibis hat, dann riecht er den Braten.«

»Wenn Orwell sich nicht getäuscht hat.«

Ja. Wenn. Aber ich glaube es nicht, ich bin mir sicher, dass er recht hat!

»Ich brauche deine Hilfe, Dieter«, sage ich und muss mich zur Ruhe zwingen, ich bin zu aufgeregt, und gerade jetzt brauche ich einen kühlen Kopf. »Du musst Krüger überprüfen.«

»Das ist verdammt schwer«, sagt Malowsky und reibt sich die Nase. »Er hat überall die Finger drin, und wenn er das merkt, bin ich genauso schnell Geschichte wie du.« Er schüttelt langsam den Kopf. »Ich kann mir einfach nicht vorstellen, dass er es ist.«

»Wenn er es ist, werden wir Beweise dafür finden«, sage ich. »Es gibt noch ein paar andere Wege, die wir verfolgen können, wir werden noch heute einiges herausfinden. Bist du die ganze Nacht erreichbar?«

»Ja. Ich muss nicht mehr ins Präsidium zurück.«

Jacqueline kommt zu uns an den Tisch und beugt sich über mich.

»Eines der drei möglichen Opfer hat auf unsere E-Mail geantwortet. Sie ist bereit, uns zu sehen.«

Ich nicke. Lange kamen wir so gut wie gar nicht vom Fleck, und jetzt ist auf einmal so viel zu tun, dass ich gar nicht mehr weiß, wo ich anfangen soll. »Sie ist bereit, in den Club zu kommen«, fährt sie fort. »Caro hat ihr ein Taxi geschickt, sie wird bald hier sein. Sie heißt übrigens Petra.«

Bevor ich darauf antworten kann, geht hinter der Bar die Tür auf, und Amber kommt ins Bistro, steuert direkt auf uns zu und legt ein Bild auf den Tisch.

»Das ist der Polizist, der von Klaus die Mailingliste erhielt«, sagt sie. Wir sehen alle auf das Bild – es ist Gref.

»Das verstehe ich nicht«, sagt Malowsky. »Wann war das?«

»Vor knapp zehn Wochen«, sagt Amber.

»Also lange vor den Morden«, stellt Malowsky fest. »Was hatte Gref denn hier zu tun? Er ist bei der Mordkommission, nicht bei der Sitte.«

»Krüger sagte, er hätte mich überprüfen lassen.«

Malowsky nickt. »Ja, mag sein. Aber auch dann wäre es nicht Gref gewesen, der gegen dich ermittelt hätte. Dafür gibt es andere.«

Mein Funktelefon piept. Ich bedeute Jacqueline und Amber, dass sie sich setzen sollen, während ich das Telefonat annehme.

Es ist Melanie.

»Wir haben den Tresor aufbekommen. Der Techniker sagt, es war ein Kinderspiel, das Ding ist gute dreißig Jahre alt.«

»Und, was war drin?«

»Aktien, Wertpapiere, fast zwölf Millionen Schilling in bar und zwei VHS-Kassetten.«

»Was ist auf denen drauf?«, frage ich, fühle, wie mein Puls sich beschleunigt, frage mich nebenbei auch, ob man immer noch Schilling in Euro tauschen kann.

»Es ist fast nicht zu erkennen, die Bänder sind zu alt, dem Datum auf der Hülle nach über zehn Jahre. Ich glaube, es ist die Aufnahme einer Session. Aber sicher bin ich mir nicht.«

»Versuche bitte, einen Spezialisten zu finden, der diese Bänder für uns analysiert und wiederherstellt«, sage ich.

»Okay, aber heute wird das nichts mehr.«

Das weiß ich auch. »Sonst noch etwas von Interesse?«, frage ich.

»Ja. Ein Karteikasten, darin Karten mit Fotos und einer Kurzbeschreibung.« Sie klingt verbittert. »Ich lese dir mal eine vor. Ein Foto von mir, meine damaligen Maße und Gewicht, Haarfarbe, Augenfarbe und so weiter. Dann der Name: Melanie. Penetration anal, vaginal, oral. Toys. Niedrige Schmerzgrenze, leistet manchmal Widerstand. Empfindliche Zonen: Brustbereich, Vagina, anal. Empfohlener Service: sexuelle Dienste, für Flag nicht geeignet.«

Sie macht eine kurze Pause, ich will gerade etwas sagen, als sie weiterspricht.

»Kannst du dir vorstellen, wie ich mich gerade fühle?«

Nur ansatzweise.

»Vernichte die Karte«, sage ich stattdessen. »Wie viele sind es?«

»Karten? So etwas über hundertzwanzig, würde ich sagen. Zum Teil über dreißig Jahre alt. Übrigens, meine geht noch. Hier ist eine andere. Der Name war Johanna. Sie war vierzehn. Auf der Karte steht Jungfrau. Empfohlener Service: Einmalnutzung. Die Karte trägt einen Vermerk: Verkauft. Der Preis steht auch dabei, knapp über zwei Millionen Schilling.«

Ich schließe die Augen.

»Okay, Melanie. Oben in meinem Büro steht ein Scanner. Scanne die ganzen Karten ein und sende sie uns dann zu.«

»Mache ich. Aber ich nehme die Karten für die Leute, die ich kenne, raus.«

»In Ordnung. Schade, dass es keine Kundendatei gibt«, sage ich; eher ist es so, dass ich laut denke. »Eigentlich hätte ich es erwartet.«

»Ich auch. Aber hier ist keine zu finden.«

»Schick uns die Karten, ja?«

»Mach ich, auch wenn es mir schwerfällt, sie anzusehen. Bis dann.«

Eigentlich passt es sehr gut zusammen, dass die Kundenkartei nicht mehr da ist. Es muss eine gegeben haben, da bin ich mir sicher, und ich denke, ich weiß auch, wer sie jetzt in den Händen hält.

Mel legt auf, die anderen sehen mich an.

»Wir haben eine Dose Würmer gefunden«, sage ich dann verbittert und erkläre den anderen, was mir Mel eben erzählt hat. »Vielmehr Pandoras Büchse.«

»Bin gespannt, was auf meiner Karte steht«, sagt Amber trocken, aber ich sehe ihr an, dass es ihr nicht gefällt. Jacqueline sagt nichts, sie schaut auf ihre Hände.

»Melanie sagt, dass sie eure Karten nicht senden wird.«

»Ich rufe sie an und sage ihr, dass sie es doch tun soll«, antwortet Amber. »Ich will es wissen.« Jacqueline nickt.

»Okay«, sage ich. Amber steht auf und begibt sich zur Theke, wo sich ein Telefon befindet

Ich wende mich an Malowsky.

»Kannst du versuchen herauszufinden, ob irgendeines dieser Mädchen irgendwann wieder in den Polizeiakten aufgetaucht ist?«

Er nickt. »Ja.« Er braucht nichts weiter zu sagen, sein Tonfall reicht, um mir klarzumachen, dass auch er befürchtet, im Polizeiarchiv fündig zu werden.

»Das wird wahrscheinlich einigen Staub aufwirbeln, bringt uns aber hier nicht weiter«, sagt Malowsky dann. Er steht auf. »Ich fahre nach Hause, ich bin hundemüde. Ich muss mal ein paar Stunden schlafen. Wenn ich wieder wach bin, komme ich zurück. Ist das in Ordnung mit dir? Du kannst mich telefonisch erreichen.«

Ich nicke. Halte ihm die Hand hin.

»Ich danke dir«, sage ich.

Er schlägt ein.

»Wofür? Ich habe noch gar nichts getan, um dir zu helfen.«

Doch, hat er. Denn ich weiß, dass er mir jetzt glaubt.

Als er sich zum Ausgang des Bistros bewegt, stockt er kurz, denn Sergei kommt genau in diesem Moment zur Tür herein. Die beiden sehen sich an, dann nickt Sergei Malowsky zu und kommt hinüber zu mir. Malowsky schaut ihm nach, blickt in meine Richtung, zieht eine Augenbraue hoch und wendet sich dann ab, geht.

»Was wollte der denn schon wieder?«, fragt Sergei anstelle einer Begrüßung und gibt Gi das Zeichen, ihm seine Flasche zu bringen. Sergei sieht aus, als wäre ihm eine Laus über die Leber gelaufen.

»Helfen«, sage ich. »Lass uns ein wenig spazieren gehen.«

Sergei sieht mich prüfend an. Jacqueline bringt mir meinen Mantel; als sie mir hineinhilft, sehe ich ihren fragenden Gesichtsausdruck. »Es ist alles in Ordnung«, sage ich ihr, dann folge ich Sergei aus der Tür.

Es hat jetzt schon länger nicht mehr geschneit, und die

Straße vor dem Club ist geräumt, der Bürgersteig nicht. Wir stapfen durch den Schnee und bleiben an einem Hauseingang stehen. Es ist schweinekalt, aber es geht kein Wind. So mag ich es eigentlich am liebsten. Ich zünde mir eine Zigarette an.

»Was gibt es?«, fragt Sergei.

»Wir wissen, wer der Mörder ist«, sage ich. »Es ist Krüger.«

»Kriminaldirektor Krüger?«

Ich sehe, dass auch er es nicht glaubt. Ich erzähle ihm kurz von Orwell.

»Unglaublich«, meint er dann, schüttelt aber den Kopf. »Was es nicht alles gibt ... Es wird dir nur nichts nützen. Du brauchst echte Beweise.«

»Ja«, sage ich. »Aber da ist noch mehr. Ich bin schon wieder suspendiert, aber diesmal wird Krüger Ernst machen. Ich bin sicher, dass er mich zum Sündenbock machen will.«

»Mag sein.« Er sieht mich an. »Aber es gibt immer noch keine Erklärung, kein Motiv. Warum sollte Krüger so etwas tun? Die Morde wirken wie die Tat eines Wahnsinnigen, und Krüger ist keiner. Ich bin ihm nur einmal begegnet, aber ich höre immer nur, dass er ein kühler kleiner Mistkerl ist, der nie den Kopf verliert.«

Ich zucke die Schultern. »Geld? Oder vielleicht hat es mit den Drogen zu tun.«

»Mag sein. Vielleicht. Also gut, in Ordnung, du kannst auf mich zählen«, sagt Sergei. »Was soll ich tun?«

Ich erzähle ihm von den drei Mädchen, von denen eine auf der *Rose*-Webseite als Kandidatin für einen Mord ausgewählt werden soll. Und dann, was ich von ihm will. Er hört schweigend zu, nickt.

»Ich bin dabei.« Er bläst sich in die Hände. »Ich finde es

nur schade, dass wir Becker doch nicht abgegriffen haben. Er hätte uns einiges erzählt, dessen bin ich mir sicher. Und danach hätte er niemandem mehr etwas gesagt.«

»Hast du schon einen Mord begangen, Sergei?«, frage ich ihn. Er sieht mich leicht schräg an.

»Was soll ich dir da antworten, hm? Ich habe getötet, damals in Afghanistan, aber ich habe noch niemanden ermordet. Glaub es oder glaub es nicht.«

»Ich glaube dir«, sage ich. »Becker ist es nicht wert, dass sich das ändert.«

Er wirft mir einen seltsamen Blick zu. »Marcus«, sagt er dann. »Ich muss langsam los, wenn ich das alles vorbereiten soll.«

»Ich bringe dich noch zum Auto.«

Als ich ins Bistro zurückkomme, sehe ich an einem Tisch Amber und Jacqueline zusammen mit einer jungen Frau sitzen, die mir entfernt bekannt vorkommt. Sie ist eine der drei Todeskandidatinnen auf der Webseite.

Als ich mich dem Tisch nähere, sieht Amber mich und lächelt die junge Frau, Petra, freundlich an.

»Darf ich dir unseren Herrn vorstellen? Marcus Wolf.«

Offenbar haben meine beiden Schönen ihr schon ein paar Dinge erzählt. Petra wirkt erschüttert, dennoch versucht sie ein schüchternes Lächeln. Sie wirkt fürchterlich jung.

»Petra Neugebauer«, sagt sie und hält mir die Hand hin. Ich selbst bemühe mich um mein bestes, vertraueneinflößendes Lächeln, deute einen Handkuss an, was sie beinahe zum Kichern bringt, und setze mich.

»Wir haben ihr den größten Teil der Geschichte bereits erzählt«, sagt Jacqueline.

»Und auch, dass ihr nichts geschehen wird«, fügt Amber hinzu. Sie hält Petras Linke in ihren Händen und drückt sie beruhigend.

Ich nicke bekräftigend. »Dafür werden wir sorgen.«

»Das wäre nett, ich sterbe so ungern.« Sie versucht es, locker zu sagen, aber es gelingt ihr nicht ganz.

»Wir wollten sie gerade fragen, wo diese Aufnahmen gemacht wurden«, sagt Amber und stellt ihren Laptop auf den Tisch.

»Welche Aufnahmen?«, fragt Petra überrascht.

»Diese«, antwortet Amber. Sie öffnet ihren Computer; es dauert ein paar Sekunden, bis er aus dem Sleep-Modus zurück ist, dann spielt sie Petra das Videosegment mit ihrer Session vor.

»Mein Gott!«, entfährt es ihr. »Das wurde ja gefilmt!«

Ich denke, dass es vielleicht keine gute Idee ist, ihr zu sagen, dass sie jetzt im Moment auch auf Kamera ist. Wenn all das vorbei ist, muss ich die Sache mit den Kameras noch einmal überdenken.

Es ist faszinierend, ihr zuzusehen, wie sie sich das Video ansieht, zum einen wird sie herrlich rot, zum anderen aber beschleunigt sich ihr Atem, und sie sieht sich selbst wie gebannt zu.

»Wow«, sagt sie dann. »Das sieht geil aus.«

»Sag mal, Petra«, fängt Amber vorsichtig an. »Wie lange bist du schon in der Szene unterwegs?«

»Ich bin noch ein Neuling«, sagt sie mit einem schüchternen Lächeln. »Drei Monate oder so.«

Aber das, was wir eben sahen, ist keine Session für einen Neueinsteiger. Ich hoffe, sie weiß, was sie tut.

»Weißt du, wo das war?«

Sie nickt. »Klar. Warum fragt ihr?«

»Weil wir gern wissen würden, wo das war, wer die Party ausgerichtet hat«, sagt Jacqueline.

Petra sieht uns seltsam an. »Ihr müsst es doch wissen. Die Einladung kam schließlich von euch!«

Amber, Jacqueline und ich sehen uns gegenseitig an.

»Ich bin seit zwei Monaten Clubmitglied bei euch. Ich trage sogar die Rose«, sagt sie stolz. »Davor hatte ich wirklich Angst, aber jetzt bin ich stolz drauf.«

Ich schüttele den Kopf.

»Petra, die Einladung kam nicht von uns. Und die Rose, die du trägst ... jedes der Mädchen, die ermordet wurden, trug sie auch. Dieses Video stammt von einer Webseite, die sich *Rose* nennt. Die Internetkunden dieser illegalen Webseite werden aufgefordert auszuwählen, wer als Nächstes stirbt. Und dieses Video wird abgespielt, wenn man mehr über dich wissen will, wenn man entscheiden will, ob du es bist, die ermordet werden soll«, sage ich leise.

Sie sieht mich einen Sekundenbruchteil verständnislos an, offenbar begreift sie erst jetzt, was wir ihr zu sagen versuche, dann rollen ihre Augen nach oben, und sie sackt weg. Ich kann gerade noch verhindern, dass sie vom Stuhl rutscht.

»Taktvoll, Marcus«, sagt Jacqueline.

»Wie soll ich es sonst sagen?«, frage ich, während Petras Augenlider flattern und sich schließlich wieder öffnen.

»Taktvoller«, beantwortet Amber mir die Frage. »Geht es wieder?«, fragt sie dann Petra.

»Muss ja«, antwortet diese leise und schüttelt wie ein nasser Hund den Kopf. »Kann ich bitte einen Kaffee bekommen?«

Ich gebe Gi ein Zeichen; Sekunden später taucht er mit einer dampfenden Tasse wieder auf.

»Ihr meint das ernst, oder?«, fragt sie dann, nachdem sie einen Schluck genommen hat. Sie ist immer noch bleich, aber sie wirkt gefasster.

Ich nicke.

»Das gibt es wirklich?«, fragt sie dann.

»Sehen wir aus, als ob wir einen Scherz machen?«, fragt Amber.

»Und die Einladung war nicht von euch?«

»Nein. Mit Sicherheit nicht.«

Petra schüttelt den Kopf. »Es wirkte alles so echt.«

»Kannst du uns erzählen, wie es geschah?«

Sie nickt. »Vor zwei Monaten erhielt ich ein Angebot für eine Sklavinnenausbildung. Eine Art Workshop. Falls ich mich bewerben wollte, so wäre noch ein Platz frei.«

Ich glaube das nicht, was ich hier höre. Aber nun gut, ich sage nichts.

»Ich war neugierig und ging hin. Am ersten Abend geschah nicht viel, man erklärte mir nur die Idee des freiwilligen Dienens, die Läuterung der Seele und wie man dadurch glücklich werden kann. Es war eine Sklavin, die sprach, und sie klang überzeugend und glücklich. Die Woche darauf kam ich wieder. Diesmal geschah mehr, aber man ging behutsam mit mir um. Haltungstraining, ein wenig Spanking, eine Flag Session. Die war schon etwas heftiger, aber richtig geil! Ich merkte bald, dass ich mehr wollte als das. Ich bekam es auch, nahm dann die Rose. Ich war so stolz darauf! Demnächst hätte ich sogar meinen Sklavinnentest absolvieren sollen! Man sagte mir, dass er hier stattfinden würde. Wie kann das sein, wenn es nicht von euch kam?«

»Unsere Spielräume sind öffentlich zugänglich«, antwortet ihr Amber. »Wo war dieser ... Kurs? Wo fand der statt?«

»In einem Kellergewölbe nahe der Innenstadt. Mauerstraße 12. Jeden Montag, Mittwoch und Freitag. Die letzten zwei Wochen war ich jeden Tag da.« Sie holt tief Luft. »Bedeutet das, dass ich verarscht wurde, dass es keine richtige Sklavinnenausbildung war?«

Ich erinnere mich an das, was ich von ihrem Video gesehen habe. Ich verstehe zwar nicht, wie sich jemand darauf einlassen kann, aber in einer Beziehung war die Ausbildung schon sehr weit fortgeschritten. Mein Gott!

»Nein«, sagt dann auch Jacqueline nach einem schnellen Blick zu mir. »Du musst nur den richtigen Herrn finden.«

»Du trägst auf diesem Video eine Gesichtsmaske«, sagt Amber. »Trägst du die immer?«

Petra nickt. »Um die Anonymität zu wahren. Man bekommt sie am Eingang.«

»Warst du allein?«, frage ich. »Oder waren auch andere Sklavinnen dabei?«

»Ich kam immer pünktlich um sechs und sah nie jemand anderes, außer beim ersten Mal, wo auch andere Frauen dabei waren, die sich ausbilden lassen wollten. Aber danach – nein.« Sie sieht uns an. »Ich glaube, ich sollte dort nicht wieder hingehen, oder?«

Sogar Amber blinzelt, ich selbst kann es einfach nicht glauben, was ich da höre!

Ich schüttele einfach nur den Kopf. »Besser wohl nicht.«

»Erwartet man dich morgen um sechs?«, fragt Jacqueline. Petra nickt. »Ja, aber dann soll ich für den Sklaventest hierhergebracht werden. Und ab Sonntagmittag soll ich mich für einen besonderen Event bereithalten.«

»Mhm«, sage ich. Ich weiß, was das für ein Event sein wird, aber Petra scheint es immer noch nicht richtig zu verstehen. »Sag mal, hast du diesen Mann schon einmal gesehen?«

Sie sieht sich das Bild von Krüger an. Nickt dann.

»Er trug ein Lederoutfit mit einem langen Mantel, zusammen mit einer Gesichtsmaske, also bin ich mir nicht sicher. Aber ich meine, ja. Oder es gab zumindest einen Dom, der diese Statur besaß.«

»Trug er eine Uhr?«, frage ich, und sie lacht.

»Darauf habe ich nicht wirklich geachtet, aber ich glaube, ja. So eine altmodische Fliegeruhr. Aus Stahl.«

»Danke, Petra. Du hast uns sehr geholfen«, sagt Amber. »Wenn du willst, bringt dich ein Taxi zurück nach Hause.«

»Kann ich noch etwas bleiben? Ich meine, im Club? Ich habe meine Sachen untendrunter an.«

Ich sehe, wie Amber und Jacqueline einen Blick wechseln, dann lächelt Jacqueline. »Klar kannst du das. Du bist sogar eingeladen. Für dich geht heute alles aufs Haus.«

Ich bin mir nicht so sicher, ob das eine gute Idee ist, aber Petra strahlt. »Danke.« Sie steht auf. »Ich werde auf mich aufpassen, wirklich. Ich gehe mich umziehen.« Sie sieht uns an. »Hat jemand von euch Lust, mit mir zu spielen?«

Nein. Sie ist attraktiv, aber ... Moment mal.

»Sag mal, Petra, noch eine Frage. Sie hört sich seltsam an, aber bist du in den letzten Wochen geiler geworden?«

Sie lacht. »Und ob. Es ist ja auch einfach nur geil.« Sie grinst. »Bis später dann. Übrigens, könnt ihr mir das Video zumailen?«

Amber nickt nur, und wir sehen ihr nach, wie sie davonhüpft.

Dann schüttele ich den Kopf. »Ich begreife das nicht.«

»Ich schon«, sagt Jacqueline. »Konditionierung.«

»Oder Nympho«, sage ich. Amber schüttelt den Kopf. »Das glaube ich nicht einmal. Ich denke mir nur, sie ist fürchterlich naiv.« Sie sieht Frau Neugebauer nach und seufzt. »Sie will es nicht glauben, das ist alles. Sie hat ein schönes neues Spiel entdeckt, und wenn sie uns glaubt, könnte sie sich nicht weiter so unbekümmert hineinstürzen. Also glaubt sie es nicht.« Amber fängt meinen Blick ein. »So einfach ist das.«

»Wir sagen ihr, dass sie vielleicht ermordet wird, und sie will im Club bespielt werden?« Ich bin immer noch perplex.

»Ja«, sagt Jacqueline. »Sie ist auf den Geschmack gekommen.«

Und wieder tauschen die beiden einen Blick aus.

»Was ist? Was denkt ihr gerade?«

»Ich denke gerade an unsere Einführung im Chateau. Das lief ähnlich«, sagt Amber. »Uns wurde gesagt, wie stolz wir sein könnten, was es bedeutet, zu dienen und so weiter. Jacqueline fand es richtig gut.«

Jacqueline nickt. »Es leuchtete mir ein. Zum Teil noch immer – bei dem richtigen Herrn. Aber Marcus ... vorhin, als du sie fragtest, ob sie immer eine Ledermaske trug, sahst du mich an.«

»Ihr habt in etwa dieselbe Größe und Figur«, sage ich langsam.

»Du kannst sie da nicht hineinschicken!«, sagt Amber entsetzt. »Oder schicke mich!«

»Du würdest sofort auffallen. Nein, Jacqueline eignet sich besser. Aber wenn, dann kämen wir fünf Minuten später nach.«

»Wer ist wir?«, fragt Jacqueline.

»Sergei und ich. Und vielleicht noch ein paar Freunde. Ich habe da so ein paar Fragen an die Herrschaften. Aber es ist wahrscheinlich nicht notwendig, jemanden vorzuschicken.« Ich sehe die beiden an. »So wie ich mich im Augenblick fühle, treten wir einfach die Tür ein und stellen ein paar freundliche Fragen.«

»Ich kann es immer noch nicht glauben, dass es Krüger ist«, sage ich zu Caro etwas später, als wir uns umziehen.

»Machst du mir bitte den Reißverschluss zu? Sag mal, was ist Krüger für ein Mensch? Ist er verheiratet?«

Ich ziehe den Reißverschluss hoch. Caro trägt ein schwarzes Abendkleid mit Spitzen und einem dezenten Dekolleté, es ist eng geschnitten und liegt an wie eine zweite Haut. Mir gefällt, was ich sehe.

»Nein, ist er nicht. Der ewige Junggeselle. Was er für ein Mensch ist, kann ich gar nicht sagen, er behält sich eine gewisse Distanz vor. Er nennt mich beim Vornamen, bleibt aber beim Sie. Ich glaube, er war nie mit, wenn wir uns nach Dienstende ein Bierchen genehmigt haben. Er ist immer höflich, wird nie laut ...«

»Hast du eine Ahnung, wie es ihm finanziell geht?«

»Da sollten wir mal eine Kreditabfrage machen. Aber ich glaube, sehr gut. Er verdient ja auch nicht schlecht.«

Sie beugt sich vor, um im Spiegel ihr Make-up zu betrachten. Ich genieße den Anblick ihrer weiblichen Kurven, und trete von hinten an sie heran. Unsere Blicke treffen sich im Spiegel, sie erstarrt.

Langsam, ganz langsam, schiebe ich ihren langen Rock hoch, Millimeter für Millimeter, und lege ihre schönen Beine frei. Als ihr Rock um ihre Taille liegt, trete ich zurück und sehe sie mir an. Sie hat sich mittlerweile gegen die Wand gestützt, eine Hand jeweils links und rechts von dem Spiegel, ihre Augen folgen jeder meiner Bewegungen. Ich lege eine Hand auf ihren Hintern, fahre die Konturen nach, erfühle die weiche, warme Haut und schlage zu ... Der Abdruck meiner Hand erscheint, ein Kontrast auf ihrer Haut, den ich genießen kann. Für einen Moment überlege ich mir, einen Rohrstock zu holen, aber ich verwerfe den Gedanken, ich will nicht länger warten.

Ich öffne meinen Reißverschluss, während ich ihr zwischen die Beine greife, sie stöhnt auf, bewegt ihren Hintern leicht. Ich hole erneut aus, schlage zu, wieder und wieder, bis sie nicht mehr ruhig steht, sondern mit ihrem Hintern tanzt, bis die weiße Haut eine rote Färbung annimmt, sie meinem probenden Finger keinen Widerstand entgegensetzt, sondern ihn warm und feucht willkommen heißt.

Ich dringe mit einem tiefen Stoß in sie ein, sie verliert beinahe das Gleichgewicht, aber ihre Augen im Spiegel halten mich. Weiße kleine Zähne beißen in ihre eigene Unterlippe, sie wirft den Kopf nach oben und hinten, eine Aufforderung, der ich nicht widerstehen kann. Ich greife ihr Haar und ziehe sie zu mir. Sie stöhnt.

Ich vögele sie mit harten Stößen, als ob ich meine Wut und meinen Zorn loswerden wolle, und sie nimmt mich auf, schluckt mit ihrer Wärme all dies ... und immer noch sind unsere Augen verbunden, habe ich das Gefühl, tief in ihre Seele zu blicken.

Es passiert etwas selten Schönes, wir kommen gleichzeitig, sinken vor dem Spiegel zu Boden. Sie fließt in meine Arme, Tränen stehen in ihren wunderschönen Augen.

»Caro?«, frage ich leise und wische eine dieser Tränen mit dem Zeigefinger ab.

»Ich liebe dich«, sagt sie.

Ich vergrabe den Kopf in ihrem Haar, rieche ihr Shampoo, ihr Parfüm, ihre Haut. Ich liebe sie.

Nur widerwillig löse ich mich von ihr, ich mag mich gar nicht der Realität stellen. Aber was bleibt uns anderes übrig?

Als wir nach unten kommen, finde ich um Tanja gut ein Dutzend junge Leute geschart. Ich sehe Caro fragend an.

»Es gibt eine Menge Clubs und Diskotheken in Wien, es macht wenig Sinn, sie alle der Reihe nach abzuklappern, wenigstens nicht allein«, erklärt sie mir, als wir die Treppe heruntergehen. »Wir beschäftigen genügend Teilzeitkräfte im *Dominion*, manchmal, wenn sie die Neigung dazu haben, auch um eine Show zu gestalten, oder bei besonderen Events als Aushilfe hinter der Theke. Tanja kam auf die Idee, diese jungen Leute anzurufen und zu fragen, ob sie sich ein paar Euro dazuverdienen wollen.«

Sie grinst. »Es sieht so aus, als ob ein paar dann doch die Zeit dafür gefunden hätten.«

Das wird es einfacher machen, denke ich und mustere die jungen Leute um Tanja herum. Von ihnen kenne ich nur ein paar wenige, ich bin zu selten hier gewesen, aber sie alle kennen Caro und Tanja. Sie begrüßen Caro freundlich, obwohl ich auch hier das Gefühl habe, sie wissen gar nicht, dass Caro die Chefin ist.

Tanja drückt indes jedem von ihnen sieben Fotografien in die Hand. Wir halten uns zurück und lassen sie machen. Tatsächlich wirkt sie beeindruckender als sonst, selbstsicherer. Sie trägt ein flammend rotes Abendkleid aus den Vierzigerjahren und hat ihr Haar passend gefärbt. Die roten Handschuhe, die bis über die Ellbogen gehen, und der Modeschmuck verbinden sich zu dem Gesamteindruck einer Filmdiva, was ihr hervorragend steht.

»Wir sollen also die Bilder überall zeigen und fragen, ob man diese Personen gesehen hat?«, fragt eine junge Frau in einem Catsuit aus schwarzem Leder.

»Ja. Aber vorsichtig!«, sagt Tanja. »Ich habe hier eine Liste mit den Clubs und Diskotheken. Jeder von euch erhält hundertfünfzig Euro für Eintritt und Spesen. Und noch mal hundert für euch.«

»Dafür kann ich mir eine Menge Jack Daniels leisten«, sagt einer der jungen Männer, die Gruppe lacht.

»Übertreibt es nicht«, sagt Tanja, aber sie klingt amüsiert.

»Einige der Schuppen haben hohe Eintrittspreise«, sagt eine der jungen Frauen. Tanja nickt.

»Ja. Aber ich denke, es wird reichen.« Sie sieht der Reihe nach die jungen Leute an. »Das war es auch schon. Fragt am besten nur Leute, die ihr kennt, und haltet den Ball flach. Okay?«

Sie nicken alle brav.

»Gut«, sagt Tanja. »Hier ist die Liste. Sortiert untereinander aus, wer wohin geht.«

»Tanja«, meint einer der jungen Männer, der sich gerade die Bilder ansieht. »Den hier habe ich schon mal irgendwo gesehen.«

Es gibt nur ein Bild von einem Mann in der Serie. Krüger.

»Wo?«, frage ich den jungen Mann, der mich überrascht ansieht.

»Das ist Marcus Wolf. Ihm gehört das *Dominion*«, erklärt Tanja.

»Ach so, in Ordnung. Also, vor einer Woche etwa. Hatte gar nichts mit der Szene zu tun, ich habe in einem Bistro gekellnert. Er saß an einem Tisch und unterhielt sich mit einem anderen Mann.«

Tja, das darf man. Auch Krüger. Ich dachte schon, wir wären über etwas gestolpert.

»Der andere Typ war so ein kleiner Drahtiger, mit einem echt verbissenen Gesichtsausdruck. Augen wie ein Reptil. Dieser hier war gut drauf, schien sich über alles zu amüsieren, der andere hatte gar keinen Humor. Anschließend kam noch so ein langer Dürrer in einer Motorradkombi vorbei. Hatte eine kleine Narbe an der rechten Schläfe.«

»Moment«, sage ich und gehe zur Theke, wo unter der Kasse die Bilder von Personen liegen, die uns interessieren. Ich picke zwei heraus und zeige sie dem jungen Mann.

Der junge Mann nickt eifrig. »Ja, die beiden waren es.«

Hm. Krüger, Gref und Becker.

»Wo liegt dieses Bistro?«, frage ich ihn.

»Am Stadtrand, in der Nähe der Autobahn«, antwortet er. Also weit abseits. Für einen Moment bereue ich, dass ich Sergei davon abhielt, sich Becker zu greifen. Vielleicht sollte ich es noch mal überdenken. Gref und Becker. Krüger. Es muss eine Verbindung geben!

»Danke«, sage ich. »Wartet noch einen Moment.«

Ich renne hoch zu Amber und lasse mir noch schnell elfmal je ein Bild von Gref und Becker ausdrucken. Sie startet den Druckjob, sieht mich fragend an.

»Später«, sage ich, nehme die Bilder und renne wieder nach unten.

»Hier, fragt auch nach diesen Leuten, aber nicht zu auffällig oder zu aufdringlich. Diese drei Typen – sie sind gefährlich!«

Sie nicken. »Wir fragen ganz höflich. Und wenn einer misstrauisch reagiert, verpissen wir uns«, sagt der junge Mann von eben.

»Gibt es keinen anderen Weg?«, fragt mich dann Caro, als wir an unserem Tisch Platz genommen haben. Wir warten auf Amber. »Können wir nicht einfach Anzeige erstatten? Jemanden informieren, es den offiziellen Stellen überlassen?«

Ich gebe Gi ein Zeichen für einen Kaffee; als er kommt, bitte ich ihn, Katharina Bescheid zu sagen, sie möge zu uns kommen.

»Nein, Caro«, sage ich. »Krüger hat einen untadeligen

Ruf. Ohne Orwell wären wir nie auf ihn gekommen. Krüger beherrscht alle Tricks und Kniffe, kennt Gott und die Welt ... und ich bezweifle, dass wir einen anderen Beweis finden.«

Ich massiere mir die Schläfen, ich habe Kopfschmerzen. »Wenn er einen Fehler gemacht hat, werden wir ihn nicht finden. Alle Spuren an den Tatorten sind suspekt. Ich traue ihm zu, dass er sogar falsche Fährten gelegt hat. Er weiß, wie man ermittelt, hat die Finger in den Ermittlungen; wenn er merkt, dass er etwas übersehen hat, dann wird er es wissen und entsprechend reagieren.«

»Du meinst, er vertuscht es dann?«

»Nein«, antworte ich ihr frustriert. »Das könnte auffallen. Er ist einfach nur vorbereitet.«

»Wie meinst du das?«, fragt sie.

»Er braucht nur den Blickpunkt zu lenken. Jede Spur lässt sich interpretieren. Er braucht nur die Interpretation vorzugeben, die ihm passt, schon führt alles in die falsche Richtung. Es ist einfach, wenn man weiß, wie. Und Krüger weiß es, das kannst du mir glauben!« Ich reibe mir die Schläfe, habe leichte Kopfschmerzen. Es ist einfach so frustrierend! »Ich bezweifle sowieso, dass er sich einen großen Fehler geleistet hat. Er weiß, worauf er zu achten hat. Wenn wir mit der Story irgendwohin gehen, lachen die uns aus dem Haus.«

Katharina erscheint neben uns, ich bitte sie, Platz zu nehmen. Katharina trägt heute eine eng anliegende und hochgeschlossene Lederkombination, die ihr wirklich gut steht.

»Worum geht es, Marcus?«, fragt sie und wirkt etwas angespannt.

»Katharina. Bisher war es nicht von Bedeutung, aber jetzt müssen wir wissen, für wen du arbeitest.«

»Warum?«, fragt sie, wirkt auf einmal sehr kühl.

»Weil wir wissen, wer der Mörder ist«, sagt Caro. »Es ist ein Polizist.«

»Was hat das mit mir zu tun?«

»Es wäre ... ungeschickt, wenn du für ihn arbeitest«, sage ich leise.

Katharina schaut von mir zu Caro und zurück, greift dann an ihren Stiefel und zieht den Reißverschluss hinunter, nimmt ein kleines Mäppchen heraus.

»Ich arbeite nicht für die Polizei«, sagt sie. »Sondern für den Grenzschutz.« Sie klappt das Mäppchen auf und zeigt es uns.

»Oberleutnant Seller.«

Ich lächele sie an. »Was verschafft uns die Ehre?«

Sie mustert uns noch einmal, dann greift sie wieder in den Stiefel und zieht ein zusammengefaltetes Blatt heraus. Es ist ein Bild, ein etwas korpulenter Mann mit kurzen grauen Haaren, perfekt gekleidet; er kommt gerade die Gangway eines Flugzeugs herunter.

»Dieser Mann. Es ist ein gesuchter Schwerverbrecher, Bandenkriminalität, Prostitution, Mord ... er hat alles schon gemacht. Wir bekamen einen Tipp, dass er auf dem Weg nach Wien sei. Er kam auch an.« Sie tippt auf das Foto. »Hier hat er das Flugzeug verlassen. Aber auf dem Weg zum Terminal ist er verschwunden. Einfach so.«

»Petrov«, entfährt es mir. »Ich dachte, ihr hättet ihn verhaftet und er sitzt längst hinter Gittern?«

»Er ist uns entwischt. Wir wissen nicht einmal, wie. Woher kennst du ihn?« Das Misstrauen ist wieder da.

Ich schüttle den Kopf.

»Ich kenne den Kerl nicht. Aber ich wusste auch, dass er kommt. Der Tipp war von mir.«

»Aber der Tipp kam aus der Schweiz.«

»Ja«, sage ich. »Weil ich jemanden darum bat, es unauffällig weiterzureichen.«

Sie mustert mich, ich begegne ihrem Blick offen.

»Wieso suchst du ihn hier?«, frage ich sie dann.

»Wir wissen einiges über Petrov. Er ist gerissen und schlau, ist aber auch ein Soziopath. Er ist ein Sadist ... und er braucht es. Ich bin hier wegen der schlechten Publicity, die das *Dominion* bekam. Er ist fremd in Wien, aber vielleicht liest er Zeitung. Und kommt hierher. Ich bin für eine Woche dafür abgestellt ...« Sie zuckt die Schultern. »Wenn er nicht auftaucht, bin ich wieder weg.«

»Du solltest Bruno und Giorgio und auch die anderen informieren«, sage ich. »Für den Fall, dass er auftaucht.« Mir fällt etwas ein. »Sag mal, Kat, mit wem habt ihr den Einsatz am Flughafen koordiniert? War es ein reiner Grenzschutzeinsatz?«

Sie schüttelt den Kopf.

»Natürlich nicht. In so einem Fall koordinieren wir unsere Einsätze immer mit den anderen Dienststellen, in dem Fall mit der Flughafensicherheit und der Polizei. Und natürlich auch der Drogenfahndung. Es ist nicht allgemein bekannt, aber Petrov gehört ein Drogenlabor in der Ukraine.«

»Petrovsak«, sagt Caro.

Katharina nickt. »Genau dieses. Ich habe ja eure kleine Konferenz hier mitbekommen, ich muss sagen, es hat mich beeindruckt.« Sie lächelt. »Und es hat auch uns ein Stück weitergebracht.«

»Aber auf die Idee, uns zu informieren, bist du nicht gekommen?«, fragt Caro etwas spitz.

Katharina zuckt die Schultern.

»Die beiden Fälle haben nichts miteinander zu tun.«

»Da wäre ich mir nicht so sicher«, sage ich und lege ein Bild von Krüger auf den Tisch.

»Das ist Krüger. Er ist hier in Wien Kriminaldirektor. Ich möchte fast wetten, dass der Einsatz mit ihm abgestimmt wurde. Er ist auch der Kreuzmörder.«

Katharina mustert das Bild sorgfältig.

»Ich habe den Mann noch nie vorher gesehen«, sagt sie dann. »Welche Beweise habt ihr, dass er der Mörder ist?«

»Keine«, antworte ich. »Wir wissen es nur.« Ich will ihr von Orwell nichts erzählen, so ganz vertraue ich ihr nicht.

»Ohne Beweise ist das eine schwere Anschuldigung«, sagt sie dann.

Ich nicke zustimmend. »Richtig. Aber wenn ihr wissen wollt, wie Petrov es schaffte, so spurlos zu verschwinden, dann könnt ihr mal in seine Richtung schauen.«

»So arbeiten wir nicht«, sagt Kat. »Und das weißt du auch.« Sie sieht mich abweisend an und steckt Bild und Ausweis wieder ein. »War das alles?«

Caro und ich nicken, Katharina steht auf und stolziert zurück in den Club.

»Haben wir ihr auf die Füße getreten?«, frage ich. Caro zuckt die Schultern. »Keine Ahnung. Es interessiert mich auch nicht.« Sie lächelt. Ich ziehe eine Augenbraue hoch, denn sie wirkt irgendwie zufrieden, als ob sich etwas bestätigt hätte.

»Was ist?«, frage ich.

Sie zuckt die Schultern. »Ich denke, sie hat kapiert, dass du von ihr nichts willst«, sagt sie dann und grinst. Ich seufze innerlich. Daran habe ich jetzt wirklich nicht gedacht.

Kapitel 14

Das *X-Treme* ist nach dem *Dominion* die bekannteste Event-Location. Es bedient verschiedene Kunden, sie haben feste Abende für unterschiedliche Szenen, Lesben, Schwule und auch – natürlich – die Perversen. Der Club ist kleiner als das *Dominion*, hat aber eine größere Tanzfläche und ist mehr eine freizügige Diskothek, dennoch gibt es auch hier Käfige, Andreaskreuze und Strafböcke. Heute, am Donnerstag, ist ein offener Tag für alle sozusagen, aber die Musikauswahl bestimmt das Publikum, es ist Darkwave, Düstermucke oder Gothic angesagt, wie immer man es nennen will.

Ich höre es gern, innerhalb dieser Oberbegriffe sind fast alle Musikrichtungen zu finden, von der klassischen Ballade bis zum harten Rock. Als wir hereinkommen, bläst uns gerade ein alter Rammstein-Titel die Ohren weg, Amber und Caro sehen sich an und grinsen, fangen an, mit der Musik zu wippen. Also lege ich jeweils eine Hand auf ihre Hintern und schiebe sie zur Tanzfläche, eine Aufforderung, die beide nicht zweimal brauchen.

Der Laden ist gerammelt voll, heute Abend zumindest macht das *X-Treme* mehr Umsatz als wir. Es herrscht ein dunkles Treiben, bunt kann man es ja nicht nennen, und das Publikum ist im Schnitt deutlich jünger als unseres.

Ich arbeite mich zur Theke vor, wo mich ein junger Mann mit fitnessgestählten Muskeln unter einem knappen T-Shirt misstrauisch beäugt. Ich gehöre wohl nicht mehr in die Kategorie der üblichen Kunden.

»Was darf's sein?«, brüllt er über die Musik hinweg.

»Ein Weizenbier. Ist Jürgen da?«

»Wer?«, brüllt er zurück.

»Jürgen.«

»Der Boss?«

Mein Gott. Muskeln hat er ja. Auf dem T-Shirt steht »Life Wire Body«. Ein paar Funken im Gehirn würden auch nicht schaden.

»Ja! Jürgen!«

»Der ist hinten.«

»Kannst du ihn rufen?«

Er schüttelt den Kopf, wirkt beleidigt. Er stellt mir ein leeres Glas und die Flasche auf die Theke, etwas, das ich hasse. »Sechs Euro!«, brüllt er.

Ich lege ihm das Geld auf die Theke, schenke mir dann das Bier eben selbst ein. Ich bin groß genug, um von hier einen Blick auf die Tanzfläche zu werfen, von Amber sehe ich ab und zu die Arme, aber ich kann Caros Gesicht erkennen, sie hat ihren Spaß. Ambers Arme fallen um Caros Nacken, und man macht ihnen etwas Platz.

Ich nehme mein Bier, bewege mich näher an die Tanzfläche, sehe ihnen zu. Die beiden sind schamlos, genießen die Aufmerksamkeit und legen hier eine fast bühnenreife Show hin. Einen Moment lang genieße ich den Anblick ebenfalls, dann sehe ich im Hintergrund ein bekanntes Gesicht. Jürgen.

Er erkennt mich ebenfalls, winkt mich heran und steuert auf eine Nische zu, in der eine kleine Blondine mit Schmollmund ihn mit großer Trauer in den Augen ansieht, als er ihr bedeutet, dass sie gehen soll.

Jürgen ist groß und hager, hat lange schwarze Haare, die er in einem Ponytail trägt, und ist in Jeans und T-Shirt unterwegs; das T-Shirt trägt den Namen seines Clubs.

»Lange nicht mehr gesehen«, meint er, auch hier ist die Musik noch recht laut, ich muss mich anstrengen, um ihn zu verstehen.

»Können wir irgendwo hingehen, wo es leiser ist?«, brülle ich.

Er steckt den Finger ins Ohr, bedeutet mir, dass er nichts verstanden hat. Ich mache eine Geste zu der Tür mit der Aufschrift »Privat«. Er zögert einen Moment, nickt dann und geht vor.

Es ist fast eine Erleichterung, als die Tür sich hinter uns schließt und der Schallpegel auf die Hälfte zurückgeht.

Er führt mich in ein kleines unordentliches Büro, bittet mich, Platz zu nehmen.

»Worum geht's?«, fragt er, wirkt irgendwie defensiv.

Ich zeige ihm die Bilder, erkläre ihm so knapp wie möglich, dass wir wissen wollen, ob die Mädchen vielleicht in einem anderen Club gesehen wurden.

»Suchst du einen anderen Sündenbock?«, fragt er dann mit einem gewissen Unterton in der Stimme.

»Mensch, Jürgen. Die Mädchen wurden ermordet! Dein Laden ist fast so bekannt wie meiner!«

»Bekannter. Aber es treiben sich keine sadistischen Mörder hier herum.« Er steht auf. »Ich glaube, das war es. Ich wünsch dir einen schönen Abend.«

Ich sehe ihn fassungslos an.

»Jürgen ...!?«

»Ich ärgere mich, dass ich dich überhaupt hier reingelassen habe. Ich will mit dir nichts zu tun haben. Diese Unterhaltung ist beendet.«

Ich hole tief Luft, nicke, stehe auf und gehe. Es hat keinen Sinn. Er schließt demonstrativ die Tür hinter sich ab und lässt mich im Raum stehen. Für einen Moment habe ich kindische Gedanken, er hat mich angepisst, und ich überlege, wie ich ihm eins reinwürgen kann, dann schiebe ich es zur Seite. Wenn er so ist, ist es sein Problem.

Ich suche Amber und Caro, sie sind nicht mehr auf der Tanzfläche. Ich finde sie an der Theke, Amber kniet auf einem Barhocker, hat sich über die Theke gebeugt und gestattet dem Barmann einen tiefen Einblick in ihr Dekolleté, flirtet mit ihm auf Teufel komm raus.

Offensichtlich ist das etwas, was seine Muskeln verstehen. Er nickt, und Amber zeigt ihm nacheinander die Bilder; die kleine Katze zieht sie einzeln aus ihrem Dekolleté heraus.

Bei einem Bild nickt er und zeigt in Richtung der Nischen an der Wand, ich drehe mich um und sehe Gref, er sitzt über sein Bier gebeugt, er unterhält sich mit einer jungen Frau, die definitiv auch zur schwarzen Szene gehört. Er hat mich noch nicht bemerkt. Ohne den Hinweis hätte ich ihn wahrscheinlich auch übersehen, die Nische liegt im Halbdunkel.

Bingo.

Ich gehe zu Caro hinüber, will jetzt Amber nicht stören, sage ihr, dass ich draußen warte. Sie zieht eine kleine Schnute, aber ich will hier raus, bevor mich Gref erkennt.

Es dauert eine Weile, bis meine Süßen herauskommen, ich warte mit dem Wagen auf sie.

»Warum bist du so schnell verschwunden?«, fragt Caro, als ich den beiden die Türen öffne.

»Weil ich verhindern wollte, dass Gref mich erkennt«, sage ich und schließe die Türen hinter den beiden, steige selbst ein.

»Was habt ihr herausgefunden?«

»Gref ist Stammgast hier. Becker war zweimal da, unterhielt sich mit Gref, Krüger war ihm unbekannt. Angelina und Helga waren ab und zu hier, Letztere mindestens einmal in Begleitung von Becker. Christina hat er noch nie gesehen, eines der anderen Mädchen aber vielleicht doch.«

»Amber hat ihm einen Blowjob versprochen«, sagt Caro und schmollt etwas. »Aber du musstest ja gehen.«

»Ich habe ihm gar nichts versprochen«, korrigiert Amber. »Ich sagte ihm, dass ich prima blasen kann.« Sie sieht zu mir herüber und grinst. »Das ist nicht ganz dasselbe. Wenn er es falsch hört, ist es sein Problem.«

»Und jetzt?«, fragt Caro. »Klappern wir weitere Läden ab?«

Ich schüttele den Kopf. »Zurück zum *Dominion*, dann zum Chateau. Für heute reicht es.«

Als wir beim *Dominion* ankommen, sehe ich, dass der Rolls weg ist, Jacqueline ist wohl nach Hause gefahren.

Es ist so etwa kurz vor elf, als wir den Club betreten, vorhin sah es noch etwas dünn aus, aber mittlerweile ist er gut gefüllt. Auf der Bühne stehen drei A-Rahmen nebeneinander. »Das sieht interessant aus«, grinst Amber. »Was wird das?« Sie schaut Caro fragend an, aber Caro zuckt mit der Schulter. »Wir werden es erfahren.«

Wir gehen zur Theke, ich bestelle mir einen Martini und fische eines unserer Programmheftchen aus dem Ständer neben der Theke. Es ist kein besonderes Programm angekündigt, offenbar hat sich Tanja etwas einfallen lassen. Amber räkelt sich neben mir auf einem Barhocker und grinst mich an, während Caro mir ein Zeichen gibt, dass sie kurz etwas erledigen will, und durch die Thekentür nach hinten verschwindet. Kat stellt mir meinen Martini hin, ihr Gesichtsausdruck ist betont neutral, ich weiß immer noch nicht, warum sie sauer auf mich sein könnte, aber es ist mir auch egal.

»Weißt du, ich mag unseren Club«, sagt Amber und wendet sich mir zu, jede Bewegung lasziv und elegant zugleich. Ihre rot lackierten Finger spielen scheinbar abwesend an dem Reißverschluss ihres langen Lederkleides, er geht von oben bis unten durch. Irgendwie ist der untere Teil des Reißverschlusses schon sehr weit offen, er stellt ihr linkes Bein bestens zur Schau.

»Wie kommst du jetzt da drauf?«, frage ich sie, während ich fasziniert beobachte, wie der Reißverschluss Zahn für Zahn weiter aufgeht.

»Das *X-Treme* ist mir zu hektisch. Hier ist es ruhiger.«

Kein Wunder, denke ich, unser Standard-Eintrittspreis beträgt dreißig Euro, und wenn wir einen Event geplant haben, noch mehr – das ist für die Brieftasche eines Teenagers zu viel. Ihre Fußspitze kriecht an meinem Bein hoch, und sie lächelt.

»Man hat mehr Ruhe, mehr Platz, und wenn ich dir jetzt einen blase, wird ganz höflich zugesehen, ohne dass gedrängelt wird.«

Ihre Hand bewegt sich zu meinem Reißverschluss, aber ich fange sie ab, führe sie zu meinem Mund und gebe ihr einen Kuss auf die Handfläche.

»Später, Amber«, sage ich mit einem Lächeln. Sie zieht einen leichten Schmollmund.

»Versprochen?«

Ich nicke.

»Fahren wir heute Abend nach Hause?«, wechselt sie das Thema.

»Im Moment ist das die Planung, ja.«

»Gut.« Sie streckt sich, und ich überlege mir das mit dem Später. »Das Bett oben ist ja nicht schlecht, aber ich schlafe in meinem eigenen Bett besser. Wenn auch viel zu ungestört.«

Sie blickt sich um, richtet sich dann auf. »Da ist Marie mit Heinz.« Ich folge ihrem Blick. Marie sieht mich und lächelt, Heinz trägt eine Ledermaske, seine Hände sind hinter dem Rücken gebunden, aber auch er nickt uns zu; dann bewegen sich die beiden in unsere Richtung.

»Hi«, sagt Marie und lächelt uns an, während Heinz zu ihren Füßen zu Boden sinkt.

Amber schaut mit einem nachdenklichen Gesichtsausdruck zu ihm herunter.

»Wie geht es euch?«, frage ich, Small Talk, sicherlich, aber ich mag die beiden.

»Gut.« Marie zögert. »Wie geht es Caro?«

»Bestens«, antwortet Amber für mich. Sie grinst mich an und fährt mit einem roten Fingernagel über ihren Hals, um mir zu zeigen, dass sie kein Halsband trägt. Ich wiederum denke, dass sich das leicht ändern lässt. Amber grinst breiter, als sie meinen Blick sieht. »Sie sagt, es wäre ein Erlebnis gewesen.«

Heinz bewegt sich etwas, wie ich schon erwähnte, präsentiert Marie sein bestes Stück ziemlich freizügig, dort regt sich etwas.

Ich bin normalerweise nicht an den Geschlechtsteilen anderer Männer interessiert, aber Heinz ist wirklich beeindruckend.

»Marie«, sagt Amber und leckt sich über die Zunge. »Wie groß wird er?«

In diesem Kontext ist die Frage nicht ganz so seltsam, wie es scheint. Amber kennt Marie und Heinz, sie weiß, dass dieses Über-seinen-Kopf-hinweg-Reden, um ihn wie ein Objekt erscheinen zu lassen, ihn antörnt. Und vielleicht Marie auch.

Sie sieht Amber prüfend an, wirft einen Blick zu mir

herüber, doch ich deute mit einem leichten Schulterzucken an, dass ich mich heraushalten werde.

»Zu groß für dich«, sagt Marie dann langsam.

Amber reckt sich, schaut ostentativ nach unten, wo mittlerweile wirklich etwas wächst.

»Das glaube ich nicht«, sagt sie dann. »Ich denke, er passt überall.«

Ich strecke meiner Hand zu ihr aus und greife sie am Hals, ziehe sie zu mir heran. »Amber …«, sage ich laut genug, dass sie mich über die Musik hinweg hören kann. »Du gehörst mir.«

Sie nickt, ihre langen Wimpern ein Vorhang, hinter dem ihre Augen schelmisch glitzern.

»Ich weiß, aber Heinz macht mich geil.«

Und sie ihn. Er hat sich nicht bewegt, aber er hat einen Ständer. Und was für einen. Ich sehe Marie an.

»Würde es dir nicht gefallen, zu sehen, wie er mich nimmt?«, fragt Amber. Ihre Stimme klingt belegt, sie atmet schneller. »Macht dich der Gedanke nicht geil?«

Ja doch, verdammt, tut er. Ich wende mich an Kat. »Kat. Geh bitte in die Garderobe und bring mir ein Halsband, Leine und Handschellen.«

Sie sieht mich an, blickt dann von mir zu Marie und Amber. Für einen Moment habe ich das Gefühl, als würde sie Nein sagen, dann nickt sie und verschwindet.

»Was hältst du davon, Marie?«, frage ich sie.

»Nun, Horse ist wild auf Amber, seitdem er sie das erste Mal sah. Aber ich weiß nicht, ob er sich so eine Belohnung verdient hat.« Sie mustert Amber, Marie ist selbst eine zierliche Frau, aber Amber ist noch zierlicher. »Ob es für sie eine Belohnung wäre, wage ich zu bezweifeln.«

»Es sollte auch keine für sie sein«, sage ich und nagele

Amber mit meinem Blick fest. »Ist Horse imstande, einfache Anweisungen zu befolgen?« Die Frage ist demütigend für ihn, aber das soll es ja sein. Das ist ihr Spiel, ich steige nur mit ein.

Marie nickt. »Er ist gut erzogen.«

Kat legt mir schweigend Halsband, Leine und die Handschellen auf die Theke zwischen uns. Ich greife Amber in die Haare und ziehe sie vom Barhocker herunter, drücke sie vor mir auf die Knie. Sie senkt den Kopf, als ich ihr das Halsband anlege, dann ziehe ich sie hoch. Sie steht kerzengerade vor mir. Ich sehe zu Marie hinüber.

»Horse«, sagt sie. »Du wirst Marcus' Anweisungen befolgen.«

Horse nickt. »Er kann nicht sprechen, er ist unter der Haube geknebelt«, erklärt sie mir dann.

»Das würde dieser hier auch gut stehen«, sage ich und greife Amber in die Haare, zwinge sie, zu mir hochzusehen. »Sie redet auch zu viel. Also Amber, ich will keinen Ton von dir hören, kein Geräusch, kein Stöhnen, nichts. Nicke.«

Sie nickt.

Ich zögere eine Sekunde, aber das Spiel hat schon begonnen. Ich suche noch einmal Maries Augen, auch ihre glänzen vor Erregung.

»Horse«, sage ich. »Stehe auf und ziehe Amber das Kleid aus. Berühre dabei keine Haut. Tu es langsam.«

Horse steht auf, er ist massig und breit gebaut, und als er vor Amber steht, wirkt sie umso zerbrechlicher. Sein Glied steht und reckt sich ihr entgegen. Langsam greift er zu Ambers Reißverschluss und zieht ihn sachte nach unten, bis er sich am unteren Saum löst. Amber trägt noch Strumpfhalter, Slip, Strümpfe und geschnürte Stiefel mit mindestens zehn Zentimeter Absatz. Langsam lässt er das Lederkleid von ihren

Schultern rutschen, seine Augen sind auf Ambers wohlgeformte Brüste fixiert, die ihm entgegenfiebern.

Als das Kleid hinunterrutscht, hebe ich es auf und lege es neben mir auf die Theke, nehme dann meinen Martini, trinke einen Schluck, während ich die beiden mustere. Andere Gäste haben schon bemerkt, dass hier etwas geschieht, und füllen den Raum um uns, ein Halbkreis mit gebührendem Abstand, um nicht zu nahe zu kommen und die Atmosphäre zu zerstören. Auch Caro ist wieder da, steht daneben, sie mustert Amber und Horse mit einem nachdenklichen Gesichtsausdruck. Erinnert sie sich an das Gefühl, ihn in ihr zu spüren?

»Amber, knie nieder. Mund auf. Deine Hände auf die Oberschenkel.«

Amber sinkt langsam auf die Knie, ein bezaubernder Anblick, sie fährt sich noch einmal über die Lippen, öffnet ihren Mund.

Ich drehe mich um, greife in die Schale mit den Gummis, reiche Marie einen. Sie reißt die Packung auf und stülpt ihm den Gummi über. Horse zuckt, als sie ihn berührt und über ihn fährt.

»Nimm sie im Mund, Horse. Fick sie durch. Halte ihren Kopf.«

Horse nickt, tritt näher an sie heran, nimmt ihren Kopf zwischen beide Hände und dringt in ihren Mund ein ... langsam ... Wir sind nicht die Einzigen, die gespannt sind, ob Amber das schafft. Für einen Moment sieht es aus, als hätte sich Amber überschätzt, ich höre, wie sie scharf die Luft durch die Nase einzieht, würgt, sehe, wie Tränen in ihren Augen entstehen, aber dann macht sie eine kleine Bewegung mit dem Kopf, mit einem Ruck dringt Horse in sie ein, Amber gurgelt, aber er ist drin. Horse stöhnt auf und beginnt, sie in langen Stößen zu vögeln.

Plötzlich ist es mir zu viel. Am liebsten würde ich sie an den Haaren hochreißen und wegzerren. Aber ich tue es nicht, ich winke Caro heran, drücke ihr Ambers Leine in die Hand.

»Sie gehört dir«, sage ich. Caro sieht etwas in meinen Augen, für einen Moment scheint es, als ob sie etwas sagen wolle, dann nickt sie. Ich nehme meinen Martini und gehe von der Theke weg, zu Tanja hinüber, widerstehe der Versuchung, mich umzudrehen.

»Wofür sind die Rahmen?«, frage ich.

»Lord Whip ist da«, sagt sie und schaut an mir vorbei. Ich folge unwillkürlich ihrem Blick; Amber liegt nun bäuchlings auf einem Barhocker und Horse steht hinter ihr.

»Er stiftet eine Singletail, nach Maß und Wünschen von ihm angefertigt für die beste Flag Session.«

»Gibt es schon Kandidaten?«, frage ich und zwinge mich, wieder wegzusehen.

Tanja lächelt. »Nein. Noch nicht. Aber es ist ja noch früh.«

Etwa zehn Minuten später bringt Caro mir Amber, sie lässt sie auf allen vieren auf dem Boden kriechen. Ambers Makeup ist verlaufen, ihr Gesicht ist feucht, von Tränen und Speichel verschmiert, Caro hat ihr nicht einmal gestattet, sich zu säubern.

Amber kniet vor mir, als ich ihr das Gesicht abwische.

»Und?«, frage ich Caro.

Caro blickt mit einem fast mitleidigen Gesichtsausdruck zu Amber hinunter. »Sie hat sich bemüht. War tapfer ... aber sie hat sich auch überschätzt.«

Ich sehe zu Amber hinunter, die ganz klein dort kniet, die Augen nach unten gerichtet. Das kommt selten vor, dass Amber sich überschätzt, vielleicht war dies sogar das erste Mal.

»Ich habe abgebrochen«, fährt Caro dann leise fort. »Sie hätte nicht abgebrochen, sie ist zu stur dafür, aber es ging nicht. Sie ... sie blutete.«

»Was ist mit Horse?«

»Er durfte ihren Mund gebrauchen, bis er fertig war. Hat nicht lange gedauert.«

Ich bücke mich, nehme Ambers Kinn und zwinge sie, zu mir hochzuschauen.

»Hast du etwas gelernt, Amber?«

Sie nickt. Ich frage nicht, was.

Ich lasse sie los und wende mich wieder an Caro. »Kümmere dich um sie, ziehe sie an. Sie bleibt in Fesseln und Halsband. Wenn du so weit bist, sage mir Bescheid. Wir fahren zurück zum Chateau.«

Als wir zum Chateau fahren, liegt Amber im Kofferraum. Caro fährt, ich hänge meinen Gedanken nach. Sie springen überall hin, zu Amber, Caro und Jacqueline, zu Krüger und Malowsky, zu Petra, wieder zu Amber zurück, die sich diesmal übernommen hat.

»Warum?«, frage ich dann Caro. Ich spreche leise, obwohl man uns im Kofferraum wahrscheinlich nicht hört.

Caro schaut kurz zu mir herüber, bevor sie wieder ihre Aufmerksamkeit der Straße schenkt. Es schneit zwar nicht, aber die Scheibenwischer sind ständig im Einsatz, hochgewirbelter Schnee verklebt wieder und wieder die Scheiben.

»Frag sie«, sagt Caro.

Ich mustere sie. »Bist du verärgert?«

»Ja, bin ich.« Sie blickt mich an. »Es ist eine Sache, ihnen zu erlauben, dir auch zu dienen, wenn du sie nur ab und zu benutzt. Aber in den letzten Tagen hast du mehr Zeit mit

Amber und Jacqueline verbracht, hauptsächlich mit Amber, als mit mir.«

»Du bist eifersüchtig!?«, entfährt es mir.

»Was hast du denn gedacht, Marcus? Du bist mein Herr, aber du bist auch mein Mann. Ich liebe dich, aber in den letzten Tagen hast du kaum etwas für mich übrig gehabt. Ich bin deine Frau, es fällt mir schwer, zu sehen, wie du mit ihnen spielst, sie vögelst ... und es nicht mit mir tust. Ich mag Amber und Jacqueline wirklich, ich liebe sie auch, aber im Moment ...«

Sie spricht nicht weiter, sondern sieht mich nur wieder an.

Dann seufzt sie. »Männer!«, sagt sie leise. »Wenn ich dir sage, es ist in Ordnung, du kannst sie haben, dann ist es einmal das, was du hörst. Was ich noch damit sage, ist: Kümmere dich auch um mich. Vorhin, ich hätte beinahe nicht abgebrochen, ich wollte, dass sie bekommt, was sie verdient. Aber sie verdient es nicht.« Sie hält kurz inne. »Ich denke, auch Marie wird es ihm so schnell nicht wieder gestatten, sie ist genauso eifersüchtig. Manchmal ist dieses Spiel ein wenig zu real.« Sie hat die Abfahrt erreicht, biegt nun vorsichtig in die Auffahrt zum Chateau ein. »Amber ... Sie schafft es, mich mit ihrer Maßlosigkeit zu reizen, manchmal will sie einfach zu viel. Ich liebe sie, aber irgendwie habe ich langsam wirklich Lust, sie an ein Kreuz zu hängen und dort zu lassen. Aber das ist keine Strafe für sie.«

Ich schüttele langsam den Kopf. »Doch, ist es. Sie wird es nur nicht zugeben.«

Caro sieht mich seltsam an.

Als wir im Chateau ankommen, erwarten uns Jacqueline und Melanie. Ich hole Amber aus dem Kofferraum und trage sie hinein, drücke ihre Leine Jacqueline in die Hand. Ihr nackter Körper zeigt Druckstellen vom Kofferraum, und sie schaut zu Boden. Ich habe sie selten so kleinlaut erlebt. Einen Moment lang bin ich versucht, alles zu vergessen, will sie nur in die Arme nehmen und trösten. Nein. Sie *hat* es übertrieben! Es muss ihr klar gewesen sein, dass es mir nicht gefiel, und sie wollte mich provozieren. Ich habe nicht den Kopf frei für so etwas, Krüger ist da draußen, und es fällt mir mittlerweile immer schwerer, das zu verdrängen.

»Zieh sie aus, wasch sie, mach sie für die Nacht fertig und binde sie vor Caros und meinem Bett fest. Mit Knebel und Augenmaske. Dann komm wieder runter«, sage ich mit kalter Stimme, scheinbar ohne Amber auch nur mit einem Blick zu würdigen.

Jacqueline sieht von mir zu Caro, nimmt Ambers Leine und nickt, führt Amber weg, die ihr mit hängendem Kopf folgt.

»Was ist los?«, fragt Melanie.

»Amber hat es übertrieben«, teilt Caro ihr kurz mit. Ich schließe die Tür hinter uns, es ist mir schon kalt genug.

»Ich hoffe, es ist ihr eine Lehre«, sage ich und unterdrücke einen Seufzer. »Es war einfach der falsche Moment.«

»Es sieht aus, als ob sie es diesmal verstanden hätte«, sagte Melanie.

»Ich hoffe es. Zeig uns, was du gefunden hast«, bitte ich sie. Ich blicke mich um, habe irgendwie erwartet, eingeschlagene Spiegel oder Wände zu sehen, aber nichts dergleichen.

»Na, dann kommt«, sagt Melanie und führt uns in den blauen Salon. Der große verzierte Spiegel in einer breiten Säule ist wie eine Tür aufgeklappt, dahinter ist ein kleiner Raum, nicht mehr als ein Quadratmeter, im Boden eine offene Falltür, aus der die Enden einer Holzleiter ragen. Neben der Falltür steht eine schwere Handlampe, Melanie greift sie und leuchtet die Leiter an.

»Die meisten anderen Gänge und Räume sind zu eng für dich, Marcus. Man hat nicht an deine Maße gedacht, als man das Chateau baute. Aber im Keller ist Platz, und er ist durchaus sehenswert.«

Ich nicke und steige vorsichtig die Leiter herab. Unten angekommen, sehe ich, was Melanie meinte.

Etliche Lampen sind defekt, aber es gibt genug, die noch funktionieren.

Der gesamte Keller ist mit Mosaiken ausgelegt, alles reinster Jugendstil, bis hin zu den geschwungenen und verzierten Gittern der vier Zellen. Es ist ein einziger großer Raum, mit den vier Zellen an einer Seite und einer Art kleinem Amphitheater als zentralem Punkt, vielleicht sechs Meter breit, zwei Meter tief und zehn Meter lang. Zwei vergoldete Meerjungfrauen, die auf Delfinen reiten, zeigen, dass dieses Becken mit Wasser gefüllt werden kann. Überall, an den Säulen und an der Decke, sind lustvolle Mosaiken zu finden. Nackte Nymphen halten die gläsernen Schirme von Gaslampen empor. Es ist wie ein Märchenreich in Gold und Aquamarin ... ein einziger, großer Raum, der fast zwei Drittel der Grundfläche des Hauses einnimmt, voll und ganz dem Eros und seinen Spielarten gewidmet.

»Wow«, sagt Caro. »Ich habe hier irgendwelche mittelalterlichen Zellen erwartet ... aber das ist wunderschön.« Sie sieht sich um. »Wo führt diese Treppe hin?«, fragt sie dann und deutet auf eine geschwungene Freitreppe.

»In die Halle, an die Ostwand. Sie ist zugemauert. Hier, schaut euch das an.«

Sie zeigt auf eine der Zellen. An Wand und Decke sind verzierte Ringe eingelassen, aber das ist es nicht, was sie uns zeigen will. Hier steht, in seiner Einfachheit fast beleidigend, ein großes Regal und ein schwerer massiver Tresor. Auf einem Dreibein daneben eine professionell wirkende Videokamera, allerdings noch teilweise mit Spinnweben verhangen. Vor zehn Jahren bestimmt ein hochwertiges Gerät.

Der Tresor ist offen, gebündelte Schillingscheine stapeln sich darin. Ich sehe etwas, was Melanie nicht erwähnte: Im mittleren Fach liegt eine Luger 08, eine Pistole, wie sie im Zweiten Weltkrieg oft von deutschen Offizieren verwendet wurde. Ich trete an den Tresor heran, nehme die Pistole heraus, prüfe sie. Sie ist geladen, aber es ist fraglich, ob die Munition noch funktioniert oder die Magazinfeder noch den Druck hat, den sie braucht. Sie wirkt alt, vielleicht stammt sie tatsächlich noch aus der Nazizeit. Ich lege die Waffe wieder zurück.

»Das ist alles? Ist sonst noch etwas zu finden?«

Melanie schüttelt den Kopf. »Nichts außer Spinnweben.«

Caro dreht sich langsam um. »Ich glaube, so etwas bekommt man heute einfach nicht mehr hin. Marcus, das gefällt mir.«

Jacquelines Stimme ist von oben zu hören. Als ich die Leiter hochsteige, werfe ich noch einen letzten Blick in dieses vergessene unterirdische Reich, es gefällt mir auch. Für einen Moment habe ich das Gefühl, eine Frau in der ersten Zelle zu sehen, in feine goldene Ketten gebunden, die mir zulächelt … Caro? Ihre Großmutter? Ich schüttele lächelnd den Kopf und steige weiter nach oben.

»Amber befindet sich dort, wo sie sein soll, genau wie befohlen«, teilt mir Jacqueline mit. Ihr Tonfall ist neutral, aber ihr Blick, der zwischen Caro und mir hin und her geht, spricht Bände. Sie will wissen, was geschehen ist. Doch ich nicke nur.

»Was gibt es sonst Neues?«, frage ich Melanie auf dem Weg zum Speisezimmer, wo ich mich auf meinen üblichen Stuhl setze, mit dem Gefühl, schon lange nicht mehr gesessen zu haben. Ich bin müde.

»Wir haben die Adressen der meisten Männer, auf die wir die Detektive angesetzt haben«, sagt Melanie.

»Das war wohl eher eine falsche Spur«, meint Caro, und Melanie schüttelt den Kopf.

»Vielleicht bei den meisten, aber einer von ihnen, einer von den Hardcore-Spielern, ging hinterher in das Stammlokal der *Death Riders*. Also ist er auch einer von ihnen.«

»Oder mutig, oder bescheuert«, erwidert Caro.

»Was ist mit deiner Freundin?«, frage ich Melanie.

»Es geht. Man hat ihr nicht gekündigt, aber sie sagt, es sei jetzt seltsam dort. Sie wird sich einen anderen Job suchen.« Sie holt tief Luft. »Ich habe die Karteikarten in den Computer eingelesen, aber noch nicht weggeschickt. Jacqueline meinte, man solle noch warten, bis die Sache mit Krüger durch ist.«

Ich schaue Jacqueline an. »Es ist nur so ein Gefühl. Ich denke, Krüger sollte nicht wissen, dass wir diese Räume gefunden haben.«

»Warst du unten?«, fragt Caro Jacqueline.

»Ja. Es ist wunderschön, nicht wahr?«

Caro nickt. »Das ist es. Ich glaube, wir werden den Zugang wieder öffnen.« Sie sieht zu mir hinüber, und ich nicke zustimmend. Diese Räume da unten ... sie besitzen für mich einen ganz besonderen Charme.

Melanie sieht zu Caro hinüber. »Bevor ich es vergesse, dein Vater hat angerufen. Er sagte, er bringe morgen deine Urgroßmutter her. Du möchtest bitte da sein, er habe mit dir zu reden.«

Caro schließt die Augen und holt tief Luft. Als sie die Augen wieder öffnet, sehe ich Hoffnung in ihnen.

»Das werde ich nicht verpassen«, sagt sie dann leise. »Marcus, was meinst du, soll ich ihn noch anrufen?«

Es ist spät, kurz nach zwei, ich schüttle den Kopf. »Hab bis morgen Geduld«, rate ich ihr. Ich ziehe sie an mich heran und nehme sie in meine Arme. »Er würde deine Urgroßmutter nicht herbringen, hätte er es nicht eingesehen.«

Sie nickt, schnieft einmal.

»Ich denke, es ist Zeit, schlafen zu gehen. Melanie, übernachtest du hier?«

Sie schüttelt den Kopf. »Nein, ich fahre wieder nach Hause. Susanne wartet auf mich.«

Ich wünsche Jacqueline und Melanie eine gute Nacht und führe Caro die Treppe nach oben zu unserem Schlafzimmer.

Amber liegt in Fesseln vor dem Bett, wie ich es bestimmt hatte, nackt, mit Augenmaske und Knebel, sie bewegt den Kopf, als wir ins Zimmer kommen, aber ich ignoriere sie. Caro nicht. Sie nimmt eine Decke aus dem Schlafzimmerschrank und breitet sie über Amber aus.

Dann gehen wir ins Bett ... kuscheln ein wenig, unterhalten uns über dies und jenes, schlafen dann ein.

Kapitel 15

FREITAG

Am nächsten Morgen ist Amber wie ein Lamm, als ich sie an der Leine herunterführe. Caro hat sie angezogen, Amber trägt nun ein Dienstmädchenkostüm, komplett mit Unterröcken, schwarzen Strümpfen und flachen Schuhen. Sie ist nicht mehr gefesselt, aber sie trägt noch immer Halsband und Knebel.

Jacqueline weiß, dass Carolines Familie heute zu Besuch kommen wird, und sie will, dass alles perfekt ist. Also ist sie emsig dabei zu schauen, wo der Putzdienst tätig werden muss, während Caro und ich in Ruhe frühstücken. Caro trägt wieder ein elegantes Kostüm. Heute hätte ich sie lieber in ihrer Chauffeursuniform gesehen, aber da wir ihren Vater und ihre Urgroßmutter erwarten, scheint es irgendwie nicht angebracht.

Ich nehme Ambers Laptop, um meine E-Mails abzufragen. Ihr Gerät ist mit Funkmodem mit dem Server hier im Haus verbunden; so kann ich in Ruhe frühstücken und die Berichte der jungen Leute abfragen, die Tanja gestern rausgeschickt hatte.

Amber steht links hinter mir, wartet darauf, ob sie mir zur Hand gehen kann.

Der Erfolg war mäßig, die Mädchen verkehrten in ein paar Diskotheken, Gref wurde nur noch einmal erkannt, Becker und Krüger gar nicht.

Caro fragt mich, ob sie an den Computer kann, und ruft eine Kreditauskunft auf, fragt Krüger ab ... und pfeift leise durch die Zähne.

»Die Auskunft ist AA«, sagt sie dann. »Das bedeutet, dass seine Bonität einwandfrei ist, selbst für größere Darlehen. Sieh mal, hier. Keine Bedenken bis zu einer Million Euro.«

»Beachtlich für einen Polizisten«, sage ich.

»So oder so beachtlich«, antwortet sie mir.

Sie schließt den Laptop.

»Was hast du jetzt vor?«, fragt sie dann.

Ich blicke zu Amber hoch. »Wie sicher bist du dir, dass Orwell richtig liegt?« Amber streckt den Daumen hoch.

»Also gut. Ich werde Melanie bitten, die besten Leute, die sie hat, auf Krüger und die drei Mädchen anzusetzen. Sie sollen sie nicht mehr aus den Augen lassen. Ich möchte alles über Krüger erfahren, was es nur gibt.«

Amber malt mit dem Finger einen Namen in die Luft. Siggi.

»Ja. Ich habe ihn nicht vergessen.« Ich wende mich wieder Caro zu. »Wenn wir den offiziellen Weg einschlagen, befürchte ich, dass Krüger heil rauskommt und der Dreck in unsere Richtung fliegt. Er ist gut, das steht außer Frage. Das Einzige, was wir tun können, ist, ihn auf frischer Tat zu ertappen. Und das bedeutet ...«

»Dass wir ihn gewähren lassen. Aber wenn wir den Zeitpunkt verpassen, dann haben wir jemanden auf dem Gewissen«, sagt Caro.

»Ja«, stimme ich ihr zu. »Das darf einfach nicht passieren.«

»Bis Sonntag ist es nicht mehr lang«, gibt Caro zu bedenken. »Und wir haben einfach noch nichts. Können wir denn sonst gar nichts tun?«

»Ich werde alles, was wir haben, zusammenfassen und bei unserem Anwalt hinterlegen. Ansonsten ...«, ich schüttle den Kopf, »fällt mir einfach nichts ein. Beobachten und dann zuschlagen.«

»Was ist, wenn er eines der Mädchen vorher entführt? Wenn er sich nicht an den Plan hält?«

Amber deutet auf ihren Knebel. Ich sehe sie an, ihre Augen sind bittend. Ich lasse sie knien und nehme ihr den Knebel ab.

»Wir können die Wahl beeinflussen«, sagt sie dann leise. »Wir können das Opfer aussuchen. Wenn er sich daran hält, vereinfacht es die Sache.«

»Und wen willst du zum Tode verurteilen?«, frage ich, vielleicht etwas barscher als gewollt.

»Phoenix«, antwortet Amber, ohne zu zögern. »Sie ist zäh und intelligent. Wir kennen sie schon, und ich glaube, sie vertraut uns. Marcus, ich kann helfen ... aber nicht so.« Sie blickt auf den Knebel, den ich in der Hand halte. »Wenn du uns machen lässt, mich machen lässt, kann ich dir heute Abend Krügers Unterhosengröße geben.«

»Gut«, sage ich. »Dann kümmere dich drum.« Ich halte den Knebel vor ihr hoch. »Das hier ist nicht ausgestanden.«

»Ja«, sagt sie und lässt den Kopf hängen. »Ich weiß.«

Ich bin in meinem Büro, schaue durch das Fenster auf die schneebedeckten Felder hinaus. In meiner Hand halte ich eine alte Karteikarte. Marie Rachel Patuschek, vierzehn Jahre alt. Jungfrau für Einmalbenutzung. Die Bedeutung dieses Wortes ist mir jetzt nur zu bekannt. Auf dem Computerbildschirm vor mir ist ein Standbild zu sehen, aus einem der Videos, die Ottmann auf seiner Festplatte hatte. Es ist ihr Gesicht, ihre Augen scheinen mich anzuflehen, als man sie mit einem Draht stranguliert. Ich habe das Bild vergrößert, es ist nur ihr Gesicht zu sehen, man erkennt den Draht nicht. Sergei ist auf dem Weg hierher, ich habe ihn angerufen, als ich ihre Karte fand.

In der Entfernung sehe ich einen schwarzen Rolls-Royce herankommen, es ist nicht meiner, dieser hier ist neuer ... Ich lächle, er ist nur etwa vierzig Jahre alt, ein Silver Shadow.

Ich klicke das Bild weg und verstaue Marie Rachels Karte in einer Schublade meines Schreibtischs. Ich will verhindern, dass Caros Vater mit zu vielen Dingen konfrontiert wird. Es ist zwar unwahrscheinlich, dass er über die Karte stolpert, aber sicher ist sicher.

Als ich die Treppe herunterkomme, sehe ich Caro und ihren Vater. Er hält mit beiden Händen ihre rechte Hand, sie sehen sich gegenseitig an.

Frau Winter sitzt in ihrem Rollstuhl, betrachtet die beiden lächelnd; Jacqueline steht daneben und wartet geduldig.

»Vielleicht wollt ihr ein wenig allein sein«, sagt Jacqueline, die sie wohl hineingebeten hat, und geht hinüber, um die Tür zum kleinen Salon zu öffnen. Caro sieht zu mir hoch, ich nicke leicht, und sie führt ihren Vater in den kleinen Salon. Leise schließt Jacqueline die Tür hinter ihnen.

»Willkommen zurück auf dem Chateau, Frau Winter«, sage ich mit einer leichten Verbeugung, sie nickt, aber ihre Augen funkeln.

»Ich habe vergessen, wie schön es hier ist«, sagte sie dann.«

Ich sehe mich um und stelle fest, dass das nicht nur ihr geschehen ist. Über all den Sorgen habe ich selbst den Blick dafür verloren.

»Jacqueline hat Ihr Zimmer vorbereitet, Madame«, teile ich Frau Winter mit. »Sie sind bestimmt müde von der

Fahrt. Möchten Sie sich frisch machen? Wir treffen uns dann im Frühstücksraum, dort die hellblaue Tür.«

»Wenn Sie mir verraten, wie ich die Treppe hochkomme, junger Mann?«, lächelt Frau Winter. Ich bücke mich. »Halten Sie sich einfach fest«, sage ich und hebe sie aus dem Rollstuhl. Sie ist federleicht und riecht ein wenig nach Vanille.

»Ich nehme den Rollstuhl mit«, sagt Jacqueline und zieht den Rollstuhl hinter sich die Treppe hoch.

»Ihr Zimmer, Frau Winter«, sage ich und öffne die Tür, trage sie hindurch wie eine Braut; sie lacht laut, als sie sich umsieht.

»Wie ...«

»Das haben Sie Jacqueline zu verdanken«, sage ich und setze sie wieder vorsichtig in ihren Rollstuhl, den Jacqueline ins Zimmer schiebt.

»Wir haben alte Bilder des Chateaus gefunden«, sagt Jacqueline und lächelt stolz. »Bei der Renovierung der Räume haben wir uns an das historische Vorbild gehalten, die Möbel sind vom Speicher, nur die Matratze Ihres Betts ist neu.«

»Nach hundert Jahren ist das kein Wunder«, lächelt Caros Urgroßmutter, und ich sehe, wie Jacqueline verblüfft blinzelt, als auch ihr die Ähnlichkeit mit Caro so deutlich bewusst wird. »Danke sehr, junger Mann«, sagt Frau Winter. »Und danke auch Ihnen.« Sie nickt Jacqueline zu. »Aber wenn die junge Frau vielleicht einen kleinen Moment länger für eine alte Dame Zeit hat?« Jacqueline macht ganz brav einen Knicks, und Caros Urgroßmutter lacht.

»Ich denke, ich werde die Damen jetzt allein lassen«, teile ich ihnen mit einer kleinen Verbeugung mit und ziehe die Tür hinter mir zu.

Als ich die Treppe wieder hinuntergehe und unten in der Haupthalle ankomme, ist alles ruhig und leer, niemand ist zu sehen. Ich will Caroline und ihren Vater nicht stören, also gehe ich in die Küche, um mir einen Kaffee an der Maschine zu drücken. Für einen Moment fühle ich mich allein, als wäre sonst niemand da. Ein kurioses Gefühl, vor allem, weil es nicht stimmt.

Von der Küche aus führt eine Tür nach draußen, in einem Kabinett rechts der Tür befinden sich Gummistiefel, ein alter Mantel, diverse Gartengeräte. Ich nehme mir den Mantel und verlasse das Chateau.

Als ich eine Zigarette aus der Packung fische, stelle ich fest, dass es die letzte ist, ich habe in den vergangenen drei Tagen eine ganze Schachtel aufgeraucht.

Ich gehe spazieren, meine Schuhe sind nicht für Wanderungen durch den Schnee geeignet, ich werde sie ruinieren, aber das ist mir im Moment egal, ich brauche diese Zeit, muss nachdenken.

In den letzten Tagen ist so viel geschehen, dass ich beinahe die Orientierung verloren habe. Wir sind uns sicher, dass Krüger der Mörder ist, ein Computer sagt uns das. Beweise haben wir keine. Keine, die vor Gericht standhalten würden. Die Ermittlungsarbeiten sind seit dem ersten Mord nicht weitergekommen, die wenigen Spuren, die hinterlassen wurden, führten zu keinem Ergebnis. Das Einzige, was wir als Spuren haben, sind das Blutbild der Opfer und die eingebrannte Rose am linken Innenschenkel.

Was auch immer Krüger sonst ist, er ist hochintelligent.

Alle anderen Spuren und Beweise an den Tatorten sind unter Umständen manipuliert oder gar bewusst gesetzt; da Krüger genau weiß, wie man eine Ermittlung führt, ist davon sogar auszugehen. Gref ist sein Handlanger, ich weiß jetzt, dass er an allen Tatorten präsent war. Er hatte die Möglichkeit, sie zu präparieren.

Sind die eingebrannte Rose oder gar die Drogen auch eine solche Spur?

Es wurden sicherlich schon immer Menschen getötet, um den sadistischen Impuls anderer zu befriedigen, aber hier bei uns, hier im Chateau, fand diese Serie einen Anfang. Wenn die »Einmalbenutzung« auf den alten Karteikarten bedeutet, was ich befürchte, starben hier in den zwanzig Jahren, bevor ich das Chateau erbte, etwa dreißig junge Mädchen! Ich friere, aber es ist nicht der kalte Wind, diese Kälte geht tiefer, berührt die Seele. Wie kann ein Mensch nur so sein? Wie kommt jemand nur auf solche Gedanken?

Herrgott! Über zwei Dutzend Kinder! Ich zwinge mich weiterzudenken, die Gefühle beiseitezuschieben. Zurück zu den Mädchen. Von einigen wenigen fanden wir über Ottmann eine Aufzeichnung ihres Todes. Orwells Rekonstruktion schließt eine Täuschung aus, Marie Rachel wurde ja auch tot aufgefunden, es ist also davon auszugehen, dass es wirklich so war, so ist.

Wir wissen, dass das Motiv für die Morde hier im Chateau Geld wert war; einer der verfluchten »Kunden« meines Onkels bezahlte für das Leben einer jungen Frau, eines Mädchens. Dafür, dass er Amber ans Kreuz schlug und von diesem Argentinier auspeitschen ließ, erhielt er 200 000 Schilling, wahrscheinlich in bar. Das Geld unten im Tresor, Caro sagte mir übrigens, dass man es noch immer in Euro tauschen könnte, stammt wahrscheinlich daher. Ist also echtes Blutgeld. Soviel ich weiß, hat bis jetzt niemand von uns diese Scheine auch nur berührt. Ein kleines Vermögen, aber am liebsten würde ich es verbrennen.

Nachdem ich das Chateau übernommen habe, war es

für die frühere Klientel klar, dass diese mörderische Tradition des Chateaus von mir nicht weitergeführt werden würde. So entstand dieser andere Club. Die *Rose*. Kein wirklicher Club, sondern eine Interessengemeinschaft von Leuten, die einen Kick daraus ziehen, jede menschliche Grenze zu überschreiten.

Für mich ist ein Sadist jemand, der mit der Lust und dem Schmerz spielt und in einem einvernehmlichen Rahmen agiert. Diese Leute sind keine Sadisten, für mich sind sie Soziopathen, echte Ungeheuer!

Ich bin mittlerweile schon ein Stück gelaufen, ich drehe mich um, betrachte das Chateau, das malerisch in dieser Winterlandschaft liegt. Es wurde gebaut, um der Lust zu dienen, aber der Lust am Leben, nicht am Töten. Ich denke plötzlich, wir können froh sein, dass uns keine ruhelosen Geister heimsuchen.

Sergei deutete an, dass dieser Club geschaffen wurde, um den Bedarf an echter Folter und weiteren sadistischen Morden zu decken, ein Bedarf, dessen reine Existenz mich erschüttert, aber nicht überrascht, dazu war ich zu lange Polizist. Allerdings fällt es einem schwer, den Glauben an die Menschheit zu behalten, wenn solche Ungeheuer unter uns leben.

Bis zu den Kreuzmorden waren die Morde insoweit perfekt, als sie nie aufgeklärt wurden. Vielleicht auch ein Werk Krügers, vielleicht gab es am Anfang noch Spuren zu verwischen, aber selbst mit dem, was wir heute wissen, sind diese Morde nicht aufgeklärt. Wir wissen, dass mein Onkel die Opfer zur Verfügung stellte, aber er führte die Tat nicht selbst aus, das waren seine Kunden und wahrscheinlich auch nicht immer dieselben. Gibt es hier in Wien einen Kreis von Leuten, von Männern mit Macht und Ansehen, die einander dadurch verbunden sind, dass sie gemeinsam mordeten? Wie groß ist der Einfluss dieser Leute heute?

Diese perfekte Mordmaschinerie, ungestört seit über zwanzig Jahren, fand nach dem Besitzerwechsel des Chateaus offenbar eine Möglichkeit weiterzumachen, tötete, wenn man sich an den »Einmalnutzungen« im Chateau orientiert, ein- bis zweimal im Jahr. Praktisch ohne Risiko, denn wenn ich recht behalte, hat Krüger die Mörder gedeckt.

Also, warum jetzt diese Kreuzmorde? Früher zahlte der Mörder für das Privileg zu töten, jetzt zahlen anonyme Internetbenutzer für das Privileg, zusehen zu dürfen. Wie viel zahlen sie? Mist, das hätte ich Ottmann fragen können. Aber Amber wird es auch wissen. Wie geht so etwas? Wahrscheinlich über die Nutzung einer anderen Seite. Aber wenn Geld das Motiv ist, rentiert sich so etwas denn wirklich?

Wie viel ist ein Leben heutzutage wert?

Ich zwinge mich, das alles nüchtern zu betrachten, für Gefühle ist gerade kein Platz.

Eine andere Sache ist die Frequenz dieser Morde. Drei Opfer in drei Wochen, dies ist ein Bruch im Muster. Fast so, als ob ... Ich bleibe stehen und blicke zum Chateau zurück, ohne es jedoch zu sehen.

Fast so, als ob es sich nicht um die gleichen Täter handelte.

Wir wissen, wer die Kreuzmorde beging. Krüger. Sagt uns Orwell. Aber hat es wirklich etwas mit den anderen Morden dieser sadistischen Gruppe zu tun?

Es macht einen Unterschied, ob jemand dafür zahlt, oder damit Geld verdienen will. Die einzige wirkliche Verbindung zwischen der *Rose*-Webseite und den Morden im Chateau sind die Videoaufnahmen, die wahrscheinlich irgendwann im Keller des Chateaus lagerten und dann entwendet wurden. Jemand versuchte, den Tresor zu öffnen, vermochte es aber nicht zu tun, er hatte also weder den Schlüssel noch die Kombination. Also wusste er wohl auch von den Videos im Tresor.

Je länger ich drüber nachdenke, desto mehr komme ich zu der Erkenntnis, dass es zwar einen Zusammenhang gibt, aber dieser Internetclub wohl kaum eine Fortführung des Chateaus ist, jemand, Krüger, nutzt nur Informationen, die er besitzt, um das Netz enger um mich zu schlingen.

Wie wahrscheinlich ist es, dass Krüger nichts von dem Betrieb des Chateaus wusste, als es noch unter der Leitung meines Onkels stand? Sehr unwahrscheinlich. Jede Ermittlung gegen das Chateau war erfolglos, bis mein Onkel starb und eben nicht jemand von der Sitte, sondern ein einfacher Streifenpolizist das Chateau betrat und den Skandal auslöste.

Mit den Geldern, die mein Onkel mit seinen Machenschaften einnahm, ist es durchaus denkbar, dass er wichtige Personen schmierte. War Krüger einer von ihnen? Ich bin mir *sicher*, dass es so war. Petra sagte, sie habe vor etwa zwei Monaten mit ihrer Sklavinnenausbildung angefangen; das deutet darauf hin, dass alles neu ist und wohl keine Fortführung der alten mörderischen Tradition des Chateaus. Was hier den Eindruck von Kontinuität erweckt, sind nichts als die alten Aufnahmen aus dem Chateau, die auf der Webseite zu sehen sind.

Wenn Krüger auf der Gehaltsliste meines Onkels stand, dann ist es möglich, dass er von diesen Bändern und dem Tresor weiß. Vielleicht sind auf den verschwundenen Bändern auch die Gesichter von prominenten und einflussreichen Gästen zu erkennen? Krügers Karriere in den letzten acht Jahren war außerordentlich steil. Ich erinnere mich an eine Diskussion mit ihm, damals, als er noch mein Chef war. Wir hatten gerade einen Erpresser hochgenommen.

»Wissen Sie, Marcus«, sagte er damals »ich verstehe nicht, wieso Verbrecher immer so gierig sind. Sie zwingen ihre Opfer direkt, sich gegen sie zu wehren. Wäre ich ein Erpresser, würde ich nicht mehr nehmen, als meine Opfer wirklich erübrigen könnten, sodass es ihnen nicht wehtut.« Ich frage mich jetzt, ob sich Krüger womöglich an seinen eigenen Rat hielt.

Krügers Bonität ist gut. Aber er ist nicht in dem Bereich, wo er es sich leisten kann, 100 000 Euro für das »Privileg« des Mordens zu bezahlen ... er verdient eher Geld damit!

Ich bleibe stehen und schlage den Kragen hoch, sehe über die unberührte Schneelandschaft. Mein Atem steht in der Luft, es ist kalt hier draußen, aber ich friere nicht. Im Gegenteil, mir ist fast schon zu warm.

Es muss ein Geschäft für ihn sein. Die Tatorte, die sensationsgeile Berichterstattung darüber ... dies ist nur der Beweis für die Echtheit der Aufnahmen, die an die Internetkunden versendet werden. Das Gütesiegel sozusagen!

Für die Aufklärung der Kreuzmorde können wir, so bin ich mir nun sicher, eine Verbindung zu den alten Morden vergessen.

Aber etwas fehlt noch in dem Bild. Etwas stört mich. Ohne es richtig zu bemerken, falle ich in einen Laufschritt, jogge über den Schnee, während meine Gedanken rasen.

Ich laufe einige hundert Meter, bis ich es finde. Wenn er mit den Morden im Internet Geld verdienen will, sind die Drogen unnötig. Für die Konstruktion bisher wäre die Todesart irrelevant, eher sogar ungewöhnlich.

Die alten Morde auf dem Chateau wurden auf teilweise

bestialische Art und Weise durchgeführt, gewaltsame Tode. Wozu der Einsatz des »Russischen Winters«?

Ich bin leicht außer Atem, lehne mich gegen einen Baum und reibe mir die Hände. Schnee fällt mir von einem Ast in den Kragen, wenigstens macht es mich wach, als ich fluche und ihn rausschütteln will. Vergebens, es läuft mir eiskalt über den Rücken, diesmal wortwörtlich!

Ich habe mir ja alle drei Kreuzmorde angesehen, und der Unterschied fiel mir auf, wurde mir aber nicht bewusst. Bei den ersten beiden Morden sind die Opfer teilweise in Ekstase geraten, nicht genug, um zu fliegen, aber sie haben Lust empfunden. Ausgerechnet bei Christina, von der wir wissen, dass sie eine ausgeprägte Masochistin war, geschah das nicht, sie sah ihren Mörder mit klaren, verachtenden Augen an.

Mein Gott. Es ging nicht um die Morde. Es ging nicht um die *Rose*. Diese Morde wurden inszeniert für einen ganz anderen Zweck!

Ich renne mittlerweile, einmal rutsche ich aus, falle beinahe hin. Plötzlich habe ich ein mulmiges Gefühl im Bauch, kribbeln meine Nackenhaare.

Warum wurde ich noch nicht verhaftet? Es kann nur einen Grund geben. Er braucht mich auf freiem Fuß, damit er einen Täter für den nächsten Mord bereithält!

Als ich zurückkomme, ist Jacqueline in der Küche, sie kümmert sich gerade um Sergeis Lachs. »Wo warst du?«, fragt sie, als ich mir den Schnee von den Schuhen abklopfe und den alten Mantel wieder an seinen Platz hänge. Sie hat ein langes Tranchiermesser in der Hand und die Hände in die Hüften gestemmt. »Wir haben uns Sorgen gemacht.«

Ich mir auch.

»Ich musste mal raus, in Ruhe überlegen«, antworte ich ihr, drücke die scharfe Klinge sachte zur Seite und gebe ihr einen Kuss. Sie erwidert ihn so enthusiastisch, dass ich sie fast auf den Küchentisch gesetzt hätte, um mehr daraus zu machen, aber dazu ist keine Zeit.

»Wo ist Caro?«, frage ich sie. Sie deutet mit dem Kopf auf die Tür zum Speisezimmer.

»Nebenan, mit den anderen. Frau Winter ... sie ist eine richtige Dame. Wie Caroline auch.«

Ich öffne die Tür und sehe sie alle am Tisch sitzen. Frau Winter in einem altmodischen, aber eleganten Kleid an der Stirnseite des Tisches, Caro links von ihr, ihr Enkel rechts, ein Stuhl ist neben Caro frei.

»Entschuldigt bitte«, sage ich, als ich mich zu Caro begebe. Ihr Vater steht auf und hält mir die Hand hin. Ich bin etwas überrascht und auch irritiert, ich bin zu nervös, um diese Geste jetzt zu schätzen. Also gebe ich ihm die Hand, nicke ihm kurz zu, bevor er etwas sagen kann, und bewege mich dann um den Tisch herum zu Caro.

»Ich muss mal kurz hoch, telefonieren«, sage ich und gebe ihr einen Kuss. »Dann brauche ich eure Hilfe!« Ich sehe Caros Vater und ihre Großmutter an. »Auch die eure«, füge ich hinzu. Caros Vater sieht mich erstaunt an, aber ich laufe schon hoch zum Büro, ich muss dringend telefonieren.

Ich rufe Christian an. Vielleicht kann er etwas über Krüger herausfinden, es heißt ja immer, folge dem Geld. Und wenn es jemanden gibt, der das kann, dann ist es Christian Lepene.

Ich habe Glück und erreiche ihn.

»Du willst also, dass ich die Finanzdaten von diesem Krüger überprüfe?«, fragt er. »Du weißt schon, dass das illegal ist?« Im Hintergrund höre ich, wie seine Finger auf den Tasten klappern.

»Ja«, sage ich ungehalten. »Stelle besser keine Fragen.«

»Würde ich das jemals tun?«, fragte er, und ich höre in seiner Stimme, wie er lächelt. Er ist ein Bluthund, und er mag es, Fährten aufzunehmen. »Ich rufe dich zurück, wenn ich herausgefunden habe, welche Unterwäsche er trägt«, sagt er schmunzelnd und legt auf.

Ich sehe kopfschüttelnd auf das Telefon, lache kurz, warum sollte sich Christian verändert haben, und rufe im *Dominion* an. Tanja meldet sich.

»Hi, Tanja, hier ist Marcus. Ist alles in Ordnung?«

»Ja, natürlich«, kommt die überraschte Antwort. »Wir haben nur ein wenig Stress wegen dem Shooting heute Abend.« Für einen Moment weiß ich nicht, was sie meint, dann fällt es mir wieder ein, ein bekannter Fetisch-Fotograf wird heute Abend im *Dominion* für unsere eigene Webseite Bilder machen.

»Ich bin sicher, das bekommst du geregelt«, sage ich. »Ist Amber da?«

»Ja. Sie kam vor etwa einer Stunde. Soll ich dich mit ihr verbinden?«

»Nein, danke. Ciao.« Ich bin erleichtert. Es macht mich nervös, dass Amber nicht hier ist, denn auch sie ist eine zentrale Figur in diesem Fall. Noch immer weiß ich nicht, warum Krüger ausgerechnet die Szene mit ihr als Vorbild für seine Morde nahm!

Als ich wieder nach unten komme, merke ich, wie sie mich alle anstarren. Caro will etwas sagen, aber ihre Urgroßmutter ist schneller. Frau Winter mustert mich durch eine Lorgnette, ich habe vorher noch nie eine real gesehen. »Was ist mit Ihnen, junger Mann?«

»Mir sind nur ein paar Sachen klar geworden.« Ich sehe mich am Tisch um, Caros Vater, Frau Winter, Caro ... alle sehen mich erwartungsvoll an.

Jacqueline kommt herein und stellt mir eine Tasse Kaffee hin, ich nicke ihr dankbar zu und nehme einen Schluck.

»Ich glaube, ich sollte mal für diejenigen von euch, die noch nicht wissen, was hier zurzeit geschieht, eine kurze Zusammenfassung geben«, sage ich dann und bringe meine Gäste auf den neuesten Stand, teile ihnen auch meine Überlegungen von eben mit.

»Ich denke, wir haben alle Puzzleteile zusammen«, sage ich dann. »Jetzt will ich mit euch zusammen noch mal alles durchgehen, vielleicht finden wir heraus, wie es sich zusammenfügt, einiges ergibt für mich noch keinen Sinn.«

»Gut«, sagt Caro und bläst sich die Haare aus der Stirn. »Fangen wir mit den Akteuren an.«

»Wir haben Krüger, Gref und diesen Petrov«, zähle ich auf. »Petrov ist wichtig genug für Krüger, dass er eingreift, um zu verhindern, dass der Mann am Flughafen geschnappt wird. Was wissen wir über ihn?«

»Er ist ein russischer Mafioso, der sich vor ein paar Jahren dieses Labor unter den Nagel gerissen hat. Petrovsak«, sagt Caro. »Susanne hat auch erwähnt, dass das Labor in Schwierigkeiten ist.« Sie sieht vorwurfsvoll zu ihrem Vater hinüber, der sich räuspert.

»Ich habe mich darum gekümmert«, sagt er dann, es ist das Erste, was er sagt. »Ich habe mit der Bank auf den Caymans gesprochen, sie schwören, dass es gar keine Geldbewegung gab, aber ich dachte, die halten mich hin.«

»Sie haben versucht, es für uns herauszufinden?«, frage ich dann. Ich gebe zu, ich bin überrascht.

»Sie kennen meine Großmutter nicht. Wenn sie sich einmal etwas in den Kopf gesetzt hat, schafft sie es meistens.« Frau Winter lächelt nur leise dazu.

Caros Vater schüttelt den Kopf. »Ich verstehe es immer noch nicht, aber auch Caro erklärte mir überzeugend, dass ihr euch liebt, es wäre nur eine andere Form der Liebe. Ich versuche es zu begreifen ... verstehen tue ich es nicht, aber ich versuche es zu akzeptieren. Caro ist mein einziges Kind.«

Es ist eigentlich keine Zeit dazu, aber dennoch will ich es wissen.

»Warum der plötzliche Sinneswandel?«, frage ich noch immer etwas reserviert. Wieder schaut Herr von Schwarzenstein zu seiner Großmutter hinüber, es fehlt nur noch, dass er auf dem Stuhl hin und her rutscht, so schuldbewusst wirkt er.

»Ich habe ihm eine Frage gestellt«, hilft ihm Madame. »Nur eine einzige. Gibt es etwas, was er nicht zu tun bereit ist, damit Caro glücklich wird.«

Herr von Schwarzenstein räuspert sich. Es ist ihm sichtlich unangenehm. »Ich liebe meine Tochter«, sagt er dann leise. »Das war schon immer so, nur wusste ich nicht, wie ich es zeigen kann.« Er räuspert sich erneut. »Mir wäre wohler, wenn wir es jetzt dabei beließen.«

Weniger steif ist er in seiner Art nicht geworden. Wir werden sehen, ob er es ernst meint. Für den Moment reicht es mir, die Hoffnung in Caros glänzenden Augen zu sehen.

Ich nicke langsam. »Es wird wohl noch etwas dauern, bis wir uns kennenlernen können«, sage ich dann, und meine liebe, brave Caro tritt mir gegen das Schienbein. Ich bin so überrascht, dass ich zu ihr herumfahre.

»Er meint damit nicht, dass er dich rauswerfen will, Vater«, sagt sie mit einem scheuen Lächeln. »Es ist derzeit nur ... etwas ungünstig.«

»Papperlapapp«, sagt Frau Winter. »Es gibt gar nicht viel zu reden. Immer muss alles zerredet werden. Manche Sachen sind einfach so, wie sie sind.« Sie wendet sich mir zu. »Habt ihr nicht einen Fall zu klären?«

Ich muss unwillkürlich lächeln.

»Richtig. Zurück zu Petrov«, sage ich also. »Was will er hier?«

»Kasse machen«, sagt Caros Vater. Ich erkläre kurz, was Sergei mir erzählt hat, dass es Petrov in Paris zu heiß wurde.

»Aber er hat sich nicht mehr bei Ihrem Freund gemeldet?«, fragt Frau Winter. Sie mag alt sein, doch es ist klar zu erkennen, woher Caro ihre Intelligenz hat.

»Richtig«, sage ich. »Das hat mich auch gewundert. Sergei hätte etwas gesagt, wenn Petrov aufgetaucht wäre.«

»Dann will er abtauchen *und* Kasse machen«, stellt Caro fest.

»Wie?«, fragte jetzt Jacqueline. »Mit den Drogen?«

»Das liegt auf der Hand nicht wahr?«, erwidere ich.

»Dann sind es nicht nur vierzig Dosierungen«, stellte Caro fest. »Sondern mehr.« Davon ist auszugehen, denke ich.

»Also, Marcus, du glaubst, dass dieser Internetclub eher wenig mit dem zu tun hat, was hier auf dem Chateau geschah?«, fragte jetzt Jacqueline.

»Ich bin mir sicher«, antworte ich. »Es gibt vollständig unterschiedliche Motive. Es geht nicht um sadistische Befriedigung, nicht um die Morde selbst, sie sind nur Demonstrationen dafür, dass die Drogen wirklich nicht nachweisbar sind.«

»Das ist unmenschlich«, sagt Caros Vater gepresst. »Wie kann jemand das nur tun?«

»Geld«, sagt Frau Winter knapp. »Das war auch zu meiner Zeit so. Für Geld tun manche Menschen alles.« Sie sieht mich mit ihren dunklen Augen an. »Wenn ich das richtig verstehe, hat dieser Krüger Sie da hineingezogen. Warum?«

»Wir gehen davon aus, nein, wissen, dass Krüger der Mörder ist. Ich vermute, dass er einfach nur seine Spur verschleiern will. Er muss mir den Mord nicht wirklich anhängen, es reicht, wenn jeder glaubt, ich war es und bin nur davongekommen.« Ich seufze. »Wenn man lange genug sucht und alles nur in eine Richtung interpretiert, lässt sich viel konstruieren.«

»Gut«, sagt Caro. »Bleiben wir bei Krüger. Er demonstriert mit den Kreuzmorden die Wirkung der Drogen für seine anonymen Internetkunden. War das denn überhaupt notwendig?«

»Die Kunden werden mehr zahlen, wenn sie sicher sein können, dass die Droge nicht nachweisbar ist«, meint Jacqueline von der Tür her. »Jeder kann mit dieser Droge jemanden umbringen, ohne Gefahr zu laufen, entdeckt zu werden. Herzstillstand. Das kann jedem geschehen.«

»Eine Morddroge für jedermann«, stellt Caros Vater fest. »So hart das klingt, wird es doch einen Markt für diese Drogen geben, ohne diese Demonstrationen?«

»Krüger ist kein üblicher Verbrecher«, sage ich. »Er weiß, dass die Chancen, gefasst zu werden, steigen, je länger man etwas tut. Es passt zu ihm. Einmal abkassieren, aber richtig, dann ganz normal weiterleben. Er wird so viel und so teuer verkaufen wollen, wie es nur geht. Die Kreuzmorde waren Werbung für die Droge«, füge ich bitter hinzu. »Das war der einzige Grund, weshalb diese jungen Frauen sterben mussten!«

Einen Augenblick herrscht Stille am Tisch, dann sieht mich Caro fragend an.

»Was ist mit Klaus? Warum musste er sterben?«

»Gref«, sage ich. »Krüger war es nicht, dem passt es in den Kram, wenn man die Namen der Opfer auf der Mailingliste findet. Aber Klaus schrieb in seiner Notiz, dass er nachfragen wollte, wer diese Mailingliste in die Finger bekam. Er gab sie damals Gref, vielleicht hat er Gref gefragt. Gref ist ein Junkie, vielleicht hat er die Nerven verloren.«

»Also ist Gref Krügers Schwachstelle. Er könnte direkt eine Verbindung herstellen«, folgert Caro.

Richtig. Vielleicht sollten Sergei und ich uns besser mit Gref unterhalten.

»Das ist es?«, fragt Caros Vater, noch immer fassungslos. »Diese jungen Frauen, fast noch Kinder, sie starben als Werbung für eine nicht nachweisbare Droge? Alles andere dient nur dafür, von Krüger und seinem geplanten Geschäft abzulenken und Sie als Sündenbock zu etablieren? Aber woher wusste er, dass die Drogen auch so funktionieren wie versprochen?«

Es fällt mir wie Schuppen von den Augen.

»Becker«, sage ich. »Die *Riders.*« Ich erzähle kurz davon, wie Malowsky und ich Rita vorfanden.

»Mein Gott, die arme Frau«, sagt Frau Winter. Sie ist bleich geworden, und nicht nur ich sehe sie besorgt an.

»Mir geht es gut«, sagt sie, als sie es bemerkt. »Aber, mein Gott ...«

Ja. Mein Gott.

»Wie sicher sind Sie sich, dass alles so war?«, fragt nun Caros Vater.

»Ganz sicher«, antworte ich.

»Können Sie es auch beweisen?«

»Nein.« Genau da liegt das Problem. »Dafür werde ich mehr als genug damit zu tun haben, zu beweisen, dass ich unschuldig bin. Bis auf Gref sehe ich keine Schwachstelle in Krügers Plan, und Gref wird dichthalten, er kann auf Krügers Schutz zählen und wird sich wohl kaum selbst ans Messer liefern.«

»Können Sie Krüger nicht irgendwie zuvorkommen?«, fragt nun Caros Vater. Die Art, wie er spricht, wie sein Blick auf mir liegt, zeigt mir, dass er zumindest in diesem Augenblick wirklich auf unserer Seite ist.

»Ich hoffe es. Ich habe einen Freund auf ihn angesetzt. Vielleicht findet der etwas über Krüger heraus.«

»Was macht Ihr Freund beruflich?«, fragt Caros Vater. Ich zucke mit der Schulter.

»Ich weiß es nicht genau, aber er selbst bezeichnet es als Troubleshooting. Er arbeitet für eine große Schweizer Bank, manchmal auch für andere Banken.«

»Wie heißt er?«, fragt Caros Vater interessiert.

»Christian Lepene«, antworte ich, und er lacht.

»Die Welt ist klein.« Caro sieht ihn neugierig an.

»Lepene ist jemand, der den Banken den Ärger vom Hals hält«, erklärt ihr Vater. »Wenn Verdacht auf Geldwäsche besteht, wenn verlorene Nazigelder gesucht werden, dann kümmert er sich darum. Er soll gut sein.« Er sieht mich an. »Ich würde ihrem Freund nie unterstellen, dass er etwas Illegales tut, aber ich wäre nicht verwundert, wenn wir bald mehr über diesen Herrn Krüger wissen als dieser selbst.«

»Dies ist ein unangenehmes Thema«, sagt Frau Winter. »Wenn ich Sie richtig verstanden habe, können wir im Moment nichts tun.«

»Ich befürchte, wir können gar nichts tun«, antworte ich ihr. »Auch später nicht. Wenn es keine Morde mehr gibt, dann wird Krüger nicht zur Verantwortung gezogen werden.«

»Was ist mit Orwell?«, meint Jacqueline, die nun hereinkommt und eine silberne Schale mit frischen Erdbeeren auf den Tisch stellt. Sowohl Caros Vater als auch Frau Winter sehen sie fragend an.

»Orwell ist ein Computerprogramm«, erkläre ich für die anderen. »Was er festgestellt hat, wird noch lange keine Beweiskraft haben, vielleicht nie«, antworte ich ihr und blicke in die Runde. »Petrov ist vor drei Tagen hier gelandet. Es ist möglich, dass schon alles abgewickelt und er längst wieder außer Landes ist. Unter Umständen ist Krüger mit allem fertig, braucht nichts mehr weiter zu tun, als das Ganze auszusitzen.«

Wir sehen uns gegenseitig betreten an, es fällt auch mir nichts mehr ein, was es noch zu sagen gäbe. Es sieht so aus, als hätte Krüger gewonnen. Es sei denn, wir finden noch etwas. Aber es fällt mir schwer, optimistisch zu sein. Krüger ist Perfektionist und er wird auf alles vorbereitet sein.

Die Türklingel geht, und Jacqueline springt auf, um zu öffnen. Sie kommt mit Sergei wieder, übernimmt auch die Vorstellung, als Sergei sich an den Tisch setzt.

»Und was tun Sie, junger Mann?«, fragt Frau Winter und mustert Sergei von oben bis unten.

»Ich bin Geschäftsmann«, sagt Sergei mit einem Lächeln. »Aber die Polizei behauptet steif und fest, dass ich die russische Mafia hier in Wien leite.«

»Und, stimmt es?«

»Ja«, sagt Sergei. »Aber das war natürlich ein Scherz.« Er verbeugt sich im Sitzen. »Was kein Scherz ist, ist, dass ich nun sehen kann, woher Frau Wolf ihre Schönheit geerbt hat.«

»Er ist ein Schlawiner«, sagt Caros Urgroßmutter mit einem strahlenden Lächeln zu mir. »Aber ich mag ihn.«

»Und, wie sind Sie in diese Geschichte verwickelt?«, fragt Caros Vater bar jeder Ironie; er scheint die Frage ehrlich zu meinen.

»Marcus und ich sind auf dem Wege, Freunde zu werden«, sagt Sergei. »Jemand wie ich hat wenig Freunde, und die seltenen sind umso wertvoller.« Auch Sergeis Antwort klingt, als ob er es ernst meine. Dann wendet er den Blick mir zu. »Du wolltest mir etwas zeigen?«

Ich zögere, will ihn bitten zu warten, aber ich an seiner Stelle könnte es nicht.

»Entschuldigt uns bitte«, sage ich und stehe auf. Caro will sich auch erheben. Ich berühre sie an der Schulter und schüttele den Kopf. »Bleib hier.«

Ich sehe zu ihrem Vater hinüber. »Ich bin froh, dass Sie hier sind, Herr Schwarzenstein.«

Sergei folgt mir in mein Büro, er geht hinein, bis zu dem großen Fenster, und schaut auf die weiße Landschaft hinaus. »Friedlich hier«, sagt er. »Du hast es schön.« Als er mich mustert, merke ich, dass er es auf einmal nicht eilig hat, das zu sehen, was ich ihm zeigen muss.

Ich greife nach dem Telefon und rufe Jacqueline an. »Bring uns bitte eine Flasche Wodka hoch und zwei Gläser.«

»Kommt sofort«, antwortet sie.

Ich bitte Sergei, auf meinem Stuhl Platz zu nehmen, er zögert erst, setzt sich dann, während ich mich gegen den Fensterrahmen lehne.

»Ist es schlimm?«, fragt er dann. Er liest die Antwort in meinen Augen. Jacqueline erscheint, macht einen Knicks und stellt uns eine von Eis überzogene Flasche Wodka und zwei Gläser auf einem kleinen silbernen Tablett auf den Tisch. Lautlos zieht sie die Tür hinter sich zu.

»Vielseitige Frau, deine Jacqueline«, meint Sergei. Ich

nicke wortlos, öffne die Flasche, fülle uns beiden die Gläser großzügig, obwohl ich sonst keinen Wodka mag, und reiche ihm das eine Glas.

»Ich weiß nicht, ob du das wirklich sehen solltest«, sage ich.

Er hält sein Glas hoch, stößt mit mir an, nimmt dann einen großen Schluck.

»Ich denke, ich muss es sehen, oder?«

Ich nicke und ziehe die Schublade auf, lege die Karte vor ihm auf den Tisch. Er nimmt sie in die Hand, vorsichtig, als wäre sie unendlich zerbrechlich, und mustert sie lange.

»Einmalbenutzung«, sagt er dann. »Bedeutet es das, was ich denke?«

»Ja«, sage ich. Er schaut die Karte noch einmal an, bevor er sie langsam wieder auf den Tisch legt.

»Gut«, sagte er. »Das zu sehen ist hart. Aber da ist noch mehr?«

»Wir fanden ein Video auf Ottmanns Festplatte«, sage ich. Er nickt. Schließt die Augen. Nimmt einen neuen Schluck und holt tief Luft.

»Zeige es mir.«

Ich bewege die Maus, der Bildschirm wird hell, und ich zeige ihm das Bild.

»Ist das deine Schwester?« Ich weiß die Antwort, aber ich versuche, Zeit zu schinden. Er nickt.

»Starte den Film«, sagt er.

Ich drücke auf den Startknopf des Mediaplayers. Das Video ist 43 Minuten lang. Wir sehen es uns gemeinsam an, keiner von uns bewegt sich oder sagt ein Wort.

Anschließend steht er auf, geht ans Fenster, lehnt den Kopf gegen die kühle Scheibe. Ein Tropfen fällt, zerplatzt auf seinen hochglanzpolierten Schuhen. Ich habe keine Illusionen, wer Sergei ist. Aber in diesem Moment ist er ein Mann, der zusehen musste, wie seine Schwester bestialisch ermordet wurde.

Ich bewege mich leise zur Tür, aber er merkt es. »Bleib«, sagt er mit erstickter Stimme. »In Russland ist es keine Schande, wenn man die Trauer sieht.«

Also bleibe ich und trinke Wodka, bis er sich umdreht. Er wischt sich mit einem Taschentuch das Gesicht ab, die Augen sind leicht gerötet, sein Gesicht eine Maske.

»Was weißt du bisher?«, fragt er.

Ich erzähle ihm alles, auch meine Schlussfolgerungen während meines Spaziergangs.

»Also ist Krüger der Mörder, aber nicht der Mörder meiner Schwester.« Er schenkt sich noch einen Wodka ein, die Flasche ist mittlerweile deutlich leerer. »Aber wenn er die Bänder hat ... dann weiß er vielleicht, wer es ist. Vielleicht war er auch dabei.«

»Das ist möglich«, sage ich vorsichtig.

»Aber Krüger ist auch das Schwein, das dasselbe mit anderen jungen Frauen und Mädchen tut.« Er wirkt ganz normal, als ob er über das Essen redet. Doch ich habe ihn in dieser letzten Stunde besser kennengelernt, ich sehe seine Augen. »Vertraust du diesem Computerprogramm? Bist du wirklich überzeugt, dass Krüger der Mörder ist?«, fragt er dann.

»Ja«, sage ich und weiß auf einmal, dass, egal, was passiert, Krüger nicht davonkommen wird. Sergei kann in diesem Moment Gedanken lesen.

»Aber wenn er jetzt plötzlich tot umfallen würde, wird niemand die Wahrheit erfahren. Und du wirst den Kopf für ihn hinhalten müssen.«

»Ja.«

»Also, so geht es nicht«, sagt er langsam, nachdenklich. »Dieser Gref und Becker ... könnten die mehr wissen?«

Ich zucke die Schultern. »Ich glaube nicht, dass Krüger die Morde ganz allein verübt hat. Die Kamera, die Kreuze, die Bänke, auf denen er steht ... all das bedeutet eine Menge Organisation. Dieser ganze Internet-Set-up ... das sind Dinge, die Krüger wohl kaum allein durchführen kann.«

Es klopft an der Tür.

Ich gehe hin und öffne sie, es ist Caro.

»Sergei«, sagt sie, er nickt höflich. »Ich ... ich weiß, was Marcus dir eben gezeigt hat. Jacqueline auch. Ihr ist etwas eingefallen. Als wir oben auf dem Speicher waren, um das Zimmer für meine Urgroßmutter zu richten ... wir fanden eine Truhe. Genauer gesagt, fiel sie uns auf, weil sie versteckt war. Jacqueline hat deine Schwester gekannt, sie hat sich an etwas erinnert.«

Sie kommt weiter in den Raum hinein und legt etwas, das in braunes Packpapier eingewickelt ist, auf meinen Schreibtisch. Sergei und ich sehen sie verständnislos an. Caro nimmt mich am Arm und zieht mich zur Tür.

»Es ist für dich, Sergei«, sagt sie leise, mit einem seltsamen Unterton in der Stimme, und schließt die Tür hinter uns, lässt Sergei in meinem Büro allein.

Vor der Tür lehnt sie sich an mich, drückt mich, legt ihren Kopf auf meine Schulter. Sie hat Tränen in den Augen.

Ich streiche ihr über das Haar. »Was ist in dem Päckchen?«, frage ich sie leise. Sie schüttelt den Kopf, wischt sich die Tränen mit meinem Ärmel ab.

»Er wird es dir sagen, wenn Jacqueline recht hat«, sagt sie dann leise, ihre Stimme ist belegt. »Lass uns nach unten gehen.«

Ich halte sie fest. »Was ist es?«, frage ich sie erneut, mit festerer Stimme. Sie sieht zu mir hoch.

»In der Kiste sind Spielsachen. Jacqueline erinnert sich, dass Marie Rachel eine Stoffpuppe hatte ... und dort oben meint sie, die Puppe gefunden zu haben. Es ist eine selbst gebastelte Puppe, aus Stoffresten.« Caro schnieft ein wenig. »Jacqueline ist sich nicht sicher, aber sie meint sich erinnern zu können, dass Marie sagte, ihr Bruder hätte sie für sie gemacht.«

Grundgütiger. Ich sehe zur Tür meines Büros.

Caro schüttelt den Kopf. »Lass ihn«, sagt sie leise. »Solche Momente, da will man allein sein, glaube mir.«

Ich zögere, dann folge ich ihr, als sie mich fast die Treppe hinunterzieht. Wir sind noch nicht ganz unten, da geht plötzlich die Alarmanlage los. Wir rennen die letzten Meter, sehen die erschrockenen Gesichter der anderen, sie sind alle aufgesprungen, sehen uns an. Der Alarm hört auf, und Jacqueline kommt aus der Küche.

»Ihr könnt euch wieder hinsetzen. Es war ein Fehlalarm. Ich habe ihn ausgeschaltet. Marcus, du brauchst einen neuen Bildschirm in deinem Büro. Und ein Fenster«, sagt sie mit fast normaler Stimme. »Er muss irgendwie durch das Fenster gefallen sein.« Sie nickt in Richtung des Gartens, die hohen französischen Türen des Speisezimmers gehen in dieselbe Richtung wie das Fenster in meinem Büro ... und ich sehe den Flachbildmonitor, der halb in einem eingepackten und zugeschneiten Rosenstrauch steckt.

Sie geht an ein Wandpanel rechts neben dem Fenster und schiebt es zur Seite, ein Monitor ist dahinter versteckt, sie berührt den Bildschirm, und ein Bild erscheint, mein Büro, es ist leer, dann die Halle, wir sehen gerade noch, wie Sergei das Chateau verlässt, die Eingangstür hinter ihm zufällt. Ich springe auf, eile ihm nach, aber ich komme zu spät, sehe nur noch, wie Sergei davonfährt.

Langsam, gemächlich, den Witterungsbedingungen angepasst.

Ich eile zum nächsten Telefon, rufe Sergeis Nummer an.

»Ja!?«

»Sergei ... ich ...«

»Tut mir leid wegen eben. Schick mir die Rechnung«, sagt er, seine Stimme klingt fast normal. »Sag Jacqueline, dass ich ihr danke und wenn sie dich nicht mehr will, heirate ich sie. Ich melde mich, wenn ich wieder kann. Ich werde auch nichts Unüberlegtes tun. Genießt den Fisch.« Klick.

Er hat aufgelegt. Ich habe das Telefon noch immer in der Hand, als Caro kommt und ihre Arme um mich legt. Ihr Vater steht in der Tür zum Speisezimmer und sieht uns, aber es ist mir egal, ich küsse sie, als ob es kein Morgen mehr geben wird.

»Ich habe einiges herausgefunden«, sagt Christian dann später am Telefon. Ich bin in meinem Büro, stehe vor dem geborstenen Fenster, durch das es kalt hereinkommt. Die Kälte ist mir recht, sie hält mich wach. Ich sehe hinab auf den Rosenstrauch, dorthin, wo der Monitor liegt. Vielleicht sollte ich hinausgehen und ihn holen.

»Krüger unterhält diverse Konten. Eines davon in der Schweiz. Wenn er ein Nummernkonto hat, kann ich das nicht herausfinden. Aber ich weiß noch ein paar Dinge mehr. Vor einem halben Jahr hat er eine alte Villa gekauft, hier in Wien. Er hat das ziemlich geschickt gemacht, aber er gab sie als Sicherheit für einen Kredit an. Es ist alles ganz legal, aber es wirft ein paar Fragen auf«, fährt er dann fort.

»Zumal das Geschäft über einen Mittelsmann abgewickelt wurde. Diesen Herrn Gref. Krüger zahlt den Kredit für das Grundstück aus seinem Lohn zurück. Das ist gerade so denkbar. Aber er kaufte vor sieben Monaten einen großen BMW, auch auf Kredit, dafür gab er die Villa ja an, leistete allerdings eine hohe Anzahlung in bar. Marcus, hast du den Eindruck, dass Krüger in Geldnot ist?«

Ich schüttele den Kopf, aber das sieht er ja nicht.

»Nein«, sage ich also. Eher das Gegenteil, wenn ich an seine Anzüge denke. Gref. Wieder ein Hinweis mehr, aber bis jetzt nach wie vor nichts Illegales.

»Es ist immer das gleiche Problem«, sagt Christian. »Man bekommt illegale Gelder, und man weiß nicht, wie man sie ausgeben kann, ohne Verdacht zu erwecken. Krüger ist geschickt ... aber etwas zu gierig. Er kann sich nicht einschränken. Er müsste in Geldnot sein, aber er ist es nicht. Folgt dem Geld. Ich sage immer: Folgt dem Geld.«

»Danke, Christian«, sage ich. »Du weißt gar nicht, wie sehr du mir geholfen hast.«

»Du kannst es wettmachen, wenn wir dich besuchen kommen«, lacht er und legt auf.

Ich gehe hinunter und erzähle den anderen, was Christian herausfand.

»Warum haben wir das nicht in der Kreditauskunft gesehen?«, fragt Caro.

»Weil es auch noch Banken gibt, die diskret sein können«, erklärt ihr Vater trocken.

»Man sollte sich diese Villa mal ansehen«, sagt Frau Winter.

»Ja«, stimme ich ihr zu. »Aber nicht mehr heute.«

»Jedenfalls nicht vor dem Essen«, sagt Jacqueline von der

Tür zur Küche her. »Heute Abend gibt es frischen Seelachs, und den will ich nicht verschwendet sehen.«

»Sag mal, hört sie in der Küche alles?«, fragt Caros Vater mit einem Lächeln.

»Sieht so aus, nicht wahr?«

»Frauen können das«, meint seine Großmutter mit einem Lächeln, und ich sehe, wie die beiden einen Blick miteinander wechseln.

Draußen hupt es.

»Das wird das Taxi sein«, sagt Wilhelm Schwarzenstein und steht auf. »Aber du bist doch mit dem Rolls gekommen?«, fragt Caro ganz überrascht.

»Der Rolls gehört Großmutter und bleibt hier«, sagt ihr Vater mit einem Lächeln. »Ich nehme das Taxi.«

»Herr von Schwarzenstein ...«

Er schüttelt mir die Hand. »Vielleicht nennen Sie mich irgendwann mal Willi, Marcus«, sagt er. »Ich kann und will auch nicht bleiben, ich weiß, dass Sie heute Abend Gäste erwarten, da wäre ich nur im Weg. Wir sehen uns.«

Er hat recht, er passt nun wirklich nicht zu den Gästen, die wir erwarten.

»Wilhelm«, sagt Frau Winter in einem leisen, aber bestimmten Tonfall.

Ich bin sehr überrascht, als Caros Vater plötzlich rot anläuft, dann bleich wird, dann zu seiner Großmutter eilt und sich neben ihr auf den Boden kniet, ihre Hand ergreift. So verharren sie einen Moment, er hat den Kopf auf ihrem Oberschenkel liegen, während sie ihm über die Haare streicht.

»Pass auf dich auf, Willhelm«, sagt sie dann, er nickt und schluckt, erhebt sich. Er sieht sie lange an, dann nickt er, wirft mir und Caro ein seltsames Lächeln zu und eilt schnellen Schrittes an uns vorbei. Ich bin mir fast sicher, in seinen Augen Tränen zu sehen.

Caro sieht ihm fassungslos nach, wie er fast in das Taxi flüchtet.

»Was …«, fragt Caro.

»… ich mit ihm gemacht habe?«, meint Frau Winter und lächelt. »Nichts.« Sie blickt in die Runde. »Das war jetzt kein Zeichen meiner Dominanz. Er ist mein Enkelsohn, er liebt mich, und er hat etwas vergessen. Als es ihm wieder einfiel, vergaß er alles andere.« Sie sieht Caro eindringlich an. »Er hat seine Schwächen, ist einfach zu erpicht darauf, dass alles perfekt ist. Aber denk daran, dass er ein guter Mensch ist. Bis er dich nicht mehr verstand, war er immer für dich da.«

»Wenn es ging«, sagt Caro trocken.

Ihre Urgroßmutter nickt. »Ja. Aber auch manchmal, wenn es nicht ging. Nur weil er dich liebt, konnte er so lange so stur sein.«

»Ja, Uomi«, sagt Caro und macht einen Knicks.

Frau Winter lacht. »Ich liebe Umgangsformen.« Ihre Augen, so sehr wie die von Caro, fixieren mich. »Was wird heute Abend geschehen, Marcus?«

Ich ziehe mir einen Stuhl heran und setze mich.

»Für uns hier … Jacqueline wird das Abendessen für sechs Uhr dreißig richten, bis dahin steht nichts an.«

»Ich hoffe, es wird sich zum Abendessen umgezogen«, sagt Frau Winter und zieht eine Augenbraue hoch.

Manchmal ja, aber nicht immer, doch heute wird es so sein. Jetzt bin ich es, der einen Diener andeutet. »Selbstverständlich, Madame.« Sie grinst, und für einen Moment wirkt sie fast so jung wie Caro.

»Dieser Teil des Gebäudes und der zweite Stock sind

off limits für unsere Gäste und auch für unser Personal, das gegen acht Uhr erscheinen wird. Wir haben die Möglichkeit, uns über die Treppe in der Halle oder die ehemalige Dienstbotentreppe hier zu bewegen, die Dienstbotentreppe ist ebenfalls off limits. Unser Personal weiß, was zu tun ist, und wird uns nicht stören.«

»Personal?«, fragt Frau Winter nach.

»Ja. Üblicherweise neun junge, gut aussehende Männer in Abendgarderobe und mit Muskeln, die meisten können sogar denken«, antwortet Caro und lächelt.

Frau Winter nickt.

»Und zwischen acht und zwölf jungen Frauen«, füge ich lächelnd hinzu. »Damit die Herren auch etwas davon haben.«

»Die Männer sind sowohl für die Sicherheit als auch für kleinere Statistenrollen zuständig, auch für Bedienung und Catering«, erklärt Caroline. »Zwei der Herren werden Jacqueline in der Küche helfen, die meisten bedienen, zwei weitere sind allerdings exklusiv für die Sicherheit da.«

»Die Damen bedienen nicht?«, fragt Madame mit einem amüsierten Funkeln in den Augen.

»O doch«, antworte ich ihr. »Aber nicht den gleichen Geschmack. Wir bedienen hier ein sehr exklusives Publikum.« Ich sehe Frau Winter an. »Wir versuchen im Prinzip den ursprünglichen Gedanken des Chateaus fortzuführen. Unsere Gäste sind wohlhabend und anspruchsvoll. Dies ist das erste Wochenende im Monat, im Chateau immer etwas Besonderes. Es ist ein Maskenball.«

»›Der Maskenball der Lust‹«, sagt Caro. »So nennen wir ihn auf unserer Webseite. Der Dresscode ist Abendgarderobe oder Fetisch. Wir und unsere Gäste tragen Masken. Die Grundfarbe der Masken teilt mit, auf welcher Seite man spielt. Schwarz ist die Farbe der Dominanz. Grau steht für neutral, das sind unsere Mitarbeiter und wir. Allerdings steht es jedem frei, eine andere Farbe zu tragen. Alle anderen Farben stehen für devot in verschiedenen Variationen. Wer nicht Schwarz oder Grau trägt, muss eindeutig einer Person zugeordnet sein, mit Leine und Halsband oder anderem. Wer nicht dominant und nicht einer Person zugeordnet ist, ist sub zu jedem, auch zu Grau, und kann zu Diensten herangeholt werden.«

»Ihr erwartet doch hoffentlich nicht, dass ich auf meinem Zimmer bleibe?«, fragt Frau Winter und blickt streng in die Runde.

Caro lacht. »Keinesfalls, Uomi.« Sie wendet sich an mich. »Heute Abend um Schlag Mitternacht wird meine Urgroßmutter hundertneunzehn.«

»Und vor genau hundert Jahren traf ich deinen Urgroßvater«, sagt Frau Winter mit einem Lächeln. »Ich bin euch dankbar, dass ihr mir dies geben könnt.«

»Heute vor hundert Jahren?«, frage ich erstaunt. »Das ist ein schöner Zufall.«

»Zufälle gibt es nicht, junger Mann«, erwidert sie.

»Auf jeden Fall haben Jacqueline, Amber und ich uns für diese Nacht ein paar Dinge überlegt«, sagt Caro.

»Amber habe ich noch nicht kennengelernt. Wird sie heute Abend hier sein?«

»Ja«, nickt Caro. »Sie ist schon auf dem Weg hierher. Jacqueline würde es ihr nicht verzeihen, wenn sie nicht da wäre. Nicht nach der Mühe, die sie sich mit diesem Lachs gemacht hat.«

»Marcus, erzähle mir mehr über die Damen, die heute Abend kommen werden«, sagt Frau Winter.

»Sie erhalten Geld dafür, aber sie tun es nicht wegen des

Geldes«, sage ich trocken, und Madame zieht eine Augenbraue hoch.

Caro lächelt.

»Er reagiert immer etwas empfindlich, wenn das zur Sprache kommt. Sie werden bezahlt, damit wir uns darauf verlassen können, dass sie kommen. Ansonsten sind sie einfach alle bezaubernd. Sie kommen oft von weiter her, also weiß ich nicht, ob es bei dem Schnee alle schaffen, aber üblicherweise sind zwei Dominas da, der Rest ist sub, manche spielen auf beiden Seiten. Wir haben einige Stammkunden und -kundinnen, die nur wegen unserer Belegschaft kommen.« Sie lächelt ihre Urgroßmutter an. »Und auch heute noch verlassen uns manche der Damen, weil sie ihre Liebe hier finden ... und kehren nicht selten als Gäste zurück.«

»Wir versuchen hier eine glanz- und lustvolle Umgebung für eine außergewöhnliche Art von Liebe und Lust zu erschaffen«, erkläre ich. »Es gibt Abende, da ist das Chateau wie verzaubert.«

»Ich denke, dass es heute ein solch außergewöhnlicher Abend wird«, sagt Frau Winter. »Ehrlich gesagt, ich erwarte es.« Sie lässt ihre Augen scheinbar streng über uns wandern. »Also gebt euch Mühe!«

Irgendwie finde ich erst Ruhe, als Amber kurz vor sechs mit ihrem kleinen BMW die Einfahrt hochgeprescht kommt. Sie fährt direkt in die Garage; ich habe gerade die Tür erreicht, als sie hereinkommt, gut gelaunt, wie es ja fast immer bei ihr der Fall ist.

»Hi«, sagt sie und hält mir ihre roten Lippen zum Kuss hin; ich greife sie mir richtig und gebe ihr einen Kuss, an den sie sich erinnern wird.

»Was ist denn mit dir los?«, fragt sie etwas atemlos, nachdem ich sie wieder herunterlasse. Für mich gehört ihr vernachlässigbares Gewicht mit zu ihrem Charme, oft kann ich der Versuchung nicht widerstehen, sie einfach zu mir hochzuheben.

»Ich hatte die dumme Idee, dass es jemand auf dich abgesehen haben könnte.«

Sie legt den Kopf schief und mustert mich. »Danke, dass du dir Sorgen machst. Aber es ist nicht nötig«, erwidert sie dann.

Ich bin anderer Meinung, will etwas sagen, aber sie unterbricht mich. »Ist Caros Urgroßmutter da?«

»Ja. Seit ein paar Stunden.« Ich lache. »Ich glaube, sie will heute Abend der Star des Balls sein.«

»Wenn sie so ist, wie Caro sie mir beschreibt, dann schafft sie das auch«, meint Amber. »Wir haben einige Dinge über die *Rose*-Webseite herausgefunden«, meint sie dann, als wir durch das Haus zum Speisezimmer gehen. Es wirkt wie eine kalte Dusche auf mich.

»Irgendetwas, das unseren Verdacht beweist?«, frage ich sie.

»Nein, leider nicht. Aber es gibt einige seltsame Dinge, was diese Seite angeht.«

»Mal sehen, ob es sich mit meiner Vermutung deckt.«

»So langsam werde ich neugierig«, sagt sie.

»Ich erzähle es dir gleich. Du bist ja noch gar nicht richtig hier.«

»Gut. Aber wenn du es mir nicht sagst, frage ich einfach Jacqueline. Eine Sache gibt es allerdings, die mir nicht gefällt. Wir haben Phoenix nicht erreicht.«

»Vielleicht kommt sie heute Abend ins *Dominion*.« Ich versuche mir einzureden, dass ich mich nicht täusche, dass das Morden ein Ende hat, dass für Phoenix keine Gefahr besteht.

Amber nickt. »Ich hoffe es.« Sie steuert die Treppe nach oben an.

»Willst du nicht Frau Winter Guten Tag sagen?«

»So!?«, fragt sie und macht eine Geste an sich entlang. Amber trägt eine schwarze Lederhose, Stiefel und eine Motorradjacke. Ihre Haare sind wild, ich finde, sie sieht sexy aus. »Unmöglich!« Sie grinst mich an und eilt die Treppe hoch.

Noch während ich ihr nachsehe, taucht Caro neben mir auf.

»Anscheinend ist ihr nichts passiert«, sagt sie dann und beweist wieder einmal, wie gut sie mich kennt. Sie blickt auf ihre schmale Armbanduhr. »Wir müssen uns allmählich auch umziehen.«

Wir essen nicht jeden Abend so formell, eigentlich fast nie, auch wenn Jacqueline sich oft Mühe gibt, das Essen ein Erlebnis werden zu lassen. Als ich die Tür zum Speisezimmer öffne, damit Caro ihre Urgroßmutter an ihren Platz schieben kann, sehe ich schon, dass dies ein ganz besonderer Abend werden wird. Jacqueline hat sich selbst übertroffen, der Raum wirkt festlich mit dem sorgfältig gedeckten Tisch, der blütenweißen Tischdecke, unserem besten Geschirr. Das elektrische Licht ist aus, Kerzenlicht wirft Licht und Schatten, zeichnet Jacqueline und Amber, die auf uns warten, in ganz besonderen Tönen. Zwei junge Männer stehen links und rechts der Küchentür, auch sie im Frack. Einer von ihnen tritt vor und lächelt Frau Winter an, als er sachte, aber bestimmt die Führung des Rollstuhls übernimmt.

»Mein Name ist Gustave, Madame«, sagt er. »Ich bin für heute Abend Ihr persönlicher Diener.« Er schiebt sie zu ihrem Platz am Kopfende des Tisches, Jacqueline und Amber, beide in klassischen Abendkleidern aus dem vorletzten Jahrhundert, sinken in einen tiefen Knicks, als Caros Urgroßmutter an ihnen vorbeirollt.

Sie hebt die Hand, und Gustave hält den Rollstuhl an.

Frau Winter mustert meine beiden Grazien. »Sie müssen Amber sein«, sagt sie dann leise, und Amber nickt. »Und, Jacqueline – Sie haben dies alles für mich arrangiert?«

Jacqueline sagt ebenfalls nichts, nickt nur.

»Warum?«, fragt Frau Winter.

»Caroline«, antwortet Amber. »Sie sprach viel von Ihnen. Und wir wissen, was es bedeutet, Familie zu haben.«

»Sie haben keine?«, fragt Frau Winter vorsichtig.

Jacqueline schüttelt den Kopf. »Das ist nicht ganz richtig, Madame«, sagt sie höflich. »Unsere Familie ist hier. Marcus ist unser Herr, Caro unsere Schwester ... und auch die Madame sind Familie. Sie zogen mich ins Vertrauen, Madame, und ich danke Ihnen dafür. Wenn es uns möglich ist, wird dieser Tag für Sie genauso unvergesslich werden wie jener Abend vor hundert Jahren.«

Frau Winter schaut Jacqueline und Amber an, dann blickt sie zu mir und Caro hinüber; eine alte Hand hebt sich und wischt etwas auf ihrer Wange weg.

»Dann sollten wir diesen wundervollen Abend beginnen«, sagt sie schließlich. »Gustave?«

Er nickt und schiebt sie an ihren Platz, tritt wieder zurück.

»Mein Name ist Martin«, sagt der andere junge Mann mit einer Verbeugung. »Heute Abend werde ich Sie bedienen.«

Jacqueline hat mit Gustave und Martin eine hervorragende Wahl getroffen. Es sind beides Studenten, sie arbeiten häufig hier im Chateau, Martin studiert Kunst, Gustave Theaterwissenschaften. Beide haben das gewisse Etwas, was man nur noch selten findet, eine natürliche Höflichkeit und Respekt vor dem Alter.

Es hat etwas Magisches, mit meinen drei Grazien und Madame, die ebenfalls bezaubernd ist, heute diesen Abend, dieses Mahl zu teilen. Gustave ist aufmerksam, achtet darauf, Madame nicht zu aufdringlich zur Hand zu gehen, Martin bedient perfekt, es ist nicht das erste Mal, dass er das tut, üblicherweise bei unseren Gästen, aber heute Abend ist alles besonders, alles anders.

Ich habe das Gefühl, dass mir etwas entgeht, dass es etwas gibt, was Jacqueline und Amber wissen, aber Caroline und ich nicht. Jacqueline gab die Stimmung und die Atmosphäre vor, diesmal beugen wir uns ihr.

Madame, wie auch ich sie nun bei mir nenne, wird mit jeder Minute jünger, lebhafter, ihre Gesten, ihr Lachen, die funkelnden Augen ... Sie erzählt von dieser längst vergangenen Zeit, wo die Leidenschaft und Lust, die uns an diesem Abend alle verbindet, noch nicht diesen Namen hatte, noch nicht mit Bewertungen versehen war, sondern eine Hingabe war, die nicht im Lexikon definiert wurde. Nicht BDSM, sondern verruchte, sinnliche Leidenschaft, Lust und, vor allem, Liebe.

Vor dem Hintergrund des leisen Klapperns von silbernem Besteck, dem Klang von edlem Kristall und dem Geschmack in Wein gebannter Trauben beschwört sie eine Welt für uns herauf, farbenprächtig und dekadent, aber bevölkert von Menschen, die wie sie jung waren und Ideale hatten.

War es ursprünglich Jacqueline, die den Rahmen schuf, so ist es jetzt Madame, die uns in Folge bezaubert und die

Vergangenheit lebendig werden lässt. Für sie schlägt dieser Abend eine Brücke über ein ganzes Jahrhundert, und jeder hier am Tisch empfindet es als etwas ganz Besonderes.

Als Martin elegant den letzten Gang abräumt, ist das Wunder vollkommen, ich sehe Madame, aber ich sehe auch die junge Frau, die in diesen Räumen tanzte und lachte, die unten im Keller, in goldene Ketten gefasst, auf ihren Liebhaber wartete.

Jacqueline, unsere bescheidene, stille Jacqueline, hat das Heft für den heutigen Abend fest in die Hand genommen. Wie weit sie gegangen ist, zeigt sich, als wir den Raum verlassen.

Während wir speisten, haben dienstbare Geister das Chateau verwandelt, der große Kronleuchter in der Halle wurde schon vor Ewigkeiten elektrifiziert, aber heute reflektiert das glitzernde Kristall einen warmen Schein, sehe ich in den alten Kerzenhaltern an der Wand keine einzige Glühbirne mehr, sondern nur weiße Kerzen. Die Wärme und der Geruch, das Flackern der Flammen, all dies verwandelt das Chateau in einen zauberhaften Ort, der mich in seinen Bann zu ziehen versucht.

Doch ich kann mich dem Zauber nur schwer hingeben, ich lächle, als hätte ich keine Sorgen, aber meine Gedanken drehen sich die ganze Zeit um Krüger. Ich sollte etwas tun, nur weiß ich nicht, was. Es ist allerdings auch zu erkennen, wie wichtig es Caro ist, dass dieser Abend für ihre Großmutter vollkommen wird. Also muss ich mich auf Malowsky und auch auf Sergei verlassen.

Als Gustave Madame aus dem Speisezimmer in die Halle schiebt, stehen dort in einer Reihe gut ein Dutzend junger Männer, gekleidet in Frack und blütenweiße gestärkte Stehkragenhemden. Aber es ist nicht allein die Kleidung, es sind die kleinen Details, die Frisuren, die Uhrenketten ... das Funkeln in ihren Augen.

Jeder, der hier an den beiden Tagen, an denen das Chateau geöffnet ist, hart arbeitet, muss auch in gewissem Maß ein Schauspieler sein, oft werden verschiedene Rollen gefragt. Um unsere Gäste zufrieden zu stellen, das Chateau erstrahlen zu lassen, muss es glaubhaft sein. Caro stellt hohe Ansprüche an die Qualität unseres Personals; andererseits verdienen sie an den acht Abenden hier mehr als genug, um den Rest des Monats gut zu leben, zu studieren oder anderen Tätigkeiten nachzugehen. Aber das ist es nicht allein, Caro hat das Talent, andere Dinge in den Menschen zu sehen.

Auch wenn Jacqueline sie herbeirief, so war es doch Caros Hand, die diese jungen Männer aussuchte, die dann bereit waren, für eine alte Frau, die sie nicht kennen, sich solche Mühe zu geben.

Vor der Reihe dieser jungen Männer fällt eine andere junge Frau in einem zauberhaften mitternachtsblauen Kleid, das ihre Figur schmeichelhaft betont, in einen tiefen Knicks. Sie hatte ich am heutigen Abend nicht erwartet zu sehen: Melanie. Das Licht der Kerzen, das von den silbernen Spiegeln der Kerzenhalter reflektiert wird, gibt ihrem Gesicht eine Wärme und Freundlichkeit, die ich schon lange nicht mehr bei Melanie sah. Sie ist hart geworden, aber heute ist sie es nicht.

»Madame«, sagt sie, als sie sich aus ihrem Knicks erhebt. »Wir stehen Ihnen für den heutigen Abend zur Verfügung. Erlauben Sie uns, Ihnen zur Seite zu stehen, mit Ihnen diesen speziellen Abend zu gestalten.«

»Wie heißt du, Kind?«, fragt Madame. Ich sehe an Melanies Augen, wie lange sie niemand mehr so nannte.

»Melanie, Madame.«

»Stellt euch mir vor, ihr alle«, sagt Madame und rollt in die Mitte der Halle.

Nacheinander stellen sich unsere Leute ihr vor, und ein jeder von ihnen erliegt dem Charme von Madame, für jeden hat sie ein freundliches Wort, ist ernsthaft interessiert an den Antworten auf die Fragen, die sie stellt. Wann immer wir einen Kostümball geben, versuchen wir diesen Zauber zu weben. Und doch bleibt es nur bei dem Versuch. Madame ... sie ist das Original, sie ist das, was wir zu kopieren suchen. Auf einmal ist es nicht nur ein Versuch, es ist echt, kein Spiel mehr. Die Umgangsformen sind perfekt, niemand will sich vor Madame blamieren.

Ich bin so fasziniert, dass ich es kaum merke, als Caro von meiner Seite weicht und zu Jacqueline und Amber geht, sie beide in die Arme nimmt.

Es ist Melanie, die nun Madames Rollstuhl schiebt. Gustave tritt zurück, weicht ihr aber nicht von der Seite, als Melanie Madame durch die Räume des Chateaus führt, über sie gebeugt die Worte und Gesten aufnimmt, als Madame beschreibt, was im Moment nur sie sehen kann, während Caro wieder an ihrer Seite ist.

Ich wende mich Jacqueline zu, führe sie zurück in das Speisezimmer, Caro beugt sich über ihre Urgroßmutter, murmelt ihr etwas zu, Frau Winter nickt, dann folgt auch Caro mit Amber. Bevor ich etwas sagen kann, spricht Caro.

»Jacqueline, ich danke dir. Es ist zauberhaft, sie so zu sehen.«

Jacqueline lächelt scheu, schaut aber mich unsicher an, ich lächele ebenfalls. Wir wissen beide, dass jede einzelne elektrische Fassung im Haus gereinigt oder ersetzt werden muss, dass dieser Zauber viel Mühe, Aufwand und auch

Geld kosten wird, aber wir wissen auch, dass es genau das Richtige war.

»Was hast du sonst noch arrangiert, Jacqueline?«, frage ich sie neugierig.

»Ich habe den größten Teil des Tages damit verbracht, Leute anzurufen, ihnen gesagt, was heute gefordert wird«, sagt sie dann.

»Gefordert?«, frage ich nach.

Sie nickt. »Amber und ich kennen Frau Winter, Madame, schon seit Jahren aus Carolines Erzählungen. Als wir wussten, dass sie heute kommen würde, habe ich versucht, so viele Gäste wie nur möglich zu erreichen, und bat sie, diesen ganz besonderen Rahmen zu respektieren und uns zu helfen, ihn so zu gestalten.« Sie sieht zu mir auf. »Ich habe auch fast alle unsere weiblichen Mitarbeiterinnen kontaktiert ... und ein paar andere Dinge arrangiert. Wir kennen genügend Leute, die Kostüme herstellen oder auch verleihen. Also habe ich es arrangiert, dass die Möglichkeit besteht, sich heute Abend passend zu kleiden.«

»Du hast sogar den Dresscode geändert?«, fragt Caro erstaunt.

Jacqueline nickt. »Ja. Die Abendgarderobe soll sich an Madames Zeit orientieren, auch die Fetischkleider sollen so sein, kein modernes Lack und Leder, sondern elegant und fantasievoll.«

»Und das, ohne uns zu informieren?«, frage ich, fasziniert.

Jacqueline senkt den Kopf und flüstert leise: »Ja, Herr.« Sie sieht auf. »Ich habe darauf gedrängt, dass unsere Gäste den Dresscode heute vollständig erfüllen, ich deutete sogar an, dass wir Gäste abweisen würden, die nicht bereit sind, diesen besonderen Abend mit uns zu teilen.«

Ich sehe Caro an, sie lächelt leicht. »Du hast sie ja heute selbst erlebt, du weißt jetzt, wie sie diese Zeit heraufbeschwören kann ... Sie hat mir viele Geschichten erzählt, und ich erzählte sie Amber und Jacqueline.«

Amber grinst. »Eigentlich ist es so, dass wir Frau Winter auch zu unserer Großmutter machen wollten. Wir waren nur egoistisch.«

»Ach du ...«, sagt Caroline und nimmt Amber in den Arm.

Als die ersten Gäste kommen, sehe ich, dass Jacqueline mit ihrer Strategie Erfolg hat, nicht nur, dass sich unsere Gäste Mühe gegeben haben, den Dresscode zu erfüllen, ich sehe, wie sie das Chateau betreten, wie der Zauber des heutigen Abends sie berührt, sehe das gutmütige Lächeln in den Gesichtern der Männer und das Leuchten in den Augen der Frauen, sehe die Begrüßung, die zugleich formeller und herzlicher ausfällt als sonst, sehe eine Freundlichkeit, Höflichkeit und auch einen Respekt, der sonst nicht immer gegeben ist. Die Herren, ob dominant oder submissiv, sind galant, die Damen bezaubernd.

Ich sehe die Anwesenden heute Abend weniger als Gäste, mehr als Freunde, die gekommen sind, um einer Dame ihren Respekt zu erweisen. Die Vielfalt unserer Neigungen, Lust, Hingabe, Schmerz und Leidenschaft, sind für viele, die unsere Welt nicht teilen, nicht immer leicht zu verstehen, aber an diesem Abend zeigt sich, dass unsere Gesellschaft eben nicht aus peitschenschwingenden Sadisten und willenlosen Masochisten besteht, sondern aus Menschen, die auch, oder sogar ganz besonders, die Romantik kennen und schätzen. Aber wie soll es auch anders sein? Dies ist Wien, dies ist Österreich, wo manchmal noch der Hauch einer anderen Zeit weht.

Als das Telefon in meiner Tasche vibriert, werde ich unangenehm daran erinnert, dass wir im Heute leben und es Menschen gibt, die diese Welt anders sehen. Ich ziehe mich in ein leeres Zimmer zurück.

»Wolf.«

»Dieter hier.« Seine Stimme klingt ernst.

»Was ist passiert?«, frage ich. »Ist wieder ...«

»Nein«, antwortet er. »Jedenfalls nicht direkt. Gref ist tot.«

Ich blinzele. Das passt jetzt so gar nicht.

»Bitte?«

»Gref. Er hätte heute Nachtschicht gehabt, aber er erschien nicht. Wir haben einen Streifenwagen zu ihm geschickt. Es sieht aus, als habe er sich in seinem Wohnzimmer aufgehängt. Zu seinen Füßen liegen Bilder, die ihn mit jungen Männern zeigen.«

Ich schüttele den Kopf, aber Malowsky kann es ja nicht sehen.

»Ich glaube nicht daran«, sage ich.

»Ich auch nicht. Aber dir glaube ich mittlerweile ... jemand räumt auf.«

»Hat Krüger ein Alibi?«

»Er war zu Hause. Kein Alibi. Nicht, dass jemand ihn fragen würde. Der einzige Hinweis ist, dass Gref die Kette nicht vorgelegt hat, ich weiß zufällig, dass er das so gut wie immer tat. Aber die Tür war abgeschlossen. Ein klassischer Selbstmord, mit den Bildern ein ausreichendes Motiv.«

Ein weiterer perfekter Mord, wie der an Klaus.

»Ich wollte dir nur Bescheid sagen«, sagt Malowsky.

»Danke«, sage ich, aber er hat schon aufgelegt.

Als ich die Halle wieder betrete, habe ich Schwierigkeiten, den Zauber dieses Abends wieder auf mich wirken zu lassen.

Vorhin erst dachte ich, dass Gref Krügers Schwachstelle sein könnte. Malowsky hat recht, Krüger räumt auf. Es kommt mir absurd vor, dass wir den Mörder kennen, aber nichts dagegen tun können. Ich soll hier der Sündenbock sein, und auch dagegen kann ich nichts, aber auch gar nichts tun. Wieso kann Krüger damit durchkommen? Er kann doch gar nicht so perfekt sein, niemand ist es!

Aber er wird nicht davonkommen, ich sah ja Sergeis Augen. Sergeis Weg ist der Falsche. Dennoch, Petrov und Krüger, es darf wahrhaftig nicht sein, dass sie ungeschoren davonkommen.

»Marcus«, höre ich meinen Namen und wende mich mit einem Lächeln, das mir etwas schwerfällt, einem neuen Gästepaar zu. Es sind Sir Nigel und Sue, er elegant in einem altmodischen Abendanzug, komplett mit Zylinder, Handschuhen und Gehstock, sie glitzernd und bezaubernd in einem Abendkleid mit einer Federmaske.

»Albert, Susanne«, sage ich und begrüße beide, deute einen Handkuss bei ihr an. »Ich bin froh, euch zu sehen«, sage ich und meine es auch so. Sie sind seltene Gäste hier auf dem Chateau, sie sind wohlhabend, aber nicht reich, der Eintrittspreis ist etwas zu hoch für sie. Dass sie heute gekommen sind, freut mich gerade deshalb ganz besonders. Sir Nigel und Sue zeigen oft sehr deutlich ihre Positionen, aber heute Abend ist Susannes Halsband genauso elegant wie ihre Erscheinung, nur eine hauchdünne Kette geht von ihrem Hals zu Sir Nigels Hand, mehr Symbol als alles andere.

Ich suche Susannes Augen hinter der Federmaske. »Ich möchte mich noch einmal bei euch bedanken. Heute Abend seid ihr Gäste des Hauses.«

»Das ist nicht nötig«, meint Susanne lächelnd.

Ich verbeuge mich vor ihr. »Ich fürchte, ich muss darauf

bestehen. Ich will, dass ihr einen wundervollen Abend habt«, sage ich, als sie sich umsehen, auch sie dem Zauber unterliegen.

»Das werden wir«, sagt Sir Nigel mit funkelnden Augen. »Das werden wir.«

Später findet mich Jacqueline, sie zieht mich zur Seite, die meisten unserer Gäste sind bereits gekommen, es wird noch bis spät in die Nacht Nachzügler geben, aber es wird Zeit, den Ball zu eröffnen, nur hat Jacqueline einen besonderen Wunsch.

»Ich dachte, sie ist gelähmt«, sage ich überrascht, aber Jacqueline schüttelt lächelnd den Kopf. »Ist sie nicht, nur ist sie oft schwach. Aber heute Abend ... heute Abend bittet sie dich, mit ihr den Ball zu eröffnen.«

»Ich kann selbst für mich sprechen, mein Kind«, sagt Madame und tritt langsam hinter einer Säule hervor. Sie trägt ein hochgeschlossenes Abendkleid mit langen Handschuhen, eine schwarze, mit Federn besetzte Maske. Sie könnte fünfzig Jahre jünger sein.

»Sollte ich nicht kräftig genug sein, so erwarte ich von dir, Marcus, dass du es überspielst. Aber ich will heute Abend tanzen ... vielleicht zum letzten Mal.«

»Es wird mir eine Ehre sein, Madame«, sage ich mit einer Verbeugung.

So kommt es, dass ich um Punkt zehn Uhr Madame in den Ballsaal hineinführe. Die Klänge eines Walzers erfüllen die Luft, und wir eröffnen den Ball. Sie ist federleicht, ihre Bedenken sind unnötig, sie schwebt von ganz allein, elegant und majestätisch, es ist ein Genuss, ihr Partner zu sein.

Sie tanzt, ich führe sie nur und erfahre, dass es eine andere Art gibt, den Walzer zu tanzen, eine Art, die nicht der

Musik, sondern der Hingabe folgt. An diesem Abend, lerne ich von ihr. Nach dem Tanz führe ich sie zu ihrem Sitzplatz, ein Sessel, kein Rollstuhl, den Gustave für sie an einem der kleinen Tische auf der linken Seite des Ballraums bereithält. Sie sinkt elegant nieder, schaut hoch zu mir und lächelt. Ein anderes Augenpaar fordert mich durch die Augenlöcher einer ähnlichen Maske auf; ich verbeuge mich vor ihr und führe Caro in den zweiten Tanz des Abends.

Noch gibt es außer den fantasievollen Kostümen der Damen, die heute Abend erotischer wirken als sonst, vielleicht gerade deshalb, weil weniger Haut zu sehen ist, keinen großen Unterschied zu anderen Bällen, aber es gibt ihn ... Das Paar dort, das uns freundlich zunickt ... sie trägt den Frack, er das Kleid. Hier und da knien bezaubernde Geschöpfe auf dem Boden, dort küsst ein Galan die Brust einer der Damen.

Auch unsere Damen sind erschienen, zahlreicher als sonst, eine jede von ihnen heute Abend ganz bezaubernd. Sie stellen sich Madame vor und tun ein Übriges, den Abend zu gestalten. Bei anderen Gelegenheiten können sie auch direkt werden, aber heute Abend ist alles etwas subtiler, vielleicht gerade deswegen knistert die Erotik im Raum, ist die Lust spürbarer als sonst ... Vielleicht gibt man sich einfach mehr Mühe als üblich, diese besondere Atmosphäre aufrechtzuerhalten. Es ist ein wenig wie der Moment vor dem ersten Kuss, vor der ersten liebevollen Berührung.

Während ich mit Caroline über das Parkett schwebe, weiß ich, dass wir dies nie wieder so erleben werden. Als ich Caro zu unserem Tisch zurückführe, finden wir Madame belagert von Bewunderern, sie hält Hof. Ich ziehe Caroline zur Seite, und wir schauen zu, wie sie lacht und lächelt, wie sie eine ganz andere Generation mühelos in ihren Bann schlägt.

Ich bin in einer seltsamen Stimmung heute ... es scheint

mir fast, als ob nicht nur wir hier tanzen, sondern als ob manche der Paare, die sich zum Takt der Musik drehen, nicht zu unseren Gästen gehören, als ob sie eben noch nicht da gewesen und auch schon wieder verschwunden wären.

Im Laufe des Abends wird es etwas freizügiger, wird deutlicher, dass dies ein besonderer Ball ist, aber es ist noch immer die Erotik, die siegt, das Federleichte eines gehauchten Kusses, ein unsichtbares Zeichen und nicht der Zug an einer Kette oder Leine ... Als die Uhr in der Halle Mitternacht schlägt, verstummt die Musik, auf silbernen Tabletts wird Sekt gereicht, und Martin bringt eine Geburtstagstorte herbei, die neunzehn Kerzen trägt.

Gustave steht bereit, als Madame aufsteht, ihr Glas erhebt, aber sie braucht ihn nicht, als sie mit klarer Stimme spricht.

»An diesem Abend gabt ihr mir etwas, was mir lange fehlte. Wenige von euch kenne ich, alle hätte ich gern kennengelernt, und allen von euch danke ich für diesen Abend. Was ich euch geben kann und will, ist ein Toast. Erheben wir die Gläser im Namen der Liebe ... denn nur sie dauert an.«

Unter unseren Gästen sind Menschen, die ihre Lieben quälen können, zeichnen, Spuren auf ewig in die Haut und Seele brennen, Menschen, die auf Fremde hart und unerbittlich wirken ... Jetzt in diesem Moment beugen sie sich ebenfalls, und nicht nur die Augen der Damen glänzen feucht im Kerzenlicht.

Madame erhebt das Glas, wir tun es auch, sie trinkt, lacht laut und dreht sich um, wirft das Glas in einen der zwei Kamine, die den Ballraum erwärmen.

Andere Gläser folgen. Ich hoffe, es waren nicht unsere besten, aber wenn, so soll es mir auch recht sein. Als die Musik wieder spielt, ist es, als wäre die Leidenschaft erwacht.

Madame setzt sich und sieht lächelnd dem bunten Treiben zu. Caro und ich kommen zu ihr, Caro sinkt neben ihr zu Boden, legt den Kopf in ihren Schoß.

Madame sieht uns an und lächelt, winkt auch Amber und Jacqueline heran, die ebenfalls neben ihr niedersinken.

»Danke«, sagt sie schlicht. Dann sieht sie an mir vorbei zur Tür des Ballraums, hebt eine Hand, als ob sie diese jemandem entgegenstreckte. »Seht ihr?«, sagt sie leise. »Da kommt er.« Das Lächeln, die Freude in ihren Augen – es ist eine junge Frau, die ihren Liebhaber erwartet, eine strahlende Schönheit, gänzlich unberührt von der Zeit. Sie wendet den Blick mir zu und lächelt. »Es ist leicht zu gehen, wenn man erwartet wird.« Sie blickt wieder zur Tür, ein Leuchten in den Augen, das ich in Caros Augen immer wieder finden will.

Für einen Moment sehe ich ihn, vielleicht ist es einer unserer Leute, auch wenn er mir zugleich bekannt und unbekannt erscheint, schlank, mit breiten Schultern und einer natürlichen Eleganz und Autorität ... Vielleicht erkenne ich ihn an Caros Augenbrauen und ihrer Nase wieder, bis ein tanzendes Paar mir die Sicht auf ihn versperrt.

»Uomi?«, fragt Caroline leise, als sie den Kopf hebt und zu ihrer Urgroßmutter hochsieht. Madames Augen schließen sich langsam, ein letztes Lächeln spielt auf ihren Zügen, und ich bilde mir ein, dass sie sich erhebt. Aber es ist wohl nur ein Trick des Kerzenlichts.

Caro sinkt in sich zusammen, sie greift die linke Hand ihrer Urgroßmutter, küsst sie, ihre Schultern beben. Ich lege meine Hand auf ihre Schultern, schaue Gustave an, der nun auch erkennt, was geschehen ist. Ich winke ihn heran.

»Teile unseren Gästen mit, dass sie Ruhe braucht, dass sie eingeschlafen ist ... aber dass sie wünscht, der Ball möge weitergehen.«

Er nickt, sieht ein letztes Mal auf Madame hinunter und begibt sich nach vorn, spricht einen von unseren Leuten an. Ich lege meine Hand auf Caros Haar, streichele sie sanft, spüre, wie sie weint.

»Sie wusste es«, sagt Jacqueline leise zu Caroline, gerade so laut, dass wir sie über die Musik hinweg hören. »Sie sagte es mir, als sie mich bat, ihr zu helfen, heute Mittag, als sie kam. Sie sagte, dass ich dir ausrichten soll, dass sie nie etwas bereut hätte und er sie abholen würde ... dass sie dich, uns, liebe, aber nun schon zu lange auf diesen Moment gewartet hätte.«

Caro nickt, ich reiche ihr ein Taschentuch, und sie wischt ihre Tränen ab, erfolglos, es kommen neue nach, aber sie lächelt.

»Ich habe es auch gewusst«, sagt sie dann leise.

»Ich habe ihn gesehen«, sagt Amber leise. »Ich habe ihn gesehen, wie er kam.«

Ich auch. Aber ich sage es nicht, ich glaube nicht an solche Dinge, oder anders gesagt, es fällt mir schwer. Vielleicht war es eine Illusion oder auch Wunschdenken. Aber ich sah ihn auch.

Ich glaube, dass die meisten unserer Gäste wissen, was geschehen ist, aber sie wissen auch, was sie sich gewünscht hätte.

Ab und an sieht man ein Spiel, das über eine normale Session hinausgeht, etwas Besonderes hat, etwas, das einen Blick gewährt auf das, was Hingabe sein kann, sein sollte. Es ist alles langsam, sinnlich, mit leisen Gesten und geflüsterten Worten, kein Kräftemessen, sondern ein gemeinsamer Tanz der Geschlechter und Neigungen.

Es ist selten, dass man das Glück hat, so etwas zu sehen,

doch an diesem Abend ist es anders als sonst. Bewusster, näher, intensiver, ein besonderes Geschenk.

Als das Buffet eröffnet wird und sich der Ballsaal leert, tragen Christian und ich Madame hoch auf ihr Zimmer, legen sie dort auf ihr Bett. Caro kämmt ihr die Haare und legt ihre Hände übereinander, dann verlassen wir das Zimmer, und Caro schließt ab, gibt mir den Schlüssel.

Ich nehme den Schlüssel an mich und auch sie. Ich halte sie und sehe in ihren Augen diesen Blick.

»Es tut weh, Marcus. Es tut richtig weh«, haucht sie. Ihre Augen glänzen, aber sie will nicht weinen.

»Gib mir die Peitsche, Marcus. Ich will dich fühlen, ich will einen anderen Schmerz fühlen ... dich lieben. Ich will sie fühlen.«

Ich halte sie in meinen Armen und sehe in ihre Augen, will sie fragen, ob sie versteht, was sie da von mir fordert, aber es ist unnötig.

Später führe ich Caro in den blauen Salon und fessele sie an einen Rahmen, nehme die Snake, die mir Amber reicht. Ich sehe niemanden sonst, nur Caroline und den Blick, den sie mir über die Schulter zuwirft.

Sie trägt noch immer das Abendkleid, Handschuhe und Maske. In diesem Moment ist jegliche Angst und Unsicherheit aus mir verschwunden, fühle ich den Griff der Peitsche in meiner Hand, locker und bereit, weiß ich, dass ich mich heute auf Caroline und mich verlassen kann, dass sie mir verzeiht, selbst wenn ich danebentreffen sollte.

Aber das geschieht nicht. Das lange scharfe Leder folgt nicht meiner Hand, sondern meinen Gedanken, es reißt, schneidet und liebkost, folgt mir und führt mich, obwohl ich die meisten dieser Schläge nie geübt habe, als ob eine andere Hand als meine das Leder leite.

Als ich die Peitsche wieder auf das Kissen lege, ist das Abendkleid zerschnitten, ist Caros schöner Rücken von Spuren überzogen. Aber nur einige wenige Blutstropfen sind zu sehen. Ihr tränengefluteter Blick und der hingebungsvolle Ausdruck auf ihrem Gesicht, der ferne Glanz in ihren Augen, ihr Lächeln, all das ist nur für uns allein.

Ich löse sie aus ihren Fesseln, nehme sie in meine Arme und trage sie hoch in unser Zimmer. Kaum nehme ich wahr, dass unsere Gäste uns Platz machen.

Amber und Jacqueline folgen, sie entkleiden und waschen sie, reiben ihren Rücken ein. Aber sie bleiben nicht, geben diese Nacht Caroline und mir.

Kapitel 16

SAMSTAG

Der Zauber dieser Nacht überdauert den Morgen nicht, das Klingeln meines Telefons reißt mich aus dem Schlaf. Es ist wieder Malowsky.

»Marcus.« Er sagt nur meinen Namen, aber ich weiß direkt, dass noch etwas geschehen ist.

»Was ist?«, frage ich leise, während Caroline irgendetwas in ihr Kissen murmelt und sich leicht bewegt.

»Ich muss dich bitten, herzukommen ... Wir«, er stockt leicht. »Eine deiner Mitarbeiterinnen ist tot. Sie wurde ermordet.«

»Wer?«

»Katharina. Kat«, sagt er, seine Stimme ist belegt, ich höre, wie er schluckt. In meiner Erinnerung sehe ich, wie sich Malowsky über die Theke beugt, mit Kat flirtet. Er mochte sie, vielleicht war es sogar mehr als das. Auch ich spüre ein Ziehen in der Brust. Gref war mir egal, aber ich hatte gehofft, dass das Morden ein Ende finden würde. Ich erinnere mich an Katharina, wie ich sie das erste Mal sah, ihre Vorwürfe, ihr Misstrauen, und auch, wie sie vor mir kniete und zu mir aufsah. Ich schlucke.

»Ich komme sofort.«

Sie liegt da, als habe man sie achtlos weggeworfen. Diesmal ist es kein Hinterhof, sondern ein Straßengraben, ein Mann, der seinen Hund ausführte, fand sie. Sie hat sich gewehrt, das ist zu sehen, sie kämpfte. Als man sie in den Straßengraben warf, lebte sie noch, man sieht es an dem gefrorenen Blut. Tote bluten nicht. Aber sie lebte nicht lange, dazu waren ihre Verletzungen zu schwer.

»Man hat sie brutal zusammengeschlagen. Zu Tode geprügelt. Vorher wurde sie gefoltert«, sagt Malowsky leise. Wir stehen nebeneinander am Straßenrand, sehen hinunter auf sie, während um uns herum die Spurensicherung das Gebiet absperrt und anfängt, die Spuren zu sichern. Viele werden es nicht sein, es ist jetzt schon zu erkennen, dass sie aus einem Auto herausgeworfen wurde, die Tat selbst an einem anderen Ort geschah.

Sie trägt ein weiteres Kostüm aus unserem Fundus. Ein knapper Minirock, Netzstrümpfe, Stiefel, die bis über die Knie gehen, und ein Korsett, aber ihre Kleidung ist verrutscht, zerrissen oder aufgeschnitten, die Strümpfe an Knie und Oberschenkel blutig. Ihr fein gezeichnetes Gesicht ist so gut wie unkenntlich, geschwollen, die Haut aufgerissen, jemand hat einen Schlagring an ihr verwendet. Andere Zeichen deuten darauf hin, dass sie vorher missbraucht wurde, eine scharfe Klinge und glühende Zigaretten haben ebenfalls ihre Spuren auf ihr hinterlassen.

Ich wende mich ab, verlasse das Areal, bis ich außerhalb des abgesteckten Bereiches bin, zünde mir eine Zigarette an. Ich will mich an sie erinnern, wie sie war, als sie lebte, nicht an dieses Bild dort im Graben. Das ist nicht Katharina.

Malowsky steht noch ein, zwei Sekunden dort, blickt auf sie hinab, und seine Hände ballen sich zu Fäusten.

Dann wendet er sich von ihr ab und kommt langsam zu mir.

»Warum?«, fragt er mit belegter Stimme. »Ich verstehe das nicht. Wie ...«

»Sie arbeitete für den Grenzschutz«, sage ich und erzähle ihm, was ich von Katharina Seller weiß. »Es kann eigentlich nur einen Grund geben«, schließe ich. »Petrov.« Ich ziehe an meiner Zigarette, erinnere mich an das, was Sergei über den Mann sagte. »Dies dürfte mehr seinem Stil entsprechen.«

»Weißt du, Marcus«, sagt Malowsky leise, »ich glaube, es ist eben wirklich persönlich geworden.« Er lacht bitter. »Erinnerst du dich, dass Krüger immer sagte, man solle Persönliches vom Job trennen?«

Ja, ich erinnere mich. Hat er hier wieder die Finger drinnen? Nein, ich glaube nicht. Krüger wäre anders verfahren, wer weiß, wie viele Spuren noch an Katharina haften. Was ihr geschah, ist einfach nur brutal und verachtend, lässt die Präzision vermissen, die Krüger bisher an den Tag legte.

Petrov hat keinen Respekt vor der Polizei, sieht sich über dem Gesetz stehen, Krüger dagegen geht vorsichtig und geschickt vor, um sich dahinter zu verstecken. Es war nicht Krüger. Und ich wette, dass Krüger nicht glücklich sein wird, wenn er davon erfährt.

Ich weiß nicht, wie breit die Spur ist, die von Petrov zu Krüger führt, aber sie ist vorhanden. Weiß Petrov, weiß Krüger, was für ein Wespennest jetzt gerade angestochen wurde?

Wenn Katharinas Kollegen von dem Mord an ihr erfahren, hören, was man mit ihr getan hat, werden sie jeden Stein umdrehen, um Petrov in die Finger zu bekommen. Wenn sie ihn finden, wird er keine Freude daran haben. Wenn. Denn bis jetzt ist er unsichtbar.

Jedenfalls bin ich mir sicher, dass Krüger das hier nicht

plante. Vielleicht ist es sogar eine teuer erkaufte Chance, ihm auf die Spur zu kommen.

Katharine wurde gefoltert. Was hat sie ihnen verraten? Weiß Krüger jetzt, was wir wissen? Ich schlucke, der Kloß im Hals ist mir nicht neu. Ihr Tod war so unnötig!

»Ich muss wissen, was gestern Abend geschah«, sagt Malowsky. »Wir brauchen die Zeugenaussagen.« Ich nicke und rufe Tanja an. Es dauert lange, bis sie ans Telefon geht, es ist Samstagmorgen, kurz vor acht, lange schläft sie bestimmt noch nicht. Als sie sich schließlich meldet, will ich es ihr nicht sagen, aber ich muss.

»Mein Gott!«, sagt sie. »Katharina!«

»Ja.« Ich zögere. »Ich weiß auch nicht, was ich sagen soll, außer es tut mir leid, wir brauchen die Aussagen der Belegschaft von gestern Abend. Bitte ruf sie an oder schicke jemanden zu ihnen, der sie aus dem Bett holt, sie müssen ins *Dominion* kommen.«

»Werde ich tun«, sagt sie. »Mein Gott!«, sagt sie noch mal erschüttert, als sie auflegt.

Malowsky und ich gehen zu unseren Fahrzeugen. »Zum *Dominion*?«, frage ich ihn, und er nickt. Ich steige in den Mercedes ein und fahre vor. Wenn uns jemand zuhören würde, könnte er wohl kaum erahnen, was in uns vorgeht, wir klingen so normal. Es ist wie früher, man schuldet es den Toten einfach, nicht vor ihnen zusammenzubrechen. Später, in der Nacht, holt es einen ein.

Während der Fahrt rufe ich im Chateau an, es ist Caro, die sich meldet.

»Hallo, Schatz«, sagt sie. »Ich bin aufgewacht, und du bist nicht da.« Ich merke, dass sie mir keinen Vorwurf machen will, aber er liegt in ihrer Stimme. Verständlich, ihre Urgroßmutter ist tot, und ich bin nicht bei ihr.

Ich erzähle ihr, was geschehen ist.

»Katharina auch! Wie ...«

»Nicht der Kreuzmörder, so wie es aussieht«, sage ich langsam. Aber was macht es für einen Unterschied?

Ich höre ihren Seufzer.

»Wie geht es dir?«, frage ich sie.

»Wie soll es mir schon gehen? Ich vermisse sie furchtbar. Und dich auch. Mein Vater ist unterwegs hierher, er sagt, er will sich um alles kümmern. Er hat es auch gewusst, Marcus. Deshalb war er gestern so komisch. Und dann hat er beinahe vergessen, sich von ihr zu verabschieden. Er sagt, sie hätte ihm auch gesagt, dass sie hier eine Verabredung hätte, dass sie mit ihm gehen würde.« Mit ihm, Carolines Urgroßvater.

Ich höre die Tränen in ihrer Stimme.

»Ich hoffe, ich bin bald zurück. Aber ich brauche Amber hier, wir müssen schauen, ob Orwell irgendetwas findet. Sagst du ihr Bescheid?«

»Ja, tue ich. Marcus, wenn ihr fertig seid, kommt bitte bald zurück, ja? Ich brauche euch hier, ich brauche dich.«

»Ich werde kommen«, sage ich leise.

Wenn ich an Madame denke, verspüre ich keinen Schmerz, keine Wut, es ist mehr eine Melancholie. Ob ich nun Opfer einer Halluzination wurde oder nicht, sie selbst glaubte fest daran, dass sie mit ihrem Liebhaber ging, ließ einfach los und folgte ihm. Sie starb mit Würde und einem Lächeln auf den Lippen. Madame hatte ein sehr langes Leben, und sie konnte darin Glück erfahren.

Katharina und die anderen hingegen, ihnen wurde all dies genommen. Ich sehe Katharina im Straßengraben liegen, verdreht, gebrochen, und ich merke, wie die Wut in mir aufsteigt. Ihr Tod ist mir zu nahe, macht mir Angst, Angst, es könnte andere treffen, jemanden, der mir noch näher steht. Ich fahre zu schnell, muss mich bemühen, wieder langsamer zu werden.

Im Handschuhfach liegt die alte Luger. Am liebsten würde ich sie nehmen und Krüger einfach über den Haufen schießen.

Mein Telefon klingelt, es ist Sergei. Auch für ihn ist es ungewöhnlich früh. Ich denke, er wird noch nicht geschlafen haben.

»Guten Morgen, Sergei«, sage ich.

»Petrov ist noch in der Stadt«, sagt er direkt. »Er hat jemanden von deinen Leuten umgelegt.«

»Also war es wirklich Petrov«, sage ich.

»Du hast schon davon gehört? Ja, es war Petrov. Und es war ein Fehler. Denn es war einer meiner Leute, der den Wagen gefahren hat. Ich weiß, wo er ist.«

Ich sitze plötzlich kerzengerade, baue fast einen Unfall, weil ich nicht aufpasse.

»Sergei ...«

»Ich liefere ihn dir. Aber ich will etwas dafür. Ich will, dass mein Mann da rausgehalten wird, und ich will Petrov selbst befragen. Schließlich war er öfter auf dem Chateau. Ich habe nicht die Absicht, ihn mit Samthandschuhen anzufassen. Wenn du das nicht akzeptierst, dann ...«

»Sergei, ich akzeptiere! Ich muss es nur mit Malowsky klären. Ich kann nicht für ihn sprechen.«

»Die Bulldogge? Okay. Von mir aus bring ihn mit. Aber nur ihn. Keine weiteren Bullen. Sie werden nicht gebraucht. Sag ihm, dass das hier mein Spiel ist. Er kriegt seine Verhaftung, wenn er mitspielt. Mach ihm das klar und ruf mich zurück.«

Er legt auf.

Ist es zu einfach? Nein, dass Sergei und ich an einem

Strang ziehen, ist etwas, womit weder Petrov noch Krüger haben rechnen können. Es ist fast logisch, dass sich Petrov der hiesigen Mafia bedient. Woher soll er wissen, dass er nicht mehr unter Freunden ist?

Es ist schlichtweg Glück, vielleicht das erste Mal, dass wir in dieser verdammten Sache Glück haben. Ich denke an Kat. Nein, Glück ist es wohl nicht. Aber ein Durchbruch, viel zu teuer erkauft!

Malowsky ist im Wagen hinter mir, er ist allein, stimmt, normalerweise wäre Gref dabei, aber Malowsky hat wohl noch keinen neuen Partner zugeteilt bekommen. Ich rufe ihn an, sehe im Rückspiegel, wie er an sein Telefon geht.

»Dieter«, sage ich. »Ich kann dir Kats Mörder auf einem silbernen Tablett servieren.«

»Wie!?«, bellt er ins Telefon, dann, leiser: »Klar, Sergei.« Malowsky war in solchen Sachen noch nie langsam.

»Es ist ein Deal. Du musst ein paar Dinge übersehen, gerade sein lassen. Kannst du das?«

»Von mir aus lege ich ihn selbst um«, knurrt er, und in diesem Moment weiß ich, dass es stimmt.

»Wir können keine Leiche gebrauchen. Ich will, dass er vor Gericht kommt, wir brauchen ihn lebend. Allein schon wegen der Drogen. Was die für ein Unheil anrichten können, wissen wir ja schon!«, mahne ich ihn.

»Mir brauchst du das nicht zu sagen. Richte deinem Mafiafreund aus, dass ich mitspiele. Sage ihm, ich halte das Schwein sogar selbst für ihn fest, wenn es notwendig ist.« Mein Telefon piept noch während dieses Gesprächs, teilt mir einen zweiten Anruf mit. Es ist Amber.

»Amber ruft an. Moment.«

Wie Amber mir erzählt, ist sie schon auf dem Weg ins *Dominion*. Wenn Sergei Petrov hat, und so hört es sich ja an, ist es vielleicht gar nicht nötig, den Aufwand zu betreiben, aber sicher ist sicher. Ich bitte Amber darum, mit Orwells Hilfe ein Protokoll von Kats Tätigkeiten gestern Abend zu erstellen. So oder so wird die Polizei die Aussagen der Mitarbeiter aufnehmen wollen.

»Caro möchte, dass wir so bald wie möglich zurückkommen«, sagt Amber dann leise. Ich weiß.

»Werden wir. Pass auf dich auf, ja?«, antworte ich ihr.

»Immer!«, sagt sie, und ich höre noch, wie sie lacht. Ich lege wieder auf und rufe Sergei zurück, der sehr kurz angebunden ist, mir einfach nur eine Adresse nennt. Es ist eine alte Fabrikhalle, schon seit Jahren verlassen und zum Abriss freigegeben.

Malowsky schickt zwischenzeitlich jemand anderes zum *Dominion*, um die Aussagen aufzunehmen, und folgt mir.

Das verrostete Tor zur Fabrik ist angelehnt, ich steige aus und öffne es, schließe es wieder, nachdem Malowsky durchgefahren ist und ich meinen Mercedes hineinbewegt habe. Da Sergei nichts anderes gesagt hat, fahren wir einfach geradeaus weiter, dann öffnet sich vor uns auch schon ein Rolltor. Wir fahren durch, es schließt sich hinter uns, und schon tritt Sergei aus dem Dunkel, ganz in Schwarz, aber wieder perfekt gekleidet. Sein Gesichtsausdruck ist neutral.

Malowsky überrascht mich, indem er Sergei die Hand hinhält. Nach kurzem Zögern schüttelt Sergei diese. Dann dreht er sich um, ohne ein Wort zu sagen, und wir folgen ihm genauso schweigsam.

Es geht eine stählerne Treppe hinunter, einen Gang entlang, der in einiger Entfernung von einer Batterielampe erhellt ist, durch eine angerostete stählerne Tür in einen Raum, in dem Betonfundamente und aufgeschnittene

Rohre in den Wänden keinen Rückschluss auf die frühere Nutzung erlauben. Nicht, dass es mich sonderlich interessieren würde.

Dimitri Petrov ist mit Kabelbindern gefesselt und hängt von einem Haken in der Decke. Der Haken glänzt neu im Licht der vier Gaslampen, die in den Ecken des Raumes stehen, sonst ist niemand zu sehen. Eine Videokamera auf einem Stativ ist auf Petrov gerichtet, aber sie ist noch nicht auf Aufnahme. Ein Campingtisch und drei Klappstühle stehen auch da sowie eine Kühltasche, eine Thermoskanne und drei Pappbecher. Es ist kalt hier, aber die Lampen spenden auch etwas Wärme.

Petrovs Zehenspitzen berühren den Boden gerade so, noch ist er imstande, den Druck von den Kabelbindern zu nehmen. Ein Klebeband verschließt seine Augen und den Mund, nur ein Loch im Klebeband über dem Mund erlaubt ihm zu atmen.

Malowsky und ich sehen uns an. Was jetzt?

»Hallo, Dimitri«, sagt Sergei und tritt an seinen Gefangenen heran. Der zuckt zusammen. »Wir wollen uns ein wenig mit dir unterhalten.«

Er reißt Petrov das Klebeband mit einem Ruck ab, ein Schwall von unverständlichen russischen Flüchen ergießt sich aus Petrovs Mund.

»Sprich Deutsch, sonst verlierst du einen Finger«, droht Sergei kalt.

»Geh zur Hölle«, antwortet Petrov mit einem starken slawischen Akzent, aber jetzt verstehe ich ihn immerhin.

»Nein«, antwortet ihm Sergei ruhig. »Dorthin bist du unterwegs. Ich habe ein ganz spezielles Geschenk für dich.«

Sergei greift in die Tasche seines Jacketts und nimmt ein Etui heraus, ein Spritzenbesteck.

Er nimmt eine kleine Feile und bearbeitet die Ampulle, bricht sie ab und füllt langsam die Spritze.

»Es war gar nicht so einfach, da dranzukommen, ich musste erst Becker überzeugen.«

»Wer bist du?«, fragt Petrov, sein Blick wie der eines Kaninchens auf die Ampulle gerichtet. Sergei lacht.

»Das werde ich gerade ausgerechnet dir erzählen. Ich bin derjenige, der die Fragen stellen wird. Und du wirst sie beantworten, alle ohne Ausnahme.«

Petrov versucht Sergei anzuspucken, aber es geht weit daneben.

»Das, was ich hier gerade auffülle, ist eine Spritze mit Nympho«, fährt Sergei im Plauderton fort. »Aber das hast du dir ja schon gedacht, nicht wahr? Was passieren wird, wenn du uns nicht alles erzählst, ist, dass ich dir die Injektion verabreiche, und dann werde ich ein Mädchen kommen lassen, das dir in aller Ruhe und ausgiebig einen bläst. Man kann eigentlich gar nicht von einer Folter sprechen, nicht wahr?«

Er klopft mit dem Fingernagel gegen die Spritze. »Es geht auch anders, wir fügen dir Schmerz zu. Ist es nicht so, dass der erste Reiz nach der Injektion das Opfer konditioniert? Du wirst uns dann so oder so alles erzählen, was wir wissen wollen, wirst betteln, damit du bekommst, was du dann brauchst, nicht wahr?«

Schweißperlen treten auf Petrovs Stirn, die Kabelbinder, die tief in seine Haut schneiden, knarren, als er sich leicht bewegt.

»Den Schmerz verspürst du ja schon, er ist gerade so erträglich, nicht? Es sind breite Kabelbinder. War doch nett von mir.«

»Was wollt ihr?«, fragt Petrov, seine Stimme ist heiser.

»Ich bin noch nicht fertig«, antwortet Sergei. »ich will erst noch mit dir durchgehen, was passiert, wenn du in den Knast kommst und du das Nympho genossen hast. Du wirst so richtig schwul werden, dich jedem anbieten, darum winseln, gevögelt und geschlagen zu werden ... Kein Mann mehr, sondern nur noch ein hässliches Stück Fleisch, keine klaren Gedanken mehr, Petrov, keine Pläne, außer der Sucht nach dem nächsten Sex, dem nächsten Schmerz. Da du uns so oder so alles verraten wirst ... Eigentlich kann ich dir die Injektion gleich geben.«

»Neeeeiiinn!«, schreit Petrov, als Sergei die Spritze ansetzt. »Ich sage alles! Bitte nicht!«

Sergei nimmt die Spritze wieder weg.

»Hhm«, meint er dann. »Ich sollte es trotzdem tun. Du bist reich, du hast Verbindungen, ich wäre nicht überrascht, wenn du es schaffst, aus dem Knast wieder rauszukommen. Ich sollte sichergehen ...«

Er setzt die Spritze an, Petrov zuckt zusammen, ein dunkler Fleck bildet sich an seiner Hose.

Ich bin unberührt von der ganzen Sache. Wenn Sergei ihm das Nympho injiziert, kann ich darin nur ausgleichende Gerechtigkeit sehen, es hat fast etwas Biblisches.

»Ich sag euch, was ihr wissen wollt, bitte! Ich sag euch alles!« Petrov bricht zusammen, weint und wimmert.

»Dann reiß dich zusammen«, sagt Sergei angewidert und nimmt die Spritze weg. »Wir wollen nicht, dass du auf dem Band wie ein kleiner weinender Junge wirkst. Fangen wir an. Wir kennen das Spiel ja.« Er schaltet die Videokamera ein, geht zu dem Campingtisch und setzt sich, macht eine Handbewegung, die uns auffordert, es ihm gleichzutun, und schenkt sich einen Kaffee ein. »Nur schwarz, tut mir leid«, sagt er zu uns. »Ich habe Zucker und Milch vergessen.«

»Macht nichts«, sagt Malowsky. Irgendwie erscheint mir die ganze Situation absurd, wie in einem schlechten Film, aber es ist real, ich bin nur froh, dass es Petrov ist und nicht ich, der dort hängt.

»Fangen wir ganz von vorne an«, sagt Sergei im Plauderton. »Wann und wo geboren?«

Es dauert mehrere Stunden, es ist kalt hier unten, aber ich nehme die Kälte nicht wahr. Petrov ist gebrochen, ich kann verstehen, wieso. Er hat wahrscheinlich schon die Wirkung von Nympho mit angesehen; allein der Gedanke an das, was danach kommt, kann einem die Kraft rauben. Sergei hält sich mit der Vorgeschichte nicht lange auf, er stellt gezielte Fragen, kommt dann auch bald zum Chateau. Ja, Petrov war einer der Gäste dort, und zweimal bezahlte er dort für eine »Einmalnutzung«, aber er weiß nicht einmal mehr, wie das Mädchen aussah.

»Beschreib mir die Mädchen«, fordert Sergei kalt, während sich seine Hände zu Fäusten ballen, die Knöchel weiß werden und eine Ader an seiner Stirn pocht.

»Woher soll ich das wissen?«, antwortet Petrov patzig. »Ich hab mir die kleinen Schlampen doch nicht gemerkt!«

Ich bin mir sicher, dass Sergei ihn umgebracht hätte, wären wir nicht dabei gewesen, selbst so hatten wir Mühe, ihn davon abzuhalten.

»Was ist mit Krüger?«, fragt er dann, und die Kälte in seinen Augen ist schlimmer als die Wut eben.

»Der war auch auf dem Chateau«, sagt Petrov wimmernd. »Er hat nie was gemacht, aber immer gern zugesehen ... Wir kamen ins Gespräch.«

Es war, wie wir vermuteten. Krüger arrangierte, dass das Chateau unbehelligt blieb.

»Was ist mit Frau Seller?«, fragt dann Malowsky.

»Wer?« Petrov wirkt wirklich überrascht.

»Die Frau, die du heute umgebracht hast, du Dreckskerl!«

»Heißt sie so? Sie ist mir gefolgt. Das kann ich nicht gebrauchen, also hab ich sie aufgemischt. Stures Drecksstück. Sie hat mir in die Eier getreten.«

Diesmal habe ich Mühe, Malowsky zurückzuhalten. Katharina ... sie sagte nicht an der Tür Bescheid, als Petrov tatsächlich aus reiner Neugier gestern ins *Dominion* kam, um sich den Club einfach nur anzusehen. Er sagt uns, dass er nicht lange blieb, weil er keine Möglichkeiten sah, hier seine Art von Lust zu befriedigen. Als er ging, folgte ihm Katharina, und er bemerkte es ...

Ich selbst kann Petrov nur fassungslos zuhören, während ich eine Hand auf Malowskys Schultern liegen lasse. Es ist so, als ob der Mann gar nicht versteht, was er da getan hat, was er uns erzählt. Keine Moral, kein Gewissen, nichts. Es berührt ihn einfach nicht, es ist ihm wirklich und wahrhaftig egal, wenn er jemanden umbringt. Es ist kaum zu glauben. Ich verstehe plötzlich, dass es das wirklich gibt. Menschen ohne Seele. Pertrov ist einer von ihnen.

Ich schließe die Augen, hole tief Luft. Hätte Katharina Bruno informiert ... Bruno hätte Petrov in ein handliches Paket verwandelt. Aber vielleicht vertraute uns Katharina nicht mehr.

Von Petrov erfahren wir auch, dass er und Krüger schon lange zusammenarbeiten, Krüger war es, der auf die Idee mit der *Rose* kam. Petrov hält nichts zurück, erzählt uns jedes Detail, auch solche, die wir nicht hören wollen.

Petrov ist Krügers Schwachstelle. Aber auch hier war Krüger vorsichtig, in den letzten Jahren haben sie sich nur einmal gesehen, gestern, Gref war auch hier der Mittelsmann. Was Petrov uns jetzt erzählt, belastet Krüger schwer, aber selbst Petrov gegenüber hat Krüger nur zugegeben, dass er die Kreuzmorde, die Vorführungen, wie Petrov sie nennt, arrangierte. Der Drogendeal ging gestern Abend über die Bühne, Gref hat ihn abgewickelt, es sind 4000 Dosierungen Nympho und 50 Dosierungen »Russischer Winter«.

Petrov kam ins *Dominion*, um das Geschäft zu feiern.

Bei aller Vorsicht, die Krüger selbst an den Tag legte, waren seine Mitarbeiter weniger bedacht in ihren Äußerungen. Gref erwähnte Petrov gegenüber, dass er das »Zeug« in die Villa bringen wolle. Dies sagt Petrov, Sergei und Malowsky nichts, aber mir. Wir gehen kurz raus, und ich erzähle den beiden, was Christian über Krüger und die Villa herausgefunden hat.

Fast nebenbei erwähnt Petrov dann noch, Krüger habe ihm gesagt, er werde heute noch dafür sorgen, dass sein Sündenbock wirklich in der Falle sitzt. Die Ironie daran ist, dass Petrov keine Ahnung hat, wer der Sündenbock ist, nur, dass es einen geben würde. Ein weiterer Kreuzmord, um den letzten Nagel in meinen Sarg zu treiben.

Ich sehe Malowsky an. »Wir haben keine Zeit zu verlieren«, sage ich ihm. »Wir müssen den Mord verhindern, auch, dass das Zeug in Umlauf kommt.«

»Geht schon voran«, sagt Sergei. »Petrov wird uns nicht wegrennen, ich habe noch jede Menge Fragen an ihn.«

Malowsky zögert, er will Petrov nicht mehr aus den Augen lassen. Aber dann nickt er, und wir eilen davon. Ich habe wieder das mulmige Gefühl im Magen, das ich von gestern kenne. Malowsky lässt seinen Wagen stehen, springt zu mir in dcn Mercedes.

»Wohin? Präsidium?«, frage ich ihn.

»Nein«, sagt er. »Dazu ist keine Zeit. Bis wir einen Haftbefehl gegen Krüger haben – wer weiß, was bis dahin passiert. Du weißt, wo die Villa ist?«

Ich nicke. »Ja. Wollen wir da allein hin? Solltest du nicht besser Verstärkung anfordern?«

Er schüttelt den Kopf. »Ich trau mich nicht. Krüger könnte etwas erfahren. Er müsste heute Dienst haben, ich will ihn nicht misstrauisch machen. Erst stellen wir die Drogen sicher.«

Die Villa liegt auf der anderen Seite Wiens, wir brauchen fast eine Stunde dorthin, etwa auf zwei Dritteln des Weges ruft mich Caroline an.

»Ich kann Amber nicht erreichen. Ihr Telefon bimmelt, aber niemand geht dran«, sagt sie. »Ist sie bei dir?«

»Nein. Im Club.«

»Dort ist sie nicht. Ich habe eben mit Tanja gesprochen. Aber ihr BMW ist vorne auf der Straße geparkt.« Ich habe das Gefühl, als ob mir jemand das Herz zusammenpresst, ich muss mich zwingen zu atmen. »Wann ist sie vom Chateau aus los?«

»Vor drei Stunden. Was ist los, Marcus?« Auch Caro ahnt etwas.

»Ich ... Vielleicht weiß ich, wo sie ist«, sage ich gepresst. »Wir sind schon dahin unterwegs.«

Es ist Tag. Selbst Krüger kann keinen Kreuzmord am Tag arrangieren, aber er muss es ja nicht so machen. Amber ... Ich bete, dass ich recht habe, dass wir sie in der Villa finden.

»Ich melde mich«, sage ich zu Caro und versuche, zuversichtlich zu klingen, lege dann auf.

»Dieter. Rufe im Präsidium an, versuche, Krüger zu erreichen.«

Malowsky nickt, ruft an, aber es ist, wie ich erwartet habe: Krüger ist nicht aufzutreiben.

»Soll ich jetzt Verstärkung rufen?«, fragt er. Ich schüttele den Kopf. Wenn wir zur Villa kommen und nichts vorfinden, stehen wir dumm da, und Krüger ist auch noch vorgewarnt. Vielleicht verlieren wir so die Chance, Amber zu retten.

»Erst in dem Moment, wo wir etwas haben«, sage ich, und er nickt.

Ich fahre schneller, versuche mich zu erinnern, wo diese Straße ist, verfahre mich sogar noch, und als wir an der Villa ankommen, bin ich schweißgebadet. Die Villa ist noch nicht bewohnt, Krüger restauriert sie wohl zurzeit. Das Tor ist nur angelehnt, ich halte nicht mal an, sondern schiebe die alten Torflügel mit der Schnauze des Mercedes auseinander. Ein schwarzer BMW steht in der Auffahrt, Krügers Wagen ... Malowsky springt aus meinem Wagen, noch bevor er richtig steht, hat bereits eine Waffe gezogen. Ich greife mir die alte Luger aus dem Handschuhfach und renne Malowsky hinterher. Die Eingangstür der Villa ist gegen Spanplatten ausgetauscht worden, eine provisorische Tür. Dieter hält nicht einmal an, es sieht fast aus, als ob er einfach durch sie hindurchläuft. Als die Reste der Tür mit lautem Krachen zu Boden fallen, hören wir einen Schrei, Amber! Dieter ist vor mir, hat einen Vorsprung, als er sich umdreht und in die Richtung des Schreis rennt, die ehemalige Küche, den Keller. Ich bin oben an der Kellertreppe, als Malowsky unten ankommt. Ich höre den Schuss, sehe, wie er herumgeschleudert wird ... und seitlich die Wand herunterrutscht.

Ich erinnere mich nicht daran, wie ich selbst dort unten ankomme, ich sehe mich wie aus einer Distanz, wie ich meine Hand erhebe und die alte Luger auf Krüger richte, der sich gerade über den regungslosen Malowsky beugt.

Der Kellerraum ist leer und kalt, Amber ist mit Handschellen an ein Heizungsrohr gefesselt, sie hat ein blaues Auge und eine aufgeschlagene Lippe, ihr Rock ist zerrissen, und sie hat nur noch einen Schuh an, aber sie lebt und ist bei Bewusstsein. Das ist alles, was ich wissen muss.

Ich drücke ab.

Als der Schlagbolzen auf die Patrone trifft, gibt es ein leises Klicken, und Krügers Kopf fährt herum, er grinst. Die Munition in der Luger ist zu alt!

Seine eigene Waffe kommt hoch, noch immer ist die Luger sinnlos auf ihn gerichtet ... Ich sehe, wie Krügers Augen fokussieren, sein Finger sich um den Abzug seiner Waffe krümmt, es sind Sekundenbruchteile, ich sehe dies alles wie in Zeitlupe, bin aber unfähig, etwas zu tun, das Unaufhaltsame abzuwenden ... habe verloren.

Krügers Grinsen wird breiter. Dann bockt die alte Luger in meiner Hand, ein roter Strich erscheint an Krügers Schläfe, und er taumelt zurück, sein Schuss löst sich, schlägt harmlos neben mir in die Wand ein, und er fällt regungslos zu Boden.

Es lag vielleicht eine Viertelsekunde zwischen dem Klick und dem Schuss. Das alte Zündhütchen in der Patrone zündete einfach nicht sofort.

Malowsky! Ich renne zu ihm, sehe, dass er die Augen geöffnet hat, stelle dasselbe fest wie Krüger gerade eben. Malowskys Hemd ist aufgerissen, er trägt eine kugelsichere Weste.

Plötzlich höre ich Schritte hinter mir, fahre herum.

Gott sei Dank, es ist Sergei. Auch er hält eine Pistole in der Hand, der Lauf ist nach unten gerichtet. Er sieht sich um, hält mir die Hand hin, um mir aufzuhelfen.

»Es ist vorbei«, sagt er dann und nickt in Malowskys Richtung. »Wie geht es ihm?«

»Er ist wohl bewusstlos. Er trägt eine Weste, sie hat ihm das Leben gerettet.«

Sergei nickt.

»Gut so. Er ist ein Bulle, aber ich glaube, er ist in Ordnung.«

Er sieht zur Wand hinüber, wo Amber noch immer an die Heizung gefesselt ist, lächelt und deutet eine Verbeugung an.

»Hallo, Amber.«

Sie lächelt zurück und rasselt mit ihren Handschellen.

Ich bücke mich zu Krüger herunter und fische seinen Schlüsselbund heraus, wie zu erwarten ist ein Schlüssel für die Handschellen daran. Krüger ist nicht tot, nur bewusstlos, meine Kugel hat ihn lediglich am Kopf gestreift.

Ich gehe zu Amber hinüber, knie mich vor ihr hin, streiche ihr über das Haar. Sie lächelt und gibt mir einen Kuss auf den Arm.

»Da sind auch die Drogen«, sagt Sergei hinter mir. Er zeigt in eine Ecke des Raumes, wo vier große Kisten sauber aufeinandergestapelt sind, die oberste ist offen, und ich sehe eine Pappschachtel mit fünf Ampullen darin.

»Ist es vorbei, Marcus?«, fragt Amber leise, als ich nach ihren Handschellen greife, um sie aufzuschließen.

»Nicht ganz«, sagt Sergei hinter mir. »Petrov erzählte mir, wer die Mädchen für das Chateau besorgte.«

Ich blicke zu ihm hoch. »Krüger?«, frage ich.

Sergei nickt. »Deshalb ist es auch noch nicht ganz vorbei. Aber bald.«

Ich sehe den Schlag nicht kommen, ich spüre nur, wie etwas an meiner Schläfe explodiert, dann wird es plötzlich dunkel.

Als ich wieder zu mir komme, sehe ich Ambers und Malowskys besorgte Gesichter über mir.

»Was ist passiert?«, frage ich. Ich bin immer noch wie benebelt, und mein Kopf dröhnt, als ob er platzen würde.

»Sergei«, antwortet Amber. Sie lispelt leicht, ihre Lippe ist geschwollen und blutet, aber sie lächelt. »Er lässt dir ausrichten, dass es ihm leidtut.«

»Was ist mit Krüger?«, frage ich, aber ich ahne es schon.

»Sergei hat ihn mitgenommen. Und eine Ampulle Nympho«, antwortet Malowsky. Er hilft mir, in eine aufrechte Position zu kommen, aufstehen kann ich noch nicht, mir ist schwindlig.

»Dieter«, sage ich. »Wegen Sergei ...«

Malowsky lächelt schief. »Ich weiß, dass du ihn kennst«, sagt er dann. »Vielleicht lerne ich ihn auch noch einmal kennen. Natürlich würde ich versuchen, ihn zu verhaften, wenn etwas gegen ihn vorliegen würde. Aber bis jetzt ist das ja nicht der Fall.«

»Noch etwas«, sagt Amber. »Hier unten im Keller stehen mehrere Server für die *Rose*-Webseite, dort drüben in dem Stahlschrank sind die Bänder aus dem Chateau; es sind mehr als hundert Kassetten ... Zusammen mit den Drogen haben wir jetzt alle Beweise, die ihr braucht.«

Ich versuche aufzustehen, Malowsky stützt mich.

»Das verstehe ich nicht. Wieso ist er so unvorsichtig?«, murmele ich. Ich höre mich seltsam an, habe Schwierigkeiten zu sprechen. Ich taste vorsichtig meine Schläfe ab, spüre eine riesige Beule und Blut. Sergei macht keine halben Sachen.

»Ist er nicht«, sagt Malowsky. »Ich wette, das Zeug wäre in ein paar Wochen verschwunden. Niemand hätte ihn verdächtigt, auch wir nicht, wäre nicht Orwell gewesen.«

Amber grinst, obwohl es ihr wehtun muss. »Also kann man sagen, dass ich den Bastard erwischt habe?«

Ich nehme sie in den Arm. »Kann man wohl so sagen.« Dann sehe ich mich um. »Wie geht es hier weiter?«

»Wir fahren. Ihr müsst mich zu meinem Wagen zurückbringen. Dann folge ich einem anonymen Hinweis und finde das hier vor.« Malowsky macht eine Geste, die den Keller und die Villa einschließt. »Danach sehen wir weiter.«

»Musst du die Bänder aus dem Chateau finden?«, frage ich ihn. Er mustert mich, schüttelt dann langsam den Kopf. »Nimm sie mit. Aber bevor du sie vernichtest, schaue, ob du Beweise für die Morde auf dem Chateau findest. Du kannst die Bänder ja irgendwo im Chateau gefunden haben.«

Es sind Amber und Dieter, die die Bänder nach oben tragen und in den Kofferraum des Mercedes packen. Ich sitze einfach nur im Wagen und versuche, mich zu erholen. Irgendwann schließe ich die Augen.

Kapitel 17

SONNTAG

Als ich sie wieder öffne, liege ich in meinem eigenem Bett, unserem Bett, und sehe Caros Gesicht über mir. Ich lächele und streiche ihr über die Wange, mein Arm ist bleischwer, ich nenne sie Madame ... Höre ein paar Satzfetzen, auch das Wort Gehirnerschütterung.

Ich träume seltsame Dinge, aber ich erinnere mich nicht an sie, als ich das nächste Mal die Augen öffne. Diesmal sehe ich Amber und Jacqueline, Amber hat ein Veilchen, aber ihre Lippe ist nicht mehr geschwollen. Sie lächeln beide, als mein Magen grollt. Ich habe etwas über sechsundzwanzig Stunden verloren, aber außer Kopfschmerzen und einer extremen Schwäche geht es mir gut.

Sie helfen mir nach unten, sie sind der Meinung, dass ich liegen bleiben soll, aber ich habe schon zu lange im Bett gelegen, und auch ich kann stur sein.

Unser Ziel ist der Speiseraum, ich habe Hunger wie ein Wolf, aber in der Halle bleibe ich wie angewurzelt stehen. An der Ostwand, zwischen den Türen, die zu dem blauen und dem roten Salon führen, hängt ein großes Bild in einem vergoldeten Jugendstilrahmen. Ein Bild, das ich vorher noch nie gesehen habe.

Es zeigt Madame, etwa in Caros Alter, in einem Abendkleid ihrer Epoche. Sie kniet neben einem jungen Mann in einer Husarenuniform, der bequem auf einem gepolsterten Stuhl sitzt, ein aufgeschlagenes Buch auf dem Schoß. Er lächelt, seine Hand ruht auf ihrem Nacken, seine Augen liebkosen sie; ihr Kopf liegt auf seinem Oberschenkel, sie hat die Augen geschlossen und sieht verträumt auf ... Nur wenn man genau hinsieht, erkennt man den dünnen goldenen Reif um ihren Hals und die zierliche goldene Kette, die von ihr zu der Hand in ihrem Nacken führt.

Das Bild strahlt eine innere Ruhe und Frieden aus, wirkt lebendig und sinnlich zugleich, füllt die Halle mit seiner Wärme. Caroline tritt an mich heran, legt ihren Arm um mich, wir stehen alle vier hier, betrachten dieses Bild. Sie nimmt meine Hand, führt sie zu ihrem Hals, unter meinen Fingern spüre ich einen schmalen Reif aus warmem Metall, die dünne Kette, die sie mir in die Hand legt.

Und seit langer Zeit fühle ich, ganz tief in mir, diesen Frieden.

Im Speisezimmer warten außer einem fantastischen Steak, groß genug, um eine Armee zu füttern, und zart genug, um auf der Zunge zu zerschmelzen, auch ein Stapel Zeitungen auf mich, die von gestern Abend und von heute Morgen.

Sie sitzen alle drei um mich herum, Amber, Caroline und Jacqueline, während ich die Artikel lese. Allen voran schlachtet der *Express* die Story aus. Polizist als Masomörder enttarnt, ein Bild von Krüger und einem grinsendem Malowsky ziert die Titelseite der Abendausgabe. So, wie der *Express* es schreibt, hat Malowsky den Fall fast im Alleingang gelöst.

»Das war Melanie«, sagt Caro, während ich genüsslich kaue und dann einen Schluck Rotwein genieße. »Sie machte einen Deal mit dem *Express* Wir hoffen, dass es dir recht ist.«

Ich nicke nur und lese weiter. Zur Abwechslung hat der

Express tatsächlich alle Fakten richtig dargestellt, die *Rose*-Webseite, die Verbindung zwischen Krüger und Petrov ... und sie lassen Sergei und uns, das *Dominion* und das Chateau, vollständig außen vor. Zum Zeitpunkt der Abendausgabe wird Krüger noch als flüchtig geführt, es wird national und international nach ihm gefahndet.

Ich habe das Steak vernichtet, als ich nach den Morgenausgaben greife.

Petrov befindet sich in Polizeigewahrsam und ist in vollem Umfang geständig. Eine Befragung in einem kalten Keller wird in den Zeitungen nicht erwähnt.

Ein Videoband mit Krügers Geständnis ist bei verschiedenen Zeitungen eingetroffen, auch bei unserem Schmierblatt, zusammen mit einem Hinweis, wo man Krüger finden könne ... Natürlich haben die Zeitungen die Polizei informiert, aber nicht, bevor eigene Reporter vor Ort waren. Deshalb führen fast alle Zeitungen auch ein unscharfes Bild eines Kreuzes auf den Titelseiten.

Ein weiteres Kreuz gleicher Bauart fand man schon am Vorabend im Keller von Krügers Villa, dieses ist das letzte.

»Das hier tauchte im Internet auf«, sagt Amber leise, klappt ihren Laptop auf und stellt ihn vor mich, spielt ein Video ab. Ich erkenne den Raum, es ist der Gleiche, in dem ich zuletzt Petrov sah. Ich erkenne Krügers angstgeweitete Augen, als eine schlanke Frau ins Bild tritt, sie trägt einen schwarzen Catsuit aus Leder, obwohl ihr Gesicht nicht zu sehen ist, bin ich mir sicher, Rita zu erkennen.

Ich bin froh, dass es nicht Sergei ist.

Ich sehe mir das ganze Video schweigend an, es ist fast eine Stunde lang, trinke sogar Wein dazu und rauche eine Zigarette. Mein Steak rührt sich nicht in meinem Magen, ich fühle wenig bis nichts, außer einer gewissen Genugtuung.

Es ist nicht Recht, es ist nicht Gesetz, aber es ist, in gewissem Sinne, Gerechtigkeit. Wann hat sonst ein Opfer die Gelegenheit, selbst das zu rächen, was ihr angetan wurde?

In gewissem Sinne war Sergei gnädig, die Wirkung des Nympho setzt recht schnell ein, Krüger kann seinen Tod genießen.

Als es vorbei ist, klappe ich den Laptop zu, halte mein Glas hoch, Jacqueline füllt mir auf. Für eine Weile sagt niemand etwas, wir hängen unseren Gedanken nach, ich spiele mit der filigranen Kette, die zu Caros Hals führt.

In dieser Nacht arbeitet Amber den letzten Teil ihrer Strafe ab, auf unserem Bett festgebunden. Sie ist uns hilflos ausgeliefert, während wir sie streicheln, bis sie schreit. Irgendwann sind die Ketten ab, und sie räkelt sich mit einem glücklichen Lächeln auf meinem Bauch, sieht zu mir hoch. Dann schwindet ihr Lächeln.

»Ich habe ihn erwischt, nicht wahr?«, sagt sie dann leise, fast ungläubig. »Orwell, Siggi und ich, wir haben ihn erwischt. Krüger. Eines dieser Schweine vom Chateau!«

»Du warst es«, sage ich. »Du hast Siggi und Orwell erst zu uns gebracht. Du hast ihm das Handwerk gelegt, Amber. Du warst es«, wiederhole ich leise.

Danach halten wir sie, zu dritt, als sie weint, all das loslässt, was sie so lange in sich getragen hat.

Epilog

MITTWOCH

Madames Begräbnis findet zwei Tage später statt, eines der letzten Begräbnisse auf dem alten Teil des Zentralfriedhofs. Lange sind hier schon keine Bestattungen mehr gewesen.

Es ist eine feierliche Prozession, altmodisch und prunkvoll, ein Trauerzug mit einer schwarzen Kutsche und Trauergästen in Abendgarderobe, die Herren in Schwarz, die Damen so bunt wie möglich, so wie es ihr Wunsch gewesen ist.

Vor dem Friedhof spielt die Kapelle einen Walzer, es ist sicherlich das erste Mal, dass sich die Gäste eines Trauerzuges zum Klang dieses Tanzes durch das Portal bewegen, um dann gemessenen Schrittes der Kutsche zu folgen.

Madame – Frau Winter – war eine dieser Personen, die in ihrem Leben viele andere berührt haben. Wie viele, sehen wir, als sich der Friedhof füllt, als die Trauergemeinde größer und größer wird. Ich bin sicher, dass der Pfarrer mehr als ein Auge zudrücken muss, als er die zum Teil sehr lebenslustigen Gewänder sieht.

Die Gruft wird geöffnet, und ein alter Mann tritt vor, der Geistliche, vielleicht kannte er sie noch aus ihrer Zeit, denn er erzählt von ihr und ihrem Wirken auf dieser Welt, macht Madame noch einmal sichtbar für uns, lässt uns ihr Lachen ein letztes Mal empfinden, als wir sie zur Ruhe betten.

Bevor die Gruft für immer geschlossen wird, treten Caro

und ich noch einmal hinein, zusammen mit ihrem Vater. Sie legt einen schmalen Reif auf ihren Sarg, ihr Vater führt eine feine Kette zu dem anderen Sarkophag an ihrer Seite, wickelt sie lose um einen vergoldeten Griff.

Als wir die Gruft verlassen, Caro zwischen mir und ihrem Vater, höre ich in der Ferne die Kapelle, sie spielt den Walzer, den ich mit ihr tanzte und *er* wohl auch.

An diesem Abend erweisen die meisten der Trauergäste Madame und ihrem Liebhaber die letzte Ehre im Chateau, auch dies eine zauberhafte Nacht, in der Erinnerung erscheint mir das Lächeln der beiden lebendiger denn je zuvor.

Nach der Aufregung der letzten Tage empfinde ich die nächsten zwei Wochen als ruhig, obwohl noch viel geschieht. Das meiste hat mit der Aufarbeitung der Dinge zu tun, die wir über das Chateau und auch über uns selbst herausgefunden haben. Wir sehen uns die alten Bänder an, die meisten sind unbrauchbar, von Feuchtigkeit und Alter zerstört, die wenigen, die noch abspielbar sind, sind uns schon bekannt. Was auf den beiden Bändern ist, die mein Onkel im Tresor gelagert hatte, erfahren wir nicht, selbst der Spezialist kann sie nicht mehr rekonstruieren. Wir verbrennen die Bänder bei uns im Heizkessel des Schwimmbads.

Die Morde hier im Chateau können noch nicht gelöst werden, aber ein paar Fragen werden beantwortet, die Hinterbliebenen informiert.

Wenn es ruhelose Seelen hier gibt, dann bin ich froh, Madame und ihren Liebhaber als Gäste bei mir zu haben, denn sie werden für uns von diesem Liebespaar vertrieben.

Malowsky wird befördert, er ist mittlerweile ganz offen Stammgast im *Dominion*, ich erfahre, dass Tanja und er sich näherkommen, eine Überraschung, die mich schmunzeln lässt. Auch Sergei sehe ich wieder, er ist ruhiger, wirkt nicht mehr so getrieben.

Siggi ist in Washington. Offensichtlich hat man dort großes Interesse an Orwell. Niemand wundert das. Ich verfolge es mit gemischten Gefühlen und frage mich, ob Orwell bald aus jeder Kamera auf uns herabblickt, zusieht, einsortiert, uns abspeichert.

Von Susanne, Sklavin Sue, erfahre ich, dass Rita die Chance auf eine Behandlung erhalten wird, doch ob sie anschlagen wird, weiß man nicht. Niemand hat viel Erfahrung damit, Gehirnregionen von außen zu stimulieren, aber ich denke, Rita wird es versuchen wollen.

Jemand hat eine Stiftung ins Leben gerufen, die Missbrauchsopfern im Kindesalter helfen soll, auch solchen, die mittlerweile erwachsen sind und sich mit ihren Problemen allein glauben. Ein paar Millionen Schilling sind nur ein Anfang.

Natürlich sucht die Polizei nach der Mörderin von Krüger, aber irgendwie habe ich das Gefühl, dass es ihnen damit nicht so richtig ernst ist. Malowsky meint, es wäre so gut wie unmöglich, sie zu finden.

Es ist fast ein Monat vergangen, seit mich Caro und Jacqueline in den Keller hinunterführen. Die Treppe ist wieder freigelegt, die unterirdische Welt erstrahlt in altem, neuem Glanz. Ich weiß nicht, warum sie mich hierherbringen, aber ich sehe es, als ich den Keller betrete.

In der Mitte des Amphitheaters steht ein Kreuz, Amber ist daran gefesselt. Auf einem Kissen zu ihren Füßen liegt eine Peitsche, länger und schwerer als meine, und eine Rolle Stacheldraht. Neue feste Arbeitshandschuhe finden sich daneben, ich soll mich wohl nicht verletzen.

Es ist Ambers Blick, der mich bannt, als ich sie sehe. Ich trete langsam an sie heran.

»Ich habe dir versprochen«, sagt sie leise, während sie meinen Blick festhält, »dass mich niemand mehr zwingen wird, jemals wieder so an ein Kreuz geschlagen zu werden. Aber ich habe dich auch angelogen, denn es verfolgt mich immer noch. Marcus ... ich will mich dir geben, euch geben, ich will mich an den Schmerz mit Liebe erinnern, nicht mit Hass und Verzweiflung.« Sie sagt nichts weiter, hat alles gesagt, den Rest lese ich in ihrem Blick.

Ich sehe Jacqueline und Caro an, vor allem Caro, versuche in ihren Augen zu lesen, frage sie schweigend, was ich tun soll. Sie ist es, die sich bückt und eine kleine Schale mit zwei silbernen Nägeln aufhebt, Jacqueline, die mir den Hammer reicht.

»Nimm ihr Geschenk an«, flüstert Caro leise. »Für sie, für dich, für uns. Gib ihr die Ruhe.«

Ich mustere meine drei Lieben, nicke langsam und trete an das Kreuz heran. Ich küsse Amber, ihre Lippen sind weich und warm, offen für mich.

Dann wende ich mich nach links, zu ihrer zierlichen Hand, sehe das vorgebohrte Loch im weißen Holz, muss beinahe lächeln; ich weiß, wer daran dachte. Aber mir ist nicht nach Lächeln zumute, ich weiß nicht, wie ich es beschreiben soll. Amber überwältigt mich, ich habe Angst, dass ich es nicht kann, ich ihr nicht gerecht werde. Ich kann das nicht tun. Ich *kann* das nicht. Nicht *das*!

Doch ihre Augen halten mich fest, es ist wie damals, bei Alice, nur ist das, was ich in Ambers Augen sehe, keine Verachtung, kein Hass. Es ist Liebe. Und ... Hingabe. Hingabe in einer Tiefe und Intensität, die mir den Atem raubt.

Es ist still hier, ich höre uns alle atmen, es ist, als ob alles darauf warte, was ich nun tun werde.

So seltsam sich das auch anfühlt, weiß ich doch, dass es für sie ist. Und für mich. Dass sie diesen Weg wählte, um für uns beide unsere Dämonen zu bannen.

Wenn ich genau hinsehe, sehe ich einen feinen weißen Punkt in ihrer Handfläche, dort, wo vor vielen Jahren schon einmal ein Nagel durchgeschlagen wurde. Sie hat den Kopf zu mir gewandt, sieht mich an. Ich suche in Ambers Augen nach Zweifel oder Unsicherheit, oder gar nach Angst, und finde nur Liebe und Hingabe. Ich küsse ihre Handfläche, sie nutzt die Gelegenheit, um mich mit der gefesselten Hand zu streicheln, sie ist locker, ganz entspannt.

Sie sieht mich an und lächelt beruhigend, es ist, als ob sie *mich* trösten wolle mit diesem Blick, als ob sie *mir* sagen wolle, alles wird gut.

Ich verstehe es plötzlich, ganz tief in mir: Sie hat keine Angst davor. Sie hat Krüger überführt, nur dies bleibt noch zu tun, dann ist sie frei. Denn wenn ich es tue, befreie ich sie von der Angst, befreie ich sie von dem Schatten der Vergangenheit. Deshalb steht das Kreuz hier unten und nicht oben, denn an diesem Ort gab es keine Grausamkeit, sondern Lust und Liebe.

Ich lese in ihren Augen, wie sie sieht, dass ich es tun werde. Dass ich den Mut finden werde. Ich höre ihren leisen Seufzer nicht nur, ich fühle auch, wie jegliche Anspannung sie verlässt, wie sie in den Seilen, die sie halten, weich wird, sich hingibt, sich fallen lässt.

Sorgfältig setze ich den silbernen Nagel an, er ist schlank und nadelspitz, taste mich an den Punkt heran, den Punkt zwischen ihren zierlichen Knochen, den Punkt, der so wenig wie möglich schaden wird.

Ich hebe den Hammer und schlage zu.

Schlussbemerkung des Autors

Dieses Buch ist ein Werk der Fiktion, ein BDSM-Roman in einem fiktiven Milieu, in der erdachten Rahmenhandlung eines Thrillers. Doch es ist vor allem eine Geschichte über die unglaubliche Stärke, den unbändigen Lebenswillen und Mut, den manche Menschen in sich finden können und so imstande sind, Vergangenes hinter sich zu lassen, auch wenn ihre Wege manchmal ungewöhnlich erscheinen. Ihnen widme ich dieses Buch. Es gibt mehr als einen Weg zu Liebe und einem erfüllten Leben.